Frank E. Peretti
Die Finsternis dieser Welt
Roman

Über den Autor

Frank E. Peretti ist der deutschen Leserschaft seit vielen Jahren durch Erfolgsromane bestens bekannt. Er versteht es wie kein anderer, Hochspannung mit tiefgehenden geistlichen Aussagen zu verknüpfen. Weltweit hat er über 15 Millionen Exemplare seiner Bücher verkauft. „Die Finsternis dieser Welt" ist sein erster Roman, mit dem er in den Bestsellerlisten landete. Frank E. Peretti lebt mit seiner Frau im Nordwesten der USA.

Frank E. Peretti

Die Finsternis dieser Welt

Aus dem Amerikanischen übersetzt
von Günther Zeitschel.

Verlagsgruppe Random House FSC-DEU-0100
Das für dieses Buch verwendete FSC®-zertifizierte Papier
Holmen Book Cream liefert Holmen Paper, Hallstavik, Schweden.

Die amerikanische Originalausgabe erschien im Verlag
Crossway Books/Good News Publishers, Westchester, Illinois
unter dem Titel „This present Darkness"
© 1986 by Frank E. Peretti
© der deutschen Ausgabe 1997
by Projektion J Buch- und Musikverlag
© der Neuauflage 2008 by Gerth Medien GmbH, Asslar,
in der Verlagsgruppe Random House GmbH, München

1. Taschenbuch-Sonderauflage 2012
Bestell-Nr. 816682
ISBN 978-3-86591-682-2

Umschlaggestaltung: Immanuel Grapentin
Umschlagfoto: Shutterstock
Druck und Verarbeitung: GGP Media GmbH, Pößneck
Printed in Germany

*Für
Barbara Jean,
Frau und Freundin,
die mich liebte —
und wartete*

*»Denn wir haben nicht
mit Fleisch und Blut zu kämpfen,
sondern mit Mächtigen und Gewaltigen,
nämlich mit den Herren der Welt,
die in der Finsternis dieser Welt herrschen,
mit den bösen Geistern
unter dem Himmel.«*

Epheser 6, 12

1

Es war Vollmond und spät am Sonntagabend, als die zwei Gestalten in Arbeitskleidung etwas außerhalb der kleinen College-Stadt Ashton auf dem Highway 27 erschienen. Sie waren etwa zwei Meter groß, kräftig gebaut und hatten wohlgeformte Körper. Einer war dunkelhaarig und hatte scharfe Gesichtszüge, der andere war blond und athletisch. Aus einer halben Meile Entfernung beobachteten sie die Stadt und lauschten den häßlichen Geräuschen einer falschen Fröhlichkeit, die von den Ladenfronten, den Straßen und Gassen herüberdrangen. Sie gingen los.

Es war die Zeit des Ashton-Sommerfestes. Hier übte sich die Stadt in Frivolität und Chaos, und dies war ihre Art, den ungefähr achthundert Studenten des Whitmore College zu danken und ihnen Glück zu wünschen. Die heißersehnte Sommerpause war da, und normalerweise würden die meisten jetzt ihre Sachen packen und heimfahren, aber alle blieben noch, um an den ausgelassenen Vergnügungen teilzunehmen: Straßendiskos, Karussells, Groschenkinos und was man sonst noch alles über und unter dem Tisch für einen kurzen Nervenkitzel bekommen konnte. Es war eine wilde Zeit, eine Gelegenheit, betrunken, schwanger, zusammengeschlagen, ausgeraubt und krank zu werden — alles in ein und derselben Nacht.

Ein großzügiger Landbesitzer hatte einer Truppe von Schaustellern erlaubt, auf einem leerstehenden Grundstück in der Mitte der Stadt ihre Karussells, Buden und Fahrgeschäfte aufzustellen. Für jeden sichtbar standen sie in der Dunkelheit: rostige, grell beleuchtete Möglichkeiten, aus dem Alltag auszusteigen. Sie wurden angetrieben von schalldämpferlosen Traktormaschinen, welche mit der lärmenden Rummelplatzmusik wetteiferten, die irgendwo in der Mitte des Ganzen plärrte. Aber die umherstreifende, Zuckerwatte schleckende Menge wollte in dieser warmen Sommernacht nur eins: sich vergnügen, vergnügen, vergnügen. Ein Riesenrad drehte sich langsam, hielt kurz zum Einsteigen an, drehte sich zum Aussteigen ein wenig weiter und machte dann ein paar volle Umdrehungen, um seinen Fahrgästen etwas für ihr Geld zu bieten. Ein Karussell drehte sich in einem hellerleuchteten, farbenprächtigen Kreis, und Tingeltangelpferde mit abgeblätterter Farbe paradierten zu der Melodie der konservierten Marschmusik. Entlang der eilig montierten, baufälligen Budenstraße warfen Rummelplatzbesucher Bälle in Körbe, Groschen in Aschenbecher, Pfeile auf Luftballons und Geld in den Wind, während die Halsabschneider ihr abgedroschenes »Versuchen Sie Ihr Glück« jedem Passanten entgegenriefen.

Die beiden Besucher standen schweigend in der Mitte des Trubels und wunderten sich, wie eine Stadt mit zwölftausend Menschen — einschließlich der Studenten — solch eine riesige, wimmelnde Menge hervorzubringen vermochte. Die sonst ruhige Bevölkerung wurde zu einer einzigen großen Herde, die sich durch Vergnügungssüchtige von überall her ständig zu vermehren schien. Die Straßen, Kneipen, Läden und Parkplätze waren verstopft, alles war erlaubt. Die Polizei hatte alle Hände voll zu tun, aber auf jeden Raufbold, Betrunkenen oder Zuhälter, den man in Handschellen abführte, kam mindestens ein Dutzend anderer, die noch frei herumliefen. Das Fest, das nun, in der letzten Nacht, seinen Höhepunkt erreichte, war wie ein furchtbarer Sturm, den niemand zu bändigen vermochte; man konnte nur warten, bis er sich wieder legte, und dann würde es eine Menge zum Aufräumen geben.

Die beiden Besucher bahnten sich langsam ihren Weg durch das Menschengewühl, hörten den Gesprächen zu und beobachteten das Treiben. Sie wollten etwas über diese Stadt herausfinden — und so ließen sie sich Zeit, schauten hier und dort, zur Rechten und zur Linken, nach vorne und nach hinten. Die Menschenmenge bewegte sich um sie herum wie wirbelnde Kleidungsstücke in einer Waschmaschine und wälzte sich von einer Straßenseite auf die andere. Die beiden großen Männer beobachteten ununterbrochen die Menge. Sie suchten jemanden.

»Da«, sagte der dunkelhaarige Mann.

Sie sahen sie beide. Sie war jung und sehr hübsch, aber auch sehr unruhig. Ständig schweifte ihr Blick von einer Seite zur anderen. Sie hielt eine Kamera in ihren Händen und hatte einen verbissenen Gesichtsausdruck.

Die beiden Männer bahnten sich eilig einen Weg durch die Menge und stellten sich neben sie. Die Frau bemerkte sie nicht.

»Weißt du«, sagte der Dunkelhaarige zu ihr, »vielleicht solltest du einmal hierhin schauen.«

Er führte sie mit einer Hand auf ihrer Schulter zu einer bestimmten Bude. Sie schritt durch das Gras und die Bonbonpapiere auf diese Bude zu, wo einige Teenager Pfeile auf Luftballons warfen und sich dabei gegenseitig anstachelten. Dies interessierte sie nicht, aber dann ... einige Schatten bewegten sich hinter der Bude. Sie machte ihre Kamera schußbereit, tat ein paar weitere leise, vorsichtige Schritte — und riß dann die Kamera an ihr Auge hoch.

Das Blitzlicht tauchte die Bäume hinter der Bude in grelles Licht, als die beiden Männer sich eilig zu ihrem nächsten Termin entfernten.

Sie gingen sicheren Schrittes und durchquerten in schnellem Tempo die Stadtmitte. Ihr Ziel lag eine Meile außerhalb des Zentrums an der Poplar Street, ungefähr eine halbe Meile den Morgan Hill hinauf. Schon bald standen sie vor der kleinen, weißen Kirche mit ihrem gepflegten Rasen und dem zierlichen Anschlagbrett für die Sonntagsschule und die Gottesdienste. Oben auf dem kleinen Anschlagbrett war der Name »Ashton Community Church« zu lesen, und in schwarzen Buchstaben war über den Namen, der vorher dort stand, hastig geschrieben worden: »Henry L. Busche, Pastor.«

Sie schauten sich um. Von hier oben konnte man die ganze Stadt überblicken. Im Westen leuchtete der bonbonfarbige Vergnügungspark; im Osten war das würdige, matronenhafte Whitmore College zu erkennen; entlang dem Highway 27, der Hauptstraße durch die Stadt, waren die Büros, die kleinstädtischen Betriebe, ein paar Tankstellen, die Redaktion der örtlichen Zeitung und verschiedene kleine Familienunternehmen zu erkennen. Von hier oben sah die Stadt so typisch amerikanisch aus: klein, unschuldig und harmlos wie der Hintergrund eines Norman-Rockwell-Gemäldes.

Aber die beiden Besucher nahmen nicht nur mit ihren Augen wahr. Auch von diesem Aussichtspunkt aus lastete das wahre Wesen von Ashton schwer auf ihrem Geist. Sie konnten es fühlen: ruhelos, stark, wachsend, sehr bestimmt und zielgerichtet ... eine ganz spezielle Art von Übel.

Es war nicht ihre Art, viel zu fragen, lange zu studieren und zu untersuchen. Meistens ergab sich die Antwort im Laufe ihrer Arbeit. Jetzt jedoch zögerten sie und fragten sich: Warum hier?

Ihre Unsicherheit hielt aber nur einen Augenblick lang an. Es mag ein spontanes Gefühl, ein schwacher, aber für sie wahrnehmbarer Eindruck gewesen sein — jedenfalls war es genug, daß sie sofort hinter der Kirche verschwanden und sich an die Rückwand drückten, fast unsichtbar dort in der Dunkelheit. Sie sprachen nicht, aber sie beobachteten mit ihrem scharfen Blick, wie sich etwas näherte. Die nächtliche Szene auf der ruhigen Straße stellte eine Mischung aus reinem blauen Mondlicht und unergründlichen Schatten dar. Aber ein Schatten bewegte sich nicht mit dem Wind wie die Baumschatten, noch stand er — wie die Gebäudeschatten — still. Er kroch, zitterte und bewegte sich entlang der Straße auf die Kirche zu, wobei jedes Licht, an dem er vorbeiging, in seine Schwärze zu sinken schien, als ob ein Abgrund im Raum aufgebrochen wäre. Dieser Schatten hatte eine Gestalt, eine beseelte, kreaturhafte Gestalt, und als er sich der Kirche näherte, konnte man Geräusche hören: das Schrammen von Klauen auf dem Boden, das leichte Rauschen von häutigen Flügeln im Wind, die über den Schultern des Geschöpfes wehten. Es hatte Arme und es hatte Beine, aber es schien sich ohne diese zu bewegen, während es die Straße überquerte und die Eingangsstufen der Kirche emporstieg. Seine boshaften, knolligen Augen reflektierten das klare blaue Licht des Vollmondes mit ihrem eigenen scheelen Glanz. Der knorrige Kopf saß auf hochgezogenen Schultern, und widerliche rote Atemwolken zischten mit angestrengtem Keuchen durch seine haifischartigen Fangzähne.

Es lachte entweder oder es hustete — das Geräusch, welches tief aus seiner Kehle kam, konnte beides sein. Es richtete sich aus seiner Kriechhaltung auf und beobachtete die ruhige Nachbarschaft, wobei es seine schwarzen, ledernen Hängebacken zu einem scheußlichen Totenmaskengrinsen zurückzog. Es bewegte sich auf die Eingangstür zu. Die schwarze Hand durchdrang die Tür wie ein Speer, der durch Flüssigkeit stößt; der Körper hoppelte durch die Tür hindurch, aber nur halb.

Plötzlich, als ob es mit einer Wand zusammengeprallt wäre, wurde das Wesen zurückgeschlagen, fiel in einem Purzelbaum die Treppen hinunter, wobei der glühende rote Atem eine spiralförmige Spur in der Luft hinterließ. Mit einem schaurigen Schrei voller Wut und Empörung rappelte es sich auf dem Gehsteig wieder auf und starrte auf die eigenartige Tür, die es nicht durchlassen wollte. Dann begannen die Membranen auf seinem Rücken sich zu blähen, große Flügel entfalteten sich, und es flog brüllend mit dem Kopf voraus auf die Tür zu, durch die Tür hindurch, in den Vorraum — und in eine Wolke von weißem, heißem Licht.

Das Wesen kreischte laut und bedeckte seine Augen, dann fühlte es sich von einer riesigen, mächtigen Hand wie von einem Schraubstock gepackt. Im nächsten Moment wirbelte es durch den Raum wie eine Stoffpuppe — und fand sich erneut draußen wieder. Die Flügel sirrten leicht, als es im Flug eine scharfe Kurve machte, sich umdrehte und sich wieder der Tür zuwandte. Aus seinen Nasenlöchern kamen stoßweise rote Dämpfe hervor, und seine Krallen waren ausgefahren: bereit zum Angriff. Ein gespenstischer, sirenenähnlicher Schrei erhob sich in seiner Kehle. Wie ein Pfeil durch eine Zielscheibe, wie eine Pistolenkugel durch ein Brett durchstieß es die Tür ...

Und im nächsten Moment war es schon in Stücke gerissen.

Es gab eine Explosion von stickigem Dampf, einen letzten Schrei und ein wildes Gefuchtel von Armen und Beinen. Dann war da nichts mehr außer dem verebbenden Gestank von Schwefel und den beiden Fremden, die plötzlich innerhalb der Kirche waren.

Der große blonde Mann steckte sein leuchtendes Schwert zurück in die Scheide, während das weiße Licht, das ihn umgab, langsam verblaßte.

»Ein Sorgengeist?« fragte er.

»Oder Zweifel ... oder Furcht. Wer weiß?«

»Und das war einer der *kleineren*?«

»Ich habe noch keinen gesehen, der kleiner war.«

»Nein, in der Tat. Und wie viele würdest du sagen, daß in der Gegend sind?«

»Mehr, viel mehr als wir, und sie sind überall. Es sind keine Faulenzer.«

»Das habe ich gesehen«, seufzte der große Mann.

»Aber was tun sie hier? Wir haben noch nie zuvor solch eine Konzentration gesehen, nicht hier.«

»Oh, der Grund hierfür wird nicht lange verborgen bleiben.« Er schaute durch die Eingangstür zum Versammlungsraum. »Laßt uns nach diesem Mann Gottes sehen.«

Sie gingen weg von der Tür und durch den kleinen Vorraum hindurch. Die Anschlagtafel an der Wand enthielt eine Bitte um Lebensmittel für eine bedürftige Familie, jemand suchte einen Babysitter, und ein kranker Missionar brauchte Gebet. Ein großer Zettel kündigte eine Vollversammlung der Gemeinde für nächsten Freitag an. Auf der anderen Wand zeigte der Bericht der wöchentlichen Sammlungen, daß die Spenden letzte Woche sehr niedrig waren; auch die Besucherzahl war von 61 auf 42 gesunken.

Sie gingen den kurzen und schmalen Seitengang hinunter, vorbei an den ordentlichen Reihen der dunkel gebeizten und abgewetzten Kirchenbänke, hin zur Vorderseite des Versammlungsraumes, wo über dem Taufbecken ein rustikales, großes Kreuz hing, das von einem kleinen Scheinwerfer angestrahlt wurde. In der Mitte des Altarraums, der mit einem abgenutzten Teppich ausgelegt war, stand die kleine Kanzel, auf der eine aufgeschlagene Bibel lag. Dies waren ärmliche Einrichtungsgegenstände, nützlich, aber schmucklos, die entweder Bescheidenheit oder Nachlässigkeit der Leute vermuten ließen.

Dann wurde dem Bild das erste Geräusch hinzugetan: ein sanftes, gedämpftes Schluchzen vom Ende der rechten Bankreihe. Dort, kniend und in ernstem Gebet, seinen Kopf auf die harte, hölzerne Bank gesenkt und die Hände inbrünstig zusammengepreßt, war ein junger Mann, sehr jung, wie der blonde Mann als erstes dachte: jung und verwundbar. Seine ganze Haltung zeigte ein Bild von Schmerz, Kummer und Liebe. Seine Lippen bewegten sich geräuschlos, und Namen, Bitten und Lobpreis kamen unter Mitgefühl und Tränen aus seinem Mund.

Die beiden konnten nicht umhin, einen Moment still zu stehen, zu beobachten und nachzusinnen.

»Der kleine Krieger«, sagte der Dunkelhaarige. Der große blonde Mann formte die Worte schweigend und schaute auf den zerknirschten, im Gebet versunkenen Mann hinunter.

»Ja«, bemerkte er, »das ist er. Sogar jetzt tritt er ein im Gebet, steht vor dem Herrn für das Wohl der Leute, für die Stadt ...«

»Fast jede Nacht ist er hier.«

Auf diese Bemerkung hin lächelte der große Mann. »Er ist nicht so unbedeutend.«

»Aber er ist der einzige. Er ist allein.«

»Nein.« Der große Mann schüttelte den Kopf. »Es gibt andere. Es gibt immer andere. Man muß sie nur finden. Im Augenblick ist sein einzelnes, wachsames Gebet der Anfang.«

»Er wird verletzt werden, das weißt du.«

»Genau wie der Zeitungsmann. Genau wie wir.«

»Aber werden wir gewinnen?«

Die Augen des großen Mannes schienen mit einem neu entfachten Feuer zu brennen.

»Wir werden *kämpfen*.«

»Wir werden kämpfen«, stimmte ihm sein Freund zu.

Sie standen vor dem knienden Krieger. Und in diesem Moment, ganz langsam, wie das Öffnen einer Blüte, begann weißes Licht den Raum zu füllen. Es erleuchtete das Kreuz an der Rückwand der Kirche, brachte behutsam die Farben und die Maserung jeder Bank hervor und nahm an Stärke zu, bis der zuvor karge und einfache Versammlungsraum in überirdischer Schönheit lebendig wurde. Die Wände schimmerten, die abgetretenen Teppiche strahlten, und die kleine Kanzel stand groß und glänzend da wie ein Wächter in der Sonne.

Und jetzt waren die beiden Männer leuchtend weiß, ihre einstige Kleidung war umgestaltet in ein Gewand, das von innen zu brennen schien. Ihre Gesichter waren bronzefarben und strahlten, ihre Augen leuchteten wie Feuer, und jeder der Männer trug einen glänzenden goldenen Gürtel, an dem ein glitzerndes Schwert hing. Sie legten ihre Hände auf die Schultern des jungen Mannes, und dann begannen sich seidene, schimmernde, nahezu durchsichtige Flügel wie ein anmutiger Baldachin von ihren Rücken und Schultern auszubreiten und sich zu erheben; diese trafen sich über ihren Köpfen und überkreuzten sich, wobei sie sich sanft in einem geistigen Wind bewegten. Gemeinsam legten sie Frieden auf ihren jungen Schützling, und seine vielen Tränen begannen zu versiegen.

Der *Ashton Clarion* war eine kleinstädtische, bodenständige Zeitung; sie war klein und altmodisch, vielleicht manchmal etwas unorganisiert und anspruchslos. Sie war, mit anderen Worten, das gedruckte Spiegelbild von Ashton. Ihr Büro beanspruchte mit seinem großen Schaufenster und seiner schweren, abgenutzten Tür einen kleinen Teil der Ladenfront auf der Main Street in der Mitte der Stadt. Die Zeitung erschien zweimal in der Woche, dienstags und freitags, und sie brachte nicht viel Geld ein. Am Büro und an der Einrichtung konnte man ablesen, daß die Umsätze nicht sehr hoch waren.

Im vorderen Teil des Gebäudes waren das Büro und der Nachrichtenraum. Das Büro bestand aus drei Schreibtischen, zwei Schreibmaschinen, zwei Papierkörben, zwei Telefonen, einer Kaffeemaschine ohne Anschlußkabel, verstreuten Notizblättern, Zeitungen, Schreibzeug und Bürokram, und es sah so aus, wie es eben in jedem Büro aussieht. Eine alte, abgewetzte Schaltertheke aus einem stillgelegten Bahnhof trennte das eigentliche Büro vom Empfangsraum, und natürlich gab es eine kleine Klingel über der Tür, die jedesmal bimmelte, wenn jemand hereinkam. Als Kontrast zu diesem kleinstädtischen Durcheinander fiel ein Luxus auf, der ein wenig zu großstädtisch für diesen Ort erschien: das vollverglaste Extrabüro des Redaktionsleiters. Es war in der Tat eine Neuanschaffung. Der neue Redaktionsleiter war vorher als Großstadtreporter tätig gewesen, und einer seiner Lebensträume war es, einmal ein vollverglastes Extrabüro zu haben.

Dieser neue Mann war Marshall Hogan, ein starker, großgebauter, immer geschäftiger Mensch, den seine Mannschaft — der Setzer, die Sekretärin/Reporterin/Anzeigendame, der Montierer und die Reporterin/Kolumnistin — liebevoll »Attila der Hogan« nannte. Er hatte die Zeitung ein paar Monate zuvor gekauft, und der Unterschied zwischen seiner Großstadtarbeitsweise und dem gemütlichen Kleinstadttempo beschwor von Zeit zu Zeit einige Auseinandersetzungen herauf. Marshall wollte eine Qualitätszeitung, die professionell und zuverlässig arbeitete und absolut pünktlich erschien. Aber der Wechsel von der *New York Times* zum *Ashton Clarion* war wie ein Sprung von einem Schnellzug in ein Faß halbfester Sülze. Die Dinge liefen einfach nicht so schnell in diesem kleinen Büro, und die hochgradige Effizienz, an die Marshall gewöhnt war, mußte für seltsame Angewohnheiten vergeudet werden, die zum *Ashton Clarion* dazuzugehören schienen: zum Beispiel den Kaffeesatz für den Komposthaufen der Sekretärin sammeln.

Am Montagmorgen war hektischer Betrieb und keine Zeit für irgendeinen Wochenendkater. Die Dienstagsausgabe wurde mit Hochdruck vorangetrieben, und die gesamte Mannschaft spürte die

Schmerzen der Arbeit. Man hetzte hin und her zwischen den Schreibtischen im Vorderraum und dem Montageraum dahinter, drückte sich aneinander vorbei in dem engen Durchgang, es wurden Konzepte für Artikel und Kleinanzeigen zum Drucken getragen, die Druckfahnen wurden Korrektur gelesen, und man sortierte Fotos nach Inhalt und Größe, um damit die Nachrichtenseiten aufzumachen.

Im hinteren Raum beugten sich — inmitten heller Lichter, überhäufter Schreibtische und hastig umherrennender Menschen — Marshall und Tom über eine riesige, werkbankähnliche Staffelei und stellten den Dienstags-*Clarion* aus vielen Teilen und Bruchstücken, die überall verstreut schienen, zusammen. Das paßt hierher, das nicht, wir müssen es woanders einschieben, dies ist zu groß, was werden wir nehmen, um das zu füllen. Marshall wurde sauer. Jeden Montag und Dienstag wurde er sauer.

»Edie!« brüllte er, und seine Sekretärin antwortete: »Ich komme.« Jetzt sagte er ihr zum x-ten Mal: »Die Druckfahnen gehören in den Auslagekasten über dem Tisch, nicht auf den Tisch, nicht auf den Fußboden, nicht auf den ...«

»Ich habe keine Druckfahnen auf den Boden gelegt«, protestierte Edie, als sie — mit weiteren Druckfahnen in der Hand — in den Montageraum eilte. Sie war eine resolute kleine Frau um die Vierzig, genau die richtige Persönlichkeit, um gegen Marshalls Schroffheit anzukommen. Niemand kannte sich im Büro besser aus als sie, schon gar nicht ihr neuer Chef.

»Ich habe sie in deinen kleinen, süßen Kasten auf dem Schreibtisch getan, genau da, wo du sie hin haben willst.«

»So, wie kommen sie dann hier auf den Fußboden?«

»Der Wind, Marshall, und erzähle mir nicht, daß du ihn gemacht hast!«

»Gut, Marshall«, sagte Tom, »das paßt für Seite drei, vier, sechs, sieben ... was ist mit eins und zwei? Was fangen wir mit all dem leeren Platz an?«

»Wir werden Bernies Bericht von dem Sommerfest bringen, spannend geschrieben und mit Fotos, die die Leute interessieren, sobald sie hier hereingeschossen kommt und uns alles gibt! Edie!«

»Jawoll!«

»Es ist zum Heulen, Bernie ist schon eine Stunde überfällig! Ruf sie noch mal an, ja?«

»Hab' ich gerade getan. Keine Antwort.«

»Mist.«

George, der kleine, pensionierte Setzer, der nur noch aus Spaß an der Freude beim *Clarion* arbeitete, drehte sich auf seinem Stuhl vor der Setzmaschine um und meinte: »Was ist mit dem Grillfest des

Frauenvereins? Ich bin gerade fertig damit, und das Foto von Mrs. Marmaselle ist so pikant, daß du eine Klage vom Rechtsanwalt riskierst.«

»Jaaa«, stöhnte Marshall, »gleich auf Seite eins damit. Das ist alles, was ich brauche, einen guten Aufreißer.«

»So, was nun?« fragte Edie.

»War jemand auf dem Sommerfest?«

»Ich war beim Fischen«, sagte George. »Dieses Fest ist zu wild für mich.«

»Meine Frau würde mich nicht hinlassen«, sagte Tom.

»Ich habe ein bißchen was davon abgekriegt«, sagte Edie.

»Also fang an, etwas darüber zu schreiben«, sagte Marshall. »Das größte Stadtereignis des Jahres — wir müssen einfach etwas darüber bringen.«

Das Telefon klingelte.

»Ob das Telefon mich rettet?« zwitscherte Edie und nahm den Hörer ab. »Guten Morgen, der *Clarion*.« Plötzlich hellte sich ihr Gesicht auf. »Hey, Bernice! Wo bist du?«

»Wo ist sie?« fragte Marshall gleichzeitig.

Edie hörte zu, und ihr Gesicht füllte sich mit Schrecken.

»Ja ... gut, beruhige dich jetzt ... sicher ... gut, mach dir keine Sorgen, wir werden dich herausholen.«

Marshall drängte: »Wo zum Teufel steckt sie?«

Edie blickte ihn vorwurfsvoll an und antwortete: »Im Gefängnis!«

2

Marshall stürmte in die Zentrale der Polizeistation und wünschte sich augenblicklich, er könnte seine Nase und seine Ohren abnehmen. Hinter dem schwer verriegelten Gitter des Zellenblocks unterschieden sich Geruch und Lärm der völlig überfüllten Zellen kaum vom Volksfest der letzten Nacht. Auf seinem Weg hierher hatte er bemerkt, wie ruhig die Straßen an diesem Morgen waren. Kein Wunder — der ganze Lärm hatte sich in diese sechs Zellen verlagert, und der kalte Beton verstärkte noch den Schall. Hier waren all die Rauschgiftsüchtigen, Raufbolde, Betrunkenen und Störenfriede, die die Polizei in der Stadt auflesen konnte — sie waren alle hier versammelt wie in einem überfüllten Zoo. Einige machten eine Party daraus, pokerten mit schmierigen Karten um Zigaretten und versuchten, sich gegenseitig mit Erzählungen über ihre kriminellen Großtaten zu übertrumpfen. Am Ende der Zellenreihe machte eine Gruppe von Halbstarken obszöne Bemerkungen in Richtung eines Käfigs voller Prostituierter, für die man keinen besseren Platz gefunden hatte. Andere kauerten in Ecken, betrunken, deprimiert — oder beides zugleich. Die Leute starrten Marshall wütend durch die Gitterstäbe an, machten abfällige Bemerkungen, bettelten um Erdnüsse. Er war froh, daß er Kate draußen gelassen hatte.

Jimmy Dunlop, der neue Stellvertreter des Polizeichefs, saß treu an seinem Wachtisch, füllte Formulare aus und trank starken Kaffee.

»Hallo, Mr. Hogan«, sagte er. »Sie sind gleich hierher gekommen.«

»Ich konnte nicht warten ... und ich *wollte* nicht warten!« schnauzte Marshall. Er fühlte sich nicht gut. Dies war sein erstes Sommerfest — und das war schlimm genug —, aber er hätte nicht im Traum daran gedacht, daß das Ende des Ganzen so aussehen würde. Er beugte sich über den Schreibtisch, seine große Gestalt verlagerte sich nach vorne und betonte seine Ungeduld. »Nun?« forderte er.

»Hmmm?«

»Ich bin hier, um meine Reporterin aus dem Knast zu holen.«

»Sicher, ich weiß das. Haben Sie einen Freilassungsbescheid?«

»Hören Sie. Ich habe bei den Kameraden oben bezahlt. Die sollten Sie hier anrufen.«

»Nun ... ich habe nichts davon gehört, und ich muß eine offizielle Anweisung haben.«

»Jimmy ...«

»Ja?«

»Ihr Telefon ist ausgehängt.«

»Oh ...«

Marshall stellte das Telefon mit einer solchen Wucht genau vor ihn hin, daß es vor Schmerzen zu klingeln begann.

»Rufen Sie sie an.«

Marshall richtete sich auf und beobachtete, wie Jimmy sich verwählte, noch mal wählte und versuchte durchzukommen. Er paßt gut zum Rest der Stadt, dachte Marshall, während er sich nervös mit seinen Fingern durch seine langsam ergrauenden roten Haare fuhr. Es war eine nette Stadt, sicher. Niedlich, vielleicht ein bißchen stoffelig, wie ein ungeschicktes Kind, das immer wieder ins Fettnäpfchen tritt. In der Großstadt sind die Dinge in Wirklichkeit auch nicht besser, versuchte er sich klarzumachen.

»Oh, Mr. Hogan«, fragte Jimmy, während er seine Hand über der Sprechmuschel hielt, »mit wem haben Sie gesprochen?«

»Kinney.«

»Sergeant Kinney, bitte.«

Marshall war ungeduldig. »Geben Sie mir den Schlüssel für die Tür. Ich will ihr sagen, daß ich hier bin.«

Jimmy gab ihm den Schlüssel. Er hatte bereits erlebt, wie eine Auseinandersetzung mit Marshall Hogan ausgehen würde.

Höhnische Willkommensgrüße schallten Marshall — zusammen mit herausgeschnippten Zigarettenkippen und gepfiffenen Marschtönen — entgegen, als er an den Zellen vorbeiging.

Er verlor keine Zeit, um die Zelle zu finden, die er suchte.

»In Ordnung, Krueger, ich weiß, du bist da drinnen!«

»Komm und hol mich raus, Hogan«, kam die Antwort einer verzweifelten und irgendwie empört klingenden Frauenstimme vom Ende der Zelle.

»Gut, hebe deinen Arm, winke oder mach dich irgendwie anders bemerkbar!«

Eine Hand zwängte sich durch die Körper und Gitterstäbe hindurch und winkte verzweifelt. Er ging hin, gab der Handfläche einen Klaps und stand Bernice Krueger gegenüber, seiner preisgekrönten Kolumnistin und Reporterin. Sie war eine junge, attraktive Frau in ihren Mittzwanzigern, hatte zerzauste braune Haare und trug eine große Brille mit Drahtgestell, die jetzt schmutzig war. Sie hatte offensichtlich eine harte Nacht hinter sich und befand sich jetzt in Gesellschaft von mindestens einem Dutzend Frauen — einige davon älter, einige erschreckend jünger, die meisten Prostituierte. Marshall wußte nicht, ob er lachen oder weinen sollte.

»Offen gesagt — du siehst furchtbar aus«, sagte er.

»Nur wegen meiner neuen Beschäftigung. Ich bin jetzt eine Nutte.«

»Ja, genau, eine von uns«, kreischte ein untersetztes Mädchen.

Marshall verzog sein Gesicht und schüttelte den Kopf. »Was für Fragen hast du bloß dort draußen gestellt?«

»Im Moment finde ich nichts witzig. Nichts von den Ereignissen der letzten Nacht ist lustig. Ich lache nicht, ich koche vor Wut. Der Auftrag war eine Beleidigung erster Klasse.«

»Schau, *irgendwer* mußte doch über das Volksfest berichten.«

»Aber wir hatten ganz recht mit unserer Vermutung; es gab nichts Neues unter der Sonne noch unter dem Mond, der da schien.«

»Du wurdest immerhin verhaftet«, bot Marshall an.

»Damit die Leser mit einer skandalösen Titelgeschichte gepackt werden. Was gäbe es sonst noch darüber zu schreiben?«

»Lies es mir vor.«

Ein spanisches Mädchen aus dem Hintergrund der Zelle schlug vor: »Sie versuchte, ein Geschäft zu machen — und erwischte den Falschen«, woraufhin der ganze Zellenblock schallend zu lachen und zu grölen begann.

»Ich verlange, freigelassen zu werden«, fauchte Bernice. »Und bist du zur Salzsäule erstarrt? Tu gefälligst was!«

»Jimmy telefoniert gerade mit Kinney. Ich habe deine Kaution bezahlt. Wir werden dich hier herausholen.«

Bernice brauchte einen Moment, um sich zu beruhigen, und berichtete dann: »Um deine Frage zu beantworten, ich habe kurze Interviews gemacht, ich habe versucht, einige gute Bilder zu bekommen, gute Zitate, *irgendwas* Gutes. Ich vermute, daß Nancy und Rosie hier«, sie schaute hinüber zu zwei jungen Damen, die Zwillinge sein konnten, und die beiden lächelten Marshall an, »sich wunderten, was ich da machte, indem ich ständig das Volksfest umkreiste und verwirrt aussah. Sie führten ein Gespräch mit mir, das uns wirklich nichts Neues brachte, aber wir kamen in Schwierigkeiten, als Nancy einen Polizisten in Zivil anmachte und wir alle eingesperrt wurden.«

»Ich denke, sie würde es bringen«, spöttelte Nancy, und Rosie gab ihr einen freundschaftlichen Stoß.

Marshall fragte: »Und du hast ihm nicht deinen Presseausweis gezeigt?«

»Er gab mir keine Gelegenheit! Ich sagte ihm, wer ich war.«

»Gut, hörte er dich an?« Marshall fragte die Mädchen: »Hörte er sie an?«

Sie zuckten nur mit den Achseln, aber Bernice erhob ihre Stimme und schrie: »Ist diese Stimme laut genug für dich? Ich setzte sie letzte Nacht ein, während er mir Handschellen anlegte!«

»Willkommen in Ashton.«

»Ich werde mir seine Dienstnummer besorgen!«

»Das wird nicht viel bringen.« Hogan hielt seine Hand hoch, um einen weiteren Ausbruch zu stoppen. »Hör zu, es ist den Ärger nicht wert ...«

»Da bin ich ganz anderer Meinung!«

»Bernie ...«

»Ich würde da liebend gerne etwas drucken, vier Spalten lang, alles über diesen Superpolizisten und Nichtsnutz von einem Polizeichef! Wo ist er überhaupt?« »Wer, meinst du Brummel?«

»Er hat sich unsichtbar gemacht, weißt du. Er weiß, wer ich bin. Wo ist er?«

»Ich weiß nicht. Ich konnte ihn heute morgen nicht erreichen.«

»Und er ist letzte Nacht abgehauen!«

»Worüber redest du?«

Plötzlich verstummte sie, aber Marshall las klar in ihrem Gesicht: Denk daran, daß du mich später fragst.

Gerade da öffnete sich die große Tür, und Jimmy Dunlop kam herein.

»Wir besprechen das später«, sagte Marshall. »Alles klar, Jimmy?«
Die Schreie, Forderungen, Pfiffe und Sticheleien, die aus den Zellen kamen, beschäftigten Jimmy so sehr, daß er keine Antwort geben konnte. Aber er hatte den Zellenschlüssel in der Hand, und das sagte genug.

»Treten Sie bitte von der Tür zurück«, befahl er.

»Hey, wann kommst du endlich aus dem Stimmbruch raus?« schrie ihm jemand entgegen. Die Zelleninsassen entfernten sich von der Tür. Jimmy schloß auf, Bernice trat schnell hinaus, und er schlug die Tür gleich wieder hinter ihr zu.

»Okay«, sagte er, »Sie sind frei gegen Kaution. Sie werden wegen Ihres Vernehmungstermines benachrichtigt.«

»Geben Sie mir sofort meine Handtasche, meinen Presseausweis, mein Notizbuch und meine Kamera!« zischte Bernice und steuerte auf den Ausgang zu.

Kate Hogan, eine schlanke, elegante, rothaarige Frau, hatte versucht, ihre Zeit sinnvoll zu nutzen, während sie oben in der Eingangshalle des Gerichtsgebäudes wartete. Hier gab es, nachdem das Fest zu Ende war, viel zu beobachten, auch wenn es nicht gerade angenehm war: einige jämmerliche Seelen wurden hereingeschleppt, wobei sie den ganzen Weg gegen ihre Handschellen kämpften und schmutzige Bemerkungen ausstießen; andere wurden jetzt entlassen, nachdem sie eine Nacht hinter Gittern verbracht hatten. Es sah fast wie der Schichtwechsel in einer absonderlichen Fabrik aus. Die erste Schicht ging, irgendwie belämmert, ihre dürftigen Habseligkeiten in kleinen Papierbeuteln verpackt, und die zweite Schicht kam herein, alle gefesselt und empört. Die meisten Polizeibeamten waren Fremde, die von woandersher gekommen waren, sie mußten Überstunden machen, um die kleine Ashtoner Mannschaft zu verstärken, und sie wurden nicht bezahlt, um lieb oder höflich zu sein.

Die Dame mit den ausgeprägten Hängebacken am Hauptschreibtisch hatte zwei brennende Zigaretten in ihrem Aschenbecher, aber sie hatte — angesichts des Papierbergs auf ihrem Schreibtisch, der mit jeder Person, die kam oder ging, weiter wuchs — kaum Zeit, überhaupt einen Zug zu nehmen. In Kates Augen sah das Ganze sehr hektisch und schlampig aus. Es gab da ein paar billige Rechtsanwälte, die ihre Ausweise vorzeigten, aber eine Nacht im Gefängnis schien die ganze Strafe für all diese Leute gewesen zu sein, und nun wollten sie nur in Ruhe aus der Stadt verschwinden.

Kate schüttelte unbewußt den Kopf. Sie dachte an die arme Bernice, die mit solch einem Pöbel zusammengepfercht war. Sie mußte wütend sein.

Sie fühlte einen starken, aber sanften Arm um sich, und sie ließ sich in seine Umarmung sinken.

»Mmmmmm«, sagte sie, »das ist jetzt eine angenehme Abwechslung.«

»Ich brauche irgendeine Aufmunterung nach dem, was ich da unten gesehen habe«, sagte Marshall zu ihr.

Sie legte ihren Arm um ihn und zog ihn nahe an sich heran.

»Ist das jedes Jahr so?« fragte sie.

»Nein, ich höre, es wird jedesmal schlimmer.« Kate schüttelte wieder den Kopf, und Marshall fügte hinzu: »Aber der *Clarion* wird etwas darüber zu sagen haben. Ashton könnte eine Richtungsänderung vertragen; die Leute sollten in der Lage sein, dies jetzt zu sehen.«

»Wie geht es Bernice?«

»Sie wird für eine Weile ganz schön Dampf machen in der Redaktion. Sie ist in Ordnung. Sie wird es überleben.«

»Wirst du mit jemandem darüber sprechen?«

»Alf Brummel ist nicht in der Gegend. Er ist schlau. Aber ich werde ihn mir heute noch vorknöpfen und sehen, was ich tun kann. Und ich hätte gerne meine 25 Dollar zurück.«

»Nun, er wird sehr beschäftigt sein. Ich würde es hassen, an einem solchen Tag der Polizeichef sein zu müssen.«

»Oh, er wird es noch mehr hassen, wenn ich ihm dabei helfen werde.«

Bernice' Rückkehr von einer Nacht der Einkerkerung wurde durch ihre ärgerliche Miene und durch stacksige, abgehackte Schritte auf dem Linoleumboden zum Ausdruck gebracht. Sie trug ebenfalls eine Papiertasche, in der sie wütend herumwühlte, um zu prüfen, ob alles da sei.

Kate streckte ihre Arme aus, um Bernice tröstend zu umarmen.

»Bernice, wie geht es dir?«

»Brummels Name wird bald Dreck sein, der Name des Bürgermeisters wird Kuhmist sein, und ich kann gar nicht drucken, was der Name des Polizisten sein wird. Ich bin empört, ich habe wahrscheinlich eine Verstopfung, und ich brauche dringend ein Bad.«

»Gut«, sagte Marshall, »nimm deine Schreibmaschine mit in die Badewanne und schreibe den Bericht. Ich brauche diese Sommerfestgeschichte für die Dienstagsausgabe.«

Plötzlich kramte Bernice in ihren Taschen, holte ein Knäuel Toilettenpapier heraus und drückte es Marshall in die Hand.

»Ihre Lokalreporterin, immer im Dienst«, sagte sie. »Was sonst hätte ich zu tun gehabt, außer die Wände anzustarren und in der Toilettenschlange zu warten? Ich denke, du wirst das Aufgeschriebene sehr anschaulich finden, und ich habe ein spontanes Interview mit einigen eingesperrten Nutten als besondere Würze beigefügt. Wer weiß? Vielleicht wird es diese Stadt aufrütteln.«

»Irgendwelche Fotos?« fragte Marshall.

Bernice händigte ihm einen Film aus. »Wahrscheinlich findest du darauf etwas, das du gebrauchen kannst. Ich habe noch einen Film in der Kamera, aber der ist mehr für mich persönlich interessant.«

Marshall lächelte. Er war beeindruckt. »Nimm den Tag auf meine Kosten frei. Morgen wird alles besser aussehen.«

»Vielleicht habe ich dann meine berufliche Sachlichkeit wiedergewonnen.«

»Du wirst auf jeden Fall besser riechen.«

»Marshall!« sagte Kate.

»Ist schon in Ordnung«, sagte Bernice. »So etwas bekomme ich ständig von ihm verabreicht.« Jetzt hatte sie ihre Handtasche, ihren Presseausweis und die Kamera wiedergefunden, und sie warf die zusammengeknüllte Papiertasche verächtlich in einen Abfalleimer. »So, wie sieht's mit einem Auto aus?«

»Kate hat dein Auto mitgebracht«, erklärte Marshall. »Wenn du sie heimbringen könntest, wäre das für mich am günstigsten. Ich muß in der Redaktion einige Dinge erledigen und dann versuchen, Brummel ausfindig zu machen.«

Bernice' Gedanken kamen in Fahrt. »Brummel, richtig! Ich muß mit dir reden.«

Sie zog Marshall auf die Seite, ehe er ja oder nein sagen konnte, und er warf Kate nur einen entschuldigenden Blick zu, bevor er und Bernice hinter einer Ecke verschwanden. Bernice sprach mit gesenkter Stimme. »Wenn du heute an den Polizeichef Brummel herantrittst, möchte ich, daß du weißt, was ich weiß.«

»Außer dem, was offensichtlich ist?«

»Daß er ein Blödmann, ein Feigling und eine linke Bazille ist? Ja, außer dem. Es sind Bruchstücke, zusammenhanglose Beobachtungen, aber vielleicht ergeben sie eines Tages einen Sinn. Du hast immer gesagt, man muß ein Auge für die kleinen Einzelheiten haben. Ich denke, daß ich deinen Pastor und ihn zusammen sah, gestern nacht auf dem Volksfest.«

»Pastor Young?«

»Ashton United Christian Church, richtig? Vorsitzender der örtlichen Geistlichkeit, er unterstützt religiöse Toleranz und verurteilt Grausamkeit gegen Tiere.«

»Ja, okay.«

»Aber Brummel geht nicht einmal in eure Kirche, oder?«

»Nein, er geht in diese kleine, winzige Gemeinde.«

»Sie waren hinter dieser Wurfpfeilbude, im Halbdunkel mit drei anderen Leuten: irgendeine blonde Frau, irgendein kleiner, dicklicher Typ und eine gespenstische schwarzhaarige Xanthippe mit einer Sonnenbrille. Eine Sonnenbrille in der *Nacht*!«

Marshall war nicht beeindruckt.

Sie fuhr fort, so als ob sie ihm etwas verkaufen wollte. »Ich denke, daß ich eine Todsünde gegen sie begangen habe: Ich habe ein Bild von ihnen geschossen, und dies wollten sie auf gar keinen Fall. Brummel war sehr aufgebracht und stotterte. Young gebot mir mit erhobener Stimme, zu verschwinden: ›Dies ist ein privates Treffen.‹ Der dickliche Typ drehte sich weg, und die gespenstische Frau starrte mich nur mit offenem Mund an.«

»Hast du dir überlegt, wie dir dies alles vorkommen mag nach einem guten Bad und einer durchschlafenen Nacht?«

»Laß mich kurz zu Ende erzählen, und dann werden wir weitersehen, in Ordnung? Nun, genau nach diesem kleinen Zwischenfall haben sich Nancy und Rosie an mich gehängt. Ich will damit sagen, ich habe sie nicht angesprochen, sondern sie mich, und bald darauf war ich bereits eingesperrt, und meine Kamera war beschlagnahmt.«

Sie merkte, daß sie bei ihm nicht durchkam. Er schaute ungeduldig umher und war dabei, wieder zur Eingangshalle zurückzugehen.

»In Ordnung, in Ordnung, nur noch eine Sache«, sagte sie, während sie versuchte, ihn festzuhalten. »Brummel war da, Marshall. Er sah das Ganze.«

»Welches Ganze?«

»Meine Verhaftung! Ich versuchte, dem Polizisten zu erklären, wer ich war, ich versuchte, ihm meinen Presseausweis zu zeigen, er dagegen nahm nur meine Handtasche und Kamera weg und legte mir Handschellen an, und ich schaute wieder zu der Wurfpfeilbude hinüber und sah, wie Brummel alles beobachtete. Er trat schnell außer Sicht, aber ich schwöre, daß ich gesehen habe, wie er das Ganze beobachtete! Marshall, ich habe die ganze Nacht darüber gegrübelt, ich habe es wieder und wieder durchgespielt, und ich denke ... nun, ich weiß nicht, was ich denken soll, aber es hat etwas zu bedeuten.«

»Um die Szene zu vervollständigen«, bemerkte Marshall, »der Film ist aus deiner Kamera verschwunden.«

Bernice sah nach. »Oh, er ist noch in der Kamera, aber dies bedeutet gar nichts.«

Hogan seufzte und dachte nach. »Okay, verknipse den Rest des Films und versuche, etwas aufzunehmen, das wir verwenden können, in Ordnung? Dann entwickle den Film — und wir werden sehen. Können wir jetzt gehen?«

»Habe ich jemals zuvor irgend etwas Unüberlegtes, Dummes oder Übertriebenes getan?«

»Aber sicher hast du das.«

»Ah, komm jetzt! Dieses eine Mal schenke mir noch ein wenig Gnade.«

»Ich versuche, ein Auge zuzudrücken.«

»Deine Frau wartet.«

»Ich weiß, ich weiß.«

Marshall wußte nicht genau, was er Kate sagen sollte, als sie wieder bei ihr waren.

»Entschuldige ...«, murmelte er nur.

»Nun dann«, sagte Kate, indem sie versuchte, da fortzufahren, wo ihr Gespräch aufgehört hatte, »wir sprachen über Fahrzeuge. Bernice, ich habe dein Auto hierhergefahren, so daß du damit heimfahren kannst. Wenn du mich zu Hause absetzen würdest ...«

»Ja, richtig, richtig«, sagte Bernice.

»Und, Marshall, ich muß heute nachmittag viel erledigen. Kannst du Sandy von ihrer Psychologievorlesung abholen?«

Marshall sagte kein Wort, aber sein Gesicht zeigte ein schallendes Nein. Kate nahm einen Schlüsselbund aus ihrer Handtasche und gab ihn Bernice. »Dein Auto steht gerade um die Ecke, nahe bei unserem an dem Presseparkplatz. Warum bringst du es nicht her?«

Bernice verstand und ging hinaus. Kate legte ihren Arm liebevoll um Marshall und suchte für einen Augenblick sein Gesicht.

»Hey, komm. Versuche es. Nur einmal.«

»Aber Hahnenkämpfe sind verboten in diesem Staat. Ich weiß nicht, wo ich anfangen soll«, sagte er.

»Nur die Tatsache, daß du dort bist, um sie abzuholen, wird etwas bedeuten. Setze darauf.«

Als sie zur Tür gingen, schaute Marshall umher und ließ sein inneres Gespür die Dinge ausloten.

»Wirst du aus dieser Stadt schlau, Kate?« sagte er schließlich. »Es ist wie eine Krankheit. Jeder hier leidet an derselben unheimlichen Krankheit.«

Ein sonniger Morgen läßt die Probleme der vorherigen Nacht immer weniger ernst erscheinen. Dies dachte Hank Busche, als er seine vordere Terrassentür aufstieß und auf die kleine betonierte Veranda hinaustrat. Er wohnte zur Miete in einem kleinen, günstigen Haus nicht weit von der Kirche, eine weiße Schachtel, die man in einer Ecke aufgestellt hat, mit abgeschrägten Seitenwänden, einem winzigen abgegrenzten Hof und bemoostem Dach. Es war nicht viel, und oft schien es weit weniger, aber es war alles, was er sich von seinem Pastorengehalt leisten konnte. Nun, er beklagte sich nicht. Er und Mary fühlten sich wohl, sie hatten ein Dach über dem Kopf, und der Morgen war wunderschön.

Dies war der Tag, an dem sie ausschlafen konnten, und zwei Milchtüten warteten am Fuße der Treppe. Er griff danach und freute sich auf eine Schüssel milchdurchtränkter Corn-flakes, ein bißchen Ablenkung von seinen Anfechtungen und Bedrängnissen.

Er hatte auch vorher schon viele Schwierigkeiten kennengelernt. Sein Vater war wie er Pastor gewesen, und während Hank aufwuchs, waren die beiden durch eine Vielzahl von Siegen und Mühen gegangen, wie es eben zu einem solchen Beruf dazugehört. Hank wußte seit seiner Jugend, daß er diese Art zu leben auch für sich selbst wollte, daß er auf diese Weise dem Herrn dienen wollte. Für ihn war die Gemeinde immer ein sehr aufregender Arbeitsplatz gewesen, es war begeisternd, seinem Vater in den früheren Jahren zu helfen, es gefiel ihm, durch Bibelschule und Seminare zu gehen und dann zwei Jahre praktischer pastoraler Ausbildung zu absolvieren. Es war jetzt auch aufregend, aber es ähnelte der Heiterkeit, welche die Texaner in der Schlacht von Alamo gefühlt haben müssen. Hank war gerade 26 und gewöhnlich voller Feuer; aber diese Pastorenstelle, seine allererste, schien ein schwieriger Platz dafür zu sein, das Feuer weiter zu verbreiten. Es war so, als hätte jemand alle Zündhölzer durchnäßt, und er wußte noch nicht, was er in einer solchen Situation machen sollte. Aus irgendeinem Grund wurde er als Pastor in diese Gemeinde gerufen, was bedeutete, daß irgend jemand seine Art des Dienstes wollte, aber dann gab es da all die anderen, diejenigen, welche ... es aufregend machten. Sie machten es aufregend, wann immer er von Buße predigte; sie machten es aufregend, wann immer er Sünde in der Gemeinschaft anprangerte; sie machten es aufregend, wann immer er das Kreuz und die Botschaft der Errettung predigte. An diesem Punkt war es mehr Hanks Glaube und seine Gewißheit, daß er genau an dem Ort war, wo ihn Gott haben wollte, als irgendeine andere Tatsache, die ihn standhaft bei seinen Gewehren ausharren ließ, während auf ihn geschossen wurde. Ah, gut, dachte Hank, freue dich wenigstens an dem Morgen. Der Herr hat ihn genau für dich gemacht.

Wäre er ins Haus zurückgegangen, ohne sich zuvor umgedreht zu haben, so hätte er sich vor einem Greuel verschont und sich seinen erfrischten Geist bewahrt. Aber er drehte sich um und bemerkte sofort die riesigen, schwarzen, triefenden Buchstaben, die auf die Hauswand gesprüht waren: »DU BIST TOTES FLEISCH, ...« Das letzte Wort war eine Obszönität. Seine Augen sahen es, schwenkten dann langsam von einer Seite des Hauses zur anderen und nahmen alles auf. Alles, was er tun konnte, war dies: einen Moment lang einfach dazustehen, sich zu fragen, wer dies getan haben könnte; dann sich zu fragen, warum; dann sich zu fragen, ob es jemals herauskommen würde. Er schaute genauer hin und berührte die Buchstaben mit seinen Fingern. Es mußte während der Nacht gemacht worden sein, die Farbe war ziemlich trocken.

»Liebling«, kam Marys Stimme von drinnen, »du hast die Tür offen gelassen.«

»Mmmmmm ...« war alles, was er sagen konnte, da er keine besseren Worte fand. Er wollte nicht, daß sie es erfuhr. Er ging wieder hinein, schloß die Tür fest zu und setzte sich zu seiner jungen, schönen, langgelockten Mary, die schon eine Schüssel mit Corn-flakes und einige heiße, mit Butter bestrichene Toastbrote auf den Tisch gestellt hatte.

Hier war der sonnige Fleck in einem wolkigen Himmel für Hank, diese ausgelassene kleine Frau mit dem melodischen Kichern. Sie war eine Puppe, aber sie hatte auch echten Mumm. Hank bedauerte oft, daß sie durch all die Kämpfe, in denen sie jetzt standen, gehen mußte — sie hätte ja auch irgendeinen abgesicherten, langweiligen Buchhalter oder Versicherungskaufmann heiraten können —, aber sie war eine großartige Unterstützung für ihn, sie glaubte immer, daß Gott das Beste aus einer Sache machen würde, und sie glaubte auch immer an Hank.

»Was ist passiert?« fragte sie sofort.

Oh, Mann! Da tut man, was man kann, um es zu verstecken, man versucht, sich möglichst normal zu verhalten, aber sie findet es immer noch raus, dachte Hank.

»Mmmmm ...«, begann er.

»Immer noch beunruhigt wegen der Kirchenvorstandssitzung?« Da ist dein Ausweg, Busche. »Sicher, ein bißchen.«

»Ich habe dich nicht einmal nach Hause kommen hören. Dauerte die Versammlung so lange?«

»Nein. Alf Brummel mußte zu einer wichtigen Verabredung, über die er nicht reden wollte, und die anderen sagten nur — na, du weißt schon, was sie mir sagen wollten — und gingen nach Hause. Sie ließen mich allein zurück, damit ich meine Wunden lecken konnte. Ich betete eine Zeitlang. Ich denke, daß es half. Ich fühlte mich danach in Ordnung.« Er strahlte jetzt sogar ein wenig. »Tatsächlich, ich habe wirklich gefühlt, daß mich der Herr letzte Nacht getröstet hat.«

»Ich meine immer noch, daß sie sich eine komische Zeit ausgesucht haben, um eine Vorstandssitzung einzuberufen, genau während des Festes«, sagte sie.

»Und auch noch am Sonntagabend!« sagte er, während er einen Löffel Corn-flakes in seinen Mund schob. »Und jetzt haben sie auch noch eine Gemeindeversammlung einberufen.«

»Über dieselbe Sache?«

»Ah, ich denke, daß sie Lou nur als Ausrede benutzen, um Ärger zu machen.«

»Gut, was hast du ihnen gesagt?«

»Immer wieder dasselbe. Wir taten nur, was die Bibel sagt: Ich ging zu Lou, dann gingen John und ich zu Lou, dann brachten wir es vor den Rest der Gemeinde, und dann haben wir, nun, wir haben ihn aus der Gemeinschaft ausgeschlossen.«

»Gut, es scheint das zu sein, was die Gemeinde beschlossen hat. Aber warum kann der Vorstand nicht damit übereinstimmen?«

»Sie können nicht lesen. Steht nicht in den Zehn Geboten etwas über Ehebruch?«

»Ich weiß, ich weiß.«

Hank legte seinen Löffel ab, so daß er besser gestikulieren konnte. »Und sie waren auf *mich* sauer letzte Nacht! Sie fingen an, mir etwas davon zu erzählen, daß ich nicht richten sollte, damit ich nicht selbst gerichtet werde ...«

»Wer tat das?«

»Oh, dasselbe alte Alf-Brummel-Lager: Alf, Sam Turner, Gordon Mayer ... du weißt, die alte Garde.«

»Nun, laß nicht zu, daß sie dich umwerfen!«

»Sie werden auf keinen Fall meine Meinung ändern. Ich weiß jedoch nicht, inwiefern dies meinen Arbeitsplatz sicher macht.«

Jetzt wurde Mary aufgebracht. »Nun, was stimmt eigentlich bei Alf Brummel nicht? Hat er etwas gegen die Bibel oder gegen die Wahrheit — oder was?«

»Jesus liebt ihn, Mary«, sagte Hank behutsam. »Es ist einfach, daß er sich überführt fühlt, er ist schuldig, er ist ein Sünder, er weiß es, und so Burschen wie ich werden immer so Burschen wie ihn beunruhigen. Der letzte Pastor predigte das Wort Gottes, und Alf gefiel es nicht. Nun predige ich das Wort Gottes, und es gefällt ihm immer noch nicht. Er hat einen großen Einfluß in dieser Gemeinde, deshalb vermute ich, daß er denkt, er kann bestimmen, was von dieser Kanzel kommt.«

»Nun, das kann er nicht.«

»Auf jeden Fall nicht, solange ich Pastor bin.«

»Warum geht er nicht einfach woanders hin?«

Hank erhob dramatisch seinen Finger. »Das, teure Frau, ist eine gute Frage! Es scheint eine Methode in seiner Verrücktheit zu sein, so als ob es seine Lebensberufung sei, Pastoren zu vernichten.«

»Es ist nur ein Bild, das sie von dir malen. Du bist eben nicht so!«

»Hmmmm ... ja, ein Bild. Bist du bereit?«

»Bereit für was?«

Hank atmete tief ein, seufzte und schaute seine Frau an. »Wir hatten einige Besucher letzte Nacht. Sie — sie malten einen Spruch auf unsere Hauswand.«

»Was? Unser Haus?«

»Nun ... das Haus unseres Vermieters.«

Sie stand auf. »Wo?« Sie ging zur Tür hinaus, ihre Hausschuhe schlurften über den Boden.

»Oh, nein!«

Hank ging zu ihr hin, und sie sogen den Anblick gemeinsam ein. Es war noch da, so real wie vorher.

»Nun, das macht mich wahnsinnig!« erklärte sie, aber jetzt weinte sie. »Was haben wir jemals irgend jemandem getan?«

»Ich glaube, wir haben gerade darüber geredet«, sagte Hank.

Mary verstand nicht, was er sagte, aber sie hatte ihre eigene Theorie, die augenfälligste. »Vielleicht das Sommerfest ... es bringt immer in jedem das Schlechteste zum Vorschein.«

Hank hatte auch seine eigene Theorie, aber er sagte nichts. Es mußte jemand aus der Gemeinde sein, dachte er. Man hatte ihn vieles geheißen: einen Fanatiker, einen Nestbeschmutzer, einen gesetzlichen Unruhestifter. Er wurde sogar beschuldigt, ein Homosexueller zu sein, und daß er seine Frau schlage. Irgendein verärgertes Gemeindemitglied konnte das getan haben, vielleicht ein Freund von Lou Stanley, dem Ehebrecher, vielleicht Lou selbst. Wahrscheinlich würde er es nie erfahren, aber das war in Ordnung. Gott wußte Bescheid.

3

Nur ein paar Meilen östlich der Stadt raste auf dem Highway 27 eine große schwarze Limousine durch die Gegend. Auf dem Plüschrücksitz besprach ein dicklicher Mann mittleren Alters Geschäftliches mit seiner Sekretärin, einer großen und schlanken Frau mit langen, kohlschwarzen Haaren und blasser Gesichtsfarbe. Er sprach lebhaft und akzentuiert, während sie fließend mitstenographierte. Es ging um irgendein großes Geschäft. Dann fiel dem Mann etwas ein.

»Das erinnert mich an etwas«, sagte er, und die Sekretärin schaute von ihrem Notizblock auf. »Die Professorin behauptet, sie habe mir vor einiger Zeit ein Päckchen geschickt, aber ich kann mich nicht daran erinnern, es jemals empfangen zu haben.«

»Was für ein Päckchen?«

»Ein kleines Buch. Ein persönliches Stück. Warum machst du dir nicht eine Notiz, um es nachzuprüfen, wenn wir zurück auf der Ranch sind?«

Die Sekretärin öffnete ihre Aktentasche und schien eine Notiz zu machen. Tatsächlich schrieb sie jedoch nichts auf.

Es war Marshalls zweiter Besuch im Gerichtsgebäude am gleichen Tag. Das erste Mal, um Bernice gegen Kaution herauszuholen, und nun, um dem Mann, den Bernice aufhängen wollte, einen Besuch abzustatten: Alf Brummel, Chef der Polizei. Nachdem der *Clarion* endlich druckreif war, wollte Marshall Brummel anrufen, aber Sara, Brummels Sekretärin, kam Marshall mit einem Anruf zuvor und vereinbarte einen Termin für 14.00 Uhr. Dies war ein guter Schachzug, dachte Marshall. Brummel bot einen Waffenstillstand an, bevor die Panzer zu rollen begannen.

Er stellte seinen Wagen auf den reservierten Parkplatz vor dem neuen Gerichtsgebäude und blieb neben seinem Auto stehen, schaute die Straße rauf und runter und musterte die Überbleibsel des Festival-Schlachtfeldes von Sonntagnacht. Die Main Street versuchte, wieder dieselbe alte Main Street zu werden, aber in Marshalls Augen, die zu unterscheiden gelernt hatten, schien die ganze Stadt zu hinken, irgendwie müde, wund und schwerfällig. Das gewöhnliche Geschnatter der halbgeschäftigen Fußgänger wurde oft unterbrochen, man schaute, schüttelte den Kopf und bedauerte. Seit Generationen war Ashton stolz auf seine traditionelle Wärme und Würde, und es hatte sich bemüht, ein Ort zu sein, in dem die Kinder der Stadt behütet aufwachsen konnten. Aber nun gab es innere Tumulte, Unruhen, Ängste, als ob irgendeine Art von Krebs die Stadt auffressen wollte und sie unsichtbar zerstörte. Äußerlich gab es Schaufenster, die durch Sperrholz ersetzt waren, jede Menge aufgebrochener Parkuhren, Abfälle und zerbrochenes Glas überall auf der Straße. Aber während die Ladenbesitzer den Schutt wegräumten, schien sich eine unausgesprochene Gewißheit breitzumachen, daß die inneren Probleme bleiben würden: der Ärger würde weitergehen. Verbrechen nahmen immer mehr zu, besonders unter der Jugend; einfaches, gewöhnliches Vertrauen in die Nachbarn verschwand langsam; noch nie zuvor war die Stadt so voller Gerüchte, Skandale und schlechtem Gerede. Im Schatten von Angst und Mißtrauen verlor das Leben hier Schritt für Schritt seine Freude und Einfachheit, und niemand schien zu wissen, warum und wieso.

Marshall betrat den Courthouse Square. An diesem Platz standen zwei Gebäude, geschmackvoll von Weiden und Büschen umgeben, und vor den Gebäuden war ein öffentlicher Parkplatz. Auf der einen Seite war das zweistöckige Gerichtshaus aus Backstein, das auch die Stadtpolizei und den heruntergekommenen Zellenblock beherbergte; eines der drei Polizeiautos, die die Stadt besaß, war außen geparkt. Auf der anderen Seite war die zweistöckige Stadthalle mit ihrer Glasfront, welche das Bürgermeisterbüro, den Stadtrat und andere Entscheidungsträger beherbergte. Marshall wandte sich dem Gerichtsgebäude zu.

Er ging durch den schlichten Eingang, an dem »Polizei« zu lesen war, und fand die kleine Empfangshalle leer. Er konnte Stimmen aus dem Hintergrund der Halle und hinter einer der verschlossenen Türen hören, aber Sara, die Sekretärin, schien gerade außerhalb des Raumes zu sein.

Nein — hinter der aufpolierten Empfangstheke bewegte sich ein riesiger Karteikasten langsam vor und zurück, und Stöhnen und Seufzer kamen von unten hoch. Marshall lehnte sich über die Theke und wurde Zeuge einer komischen Szene. Sara war, ohne Rücksicht auf ihr Kleid, auf die Knie gegangen und mitten in einem Kampf mit einer eingeklemmten Karteikastenschublade, die sich an ihrem Schreibtisch verheddert hatte. Offensichtlich war der augenblickliche Punktestand 3:0 für die Karteikastenschublade gegen Saras Schienbeine, und Sara war eine arme Verliererin. Ebenso ihre Strumpfhose.

Sie stieß einen üblen Fluch aus, dann fiel ihr Blick auf Marshall — aber da war es schon zu spät, um ihr gewöhnlich gelassenes Image zu retten.

»Oh, hallo, Marshall...«

»Zieh das nächste Mal deine Kampfstiefel an. Sie sind besser, um damit auf etwas einzutreten.«

Wenigstens kannten sie sich beide, und Sara war froh darüber. Marshall war oft genug hier gewesen, um mit den meisten Leuten vertraut zu werden.

»Dies«, sagte sie mit dem Tonfall eines Fremdenführers, »sind die berüchtigten Karteikästen von Mr. Alf Brummel, Chef der Polizei. Er hat gerade einige phantastische neue Karteischränke bekommen, und so habe ich diese geerbt! Warum sie ausgerechnet in meinem Büro sein müssen, geht über mein Auffassungsvermögen, aber gemäß seinem ausdrücklichen Befehl müssen sie hier bleiben!«

»Sie sind zu häßlich, um in *sein* Büro zu kommen.«

»Aber was soll's... du kennst ihn ja. Oh, gut, vielleicht wird diese kleine Ortsveränderung sie aufheitern. Wenn sie schon hierher müssen, dann könnten sie wenigstens lächeln.«

In diesem Moment summte die Sprechanlage. Sie drückte den Knopf und antwortete.

»Ja, Sir?«

Brummels Stimme quäkte aus dem kleinen Lautsprecher: »Hey, mein Sicherheitsalarm leuchtet auf...«

»Entschuldigung, das war ich. Ich habe versucht, eine Ihrer Karteikastenschubläden zu schließen.«

»Ja, richtig. Gut, bringen Sie die Sache wieder in Ordnung, ja?«
»Marshall Hogan ist hier, um Sie zu sprechen.«
»Oh, richtig. Schicken Sie ihn herein.«

Sie schaute zu Marshall hoch und schüttelte übertrieben ihren Kopf.

»Hast du eine freie Stelle für eine Sekretärin?« murmelte sie. Marshall lächelte. Sie erklärte: »Er hat diese Karteikästen gerade neben dem leisen Alarmknopf aufgestellt. Jedesmal, wenn ich eine Schublade aufziehe, wird das Gebäude umstellt.«

Mit einem Abschiedswinken ging Marshall zur nächsten Bürotür und trat in Brummels Büro ein. Alf Brummel stand auf und streckte seine Hand aus, während sein Gesicht sich zu einem breiten, strahlenden Lächeln verzog.

»Hallo, da ist der Mann!«

»Hallo, Alf.«

Sie gaben sich die Hand, wobei Brummel Marshall hereingeleitete und die Tür schloß. Brummel war ein Mann irgendwo in seinen Dreißigern, alleinstehend, ein ehemals toller Stadtpolizist mit einem großspurigen Lebensstil, der seinem Polizistengehalt eigentlich nicht entsprach. Er gab sich immer als guter Kumpel, aber Marshall vertraute ihm nie wirklich. Er konnte ihn nicht leiden, wenn er ehrlich war. Es war zuviel des Zähnezeigens ohne jeden Grund.

»Nun«, Brummel grinste, »nimm Platz, nimm Platz.« Bevor die beiden richtig saßen, sprach er schon wieder. »Es sieht so aus, als hätten wir an diesem Wochenende einen lächerlichen Fehler gemacht.«

Marshall rief sich den Anblick seiner Reporterin, die eine Zelle mit Prostituierten teilen mußte, wieder ins Gedächtnis zurück.

»Bernice hat die ganze Nacht nicht gelacht, und ich bin 25 Dollar los.«

»Nun«, sagte Brummel, wobei er in seine Schreibtischschublade griff, »deswegen haben wir dieses Treffen, um das Ganze zu bereinigen. Hier.« Er zog einen Scheck hervor und gab ihn Marshall. »Dies ist deine Rückerstattung für die Kaution, und ich will, daß du weißt, daß Bernice eine offizielle Entschuldigung von mir und unserem Büro erhält. Aber, Marshall, bitte erzähle mir, was passiert ist. Wenn ich dort gewesen wäre, hätte ich es verhindern können.«

»Bernie sagt, du warst dort.«

»Ich war? Wo? Ich weiß, ich war die ganze Nacht in und außerhalb der Station, aber ...«

»Nein, sie hat dich dort auf dem Volksfest gesehen.«

Brummel brachte ein noch breiteres Grinsen als üblich zustande. »Nun, ich weiß nicht, wen sie tatsächlich gesehen hat, aber ich war letzte Nacht nicht auf dem Volksfest. Ich war hier beschäftigt.«

Marshall war zu sehr in Fahrt, um jetzt nachzugeben. »Sie sah dich genau in dem Moment, als sie verhaftet wurde.«

Brummel schien diese Feststellung nicht zu hören. »Aber mach weiter, erzähle mir, was passiert ist. Ich muß der Sache auf den Grund gehen.«

Marshall bremste plötzlich seinen Angriff ab. Er wußte nicht, warum. Vielleicht war es aus Höflichkeit. Vielleicht war es aus Furcht. Was immer der Grund war, er begann die Geschichte in einer ordentlichen, fast nachrichtenähnlichen Form herunterzurattern, meistens so, wie er sie von Bernice gehört hatte, aber vorsichtigerweise ließ er die verfänglichen Einzelheiten aus, die sie ihm mitgeteilt hatte. Während er sprach, studierten seine Augen Brummel, Brummels Büro und alle Details in Anordnung, Dekoration und Ausstattung. Es war fast schon ein Reflex für ihn. Mit den Jahren hatte er den Dreh heraus, zu beobachten und Informationen zu sammeln, ohne daß man ihm das ansah. Vielleicht lag es auch daran, daß er diesem Mann nicht traute, aber selbst wenn er es getan hätte — einmal Reporter, immer Reporter. Er konnte sehen, daß Brummels Büro einem anspruchsvollen Mann gehörte; vom hochglanzpolierten, ordentlichen Schreibtisch bis zu den Bleistiften im Behälter war alles in perfekter Ordnung.

Entlang der Wand, wo die häßlichen Karteikästen gestanden hatten, befanden sich einige ausgesprochen schöne Regale und Aktenschränke aus ölpolierter Eiche, mit eingesetzten Glastüren und Messingbeschlägen.

»Sag, Alf, bist du befördert worden?« witzelte Marshall und schaute zu den Aktenschränken.

»Gefallen sie dir?«

»Ich liebe sie. Wo sind sie her?«

»Ein sehr hübscher Ersatz für diese alten Karteikästen. Es zeigt nur, was alles möglich ist, wenn man seine Pennies spart. Ich habe diese Karteikästen hier drinnen gehaßt. Ich meine, ein Büro sollte etwas Eleganz ausstrahlen, oder?«

»Äh, ja, sicher. Junge, du hast deinen eigenen Kopierer ...«

»Ja, und zusätzliche Bücherregale.«

»Und noch ein Telefon?«

»Ein Telefon?«

»Was bedeutet dieser Draht, der da aus der Wand kommt?«

»Oh, das ist für die Kaffeemaschine. Aber wo waren wir stehengeblieben?«

»Ja, ja, was mit Bernice passiert ist ...« Und Marshall erzählte seine Geschichte weiter. Er konnte gut verkehrt herum lesen, und während er weitererzählte, überflog er Brummels Terminkalender. Die Dienstagnachmittage stachen etwas hervor, da sie alle leer waren, obwohl sie nicht Brummels freie Tage waren. An einem Dienstag war ein Termin vermerkt: Pastor Oliver Young um 14 Uhr.

»Oh«, sagte er im Plauderton, »willst du meinem Pastor morgen einen Besuch abstatten?«

Er konnte genau erkennen, daß er etwas zu weit gegangen war; Brummel sah gleichzeitig erstaunt und verwirrt aus.

Brummel zwang sich zu einem zähnebleckenden Grinsen und sagte: »O ja, Oliver Young ist dein Pastor, nicht wahr?«

»Ihr zwei kennt euch?«

»Nun, nicht richtig. Ich vermute, wir haben uns zufällig auf beruflicher Ebene getroffen ...«

»Aber gehst du nicht in diese andere Gemeinde, diese kleine?«

»Ja, Ashton Community. Aber mach weiter, wir wollen den Rest der Geschichte hören.«

Marshall war beeindruckt, wie leicht dieser Bursche durcheinanderzubringen war, aber er versuchte nicht, ihn noch weiter herauszufordern. Auf jeden Fall jetzt noch nicht. Statt dessen erzählte er seine Geschichte weiter und brachte sie zu einem ordentlichen Ende, einschließlich Bernice' Empörung. Er bemerkte, daß Brummel einige wichtige Papierstücke gefunden hatte, um sie durchzusehen, Papiere, die den Terminkalender bedeckten.

Marshall fragte: »Sag, wer war nur dieser eingebildete Polizist, der Bernice keine Chance gab, sich auszuweisen?«

»Einer von auswärts, nicht einmal von unserer Einheit hier. Wenn uns Bernice seinen Namen oder seine Dienstnummer geben kann, werde ich dafür sorgen, daß er wegen seines Benehmens zur Rechenschaft gezogen wird. Weißt du, wir mußten einige Hilfskräfte aus Windsor holen, um uns für das Volksfest zu verstärken. Was unsere Männer betrifft, nun, sie wissen ganz genau, wer Bernice Krueger ist.« Brummel sagte den letzten Satz mit einem leichten wölfischen Unterton.

»So, warum sitzt sie nicht hier und hört anstelle von mir all diese Entschuldigungen?«

Brummel beugte sich nach vorne und schaute ziemlich ernst. »Ich dachte, es ist das beste, zuerst mit dir zu reden, Marshall, besser, als sie durch dieses Büro marschieren zu lassen, da sie ja schon irgendwie gebrandmarkt ist. Ich vermute, du weißt, was dieses Mädchen durchgemacht hat.«

Okay, dachte Marshall, ich werde fragen. »Ich bin neu in dieser Stadt, Alf.«

»Sie hat es dir nicht erzählt?«

»Und würdest du es bitte tun?«

Brummel lehnte sich ein wenig in seinem Stuhl zurück und studierte Marshalls Gesicht. Marshall dachte in diesem Moment, daß er nicht bereute, was er sagte. »Es würde mich aus der Fassung bringen, wenn du es noch nicht erfahren hättest.«

Brummel begann, einen neuen Absatz zu machen. »Marshall ... ich wollte dich heute persönlich sehen, da ich ... diese Sache klären wollte.«

»So laß uns hören, was du über Bernice zu sagen hast.« Brummel, ich rate dir, deine Worte sorgfältig auszuwählen, dachte Marshall.

»Nun« — Brummel stotterte und legte dann plötzlich los. »Ich dachte, du möchtest gerne darüber Bescheid wissen, und vielleicht hilft dir diese Information, mit ihr umzugehen. Weißt du, einige Monate, bevor du die Zeitung übernommen hast, kam sie selbst nach Ashton. Nur einige Wochen zuvor hatte ihre Schwester, die das College besuchte, Selbstmord begangen. Bernice kam mit einer wilden Rachsucht nach Ashton und versuchte, das Rätsel, das den Tod ihrer Schwester umgab, zu lösen, aber ... wir alle wissen, es war eben eines dieser Dinge, für die es nie eine Antwort geben wird.«

Marshall schwieg eine Zeitlang. »Ich wußte das nicht.«

Brummels Stimme war ruhig und klang traurig, als er sagte: »Sie war überzeugt, daß es irgendeine faule Sache sein mußte. Sie stellte sehr aggressive Nachforschungen an.«

»Nun, sie hat die Nase einer Reporterin.«

»Oh, das hat sie. Aber siehst du, Marshall ... ihre Verhaftung, es war ein Fehler, ein sehr demütigender, offen gesagt. Ich dachte wirklich nicht, daß sie eines Tages dieses Gebäude von innen erleben würde. Verstehst du jetzt?«

Aber Marshall war nicht sicher, ob er es tat. Er war sich nicht einmal dessen sicher, ob er alles gehört hatte. Er fühlte sich plötzlich sehr schwach, und er konnte nicht herausbekommen, wohin sein Ärger so schnell verschwunden war. Und was war mit seinen Mutmaßungen? Er wußte, daß er diesem Burschen nicht alles abkaufte, was er sagte — oder doch? Er wußte, daß Brummel gelogen hatte, als er behauptete, er sei nicht auf dem Volksfest gewesen — oder doch nicht?

Oder habe ich ihn nur falsch verstanden? Komm, Hogan, hast du letzte Nacht nicht genug Schlaf bekommen?

»Marshall?«

Marshall schaute in Brummels stechende graue Augen, und er fühlte sich leicht betäubt, so als ob er träumte.

»Marshall«, sagte Brummel, »ich hoffe, du verstehst. Verstehst du jetzt?«

Marshall mußte sich zum Denken zwingen, und er fand, daß es ihm nicht half, Brummel dabei in die Augen zu sehen.

»Uh ...« Es war ein törichter Anfang, aber es war das Beste, was er zustande brachte. »Ja, Alf, ich denke, daß ich verstehe, was du sagen willst. Du hast vermutlich das Richtige getan.«

»Aber ich will, daß diese Sache zwischen dir und mir bereinigt wird.«

»Ach, mach dir keine Sorgen darüber. Es ist nicht so wichtig.« Obwohl Marshall dies sagte, fragte er sich, ob er es wirklich gesagt hatte.

Brummels große Zähne erschienen wieder. »Ich bin wirklich froh, dies zu hören, Marshall.«

»Aber sag, hör zu, du solltest sie wenigstens selbst anrufen. Sie fühlte sich persönlich ganz schön verletzt, weißt du?«

»Ich werde dies tun, Marshall.«

Dann beugte sich Brummel mit einem seltsamen Lächeln auf seinem Gesicht nach vorne, seine Hände auf dem Schreibtisch waren fest zusammengefaltet, und seine grauen Augen warfen Marshall diesen betäubenden, durchbohrenden, eigenartig beruhigenden Blick zu.

»Marshall, laß uns über dich und den Rest der Stadt sprechen. Du weißt, wir sind wirklich froh, daß wir dich hier haben, um den *Clarion* zu führen. Wir wußten, daß deine erfrischende Einstellung zum Journalismus gut für die Gemeinde sein würde. Ich kann geradeheraus sagen, daß der letzte Redaktionsleiter ... ziemlich schädlich für die Stimmung in dieser Stadt war, vor allem am Ende.«

Marshall hörte zu, und er konnte spüren, daß etwas auf ihn zukam.

Brummel fuhr fort. »Wir brauchen einen Mann deiner Klasse, Marshall. Du übst durch die Zeitung einen großen Einfluß aus, und wir alle wissen das, aber es braucht den richtigen Mann, um diesen Einfluß richtig zu lenken für das allgemeine Wohl. Wir alle im öffentlichen Dienst sind hier, um dem Gemeinwohl optimal zu dienen, was letztlich ein Dienst an der Menschheit ist. Deswegen bist du hier, Marshall. Du bist zum Nutzen der Leute hier, genauso wie der Rest von uns.« Brummel fuhr sich nervös mit seinen Fingern durch die Haare und fragte: »Nun, verstehst du, was ich meine?«

»Nein.«

»Nun ...« Brummel suchte nach einem neuen Anfang. »Ich vermute, es ist, wie du gesagt hast, weil du neu in dieser Stadt bist. Darf ich ganz offen sein?«

Marshall zuckte ein »Warum nicht?« mit seinen Achseln und ließ Brummel weiterreden.

»Es ist eine kleine Stadt, und das bedeutet, daß ein kleines Problem, auch zwischen einer Handvoll Leuten, fast alle anderen mitbetrifft. Und du kannst dich nicht hinter Anonymität verstecken, da es nichts dergleichen gibt. Nun, der letzte Redaktionsleiter erkannte dies nicht und verursachte tatsächlich Probleme, die die ganze Bevölkerung berührten. Er war ein krankhafter Schaumschläger. Er zerstörte den guten Glauben der Leute an ihre örtliche Regierung, ihre Beamten, ihre Nachbarn und zuletzt an sich selbst. Das tat weh. Es war eine tiefe Wunde in uns, und wir alle brauchten einige Zeit, davon wieder zu genesen. Nur zu deiner Information kann ich dir sagen, daß dieser Mann schließlich die Stadt mit Schimpf und Schande verlassen mußte. Er hatte ein zwölfjähriges Mädchen unsittlich belästigt. Ich habe versucht, diesen Fall so ruhig wie möglich zu behandeln. Aber in dieser Stadt war das äußerst schwierig. Ich tat das, wovon ich glaubte, daß es der Familie des Mädchens und der Bevölkerung am wenigsten Ärger und Schmerzen bereiten würde. Ich habe keine rechtlichen Schritte gegen diesen Mann eingeleitet, aber ich sorgte dafür, daß er Ashton verließ und sich niemals mehr hier blicken läßt. Er war damit einverstanden. Aber ich werde niemals die damit zusammenhängende Aufregung vergessen, und ich bezweifle, ob die Stadt dies je vergessen hat.

Dies bringt uns zu dir, zu uns, den öffentlichen Dienern und auch zu den Bürgern dieser Gemeinde. Einer der Gründe, warum ich dieses Durcheinander mit Bernice bedaure, ist, daß ich mir wirklich eine gute Beziehung zwischen diesem Büro und dem *Clarion* wünsche, zwischen dir und mir persönlich. Ich würde es hassen, wenn irgend etwas dies zerstören würde. Wir brauchen Einheit hier, Kameradschaft, einen guten Gemeinschaftsgeist.« Er machte eine bedeutungsvolle Pause. »Marshall, wir würden es sehr schätzen, wenn du mit uns zusammen für dieses Ziel kämpfen könntest.«

Dann kam die Pause und der lange, erwartungsvolle Blick. Marshall war auf der Hut. Er rutschte ein wenig in seinem Stuhl hin und her, ordnete seine Gedanken, untersuchte seine Gefühle und vermied es, in diese stechenden grauen Augen zu schauen. Vielleicht war dieser Bursche gar nicht so übel, oder vielleicht war diese ganze Rede nur irgendein diplomatischer Schachzug, um ihn von dem wegzuscheuchen, was immer Bernice da aufgestöbert hatte.

Aber Marshall konnte nicht klar denken, auch nicht klar fühlen. Seine Reporterin war ohne Grund verhaftet und die Nacht über in ein schäbiges Gefängnis geworfen worden, und ihn schien das nicht mehr zu kümmern; dieser zähnebleckende Polizeichef machte eine Lügnerin aus ihr, und Marshall kaufte ihm das ab. *Komm, Hogan, erinnere dich, warum du hierher gekommen bist!*

Aber er fühlte sich einfach so müde. Er rief sich ins Gedächtnis zurück, warum er vor allem nach Ashton gekommen war. Es sollte eine Änderung des Lebensstils für ihn und seine Familie sein, das Kämpfen und Mühen um die Großstadtintrigen sollte ein Ende haben, und er wollte sich um die einfacheren Geschichten kümmern, Dinge wie Schulausflüge und Katzen auf Bäumen. Vielleicht war es nur eine Angewohnheit, die durch all die Jahre bei der *Times* entstanden war, welche ihn veranlaßte, Brummel wie ein Inquisitor zu beargwöhnen. Für was? Noch mehr Affentheater? Es ist zum Schreien, wie wäre es eigentlich zur Abwechslung mit ein wenig Frieden und Ruhe?

Plötzlich, und gegen seine besseren Instinkte, wußte er, daß es keinen Anlaß zur Sorge gab; der Film von Bernice würde in Ordnung sein, und die Fotos würden beweisen, daß Brummel im Recht und Bernice im Unrecht war. Und Marshall wollte wirklich, daß es so wäre.

Aber Brummel wartete immer noch auf eine Antwort und schaute ihn immer noch mit diesem stechenden Blick an.

»Ich ...«, Marshall begann, und jetzt fühlte er, daß es eigenartig schwer war, etwas zu sagen. »Hör zu, Alf, ich bin wirklich müde vom Kämpfen. Vielleicht hat sich ja meine Kämpfernatur hochgebracht, vielleicht hat mich das bei meiner Arbeit mit der *Times* gut gemacht, aber ich habe beschlossen, hierher zu ziehen — und das soll etwas aussagen. Ich bin müde, Alf, und ich bin in den letzten Jahren auch nicht jünger geworden. Ich brauche Erholung. Ich muß lernen, was es heißt, ein Mensch zu sein und in einer Stadt mit anderen Menschen zu leben.«

»Ja«, sagte Brummel, »das ist es. Genau das ist es.«

»So ... mach dir keine Sorgen. Ich will hier nur etwas Frieden und Ruhe wie alle anderen auch. Ich will keine Kämpfe, ich will keine Probleme. Du hast von mir nichts zu befürchten.«

Brummel war begeistert und streckte sofort seine Hand aus. Als Marshall die Hand nahm und sie einander die Hände schüttelten, fühlte er sich fast so, als hätte er einen Teil seiner Seele verkauft. Hatte Marshall Hogan dies wirklich alles gesagt? Ich *muß* müde sein, dachte er.

Bevor es ihm bewußt war, stand er bereits außerhalb von Brummels Büro. Offensichtlich war ihr Treffen beendet.

Nachdem Marshall gegangen und die Tür sicher verschlossen war, sank Alf Brummel mit einem Seufzer der Erleichterung in seinen Sessel, saß eine Weile da, starrte ins Leere, erholte sich und stärkte seine Nerven für die nächste schwere Aufgabe. Verglichen mit dem, was vor ihm lag, war das Gespräch mit Marshall Hogan nur ein Aufwärmen. Jetzt kam die eigentliche Prüfung. Er griff nach seinem Telefon, zog es näher heran, starrte einen Moment darauf und wählte dann die Nummer.

Hank war gerade damit beschäftigt, die Vorderfront seines Hauses zu streichen, als das Telefon klingelte und Mary rief: »Hank, es ist Alf Brummel!«

Oho, dachte Hank. Und hier stehe ich mit einer tropfenden Malerbürste in meiner Hand. Ich wünschte, er würde hier stehen.

Er bekannte seine Sünde dem Herrn, während er hineinging, um den Anruf zu beantworten.

»Hallo«, sagte er.

In seinem Büro drehte Brummel seinen Rücken der Tür zu, um es — obwohl er allein war — zu einem privaten Gespräch zu machen, und er sprach mit gesenkter Stimme. »Hallo, Hank. Hier ist Alf. Ich dachte, daß ich dich heute morgen anrufen sollte, um zu hören, wie es dir geht ... seit letzter Nacht.«

»Oh ...« sagte Hank, wobei er sich wie eine Maus im Munde einer Katze fühlte. »Mir geht's gut, vermute ich. Besser vielleicht.«

»Und hast du noch einmal darüber nachgedacht?«

»Oh, sicher. Ich habe viel darüber nachgedacht. Ich habe darüber gebetet und das Wort Gottes im Blick auf diese Fragen erneut geprüft ...«

»Hmmmm. Das klingt, als ob du deine Meinung nicht geändert hast.«

»Nun, falls das Wort Gottes sich ändern würde, dann würde ich mich ändern, aber ich vermute, daß der Herr nicht von dem abweichen wird, was er sagt, und du weißt, wohin mich das führt.«

»Hank, du weißt, daß die Gemeindeversammlung diesen Freitag stattfindet.«

»Ich weiß das.«

»Hank, ich würde dir wirklich gerne helfen. Ich möchte nicht sehen, wie du dich selbst zerstörst. Du bist für die Gemeinde gut gewesen, denke ich, aber — was soll ich sagen? Die Uneinigkeit, das Gezänk ... es wird diese Gemeinde auseinanderreißen.«

»Wer zankt?«

»Oh, komm ...«

»Und außerdem, wer hat diese Gemeindeversammlung eigentlich einberufen? Du. Sam. Gordon. Ich habe keinen Zweifel, daß Lou weiter für Unfrieden sorgt da draußen, so wie derjenige, der die Vorderseite meines Hauses beschmiert hat.«

»Wir sind nur besorgt, das ist alles. Du — nun, du kämpfst gegen das, was das Beste für die Gemeinde ist.«

»Das ist komisch. Ich dachte, daß ich gegen dich gekämpft habe. Aber hast du mir zugehört? Ich sagte, jemand hat die Vorderseite meines Hauses beschmiert.«

»Was? Wie beschmiert?«

Hank ließ ihn alles hören.

Brummel stöhnte. »Ah, Hank, das ist krank!«

»Auch Mary und ich sind krank! Versetze dich in unsere Lage.«

»Hank, wenn ich in deiner Lage wäre, würde ich mir es noch einmal überlegen. Kannst du nicht sehen, was passiert? Gerüchte sind im Umlauf, und du hast die ganze Stadt gegen dich. Dies bedeutet auch, daß die ganze Stadt gegen unsere Gemeinde sein wird, und wir müssen in dieser Stadt überleben, Hank. Wir sind hier, um den Leuten zu helfen — nicht, um einen Keil zwischen uns und die anderen zu treiben.«

»Ich predige das Evangelium von Jesus Christus, und es gibt viele, die genau das wollen. Wo ist dieser Keil, von dem du sprichst?«

Brummel wurde ungeduldig. »Hank, lerne von dem letzten Pastor. Er machte denselben Fehler. Schau, was mit ihm passiert ist.«

»Ich habe von ihm gelernt. Ich lernte, daß ich nur aufzugeben bräuchte und die Wahrheit in irgendeiner Schublade begraben müßte, um niemanden zu beunruhigen. Dann würde es mir gutgehen, alle würden mich mögen, und wir wären wieder eine glückliche Familie. Offensichtlich war Jesus irregeleitet. Er hätte eine Menge Freunde haben können, wenn er nur nachgegeben hätte und etwas diplomatischer gewesen wäre.«

»Aber du willst gekreuzigt werden!«

»Ich will Seelen retten, ich will Sünder überführen, ich möchte, daß neugeborene Gläubige in der Wahrheit wachsen. Wenn ich das nicht tue, werde ich einiges mehr zu fürchten haben als dich und den Rest des Kirchenvorstands.«

»Das nenne ich nicht Liebe, Hank.«

»Ich liebe dich, Alf. Deshalb gebe ich dir deine Medizin, und das gilt speziell für Lou.«

Brummel zog einen großen Revolver heraus. »Hank, hast du dir überlegt, daß er dich gerichtlich belangen kann?«

Es gab eine Pause am anderen Ende.

Schließlich antwortete Hank: »Nein.«

»Er könnte dich wegen Schadensersatz, übler Nachrede, Rufschädigung, Einschüchterung und was weiß ich noch alles verklagen.«

Hank atmete tief ein und rief den Herrn um Geduld und Weisheit an.

»Du siehst das Problem?« sagte er schließlich. »Zu viele Leute kennen die Wahrheit nicht — oder wollen sie nicht kennen. Und jetzt bringen sich Leute wie Lou selbst in einen Sumpf, verletzen ihre eigenen Familien, verbreiten ihr Geschwätz, ruinieren ihren guten Ruf ... und dann schauen sie, ob sie jemand anderem den Schwarzen Peter zuschieben können. Wer fügt hier wem Schaden zu?«

Brummel seufzte nur. »Wir werden dies am Freitag abend alles besprechen. Wirst du dasein?«

»Ja, ich werde da sein. Ich werde erst ein Seelsorgegespräch führen, und dann werde ich in die Versammlung gehen. Hast du jemals einen Menschen seelsorgerlich begleitet?«

»Nein.«

»Es verschafft einem echten Respekt für die Wahrheit, wenn man dabei helfen muß, ein Leben in Ordnung zu bringen, das auf einer Lüge gegründet war. Denke einmal darüber nach.«

»Hank, ich bekomme von anderen Leuten Ratschläge, über die ich nachdenken kann.«

Brummel knallte den Hörer auf die Gabel und wischte sich den Schweiß von seinen Handflächen.

4

Könnte man ihn sehen, so wäre der erste Eindruck nicht so sehr sein schlangenähnliches, warziges Äußeres, sondern mehr die Art, wie seine Gestalt das Licht absorbierte und es nicht wieder hergab, so als ob er mehr ein Schatten als ein Objekt wäre, gleich einem fremdartigen, beseelten Loch im Raum. Aber dieser kleine Geist war für die Augen der Menschen unsichtbar. Ungesehen und materielos trieb er über der Stadt, ruderte mal hierhin, mal dorthin, geleitet durch einen Willen und nicht durch den Wind, wobei seine wirbelnden, zitternden Flügel einen gräulichen Schleier bildeten, während sie ihn vorantrieben. Er sah aus wie ein äußerst reizbares kleines Scheusal, sein widerliches Fell war abgrundtief schwarz, sein Körper war dünn und spinnenähnlich: halb menschlich, halb tierisch, total dämonisch. Zwei riesige gelbe Katzenaugen quollen aus seinem Gesicht, huschten hin und her, durchdringend, suchend. Sein Atem kam in kurzen, schwefelhaltigen Stößen, die als glühender gelber Dampf sichtbar waren.

Er beobachtete sorgfältig und folgte seinem Objekt, dem Fahrer eines braunen Wagens, der sich weit unten durch die Straßen von Ashton bewegte.

Marshall verließ an diesem Tag das *Clarion*-Büro etwas früher als sonst. Nach dem Trubel am Morgen war es eine Überraschung, daß der Dienstags-*Clarion* bereits in Druck war und die Mannschaft sich schon auf Freitag einstellte. Eine Kleinstadtzeitung war genau die richtige Gangart ... vielleicht konnte er wieder ein bißchen Zeit für seine Tochter finden.

Sandy. Ja, ein wunderschöner Rotschopf, ihr einziges Kind. Sie hatte gute Anlagen, aber sie hatte die meiste Zeit ihrer Kindheit mit einer überlasteten Mutter und einem selten anwesenden Vater verbracht. Marshall war erfolgreich in New York, in allem korrekt — außer darin, daß er nicht der Vater war, den Sandy gebraucht hätte. Sie hatte ihn das immer wissen lassen, aber — wie Kate sagte — die beiden waren sich zu ähnlich; ihre Schreie nach Liebe und Aufmerksamkeit kamen immer wie Messerstiche heraus, und Marshall widmete ihr seine Aufmerksamkeit fast so, wie Hunde sie Katzen widmen.

Keine Kämpfe mehr, sagte er sich ununterbrochen, kein Herumnörgeln mehr, kein Kratzen und Verletzen. Laß sie ausreden, laß sie auspacken, wie sie sich fühlt, und sei nicht hart mit ihr. Liebe sie so, wie sie ist, laß sie sein, wie sie ist und versuche nicht, sie einzuengen. Es war verrückt, daß seine Liebe zu ihr ständig wie Groll herauskam, mit Ärger und Worten, die weh taten. Eigentlich wollte er nur ihr Herz erreichen und versuchen, sie zurückzubringen. Es funktionierte nur nie. Gut, Hogan, versuch es, versuch es wieder und verpatze es diesmal nicht.

Er bog links ab und konnte das College sehen. Das Gelände des Whitmore College sah aus wie die meisten amerikanischen College-Gelände — schön, mit stattlichen alten Gebäuden, die einem schon vom Ansehen den Eindruck vermitteln, als sei man sehr gelehrt, weiträumig, da waren gepflegte Rasenflächen und Spazierwege mit sorgfältig angelegten Backsteinmustern, Landschaften mit Felsen, Grün und Statuen. Es hatte alles, was ein gutes College haben sollte, bis hin zu den Fünfzehn-Minuten-Parkplätzen. Marshall parkte seinen Wagen und machte sich auf die Suche zur Steward Hall, dort war die Psychologieabteilung und Sandys letzte Vorlesung an diesem Tag.

Whitmore war eine Privatstiftung, von einem Landbesitzer in den frühen zwanziger Jahren als Denkmal für sich selbst gegründet. Auf alten Fotos von dem Platz konnte man entdecken, daß einige der Vorlesungshallen mit ihren roten Backsteinen und ihren weißen Säulen so alt wie das College selbst waren: Monumente der Vergangenheit, die Wächter der Zukunft sein sollten.

Das sommerliche Gelände war verhältnismäßig ruhig.

Ein Frisbee spielender Student im zweiten Jahr zeigte Marshall den Weg, und so bog er nach links in eine Ulmenallee ab. Am Ende der Straße fand er Steward Hall, eine imposante Erscheinung, ähnlich einer europäischen Kathedrale mit Türmen und Bogengängen. Er zog eine der großen Doppeltüren auf und fand sich selbst in einem weiträumigen, widerhallenden Gang. Das Schließen der großen Tür machte solch einen rollenden Donner, der von der gewölbten Decke und den glatten Wänden widerhallte, daß Marshall dachte, er habe alle Vorlesungen im Erdgeschoß gestört.

Aber jetzt war er verloren. Dieser Ort hatte drei Stockwerke und ungefähr dreißig Seminarräume, und er hatte keine Idee, welcher der von Sandy war. Er ging die Halle hinunter, wobei er versuchte, mit seinen Absätzen nicht zuviel Lärm zu machen. An diesem Ort konnte man nicht einmal ohne Probleme rülpsen. Sandy war im ersten Semester. Ihr Umzug nach Ashton war etwas zu spät erfolgt, deshalb steckte man sie in Sommerkurse, damit sie Anschluß bekäme, aber alles in allem war es der richtige Übergangszeitpunkt für sie gewesen. Sie war jetzt unausgesprochen eine Ältere, sie fühlte sich wohl und lebte sich gut ein. Marshall konnte sich nicht vorstellen, wozu eine Vorlesung über »Psychologie des Selbst« gut war, aber er und Kate wollten sie nicht einengen.

Irgendwo vom Ende der gewölbten Halle her kamen die unverständlichen, aber bestimmten Worte eines laufenden Unterrichts, eine Frauenstimme. Er beschloß, dies zu überprüfen. Er ging an verschiedenen Seminarraumtüren vorbei, deren kleine schwarze Nummern stiegen ständig an, dann ein Getränkeautomat, die Toiletten und eine schwerfällig aufsteigende Steintreppe mit Eisengeländer. Schließlich konnte er die Worte des Unterrichts deutlich wahrnehmen, als er sich Raum 101 zuwandte.

»... und wenn wir eine einfache ontologische Formel aufstellen, ›ich denke, darum bin ich‹, das sollte das Ende der Frage sein. Aber *Sein* setzt nicht einen *Sinn* voraus ...«

Ja, das war wirklich dieses typische College-Zeug, diese komische Anhäufung von Vierundsechzig-Dollar-Worten, welche die Leute mit akademischem Wissen beeindrucken sollen, womit du jedoch deinen Lebensunterhalt nicht verdienen kannst. Marshall grinste ein wenig. Psycholgie. Wenn alle diese Psychiater vielleicht zufällig einmal übereinstimmen würden, könnte es vielleicht helfen. Zuerst führte Sandy ihr patziges Benehmen auf eine schlimme Geburtserfahrung zurück, doch was brachte dies? Armselige, verrückte Ausbildung. Ihr neustes Ding war Selbsterfahrung, Selbstachtung und Selbstverwirklichung; sie wußte bereits, wie man sich selbst aufhängt — jetzt brachte man es ihr im College bei.

Er spähte durch die Tür und sah das Theaterarrangement, mit Sitzreihen, die stetig zum Raumende hin aufstiegen, und die kleine Bühne im Vordergrund, auf der die Professorin stand und vor einer schweren hochgezogenen Tafel lehrte.

»... und Sinn kommt nicht notwendigerweise vom Denken, denn jemand hat gesagt, daß das Selbst nicht der Sinn ist, und daß das Denken tatsächlich das Selbst verleugnet und Selbsterkenntnis hemmt ...«

Wusch! Aus irgendeinem Grund hatte Marshall eine ältere Frau erwartet, dürr, die Haare zu einem Knoten zusammengelegt, mit einer Hornbrille und einer kleinen Perlenkette um den Hals. Aber die hier war eine aufsehenerregende Überraschung, fast so, als käme sie direkt aus einem Lippenstiftgeschäft oder sei aus einem Modemagazin gesprungen: lange blonde Haare, schmucke Figur, tiefe dunkle Augen, die ein bißchen blinzelten, aber sicher keine Brille benötigten, weder Hornbrille noch sonst eine.

Dann erhaschte Marshall ein Schimmern von tiefroten Haaren — und er sah Sandy, die vorne in der Halle saß, gespannt zuhörte und fieberhaft mitschrieb. Bingo! Das war leicht. Er beschloß, ruhig hineinzuschlüpfen und dem Rest der Vorlesung zu lauschen. Vielleicht verstand er etwas von dem, was Sandy da lernte — und sie hätten etwas, worüber sie miteinander reden konnten. Er ging leise durch die Tür und setzte sich auf einen der leeren Sitze im Hintergrund.

Dann passierte es. Irgendein Radar im Kopf der Professorin mußte eingeschaltet worden sein. Sie wandte sich dem Platz zu, wo Marshall saß, und schaute einfach nicht mehr von ihm weg. Er hatte kein Verlangen, die Aufmerksamkeit noch mehr auf sich zu ziehen, als es ohnehin schon der Fall war — so sagte er einfach nichts.

Aber die Professorin schien ihn zu untersuchen, studierte sein Gesicht, als ob es ihr vertraut wäre, und so, als versuchte sie sich an jemanden zu erinnern, den sie früher gekannt hatte. Das Aussehen, das plötzlich ihr Gesicht zeigte, ließ Marshall frösteln: Sie warf ihm einen stechenden Blick zu, wie aus den Augen eines gereizten Pumas. Er fühlte, wie sich instinktiv sein Magen zusammenzog.

»Suchen Sie hier etwas?« fragte die Professorin — und alles, was Marshall sehen konnte, waren ihre beiden stechenden Augen.

»Ich warte nur auf meine Tochter«, antwortete er, und sein Tonfall war höflich.

»Würden Sie draußen warten?« sagte sie, und es war keine Frage.

Und schon war er draußen in der Halle. Er lehnte sich an die Wand, starrte auf den Fußboden, seine Gedanken wirbelten durcheinander, seine Gefühle waren verwirrt, sein Herz klopfte. Er verstand nicht, warum er hier war, aber er war draußen. Ganz genau. Wie? Was ist passiert? Komm, Hogan, hör auf zu zittern und *denke!* Er versuchte, sich zu erinnern, aber es kam langsam, widerspenstig, wie wenn man sich einen schlechten Traum ins Gedächtnis zurückrufen will. Die Augen der Frau! Die Art, wie sie ihn ansahen, zeigte ihm, daß sie irgendwie wußte, wer er war, obwohl sie sich niemals begegnet waren — und er hatte noch nie so einen Haß gesehen oder gefühlt. Aber es waren nicht nur die Augen; es war auch die Angst; diese ständig anwachsende, auslaugende Angst, die sein Herz pochen ließ und die ohne jeden Grund in ihn gekrochen war, ohne sichtbare Ursache. Er war zu Tode erschrocken ... durch nichts! Es ergab überhaupt keinen Sinn. In seinem Leben war er noch nie vor etwas davongelaufen oder zurückgewichen. Aber jetzt, zum ersten Mal in seinem Leben ...

Zum ersten Mal? Das Bild von Alf Brummels stechenden grauen Augen blitzte in seinem Gedächtnis auf, und die Schwäche kehrte zurück. Er verdrängte den Eindruck und atmete tief durch. Wo war der alte Hogan-Mumm? Hatte er ihn in Brummels Büro zurückgelassen?

Aber er hatte keine Erkenntnis, keine Theorien, keine Erklärungen, nur Spott über sich selbst. Er murmelte: »So habe ich wieder aufgegeben, wie ein kranker Baum«, und wie ein kranker Baum lehnte er sich an die Wand und wartete.

Nach wenigen Minuten sprang die Tür des Seminarraums auf, und die Studenten begannen herauszuströmen wie Bienen aus dem Korb. Sie beachteten ihn überhaupt nicht, so daß sich Marshall unsichtbar vorkam, aber das war ihm im Moment gerade recht.

Dann kam Sandy. Er richtete sich auf, ging auf sie zu und begann, »Hallo« zu sagen ... und sie ging vorbei. Weder hielt sie an, noch lächelte sie, noch erwiderte sie seinen Gruß — nichts dergleichen! Er stand einen Augenblick wie betäubt da und beobachtete, wie sie die Halle hinunter auf den Ausgang zuging.

Dann folgte er. Er hinkte nicht, aber aus irgendeinem Grund fühlte er, daß er es tat. Er schlurfte nicht wirklich, aber seine Füße waren wie Blei. Er sah, daß seine Tochter aus der Tür ging, ohne sich umzudrehen. Es dröhnte, als die große Tür zufiel, und das Echo rollte durch die riesige Halle mit donnernder, verdammender Endgültigkeit, und es war, als ob das Krachen eines riesigen Tores ihn für immer von dem Menschen trennte, den er liebte. Er hielt dort in der breiten Halle an, betäubt, hilflos, er schwankte sogar ein wenig, und seine große Gestalt wirkte auf einmal sehr klein.

Für Marshall nicht sichtbar krochen kleine, schwefelige Wolken den Boden entlang wie langsames Wasser — flankiert von unhörbarem Schleifen und Kratzen über den Fliesen.

Wie ein schleimiger schwarzer Blutegel hängte sich der kleine Dämon an ihn, seine Krallen schlangen sich um Marshalls Beine wie schmarotzende Ranken, sie hielten ihn zurück und ihr Gift durchdrang seinen Geist. Die gelben Augen traten aus dem knorrigen Gesicht hervor, beobachteten ihn und bohrten sich in ihn.

Marshall fühlte einen tiefen und anhaltenden Schmerz, und der kleine Dämon wußte das. Dieser Mann war nicht leicht zu zähmen. Während Marshall in der großen, leeren Halle stand, begannen der Schmerz, die Liebe und die Verzweiflung in ihm hochzusteigen; er konnte spüren, wie der winzige übriggebliebene Funke des *Kämpfens* immer noch brannte. Er setzte sich in Bewegung.

Los, Hogan, *los!* Das ist deine Tochter!

Mit jedem zielstrebigen Schritt wurde der Dämon hinter ihm her über den Fußboden gezogen, seine Klauen umklammerten ihn immer noch, immer tieferer Zorn und Wut zeigten sich in seinen Augen, und die schwefeligen Dämpfe kamen stoßweise aus seinen Nasenlöchern. Die Flügel breiteten sich auf der Suche nach einem Ankerplatz aus, um Marshall irgendwie zurückzuhalten, aber sie fanden keinen.

Sandy, dachte Marshall, gib deinem alten Herrn eine Chance.

Als er das Ende der Halle erreichte, rannte er beinahe. Seine Hände stießen gegen die Tür, sie sprang auf und knallte gegen den Türstopper auf der äußeren Treppe. Er rannte die Treppen hinunter und hinaus auf den Fußweg, der von den Ulmen eingesäumt war. Er schaute die Straße hinauf, über den Rasen vor Stewart Hall, den anderen Weg hinunter — aber sie war weg.

Der Dämon packte ihn fester und begann, aufwärts zu klettern. Marshall fühlte die ersten Qualen der Verzweiflung, als er alleine dastand.

»Ich bin hier drüben, Daddy.«

Sofort verlor der Dämon seinen Halt, fiel herunter und schnaubte wütend und empört. Marshall drehte sich um und sah Sandy, die genau neben der Tür stand, durch die er hindurchgestürmt war. Sie versuchte offensichtlich, sich vor ihren Kommilitonen unter den Kamelienbüschen zu verbergen, und sie sah sehr danach aus, als ob sie ihn ins Gebet nehmen wollte. Gut, alles war besser, als sie zu verlieren, dachte Marshall.

»Nun«, sagte er, ohne zu überlegen, »entschuldige, aber ich habe den klaren Eindruck gewonnen, daß du mich da drinnen verleugnet hast.«

Sandy versuchte aufrecht dazustehen mit all ihrem Schmerz und Ärger, aber sie konnte ihm noch nicht direkt in die Augen schauen.

»Es war — es war eben zu schmerzhaft.«

»Was war?«

»Du weißt schon ... diese ganze Sache da drinnen.«

»Nun, ich liebe es, mit großem Getöse zu erscheinen, weißt du. Etwas, woran die Leute sich erinnern ... «

»Daddy!«

»Wer hat nur all die ›Für Eltern verboten‹-Schilder gestohlen? Wie sollte ich wissen, daß sie mich nicht da drin haben wollte? Und was ist nur so überaus kostbar und geheim, daß sie nicht will, daß irgendein Außenstehender es hört?«

Nun siegte Sandys Ärger über ihren Schmerz, und sie konnte ihn direkt ansehen. »Nichts. Gar nichts. Es war nur eine Vorlesung.«

»Was ist dann ihr Problem?«

Sandy suchte nach einer Erklärung. »Ich weiß nicht. Ich vermute, daß sie weiß, wer du bist.«

»Auf gar keinen Fall. Ich habe sie zuvor noch nicht einmal gesehen.« Und dann tauchte plötzlich eine Frage in Marshalls Sinn auf: »Was meinst du — sie weiß, wer ich bin?«

Sandy sah aus, als wäre sie in die Enge getrieben. »Ich meine ... oh, komm. Vielleicht weiß sie, daß du der Redaktionsleiter der Zeitung bist. Vielleicht will sie nicht, daß Reporter hier herumschnüffeln.«

»Nun, ich hoffe, du glaubst mir, daß ich nicht herumgeschnüffelt habe. Ich habe nach dir gesucht.«

Sandy wollte die Diskussion beenden. »In Ordnung, Daddy, in Ordnung. Sie hat dich eben mißverstanden, okay? Ich weiß nicht, was ihr Problem war. Ich vermute, daß sie das Recht hat, sich ihre Zuhörer auszuwählen.«

»Und ich habe nicht das Recht, zu erfahren, was meine Tochter lernt?«

Sandy schluckte hinunter, was sie gerade sagen wollte, und entschied sich, zuerst ein paar Dinge klarzustellen. »Du hast doch geschnüffelt!«

Während es passierte, wußte Marshall ganz genau, daß es wieder da war: das alte Katze-und-Hund-Spiel, das Hahnenkampfschema. Es war verrückt. Ein Teil von ihm wollte nicht, daß es passiert, aber der Rest von ihm war zu enttäuscht und zu ärgerlich, um es zu stoppen.

Der Dämon kauerte in der Nähe und hielt sich von Marshall zurück, als ob er glühend heiß wäre. Er beobachtete, wartete und ärgerte sich.

»Nicht die Bohne habe ich geschnüffelt«, brüllte Marshall. »Ich bin hier, weil ich dein liebender Vater bin, und ich wollte dich nach der Vorlesung abholen. Stewart Hall, das war alles, was ich wußte. Ich habe dich zufällig gefunden, und ...« Er versuchte, sich selbst zu unterbrechen. Er beruhigte sich ein wenig, bedeckte seine Augen mit seiner Hand und seufzte.

»Und du wolltest ein wachsames Auge auf mich werfen!« merkte Sandy boshaft an.

»Gibt es ein Gesetz dagegen?«

»Okay, ich will es dir klar sagen. Ich bin ein menschliches Wesen, Daddy, und jedes menschliche Dasein — ganz gleich, um wen es sich handelt — ist letztlich einem universellen System und nicht dem Willen irgendeines einzelnen Individuums unterstellt. Nimm zum Beispiel Professor Langstrat — wenn sie deine Anwesenheit in ihrer Vorlesung nicht will, so ist es ihr gutes Recht, zu verlangen, daß du hinausgehst!«

»Und wer bezahlt denn ihr Gehalt?«

Sie überhörte die Frage. »Und was mich betrifft, und was ich lerne, und was ich werde, und wohin ich gehe, und was ich wünsche, so sage ich, daß du kein Recht hast, in mein Universum einzudringen, bis ich dir nicht persönlich dieses Recht einräume!«

Marshalls Blick wurde verschleiert durch Visionen, in denen er Sandy übers Knie legte. Er war aufgebracht, und er war kurz vor einem Wutausbruch, aber jetzt versuchte er, seine Aggressivität von Sandy wegzulenken. Er zeigte zurück in Richtung Stewart Hall und fragte: »Lehrt — lehrt *sie* so etwas?«

»Das brauchst du nicht zu wissen!«

»Ich habe ein Recht, das zu wissen!«

»Du hast dieses Recht verspielt, Daddy, vor Jahren schon.«

Dieser Schlag schickte ihn in die Seile, und er konnte sich nicht mehr ganz erholen, bevor sie die Straße hinunterging und ihm und dem armseligen, aussichtslosen Kampf entkam. Er brüllte hinter ihr her, irgendeine dumme Frage, wie sie nach Hause käme, aber sie ging einfach weiter.

Der Dämon ergriff seine Chance *und* Marshall, und dieser fühlte, wie sein Ärger und seine Selbstgerechtigkeit der Verzweiflung Platz machten. Er hatte es verpatzt. Gerade das, was er überhaupt nicht wollte, genau das hatte er getan. Warum, um alles in der Welt, war er so aufgebracht? Warum konnte er sie nicht ganz einfach erreichen, sie lieben, sie zurückgewinnen? Sie verschwand jetzt aus seiner Sicht, wurde kleiner und kleiner, während sie über das Gelände eilte, und sie schien so weit weg, weiter, als daß irgendein liebender Arm sie je erreichen könnte. Er hatte immer versucht, aufrecht durchs Leben und die Kämpfe zu gehen, aber gerade jetzt war der Schmerz so stark, daß seine Stärke in armseligen Bruchstücken von ihm fiel. Er beobachtete, wie Sandy hinter einer fernen Ecke verschwand, ohne zurückzusehen, und in ihm zerbrach etwas. Seine Seele schien zu schmelzen, und in diesem Moment gab es keine Person auf der ganzen Erde, die er mehr haßte als sich selbst.

Seine Beine schienen unter der Last des Kummers zusammenzubrechen, und er sank mutlos auf die Treppe vor dem alten Gebäude.

Die Klauen des Dämons umklammerten sein Herz, und mit zitternder Stimme murmelte er: »Was soll das alles?«

»JAHAAAAAA!« kam ein donnernder Schrei aus den nahen Büschen. Ein bläulichweißes Licht strahlte auf. Der Dämon gab Marshall frei, schraubte sich wie eine aufgescheuchte Fliege in die Luft und landete in einiger Entfernung, zitternd und in Verteidigungshaltung. Seine riesigen gelben Augen quollen fast aus seinem Kopf heraus, und er hielt einen rußigschwarzen, spitzen Krummsäbel kampfbereit in seiner bebenden Hand. Aber dann kam ein unerklärlicher Tumult hinter den Büschen hervor, irgendein Kampf, und die Quelle des Lichts verschwand um die Ecke von Stewart Hall.

Der Dämon rührte sich nicht, aber wartete, lauschte und beobachtete. Kein Laut war zu hören, außer einem leichten Wind. Der Dämon pirschte sich vorsichtig dahin zurück, wo Marshall saß, ging hinter ihn, starrte ins Gebüsch und um die Ecke des Gebäudes.

Nichts.

Als ob er es die ganze Zeit zurückgehalten hätte, kräuselte sich nun ein langer, langsamer Atemzug von gelbem Dampf aus den Nasenlöchern des Dämons und zog eine feine, dünne Spur durch die Luft. Ja, er wußte, was er gesehen hatte; da gab es keinen Zweifel. Aber warum waren sie geflohen?

5

Ganz in der Nähe des Geländes, aber in ausreichender Entfernung, um sicher zu sein, stiegen zwei riesige Männer zur Erde hinab, wie glänzende, bläulichweiße Kometen, sie wurden in der Höhe von rauschenden Flügeln gehalten, die wie in einem Schleier herumwirbelten, und sie leuchteten wie ein Blitz. Einer von ihnen, ein riesiger, stämmiger, schwarzbärtiger Bulle von einem Mann war äußerst ärgerlich und ungehalten, er brüllte und machte mit seinem langen, blitzenden Schwert wilde Bewegungen. Der andere war ein wenig kleiner, er schaute sehr vorsichtig umher und versuchte, seinen Kollegen zu beruhigen. Sie ließen sich in einer eleganten, feurigen Spirale hinter den Studentenwohnheimen hinabsinken und landeten im Schutz einiger überhängender Weiden. In dem Moment, als ihre Füße den Boden berührten, begann das Licht von ihren Kleidern und Körpern zu verblassen, und die schimmernden Flügel falteten sich sanft zusammen. Abgesehen von ihrer hochragenden Gestalt sahen sie wie zwei gewöhnliche Männer aus, einer blond und gepflegt, der andere wie ein Panzer gebaut, und ihre Kleidung sah aus wie gelbbraune Arbeitsanzüge. Die goldenen Gürtel waren zu dunklem Leder geworden, die Scheiden ihrer Schwerter waren mattes Kupfer, und die glänzenden, bronzenen Bänder an ihren Füßen waren zu einfachen Ledersandalen geworden.

Der große Kamerad war bereit, sich auf eine Diskussion einzulassen.

»Triskal!« grollte er, aber auf die beschwichtigenden Gesten seines Freundes hin sprach er etwas sanfter. »Was machen wir hier?«

Triskal hielt seine Hände hoch, um seinen Freund ruhig zu halten.

»Schschsch, Guilo! Der Geist hat mich hierher gebracht, genau wie dich. Ich kam gestern an.«

»Du weißt, was das war? Ein Dämon der Selbstgefälligkeit und Hoffnungslosigkeit. Wenn dein Arm mich nicht zurückgehalten hätte, dann hätte ich ihm einen Schlag versetzt — und zwar nur einmal!«

»Oh, ja, Guilo, nur einmal«, stimmte sein Freund zu, »aber es ist gut, daß ich dich sah und vorerst gestoppt habe. Du bist eben erst angekommen und du verstehst nicht ...«

»Was verstehe ich nicht?«

Triskal versuchte, es überzeugend zu sagen. »Wir ... dürfen nicht kämpfen, Guilo. Noch nicht. Wir dürfen keinen Widerstand leisten.«

Guilo war sicher, daß sein Freund nicht recht hatte. Er packte Triskal fest an der Schulter und schaute ihm gerade in die Augen.

»Warum sollte ich irgendwohin gehen, außer um zu kämpfen?«

»Ja«, sagte Triskal und nickte heftig. »Nur jetzt noch nicht, das ist alles.«

»Dann mußt du Anweisungen haben. *Hast* du Anweisungen?«

Triskal machte eine vielsagende Pause, dann sagte er: »*Tals* Anweisungen.«

Sofort wurde Guilos ärgerlicher Gesichtsausdruck in staunendes Erschrecken umgewandelt.

Dämmerung senkte sich über Ashton, und die kleine weiße Kirche auf dem Morgan Hill wurde eingetaucht in den warmen, rostfarbenen Glanz der Abendsonne. Draußen in dem kleinen Kirchhof mähte der junge Gemeindepastor eilig den Rasen, in der Hoffnung, vor dem Abendessen fertig zu werden. Hunde bellten in der Nachbarschaft, die Leute kamen von der Arbeit nach Hause, und die Kinder wurden zum Essen hereingerufen.

Für diese Sterblichen unsichtbar hasteten Guilo und Triskal zu Fuß den Hügel hinauf, heimlich und unverklärt, aber trotzdem bewegten sie sich wie der Wind. Als sie vor der Kirche eintrafen, kam Hank Busche hinter seinem ratternden Rasenmäher um die Ecke, und Guilo machte eine Pause, um ihn sich anzusehen.

»Ist *er* derjenige?« fragte er Triskal. »Begann der Auftrag mit ihm?«

»Ja«, antwortete Triskal, »vor Monaten. Er betet sogar jetzt, und er geht oft durch die Straßen von Ashton und tut Fürbitte.«

»Aber ... dieser Ort ist so klein. Warum wurde ich gerufen? Nein, nein, warum wurde Tal gerufen?«

Triskal zog ihn nur an seinem Arm. »Schnell rein.«

Sie gingen eilig durch die Kirchenwand in den kleinen, bescheidenen Altarraum. Drinnen fanden sie bereits eine Anzahl Krieger versammelt, einige saßen auf den Kirchenbänken, andere standen um den Altar herum, andere hielten Wache und spähten vorsichtig aus den bunten Glasfenstern. Sie waren fast alle wie Triskal und Guilo angezogen, in denselben gelbbraunen Arbeitsanzügen, aber Guilo war sofort beeindruckt von der enormen Größe dieser Männer; dies waren mächtige Krieger — und mehr, als er jemals an einem Ort zusammen gesehen hatte.

Er war auch tief gerührt von der Stimmung dieser Versammlung. Dieser Moment hätte ein freudiges Wiedersehen alter Freunde sein können, doch dafür war jeder auf eigenartige Weise zu ernsthaft. Als er im Raum umhersah, erkannte er viele, an deren Seite er in weiter Vergangenheit gekämpft hatte:

Nathan, der turmhohe Araber, der wild kämpfte und wenig sprach. Er war es, der Dämonen an ihren Fußknöcheln packte und sie als Schwingkeulen gegen ihre Kameraden benutzte.

Armoth, der große Afrikaner, dessen Kriegsschrei und wilder Gesichtsausdruck oft schon genügten, um die Feinde in die Flucht zu jagen, bevor er sie überhaupt angriff. Guilo und Armoth hatten einmal die Dämonenfürsten von Dörfern in Brasilien bekämpft und persönlich eine Missionarsfamilie auf ihren vielen langen Reisen durch den Dschungel beschützt.

Chimon, der sanftmütige Europäer mit den goldenen Haaren, der an seinen Unterarmen die Spuren der letzten verzweifelten Säbelhiebe eines Dämonen trug, bevor Chimon ihn für immer in die Hölle schickte. Guilo hatte ihn nie getroffen, aber er hatte von seinen Großtaten gehört und von seiner Fähigkeit, Schläge einfach als Schild für andere einzustecken — und dann sich selbst zu stärken und unzählige Feinde alleine zu besiegen.

Dann kam der Gruß von dem ältesten und am meisten geschätzten Freund.

»Willkommen, Guilo, du Stärke von vielen!«

Ja, es war tatsächlich Tal, der Hauptmann der Heerscharen. Es war so befremdend, diesen mächtigen Krieger an diesem bescheidenen kleinen Ort stehen zu sehen. Guilo hatte ihn in der Nähe des himmlischen Thronraumes selber gesehen, in einer Besprechung mit niemand Geringerem als Michael. Aber hier stand dieselbe beeindruckende Gestalt mit goldenen Haaren und rötlicher Gesichtsfarbe, ausdrucksstarken goldenen Augen wie Feuer und einer unanfechtbaren Ausstrahlung von Autorität.

Guilo ging zu seinem Hauptmann, und die beiden gaben sich den Handschlag.

»Und wir sind wieder zusammen«, sagte Guilo, während tausend Erinnerungen sein Gedächtnis überfluteten. Kein Krieger, den Guilo je gesehen hatte, konnte kämpfen, wie Tal kämpfen konnte; kein Dämon vermochte ihn auszutricksen oder schneller als er zu sein, kein Schwert konnte einen Hieb vom Schwerte Tals parieren. Seite an Seite hatten Guilo und sein Hauptmann dämonische Mächte zum Verschwinden gebracht, solange, wie diese Rebellen existierten, und sie waren schon Gefährten im Dienste des Herrn gewesen, bevor es überhaupt eine Rebellion gegeben hatte. »Sei gegrüßt, mein lieber Hauptmann!«

Zur Erklärung sagte Tal: »Es ist eine ernste Angelegenheit, die uns wieder zusammenbringt.«

Guilo suchte in Tals Gesicht. Ja, da war eine Menge Zuversicht und keine Furchtsamkeit. Aber da war auch eine eigenartige Grimmigkeit in den Augen und um den Mund, und Guilo schaute sich noch einmal im Raum um. Nun konnte er es fühlen, dieses typische Schweigen — ein unheilvolles Vorspiel für schreckliche Nachrichten. Ja, sie alle wußten etwas, das er nicht wußte, und sie warteten auf Tal, der dazu bestimmt war, es zu sagen.

Guilo konnte das Schweigen nicht ertragen und noch viel weniger die Spannung. »Dreiundzwanzig«, zählte er, »von den Besten, die Tapfersten, die Unbesiegbarsten... wie bei einer Belagerung versammelt, ängstlich zusammengeschart in einer zerbrechlichen Burg vor einem furchtbaren Feind?« Mit einer gekonnten dramatischen Geste zog er sein riesiges Schwert und wog die Klinge in seiner freien Hand. »Hauptmann Tal, wer ist dieser Feind?«

Tal antwortete langsam und klar: »Rafar, der Prinz von Babylon.«

Alle Augen hingen nun an Guilos Gesicht, und seine Reaktion war genau wie die aller anderen Krieger, nachdem sie die Neuigkeit gehört hatten: Erschrecken, Unglaube, eine verlegene Pause, um zu sehen, ob irgendwer lachen und bezeugen würde, daß es nur ein Mißverständnis war. Es gab keine Begnadigung von der Wahrheit. Jeder im Raum sah Guilo mit todernstem Gesicht an.

Guilo schaute auf sein Schwert hinunter. Zitterte es jetzt in seiner Hand? Es gelang ihm, es ruhig zu halten, aber er konnte nicht umhin, auf die Klinge zu starren, die immer noch arg gezeichnet war vom letzten Mal, als Guilo und Tal mit diesem Baalsprinzen des Altertums zusammengestoßen waren. Sie hatten gegen ihn gekämpft — dreiundzwanzig Tage, bevor sie ihn schließlich am Vorabend des Falles von Babylon besiegten. Guilo konnte sich immer noch an die Finsternis erinnern, das schrille Kreischen und das Grauen, das wilde, schreckliche Handgemenge, während Schmerz jeden Zentimeter seines Daseins versengte. Die Bosheit dieses Möchtegern-Heidengottes schien ihn und alles um ihn herum wie dicker Rauch einzuhüllen, und die Hälfte der Zeit mußten die beiden Krieger sich blind bewegen und schlagen, wobei keiner vom anderen wußte, ob er sich noch im Kampfe befand. Bis auf den heutigen Tag wußte keiner von ihnen, wer eigentlich derjenige war, der Rafar den Schlag verabreichte, der ihn in den Abgrund stürzen ließ. Alles, woran sie sich erinnerten, war sein himmelerschütternder Schrei, als er durch einen zackigen Riß im Raum fiel, und dann sahen sie einander wieder, als sich die große Finsternis, die sie umgab, wie aufsteigender Nebel klärte.

»Ich weiß, du sagst die Wahrheit«, sagte Guilo schließlich, »aber ... würde jemand wie Rafar an so einen Ort kommen? Er ist ein Prinz über Völker, nicht über bloße Städtchen. Was *ist* dieser Ort? Was für ein Interesse könnte er möglicherweise hier haben?«

Tal schüttelte nur den Kopf. »Wir wissen es nicht. Aber es *ist* Rafar, da gibt es keine Frage, und die Aufregung im Reich des Feindes zeigt uns, daß da etwas im Busch ist. Der Geist will uns hier haben. Wir müssen uns auseinandersetzen, was immer es ist.«

»Und wir sollen nicht kämpfen, sollen keinen Widerstand leisten?« rief Guilo aus. »Ich bin sehr gespannt, deine nächste Anweisung zu hören, Tal. Wir können nicht kämpfen?«

»Noch nicht. Wir sind zu wenige, und es gibt sehr wenig Gebetsdeckung. Wir dürfen uns in keiner Weise als Angreifer zeigen. Solange wir ihnen aus dem Weg gehen, uns in der Nähe dieses Platzes aufhalten und sie nicht bedrohen, so lange wird unsere Anwesenheit hier wie ein gewöhnlicher Schutz für ein paar kämpfende Heilige aussehen.« Dann fügte er mit sehr bestimmtem Ton hinzu: »Und es wird das beste sein, wenn es sich nicht herumspricht, daß ich hier bin.«

Guilo fühlte sich nun ein wenig fehl am Platze, da er immer noch sein Schwert in der Hand hielt, und widerwillig steckte er es in die Scheide zurück. »Und«, stichelte er, »hast du einen Plan? Wir sind doch wohl nicht hier, um zuzuschauen, wie die Stadt fällt?«

Der Rasenmäher ratterte hinter den Fenstern, und Tal lenkte ihre Aufmerksamkeit auf dessen Bediener.

»Es war Chimons Aufgabe, ihn hierher zu bringen«, sagte er, »die Augen seiner Feinde zu blenden und ihn gegen den Wunsch seiner Widersacher als Hirte dieser Herde hier reinschlüpfen zu lassen. Chimon hatte Erfolg, Hank wurde gewählt, zur Überraschung von vielen, und jetzt ist er hier in Ashton und betet jede Stunde an jedem Tag. Wir sind hierher gerufen zu seinem Wohl, für die Heiligen Gottes und für das Lamm.«

»Für die Heiligen Gottes und für das Lamm!« wiederholten sie alle.

Tal schaute zu einem großen dunkelhaarigen Krieger, demjenigen, der ihn durch die Stadt geführt hatte in der Nacht des Volksfestes, und lächelte. »Und du hast dafür gesorgt, daß er mit nur einer Stimme Mehrheit gewann?«

Der Krieger zuckte mit den Schultern. »Der Herr wollte ihn hier haben. Chimon und ich mußten sicherstellen, daß er gewann — und nicht der andere Bewerber, der keine Gottesfurcht hatte.«

Tal stellte Guilo diesen Krieger vor. »Guilo, das ist Krioni, der Bewacher unseres Gebetskriegers hier und der Stadt Ashton. Unser Auftrag begann mit Hank, aber Hanks Anwesenheit begann mit Krioni.«

Guilo und Krioni grüßten einander, indem sie sich schweigend zunickten.

Tal beobachtete, wie Hank den Rasen zu Ende mähte und gleichzeitig laut betete. »Gerade jetzt, da seine Gegner in der Gemeinde sich neu formieren und einen anderen Weg suchen, ihn zu vertreiben, betet er weiterhin für Ashton. Er ist einer der letzten.«

»Wenn nicht *der* letzte!« klagte Krioni.

»Nein«, beschwichtigte Tal, »er ist nicht alleine. Es gibt irgendwo in dieser Stadt noch einen Überrest von Heiligen. Es gibt immer einen Überrest.«

»Es gibt immer einen Überrest«, wiederholten sie alle.

»Unsere Auseinandersetzung fängt an diesem Ort an. Für den Augenblick werden wir dies zu unserem Standort machen, uns einzäunen und von hier aus agieren.« Er sprach zu einem großen Orientalen im Hintergrund des Raumes: »Signa, nimm dieses Gebäude unter deine Fittiche und wähle dir jetzt zwei aus, die mit dir Wache stehen. Dies ist unser Stützpunkt. Mache ihn sicher. Kein Dämon darf sich ihm nähern.«

Signa fand sofort zwei Freiwillige, die mit ihm arbeiten sollten. Sie nahmen ihre Posten ein.

»Jetzt möchte ich Neuigkeiten über Marshall Hogan hören, Triskal.«

»Ich folgte ihm bis zu meiner Begegnung mit Guilo. Obwohl Krioni berichtet hat, daß bis zu der Zeit des Volksfestes ziemlich wenig los war, hat ein Dämon der Selbstgefälligkeit und Hoffnungslosigkeit Hogan seitdem verfolgt.«

Tal nahm diese Nachricht mit großem Interesse auf. »Hmm. Könnte sein, daß er anfängt, wach zu werden. Sie überwachen ihn und versuchen, ihn in Schach zu halten.«

Krioni fügte hinzu: »Ich hätte niemals gedacht, daß es so weit kommt. Der Herr wollte ihn als Leiter beim *Clarion* haben, und wir haben auch dafür gesorgt, aber ich habe noch nie eine so müde Person gesehen.«

»Müde, ja, aber das wird ihn nur noch nützlicher in der Hand des Herrn machen. Und ich spüre, daß er tatsächlich aufwacht, genauso, wie es der Herr vorhergesehen hat.«

»Obwohl er nur aufwachen könnte, um vernichtet zu werden«, sagte Triskal. »Sie müssen ihn beobachten. Sie fürchten, was er in seiner einflußreichen Position alles tun kann.«

»Sehr wahr«, antwortete Tal. »Während sie so unseren Bären hetzen, müssen wir sicherstellen, daß sie ihn wachrütteln — und nicht mehr als das. Es wird eine sehr schwierige Angelegenheit werden.«

Nun war Tal bereit zu gehen. Er wandte sich an die ganze Gruppe. »Ich erwarte, daß Rafar hier beim Einbruch der Nacht die Macht übernimmt; ohne Zweifel werden wir alle fühlen, wenn er es tut. Seid euch dessen gewiß: er wird sofort die größte Bedrohung für ihn heraussuchen — und er wird alles daransetzen, sie zu entfernen.«

»Ah, Henry Busche«, sagte Guilo.

»Krioni und Triskal, ihr könnt sicher sein, daß irgendein Trupp geschickt wird, um Hanks Geist zu testen. Wählt euch vier Krieger aus und wacht über ihn.« Tal berührte Krionis Schulter und fügte hinzu: »Krioni, bis jetzt hast du Hank sehr gut vor jedem direkten Angriff beschützt. Ich bin stolz auf dich.«

»Danke, Hauptmann.«

»Ich bitte euch jetzt um eine schwierige Sache. In der Nacht müßt ihr bereitstehen und Wache halten. Laßt nicht zu, daß das Leben von Hank angetastet wird, aber sonst verhindert nichts. Es wird eine Prüfung sein, durch die er gehen *muß*.«

Einen winzigen Augenblick waren sie überrascht und wunderten sich, aber jeder Krieger war bereit, dem Urteil Tals zu trauen.

Tal fuhr fort: »Was Marshall Hogan betrifft ... er ist der einzige, bei dem ich mir noch nicht sicher bin. Rafar wird seinen Lakaien erlauben, unglaubliche Dinge mit ihm zu tun, und er könnte entweder zusammenbrechen und zurückweichen oder — wie wir alle hoffen — sich erheben und zurückschlagen. Er wird heute nacht von besonderem Interesse für Rafar sein — und für mich. Guilo, wähle zwei Krieger für dich und zwei für mich aus. Wir werden heute nacht über Marshall wachen und sehen, wie er antwortet. Alle anderen werden den Überrest zusammensuchen.«

Tal zog sein Schwert und hielt es hoch. Die anderen taten dasselbe, und ein Wald von glänzenden Klingen erschien, emporgehalten von starken Armen.

»Rafar«, sagte Tal mit einer tiefen, nachdenklichen Stimme, »wir treffen uns wieder.« Dann rief er mit der Stimme eines Hauptmannes der Heerscharen: »Für die Heiligen Gottes und für das Lamm!«

»Für die Heiligen Gottes und für das Lamm!« wiederholten sie.

Selbstgefälligkeit entfaltete seine Flügel, segelte in Stewart Hall hinein, sank durch das Erdgeschoß in die Katakomben des Untergeschosses, in dem sich der Bereich der Verwaltung und die privaten Büros der Psychologieabteilung befanden. In dieser trostlosen Unterwelt war die Decke des Raumes niedrig, bedrückend und durchzogen von Wasserleitungen und Heizungsrohren, die wie riesige Schlangen aussahen, die darauf warteten, sich herabzustürzen. Alles — Wände, Decke, Rohre, Holz — war mit demselben schmutzigen Beige gestrichen, und das Licht war spärlich, was gut zu Selbstgefälligkeit und seinen Genossen paßte. Sie mochten Dunkelheit, und Selbstgefälligkeit bemerkte, daß es etwas finsterer als gewöhnlich war. Die anderen mußten angekommen sein.

Er glitt einen langen, beengenden Hallengang hinab auf eine große Tür am Ende zu, auf der »Konferenzraum« stand, und er ging durch die Tür in einen Kessel lebendiger Bosheit. Der Raum war dunkel, aber die Dunkelheit schien mehr geistiger als materieller Art zu sein; es war eine Macht, eine Atmosphäre, die den Raum völlig durchdrang. Aus dieser Dunkelheit heraus starrten viele trübgelbe Katzenaugen, die zu einer schreckenerregenden Schar von grotesken Gesichtern gehörten. Die verschiedenartigen Körperformen der Arbeitskollegen von Selbstgefälligkeit waren an ihrem unergründlichen roten Glühen, das sie umgab, zu erkennen. Gelber Dampf hing in dünnen Schwaden im Raum und erfüllte die Luft mit Gestank, während die vielen gespenstischen Geister ihre hastige, gurgelnde Unterhaltung weiterführten.

Selbstgefälligkeit konnte ihre übliche Verachtung für ihn spüren, aber das Gefühl beruhte auf Gegenseitigkeit. Diese streitsüchtigen Egoisten würden auf jeden trampeln, um sich selbst zu erheben, und Selbstgefälligkeit war eben am kleinsten und deswegen am leichtesten zu unterdrücken. Er näherte sich zwei Körpern, die sich in irgendeiner Debatte befanden, und an ihren massiven, stacheligen Armen und ihren giftigen Worten konnte er erkennen, daß es Dämonen waren, die auf Haß spezialisiert waren — sie pflanzten ihn ein, verstärkten ihn, breiteten ihn aus, wobei sie ihre zermalmenden Arme und giftigen Stachln dazu benutzten, um die Liebe aus jedem herauszuziehen und zu vergiften.

Selbstgefälligkeit fragte sie: »Wo ist Prinz Lucius?«

»Finde ihn selbst, Eidechse!« knurrte einer von ihnen.

Ein Dämon der Lust, ein schlüpfriges Geschöpf mit huschenden, unsteten Augen und glitschiger Haut, hörte dies mit an und mischte sich ein, indem er Selbstgefälligkeit mit seinen langen, scharfen Krallen packte.

»Und wo hast du heute geschlafen?« fragte er höhnisch.

»Ich schlafe nicht!« erwiderte Selbstgefälligkeit scharf. »Ich bringe die Leute zum Schlafen.«

»Begierig machen und die Keuschheit stehlen — das ist weitaus besser.«

»Aber jemand muß die Augen der anderen abwenden.«

Lust dachte darüber nach und grinste zustimmend. Er ließ Selbstgefälligkeit unsanft fallen, wobei die Zuschauer lachten.

Selbstgefälligkeit ging an Irreführung vorbei, aber er vermied, ihn irgend etwas zu fragen. Irreführung war der stolzeste, überheblichste Dämon von allen, er war sehr arrogant in seinem angeblich überragenden Wissen, wie man das Denken der Menschen kontrolliert. Sein Aussehen war nicht annähernd so grauenhaft wie das der anderen Dämonen; er sah fast menschlich aus. Seine Waffe, mit der er prahlte, war immer ein verlockendes, überzeugendes Argument, in das Lügen fein eingewoben waren.

Viele andere waren da: Mord, von seinen Krallen tropfte noch Blut; Gesetzlosigkeit, seine Fingerknöchel waren zu stacheligen Vorsprüngen ausgefeilt, seine Haut war dick und lederartig; Mißgunst, ein argwöhnischer Dämon, mit dem es genauso schwierig war, zusammenzuarbeiten, wie mit allen anderen.

Aber schließlich fand Selbstgefälligkeit Lucius, den Prinz von Ashton, den Dämon, welcher von allen Versammelten die höchste Position einnahm. Lucius hatte eine Unterredung mit einer Gruppe von anderen Machthabern, wobei er die weiteren Strategien zur Kontrollierung der Stadt besprach.

Er war ohne Frage der amtierende Hauptdämon. Obwohl er riesig war, nahm er immer eine Imponierhaltung ein, indem er seine Flügel um sich ausbreitete, um seinen Umfang zu erweitern. Seine Arme waren angespannt, seine Fäuste geballt, und er war stets bereit zuzuschlagen. Viele Dämonen waren neidisch auf seinen Rang, und er wußte dies; er hatte viele bekämpft und vertrieben, um dorthin zu kommen, wo er war, und er war zu allem bereit, nur um dort zu bleiben. Er vertraute niemandem und verdächtigte jeden, und in seinem schwarzen, knorrigen Gesicht und seinen habichtscharfen Augen war stets zu lesen, daß sogar seine engsten Verbündeten seine Feinde sind.

Selbstgefälligkeit war so verzweifelt und aufgebracht, daß er sich über Lucius' Vorstellungen von Respekt und Benimm hinwegsetze. Er drängelte sich durch die Gruppe geradewegs zu Lucius, der ihn ob dieser unverschämten Unterbrechung erstaunt anstarrte.

»Mein Prinz«, bat Selbstgefälligkeit, »ich muß mit dir reden.«

Die Augen von Lucius verengten sich. Wer war diese kleine Eidechse, daß sie ihn mitten in einer Besprechung unterbrach und vor allen anderen die Anstandsregeln verletzte?

»Warum bist du nicht bei Hogan?« knurrte er.

»Ich muß mit dir sprechen!«

»Wagst du es, zu mir zu reden, ohne daß ich zuerst zu dir gesprochen habe?«

»Es ist von äußerster Wichtigkeit. Du machst — du machst einen Fehler. Du quälst Hogans Tochter, und ...«

Sofort wurde Lucius zu einem kleinen Vulkan, der schreckliche Flüche und Zorn ausspuckte. »Du beschuldigst deinen Prinzen eines Fehlers? Du wagst es, meine Handlungen in Frage zu stellen?«

Selbstgefälligkeit duckte sich, er erwartete jeden Moment einen schmerzhaften Schlag, aber trotzdem sprach er weiter. »Hogan wird uns nicht schaden, wenn du ihn in Ruhe läßt. Aber du hast nur ein Feuer in ihm entzündet, und er hat mich abgeworfen!«

Der Schlag kam, ein wuchtiger Hammer mit einem von Lucius' Handrücken, und während Selbstgefälligkeit durch den Raum taumelte, überlegte er, ob er noch ein Wort sagen sollte oder nicht. Nachdem er sich wieder aufgerappelt hatte, sah er aller Augen auf sich gerichtet, und er konnte ihre höhnische Verachtung fühlen. Lucius ging langsam zu ihm hin und baute sich wie ein riesiger Baum vor ihm auf. »Hogan hat dich abgeworfen? Nicht du hast ihn freigegeben?«

»Schlage mich nicht! Höre nur meinen Einwand an!«

Die großen Fäuste von Lucius klammerten sich schmerzhaft um Selbstgefälligkeits Fleisch und rissen ihn hoch, so daß sie Auge in Auge waren. »Er könnte uns im Wege stehen, und ich will das nicht! Du kennst deine Pflicht! Erfülle sie!«

»Das hab' ich, das hab' ich!« schrie Selbstgefälligkeit. »Er war außer Gefecht, ein Stück Dreck, ein Klumpen Lehm. Ich hätte ihn da für immer halten können.«

»So mach es!«

»Prinz Lucius, bitte höre mich an! Gib ihm keinen Feind, gib ihm keine Veranlassung zu kämpfen.«

Lucius ließ ihn wie einen Haufen Abfall auf den Boden fallen. Der Prinz wandte sich an die anderen im Raum.

»Haben wir Hogan einen Feind gegeben?«

Sie alle wußten die Antwort. »Nein, niemals!«

»Irreführung!« rief Lucius, und Irreführung schritt nach vorne und machte eine formelle Verbeugung vor Lucius. »Selbstgefälligkeit beschuldigt seinen Prinzen, er habe Hogans Tochter gequält. Du würdest etwas davon wissen.«

»Du hast keinen Angriff auf Sandy Hogan befohlen, mein Prinz«, antwortete Irreführung.

Selbstgefälligkeit erhob seinen Krallenfinger und kreischte: »Du hast sie verfolgt! Du und deine Lakaien! Du hast Worte in sie gesprochen, hast ihren Sinn verwirrt!«

Irreführung hob nur seine Augenbrauen mit einem Ausdruck

milder Empörung und antwortete gelassen: »Nur auf ihre eigene Einladung hin. Wir haben ihr nur erzählt, was sie gerne wissen wollte. Das kann man schwerlich einen Angriff nennen.«

Lucius schien etwas von Irreführungs verrückt machender Überheblichkeit zu übernehmen, als er sagte: »Sandy Hogan ist die eine Sache, aber sicher ist ihr Vater eine ganz andere. Sie bedeutet keine Bedrohung für uns. Sollten wir noch jemanden schicken, um ihn in Schach zu halten?«

Selbstgefälligkeit hatte keine Antwort, aber er fügte noch eine Warnung hinzu. »Ich ... ich sah heute Boten des lebendigen Gottes!«

Das brachte ihm nur Gelächter von der Gruppe ein.

Lucius grinste höhnisch: »Bist du so furchtsam geworden, Selbstgefälligkeit? Wir sehen jeden Tag Boten des lebendigen Gottes.«

»Aber sie waren ganz nahe! Kurz vor einem Angriff! Sie wußten alles über mich, ich bin sicher.«

»Du bist mir der Richtige. Wenn ich einer von ihnen wäre, würde ich dich sicher als eine leichte Beute ansehen.« Weiteres Gelächter von der Gruppe spornte Lucius an. »Ein wehrloses und leichtes Opfer, nur so zum Sport ... ein lahmer Dämon, an dem ein schwacher Engel seine Stärke beweisen kann!«

Selbstgefälligkeit kauerte sich beschämt zusammen. Lucius stieg über ihn hinweg und wandte sich an die Gruppe.

»Fürchten wir die Himmlischen Heerscharen?« fragte er.

»Wenn du dich nicht fürchtest, tun wir es auch nicht!« antworteten sie alle mit großer Höflichkeit.

Da die Dämonen in ihrem Kellerlager blieben, sich gegenseitig auf die Schultern klopften und auf Selbstgefälligkeit einhackten, nahmen sie die eigenartige, unnatürliche Kaltfront draußen nicht wahr. Sie zog langsam über der Stadt auf, brachte einen rauhen Wind und eiskalten Regen mit sich. Obwohl der Abend versprochen hatte, hell und klar zu werden, wurde es nun zunehmend finsterer unter einem niedrigen, bedrückenden Nebel, halb natürlicher Art, halb geistiger.

Oben auf der kleinen weißen Kirche hielten Signa und seine beiden Gefährten weiter Wache, während die Dunkelheit über Ashton hereinbrach. Überall in der Umgebung begannen Hunde zu bellen und zu heulen. Hier und da brach ein Streit unter Menschen aus.

»Er ist hier«, sagte Signa.

In der Zwischenzeit merkte Lucius gar nicht, wie wenig Aufmerksamkeit ihm seine Truppe zollte, so sehr war er mit seiner eigenen Ehre beschäftigt. All die anderen Dämonen im Raum, groß oder klein, wurden von einer stetig wachsenden Furcht und Aufregung gepackt. Sie konnten alle fühlen, daß etwas Grauenhaftes näher und näher kam. Sie begannen zu zappeln, ihre Augen huschten hin und her, ihre Gesichter erfüllten sich mit Besorgnis.

Lucius gab Selbstgefälligkeit einen Tritt in die Seite, als er an ihm vorbeiging, und fuhr fort zu prahlen.

»Selbstgefälligkeit, du kannst sicher sein, daß wir die Dinge hier total unter Kontrolle haben. Kein Arbeiter von unserem Kaliber mußte jemals aus Furcht vor einem Angriff herumschleichen. Wir durchstreifen diese Stadt frei, tun unsere Arbeit ungehindert, und wir werden überall Erfolg haben, bis diese Stadt uns gehört. Du lustloser, schlaffer, kleiner Pfuscher. Sich zu fürchten, bedeutet zu versagen!«

Dann passierte es, und so urplötzlich, daß keiner von ihnen mit irgend etwas anderem als mit markerschütternden, gellenden Schreckensschreien reagieren konnte. Lucius hatte kaum das Wort »versagen« ausgesprochen, als eine gewaltige, kochende Wolke wie eine Flutwelle in den Raum krachte, eine plötzliche Lawine von Kraft. Die Dämonen wurden kreuz und quer durch den Raum geschleudert wie ein Haufen Schutt von einem starken Wasserstrahl, taumelnd, schreiend, und vor lauter Panik hatten sie alle fest ihre Flügel um sich gewickelt — alle, außer Lucius.

Nachdem die Dämonen sich vom ersten Schock erholt hatten, schauten sie auf und sahen Lucius' Körper, verdreht wie eine zerbrochene Spielzeugpuppe, im Würgegriff einer riesigen schwarzen Hand. Er zappelte, würgte, kreischte, schrie um Gnade, aber die Hand verstärkte nur noch mehr ihren zermalmenden Griff, verhängte Strafe ohne Gnade, und etwas senkte sich herab aus der Finsternis heraus, wie ein Orkan aus einer Donnerwolke. Dann erschien die volle Gestalt eines Geistes, der Lucius an der Kehle hielt und ihn wie einen räudigen Hund umherschüttelte. Das Ding war größer als irgend etwas, was sie je zuvor gesehen hatten, ein riesiger Dämon mit einem löwenähnlichen Gesicht, wilden Augen, einem unglaublich muskulösen Körper und lederartigen Schwingen, die den ganzen Raum füllten.

Die Stimme gurgelte von tief unten aus dem Rumpf des Dämons herauf, und er sprühte Wolken glühenden roten Dampfes hervor.

»Du, der du keine Furcht hast — fürchtest du dich jetzt?«

Der Geist schleuderte Lucius ärgerlich durch den Raum auf die anderen, stand dann wie ein Berg in der Mitte des Raumes und schwang ein tödliches S-förmiges Schwert. Seine gebleckten Fangzähne glitzerten wie die Juwelenketten um seinen Nacken und über seiner Brust. Offensichtlich war dieser Prinz der Prinzen auf diese Weise für vergangene Siege geehrt worden. Sein pechschwarzes

Haar hing wie eine buschige Pferdemähne auf seinen Schultern, und an jedem Handgelenk trug er ein goldenes Armband, das mit funkelnden Steinen besetzt war; an seinen Fingern waren verschiedene Ringe zu sehen, und ein rubinroter Gürtel mit einer Schwertscheide zierte seine Taille. Die ausgebreiteten schwarzen Flügel waren jetzt hinter ihm wie die Robe eines Monarchen gefaltet.

Eine Ewigkeit lang stand er da, starrte sie mit unheilvollen, glühenden Augen an, studierte sie, und alles, was sie tun konnten, war, in ihrem Schrecken regungslos zu bleiben wie ein makabres Gemälde von festgefrorenen Kobolden.

Schließlich erhob sich eine große Stimme: »Lucius, ich fühle, daß ich nicht erwartet wurde. Du wirst mich vorstellen. Auf die Beine mit dir!«

Das Schwert bewegte sich quer durch den Raum, die Spitze stach Lucius in die Haut seines Nackens und stellte ihn auf die Füße.

Lucius wußte, daß er in den Augen seiner Untergebenen lächerlich gemacht worden war, aber er unternahm jede Anstrengung, um seine aufsteigende Bitterkeit und seinen Ärger zu verbergen. Seine Furcht war stark genug, um seine anderen Gefühle zu überdecken.

»Mitarbeiter ...«, sagte er, und seine Stimme zitterte trotz aller Anstrengung. »Ba-al Rafar, der Prinz von Babylon!«

Automatisch sprangen alle auf, zum Teil aus angstvollem Respekt, hauptsächlich aus Furcht vor Rafars Schwertspitze, die immer noch langsam hin und her pendelte, bereit, gegen jeden Trödler vorzugehen.

Rafar schaute sie alle schnell und prüfend an. Dann ließ er den nächsten persönlichen Schlag gegen Lucius los.

»Lucius, du wirst bei den anderen stehen. Jetzt bin ich da — und nur ein Prinz wird benötigt.«

Spannung. Jeder konnte es sofort fühlen. Lucius weigerte sich, sich zu bewegen. Sein Körper war steif, seine Fäuste fest geballt wie immer, und obwohl er sichtbar zitterte, erwiderte er absichtlich den bohrenden Blick von Rafar und blieb stehen.

»Du ... hast mich nicht aufgefordert, meinen Platz zu räumen!« forderte er Rafar heraus.

Die anderen hüteten sich einzugreifen oder auch nur näher zu kommen. Sie wichen zurück, da sie daran dachten, daß Rafars Schwert möglicherweise einen großen Radius für sich beanspruchte.

Das Schwert bewegte sich, aber so schnell, daß das erste, was jeder wahrnahm, ein Schmerzensschrei von Lucius war, während er sich wie ein Knäuel auf dem Boden zusammenrollte. Das Schwert und die Scheide von Lucius lagen auf dem Boden, kunstgerecht abgeschnitten durch einen geschickten Hieb von Rafar. Wieder bewegte sich das Schwert, und dieses Mal klemmte die flache Seite der Klinge Lucius an seinen Haaren am Boden fest.

Rafar beugte sich über ihn, und während er sprach, sprühte blutroter Atem aus seinem Mund und seinen Nasenlöchern.

»Ich erkenne, daß du meine Position einnehmen möchtest.« Lucius sagte nichts. »ANTWORTE!«

»Nein!« schrie Lucius. »Ich unterwerfe mich.«

»Auf. Steh auf!«

Lucius stolperte auf seine Füße, und Rafars starker Arm stellte ihn zu den anderen. Nun bot Lucius einen jämmerlichen, völlig erniedrigten Anblick. Rafar langte mit seinem Schwert hinunter und pickte mit der Widerhakenspitze das Schwert und die Scheide von Lucius auf. Das Schwert schwenkte wie ein riesiger Kran und setzte Lucius' Waffen ab in die Hände des entmachteten Dämons.

»Ihr alle, hört gut zu«, wandte sich Rafar an sie. »Lucius, der die Himmlischen Heerscharen nicht fürchtet, hat Furcht gezeigt. Er ist ein Lügner und ein Wurm und man sollte ihn nicht beachten. Ich sage euch, fürchtet die Himmlischen Heerscharen. Sie sind eure Feinde, und sie sind entschlossen, euch zu besiegen. Wenn man sie unterschätzt, wenn man ihnen Raum gibt, so werden sie euch überwinden.«

Rafar ging mit schweren, massigen Schritten die Reihe der Dämonen auf und ab und nahm sie etwas näher in Augenschein. Als er zu Selbstgefälligkeit kam, rückte er nah an ihn heran — und Selbstgefälligkeit fiel nach hinten. Rafar packte ihn mit einem Finger um den Hals und zog ihn empor.

»Erzähle mir, kleine Eidechse, was hast du heute gesehen?«

Selbstgefälligkeit litt an einem plötzlichen Gedächtnisschwund.

Rafar spornte ihn an: »Boten des lebendigen Gottes, hast du gesagt?«

Selbstgefälligkeit nickte.

»Wo?«

»Draußen, neben diesem Gebäude.«

»Was haben sie getan?«

»Ich ... ich ...«

»Haben sie dich angegriffen?«

»Nein.«

»War da ein Lichtblitz?«

Das schien sich mit dem, was Selbstgefälligkeit wahrgenommen hatte, zu decken. Er nickte.

»Wenn ein Bote Gottes angreift, dann ist da immer Licht.« Rafar wandte sich ärgerlich an sie alle. »Und ihr geht einfach daran vorbei! Ihr lacht! Ihr spottet! Ein naher Angriff des Feindes — und ihr beachtet ihn nicht!«

Nun drehte sich Rafar um, um Lucius noch etwas in die Mangel zu nehmen.

»Erzähle mir, entmachteter Prinz, wie steht es um die Stadt Ashton? Ist sie bereit?«

Lucius versicherte schnell: »Ja, Ba-al Rafar.«

»Oh, dann hast du dich um diesen betenden Busche und diesen schlafenden Unruhestifter Hogan gekümmert.«

Lucius schwieg.

»Du hast es nicht! Zuerst erlaubst du ihnen, an Orte zu kommen, die wir für unsere eigenen speziellen Treffen reserviert haben ...«

»Es war ein Versehen, Ba-al Rafar!« platzte Lucius heraus. »Der *Clarion*-Redaktionsleiter wurde gemäß unseren Anweisungen ausgeschaltet, aber ... niemand weiß, wo dieser Hogan herkam. Er kaufte die Zeitung, bevor irgend etwas unternommen werden konnte.«

»Und Busche? Soweit ich es verstanden habe, floh er vor deinen Angriffen.«

»Das ... das war ein anderer Mann Gottes. Der erste. Er floh.«

»Und?«

»Dieser jüngere Mann nahm seinen Platz ein. Er kam aus dem Nichts.«

Ein langer, übelriechender Atemzug zischte durch Rafars Fangzähne.

»Die Himmlischen Heerscharen«, sagte er. »Während ihr sie unterschätzt habt, führten sie die Pläne des Herrn vor euren Nasen aus! Es ist kein Geheimnis, daß Henry Busche ein Mann ist, der betet. Fürchtest du das?«

Lucius nickte. »Ja, natürlich, mehr als alles andere. Wir haben ihn angegriffen und haben versucht, ihn zu vertreiben.«

»Und wie hat er geantwortet?«

»Er ... er ...«

»Los, rede!«

»Er betet.«

Rafar schüttelte den Kopf. »Ja, ja, er ist ein Mann Gottes. Und was ist mit Hogan? Was hast du mit ihm gemacht?«

»Wir — wir haben seine Tochter angegriffen.«

Als er das hörte, spitzte Selbstgefälligkeit seine Ohren.

»Seine Tochter?«

Aber Selbstgefälligkeit konnte sich nicht beherrschen. »Ich sagte ihnen, daß es nicht funktionieren wird. Es wird Hogan nur aggressiver machen und ihn aus seiner Lethargie aufwecken!«

Lucius riß Rafars Aufmerksamkeit an sich. »Wenn mein Herr mir erlauben würde zu erklären ...«

»Erkläre«, ließ Rafar Lucius wissen, während er Selbstgefälligkeit aufmerksam im Auge behielt.

Lucius entwarf schnell einen Plan in seinen Gedanken. »Manchmal ist ein direkter Angriff nicht ratsam, so ... nutzten wir die Schwäche seiner Tochter, um seine Energien zu ihr hin zu lenken. Wir versuchten, ihn zu Hause zu zerstören und seine Familie zu zerrütten. Es schien bei dem vorherigen Redaktionsleiter zu funktionieren. Es war zumindest ein Anfang.«

»Es wird schiefgehen«, schrie Selbstgefälligkeit. »Er war harmlos, bis sie an seiner Vorstellung von einem guten Leben herumpfuschten. Nun befürchte ich, daß ich ihn nicht mehr zurückhalten kann. Er ist ...«

Eine schnelle, drohende Geste von Rafars ausgestreckter Hand würgte Selbstgefälligkeits Klagen ab.

»Ich möchte nicht, daß Hogan zurückgehalten wird«, sagte Rafar. »Ich will, daß er zerstört wird. Ja, nehmt seine Tochter. Nehmt alles andere, was ihr verderben könnt. Ein Risiko wird am besten entfernt, nicht ertragen.«

»Aber ...«, schrie Selbstgefälligkeit, aber Rafar packte ihn schnell und sprach mit giftigem Rauch direkt in sein Gesicht.

»Entmutige ihn. Sicherlich kannst du das machen.«

»Nun ...«

Aber Rafar war nicht in der Stimmung, auf eine Antwort zu warten. Mit einer kraftvollen Drehung seines Handgelenkes schleuderte er Selbstgefälligkeit aus dem Raum — zurück an die Arbeit.

»Wir werden ihn zerstören, bestürmt ihn von allen Seiten, bis er keinen festen Boden mehr unter den Füßen hat, von dem aus er kämpfen kann. Ich bin sicher, daß genauso wie für den Mann Gottes, der abgesprungen ist, auch für ihn eine passende Falle gestellt werden kann. Aber laßt uns die Feinde ansehen. Wie stark sind sie?«

»Im ganzen nicht stark«, antwortete Lucius, wobei er versuchte, seine Expertenrolle wiederzuerlangen.

»Aber schlau genug, daß du denkst, sie seien schwach. Ein tödlicher Fehler, Lucius.« Rafar wandte sich an sie alle. »Ihr werdet den Feind nicht länger unterschätzen. Beobachtet ihn. Zählt sie. Bringt ihre Aufenthaltsorte, ihre Fähigkeiten, ihre Namen in Erfahrung. Niemals wurde irgendeine Aufgabe angepackt, ohne daß die Heerscharen des Himmels nicht herausgefordert wurden, und dieser Auftrag ist nicht klein. Unser Herr hat sehr wichtige Pläne für diese Stadt, er hat mich geschickt, um sie auszuführen — und das ist genug, um die feindlichen Horden auf unsere Köpfe herabzubringen. Nehmt das ernst und gebt ihnen nirgendwo Raum. Und was diese zwei Hindernisse angeht ... heute nacht werden wir sehen, aus welchem Holz sie wirklich geschnitzt sind.«

6

Es war eine dunkle, regnerische Nacht, und die Regentropfen, die gegen die einscheibigen, alten Fenster prasselten, weckten Hank und Mary immer wieder aus dem Schlaf auf. Sie nickte verschiedentlich ein, aber Hank, in seinem Geist bereits beunruhigt, fand es sehr viel schwieriger, sich zu entspannen. Es war auf jeden Fall ein schrecklicher Tag gewesen; er hatte weiter daran gearbeitet, den Spruch an seinem Haus zu übermalen, und er hatte versucht, herauszufinden, wer um alles in der Welt so etwas gegen ihn hatte schreiben können. Die Unterhaltung mit Alf Brummel klang ihm immer noch in den Ohren, und seine Gedanken spielten wieder und wieder die bitteren Bemerkungen aus der Kirchenvorstandssitzung durch. Nun konnte er die Gemeindeversammlung am Freitag zu seinen Vorahnungen hinzufügen, und er betete in verzweifelten, knappen Seufzern zum Herrn, während er in der Dunkelheit lag.

Es ist eigenartig, wie jede Unebenheit in der Matratze um so unebener erscheint, wenn man nicht schlafen kann. Hank begann sich darüber zu sorgen, daß er Mary mit seinem Herumwälzen wach halten würde. Er legte sich auf den Rücken, die Seite, die andere Seite, er steckte seine Arme unter das Kopfkissen, über das Kopfkissen; er griff nach einem Papiertaschentuch und putzte sich die Nase. Er schaute hinüber zur Uhr: 12.20 Uhr. Sie hatten sich um 10.00 Uhr hingelegt.

Aber schließlich kam der Schlaf, wie üblich, so unerwartet, daß man nicht einmal weiß, daß man überhaupt eingeschlafen ist, bis man aufwacht. Irgendwann in dieser Nacht schlummerte Hank ein.

Aber nach wenigen Stunden wurden seine Träume immer wilder. Es begann mit dem üblichen harmlosen Unsinn — mit einem Auto durch das Wohnzimmer fahren und dann in dem Auto zu fliegen, nachdem es sich in ein Flugzeug verwandelt hat. Aber dann begannen die Bilder nur so durch seinen Kopf zu stürzen und zu toben, sie wurden rasend und chaotisch. Er fing an, vor Gefahren davonzurennen. Er konnte Schreie hören; es gab das Gefühl des Fallens und den Anblick von Blut. Die anfänglich hellen und farbigen Bilder wurden grau und düster. Er war ständig am Kämpfen, er kämpfte um sein Leben; unzählige Gefahren und Feinde umgaben ihn, brachen über ihn herein. Nichts davon ergab irgendeinen Sinn, aber eine Sache war ganz deutlich: starker Terror. Er wollte verzweifelt schreien, aber das Abwehren von Feinden, Monstern und unsichtbaren Mächten ließ ihm keine Zeit.

Sein Puls begann in seinen Ohren zu hämmern. Die ganze Welt befand sich in einem schwindelerregenden Taumel. Der schreckliche Kampf, der in seinem Kopf tobte, bahnte sich langsam den Weg in Hanks Wachbewußtsein. Er warf sich im Bett herum, rollte auf den Rücken und atmete tief ein. Seine Augen waren halb geöffnet und auf nichts gerichtet. Er war in diesem eigenartigen Zustand der Benommenheit — irgendwo zwischen Schlaf und Wachsein.

Sah er es wirklich? Es war eine schaurige Erscheinung mitten im Zimmer, ein glühendes Gemälde auf schwarzem Samt. Genau über dem Bett, so nahe, daß er den schwefeligen Atem riechen konnte, schwebte eine abscheuliche Gesichtsmaske, die sich in grotesken Bewegungen zusammenzog, während sie giftige Worte, die er nicht verstehen konnte, ausspuckte.

Hank riß seine Augen auf. Er sah noch, wie das Gesicht langsam verblaßte — aber im selben Augenblick spürte er einen starken Schlag auf seiner Brust; sein Herz begann zu rasen und zu pochen, als ob es durch seine Rippen brechen wollte. Er konnte fühlen, daß sein Schlafanzug und die Bettdecke an ihm klebten, vom Schweiß völlig durchtränkt. Er lag da, japste nach Luft, wartete, daß sich sein Herz beruhigte, und darauf, daß der Terror endlich verschwand, aber nichts änderte sich — und er konnte auch nichts ändern.

Du hast nur einen Alptraum, redete er sich ein, aber er schien aus diesem Alptraum nicht aufzuwachen. Er öffnete absichtlich seine Augen weit und schaute in dem verdunkelten Zimmer umher, obwohl ein Teil von ihm in die Kindheit zurückgehen und nichts anderes wollte, als sich unter die Decke zu verkriechen, bis alle Geister, Monster und Einbrecher fort waren.

Er sah nichts Ungewöhnliches im Zimmer. Ein Kobold in der Ecke war nichts anderes als sein Hemd, das über einem Stuhl hing, und die eigenartige Lichterscheinung an der Wand war nur das Straßenlicht, das von den Kristallgläsern seiner Uhr reflektiert wurde.

Aber er war ernsthaft erschrocken und immer noch total aufgewühlt. Er konnte fühlen, wie er zitterte, als er verzweifelt versuchte, Phantasie und Wirklichkeit voneinander zu unterscheiden. Er beobachtete, lauschte. Sogar die Stille schien bösartig zu sein. Er fand keinen Trost darin, nur die Ahnung, daß sich irgend etwas Übles dahinter verbarg, ein Eindringling oder ein Dämon, der den richtigen Augenblick abwartete.

Was war das? Ein Knarren im Haus? Schritte? Nein, sagte er sich, nur der Wind am Fenster. Der Regen hatte aufgehört.

Ein anderes Geräusch, diesmal ein Rascheln im Wohnzimmer. Noch in keiner Nacht zuvor hatte er je dieses Geräusch gehört. Ich muß aufwachen, ich muß aufwachen. Komm, Herz, beruhige dich, so daß ich hören kann.

Er zwang sich, sich im Bett hinzusetzen, auch wenn ihm das den Eindruck vermittelte, noch verletzbarer zu sein. So saß er einige Minuten, während er versuchte, sein Herzklopfen einzudämmen, indem er seine Hand auf die Brust legte. Das Pochen ging schließlich etwas zurück, aber es war immer noch sehr heftig. Hank konnte fühlen, wie der Schweiß auf seiner Haut kalt wurde. Aufstehen oder weiterschlafen? Mit dem Schlaf war es sicher vorbei. Er beschloß, aufzustehen, sich umzusehen, der Sache nachzugehen.

Ein Klappern, dieses Mal in der Küche. Jetzt fing Hank an zu beten.

Marshall hatte dieselbe Art von Träumen gehabt und fühlte dieselbe herzklopfende Angst. Stimmen. Es klang wie Stimmen, die irgendwoher kamen. Sandy? Vielleicht ein Radio.

Aber wer weiß? Diese Stadt wird langsam irgendwie verrückt, dachte er, und jetzt sind die Geisteskranken in meinem Haus. Er glitt verstohlen aus dem Bett, zog seine Hausschuhe an und ging zum Wandschrank hinüber, um sich einen Baseballschläger herauszuholen. Genau wie damals zuhause, dachte er. Nun wird gleich ein Gehirn zu Mus.

Er schaute aus der Schlafzimmertür, den Flur rauf und runter. Das Licht war nirgends an, nirgends waren die huschenden Lichter von Taschenlampen zu sehen. Aber seine Eingeweide tanzten unter seinen Rippen, und dafür mußte es einen Grund geben. Er erreichte das Flurlicht und knipste den Schalter an. Mist! Die Glühbirne war durchgebrannt. Jetzt wurde ihm erst recht bewußt, daß er in der Dunkelheit stand, und er fühlte, wie ihn der Mut verließ. Er umfaßte den Schläger etwas fester und ging den Gang hinunter, wobei er nahe an der Wand blieb, umherschaute, zurückschaute und lauschte. Er dachte, daß er irgendwo ein leises Rascheln hören konnte, daß irgend etwas sich bewegt hatte.

Im Bogengang, der in das Wohnzimmer führte, erhaschten seine Augen etwas, und er preßte sich an die Wand, um versteckt zu sein. Die Eingangstür stand auf. Nun fing sein Herz wirklich zu rasen an, und es pochte dumpf in seinen Ohren. In einer seltsamen, verworrenen Art fühlte er sich besser, zumindest gab es nun einen Hinweis auf einen wirklichen Feind. Es war diese lausige, völlig grundlose Angst, die ihn erschauern ließ.

Mit diesem Gedanken kam eine eigenartige Idee: Diese Professorin mußte in seinem Haus sein.

Er ging den Gang hinunter, um Sandys Zimmer zu überprüfen und sich zu vergewissern, daß alles in Ordnung war. Er wollte bei Kate und Sandy — und was immer da im Hause war — bleiben.

Sandys Schlafzimmertür stand offen, und das war ungewöhnlich; es machte ihn noch vorsichtiger. Er schlich an der Wand entlang zur Tür hin und dann, den Schläger hoch erhoben in seiner Hand, spähte er in das Zimmer.

Irgend etwas war geschehen. Sandys Bett war leer, und sie war weg. Er knipste das Licht an. In dem Bett hatte jemand geschlafen, aber jetzt war die Decke hastig zurückgeworfen, und der Raum war in heilloser Unordnung.

Während Marshall den dunklen Flur vorsichtig hinunterging, fiel ihm ein, daß Sandy vielleicht aufgestanden war, um etwas zu trinken — und jetzt saß sie wahrscheinlich im Badezimmer und las. Aber diese einfache Logik konnte sich nicht durchsetzen gegenüber dem furchtbaren Gefühl, daß irgend etwas schrecklich in Unordnung war. Er atmete tief ein und versuchte mit aller Kraft, gefaßt zu bleiben, während er die ganze Zeit einen inneren, überirdischen Terror verspürte, so als wäre er nur wenige Zentimeter von den zermalmenden Zähnen eines unsichtbaren Monsters entfernt.

Das Badezimmer war kalt und dunkel. Er drehte das Licht an, voller Angst vor dem, was er sehen würde. Er sah nichts Ungewöhnliches. Er ließ dieses Licht an und ging wieder zurück zum Wohnzimmer. Wie ein verfolgter Flüchtling spähte er durch den Bogengang. Da war wieder dieses Rascheln. Er knipste das Licht an. Ah. Die kalte Nachtluft kam durch die Eingangstür herein und raschelte an den Vorhängen. Nein, Sandy war nirgends zu sehen, nicht im Wohnzimmer, nirgendwo in oder in der Nähe der Küche. Vielleicht war sie gerade draußen.

Aber es schien ihm sehr bedrohlich, das Wohnzimmer hin zur Eingangstür zu durchqueren und dabei an all den Möbeln vorbeizugehen, die einen Angreifer verbergen konnten. Er packte den Schläger fest und erhob ihn. Er hielt seinen Rücken an der Wand, ging am Rand des Zimmers entlang, umging das Sofa, nachdem er dahinter geschaut hatte, huschte an der Stereoanlage vorbei und erreichte schließlich die Tür.

Er ging auf die Veranda hinaus in die kalte Nachtluft und fühlte sich aus irgendeinem Grund plötzlich sicherer. Um diese Zeit in der Nacht war die Stadt noch ruhig. Alle schliefen jetzt — und niemand schnüffelte mit Baseballschlägern ums Haus herum. Er brauchte einen Augenblick, um sich zu sammeln, und ging dann wieder hinein.

Als er die Tür hinter sich zuschloß, war es, als ob er sich selbst in einen dunklen Wandschrank mit ein paar hundert Nattern eingeschlossen hätte. Die Angst kehrte zurück, und er nahm den Schläger noch fester in die Hand. Mit seinem Rücken zur Tür gewandt schaute er sich wieder im Raum um. Warum war es so dunkel? Die Lichter waren an, aber alle Glühbirnen schienen so fahl, als wären sie braun angestrichen. Hogan, dachte er, entweder ist bei dir wirklich eine Schraube locker, oder du bist in sehr, sehr ernsten Schwierigkeiten. Er blieb an der Tür stehen wie eingefroren, bewegungslos, beobachtend und lauschend. Irgend jemand oder irgend etwas mußte im Hause sein. Er konnte es weder hören noch sehen, aber er konnte es sicher fühlen.

Außerhalb des Hauses lagen Tal und seine Truppe in den Büschen und beobachteten, wie Dämonen — mindestens vierzig nach Tals Zählung — Marshalls Geist übel zurichteten. Wie schwarze Todesschwalben stürzten sie sich innerhalb und außerhalb des Hauses herab, flogen durch die Räume, immer wieder um Marshall herum, redeten mit Hohn und Lästerworten auf ihn ein und spielten mit seiner ständig wachsenden Angst. Tal hielt wachsam Ausschau nach dem furchtbaren Rafar, aber der Ba-al war nicht unter dieser wilden Gruppe. Jedoch konnte es keinen Zweifel geben, daß Rafar sie gesandt hatte.

Tal und die anderen erlitten Höllenqualen, sie fühlten Marshalls Schmerz. Ein Dämon, ein häßlicher, kleiner Kobold mit rauhen, nadelscharfen Stacheln auf seinem ganzen Körper, sprang auf Marshalls Schultern, schlug ihn auf den Kopf und kreischte: »Du wirst sterben, Hogan! Du wirst sterben! Deine Tochter ist tot und du wirst sterben!«

Guilo konnte sich kaum beherrschen. Sein großes Schwert schlüpfte mit einem metallischen Klingen aus seiner Scheide, aber Tals starker Arm hielt ihn zurück.

»Bitte, Hauptmann!« bat Guilo. »Noch nie zuvor habe ich bei so etwas nur zugeschaut!«

»Zügle dich, lieber Krieger«, warnte Tal.

»Ich werde nur einmal zuschlagen!«

Guilo konnte sehen, daß sogar Tal von seinem eigenen Befehl gepeinigt wurde: »Unterlaß es. Unterlaß es. Er muß da hindurchgehen.«

Hank hatte die Lichter im Haus angemacht, aber er dachte, daß seine Augen ihn täuschten, denn die Zimmer sahen immer noch sehr dunkel aus, die Schatten waren tief. Er konnte nicht sagen, ob er sich gerade bewegte oder die Schatten im Raum; eine seltsame, wellenförmige Bewegung im Licht und in den Schatten ließ die dunklen Stellen im Haus vor- und zurückgleiten wie die langsame, ständige Bewegung der Atmung.

Hank stand in dem Durchgang zwischen Küche und Wohnzimmer, beobachtete und lauschte. Er meinte fühlen zu können, wie ein

Wind sich durchs Haus bewegte, aber kein kalter von draußen. Es war wie heißer, stickiger Atem voller widerwärtiger Gerüche, nahe und bedrückend.

Er hatte entdeckt, daß das Klappern in der Küche von einem Spatel her kam, der vom Abtropfbrett gerutscht und auf den Boden gefallen war. Das hätte ihn eigentlich beruhigen sollen, aber er fühlte immer noch den Schrecken.

Er wußte, daß er früher oder später ins Wohnzimmer gehen mußte, um zu sehen, was los war. Er machte den ersten Schritt aus dem Flur heraus in den Raum hinein.

Es war, als wäre er in einen abgrundtiefen Brunnen von Schwärze und Angst gefallen. Seine Nackenhaare sträubten sich, als wären sie mit Elektrizität statisch geladen. Seine Lippen schleuderten ein verzweifeltes Gebet heraus.

Er fiel zu Boden. Bevor er überhaupt wußte, was passierte, taumelte sein Körper nach vorne und krachte auf den Fußboden. Er wurde zu einem gefangenen Tier, er kämpfte instinktiv und versuchte, sich von dem unsichtbaren, erdrückenden Gewicht zu befreien, das ihn festhielt. Seine Arme und Beine knallten gegen die Möbel und rissen verschiedene Gegenstände herunter, aber in seiner Angst und seinem Schrecken fühlte er keinen Schmerz. Er krümmte sich, wand sich, schnappte nach Luft und schlug auf etwas ein, was immer es war. Er fühlte einen Widerstand gegen die Bewegung seiner Arme und Beine, wie wenn man durch Wasser schlägt. Der Raum schien mit Rauch erfüllt zu sein.

Schwärze wie Blindheit, ein Verlust des Gehörs, ein Verlust des Kontaktes mit der normalen Welt, die Zeit stand still. Er konnte fühlen, daß er starb. Ein Bild, eine Halluzination, eine Vision oder ein wirklicher Anblick brach für einen Augenblick durch: zwei häßliche gelbe Augen voller Haß. Seine Kehle zog sich zusammen, wurde zugedrückt.

»Jesus!« Er hörte, wie seine Gedanken schrien. »Hilf mir, Jesus!«

Sein nächster Gedanke, ein kleiner, spontaner Blitz, mußte vom Herrn gekommen sein: »Weise es zurück! Du hast die Autorität.«

Hank sprach die Worte, obwohl er deren Klang nicht hören konnte: »Ich weise dich zurück, in Jesu Namen!«

Das erdrückende Gewicht auf ihm erhob sich so schnell, daß Hank sich fühlte, als ob er vom Boden abheben würde. Er füllte seine Lungen mit Luft und merkte, daß er jetzt gegen nichts kämpfte. Aber der Schrecken war noch da, die schwarze, bösartige Gegenwart.

Er setzte sich halb auf, nahm noch einen Atemzug und sprach es klar und laut aus: »Im Namen Jesu befehle ich dir, aus diesem Haus zu verschwinden!«

Mary erwachte mit einem Ruck, überrascht und dann erschreckt vom Geräusch vieler Angst- und Schmerzensschreie. Die Schreie waren erst ohrenbetäubend, aber sie wurden immer schwächer, als ob sie sich weit wegbewegten. »Hank!« schrie sie.

Marshall brüllte wie ein wildes Tier und riß den Schläger hoch, um seinen Angreifer niederzuschlagen. Der Angreifer schrie auch — er war voller Angst.

Es war Kate. Sie waren unwissentlich in dem dunklen Hallengang zusammengestoßen.

»Marshall!« rief sie aus, und ihre Stimme bebte. Sie war den Tränen nahe und gleichzeitig ärgerlich. »Was um alles in der Welt machst du hier?!«

»Kate...«, seufzte Marshall und fühlte, daß er zusammensank wie ein durchstochener Fahrradschlauch. »Was versuchst du zu tun, willst du getötet werden?«

»Was ist los?« Sie schaute auf den Baseballschläger und wußte, daß etwas nicht in Ordnung war. Sie klammerte sich ängstlich an ihn. »Ist jemand im Haus?«

»Nein...«, murmelte er in einer Mischung aus Erleichterung und Ekel. »Niemand, ich habe nachgesehen.«

»Was ist passiert? Wer war es?«

»Niemand, ich sagte es bereits.«

»Aber ich dachte, du hast mit jemandem geredet.«

Er schaute sie mit äußerster Ungeduld an und sagte mit fester Stimme: »Sehe ich aus wie jemand, der gerade einen freundlichen Plausch mit irgend jemandem hatte?«

Kate schüttelte den Kopf. »Ich muß geträumt haben. Aber es waren Stimmen, die mich aufgeweckt haben.«

»Was für Stimmen?«

»Marshall, es klang wie eine Silvesterparty hier im Haus. Komm, was war es?«

»Niemand. Es war niemand hier. Ich habe nachgeschaut.«

Kate war aufgeregt. »Ich weiß, daß ich wach war.«

»Du hast Gespenster gehört.«

Er konnte fühlen, daß ihre Hand das Blut aus seinem Arm drückte. »Rede nicht so daher!«

»Sandy ist weg.«

»Was meinst du mit weg? Wohin ist sie?«

»Sie ist weg. Ihr Zimmer ist leer, sie ist nicht im Hause. Sie ist verschwunden! Weg!«

Kate eilte den Flur hinunter und schaute in Sandys Zimmer. Marshall folgte ihr und beobachtete aus der Diele, wie Kate den

Raum durchsuchte, wobei sie im Wandschrank nachschaute und in einigen Schubladen.

Sie berichtete bestürzt: »Einige ihrer Kleider sind weg. Ihre Schulbücher sind nicht mehr hier.« Sie sah ihn hilflos an. »Marshall, sie hat das Haus verlassen!«

Er schaute zu ihr zurück, dann im Zimmer umher, dann ließ er seinen Kopf gegen den Türpfosten sinken.

»Mist«, sagte er.

»Ich wußte, daß sie heute abend nicht sie selbst war. Ich hätte herausfinden müssen, was falsch war.«

»Bei uns lief alles heute nicht so gut ...«

»Nun, das war offensichtlich. Du bist ohne sie nach Hause gekommen.«

»Wie kam sie überhaupt nach Hause?«

»Ihre Freundin Terry brachte sie.«

»Vielleicht ist sie zu Terry gegangen.«

»Sollen wir anrufen und es herausfinden?«

»Ich weiß nicht...« »Du weißt nicht?«

Marshall schloß seine Augen und versuchte nachzudenken. »Nein. Es ist spät. Entweder ist sie dort oder nicht. Wenn nicht, werden wir Terry ohne Grund aus dem Bett holen, und wenn sie dort ist, gut, dann ist sie auf jeden Fall okay.«

Kate wirkte sehr aufgeregt. »Ich werde anrufen.«

Marshall hielt seine Hand hoch, lehnte seinen Kopf wieder an den Türpfosten und sagte: »Hey, mach jetzt nicht alles noch schlimmer, okay? Gib mir eine Minute.«

»Ich will nur wissen, ob sie dort ist ...«

»In Ordnung, in Ordnung ...«

Aber Kate konnte sehen, daß etwas mit Marshall nicht in Ordnung war. Er war bleich, schwach und zitterte.

»Was ist los, Marshall?«

»Gib mir eine Minute ...«

Sie legte besorgt ihren Arm um ihn. »Was ist es?«

Er hatte große Mühe, es auszusprechen. »Ich habe Angst.« Er zitterte ein wenig, seine Augen waren geschlossen, sein Kopf lehnte wieder am Türpfosten, und er sagte noch einmal: »Ich habe wirklich Angst, und ich weiß nicht, warum.«

Dies ängstigte Kate. »Marshall ...«

»Reg dich nicht auf, ja? Bleib ganz ruhig.«

»Kann ich irgend etwas tun?«

»Sei einfach tapfer, das ist alles.«

Kate dachte einen Augenblick nach. »Nun, warum ziehst du nicht deinen Morgenmantel an? Ich werde dir etwas Milch warm machen, okay?«

»Ja, großartig.«

Es war das erste Mal, daß irgendwelche Dämonen direkt mit Hank Busche konfrontiert und von ihm zurückgewiesen worden waren. Zunächst waren sie mit einer anmaßenden Frechheit gekommen, waren in der Dunkelheit der Nacht auf das Haus hinabgestiegen, um zu rauben und zu verwüsten, sie waren kreischend durch die Räume getobt, hatten sich auf Hank herabgestürzt und versucht, ihn mit Angst und Schrecken zu erfüllen. Aber während Krioni, Triskal und die anderen von ihrem Versteck aus die Sache beobachteten, donnerten und flatterten verwirrte und aufgescheuchte Horden von Dämonen plötzlich wie Fledermäuse aus dem Haus, schreiend, empört, sich ihre Ohren zuhaltend. Es mußten nahezu hundert gewesen sein, all die üblichen dämonischen Gangster und Unruhestifter, welche Krioni zuvor überall in der Stadt an der Arbeit gesehen hatte. Ohne Zweifel hatte sie der große Ba-al geschickt, und jetzt konnte man nicht wissen, was Rafars nächste Reaktion oder sein nächster Plan sein würde, nachdem sie eine solche Schlappe erlitten hatten. Aber Hank hatte sich sehr gut bewährt.

Von einem Augenblick zum anderen war die Luft rein, der Ärger war vorbei, die Krieger kamen aus ihrem Versteck und atmeten auf. Krioni und Triskal waren beeindruckt.

Krioni meinte: »Tal hatte recht. Er ist nicht so unbedeutend.«

Triskal stimmte zu: »Schon ein harter Bursche, dieser Henry Busche.«

Aber als Hank und Mary zitternd an ihrem Küchentisch saßen — sie bereitete gerade einen Eisbeutel vor, er trug eine Beule an seiner Stirn und jede Menge Blutergüsse und Kratzer an seinen Armen und Beinen zur Schau —, da fühlte sich keiner von beiden so richtig hart, mächtig oder siegreich. Hank war dankbar, daß er mit dem Leben davongekommen war, und Mary war immer noch in einem leichten Schockzustand und konnte es nicht glauben. Es war eine dumme Situation, da keiner von ihnen seine Erfahrungen mitteilen wollte — aus Angst, daß das Ganze nichts als eine Nachwirkung von Nudelauflauf vor dem Schlafengehen war. Aber Hanks Beule wuchs weiter, und er konnte nur erzählen, was er wußte, Mary kaufte ihm jedes Wort ab, geängstigt, wie sie war, durch die Schreie, die sie aufgeweckt hatten. Als sie ihre unangenehmen Erfahrungen einander mitteilten, waren sie in der Lage, der Tatsache ins Auge zu sehen, daß diese ganze verrückte Nacht erschreckend real und nicht irgendein Alptraum gewesen war.

»Dämonen«, folgerte Hank.

Mary konnte nur nicken.

»Aber warum?« wollte Hank wissen. »Wozu?«

Mary war nicht bereit, sich mit irgendwelchen Antworten zufriedenzugeben. Sie wartete auf Hank und auf eine Erklärung.

Er murmelte: »Wie Lektion Nr. 1 in Kriegsführung an vorderster Front. Ich war nicht im geringsten darauf vorbereitet. Ich denke, ich bin durchgefallen.«

Mary gab ihm den Eisbeutel, und er drückte ihn gegen die Beule, wobei er zusammenzuckte.

»Warum glaubst du, daß du durchgefallen bist?« fragte sie.

»Ich weiß nicht. Ich bin einfach hineingegangen. Ich ließ zu, daß sie mich fertigmachten.« Dann betete er: »Herr Gott, hilf mir, das nächste Mal vorbereitet zu sein. Gib mir die Weisheit, die Feinfühligkeit zu wissen, was sie vorhaben.«

Mary drückte seine Hand, sagte Amen und erklärte dann: »Du weißt, ich mag verkehrt liegen damit, aber hat der Herr das nicht bereits getan? Ich meine, wie kannst du wissen, wie man bei Satans direkten Angriffen kämpft, bis ... du es einfach tust?«

Das war genau, was Hank brauchte.

»Mann«, scherzte er, »ich bin ein alter Kampfhase!«

»Und ich glaube, daß du nicht durchgefallen bist. Sie sind weg, oder nicht? Und du bist noch hier, und du solltest diese Schreie gehört haben.«

»Bist du sicher, daß es nicht meine Schreie waren?«

»Ganz sicher.«

Dann kam eine lange, bedrückende Stille.

»So, was jetzt?« fragte Mary schließlich.

»Oh ... laß uns beten«, sagte Hank. Für ihn war diese Möglichkeit immer die einfachste und beste.

Und sie beteten, indem sie sich an dem kleinen Küchentisch die Hände reichten und eine Besprechung mit dem Herrn hatten. Sie dankten ihm für die Erfahrung dieser Nacht, für den Schutz vor der Gefahr und dafür, daß sie den Feind so deutlich zu sehen bekommen hatten. Über eine Stunde verging, und während dieser Zeit erweiterte sich ihr Blickfeld immer mehr; ihre eigenen Probleme wurden kleiner gegenüber dieser gewaltig weiten Perspektive. Hank und Mary beteten für ihre Gemeinde, die Menschen darin, die Stadt, die Behörden, den Staat, die Nation, die Welt. Durch dies alles kam die wunderbare Gewißheit, daß sie tatsächlich den Thron Gottes berührt und etwas Wichtiges für den Herrn getan hatten. Hank wurde noch entschlossener, in dem Gefecht zu bleiben und Satan etwas für sein Geld zu bieten. Er war sicher, daß genau dies auch Gottes Absicht entsprach.

Die warme Milch und Kates Gemeinschaft hatten einen beruhigenden Effekt auf Marshalls Nerven. Mit jedem Schluck und jeder weiteren Minute der normalen Wirklichkeit gewann er mehr und mehr Sicherheit, daß die Welt weitergehen würde, er würde leben, die Sonne würde am Morgen aufgehen. Er war erstaunt, wie düster alles nur eine kleine Weile zuvor noch ausgesehen hatte.

»Fühlst du dich besser?« fragte Kate, während sie frischen Toast mit Butter bestrich.

»Ja«, antwortete er und bemerkte, daß sein Herz wieder in seine Brust zurückgekehrt war und mit normaler, üblicher Geschwindigkeit schlug. »Junge, ich weiß nicht, was in mich gefahren ist.«

Kate legte die beiden Scheiben Toast auf ein Brettchen und stellte es auf den Tisch.

Marshall biß in den Toast, so daß es knirschte, und fragte: »Also, sie ist nicht bei Terry?«

Kate schüttelte den Kopf. »Willst du über Sandy sprechen?« Marshall war bereit. »Wahrscheinlich sollten wir eine ganze Menge Dinge bereden.«

»Ich weiß nicht, wo ich anfangen soll...«

»Denkst du, daß es mein Fehler ist?«

»Oh, Marshall...«

»Komm, sei jetzt ehrlich! Ich habe mich den ganzen Tag lang an Prügel gewöhnt. Ich werde zuhören.«

Ihre Augen trafen die seinen und blieben dort, sie deuteten Ernsthaftigkeit und starke Liebe an.

»Grundsätzlich nein«, sagte sie.

»Ich habe es heute einfach verpfuscht.«

»Ich denke, daß wir es alle verpfuscht haben — und das schließt Sandy mit ein. Sie hat auch einige Entscheidungen gefällt, erinnere dich daran.«

»Ja, aber vielleicht nur deswegen, weil wir ihr nichts Besseres geben konnten.«

»Was hältst du davon, mit Pastor Young zu reden?«

»Kommt ganz drauf an.«

»Hmmm?«

Hogan schüttelte verzagt den Kopf. »Vielleicht... vielleicht ist Young nur ein bißchen zu glatt, verstehst du? Er ist in all diesem weltlichen Zeug engagiert — sich selbst entdecken, die Wale retten...«

Kate war etwas überrascht. »Ich dachte, du magst Pastor Young.«

»Nun... wahrscheinlich tue ich das. Aber manchmal — nein, meistens habe ich in seinen Gottesdiensten den Eindruck, daß ich gar nicht in der Kirche bin. Genausogut könnte ich in einem Freimaurertreffen sitzen oder in einer von Sandys verrückten Vorlesungen.«

Er prüfte ihre Augen. Sie waren noch fest. Sie hörte zu.

»Kate, hast du je das Gefühl gehabt, Gott müßte, weißt du, ein bißchen ... größer sein? Stärker. Der Gott, den wir in dieser Gemeinde vorgesetzt bekommen, ist für mein Gefühl nicht einmal eine wirkliche Person, und wenn er eine ist, dann ist er dümmer als wir. Ich kann von Sandy nicht erwarten, daß sie das schluckt. Ich tu's selbst ja auch nicht.«

»Ich wußte nie, daß du so fühlst, Marshall.«

»Nun, vielleicht habe ich es selbst nicht gewußt. Es ist nur, daß diese Sache heute nacht ... ich muß wirklich darüber nachdenken; in letzter Zeit passiert so viel.«

»Was meinst du? Was passiert?«

Ich kann es ihr nicht sagen, dachte Marshall. Wie könnte er ihr diese eigenartige hypnotische Überredung erklären, die er bei Brummel erlebt hatte, die gespenstischen Gefühle, die er in Gegenwart von Sandys Professorin empfunden hatte, die wahnsinnige Angst, die er diese Nacht gefühlt hatte? Nichts davon ergab Sinn, und jetzt war zu guter Letzt auch noch Sandy weg. In allen diesen Situationen wurde er erschreckt durch seine eigene Unfähigkeit, zurückzuschlagen. Er kam sich kontrolliert vor. Aber er konnte Kate nichts davon erzählen.

»Ach, es ist eine lange Geschichte«, sagte er schließlich. »Alles, was ich weiß, ist, daß das Ganze — unser Lebensstil, unsere Pläne, unsere Familie, unsere Religion, was immer es ist — einfach nicht funktioniert. Irgendwas muß geändert werden.«

»Aber meinst du nicht, du solltest mit Pastor Young sprechen?«

»Ah, er ist ein Waschlappen ...«

Gerade da, um 1.00 Uhr nachts, läutete das Telefon.

»Sandy!« rief Kate aus.

Marshall schnappte sich den Hörer:

»Hallo?«

»Hallo?«, sagte eine weibliche Stimme. »Du bist auf?!«

Marshall erkannte enttäuscht die Stimme. Es war Bernice.

»Oh, hallo, Bernie«, sagte er, wobei er Kate anschaute, deren Gesicht frustriert herabsank.

»Häng nicht auf! Es tut mir leid, daß ich zu dieser späten Stunde anrufe, aber ich hatte einen Termin und ich kam spät nach Hause, aber ich wollte diesen Film entwickeln ... bist du sauer?«

»Ich werde morgen sauer sein. Gerade jetzt bin ich zu müde dazu. Was hast du herausbekommen?«

»Hör zu. Ich wußte, daß der Film in der Kamera zwölf Bilder vom Volksfest enthielt, einschließlich dem einen von Brummel, Young und diesen drei Unbekannten. Heute ging ich nach Hause und verschoß den Rest des Films, zwölf weitere Aufnahmen — meine Katze, die Nachbarin mit dem großen Leberfleck, die Abendschau usw. Die heutigen Bilder kamen gut heraus.«

Es gab eine Pause, und Marshall wußte, daß er fragen sollte. »Was ist mit den anderen?«

»Die Emulsion war ausgeschwärzt, total belichtet, der Film verkratzt und Fingerabdrücke an einigen Stellen. Die Kamera ist völlig in Ordnung.« Marshall sagte einen längeren Augenblick nichts. »Marshall, hallo?«

»Das ist interessant«, meinte er schließlich.

»Da läuft irgendeine krumme Sache. Das macht mich ganz aufgeregt. Ich möchte wissen, ob ich diese Fingerabdrücke identifizieren kann.« Es gab eine weitere Pause. »Hallo?«

»Wie sah die andere Frau aus, die blonde?«

»Nicht zu alt, lange blonde Haare ... irgendwie bösartig.«

»Dick? Dünn? Dazwischen?«

»Sie sah gut aus.«

Marshall runzelte ein wenig die Stirn, und seine Augen schweiften ab, während er seinen Gedanken nachging. »Wir werden uns morgen sehen.«

»Auf Wiederhören und danke für deine Antwort.«

Marshall hängte den Hörer ein. Er starrte auf den Tisch, trommelte mit seinen Fingern.

»Was war das alles?« fragte Kate.

»Mmmmmm«, sagte er, immer noch nachdenkend. Dann antwortete er: »Oh, Zeitungskram. Nichts Besonderes. Worüber haben wir gesprochen?«

»Nun, wenn es noch wichtig ist, wir haben gerade davon gesprochen, ob du mit Pastor Young über unser Problem reden solltest oder nicht ...«

»Young«, sagte er, und es klang fast ärgerlich.

»Aber wenn du nicht willst ...« Marshall starrte auf den Tisch, während seine warme Milch kalt wurde. Kate wartete, dann rüttelte sie ihn wach: »Willst du lieber morgen darüber sprechen?«

»Ich werde mit ihm reden«, erklärte Marshall kategorisch. »Ich ... ich will mit ihm reden. Aber sicher werde ich mit ihm reden!«

»Es kann nicht schaden.«

»Nein, es kann sicher nicht schaden.«

»Ich weiß nicht, wann er Zeit für dich haben wird, aber ...«

»Ein Uhr würde gut passen.« Er schaute ein wenig finster. »Ein Uhr wird perfekt sein.«

»Marshall ...«, fing Kate an, aber sie hielt es zurück. Etwas war mit ihrem Gatten passiert, sie hörte es aus seiner Stimme heraus, spürte es in seinem Gesichtsausdruck.

Sie hatte nie wirklich dieses Feuer in seinen Augen vermißt; vielleicht war ihr nie bewußt, daß es weg war, bis zu diesem Augenblick, als sie es das erste Mal wiedersah, seit sie New York verlassen hatten. Einige alte, unangenehme Gefühle stiegen in ihr auf, Gefühle, mit denen sie sich spät in der Nacht nicht befassen wollte, noch dazu, wo ihre Tochter auf geheimnisvolle Art und Weise verschwunden war.

»Marshall«, sagte sie, rückte ihren Stuhl zurück und nahm das Brettchen mit dem halb aufgegessenen Toast, »laß uns noch ein wenig schlafen.«

»Ich bin wahrscheinlich nicht fähig dazu.«

»Ich weiß«, sagte sie ruhig.

Die ganze Zeit hatten Tal, Guilo, Nathan und Armoth im Raum gestanden, wobei sie die beiden sorgfältig beobachteten, und jetzt begann Guilo in seiner eigenen, rauhen Art in sich hineinzulachen.

Tal sagte lächelnd: »Nein, Marshall Hogan. Du hattest nie viel von einem Schläfer ... und jetzt hat Rafar mitgeholfen, dich wieder aufzuwecken!«

7

Am Dienstagmorgen schien die Sonne durch die Fenster, und Mary war mit der Zubereitung von Brotteig beschäftigt. Hank fand den Namen und die Nummer im kirchlichen Adreßverzeichnis: Reverend James Farrel. Er war Farrel nie begegnet, und er kannte nur das geschmacklose, bösartige Gerede über diesen Mann, der sein Vorgänger war und seitdem weit von Ashton weggezogen war.

Es war ein eigenartiger Einfall, ein winziger Lichtstrahl in der Finsternis, Hank wußte das. Aber er setzte sich auf die Couch, nahm das Telefon und wählte die Nummer.

»Hallo?« Die Stimme eines müden älteren Mannes antwortete.

»Hallo«, sagte Hank und versuchte, angenehm zu klingen, trotz seiner angespannten Nerven. »James Farrel?«

»Ja. Wer ist da?«

»Hier ist Hank Busche, Pastor der —« er hörte, wie Farrel einen langgezogenen, hörbaren Seufzer von sich gab — »Ashton Community Church. Ich vermute, Sie wissen, wer ich bin.«

»Ja, Pastor Busche. Wie geht es Ihnen?«

Wie beantworte ich das, überlegte Hank. »Oh ... in gewisser Hinsicht gut.«

»Und in anderer Hinsicht nicht so gut«, schlug Farrel vor und vollendete damit Hanks Gedanken.

»Mann, Sie sind tatsächlich auf dem laufenden.«

»Nun, nicht aktiv. Von Zeit zu Zeit höre ich von einigen der Gemeindeglieder etwas.« Dann fügte er schnell hinzu: »Schön, daß Sie anrufen. Was kann ich für Sie tun?«

»Oh, mit mir reden, vermute ich.«

Farrel antwortete: »Ich bin sicher, daß es viel gibt, was ich Ihnen sagen könnte. Ich hörte, daß diesen Freitag eine Gemeindeversammlung stattfindet. Ist das wahr?«

»Ja, das ist wahr.«

»Eine Vertrauensabstimmung, so weit ich das mitbekommen habe.«

»Das ist richtig.«

»Ja, da mußte ich auch durch, wissen Sie. Brummel, Mayer, Turner und Stanley waren auch dafür verantwortlich.«

»Sie machen Scherze.«

»Oh, es ist nur Geschichte, die sich wiederholt, Hank. Glauben Sie mir.«

»Sie haben Sie hinausgedrängt?«

»Sie haben beschlossen, daß sie nicht mochten, was ich predigte — so brachten sie die Versammlung gegen mich auf, und dann verlangten sie eine Abstimmung. Ich habe nicht hoch verloren, aber ich habe verloren.«

»Dieselben vier Burschen!«

»Dieselben vier ... aber jetzt, habe ich richtig gehört? Haben Sie Lou Stanley wirklich aus der Gemeinde ausgeschlossen?«

»Ja.«

»So etwas. Ich kann mir nicht vorstellen, daß Lou das mit sich machen läßt.«

»Nun, die anderen drei machten dies zu einer Kardinalfrage; sie haben mich darüber nicht in Zweifel gelassen.«

»Und wie verhält sich die Gemeindeversammlung dazu?«

»Ich weiß nicht, es könnte ganz gut 50:50 ausgehen.«

»Und wie geht es Ihnen bei all dem?«

Hank wußte keine bessere Art, es auszudrücken. Er sagte: »Ich denke, ich stehe unter Beschuß — direkte, geistliche Angriffe.« Schweigen am anderen Ende. »Hallo?«

»Oh, ich bin hier.« Farrel sprach langsam, zögernd, so als ob er angestrengt nachdachte, während er versuchte zu sprechen. »Was für geistliche Angriffe?«

Hank stotterte. Er konnte sich vorstellen, wie die Erfahrung der letzten Nacht für einen Fremden klingen mußte. »Nun ... ich denke, hier ist tatsächlich Satan am Werk ...«

Farrel wurde lauter: »Hank, welche Art von geistlichen Angriffen?«

Hank begann sie vorsichtig aufzuzählen, wobei er sich große Mühe gab, wie eine gesunde und verantwortungsvolle Person zu klingen, als er die hauptsächlichen Punkte erwähnte: die offenbare Manie, mit der Brummel ihn loswerden wollte, die Gemeindespaltung, das üble Gerede, der verärgerte Kirchenvorstand, der Spruch an seinem Haus und schließlich der geistliche Ringkampf, den er letzte Nacht austragen mußte. Farrel unterbrach nur, um klärende Fragen zu stellen.

»Ich weiß, das alles klingt verrückt ...«, schloß Hank.

Farrel konnte nur einen tiefen Seufzer herauslassen und murmelte: »Oh, vergiß alles!«

»Nun, wie Sie sagen, es ist nur Geschichte, die sich wiederholt. Zweifellos haben Sie ähnliche Dinge erfahren, nicht wahr? Oder bin ich der einzige, der hier ein wirkliches Problem hat?«

Farrel kämpfte mit Worten. »Ich bin froh, daß Sie angerufen haben. Ich habe immer mit mir gekämpft, ob ich nicht *Sie* anrufen sollte. Ich weiß nicht, ob Sie das jetzt hören wollen, aber ...« Farrel machte eine Pause, dann sagte er: »Hank, sind Sie sicher, daß Sie dorthin gehören?«

Oh, oh. Hank fühlte sich in die Verteidigungsstellung gedrängt. »Ich glaube fest in meinem Herzen, daß Gott mich hierhin berufen hat, ja.«

»Wissen Sie, daß Sie durch ein Versehen als Pastor gewählt wurden?«

»Nun, einige sagen dies, aber ...«

»Es ist wahr, Hank. Sie sollten das wirklich bedenken. Sehen Sie, die Gemeinde hat mich hinausgeworfen; sie hatten sich einen anderen Pastor ausgesucht und waren bereit, ihn zu holen, irgendein Bursche, dessen religiöse Philosophie liberal und weit genug war, um sie zufriedenzustellen. Hank, ich weiß wirklich nicht, wie Sie zu diesem Posten gekommen sind, aber es war mit Sicherheit irgendein Organisationsfehler. Eines wollten sie bestimmt nicht haben: einen weiteren fundamentalistischen Pastor — nicht, nachdem sie so große Anstrengungen unternommen hatten, denjenigen, den sie hatten, loszuwerden.«

»Aber sie wählten mich.«

»Es war ein Versehen. Brummel und die anderen hatten dies mit Sicherheit nicht geplant.«

»Nun, das ist offensichtlich.«

»In Ordnung, gut, Sie können das sehen. Lassen Sie mich Ihnen einen direkten Rat geben. Nach Freitag wird dies auf jeden Fall klar sein, aber wenn ich an Ihrer Stelle wäre, würde ich packen und mich nach einem anderen Posten umsehen, egal, wie die Abstimmung ausfällt.«

Hank wurde ein wenig ernüchtert. Diese Unterhaltung wurde langsam unangenehm; er konnte es nur noch nicht fassen. Alles, was er tun konnte, war, in das Telefon zu seufzen.

Farrel drängte: »Hank, ich war da, ich bin da selbst durchgegangen, ich weiß, was Sie durchmachen, und ich weiß, was Sie noch durchmachen werden. Glauben Sie mir, es ist es nicht wert. Lassen Sie sie diese Gemeinde haben, lassen Sie sie die ganze Stadt haben; nur opfern Sie sich nicht selbst.«

»Aber, ich kann nicht einfach gehen ...«

»Ja, richtig, Sie haben einen Ruf von Gott. Hank, das hatte ich auch. Ich war bereit, in die Schlacht zu gehen und in dieser Stadt eine Festung für Gott aufzubauen. Sie wissen, es hat mich mein Haus, meinen Ruf, meine Gesundheit und es hätte mich beinahe meine Ehe gekostet. Ich habe mir wirklich überlegt, meinen Namen zu ändern, als ich Ashton verließ. Sie haben ja keine Ahnung, mit wem Sie es da tatsächlich zu tun haben. Da sind Kräfte am Werk in dieser Stadt ...«

»Was für Kräfte?«

»Nun, politische, soziale ... auch geistliche natürlich.«

»O ja, Sie haben nie meine Frage beantwortet: Was ist mit dem, was mir letzte Nacht passiert ist? Was denken Sie darüber?«

Farrel zögerte, dann sagte er: »Hank ... ich weiß nicht warum, aber es ist sehr schwierig für mich, über solche Dinge zu reden. Alles, was ich sagen kann, ist dies: Gehen Sie da raus, solange Sie noch können. Vergessen Sie es einfach. Die Gemeinde will Sie nicht, die Stadt will Sie nicht.«

»Ich kann nicht gehen, ich habe Ihnen das gesagt.«

Farrel machte eine lange Pause. Hank befürchtete bereits, er habe eingehängt. Aber dann sagte er: »In Ordnung, Hank. Ich werde es Ihnen erzählen und Sie hören zu. Was Sie letzte Nacht durchgemacht haben, nun, ich denke, daß ich ähnliche Erfahrungen gemacht habe, aber ich kann Ihnen versichern, was immer es war, es war nur der Anfang.«

»Pastor Farrel ...«

»Ich bin kein Pastor. Nennen Sie mich Jim.«

»Darum geht's doch beim Evangelium, Satan bekämpfen und das Licht der Guten Nachricht in der Finsternis leuchten lassen ...«

»Hank, all die hübschen Predigten, die Sie ausgraben können, werden da nicht helfen. Nun weiß ich nicht, wie gut Sie ausgerüstet sind und wie groß Ihre Bereitschaft ist, aber um ganz ehrlich zu sein, wenn Sie durch das Ganze auch nur lebend durchkommen, wäre ich überrascht. Ich meine es ernst!«

Hank konnte darauf keine Antwort geben. »Jim ... ich werde Sie wissen lassen, wie es ausgeht. Vielleicht gewinne ich, vielleicht komme ich nicht lebend heraus. Aber Gott hat mir nicht gesagt, daß ich lebend herauskommen würde; er hat mir nur gesagt, daß ich bleiben und kämpfen soll. Sie haben mir eines klar gemacht: Satan will diese Stadt. Ich kann sie ihm nicht überlassen.«

Hank legte den Hörer auf und fühlte sich zum Heulen. »Herr Gott«, betete er, »Herr Gott, was soll ich tun?«

Der Herr gab keine sofortige Antwort, und Hank saß einige Minuten auf der Couch und versuchte, seine Stärke und Zuversicht zurückzugewinnen. Mary war noch in der Küche beschäftigt. Das war gut. Er konnte jetzt nicht mit ihr sprechen; es gab zu viele Gedanken und Gefühle, die erst einmal aussortiert werden mußten.

Dann kam ihm ein Vers in den Sinn: »Erhebe dich, durchwandere das Land der Länge und der Breite nach, ich will es dir geben.«

Gut, das war sicher besser als zu Hause herumzusitzen, sich unnötig aufzuregen, sich zu ärgern und doch nichts wirklich zu tun. Deshalb zog er seine Turnschuhe an und ging zur Tür hinaus.

Krioni und Triskal waren draußen und warteten auf ihren Einsatz. Unsichtbar gesellten sie sich zu Hank — einer rechts, einer links von ihm — und gingen mit ihm den Morgan Hill hinunter zur Stadtmitte. Hank war nicht sehr groß, aber zwischen diesen beiden Riesen sah er noch kleiner aus. Er wirkte jedoch sehr, sehr sicher.

Triskal spähte wachsam umher und fragte: »Was hat er vor?«

Krioni kannte Hank mittlerweile sehr gut. »Ich denke, daß er selbst es auch nicht weiß. Der Geist treibt ihn. Er handelt gemäß einer Last in seinem Herzen.«

»Oh, wir werden etwas zu tun haben — und wir sind bereit!«

»Stelle nur keine Bedrohung dar. So kannst du am besten in dieser Stadt überleben.«

»Sag das diesem kleinen Pastor.«

Während sich Hank dem Hauptgeschäftsbezirk näherte, hielt er an einer Ecke an, um die Straße rauf und runter zu schauen. Er sah alte Autos, neue Autos, Lieferwagen, Einkaufende, Spaziergänger, Jogger und Radfahrer in vier und mehr Richtungen, welche die Lichter der Ampel als einen bloßen Vorschlag betrachteten.

Wo war nun das Böse? Wie konnte es gestern nacht so lebendig sein und heute eine entfernte, zweifelhafte Erinnerung? Keine Dämonen oder Teufel lauerten in den Bürofenstern oder kamen aus den Gullis gekrochen; die Leute waren dieselben, einfaches, gewöhnliches Volk, das er immer schon gesehen hatte und das ihn nicht beachtete und vorbeiging.

Ja, das war die Stadt, für die er Tag und Nacht mit tiefen Seufzern des Herzens betete, und nun war seine Geduld auf eine harte Probe gestellt, und er war verwirrt.

»Nun, bist du in Schwierigkeiten oder nicht, oder ist es dir egal?« sagte er laut.

Niemand hörte zu. Keine bösartigen Stimmen antworteten mit einer Drohung.

Aber der Geist des Herrn in ihm würde ihn nicht alleine lassen. *Bete, Hank. Bete für diese Leute. Laß sie nicht aus deinem Herzen. Der Schmerz ist da, die Angst ist da, die Gefahr ist da.*

Und wann werden wir gewinnen? antwortete Hank dem Herrn. Weißt du, wielange ich schon schwitze und bete über diesem Platz? Nur einmal würde ich gerne hören, wenn mein kleiner Kieselstein ins Wasser platscht; ich würde gerne sehen, wie dieser tote Hund zuckt, wenn ich ihn anstoße.

Es war erstaunlich, wie gut sich die Dämonen verstecken konnten — sogar hinter den Zweifeln, die er manchmal im Blick auf ihre Existenz verspürte.

»Ich weiß, daß ihr hier draußen seid«, sagte er ruhig und starrte vorsichtig über die blanke Fassade der Gebäude, den Beton, die Ziegel, das Glas, das Blech. Die Geister hänselten ihn. Sie konnten in einem Augenblick auf ihn herabsteigen, ihn terrorisieren und schocken und dann verschwinden und wieder in ihr Versteck zurückschlüpfen, kichernd, Versteck spielend, und ihn beobachten, wie er als blinder Narr herumtappte.

Er setzte sich auf eine Bank und fühlte sich verstimmt.

»Ich bin hier, Satan«, sagte er. »Ich kann dich nicht sehen, und vielleicht kannst du dich schneller als ich bewegen, aber ich bin noch hier, und durch die Gnade Gottes und die Kraft des Heiligen Geistes werde ich so lange ein Dorn in deiner Seite sein, bis einer von uns genug hat!«

Hank schaute über die Straße zu dem eindrucksvollen Gebäude der Ashton United Christian Church. Er hatte in anderen Städten einige vorbildliche Christen kennengelernt, die zu dieser Kirche gehörten, aber dieser Haufen hier in Ashton war anders, liberal und sogar absonderlich. Er hatte Pastor Oliver Young ein paarmal getroffen, und er konnte nie besonders warm mit ihm werden; Young wirkte sehr kühl und distanziert, und Hank konnte nie herausfinden warum.

Während Hank dasaß und beobachtete, wie ein brauner Wagen auf den Gemeindeparkplatz fuhr, standen Triskal und Krioni neben der Bank und beobachteten ebenfalls, wie das Auto anhielt. Nur die beiden konnten die besonderen Fahrgäste sehen: Auf dem Autodach saßen zwei große Krieger, der Araber und der Afrikaner, Nathan und Armoth. Keine Schwerter waren sichtbar. Sie nahmen — gemäß Tals Anweisung — eine passive, unkriegerische Haltung ein, genauso wie all die anderen.

Marshall hatte sich Bernice' Film angeschaut. Er hatte die winzigen Kratzer irgendeiner unsachgemäßen Behandlung gesehen; er hatte die unförmigen Fingerabdrücke in regelmäßigen Abständen gesehen, diese konnten sehr gut durch eine Hand, die den Film aus der Kamera gezogen und ihn im Licht aufgerollt hatte, entstanden sein.

Marshall hatte seinen Termin mit Young um 13.00 Uhr bekommen. Er fuhr um 12.45 Uhr auf den leeren Asphaltparkplatz, aß noch schnell einen Doppel-Cheeseburger und trank einen großen Kaffee dazu.

Ashton United Christian Church war eines der riesigen, stattlich aussehenden Gebäude innerhalb der Stadt. Die Kirche war im traditionellen Stil gebaut, mit schweren Steinen, bunten Glasfenstern, hochragend und mit einem majestätischen Kirchturm. Der Haupteingang paßte zum Hauptmotiv: riesig, solide, sogar ein wenig einschüchternd, besonders, wenn man versuchte, die Tür ganz alleine aufzustemmen. Die Kirche lag in der Stadtmitte, das Glockenspiel im Turm ertönte jede Stunde, und am Mittag spielte es ein kurzes Konzert. Es war eine angesehene Einrichtung, Young war ein angesehener Kirchenmann, die Leute, die zur Gemeinde gehörten, waren angesehene Mitglieder der Gesellschaft. Marshall hatte oft gedacht, daß Ansehen und Stellung Vorbedingungen für eine Mitgliedschaft waren.

Er stemmte sich gegen die große Eingangstür und gelangte schließlich hinein. Nein, diese Gemeinde hatte nie Kosten gescheut, das war sicher. Die Böden im Vorraum, die Stufen und der Altarraum waren mit dicken roten Teppichen ausgelegt, die Holzarbeiten waren ganz aus Eiche und Walnuß. Überall sah man Messing: Türgriffe aus Messing, Kleiderhaken, Stiegengeländer, Fensterriegel. Natürlich waren die Fenster aus buntem Glas; und all die Decken waren hochragend und mit großen herabhängenden Kronleuchtern und erlesenen Verzierungen versehen.

Marshall betrat den Kirchraum durch eine weitere wuchtige Tür und ging den langen Mittelgang hinunter. Dieser Raum war eine Mischung aus Opernhaus und einer Höhle: das Podium war groß, die Kanzel war groß, die Empore für den Chor war groß. Natürlich war der Chor auch groß.

Das große Büro von Pastor Young, direkt an der Seite des Kirchraums, bot einen Zugang zum Altarraum und zur Kanzel, und Pastor Youngs Einzug durch die große Eichentür jeden Sonntagmorgen war ein traditioneller Bestandteil der Liturgie.

Marshall stieß diese große Tür auf und trat in das Empfangsbüro ein. Die hübsche Sekretärin grüßte ihn, aber sie wußte nicht, wer er war. Er sagte es ihr, sie überprüfte ihren Notizblock und bestätigte es. Auch Marshall überprüfte ihren Notizblock, indem er verkehrt herum las. Für 14.00 Uhr war Alf Brummel vorgemerkt.

»Nun, Marshall«, sagte Young mit einem freundlichen, geschäftsmäßigen Lächeln und Handschütteln, »kommen Sie herein, kommen Sie herein.«

Marshall folgte Young in sein Plüschbüro. Young, ein massiger Mann in den Sechzigern mit einem rundlichen Gesicht, einer Brille aus Drahtgestell und dünnen, gut geölten Haaren, schien seine Stellung in der Kirche und in der Gemeinde zu genießen. Die dunkel getäfelten Wände protzten mit vielen Gedenktafeln der Gemeinde und wohltätiger Organisationen. Daneben gab es noch zahlreiche Fotos, auf denen er mit dem Gouverneur, ein paar bekannten Evangelisten, einigen Schriftstellern und einem Senator zu sehen war.

Hinter seinem wuchtigen Schreibtisch bot Young das perfekte Bild des erfolgreichen Unternehmers. Der hohe Ledersessel wurde zu einem Thron, und sein eigenes Spiegelbild in der Schreibtischplatte machte ihn noch beeindruckender — wie ein Berg, der sich in einem Gebirgssee widergespiegelt.

Er führte Marshall zu einem Stuhl, und Marshall setzte sich, wobei er wahrnahm, daß er unter Youngs Augenhöhe sank. Er begann, jenen bekannten Anflug von Verunsicherung zu spüren; dieses ganze Büro schien zu diesem Zweck entworfen worden zu sein.

»Hübsches Büro«, meinte er.

»Vielen Dank«, sagte Young mit einem Lächeln, das seine Wangen gegen seine Ohren hin zusammenschob. Er lehnte sich in seinem Stuhl zurück, seine Finger waren ineinander gefaltet und wippten am Schreibtischrand herum. »Ich genieße es, ich bin dankbar dafür und ich freue mich über die Wärme und die Atmosphäre dieses Ortes. Es entspannt einen.«

Entspannt *dich*, dachte Marshall. »Ja ... ja.«

»Wie geht's mit dem *Clarion* zur Zeit?«

»Oh, es läuft gut. Haben Sie den heutigen bekommen?«

»Ja, er war sehr gut. Sehr ordentlich, stilistisch. Wie ich sehen kann, haben Sie etwas von echtem Großstadtniveau mitgebracht.«

»Mm, hmmm.« Marshall fühlte sich plötzlich nicht mehr so gesprächig.

»Ich bin froh, daß Sie bei uns sind, Marshall. Wir freuen uns auf eine sehr gute Zusammenarbeit.«

»Gut, ja, danke.«

»Nun, was beschäftigt Sie?«

Marshall rutschte unruhig hin und her und sprang dann auf; dieser Stuhl gab ihm zu sehr das Gefühl einer Mikrobe unter einem Mikroskop. Das nächste Mal bringe ich meinen eigenen großen

Schreibtisch mit, dachte er. Er ging unruhig im Büro herum und versuchte ungezwungen auszusehen.

»Wir müssen eine Menge in einer Stunde unterbringen«, begann er.

»Wir können jederzeit weitere Treffen haben.«

»Ja, sicher. Nun, zuallererst, Sandy — das ist meine Tochter — ist letzte Nacht davongelaufen. Wir haben seitdem nichts gehört, wir wissen nicht, wo sie ist...« Er schilderte Young kurz das Problem und dessen Vorgeschichte, und Young hörte aufmerksam zu, ohne ihn zu unterbrechen.

»So«, fragte Young schließlich, »Sie meinen, daß sie Ihren traditionellen Werten den Rücken gekehrt hat, und das beunruhigt Sie?«

»Hey, ich bin nicht sehr religiös, wissen Sie. Aber einige Dinge sind einfach nicht in Ordnung, und ich sorge mich um Sandy, da sie von einem Tag auf den anderen über den Zaun springt.«

Young erhob sich würdevoll von seinem Schreibtisch und ging auf Marshall mit der Haltung eines verstehenden Vaters zu. Er legte seine Hand auf Marshalls Schulter und sagte: »Glauben Sie, daß sie glücklich ist, Marshall?«

»Ich habe sie niemals glücklich gesehen, aber das liegt wahrscheinlich daran, daß jedesmal, wenn ich sie sehe, *ich* da bin.«

»Und das könnte deswegen sein, weil Sie so schwer die Richtung verstehen können, die sie jetzt für ihr Leben wählt. Offensichtlich zeigen Sie ein bestimmtes Mißfallen gegenüber ihren Weltanschauungen...«

»Ja, und gegenüber dieser Professorin, die ihr all diese Weltanschauungen aufdrückt. Haben Sie je diese, wie ist ihr Name, Professor Langstrat, außerhalb des College getroffen?«

Young dachte nach, dann schüttelte er den Kopf.

»Sandy besucht zur Zeit bei ihr ein paar Kurse, und nach jedem Kurs finde ich meine Tochter mit weniger Bezug zur Realität vor.«

Young lachte ein wenig in sich hinein. »Marshall, das klingt, als ob sie eben forscht, um etwas über diese Welt, über das Universum, in dem sie lebt, herauszufinden. Können Sie sich nicht mehr an Ihre eigene Jugend erinnern? So viele Dinge waren eben so lange nicht wahr, bis man sie selbst geprüft hat.«

»Gut, ich hoffe, daß sie anruft, wann immer sie es herausgefunden hat.«

»Marshall, ich bin sicher, sie würde viel eher anrufen, wenn sie zu Hause verstehende Herzen vorfinden würde. Wir können nicht entscheiden, was eine andere Person mit sich selbst anfängt oder was sie über ihre Stellung im Kosmos denkt. Jede Person muß ihren eigenen Weg, ihre eigene Wahrheit finden. Wenn wir jemals in

Frieden auf dieser Erde zusammenleben wollen, müssen wir die Rechte der anderen auf ihre eigenen Ansichten respektieren.«

Marshall hatte blitzartig den Eindruck, als hätte er das alles schon einmal erlebt, als wäre eine Platte aus Sandys Gehirn in Youngs Kopf verpflanzt worden. Er konnte sich nicht verkneifen zu fragen: »Sie sind *sicher*, daß Sie niemals mit Professor Langstrat zusammengetroffen sind?«

»Ganz sicher«, antwortete Young mit einem Lächeln.

»Wie ist es mit Alf Brummel?«

»Wer?«

»Alf Brummel, der Polizeichef.«

Marshall beobachtete sein Gesicht. Kämpfte er um eine Antwort?

Young sagte schließlich: »Wahrscheinlich habe ich ihn zufällig einmal getroffen ... mir ging nur gerade das passende Gesicht zum Namen ab.«

»Nun, er denkt genau wie Sie. Spricht viel vom Überleben und Friedlichsein. Wie er ein Polizist geworden ist, werde ich nie begreifen.«

»Aber haben wir nicht über Sandy gesprochen?«

»Ja, okay. Sprechen Sie weiter.«

Young sprach weiter. »Die ganzen Fragen, mit denen Sie kämpfen, die Sache von falsch und richtig, oder was die Wahrheit ist, oder unsere verschiedenen Ansichten über diese Themen ... so viele dieser Dinge sind unbegreiflich, versteckt im Herzen. Wir alle fühlen die Wahrheit in uns — wie den normalen Herzschlag in jedem von uns. Jeder Mensch hat die natürliche Fähigkeit zum Guten, zur Liebe und dazu, für sich und seinen Nächsten das Beste zu erwarten und zu tun.«

»Ich vermute, Sie waren nicht hier auf dem Volksfest.«

Young lachte. »Ich gebe zu, daß wir Menschen bisweilen im Gegensatz zu unseren guten Anlagen leben können.«

»Nebenbei — sagen Sie, haben Sie das Festival nicht mitinitiiert?«

»Ja, jedenfalls zum Teil. Das meiste davon hat mich allerdings nicht interessiert.«

»Waren Sie selbst mal auf dem Volksfest?«

»Natürlich nicht. Es ist eine Geldverschwendung. Aber im Blick auf Sandy ...«

»Ja, wir haben über das, was wahr ist, geredet und über die unterschiedlichen Standpunkte, die es gibt ... zum Beispiel im Blick auf die ganze Sache mit Gott. Sie kann ihn scheinbar nicht finden, ich versuche nur, ihn festzunageln, wir können über unsere Religion nicht eins werden — und soweit haben Sie mir nicht viel geholfen.«

Young lächelte vielsagend. Marshall konnte fühlen, daß eine sehr erhabene Predigt im Anmarsch war.

»Ihr Gott«, sagte Young, »ist da, wo Sie ihn finden, und um ihn zu finden, müssen wir nur unsere Augen öffnen und erkennen, daß er in Wahrheit in uns allen ist. Wir waren nie ohne ihn, Marshall; es ist nur, daß wir durch unsere Unkenntnis blind waren, und das hat uns von der Liebe, der Geborgenheit und dem Sinn abgehalten, nach dem wir uns alle sehnen. Jesus offenbarte unser Problem am Kreuz, erinnern Sie sich? Er sagte: ›Vater, vergib ihnen, denn sie wissen nicht ...‹ So hat er uns ein Beispiel gegeben, nach Erkenntnis zu suchen, wo immer wir sie finden mögen. Das tun Sie, und ich bin überzeugt, das ist es, was auch Sandy tut. Die Ursache Ihres Problems ist ein zu enger Blickwinkel, Marshall. Sie müssen offener werden. Sie müssen suchen, und Sandy muß suchen.«

»Demnach«, sagte Marshall gedankenversunken, »sagen Sie, daß alles davon abhängt, wie wir die Dinge betrachten?«

»Das ist sicher ein wichtiger Schritt, richtig.«

»Und wenn ich etwas in einer bestimmten Art wahrnehme, das bedeutet nicht, daß jeder es so sieht, richtig?«

»Ja, das ist richtig!« Young schien mit seinem Schüler sehr zufrieden zu sein.

»Demnach ... lassen Sie mich sehen, ob ich es richtig verstanden habe. Wenn meine Reporterin Bernice Krueger wahrgenommen hat, daß Sie, Brummel und drei andere Leute irgendein kleines Treffen hinter einer Wurfpfeilbude auf dem Volksfestplatz hatten ... nun, dann war das nur *ihre* Wahrnehmung der Wirklichkeit?«

Young lächelte mit einem eigenartigen Was-versuchst-du-da-herbeizuführen-Grinsen und antwortete: »Ich vermute, so ist es, Marshall. Ich schätze, dies ist so ein Fall. Ich war niemals in der Nähe des Volksfestes, und ich habe Ihnen das erzählt. Ich verabscheue solche Ereignisse.«

»Sie waren da nicht mit Alf Brummel?«

»Nein. Nun sehen Sie, daß Frau Krueger eine falsche Wahrnehmung von jemand anderem hatte.«

»Vermutlich von Ihnen *beiden*.«

Young lächelte und zuckte mit den Achseln.

Marshall machte ein wenig Druck. »Womit können Sie sich so etwas erklären?«

Young lächelte weiter, aber sein Gesicht wurde etwas rot. »Marshall, was wollen Sie von mir? Soll ich mit Ihnen streiten? Sicherlich sind Sie nicht deswegen hierher gekommen.«

Marshall ging aufs Ganze. »Sie hat sogar Fotos von Ihnen gemacht.«

Young seufzte und schaute einen Augenblick auf den Boden. Dann sagte er kühl: »Warum bringen Sie diese Fotos nicht das nächste Mal mit, dann können wir uns darüber unterhalten?«

Das kleine Lächeln auf Youngs Gesicht traf Marshall wie Spucke.
»Okay«, murmelte Marshall, wobei er ihn weiter beobachtete.
»Marge wird Ihnen einen neuen Termin geben.«
»Vielen Dank.«
Marshall schaute auf seine Uhr, ging zur Tür und öffnete sie.
»Komm herein, Alf.«
Alf Brummel saß im Vorraum. Beim Anblick von Marshall sprang er verlegen auf. Er wirkte wie jemand, der in der nächsten Sekunde vom Zug überfahren wird.
Marshall ergriff Alf bei der Hand und schüttelte sie aufgeregt. »Hey, Kumpel! Da ihr euch beide nicht sehr gut zu kennen scheint, laß mich euch miteinander bekannt machen. Alf Brummel, dies ist Reverend Oliver Young. Reverend Young, Alf Brummel, Chef der Polizei!«
Brummel schien Marshalls Herzlichkeit überhaupt nicht zu genießen, aber Young tat es. Er ging nach vorne, ergriff Brummels Hand, schüttelte sie und zog dann Brummel schnell in sein Büro, wobei er über seine Schulter hinweg sagte: »Marge, machen Sie einen neuen Termin für Mr. Hogan aus.«
Aber Mr. Hogan war schon weg.

8

Sandy Hogan saß mit düsterer Miene an einem kleinen Tisch auf dem College-Gelände, im Schatten dichtgewachsener Weinranken. Sie starrte auf einen langsam kalt werdenden, verpackten Mikrowellen-Hamburger und auf eine sich allmählich erwärmende Halblitertüte Milch. Sie hatte diesen Morgen ihre Seminare besucht, aber sie waren alle an ihr vorbeigerauscht, ohne daß sie etwas davon mitbekam. Ihre Gedanken waren zu sehr auf sich selbst, auf ihre Familie und auf ihren streitsüchtigen Vater gerichtet. Außerdem war es eine sehr unangenehme Art gewesen, die Nacht zu verbringen, denn sie war kreuz und quer durch die Stadt marschiert, hatte die ganze Nacht im Ashtoner Busbahnhof gesessen und in ihrem Psychologie-Lehrbuch gelesen. Nach dem letzten Seminar versuchte sie, ein Nickerchen draußen auf der Wiese beim Bildhauergarten zu machen, und es gelang ihr, kurz einzuschlafen. Als sie wieder aufwachte, war ihre Welt um nichts besser, und sie hatte nur zwei Eindrücke: Hunger und Einsamkeit.

Während sie jetzt an diesem kleinen Tisch mit ihrem Automaten-Hamburger saß, stahl ihre Einsamkeit den Hunger, und sie war kurz davor zu weinen.

»Warum, Daddy?« flüsterte sie in sehr sanften Tönen, wobei sie mit ihrem Strohhalm in ihrer Milchtüte plätscherte. »Warum kannst du mich nicht einfach lieben, wie ich bin?«

Wie konnte er so viel gegen sie haben, wenn er sie nicht einmal kannte? Wie konnte er so unnachgiebig gegenüber ihren Gedanken und Weltanschauungen sein, wenn er sie nicht einmal verstehen konnte? Sie lebten in zwei verschiedenen Welten, und jeder verachtete die des anderen.

Am letzten Abend hatten sie und ihr Vater nicht ein einziges Wort miteinander geredet, und Sandy war bedrückt und ärgerlich zu Bett gegangen. Sogar als sie hörte, wie ihre Eltern das Licht ausmachten, sich die Zähne putzten und zu Bett gingen, schienen sie eine halbe Welt von ihr entfernt zu sein. Sie wollte sie in ihr Zimmer rufen und sich ihnen öffnen, aber sie wußte, es würde nicht gelingen; Daddy würde Forderungen und Bedingungen stellen, anstatt sie zu lieben, sie einfach zu lieben.

Sie wußte immer noch nicht, was sie mitten in der Nacht so verängstigt hatte. Alles, woran sie sich erinnern konnte, war, daß sie aufwachte und von jeder Art von Angst, die sie jemals kennengelernt hatte, geplagt wurde — Angst vor dem Tod, vor dem Versagen, vor der Einsamkeit. Sie mußte aus dem Haus heraus. Während sie sich hastig anzog und zur Tür hinausrannte, wußte sie, daß es töricht und sinnlos war, aber die Gefühle waren stärker als alles vernünftige Denken.

Nun fühlte sie sich wie ein armes Tier, das in den Weltraum geschossen wurde, ohne Hoffnung auf Rückkehr, teilnahmslos umhertreibend, auf nichts Bestimmtes wartend und ohne ein festes Ziel.

»Oh, Daddy«, wimmerte sie, und dann fing sie an zu weinen. Sie ließ ihr rotes Haar wie weiche Rolläden auf beide Seiten ihres Gesichtes fallen, und eine Träne nach der anderen tropfte auf die Tischplatte. Sie konnte Menschen vorbeigehen hören, aber sie entschieden sich, in ihrer eigenen Welt zu leben, und ließen sie in ihrer allein. Sie versuchte, leise zu weinen, was schwierig war, da die Gefühle aus ihr wie Wassermassen aus einem gebrochenen Damm herausbrechen wollten.

»Oh ...«, kam eine weiche und zögernde Stimme. »Entschuldigung ...«

Sandy blickte auf und sah einen jungen Mann, blond, ein bißchen dünn, mit großen, braunen Augen voller Mitleid.

Der junge Mann sagte: »Bitte entschuldige, daß ich störe ..., aber ... kann ich irgend etwas tun, um dir zu helfen?«

Es war dunkel in dem Wohnzimmer von Professor Juleen Langstrats Appartement, und es war sehr, sehr ruhig. Eine Kerze auf dem Kaffeetisch warf ein trübes gelbes Licht auf die wandhohen Bücherregale, die fremdartigen orientalischen Masken, die hübsch zusammengestellten Möbel und auf die Gesichter der beiden Leute, die sich einander gegenübersaßen, die Kerze zwischen ihnen. Einer von ihnen war die Professorin, ihr Kopf lag an der Rückenlehne des Stuhles, ihre Augen waren geschlossen, ihre Arme waren nach vorne ausgestreckt, ihre Hände machten sanfte, wedelnde Bewegungen, als ob sie sich im Wasser bewegen würden.

Der Mann ihr gegenüber war Alf Brummel, auch mit geschlossenen Augen, aber er spiegelte Langstrats Bewegungen nicht gut wider. Er sah steif und unbehaglich aus. In kurzen Abständen riß er für Sekundenbruchteile seine Augen auf, gerade genug, um zu sehen, was Langstrat tat.

Dann begann sie zu stöhnen, und ihr Gesicht zeigte Schmerz und Mißfallen. Sie öffnete ihre Augen und setzte sich aufrecht hin. Brummel schaute sie an.

»Du fühlst dich heute nicht gut, oder?« fragte sie.

Er zuckte mit den Achseln und schaute auf den Boden. »Ähhh, mir geht's gut. Nur müde.«

Sie schien mit dieser Antwort nicht zufrieden zu sein und schüttelte den Kopf. »Nein, nein, es ist die Energie, die ich von dir fühle. Du bist sehr durcheinander.«

Brummel hatte keine Antwort.

»Hast du heute mit Oliver geredet?« forschte sie.

Er zögerte und sagte schließlich: »Ja, sicher.«

»Und du gingst zu ihm, um über unsere Beziehung zu sprechen.«

Das rief eine heftige Reaktion hervor. »Nein! Das ist ...«

»Lüg mich nicht an!«

Er wand sich ein bißchen und ließ einen frustrierten Seufzer heraus. »Ja, sicher, wir haben darüber geredet. Doch wir haben auch über andere Dinge geredet.«

Langstrat prüfte ihn mit ihren Augen, als wären diese Radarstrahlen. Ihre Hände öffneten sich und begannen ganz leicht in der Luft zu wedeln. Brummel versuchte, in seinem Stuhl außer Sichtweite zu sinken.

»Hey, hör zu«, sagte er unsicher, »es ist nicht so wichtig ...«

Sie begann zu sprechen, als ob sie eine Notiz, die an seine Brust geheftet war, vorlas. »Du bist ... verängstigt, du fühlst dich in der Klemme, du bist zu Oliver gegangen, um es ihm zu erzählen ... du fühlst dich auch überwacht ...« Sie schaute ihm ins Gesicht. »Überwacht? Von wem?«

»Ich fühle mich nicht überwacht!«

Sie lachte ein wenig, um ihn aufzulockern. »Nun, natürlich tust du das. Ich habe es gerade gelesen.«

Brummel schaute für einen Sekundenbruchteil zum Telefon am Ende des Tisches. »Hat Young dich angerufen?«

Sie lächelte amüsiert. »Das war nicht nötig. Young ist dem universellen Bewußtsein sehr nahe. Ich fange jetzt an, mit seinen Gedanken zu verschmelzen.« Ihr Ausdruck verhärtete sich. »Alf, ich wünschte wirklich, du würdest dies auch tun.«

Brummel seufzte abermals, versteckte sein Gesicht hinter seinen Händen und brach dann schließlich los: »Hör zu, ich kann nicht alles sofort beherrschen. Es gibt eben viel zu lernen!«

Sie legte tröstend ihre Hand auf die seine.

»Nun dann, laß uns diese Dinge einzeln durchgehen. Alf?« Er schaute zu ihr auf. »Du hast Angst, nicht wahr? Wovor hast du Angst?«

»Erzähle du es mir«, sagte er mutig.

»Ich gebe dir die Gelegenheit, zuerst zu sprechen.«

»Nun dann, ich habe keine Angst.«

Wenigstens nicht bis zu diesem Moment, als Langstrats Augen sich verengten und sich in ihn zu bohren schienen.

»Du hast tatsächlich Angst«, sagte sie streng. »Du hast Angst, weil wir neulich von dieser *Clarion*-Reporterin fotografiert wurden. Stimmt's?«

Brummel zeigte ärgerlich mit dem Finger auf sie. »Siehst du, das ist genau eines der Dinge, über die Young und ich gesprochen haben! Er hat dich angerufen! Er muß dich angerufen haben!«

Sie nickte unerschrocken. »Ja, natürlich hat er mich angerufen. Er hält nichts vor mir zurück. Keiner von uns hält die Wahrheit vor den anderen zurück, du weißt das.«

Brummel wußte, daß er sich jetzt auch genausogut öffnen konnte. »Ich bin über den Plan beunruhigt. Wir werden zu groß, zu groß, um uns weiterhin zu verstecken; wir riskieren an zu vielen Orten eine Entlarvung. Ich denke, wir waren unvorsichtig, daß wir uns so öffentlich getroffen haben.«

»Aber es ist alles unter Kontrolle. Es gibt keinen Grund, sich zu sorgen.«

»Oh, nein? Hogan ist uns auf der Spur. Ich vermute, du weißt, daß er Oliver einige sehr unangenehme Fragen gestellt hat?«

»Oliver kann auf sich selbst aufpassen.«

»So, und was machen wir mit Hogan?«

»Dasselbe, was wir mit jedem anderen machen. Bist du dir bewußt, daß er mit Oliver über Probleme, die er mit seiner Tochter hat, sprach? Du solltest das interessant finden.«

»Was für Probleme?«

»Sie ist von zu Hause weggelaufen ... und doch hatte sie das Verlangen, heute in meine Vorlesung zu kommen.«

»So, wie werden wir das benutzen?«

Sie zeigte ihr gerissenes Lächeln. »Alles zu seiner Zeit, Alf. Wir dürfen nichts überstürzen.«

Brummel stand auf und ging umher. »Im Blick auf Hogan bin ich nicht so sicher. Er ist wahrscheinlich nicht so ein Kinderspiel wie Harmel. Vielleicht war es falsch, Krueger zu verhaften.«

»Aber du hast den Film bekommen; du hast ihn zerstört.«

Er drehte sich, um ihr ins Gesicht zu sehen. »Und was hat uns das gebracht? Vorher haben sie uns keine Fragen gestellt, und jetzt tun sie es! Komm, ich weiß, was ich denken würde, wenn ich meine Kamera zurückbekäme und der Film wäre kaputt. Hogan und Krueger sind nicht so naiv.«

Langstrat sprach sanft und legte ihre Arme wie die Ranken einer Rebe um ihn. »Ah, aber sie sind verwundbar — zuerst durch dich, am Schluß durch mich.«

»Wie jeder«, murmelte er.

Er hätte ihre Reaktion erwarten können. Sie wurde sehr kühl, geradezu erschreckend kühl, und sie schaute ihm direkt in die Augen.

»Und das«, sagte sie, »ist ein anderes Thema, das du heute mit Oliver besprochen hast.«

»Er hat dir alles erzählt!«

»Die Meister würden es mir erzählen, wenn er es nicht getan hätte.«

Brummel versuchte, seine Augen von ihr abzuwenden. Was immer es war, das solch eine Schönheit so wahnsinnig scheußlich machte, er konnte es nicht aushalten.

»Schau mich an!« befahl sie, und Brummel gehorchte.

»Wenn du nicht glücklich bist mit unserer Beziehung, ich kann sie jederzeit beenden.«

Er schaute hinunter, stotterte ein wenig. »Es ist — es ist okay ...«

»Was?«

»Ich meine, ich bin glücklich mit unserer Beziehung.«

»Wirklich glücklich?«

Er versuchte verzweifelt, sie zu beschwichtigen, damit sie ihn losließ. »Ich ... ich will nur nicht, daß die Dinge außer Kontrolle geraten ...«

Sie gab ihm einen langen, vampirähnlichen Kuß. »Du bist derjenige, der mehr Kontrolle braucht. Habe ich dich nicht immer so gelehrt?«

Sie würde ihn in Stücke schneiden, und er wußte das, aber sie hatte ihn. Er gehörte ihr.

Er hatte immer noch Bedenken, die er nicht abschütteln konnte. »Aber wie viele Gegner können wir denn noch entfernen? Es scheint, daß jedesmal, wenn wir einen loswerden, ein anderer auf seinem Platz erscheint. Harmel ging raus, Hogan kam rein ...«

Sie vollendete den Gedanken für ihn. ›Du hast dich um Farrel gekümmert — und herein kam Henry Busche.«

»Das kann nicht so weitergehen. Unsere Chancen stehen schlecht.«

»Busche ist so gut wie weg. Gibt es nicht diesen Freitag eine Vertrauensabstimmung?«

»Die Gemeinde ist gut und aufgebracht. Aber ...«

»Ja?«

»Weißt du, daß er Lou Stanley wegen Ehebruch aus der Gemeinde ausgeschlossen hat?«

»Ah, ja. Das sollte der Gemeindeversammlung ihre Entscheidung erleichtern.«

»Viele von ihnen haben diesen Ausschluß begrüßt!«

Sie lehnte sich zurück, um ihn besser anstarren zu können, wobei sie sein Blut mit ihren Augen einfror. »Hast du Angst vor Henry Busche?«

»Hör zu, er hat noch eine Menge Unterstützung in der Gemeinde, mehr als ich dachte.«

»Du *hast* Angst vor ihm!«

»Jemand ist auf seiner Seite, ich weiß nicht wer. Und was ist, wenn er von dem Plan erfährt?«

»Er wird niemals irgend etwas herausfinden!« Wenn sie Fangzähne gehabt hätte, hätte man sie jetzt gesehen. »Er wird als ein Diener Gottes lange davor zerstört sein. Du wirst dafür sorgen, oder nicht?«

»Ich arbeite daran.«

»Beuge dich nicht diesem Henry Busche! Er beugt sich dir, und du beugst dich mir!«

»Ich arbeite daran, sagte ich!«

Sie entspannte sich und lächelte. »Dann bis nächsten Dienstag?«

»Ähhh ...«

»Wir werden Busches Ableben am Freitag feiern. Du kannst mir alles darüber erzählen.«

»Was ist mit Hogan?«

»Hogan ist ein weichlicher und schwacher Narr. Sorge dich nicht um ihn. Er unterliegt nicht deiner Verantwortung.«

Bevor es Brummel bewußt war, stand er bereits draußen vor ihrer Hintertür. Langstrat beobachtete ihn durch das Fenster, bis er wegfuhr, wobei er wie üblich die Seitenstraße nahm, wo ihn niemand sehen konnte. Sie zog die Vorhänge auf, um etwas Licht hereinzulassen, löschte die Kerze und nahm dann einen Schnellhefter aus ihrer Schreibtischschublade. Bald hatte sie, hübsch geordnet, die Lebensläufe, Persönlichkeitsprofile und die dazugehörigen Fotos von Marshall, Kate und Sandy Hogan vor sich ausgebreitet. Als ihre Augen auf das Foto von Sandy fielen, glitzerten sie boshaft.

Über Langstrats Schulter schwebte unsichtbar eine riesige, schwarze Hand, geschmückt mit Juwelenringen und goldenen Armreifen. Eine tiefe, verführerische Stimme sprach Gedanken in ihren Sinn.

Der Dienstagnachmittag glich im *Clarion* einem Schlachtfeld, auf dem entweder alle tot oder geflohen waren. Der Ort war totenstill. George, der Setzer, nahm gewöhnlich den Tag nach der Fertigstellung frei, um sich von dem wilden Endspurt zu erholen. Tom, der Montierer, war draußen, um sich um eine Lokalstory zu kümmern.

Und Edie, die Sekretärin/Reporterin/Anzeigendame, hatte letzte Nacht gekündigt und war von der Arbeit weggelaufen. Marshall hatte nicht gewußt, daß sie einmal glücklich verheiratet gewesen war, daß aber nach und nach diese Ehe bergab ging und daß sie schließlich ein Verhältnis mit einem Lastwagenfahrer angefangen hatte — und daß es jetzt zu einer Schlägerei zu Hause gekommen war, wobei die Bruchstücke der Ehe überall herumflogen und die Ehegatten jäh in entgegengesetzte Richtungen flohen. Nun war sie weg, und Marshall konnte die plötzliche Leere fühlen.

Bernice und er saßen alleine in dem gläsernen Büro im hinteren Teil des kleinen Nachrichtenraumes/Anzeigenraumes/Empfangsbüros. Von seinem Zehndollarschreibtisch aus zweiter Hand konnte Marshall durch das Glas sehen und die drei Schreibtische überblicken, die beiden Schreibmaschinen, die beiden Papierkörbe, die beiden Telefone und die Kaffeemaschine. Alles sah unordentlich und geschäftig aus, überall lagen Papiere und Kopien herum, aber absolut nichts passierte.

»Ich vermute, du hast keine Ahnung, wo alles ist?« fragte er Bernice.

Bernice saß auf dem Arbeitstisch, der an Marshalls Schreibtisch angrenzte, mit ihrem Rücken an die Wand gelehnt und rührte in einem Becher heißer Schokolade herum.

»Schon gut, wir werden alles finden«, antwortete sie. »Ich weiß, wo sie die Bücher aufbewahrt hat, und ich bin sicher, daß in ihrem Notizblock alle Adressen und Telefonnummern stehen.«

»Was ist mit dem Kabel für die Kaffeemaschine?«

»Warum, meinst du, trinke ich Schokolade?«

»Mist. Ich wollte, jemand hätte es mir erzählt.«

»Ich glaube nicht, daß es irgendwer wirklich wußte.«

»Wir sollten diese Woche unbedingt eine Anzeige für eine neue Sekretärin aufgeben. Edie hat hier mehr als ihr eigenes Körpergewicht getragen.«

»Ich vermute, es war eine üble Schlägerei. Sie hat die Stadt rechtzeitig verlassen, bevor die blauen Augen ihres Gatten ausheilen und er sie finden kann.«

»Verhältnisse. Nie kommt etwas Gutes dabei heraus.«

»Hast du die neusten Nachrichten über Brummel schon gehört?«

Marshall schaute zu ihr hoch. Sie hockte wie ein scheuer Vogel auf dem Arbeitstisch und versuchte, so auszusehen, als sei sie mehr an ihrer heißen Schokolade als an heißen Nachrichten interessiert.

»So wie es aussieht«, sagte er, »sterbe ich, wenn ich sie nicht höre.«

»Ich war mit Sara, seiner Sekretärin, heute zum Essen. Rate mal, zu wem er jeden Dienstagnachmittag mehrere Stunden geht, und er sagt niemals wohin, aber Sara weiß es. Vermutlich hat unser Freund Alf eine besondere Freundin.«

»Ja, Juleen Langstrat, Psychologie-Professorin am College.«

Das nahm Bernice die Pointe. »Wie konntest du das wissen?«

»Die blonde Frau, die du in jener Nacht gesehen hast, erinnerst du dich? Am Tag nachdem eine meiner Reporterinnen verhaftet wurde, weil sie die falschen Bilder am Volksfest gemacht hatte, hat mich Langstrat aus ihrer Vorlesung hinausgeworfen. Hinzu kommt, daß Oliver Young rote Ohren bekam, während er mir erzählte, er kenne sie nicht.«

»Du bist hervorragend, Hogan.«

»Gut in Vermutungen.«

»Sie und Brummel müssen etwas miteinander haben. Er nennt es Therapie, aber ich denke, er genießt es, wenn du verstehst, was ich meine.«

»Und welche Beziehung hat Young zu den beiden?«

Bernice hörte seine Frage nicht. »Zu dumm, daß Brummel noch nicht verheiratet ist. Ich hätte mehr daraus machen können.«

»Hey, mach mal ein bißchen langsamer, ja? Wir haben hier einen kleinen Club, und alle drei sind offensichtlich Mitglieder.«

»Entschuldige.«

»Hinter was wir wirklich her sind, was immer es sein mag, sie wollen nicht, daß wir es wissen, besonders wenn — und ich meine *wenn* — es ihnen wert ist, einen erlogenen Verhaftungsgrund zu erfinden, um es zu verbergen.«

»*Und* meinen Film zu zerstören.«

»Ich möchte gerne wissen, ob irgendeiner dieser Fingerabdrücke uns weiterhilft?«

»Nicht viel. Sie sind nicht in der Kartei.«

Marshall drehte sich in seinem Stuhl, um sie direkter ansehen zu können. »In Ordnung, wen kennst du, der uns weiterhelfen kann?«

»Ich habe einen Onkel, der sehr gute Beziehungen zu Justin Parkers Büro hat.«

»Der Bezirksstaatsanwalt?«

»Ja. Er macht fast alles für mich.«

»Hey, zieh sie da nicht rein, noch nicht ...«

Bernice hob ihre Hände hoch, als ob er eine Pistole auf sie gerichtet hätte, und versicherte ihm: »Noch nicht, noch nicht.«

»Sag mir: Hat sich Brummel je entschuldigt?«

»Nachdem du dich vor ihm gebeugt hast, wie du es nun mal getan hast — machst du Witze?«

»Keine offizielle, unterschriebene Entschuldigung von ihm und von seinem Büro?«

»Hat er dir das erzählt?«

Marshall mußte grinsen. »Ah, beide, Brummel und Young, haben mir alles Mögliche erzählt — daß sie einander kaum kennen, daß sie nie in der Nähe des Volksfestes waren ... Mann, ich hätte zu gerne diese Bilder.«

Bernice war beleidigt. »Hey, du *kannst* mir glauben, Hogan. Du kannst es wirklich!«

Marshall schaute für ein oder zwei Sekunden in den leeren Raum und grübelte. »Brummel und Langstrat. Therapie. Ich vermute, das ergibt jetzt Sinn ...«

»Komm, laß uns all die Bruchstücke auf den Tisch legen.«

Was für Bruchstücke? Marshall dachte nach. Wie kann man unbestimmte Gefühle, sonderbare Erfahrungen, Schwingungen auf den Tisch legen?

Schließlich sagte er: »Oh ... dieser Brummel und diese Langstrat ... sie stecken beide in derselben Sache. Ich kann es dir sagen.«

»Was für eine Sache?«

Marshall fühlte sich in die Ecke gedrängt. »Wie ist es mit ... dem bösen Blick?«

Bernice schaute verwirrt drein. Oh, komm Krueger, zwinge mich nicht, es zu erklären.

Sie sagte: »Du wirst mir das erklären müssen.«

Oh, Mann, jetzt geht es los, dachte Marshall. »Nun ... es wird sich jetzt verrückt anhören, aber als ich mit jedem von beiden sprach — und du solltest es auch mal versuchen —, beide hatten dieses irre, magische Ding, das sie taten ... als wenn sie mich hypnotisierten oder so etwas ...«

Bernice verbiß sich das Lachen.

»Ähhh, nur zu, lach ruhig.«

»Was sagst du da? Daß sie alle in irgendeine indische Sache verwickelt sind?«

»Ich weiß nicht, wie man es bezeichnet, aber ja. Brummel ist darin nicht annähernd so gut wie Langstrat. Er lächelt zuviel. Young ist wahrscheinlich auch da drin, aber er benutzt Worte. Eine Menge Worte.«

Bernice prüfte einen Augenblick sein Gesicht und sagte dann: »Ich denke, du brauchst einen guten, starken Drink. Würde es eine heiße Schokolade tun?«

»Sicher, bring mir eine. Bitte.«

Bernice kam mit Edies Becher zurück, voll mit heißer Schokolade. »Ich hoffe, daß es stark genug ist«, sagte sie und hopste auf den Tisch zurück.

»Warum versuchen diese drei, ihre Beziehung zu verbergen?« grübelte Marshall. »Und was ist mit den beiden anderen Unbekannten, Dickerchen und das Gespenst? Du hast sie nie zuvor gesehen?«

»Niemals. Sie könnten Auswärtige sein.«

Marshall seufzte. »Es ist eine Sackgasse.«

»Vielleicht noch nicht. Brummel geht in diese kleine weiße Kirche, Ashton Community, und ich habe gehört, daß jemand hinausgeworfen wurde, weil er Ehebruch beging oder so was ...«

»Bernice, das ist doch übles Geschwätz!«

»Was hältst du dann davon, wenn ich mich mit einer Freundin am Whitmore College unterhalte, die vielleicht in der Lage ist, mir etwas über diese geheimnisvolle Professorin zu erzählen?«

Marshall schaute zweifelnd. »Bitte schaffe mir keine neuen Probleme. Ich habe bereits genug.«

»Sandy?«

Zurück zur rauhen Wirklichkeit. »Wir haben noch nichts gehört, aber wir telefonieren noch herum bei Freunden und Verwandten. Wir sind sicher, daß sie früher oder später nach Hause kommen wird.«

»Ist sie nicht in Langstrats Seminaren?«

Marshall antwortete mit einiger Verbitterung: »Sie war in mehreren von Langstrats Seminaren.« Dann machte er eine Pause. »Denkst du nicht, daß wir vielleicht die Grenze zwischen unbefangenem Journalismus und ... persönlicher Rache verwischen?«

Bernice zuckte mit den Achseln. »Ich will nur herausfinden, was da wirklich los ist, und dies mag einen Nachrichtenwert haben oder nicht. Ich dachte, daß dir in der Zwischenzeit vielleicht ein wenig Hintergrundinformation gefallen würden.«

Marshall konnte die Erinnerung an seine Begegnung mit der wütenden Juleen Langstrat nicht abschütteln, und es stach ihm jedesmal in der Brust, wenn er über die Ideen der Professorin, die durch den Mund seiner Tochter kamen, nachdachte.

»Wenn du etwas findest, dann laß es mich wissen«, sagte er schließlich.

»Wann *ich* es für richtig halte oder der *Clarion*?«

»Laß es mich einfach wissen«, sagte er und begann, auf seine Schreibmaschine einzuhämmern.

9

An diesem Abend deckten Marshall und Kate für drei Personen den Tisch. Es war eine Glaubenshandlung, sie vertrauten, daß Sandy — wie gewohnt — dasein würde. Sie hatten jeden, den sie kannten, angerufen, aber niemand hatte Sandy gesehen. Sie hatten das College angerufen, um herauszufinden, ob Sandy an diesem Tag in ihren Seminaren war oder nicht, aber bis jetzt war keiner der Professoren oder Lehrassistenten erreichbar, der eine genaue Antwort geben konnte.

Marshall saß am Tisch und starrte auf Sandys leeren Stuhl. Kate saß ihm gegenüber, still, und wartete, daß der Reis zu kochen begann.

»Marshall«, sagte sie, »quäle dich nicht selbst.«

»Ich habe es verpatzt. Ich bin ein Versager!«

»Oh, hör auf damit!«

»Und das Problem ist, jetzt, wo ich weiß, daß ich es verpatzt habe, gibt es nicht viele Chancen, es wieder geradezubiegen.«

Kate beugte sich über den Tisch und nahm seine Hand. »Es gibt sicher eine. Sie wird zurückkommen. Sie ist alt genug, um vernünftig zu sein und auf sich aufzupassen. Ich meine, schau nur, wieviel sie mit sich genommen hat. Sie kann nicht geplant haben, für immer zu gehen.«

Genau in diesem Moment klingelte es an der Tür. Sie sprangen beide auf.

»Ja«, sagte Marshall, »geh hin, es wird der Postbote sein oder eine Pfadfinderin, die Kuchen verkauft, oder ein Zeuge Jehovas ...!«

»Nun, Sandy würde nicht an der Tür klingeln.«

Kate ging, um die Tür zu öffnen, aber Marshall lief ihr voraus. Sie erreichten beide zur gleichen Zeit die Tür, und Marshall machte auf.

Keiner von ihnen erwartete einen jungen Mann, blond und nett, ein College-Student. Er hatte keine Traktate und kein religiöses Propagandamaterial bei sich und schien sehr schüchtern zu sein.

»Mr. Hogan?« fragte er.

»Ja«, sagte Marshall. »Wer sind Sie?«

Der junge Mann war ruhig, aber selbstbewußt genug, um sich zu behaupten.

»Mein Name ist Shawn Ormsby. Ich bin ein neuer Student in Whitmore und ein Freund Ihrer Tochter Sandy.«

Kate wollte sagen: »Schön, bitte kommen Sie herein«, aber Marshall unterbrach sie: »Wissen Sie, wo sie ist?«

Shawn machte eine Pause, dann antwortete er vorsichtig: »Ja, ich weiß es.«

»Und?« sagte Marshall.

»Darf ich hereinkommen?« fragte er höflich.

Kate nickte wohlwollend, trat an die Seite und schob Marshall beinahe weg. »Ja, bitte, kommen Sie.«

Sie führten ihn ins Wohnzimmer und boten ihm einen Platz an. Kate hielt Marshalls Hand gerade lange genug, um auch ihn auf einen Sessel zu geleiten und ihn still daran zu erinnern, sich selbst zu beherrschen.

»Danke, daß Sie gekommen sind«, sagte Kate. »Wir waren sehr besorgt.«

Marshalls Stimme war beherrscht, als er sagte: »Was haben Sie mitgebracht?«

Shawn fühlte sich sichtbar unwohl.

»Ich ... ich habe sie gestern auf dem College-Gelände getroffen.«

»Sie ging gestern zum *College*?« platzte Marshall überrascht heraus.

»Laß ihn reden, Marshall«, ermahnte ihn Kate.

»Nun«, sagte Shawn, »ja. Ja, sie ging. Aber ich traf sie am Jones Plaza, einem Eßplatz im Freien. Sie war da ganz alleine und so deutlich aufgewühlt, nun, daß ich fühlte, ich sollte mich einmischen.«

Marshall saß auf heißen Kohlen. »Was meinen Sie, deutlich aufgewühlt? Geht es ihr gut?«

»Oh, ja. Sie ist völlig in Ordnung. Das heißt, es fehlt ihr nichts. Aber ... ich bin hier an ihrer Stelle.« Jetzt hörten beide Eltern zu, ohne zu unterbrechen, und so fuhr Shawn fort.

»Wir sprachen einige Zeit miteinander, und sie erzählte mir ihre Seite der Geschichte. Sie will wirklich nach Hause kommen; dies sollte ich Ihnen vorab sagen.«

»Aber?« verlangte Marshall.

»Nun, Mr. Hogan, dies war das erste, wovon ich sie zu überzeugen versuchte, aber ... wenn Sie dies akzeptieren können, sie hat Angst, zurückzukommen, und ich denke, sie schämt sich ein bißchen.«

»Wegen mir?«

Shawn bewegte sich auf sehr dünnem Eis. »Können Sie ... sind Sie in der Lage, dies zu akzeptieren?«

Marshall war bereit, stark zu sein. »Ja, ich kann das akzeptieren, in Ordnung. Ich habe seit Jahren damit gerechnet. Ich habe es kommen sehen.«

Shawn sah erleichtert aus. »Nun, dies wollte ich auf meine eigene schwache begrenzte Art erreichen. Ich bin kein Profi, mein Hauptfach ist Geologie — aber ich möchte gerne diese Familie wieder zusammen sehen.«

Kate sagte bescheiden: »Wir auch.«

»Ja«, sagte Marshall, »wir wollen wirklich daran arbeiten. Hören Sie, Shawn, Sie werden mich kennenlernen und Sie werden erkennen, daß ich ganz schön verbogen bin und daß es schwer ist, mich geradezubiegen...«

»Nein, das ist es nicht!« protestierte Kate.

»Ja, ja, ist es schon. Aber ich lerne die ganze Zeit. Ich will weiterhin lernen.« Er lehnte sich in seinem Sessel nach vorne. »Sagen Sie... ich nehme an, daß Sandy Sie zu uns geschickt hat?«

Shawn schaute aus dem Fenster. »Sie ist draußen im Auto.«

Kate war sofort auf den Beinen. Marshall nahm ihre Hand und setzte sie wieder in ihren Sessel.

»Hey«, sagte er, »wer ist jetzt überängstlich?« Er wandte sich an Shawn. »Wie geht es ihr? Hat sie immer noch Angst? Denkt sie, daß ich sie anspringen werde?«

Shawn nickte sanft.

»Nun«, sagte Marshall, und in ihm kamen Gefühle auf, die er wirklich nicht jeden sehen lassen wollte, »hören Sie, sagen Sie ihr, ich werde sie nicht anspringen. Ich werde nicht schreien, ich werde nicht anklagen, ich werde nicht hinterhältig oder garstig sein. Ich möchte nur... nun, ich...«

»Er liebt sie«, sagte Kate an seiner Stelle. »Er liebt sie wirklich.«

»Ist das wahr?« fragte Shawn.

Marshall nickte.

»Sagen Sie es mir«, sagte Shawn. »Sagen Sie es.«

Marshall schaute ihm direkt in die Augen. »Ich liebe sie, Shawn. Sie ist mein Kind, meine Tochter. Ich liebe sie, und ich will sie zurück.«

Shawn lächelte und erhob sich von seinem Stuhl. »Ich werde sie hereinbringen.«

An diesem Abend waren vier Gedecke auf dem Tisch.

Die Freitagsausgabe des *Clarion* war auf den Straßen, und die übliche Flaute danach im Büro gab Bernice die Gelegenheit, die sie suchte, um ein wenig herumzuschnüffeln. Sie hatte ungeduldig auf eine Chance gewartet, zum Whitmore College zu gelangen, um mit einigen Leuten zu reden. Ein paar Telefonanrufe — und sie hatte ein wichtiges Treffen arrangiert.

Die North Campus Cafeteria war ein Neubau, ein modernes rotes Ziegelgebäude mit blaugetönten Fenstern bis zum Boden und einem gepflegten Blumengarten. Man konnte drinnen an einem kleinen Zwei- oder Vierpersonentisch essen oder auf der Terrasse in der Sonne sitzen. Die Einrichtung war wie in einer Imbißstube, und das Essen war nicht schlecht.

Bernice schritt auf die Terrasse, wobei sie ein Tablett mit Kaffee und einem leichten Salat trug. Neben ihr war Ruth Williams, eine fröhliche Betriebswirtschafts-Professorin in ihren mittleren Jahren, sie trug einen Salat.

Sie wählten einen abgelegenen Tisch im Halbschatten. Die erste Hälfte ihrer Mahlzeit verbrachten sie mit Geplauder und allgemeinen Bemerkungen.

Aber Williams kannte Bernice gut genug.

»Bernice«, sagte sie schließlich, »ich bin sicher, du hast etwas auf dem Herzen.«

Bernice konnte ehrlich zu ihrer Freundin sein. »Ruth, es hat nichts mit der Arbeit zu tun, und es ist widerlich.«

»Willst du damit sagen, daß du etwas Neues entdeckt hast?«

»Oh, nein, nicht über Pat. Nein, diese Angelegenheit ruht für einige Zeit. Doch du kannst sicher sein, daß sie wieder auflebt, sobald irgend etwas Neues herauskommt.« Bernice schaute Williams einige Zeit an. »Du glaubst nicht, daß ich jemals etwas herausfinden werde, oder?«

»Bernice, du weißt, daß ich dich bei deinen Bemühungen hundertprozentig unterstütze, aber zu dieser Unterstützung gehört auch, daß ich meine ernsthaften Zweifel ausspreche, daß du jemals etwas zutage fördern wirst. Es war einfach so ... sinnlos. So tragisch.«

Bernice zuckte mit den Achseln. »Nun, deswegen kümmere ich mich im Augenblick nur um Dinge, wo auch etwas dabei herauskommt. Dies bringt mich zu der unangenehmen Sache des heutigen Tages. Wußtest du, daß ich Sonntagabend verhaftet und eingesperrt wurde?«

Williams konnte es natürlich nicht fassen. »Eingesperrt. Für was denn?«

»Ich hätte mich als Prostituierte einem Polizisten in Zivil angeboten.« Bernice erzählte ihr alle Demütigungen, soweit sie sich erinnern konnte.

»Ich kann es nicht glauben!« sagte Williams immer noch. »Das ist widerlich! Ich kann es nicht glauben!«

»Nun, auf jeden Fall«, sagte Bernice und brachte die Pointe, »ich habe guten Grund, die Motive von Mr. Brummel zu hinterfragen.

Mag sein, daß ich nur Theorien und Vermutungen habe, aber ich will dieser Sache auf den Grund gehen und sehen, ob sich irgend etwas Reales dahinter verbirgt.«

»Nun, ich kann das verstehen. Und was kann ich möglicherweise wissen, das dir weiterhelfen würde?«

»Hast du schon einmal Professor Juleen Langstrat getroffen, drüben in der Psychologieabteilung?«

»Oh ... einmal oder zweimal. Wir saßen während eines Essens der Fakultät zusammen an einem Tisch.«

Bernice bemerkte etwas Widerwilliges in Williams Ausdruck.

»Hmmmm. Stimmte irgend etwas mit ihr nicht?«

»Nun, jedem das Seine«, sagte Williams und stocherte abwesend mit ihrer Gabel in ihrem Salat herum. »Aber es war sehr schwer, eine Beziehung zu ihr herzustellen. Es war nahezu unmöglich, eine zusammenhängende Unterhaltung anzufangen.«

»Wie benimmt sie sich? Ist sie überzeugend, zurückgezogen, anmaßend, unangenehm ...?«

»Zum einen distanziert — und ich würde sagen: geheimnisvoll, obwohl ich dieses Wort nur benutze, weil mir kein besseres einfällt. Ich bekam den Eindruck, daß ihr Menschen nur lästig sind. Ihre akademischen Interessen sind sehr esoterisch und metaphysisch, und sie scheint diese Ideen der kalten Wirklichkeit vorzuziehen.«

»Was pflegt sie für einen Umgang?«

»Ich weiß es nicht. Ich wäre bereits erstaunt, wenn sie überhaupt mit irgend jemandem zusammen wäre.«

»Du hast sie nie in Gesellschaft von Alf Brummel gesehen?«

»Oh, das muß das eigentliche Ziel deiner Fragen sein. Nein, niemals.«

»Aber ich schätze, du siehst sie sowieso nicht oft.«

»Sie ist nicht sehr gesellig, also nein. Aber hör zu, ich versuche wirklich mein Bestes, wenn du verstehst, was ich meine. Ich würde dir liebend gerne in irgendeiner Art helfen, was Pats Tod anbelangt, aber hinter was du diesmal her bist, ist ...«

»Unprofessionell und widerlich.«

»Ja, das trifft sicher zu. Aber, abgesehen von meinem eigenen Rat, aus dieser Sache auszusteigen, laß mich dich als Freundin an jemanden verweisen, der sicher mehr weiß. Hast du deinen Bleistift bereit? Sein Name ist Albert Darr, und er arbeitet in der Psychologieabteilung. Soweit ich gehört habe, meistens von ihm, gibt es zwischen ihm und Langstrat täglich Reibereien, er kann sie nicht ausstehen, und er liebt Geschwätz. Ich werde sogar so weit gehen, ihn für dich anzurufen.«

Albert Darr, ein junger Professor mit einem breiten Milchgesicht, stilvoller Kleidung und einer gewissen Vorliebe für Damen, war zufällig in seinem Büro und sortierte Schriftstücke. Er hatte Zeit zu reden, besonders mit dieser hübschen Reporterin vom *Clarion*.

»Schön, hallo, hallo«, sagte er, als Bernice zur Tür hereinkam.

»Schön, hallo, hallo«, antwortete sie. »Bernice Krueger, die Freundin von Ruth Williams.«

»Oh ...« Er schaute nach einem leeren Stuhl und entfernte schließlich einen Stapel Bücher. »Nehmen Sie Platz. Entschuldigen Sie das Durcheinander.« Er setzte sich auf einen anderen Stapel von Büchern und Papieren, die vielleicht einen Stuhl unter sich verbargen. »Was kann ich für Sie tun?«

»Nun, dies ist kein offizieller Besuch, Professor Darr ...«

»Albert.«

»Danke, Albert. Ich bin tatsächlich wegen einer persönlichen Angelegenheit hier, aber wenn meine Theorien stimmen, könnte es ebenso für die Zeitung wichtig sein.« Sie machte eine Pause, um einen neuen Absatz und eine schwierige Frage anzuzeigen. »Nun, Ruth Williams erzählte mir, Sie kennen Juleen Langstrat ...«

Darr lächelte plötzlich breit, lehnte sich in seinem Bücherhaufenstuhl zurück und verschränkte die Hände im Nacken. Es schien so, als würde dies für ihn ein erfreuliches Thema werden.

»Ahhh«, sagte er schadenfroh, »Sie wagen es also, heiligen Boden zu betreten!« Darr schaute sich mit gespieltem Mißtrauen im Zimmer um, wobei er nach imaginären Lauschern suchte, dann lehnte er sich nach vorne und sagte mit gedämpfter Stimme: »Hören Sie, da gibt es sicher Dinge, die niemand wissen sollte, nicht einmal ich.« Dann richtete er sich wieder auf und sagte: »Aber unsere liebe Professorin hatte viele Gelegenheiten gehabt, mich zu verletzen und zu kränken, und deshalb fühle ich mich ihr nicht im geringsten verpflichtet. Ich hungere danach, Ihre Fragen zu beantworten.«

Offensichtlich konnte Bernice voll loslegen; dieser Bursche schien keine Formalitäten zu benötigen.

»Okay, um anzufangen«, sagte sie und machte Bleistift und Notizblock bereit, »ich will tatsächlich etwas über Alf Brummel, den Polizeichef, herausfinden. Ich bin unterrichtet, daß er und Langstrat sich häufig sehen. Können Sie das bestätigen?«

»Oh, bestimmt.«

»Also haben die beiden etwas zusammen?«

»Was meinen Sie mit ›etwas‹?«

»Das will ich ja von Ihnen wissen.«

»Wenn Sie eine romantische Liebesgeschichte meinen ...« Er lächelte und schüttelte den Kopf. »Meine Liebe. Ich weiß nicht, ob Ihnen diese Antwort gefällt, aber nein, ich glaube nicht, daß irgend so etwas läuft.«

»Aber er sieht sie sehr regelmäßig.«

»Oh ja, aber das machen viele Leute. Sie gibt Sprechstunden in ihrer Freizeit. Erzählen Sie mir jetzt, sieht sie Brummel nicht wöchentlich?«

Mit abnehmender Begeisterung antwortete Bernice: »Ja, jeden Dienstag. Auf den Glockenschlag pünktlich.«

»Nun, da sehen Sie. Er geht zu ihr in regelmäßige wöchentliche Sitzungen.«

»Aber warum will er es niemandem erzählen? Er macht ein großes Geheimnis daraus.«

Er lehnte sich nach vorne und dämpfte seine Stimme. »Alles, was Langstrat tut, ist ein tiefes und dunkles Geheimnis. Der innere Zirkel, Bernice. Niemand weiß auch nur das Geringste über diese Sprechstunden, niemand außer den Privilegierten, der Elite, den Mächtigen, den vielen Gönnern, die zu ihr gehen. So ist sie.«

»Aber wo will sie hin?«

»Passen Sie jetzt auf«, sagte er mit einem boshaften Glitzern in seinen Augen, »dies ist eine privilegierte Information, und ich muß Sie auch darauf hinweisen, daß sie nicht ganz zuverlässig ist. Ich weiß sehr wenig aus persönlicher Beobachtung; das meiste habe ich nur so nebenbei hier in der Abteilung aufgeschnappt. Glücklicherweise hat sich Professor Langstrat genug Feinde gemacht, so daß nur sehr wenige zu ihr halten.« Er lehnte sich wieder zurück und nahm engen Blickkontakt zu Bernice auf. »Bernice, Professor Langstrat ist, wie soll ich es sagen? Keine ... Person, die auf dem Boden der Tatsachen steht. Ihre Studiengebiete gehen weit über das hinaus, womit der Rest von uns sich zu befassen will: Die Quelle, das Universelle Bewußtsein, die höheren Ebenen ...«

»Ich befürchte, ich weiß nicht, wovon Sie gerade reden.«

»Oh, niemand von uns weiß, worüber sie spricht. Einige von uns sind sehr besorgt; wir wissen nicht, ob sie sehr gescheit ist und einige wirkliche Durchbrüche erzielt, oder ob sie irgendwie geistesgestört ist.«

»Nun, was ist dieses ganze Zeug, diese Quelle, dieses Bewußtsein?«

»In Ordnung. Soweit wir das sagen können, bezieht sie das von östlichen Religionen, den alten mystischen Kulten und Schriften, Dinge, von denen ich nichts verstehe und auch nichts verstehen will. Soweit ich das beurteilen kann, haben sie ihre Studien auf diesen Gebieten veranlaßt, allen Kontakt zur Realität zu verlieren. Man mag mich vielleicht auslachen oder verleumden unter meinen Kollegen, weil ich dies sage, aber ich betrachte Langstrats Aktivitäten auf diesen Gebieten als nichts anderes als törichte, neuheidnische Zauberei. Ich denke, daß sie hoffnungslos verwirrt ist!«

Bernice fiel jetzt Marshalls eigenartige Beschreibung von Langstrat wieder ein. »Ich habe gehört, sie tut Leuten seltsame Dinge an...«

»Dummheit. Reine Dummheit. Ich denke, sie glaubt, sie kann meine Gedanken lesen, mich kontrollieren, Flüche auf mich legen, was auch immer. Ich weise es einfach zurück und versuche sehr angestrengt, anderswo zu sein.«

»Aber ist nichts davon glaubwürdig?«

»Absolut nicht. Die einzigen Leute, die sie kontrollieren oder beeindrucken kann, sind die armen Gelackmeierten im inneren Zirkel, die dumm und naiv genug sind, um ...«

»Der innere Zirkel ... Sie haben diesen Ausdruck vorher benutzt ...«

Er hielt seine Hand hoch, um sie zu beschwichtigen. »Keine Tatsachen, keine Tatsachen. Ich habe diesen Titel selbst geprägt. Alles, was ich habe, ist eine Zwei hier und eine Zwei da, das gibt eine überzeugende Vier. Ich habe gehört, wie sie zugab, daß sie diese Leute berät, die zu ihr kommen – und ich habe bemerkt, daß einige von ihnen sehr einflußreich sind. Aber wie kann ein Ratgeber mit so verschrobenen Ideen irgend jemanden stärken? Dann wieder ...«

»Ja?«

»Ich würde ihr unterstellen, daß sie in solch einer Situation eine spezielle Hilfe anruft. Wer weiß, vielleicht liest sie Gedanken. Oder sie kocht Rattenschwänze und Wassermolchaugen und richtet sie mit gebratenen Spinnenbeinen an, um einige Antworten aus dem Übernatürlichen zu bekommen ... aber jetzt werde ich albern.«

»Aber Sie sehen dies als eine Möglichkeit?«

»Nun, nicht so übertrieben, wie ich es beschrieben habe, aber ja, irgendwas in dieser Richtung, im Zusammenhang mit ihren okkulten Interessen.«

»Und diese Leute im inneren Zirkel treffen sie regelmäßig?«

»Soweit ich weiß. Ich habe wirklich keine Vorstellung, wie es abläuft oder warum die Leute hingehen. Was um alles in der Welt haben sie davon?«

»Können Sie mir einige Beispiele nennen?«

»Nun ...« Er dachte einen Moment nach. »Natürlich haben wir bereits Ihren Mr. Brummel erwähnt. Oh, und Sie kennen vielleicht Ted Harmel?«

Bernice fiel fast der Bleistift aus der Hand. ›Ted?«

»Ja, der vorherige Redaktionsleiter des *Clarion*.«

»Ich arbeitete für ihn, bevor er ging und Hogan die Zeitung kaufte.«

»So wie ich es verstanden habe, ›ging‹ Mr. Harmel nicht einfach so.«

»Nein, er floh. Aber wer noch?«
»Mrs. Pinckston, eine Treuhänderin im Vorstand des College.«
»Ah, es sind nicht nur Männer?«
»Oh, durchaus nicht.«
Bernice schrieb fleißig mit. »Weiter, weiter.«
»Oh, meine Güte, wer noch? Ich denke Dwight Brandon ...«
»Wer ist Dwight Brandon?«
Darr schaute sie gönnerhaft an. »Ihm gehört nur das Grundstück, auf dem das College gebaut ist.«
»Oh ...« Sie schrieb den Namen in Großbuchstaben.
»Und dann ist da Eugene Baylor. Er ist der Hauptschatzmeister, ein sehr einflußreicher Mann im Vorstand des College, so wie ich das sehe. Es scheint, er ist etwas darüber aufgebracht, was er und die Professorin in ihren Sitzungen tun, aber er bleibt selbstgerecht und standfest in seinen Überzeugungen.«
»Hmmm.«
»Ah, und da ist auch dieser Reverend, dieser ... uh ...«
»Oliver Young.«
»Woher wissen Sie das?«
Bernice lächelte nur. »Eine Vermutung. Machen Sie weiter.«

10

Am Freitag abend konnte Hank die bevorstehende Versammlung nicht aus seinen Gedanken vertreiben, was — angesichts der jungen Dame, die in der kleinen Büroecke seines Hauses ihm gegenübersaß — vielleicht gut für ihn war. Er hatte Mary gebeten, ganz in der Nähe zu bleiben und sich sehr liebevoll und weiblich zu verhalten. Diese junge Dame — Carmen war der einzige Name, den sie angab — war ein schwieriger Fall. Die Art, wie sie sich anzog und gab, veranlaßte Hank, sicherzustellen, daß es Mary war, die ihr Türklopfen beantwortete und sie hereinließ. Aber soweit Hank das beurteilen konnte, versuchte Carmen nicht, eine Maske aufzusetzen; sie schien nur total überdreht. Und warum sie Seelsorge suchte ...

»Ich denke«, begann sie, »ich denke, ich bin nur sehr einsam, und deswegen höre ich ständig Stimmen ...«

Sofort prüfte sie die Gesichter ihrer Gesprächspartner auf ihre Reaktion. Aber nach ihren jüngsten Erfahrungen klang in den Ohren von Hank und Mary nichts mehr zu absurd.

Hank fragte: »Welche Art von Stimmen? Was sagen sie Ihnen?«
Sie dachte einen Moment nach, suchte mit großen, allzu unschuldigen blauen Augen an der Decke.
»Was ich erfahre, ist real«, sagte sie. »Ich bin nicht verrückt.«
»Da habe ich kein Problem«, sagte Hank. »Aber erzählen Sie uns über diese Stimmen. Wann sprechen sie zu Ihnen?«
»Besonders, wenn ich alleine bin. Wie letzte Nacht, ich lag im Bett und ...«, sie schilderte die Worte, welche die Stimme zu ihr sprach, und es hätte eine perfekte Regieanweisung für einen obszönen Telefonanruf sein können.
Mary wußte nicht, was sie sagen sollte; dies schien ein hartes Gespräch zu werden. Hank klang das irgenwie vertraut, und obwohl er sehr vorsichtig gegenüber Carmen und ihren Motiven war, blieb er offen für die Möglichkeit, daß sie eine Begegnung mit denselben dämonischen Mächten gehabt hatte, mit denen auch er es zu tun hatte.
»Carmen«, fragte er, »sagen diese Stimmen, wer sie sind?«
Sie dachte einen Moment lang nach. »Ich glaube, einer von ihnen war ein Spanier oder ein Italiener. Er hatte einen Akzent, und sein Name war Amano oder Amanzo oder so ähnlich. Er sprach sehr sanft und sagte immer, daß er mit mir schlafen wollte ...«
Gerade da klingelte das Telefon. Mary stand auf, um den Anruf zu beantworten.
»Komm schnell zurück«, sagte Hank.
Sie ging rasch zum Telefon. Hank beobachtete ihren Gang, als er fühlte, daß Carmen seine Hand berührte.
»Sie denken, ich bin verrückt, oder?« fragte sie mit flehenden Augen.
»Uh ...« Hank zog seine Hand weg, um ein nicht existierendes Jucken zu kratzen.
»Nein, Carmen, ich nicht — ich meine, ich denke nicht so. Aber ich will wissen, woher diese Stimmen kommen. Wann hat es zuerst angefangen, daß Sie sie hörten?«
»Als ich nach Ashton kam. Mein Mann verließ mich, und ich kam hierher, um neu anzufangen, aber ... ich wurde so einsam.«
»Sie haben sie zuerst gehört, nachdem Sie nach Ashton gekommen sind?«
»Ich glaube, es war, weil ich einsam war. Und ich bin immer noch einsam.«
»Was haben sie als erstes gesagt? Wie haben sie sich selbst vorgestellt?«
»Ich war alleine und einsam, ich war eben erst hierher gezogen, und ich dachte, ich hätte Jims Stimme gehört. Sie wissen, mein Mann ...«

»Und weiter?«

»Ich dachte wirklich, er war es. Ich habe nicht einmal darüber nachgedacht, wie er zu mir reden könnte, ohne hier zu sein, aber ich habe ihn angesprochen, und er erzählte mir, wie sehr er mich vermißte und wie sehr er überzeugt war, daß es so besser sei, und er verbrachte den Rest der Nacht mit mir.« Sie begann ein paar Tränen zu vergießen. »Es war schön.«

Hank wußte nicht, was er damit anfangen sollte. »Unglaublich«, war alles, was er sagen konnte.

Sie schaute ihn mit diesen großen flehenden Augen an und sagte durch ihre Tränen: »Ich wußte, Sie würden mir glauben. Ich habe von Ihnen gehört. Die Leute sagen, Sie seien ein sehr mitfühlender Mann und sehr verständnisvoll ...«

Das hängt davon ab, wem man zuhört, dachte Hank, aber dann berührte wiederum ihre Hand die seine. Zeit, die Sache abzubrechen, dachte Hank.

»Uh«, sagte er und versuchte tröstend, ernsthaft und nicht richtend zu sein. »Hören Sie zu, ich denke, dies war eine sehr ergiebige Stunde ...«

»O ja!«

»Möchten Sie irgendwann nächste Woche wiederkommen?«

»Oh, liebend gerne!« rief sie aus, als hätte Hank ihr einen Heiratsantrag gemacht. »Ich muß Ihnen noch so viel erzählen!«

»Gut, okay, ich denke, der nächste Freitag geht bei mir, wenn es bei Ihnen geht.«

Oh, es ging, es ging, und Hank stand auf, um ihr anzuzeigen, daß die Sitzung jetzt beendet war. Sie hatten nicht viel Land erobert, aber soweit es Hank betraf, Mann, es war genug.

»Nun lassen Sie uns beide über diese Dinge nachdenken. Nach einer Woche sind sie uns vielleicht etwas klarer. Sie ergeben möglicherweise mehr Sinn.« Wo, oh, wo war Mary?

Ah, sie kam zurück ins Zimmer. »Oh, Sie gehen schon?«

»Es war wunderbar!« seufzte Carmen, aber zumindest mußte sie Hanks Hand loslassen.

Es war leichter als erwartet, Carmen zur Tür hinauszubringen. Gute alte Mary. Was für ein Lebensretter.

Hank schloß die Tür und lehnte sich dagegen.

»Mann!« war alles, was er sagen konnte.

»Hank«, sagte Mary mit sehr ruhiger Stimme, »ich glaube nicht, daß mir das gefällt!«

»Sie ist ... sie ist wirklich heiß.«

»Was hältst du von dem, was sie sagt?«

»Ähhhh, ich werde warten und sehen. Wer war am Telefon?«

»Hör dir nur das mal an! Es war irgendeine Dame vom *Clarion*, die wollte wissen, ob wir Alf Brummel aus der Gemeinde ausgeschlossen hätten!«

Hank sah plötzlich aus wie ein Luftballon, dem die Luft ausging.

Ein wenig enttäuscht ging Bernice in Marshalls Büro.

Marshall war an seinem Schreibtisch und überflog gerade einige neue Anzeigenkopien für die Dienstagsausgabe.

»So, was haben sie gesagt?« fragte er ohne aufzuschauen.

»Nein, es ist nicht Brummel, und ich vermute, es war keine sehr taktvolle Frage. Ich sprach mit der Frau des Pastors, und am Ton ihrer Stimme konnte ich erkennen, daß die ganze Sache sehr heikel ist.«

»Ja, ich habe ein Gespräch im Friseurladen gehört. Jemand sagte, daß sie den Pastor heute nacht abwählen.«

»Ah, demnach haben sie Schwierigkeiten.«

»Aber ohne Bezug zu unseren, und darüber bin ich froh.« Marshall schaute wieder auf die Liste mit Namen, die Bernice von Albert Darr bekommen hatte. »Wie kann ich je meine Arbeit hier geschafft kriegen, wenn diese Sache unerledigt im Raum steht? Bernie, du hast ganz schön Staub aufgewirbelt, weißt du das?«

Sie nahm es als ein Kompliment. »Und hast du dir schon diesen Handzettel mit besonderen Wahlkursen, die Langstrat lehrt, angesehen?«

Marshall nahm ihn vom Schreibtisch, und er konnte nur ungläubig den Kopf schütteln. »Was zur Hölle ist dieses ganze Zeug? ›Einführung in Gott und göttliches Bewußtsein — Die Gottheit des Menschen — Hexen, Zauberer, Das Heilige Medizinrad — Wie funktionieren Flüche und Rituale?‹ Das ist ja zum Lachen!«

»Lies weiter, Boß!«

»›Pfade zum inneren Licht: Begegne deinen eigenen geistigen Führern, entdecke das innere Licht ... harmonisiere deine sinnlichen, körperlichen, emotionalen und geistigen Seinszustände durch Hypnose und Meditation‹.« Marshall las ein wenig weiter und rief dann aus: »Was? ›Wie man die Gegenwart genießt, indem man vergangene und zukünftige Leben erfährt‹.«

»Mir gefällt das am Schluß hier: ›Am Anfang war die Göttin!‹ Langstrat vielleicht?«

»Warum hat zuvor nie jemand etwas darüber gehört?«

»Aus irgendeinem Grund wurde es nie in der College-Zeitung oder in den Seminaraushängen veröffentlicht. Albert Darr gab mir selbst den Handzettel und sagte, daß es so etwas wie ein Geheimtip unter interessierten Studenten sei.«

»Und meine kleine Sandy sitzt in der Vorlesung dieser Frau ...«

»Und in gewisser Weise sind alle diese Leute auf der Liste so.«

Marshall legte den Handzettel hin und nahm die Liste. Er schüttelte wieder den Kopf; das war alles, was ihm einfiel.

Bernice fügte an: »Ich schätze, es würde nicht so bemerkenswert sein, wenn ein Haufen Leichtgläubiger sich von dieser Langstrat fangen ließe, aber sie sind alle zu wichtig! Schau dir nur das an: zwei der Vorstandsmitglieder des College, der Besitzer des College-Geländes, der Bezirksrechnungsprüfer, der Bezirksrichter!«

»Und Young. Der angesehene, verehrte, einflußreiche, politisch engagierte Oliver Young!« Marshall ließ einige Gedächtnisbänder in seinem Kopf abspielen. »Ja, es paßt, es macht jetzt Sinn, all dieses vage, unverbindliche Zeug, daß er mir in seinem Büro vorsetzte. Young hat seine eigene Religion. Er ist kein hartgesottener Baptist, das kann ich dir sagen!«

»Ich kümmere mich nicht um Religion. Wohl aber um Lügen und Vertuschungen!«

»Nun, er hat ganz sicher verleugnet, daß er Langstrat kennt. Ich fragte ihn direkt ins Gesicht, und er erzählte mir, er kenne sie nicht.«

»Jemand lügt hier«, sagte Bernice.

»Aber ich wollte, wir hätten etwas mehr Bestätigung dafür.«

»Ja, wir haben nur Darrs Aussagen.«

»Was ist mit Ted Harmel? Wie gut hast du ihn gekannt?«

»Gut genug, vermute ich. Hast du gehört, warum er ging?«

Marshall grinste ein bißchen. »Brummel sagte, da war irgendein Skandal, aber wem kann man heute noch glauben?«

»Ted hat es abgestritten.«

»Ah, jeder behauptet alles, und jeder streitet alles ab.«

»Nun, ruf ihn auf jeden Fall an. Ich habe die Nummer. Er wohnt jetzt in der Nähe von Windsor. Ich glaube, er versucht, ein Einsiedler zu sein.«

Marshall schaute auf die Anzeigenkopien auf seinem Schreibtisch, die seine Zeit und Aufmerksamkeit forderten.

»Wie werde ich mit dem ganzen Zeug hier fertig?«

»Hey, das ist doch kein Beinbruch. Wenn ich ohne Auftrag herumschnüffeln konnte, kannst du zumindestens Ted anrufen. Reporter zu Reporter, Redaktionsleiter zu Redaktionsleiter. Du wirst dich gut mit ihm verstehen.«

Marshall seufzte. »Gib mir die Nummer.«

Mary beendete den Abwasch, hängte das Handtuch auf und ging durch das kleine Haus in das Schlafzimmer. Dort kniete Hank neben dem Bett im Dunkeln und betete. Sie kniete sich neben ihn, nahm seine Hand, und zusammen begaben sie sich in die Hände des Herrn. Gottes Wille würde an diesem Abend geschehen, und sie würden ihn akzeptieren, wie immer das auch aussehen mochte.

Alf Brummel hatte einen Schlüssel für die Kirche und war bereits da, knipste die Lampen an und drehte den Thermostat auf. Er fühlte sich überhaupt nicht wohl. Hoffentlich wählen sie dieses Mal richtig, dachte er fortwährend.

Obwohl es noch eine halbe Stunde bis zur Versammlung war, kamen bereits die ersten Autos an, mehr als sonntags zum Gottesdienst. Sam Turner, Brummels Kohortenführer, fuhr mit seinem großen Cadillac vor und half seiner Frau Helen beim Aussteigen. Er war so etwas Ähnliches wie ein Viehzüchter, kein Landbaron, aber er benahm sich wie ein solcher. An diesem Abend war er grimmig und entschlossen — und seine Frau auch. In einem anderen Auto kamen John Coleman und seine Frau Patricia, ein ruhiges Paar, die zur Ashton Community Church gekommen waren, nachdem sie woanders eine große Gemeinde verlassen hatten. Sie mochten Hank wirklich und machten keine Anstrengungen, es zu verbergen. Sie wußten genau, daß Alf Brummel nicht erbaut sein würde, sie zu sehen.

Andere kamen an, und schnell bildeten sich kleine Gruppen mit Gleichgesinnten, die in kurzen Silben und mit hastigen Tönen sprachen. Neugierige Blicke wurden auf die gegnerischen Gruppierungen geworfen, um das Endergebnis abzuschätzen.

Mehrere dunkle Schatten beobachteten das Ganze: von ihrem hohen Sitz auf dem Dach der Kirche, aus ihren Stellungen um das Gebäude herum oder von ihren zugeteilten Posten im Altarraum.

Lucius, nervöser denn je, schritt und segelte umher. Ba-al Rafar, der sich immer noch im Hintergrund hielt, hatte diese Aufgabe Lucius übertragen — und mindestens für diese Nacht war er wieder in Amt und Würden.

Was Lucius am meisten beunruhigte, waren die anderen Geister, die umherstanden, die Feinde, die Heerscharen des Himmels. Sie wurden von Lucius' Streitkräften in Schach gehalten, aber es waren auch ein paar Neue da, die er noch nie gesehen hatte.

In der Nähe, aber nicht allzu nahe, hielten Signa und seine beiden Krieger Wache. Gemäß Tals Anweisungen gestatteten sie den Dämonen Zugang zum Gebäude, aber sie überwachten deren Handlungen und hielten Ausschau nach Rafar. Insoweit hatte ihre Anwesenheit, genauso wie die Anwesenheit von so vielen anderen Kriegern, einen dämpfenden Effekt auf die dämonischen Heerscharen. Es gab keine Zwischenfälle, und einstweilen war dies alles, was Tal wollte.

Als Lucius die Colemans zur Vordertür hereinkommen sah, wurde er erregt. In der Vergangenheit waren sie niemals sehr stark gewesen gegen die Angriffe und Entmutigungen, die Lucius angeordnet hatte, und ihre Ehe stand kurz vor der Scheidung. Dann taten sie sich mit diesem betenden Busche zusammen und wurden immer stärker. Es würde nicht mehr lange dauern, und sie und andere würden eine echte Bedrohung darstellen.

Aber ihre Ankunft beunruhigte Lucius längst nicht so sehr wie die des riesigen blonden Boten Gottes, der sie begleitete. Lucius wußte sicher, daß er diesen nie zuvor gesehen hatte. Nachdem die Colemans einen Platz gefunden hatten, schwebte Lucius herunter und sprach diesen Neuankömmling an.

»Ich habe dich noch nie gesehen!« sagte er barsch, und all die anderen Geister richteten ihre Aufmerksamkeit auf ihn und den Fremden. »Von woher kommst du?«

Der Fremde, Chimon von Europa, sagte nichts. Er blickte nur Lucius tief in die Augen und stand unbeweglich da.

»Du wirst mir deinen Namen nennen!« forderte Lucius.

Der Fremde sagte nicht ein Wort.

Lucius lächelte verschlagen und nickte. »Du bist taub, ja? Und stumm? Und so hirnlos wie schweigsam?« Die anderen Dämonen lachten schallend. Sie liebten solche Spiele. »Erzähle mir, bist du ein guter Kämpfer?«

Schweigen.

Lucius zog einen Krummsäbel, der blutrot leuchtete und metallisch dröhnte. Wie auf ein Stichwort taten die anderen Dämonen dasselbe. Das Rasseln blanker Schwerter füllte den Raum, und karmesinrote Sicheln von zurückgespiegeltem Licht tanzten über die Wände. Die anderen Boten Gottes wurden durch einen bewaffneten Ring von Dämonen vom Eingreifen abgehalten, während Lucius weiter mit diesem Neuling spielte.

Lucius starrte mit brennendem Haß auf diesen festen, unbeweglichen Gegner, wobei seine gelben Augen hervorquollen und sein schwefeliger Atem durch weit geblähte Nasenflügel herauskam. Er spielte mit seinem Schwert, wedelte damit leicht kreisend im Gesicht des Fremden und beobachtete ihn auf die kleinste Bewegung hin.

Der Fremde beobachtete ihn nur, er bewegte sich kein bißchen.

Mit einem durchdringenden Schrei schwang Lucius sein Schwert vor dem Fremden, wobei er dessen Gewand aufschlitzte. Jubelrufe und Gelächter kamen von dem Dämonenhaufen. Lucius war bereit zu einem Kampf, hielt sein Schwert mit beiden Händen, duckte sich, seine Flügel aufgestellt.

Vor ihm stand eine Statue mit einem aufgeschlitzten Gewand.

»Kämpfe, du lahmer Geist!« forderte Lucius.

Der Fremde gab keine Antwort, und Lucius hieb ihm über sein Gesicht. Noch ein Jubelschrei von den Dämonen.

113

»Soll ich dir ein Ohr abhauen? Oder zwei? Soll ich deine Zunge abschneiden, falls du eine hast?« höhnte Lucius.

»Ich denke, es ist Zeit, anzufangen«, sagte Alf Brummel von der Kanzel. Die Leute im Raum beendeten ihre flüchtigen Unterhaltungen, und der Ort begann ruhig zu werden.

Lucius grinste den Fremden höhnisch an und winkte mit seinem Schwert. »Geh und stell dich zu den anderen Feiglingen.«

Der Neuling trat zurück und nahm dann seinen Platz bei den anderen Boten Gottes hinter der dämonischen Barrikade ein.

Elf Engel hatten es geschafft, in die Kirche zu gelangen, ohne allzuviel Zorn der Dämonen zu erregen: Triskal und Krioni waren bereits mit Hank und Mary eingetreten. Sie wurden oft mit dem Pastor und seiner Frau gesehen, deshalb widmete man ihnen außer den üblichen drohenden Gesten wenig Aufmerksamkeit. Guilo war da, so groß und bedrohlich wie immer, aber offenbar hatte kein Dämon auch nur das geringste Interesse, ihm irgendwelche Fragen zu stellen.

Ein Neuling, ein stämmiger Polynese, bahnte sich einen Weg zu Chimon und kümmerte sich um die Wunde in Chimons Gesicht, während Chimon den Riß in seinem Gewand reparierte.

»Mota, von Polynesien hierhergerufen«, stellte sich der Neuling vor.

»Chimon von Europa. Willkommen in unserer Mitte.«

»Kannst du weitermachen?« fragte Mota.

»Ich werde weitermachen«, antwortete Chimon, während er sein Gewand kunstvoll mit seinen Fingern wob. »Wo ist Tal?«

»Noch nicht hier.«

»Ein Fieberdämon versuchte die Colemans zu stoppen. Ohne Zweifel hat sich Tal einem Angriff auf Duster zu stellen.«

»Ich weiß nicht, wie er ihn abfangen will, ohne sich selbst sichtbar zu machen.«

»Er macht das schon.« Chimon schaute umher. »Ich sehe den Ba-al-Prinzen nirgendwo.«

»Wahrscheinlich sehen wir ihn nie.«

»Und hoffentlich sieht er nie Tal.«

Brummel rief die Versammlung zur Ordnung, während er hinter der Kanzel stand und über die etwa fünfzig Leute, die zusammengekommen waren, blickte. Er konnte es sich nicht verkneifen, von diesem günstigen Aussichtspunkt aus das Endergebnis abzuschätzen. Einige dieser Leute würden sicher Hank die Stange halten, einige sicher nicht, und dann war da diese frustrierende und unvorhersehbare Gruppe, über die er sich nicht sicher sein konnte.

»Ich möchte euch allen danken, daß ihr heute abend gekommen seid«, sagte er. »Dies ist eine schmerzhafte Angelegenheit, die wir heute entscheiden sollen. Ich habe immer gehofft, daß dieser Abend nie kommen würde, aber wir alle wollen, daß Gottes Wille geschieht, und wir wollen das Beste für sein Volk. Deshalb laßt uns mit einem Wort des Gebets beginnen und laßt uns den Rest des Abends Gottes Fürsorge und Leitung übergeben.«

Dann begann Brummel ein sehr frommes Gebet, und er wandte sich an den Herrn um Gnade und Erbarmen mit Worten, die Tränen in das trockenste Auge gebracht hätten.

In der vorderen Ecke des Altarraumes schmollte Guilo und wünschte sich, daß ein Engel auf einen Menschen spucken könnte.

Triskal fragte Chimon: »Spürst du Kraft?«

Chimon antwortete: »Wie kommst du darauf? Betet noch jemand?«

Brummel beendete sein Gebet, die Anwesenden murmelten einige wenige Amen — und dann fuhr er mit seiner Einführung in den Ablauf des Abends fort.

»Wir sind hier, um offen unsere Gefühle gegenüber Pastor Hank zu besprechen, um all dem üblen Gerede und dem anhaltenden Murren ein für allemal ein Ende zu machen — und, um unsere Versammlung mit einer Vertrauenswahl zu beenden. Ich hoffe, daß wir in dieser Sache alle den Sinn des Herrn haben. Wenn jemand etwas mitteilen will, würden wir bitten, daß er seine Zeit auf drei Minuten begrenzt. Ich werde euch darauf aufmerksam machen, wenn die Zeit abgelaufen ist, so denkt daran.« Brummel schaute zu Hank und Mary. »Ich denke, es würde gut sein, dem Pastor zuerst das Wort zu erteilen. Danach wird er uns alleine lassen, so daß wir frei reden können.«

Mary drückte Hanks Hand, während er aufstand. Er ging zur Kanzel und stellte sich dahinter, wobei er sich an den Seiten festhielt. Lange Zeit brachte er kein Wort heraus, und er schaute nur in jedes Auge von jedem Gesicht. Es wurde ihm plötzlich bewußt, wie sehr er in Wahrheit diese Leute liebte, jeden einzelnen von ihnen. Er konnte die Härte in einigen Gesichtern sehen, aber er kam nicht umhin, dahinter zu schauen und den Schmerz und die Gebundenheit zu erkennen, unter denen diese Leute litten, irregeführt, durch Sünde vom Weg abgewichen, durch Habgier, durch mangelnde Vergebungsbereitschaft, durch Rebellion. In vielen anderen Gesichtern konnte er den Schmerz, den sie seinetwegen fühlten, ablesen; er konnte erkennen, daß einige still um Gottes Gnade und Einschreiten beteten.

Hank ließ ein schnelles Gebet durch seine Gedanken gehen, während er begann. »Ich habe es immer als ein Vorrecht betrachtet, hinter diesem Pult zu stehen, das Wort zu predigen und die Wahrheit zu verkündigen.« Er schaute für einen Moment noch einmal auf ihre Gesichter und fuhr dann fort: »Und sogar heute abend fühle ich, daß ich nicht von Gottes Auftrag für mich abweichen kann. Ich bin nicht hier, um mich oder meinen Dienst zu verteidigen. Jesus ist mein Anwalt, und ich habe mein Leben auf seine Gnade, Führung und sein Erbarmen gegründet. Deshalb laßt mich heute, da ich wieder einmal hinter dieser Kanzel stehe, mitteilen, was ich von Gott empfangen habe.«

Hank öffnete seine Bibel und las aus dem 2. Timotheusbrief, Kapitel 4: »Ich bezeuge ernstlich vor Gott und Christus Jesus, der Lebende und Tote richten wird, und bei seiner Erscheinung und seinem Reich: Predige das Wort, stehe bereit zu gelegener und ungelegener Zeit, überführe, strafe, ermahne mit aller Langmut und Lehre. Denn es wird eine Zeit sein, da sie die gesunde Lehre nicht ertragen, sondern nach ihren eigenen Lüsten sich selbst Lehrer aufhäufen werden, weil es ihnen in den Ohren kitzelt; und sie werden die Ohren von der Wahrheit abkehren und sich zu den Fabeln und Mythen hinwenden. Du aber, sei nüchtern in allem, ertrage Leid, tu das Werk eines Evangelisten, vollführe deinen Dienst!«

Hank schloß seine Bibel, schaute im Raum umher und sprach mit fester Stimme. »Jeder von euch lasse sich von Gottes Wort ansprechen, wo immer es ihn anspricht. Heute abend will ich nur für mich selbst reden. Ich habe meinen Ruf von Gott; ich habe es gerade gelesen. Einige von euch haben, wie ich weiß, den Eindruck gewonnen, daß Hank Busche vom Evangelium besessen ist. Nun, das ist wahr. Manchmal wundere ich mich, warum ich in einer so schwierigen Lage bleibe ... aber für mich ist Gottes Ruf ein Auftrag, dem ich mich nicht entziehen kann. Wie Paulus sagt: ›Wehe mir, wenn ich das Evangelium nicht predige.‹ Ich weiß, daß manchmal die Wahrheit des Wortes Gottes Trennung bedeuten kann, Aufregung, ein Stein des Anstoßes. Aber das ist nur deswegen so, weil es sich nie ändert, es bleibt kompromißlos und fest. Und welchen besseren Grund könnte es geben, unser Leben auf solch einer unverrückbaren Grundlage aufzubauen? Wenn wir dem Wort Gottes Gewalt antun, zerstören wir nur uns selbst, unsere Freude, unseren Frieden, unser Glück.

Ich will offen mit euch sein, und so werde ich euch ganz ehrlich wissen lassen, was ihr von mir zu erwarten habt. Ich will euch alle lieben, ohne Ausnahme. Ich beabsichtige, euch zu hüten und zu nähren, solange ihr mich haben werdet. Niemals werde ich in Zweifel ziehen, was ich glaube, daß das Wort Gottes lehrt, und das bedeutet, daß es Zeiten geben wird, in denen ihr meinen Hirtenstab im Nacken spüren werdet — nicht, um euch zu richten oder zu schaden, sondern um euch zu helfen, den rechten Weg zu gehen, euch zu beschützen, euch zu heilen. Ich beabsichtige, das Evangelium von Jesus Christus zu predigen, denn das ist meine Berufung. Ich habe eine Last für diese Stadt; manchmal fühle ich diese Last so stark, daß ich mich fragen muß: Warum? Aber sie ist noch da, und ich kann mich nicht davon abwenden oder sie verleugnen. So lange, bis mir der Herr etwas anderes sagt, beabsichtige ich, in Ashton zu bleiben und meinen Auftrag zu tun.

Wenn ihr so einen Pastor wollt, dann laßt es mich heute abend wissen. Wenn ihr so einen Pastor nicht wollt ... gut, ich muß auch das wissen.

Ich liebe euch alle. Ich will das Beste, das Gott für euch hat. Und ich schätze, das ist alles, was ich zu sagen habe.«

Hank schritt die Stufen des Altarraums herunter, nahm Marys Hand — und die beiden gingen den Gang hinunter zur Tür. Hank versuchte, so vielen Leuten wie möglich in die Augen zu schauen. Einige warfen ihm liebevolle und ermunternde Blicke zu; einige schauten weg.

Krioni und Triskal gingen mit Hank und Mary. Lucius schaute mit höhnischer Verachtung zu.

Guilo murmelte zu seinen Genossen: »Wenn die Katze aus dem Haus ist, tanzen die Mäuse.«

»Wo ist Tal?« fragte Chimon erneut.

Brummel stellte sich vor die Gruppe. »Nun, wir werden jetzt Meinungen aus der Versammlung hören. Erhebt eure Hand, damit ich es erkenne. Ja, Sam, warum fängst du nicht gleich an.«

Sam Turner stand auf und ging zur Vorderseite des Altarraumes.

»Danke, Alf«, sagte er. »Nun, ich habe keinen Zweifel, daß ihr alle mich und meine Frau Helen kennt. Wir sind seit über dreißig Jahren Bürger von Ashton, und wir haben diese Kirche durch dick und dünn unterstützt. Nun habe ich heute abend nicht viel zu sagen. Ihr wißt alle, was für eine Art Mensch ich bin, wie sehr ich daran glaube, daß es unser Auftrag ist, unseren Nächsten zu lieben und ein gutes Leben zu führen. Ich habe versucht, das Richtige zu tun und ein gutes christliches Beispiel zu sein.

Und ich bin heute abend ärgerlich. Ich bin ärgerlich wegen meines Freundes Lou Stanley. Ihr habt vielleicht bemerkt, daß Lou heute abend nicht hier ist, und ich bin sicher, ich weiß warum. Es gab eine Zeit, in der er sein Gesicht in dieser Gemeinde zeigen konnte, und wir alle liebten ihn und er liebte uns, und ich denke, wir lieben ihn immer noch. Aber dieser Genosse Busche, der denkt, daß er Gottes Gabe für diese Erde ist, meinte, daß er ein Recht habe, Lou zu richten und ihn aus dieser Gemeinde herauszuwerfen. Nun, Freunde, laßt mich euch eines sagen: Niemand wirft Lou Stanley irgendwo heraus, wenn Lou das nicht will. Lou könnte Busche gerichtlich belangen, oder er könnte die Angelegenheit so erledigen, wie ich ihn schon andere Angelegenheiten habe erledigen sehen. Er fürchtet sich vor nichts. Aber ich denke, Lou ist so beschämt wegen der furchtbaren Dinge, die man über ihn gesagt hat, und so verletzt durch das, was er glaubt, das wir über ihn denken müssen, daß er beschloß, besser einfach wegzubleiben.

Nun haben wir diesen selbstgerechten, Bibelsprüche klopfenden Verbreiter von Gerüchten, der für diesen Ärger verantwortlich ist. Vergebt mir, wenn ich ein wenig hart klinge, aber hört zu, ich kann mich an eine Zeit erinnern, als diese Gemeinde wie eine Familie war. Warum ist das nun vorbei? Weil wir Hank Busche hier hereinkommen ließen, um uns alle auseinanderzubringen. Ashton war eine friedliche Stadt, diese Gemeinde war eine friedliche Gemeinde, und ich sage, wir werden tun, was notwendig ist, um diesen Zustand wiederherzustellen.«

Turner nahm seinen Platz wieder ein, während einige in seiner Nähe stille Ermutigung und Beifall nickten.

John Coleman wurde als nächster aufgerufen. Er war eine schüchterne Person und sehr nervös, weil er vor so vielen Leuten reden sollte, aber entschlossen genug, es auf jeden Fall zu tun.

»Nun«, sagte er, fingerte nervös an seiner Bibel herum und schaute viel auf den Boden, »ich sage gewöhnlich nicht viel, und ich bin zu Tode geängstigt, hier oben stehen zu müssen, aber ... ich denke, Hank Busche ist ein echter Mann Gottes, ein guter Pastor, und ich würde es wirklich hassen, ihn gehen zu sehen. Die Gemeinde, von der Pat und ich kamen, nun, sie begegnete unseren Nöten nicht, und wir wurden hungrig: hungrig auf das Wort Gottes, auf die Gegenwart Gottes. Wir glauben, wir haben diese Dinge hier gefunden, und wir sehen wirklich, daß wir unter Hanks Dienst vom Herrn benutzt werden und im Glauben wachsen, und ich weiß, daß viele von uns genauso fühlen. Was die Sache mit Lou betrifft, dies war nicht nur Hanks Entscheidung. Alle von uns waren an dieser Entscheidung mitbeteiligt, auch ich, und ich weiß, daß Hank nicht versucht, irgend jemanden zu verletzen.«

Nachdem sich John gesetzt hatte, tätschelte Patricia seinen Arm und sagte: »Du warst gut.« John war sich nicht so sicher.

Brummel wandte sich an die Gruppe. »Ich denke, es wäre jetzt gut zu hören, was der Schatzmeister der Gemeinde, Gordon Mayer, zu sagen hat.«

Gordon Mayer ging mit einigen Gemeindestatistiken und Notizen in der Hand nach vorne. Er war ein selbstbewußter Mann mit einer strengen Ausstrahlung und einer rauhen Stimme.

»Ich möchte mich mit zwei Themen an diese Gruppe wenden«, sagte er. »Was die geschäftliche Seite betrifft, so müßt ihr alle wissen, daß die Spenden die letzten Monate ständig zurückgegangen sind, aber unsere Verbindlichkeiten blieben gleich oder stiegen sogar an. Mit anderen Worten, wir gehen Pleite, und ich persönlich habe keine Zweifel warum. Es gibt Zwistigkeiten unter uns, die wir dringend lösen müssen, und daß ihr euch beim Geben zurückhaltet, ist nicht der geeignete Weg. Wenn ihr wegen diesem Pastor Bauchweh habt, dann tut, was immer ihr heute abend tun müßt, aber laßt uns nicht über diesen einen Mann die Gemeinde herunterziehen.

Zweitens: Laßt mich euch erzählen, daß der Kirchenvorstand ursprünglich einen anderen Mann für diese Arbeit wollte. Ich war in dem Ausschuß, und ich kann euch versichern, daß wir keine Absicht hatten, Busche für diesen Dienst zu verpflichten. Ich bin überzeugt, daß die ganze Sache ein unglücklicher, ein schwerer Fehler war. Wir haben den falschen Mann gewählt — und jetzt müssen wir dafür bezahlen.

So laßt mich damit schließen: Sicher, wir haben einen Fehler gemacht, aber ich habe Vertrauen in diese Gruppe hier, und ich denke, wir können das Ruder noch herumreißen, neu anfangen, diesmal richtig. Ich sage, laßt es uns tun.«

Und so gingen gut zwei Stunden vorüber, wobei die einen Hank Busche kreuzigten, die anderen ihn priesen. Nerven wurden wund, Füße wurden taub, Rücken wurden steif, und die Standpunkte wurden immer hitziger vertreten. Nach zwei Stunden war man übereinstimmend der Meinung: »Kommt, laßt uns abstimmen ...«

Brummel hatte seine Jacke ausgezogen, seine Krawatte gelockert und die Ärmel aufgerollt. Er hatte einen Haufen kleiner quadratischer Papierstücke vor sich liegen, die Stimmzettel.

»Okay, dies wird eine geheime Abstimmung«, sagte er und übergab die Papierstücke an zwei schnell ernannte Ordner, die sie austeilten. »Laßt es uns einfach machen. Wenn du willst, daß der Pastor bleibt, schreibe ja, wenn du willst, daß wir jemand anderen finden, schreibe nein.«

Mota stupste Chimon an. »Wird Hank genug Stimmen bekommen?«

Chimon schüttelte nur den Kopf. »Wir sind nicht sicher.«

»Du meinst, er könnte verlieren?«

»Laßt uns hoffen, daß jemand betet.«

»Wo, oh, wo ist Tal?«

Ein einfaches Ja oder Nein zu schreiben dauert nicht lange, so daß die Ordner schnell die Opferkörbe durch die Reihen reichten, um die Zettel einzusammeln.

Guilo stand noch in seiner Ecke und starrte genauso viele Dämonen an, wie ihn anstarrten. Einige der kleineren Quälgeister flatterten im Altarraum umher und versuchten, zu sehen, was die Leute auf ihre Stimmzettel schrieben. Sie grinsten, blickten finster drein, kreischten oder fluchten entsprechend. Guilo konnte sich drei oder vier von ihren dünnen kleinen Hälsen in seinen Fäusten vorstellen. Nicht mehr lange, kleine Dämonen, nicht mehr lange.

Brummel waltete wieder seines Amtes. »In Ordnung, im Interesse der Fairneß mögen Vertreter der zwei verschiedenen ... äh ... Standpunkte nach oben kommen und die Auszählung übernehmen.«

Nach ein wenig nervösem Lachen wurde John Coleman von den Jas und Gordon Mayer von den Neins gewählt, um die Stimmzettel zu zählen. Die beiden Männer brachten die Opferkörbe voller Stimmzettel zu einer Bank im hinteren Teil der Kirche. Eine Horde flatternder, zischelnder Dämonen näherte sich der Szene und wollte das Endergebnis sehen.

Guilo trat auch heraus. Es ist nur fair, dachte er. Lucius schwebte sofort von der Decke herunter und zischte: »Zurück in deine Ecke!«

»Ich will das Endergebnis sehen.«

»Oh, siehst du es jetzt nicht?« höhnte Lucius. »Und was ist, wenn ich beschließe, dich aufzuschlitzen wie deinen Freund?«

Irgend etwas in der Art, wie Guilo antwortete: »Versuch es doch«, mag Lucius veranlaßt haben, es sich zu überlegen.

Die Ankunft Guilos verscheuchte die Dämonen wie eine flatternde Schar Hühner. Er beugte sich über die beiden Männer, um etwas zu sehen. Gordon Mayer zählte zuerst schweigend, dann gab er die Stimmzettel an John Coleman weiter. Aber er versteckte heimlich ein paar Jastimmen in seiner hohlen Hand. Guilo überprüfte, wie genau die Dämonen beobachteten, dann machte er selbst eine verstohlene Bewegung und berührte den Rücken von Mayers Hand.

Ein Dämon sah es und schlug Guilos Hand mit seinen bloßen Krallen. Guilo riß seine Hand zurück und war kurz davor, den Dämon in Stücke zu zerreißen, aber er fing sich und gehorchte Tals Anordnungen.

»Wie ist dein Name?« wollte Guilo wissen.

»Betrug«, antwortete der Dämon.

»Betrug«, wiederholte Guilo, während er in seine Ecke zurückging. »Betrug.«

Aber Guilos Bewegung hatte genügt, um Mayers Pläne zu durchkreuzen. Die Stimmzettel fielen aus Mayers Hand, und John Coleman sah sie.

»Du hast da etwas fallen lassen«, sagte er zuckersüß.

Mayer konnte nichts sagen. Er reichte nur die Stimmzettel hinüber. Die Auszählung war beendet, aber Mayer wollte noch einmal zählen. Sie zählten die Stimmzettel noch einmal. Es kam dasselbe Ergebnis heraus: ein Unentschieden. Die beiden teilten das Ergebnis Brummel mit, dieser sagte es der Versammlung, die leise stöhnte.

Alf Brummel konnte fühlen, wie seine Hände feucht wurden; er versuchte, sie mit seinem Taschentuch abzutrocknen. »Gut, hört zu«, sagte er, »vielleicht gibt es keine große Chance, daß es sich irgendwer noch mal überlegt, aber ich bin sicher, daß niemand von uns diese Sache heute abend lange hinausschieben will. Vorschlag: Warum machen wir nicht eine kurze Pause, um einigen von euch die Gelegenheit zu geben, sich zu erholen, sich zu recken, zur Toilette zu gehen. Dann werden wir uns wieder versammeln und noch einmal abstimmen.«

Während Brummel sprach, sahen die beiden Dämonen, die um die Kirche postiert waren, etwas sehr Beunruhigendes. Genau einen Häuserblock entfernt waren zwei alte Frauen auf der Straße, die auf die Kirche zuhumpelten. Eine ging mit der Unterstützung eines Stockes und der helfenden Hand ihrer Freundin. Sie sah überhaupt nicht gut aus, aber ihr Kinn war erhoben und ihre Augen klar und entschlossen. Ihr Spazierstock klapperte einen synkopischen Rhythmus mit ihren Fußschritten. Ihre Freundin, in besserer Verfassung und stärker, ging neben ihr, hielt ihren Arm, um sie zu stützen, und sprach sanft mit ihr.

»Die mit dem Stock ist Duster«, sagte ein Dämon.

»Was lief falsch?« wunderte sich der andere. »Ich dachte, man hätte auf sie aufgepaßt.«

»Oh, sie ist krank, okay, aber sie kommt trotzdem.«

»Und wer ist die alte Frau neben ihr?«

»Edith Duster hat viele Freundinnen. Wir hätten das wissen sollen.«

Die beiden Damen stiegen die Kirchenstufen hoch, jeder Schritt ein eigener Arbeitsgang, erst ein Fuß, dann der andere, dann den Stock auf die nächste Stufe gestellt, bis die beiden Damen schließlich an der Eingangstür waren.

»Da, schau dir das jetzt an!« schnatterte die Stärkere. »Ich wußte, daß du es schaffen würdest. Der Herr hat dich so weit gebracht. Er wird auch den Rest des Weges auf dich aufpassen.«

»Was Edith Duster braucht, ist ein Schlag«, murmelte ein Krankheitsdämon und zog sein Schwert.

Vielleicht war es einfach Glück oder ein unglaublicher Zufall, aber gerade als der Dämon sich mit großer Geschwindigkeit nach vorn stürzte, um die Arterien in Edith Dusters Gehirn aufzuschlitzen, da bewegte sich die andere Frau, um die Tür zu öffnen, und trat genau in den Weg. Die Spitze des Dämonenschwertes traf die Frau in der Schulter, die aus Beton hätte sein können; das Schwert stoppte plötzlich. Krankheit verfehlte sein Ziel, wurde über die beiden Frauen hinweggeschleudert und flatterte wie ein kaputter Papierdrachen in den Kirchhof, während Edith Duster hineinging. Krankheit rappelte sich vom Boden hoch und schrie: »Die Heerscharen des Himmels!«

Die Dämonenwache starrte ihn verblüfft an.

Brummel sah Edith Duster hereinkommen, alleine. Er fluchte leise. Diese Stimme würde das Unentschieden brechen, denn sie würde ganz sicher für Busche stimmen. Die Leute kamen wieder zusammen.

Die Boten Gottes waren begeistert. »Es sieht so aus, als ob Tal erfolgreich war«, sagte Mota.

Chimon jedoch war besorgt. »Bei dieser Stärke des Feindes mußte er sich bestimmt selbst zeigen.«

Guilo gluckste. »Oh, ich bin sicher, unser Hauptmann war sehr diskret.«

Ein paar Dämonen wunderten sich, was mit Edith Dusters Gefährtin zwischen der Eingangstür und dem Altarraum passiert war. Krankheit beharrte darauf, daß es ein himmlischer Krieger gewesen war, aber wo war er jetzt?

Tal, Hauptmann der Heerscharen, traf sich mit Signa und den anderen Wächtern in ihrem Versteck.

»Du hast *mich* überlistet, Hauptmann«, sagte Signa.

»Du kannst es vielleicht selbst einmal versuchen«, antwortete Tal.

Im Altarraum suchte Brummel verzweifelt nach einem Trumpf. Er konnte bereits die brennenden Augen von Langstrat sehen, wenn diese Abstimmung den falschen Weg ging.

»Gut«, sagte er, »warum kommen wir jetzt nicht zur Tagesordnung und machen uns für eine weitere Abstimmung bereit?«

Die Leute setzten sich, und es wurde ruhig. Die Jaseite war mehr als bereit.

»Nun, nachdem wir gebetet und darüber geredet haben, haben vielleicht einige von uns eine andere Meinung gewonnen. Ich ... ähhh ...« Komm, Alf, sag etwas, aber mach dich nicht selbst zum Narren. »Ich vermute, ich kann ein paar Worte sagen; ich habe wirklich meine Gefühle mitgeteilt. Ihr wißt, Hank Busche ist etwas jung ...«

Ein Installateur mittleren Alters fuhr dazwischen: »Hey, wenn du jetzt versuchst, uns negativ zu beeinflussen, dann haben wir die gleiche Zeit für einen positiven Versuch!«

Die Jas murmelten alle zustimmend, während die Neins sich in kaltes Schweigen hüllten.

»Nein, hört«, stammelte Alf mit hochrotem Kopf, »ich hatte nicht die Absicht, die Abstimmung zu beeinflussen. Ich wollte nur ...«

»Laßt uns abstimmen!« sagte jemand.

»Ja, stimmt ab, und zwar schnell!« flüsterte Mota.

Gerade da ging die Tür auf. Oh nein, dachte Brummel, wer kommt jetzt herein?

Stille fiel wie ein Leichentuch über die ganze Gruppe. Lou Stanley war eben hereingekommen. Er grüßte sie alle mit einem grimmigen Nicken und setzte sich in die hinterste Bank. Er sah alt aus.

Gordon Mayer rief aus: »Laßt uns abstimmen!«

Die Ordner teilten die Stimmzettel aus, während Brummel sich einen guten Fluchtweg überlegte, falls er sich übergeben mußte — seine Nerven waren kurz vor dem Zerreißen. Er suchte Lou Stanleys Aufmerksamkeit. Lou schaute ihn an und schien nervös zu lachen.

»Stellt sicher, daß Lou da hinten einen Stimmzettel bekommt«, sagte Brummel zu einem der Ordner. Der Ordner brachte ihm einen Stimmzettel.

Chimon flüsterte Guilo zu: »Ich denke, daß wir vorbereitet sind für irgendwelche Tricks, die Lucius vielleicht auf Lager hat.«

»Vielleicht wird das eine lange Nacht hier«, sagte Mota.

Die Stimmzettel waren gesammelt, und Lucius hielt seine Dämonen nahe um die Opferkörbe herum, und seine Augen waren auf die himmlischen Krieger gerichtet.

Mayer und Coleman zählten wieder, wobei die Spannung in der Luft zunahm. Die Dämonen beobachteten. Die Engel beobachteten. Die Leute beobachteten.

Mayer und Coleman beobachteten sich gegenseitig, wobei sie leise mitsprachen, während sie zählten. Mayer beendete das Zählen und wartete auf Coleman. Coleman beendete, schaute auf Mayer und fragte ihn, ob er noch einmal zählen wollte. Sie zählten noch einmal.

Dann nahm Mayer seinen Kugelschreiber, schrieb das Ergebnis auf ein Stück Papier und brachte es Brummel. Mayer und Coleman nahmen ihre Plätze ein, während Brummel das Papier auseinanderfaltete.

Sichtlich erschüttert, brauchte Brummel ein paar Augenblicke, um seine entspannte öffentliche Maske aufzusetzen.

»Nun ...«, begann er, wobei er versuchte, den Ton seiner Stimme zu kontrollieren, »in Ordnung. Der Pastor bleibt im Dienst.«

Eine Seite des Raumes entspannte sich und lächelte. Die andere Seite hob ihre Mäntel und Habseligkeiten auf, um zu gehen.

»Alf, was war das Ergebnis?« wollte jemand wissen.

»Äh ... das sagt nichts.«

»Achtundzwanzig zu sechsundzwanzig!« sagte Gordon Mayer vorwurfsvoll und schaute nach hinten zu Lou Stanley.

Aber Lou Stanley war bereits gegangen.

11

Tal, Signa und die anderen Wächter konnten von ihrem Standort aus die Explosion sehen. Mit Geschrei und wütendem Geheul schwirrten überall Dämonen herum, sie brachen durch das Dach und die Seiten der Kirche wie Splitterbomben und schwärmten in alle Richtungen über der Stadt aus. Ihre Schreie wurden zu einem lauten, widerhallenden Dröhnen wilder Wut, welches über der ganzen Stadt schallte wie tausend düstere Fabrikpfeifen, Sirenen und Hörner.

»Sie werden heute nacht furchtbare Rache üben«, sagte Tal.

Mota, Chimon und Guilo waren gekommen, um zu berichten.

»Mit zwei Stimmen«, sagte Mota.

Tal lächelte und sagte: »Nun denn, sehr gut.«

»Aber Lou Stanley!« rief Chimon aus. »War das wirklich Lou Stanley?«

Tal erfaßte den Zusammenhang. »Ja, das war Mr. Stanley. Ich bin die ganze Zeit hier gewesen, seit ich Edith Duster rettete.«

»Ich sehe, daß der Geist an der Arbeit gewesen ist!« gluckste Guilo.

»Laßt uns Edith sicher nach Hause bringen und stellt Wachen um sie auf. Jeder auf seinen Posten. Heute nacht werden über der Stadt ärgerliche Geister sein.«

Diese Nacht war die Polizei sehr beschäftigt. In den Kneipen gab es Schlägereien, das Gerichtsgebäude wurde mit Sprüchen besprüht, einige Autos wurden gestohlen und nur so zum Spaß durch die Wiesen und Blumenbeete im Park gefahren.

Spät in der Nacht befand sich Juleen Langstrat in einer unentrinnbaren Trance, halb zwischen einem Leben der Qual auf Erden und den brennenden Flammen der Hölle. Sie lag auf ihrem Bett, taumelte auf den Fußboden, hangelte sich an der Wand hoch auf ihre Beine, torkelte im Zimmer umher und fiel wieder auf den Boden. Drohende Stimmen, Monster, Flammen und Blut explodierten und pochten mit unvorstellbarer Gewalt in ihrem Kopf; sie dachte, ihr Schädel würde platzen. Sie konnte fühlen, wie Klauen an ihrer Kehle rissen, wie sich Kreaturen in ihrem Inneren wanden und sie bissen, sie fühlte Ketten um ihre Arme und Beine. Sie konnte die Stimmen von Geistern hören, ihre Augen und Fangzähne sehen, ihren schwefeligen Atem riechen.

Die Meister waren ärgerlich! »Versagt, versagt, versagt, versagt!« pochte es in ihrem Gehirn und zog an ihren Augen vorbei. »Brummel hat versagt, du hast versagt, er wird sterben, du wirst sterben ...«

Hielt sie wirklich ein Messer in ihrer Hand, oder war dies auch eine Vision? Sie konnte einen sehnsüchtigen, einen furchtbar starken Impuls spüren, von der Qual befreit zu werden, aus der körperlichen Hülle auszubrechen, aus dem fleischernen Gefängnis, das sie festhielt.

»Komm zu uns, komm zu uns, komm zu uns«, sagten die Stimmen. Sie fühlte die Schneide, und Blut tropfte von ihrem Finger.

Das Telefon klingelte. Die Zeit stand still. Das Schlafzimmer wurde von ihren Netzhäuten wahrgenommen. Das Telefon klingelte. Sie war in ihrem Schlafzimmer. Da war Blut auf dem Boden. Das Telefon klingelte. Das Messer fiel ihr aus der Hand. Sie konnte Stimmen hören, ärgerliche Stimmen. Das Telefon klingelte.

Sie war auf ihren Knien auf dem Fußboden des Schlafzimmers. Sie hatte sich in den Finger geschnitten. Das Telefon klingelte immer noch. Sie rief »Hallo«, aber es klingelte weiter.

»Ich werde euch nicht enttäuschen«, sagte sie zu ihren Besuchern. »Verlaßt mich. Ich werde euch nicht enttäuschen.«

Das Telefon klingelte.

Alf Brummel saß in seinem Haus und hörte dem Läuten des Telefons am anderen Ende zu. Juleen schien nicht zu Hause zu sein. Er hängte ein, erleichtert, wenn auch nur für den Augenblick. Sie würde nicht glücklich sein über den Ausgang der Abstimmung. Eine weitere, noch eine weitere Verzögerung in dem Plan. Er wußte, er konnte es nicht verhindern, daß sie es herausfand.

Er ließ sich auf sein Bett fallen und erwog zu verzweifeln, zu entkommen, Selbstmord.

Samstagmorgen. Die Sonne war heraus, und Rasenmäher riefen einander zu über Zäune, Hecken und Sträßchen; Kinder spielten, Schläuche spritzten schmutzige Autos ab.

Marshall saß in der Küche an einem Tisch voller Anzeigenkopien und einer Liste alter und neuer Rechnungen; der *Clarion* hatte immer noch keine Sekretärin.

Die Eingangstür ging auf, und herein kam Kate. »Ich brauche eine starke Hand!«

Ja, das unvermeidliche Ausladen der Lebensmittel.

»Sandy«, brüllte Marshall zur Hintertür hinaus, »faß mal mit an!« Über die Jahre hatte die Familie ein ganz gutes System entwickelt, wie man große Einkäufe auseinandersortiert und sie lagert.

»Marshall«, sagte Kate und reichte ihm aus einem Sack Gemüse für den Kühlschrank, »arbeitest du immer noch an diesen Kopien? Es ist Samstag!«

»Fast fertig. Ich hasse es, wenn sich das Zeug über mir aufstapelt. Wie geht es Joe und seiner Bande?«

Kate stoppte die Übergabe eines Bündels Sellerie und sagte: »Weißt du was? Joe ist weg. Er verkaufte das Geschäft und zog weg, und ich hab' nicht mal was davon gehört.«

»Die Dinge entwickeln sich schnell hier. Und wohin ist er gezogen?«

»Ich weiß nicht. Niemand wollte es mir erzählen. Tatsächlich glaube ich nicht, daß ich diesen neuen Besitzer mag.«

»Was ist mit diesem Reinigungspulver hier?«

»Oh, stell es unter die Spüle.« Es wanderte unter die Spüle.

»Ich fragte diesen Burschen nach Joe und Angelina, und warum sie den Laden verkauft haben, und warum sie weggezogen sind, und er wollte mir nichts erzählen, er sagte nur, er wüßte nichts.«

»Das ist der Ladenbesitzer? Wie heißt er?«

»Ich weiß es nicht. Er wollte mir auch das nicht erzählen.«

»Nun, kann er reden? Spricht er Englisch?«

»Genug, um deine Einkäufe aufzutippen und dein Geld zu nehmen — und damit hat sich's. Nun, können wir das Zeug vom Tisch haben?«

Marshall fing an, seine Papiere vor der hereinbrechenden Invasion von Dosen und Naturerzeugnissen in Sicherheit zu bringen.

Kate fuhr fort: »Ich vermute, ich werde mich daran gewöhnen, aber eine Zeitlang dachte ich, ich bin in den falschen Laden gegangen. Ich habe niemanden erkannt. Sie haben sogar völlig neue Leute, die dort arbeiten.«

Sandy sprach zum ersten Mal. »Etwas Verrücktes geht vor in dieser Stadt.«

Marshall fragte: »O ja?«

Sandy ließ sich nicht darüber aus.

Marshall versuchte, es aus ihr herauszuziehen. »Nun, was denkst du, was es ist?«

»Ah, nichts, wirklich. Es ist nur ein Gefühl, das ich habe. Leute fangen plötzlich an, sich verrückt zu benehmen. Ich denke, daß Außerirdische eingedrungen sind.«

Marshall ließ es sein.

Die Einkäufe waren alle verstaut, Sandy ging zu ihren Büchern zurück, und Kate machte sich für die Gartenarbeit fertig. Marshall mußte einen Anruf tätigen. Über verrückte Außerirdische zu reden, die die Stadt besetzt hatten, weckte seine Erinnerung und auch seine Reporternase. Vielleicht war Langstrat keine Außerirdische, aber sie war sicher verrückt.

Er saß auf der Couch im Wohnzimmer und zog den Zettel mit Ted Harmels Telefonnummer aus seiner Brieftasche. Ein sonniger Samstagmorgen würde eine schlechte Zeit sein, um jemanden drinnen im Haus anzutreffen, aber Marshall beschloß, es zu versuchen.

Das Telefon am anderen Ende klingelte mehrmals, und dann antwortete die Stimme eines Mannes. »Hallo?«

»Hallo, Ted Harmel?«

»Ja, wer ist dran?«

»Hier ist Marshall Hogan, der neue *Clarion*-Redaktionsleiter.«

»Oh, uh-huh ...« Harmel wartete auf Marshall, um weiterzumachen.

»Nun, Sie kennen Bernice Krueger, nicht wahr? Sie arbeitet für mich.«

»Oh, sie ist noch da? Hat sie irgendwas über ihre Schwester herausgefunden?«

»Mmm, ich weiß nicht viel darüber, sie hat mir nie davon erzählt.«

»Oh. Und wie läuft die Zeitung?«

Sie sprachen ein paar Minuten über den *Clarion*, das Büro, Auflagenzahlen, was immer mit dem Kabel der Kaffeemaschine passiert war. Harmel schien besonders besorgt darüber zu sein, daß Edie weg war.

»Ihre Ehe ging auseinander«, erzählte Marshall ihm. »Es war eine völlige Überraschung für mich. Ich kam zu spät dahinter, was da lief.«

»Hmmmm ... ja ...« Harmel dachte am anderen Ende der Leitung nach.

Halte es am Fließen, Hogan. »Ja, nun, ich habe eine Tochter, die am College angefangen hat.«

»Ja, tatsächlich?«

»Ja, sie macht ihre Vorprüfungen, läßt sich durch die Mangel drehen. Sie mag das.«

»Gut, ich wünsche ihr viel Erfolg.«

Harmel war geduldig.

»Sie wissen, Sandy hat eine Psychologieprofessorin, die ein sehr interessantes Mädchen ist, glaube ich.«

»Langstrat.«

Meine Güte! »Ja, ja. Eine Menge verrückter Ideen.«

»Das können Sie wohl sagen.«

»Wissen Sie irgend etwas über sie?«

Harmel machte eine Pause, seufzte und fragte dann: »Nun, was wollen Sie wissen?«

»Woher kommt sie? Sandy bringt seit geraumer Zeit einige verrückte Ideen mit nach Hause ...«

Harmel hatte Schwierigkeiten, mit einer Antwort herauszukommen. »Es ist ... äh ... östliche Mystik, alte religiöse Praktiken. Sie beschäftigt sich mit, wissen Sie, Meditation, höheres Bewußtsein ... äh ... die Einheit des Universums. Ich weiß nicht, ob für Sie irgendwas davon einen Sinn ergibt.«

»Nicht viel. Aber sie scheint es groß zu verbreiten, nicht wahr?«

»Was meinen Sie?«

»Wissen Sie, sie trifft sich regelmäßig mit Leuten; Alf Brummel, und, uh, wer noch? Delores Pinckston ...‹

»Delores Pinckston?«

»Richtig, im Vorstand des College. Dwight Brandon, Eugene Baylor ...«

Harmel schnitt das Gespräch abrupt ab. »Was wollen Sie wissen?«

»Nun, soweit ich weiß, waren Sie auch in dieser Situation drin ...«

»Nein, das ist falsch.«

»Hatten Sie nicht selbst Sitzungen mit ihr?«

Es gab eine lange Pause. »Wer hat Ihnen das erzählt?«

»Oh, wir ... haben es eben herausgefunden.«

Noch eine lange Pause. Harmel seufzte durch seine Nase. »Hören Sie«, fragte er, »was wissen Sie noch?«

»Nicht viel. Es riecht nur so, als ob eine Story dahintersteckt. Sie wissen, wie das ist.«

Harmel kämpfte, dampfte, suchte nach Worten. »Ja, ich weiß, wie das ist. Aber Sie täuschen sich diesmal, Sie täuschen sich wirklich!« Noch eine Pause, noch ein Kampf. »Oh, Bruder, ich wünschte, Sie hätten mich nicht angerufen.«

»Hey, hören Sie, wir sind beide Zeitungsmänner ...«

»Nein! Sie sind der Zeitungsmann! Ich bin draußen. Ich bin sicher, Sie wissen alles über mich.«

»Ich weiß Ihren Namen, Ihre Nummer und daß Sie den *Clarion* besaßen.«

»In Ordnung, belassen wir es dabei. Ich habe immer noch Achtung vor dem Beruf. Ich möchte nicht, daß Sie zerstört werden.«

Marshall versuchte, seinen dicken Fisch nicht loszulassen. »Erzählen Sie, lassen Sie mich nicht im dunkeln!«

»Ich versuche nicht, Sie im dunkeln zu lassen. Es gibt da einige Dinge, über die ich eben nicht reden kann.«

»Sicher, ich verstehe. Kein Problem.«

»Nein, Sie verstehen *nicht*. Nun hören Sie mir zu! Ich weiß nicht, was Sie herausgefunden haben, aber was immer es ist, vergessen Sie es. Machen Sie etwas anderes. Berichten Sie über das Liebesleben der Ameisen, irgend etwas Harmloses, aber halten Sie Ihre Nase da raus.«

»Über was reden Sie?«

»Und hören Sie damit auf, aus mir Informationen herauszuquetschen! Was ich Ihnen sage, ist alles, was Sie bekommen werden, und Sie sollten guten Gebrauch davon machen. Ich sage Ihnen, vergessen Sie Langstrat, vergessen Sie alles, was Sie vielleicht über sie gehört haben. Nun, ich weiß, Sie sind ein Reporter, und so weiß ich, daß Sie hinausgehen werden und genau das Gegenteil von dem, was ich Ihnen erzähle, tun werden, aber lassen Sie mich eine faire Warnung aussprechen: Tun Sie's nicht!« Hogan gab keine Antwort. »Hogan, hören Sie mich?«

»Wie kann ich da jetzt noch aussteigen?«

»Sie haben eine Frau, eine Tochter? Denken Sie daran. Denken Sie an sich selbst. Andernfalls werden Sie es wie alle anderen bitter bereuen.«

»Was meinen Sie, alle anderen?«

»Ich weiß nichts, ich kenne Langstrat nicht, ich kenne sie nicht, ich wohne nicht mehr dort. Punkt.«

»Ted, sind Sie in Schwierigkeiten?«

»Geben Sie es auf!«

Er legte auf. Marshall knallte den Hörer auf die Gabel und ließ seine Gedanken rasen. Gib es auf, sagte Harmel. Gib es auf. Von wegen.

Edith Duster — die weise alte Dame der Gemeinde, eine ehemalige Missionarin in China, seit ungefähr dreißig Jahren Witwe — wohnte in den Willow Terrace Apartements, einer kleinen Wohnsiedlung für Pensionäre und Rentner, nicht weit von der Kirche entfernt. Sie war in ihren Achtzigern, lebte kärglich von Sozialhilfe und einer kleinen Rente ihrer Kirche, und sie liebte es, Leute bei sich zu haben, besonders seitdem das Gehen für sie schwierig wurde.

Hank und Mary saßen in ihrer kleinen Eßecke in der Nähe des großen Fensters, von dem aus man den Vorhof des Gebäudes übersehen konnte. Oma Duster goß Tee aus einer sehr alten, sehr hübschen Teekanne in ebenso hübsche Teetassen. Sie war nett angezogen, fast formell, wie immer, wenn sie Gäste empfing.

»Nein«, sagte sie, nachdem sie den morgendlichen Teetisch ordentlich hergerichtet und sich schließlich hingesetzt hatte. »Ich glaube nicht, daß man Gottes Pläne lange durchkreuzen kann. Er hat seine eigene Art, wie er sein Volk durch Schwierigkeiten hindurchbringt.«

Hank stimmte zu, aber nur schwach. »Ich stelle mir das auch so vor ...« Mary hielt seine Hand.

Oma war stark. »Ich *weiß* es, Henry Busche. Deine Anwesenheit hier ist kein Fehler; davon bin ich felsenfest überzeugt. Wenn du nicht hier sein solltest, hätte der Herr die Dinge, die er durch deinen Dienst vollbracht hatte, nicht getan.«

Mary erlaubte sich eine Bemerkung. »Er fühlt sich wegen des Abstimmungsergebnisses etwas niedergeschlagen.«

Oma lächelte liebevoll und schaute Hank in die Augen. »Ich glaube, daß der Herr dieser Gemeinde eine Erweckung schenken wird, aber es ist wie der Gezeitenwechsel: Bevor die Flut zurückkommen kann, muß erst die Ebbe vorbei sein. Gib der Gemeinde Zeit, umzukehren. Erwarte Widerstand, erwarte sogar, daß du ein paar Leute verlierst, aber die Richtung wird sich nach der Flaute ändern. Gib ihnen nur Zeit.

Und ich weiß eines: Nichts hätte mich letzte Nacht von der Versammlung abhalten können. Ich war todkrank, Satans Angriff, vermute ich, aber es war der Herr, der mich herausbrachte. Gerade zur Zeit der Versammlung konnte ich fühlen, wie sein Arm mich stützte — und ich zog mich an und ging hinunter und kam gerade rechtzeitig. Ich weiß nicht, ob ich für meine Einkäufe so weit gekommen wäre. Es war der Herr, ich weiß es. Es tut mir nur leid, daß ich nur eine Stimme hatte.«

»Und von wem, glaubst du, kam die andere Stimme?« fragte Hank.

Mary fügte schnell hinzu: »Lou Stanley kann es nicht gewesen sein.«

Oma lächelte: »Oh, sag das nicht. Du weißt nie, was der Herr zu tun vermag. Aber du bist neugierig, nicht wahr?«

»Ich bin *wirklich* neugierig«, sagte Hank, und jetzt lächelte auch er.

»Nun, vielleicht findest du es heraus, vielleicht wirst du es nie erfahren. Aber es liegt alles in der Hand des Herrn, so wie du auch. Laßt mich euren Tee aufwärmen.«

»Diese Gemeinde kann unmöglich überleben, wenn die Hälfte der Mitglieder ihre Unterstützung entzieht, und ich kann mir nicht vorstellen, daß sie einen Pastor unterstützen, den sie nicht wollen.«

»Oh, aber ich habe in letzter Zeit Träume von Engeln gehabt.« Oma war immer sehr von der Realität dieser Dinge überzeugt. »Ich habe gewöhnlich keine solchen Träume, aber ich habe zuvor schon Engel gesehen, und immer wurden anschließend große Fortschritte für das Reich Gottes gemacht. Ich habe einen Eindruck in meinem Geist, daß sich hier wirklich etwas tut. Habt ihr nicht auch so gefühlt?«

Hank und Mary schauten sich an, um zu sehen, wer als erster sprechen sollte. Dann erzählte Hank Oma alles über den Kampf in der Nacht und die Last, die er für die Stadt fühlte. Oma hörte mit großer Begeisterung zu und antwortete an Schlüsselstellen mit: »Ach, du liebe Zeit«, »Nun, preist den Herrn« und »Gut ...!«

»Ja«, sagte sie schließlich, »ja, das ergibt einen Sinn. Ich habe an einem der letzten Abende eine besondere Erfahrung gemacht, als ich an diesem Fenster stand.« Sie zeigte auf das Vorderfenster, von dem aus man den Hof überblicken konnte. »Ich räumte mein Zimmer auf und machte mich fertig fürs Bett, und ich ging an dieses Fenster und schaute auf die Dächer und Straßenlichter, und plötzlich wurde mir ganz schwindlig. Ich mußte mich hinsetzen, sonst wäre ich umgefallen. Und mir wird sonst nie schwindlig. Das einzige Mal, wo mir dies zuvor passierte, war in China. Mein Mann und ich haben dort das Haus einer Frau besucht, und sie war ein Medium, eine Spiritistin, und ich wußte, daß sie uns haßte, und ich glaube, sie versuchte, einen Fluch auf uns zu legen. Aber genau vor ihrer Tür hatte ich die gleiche Schwindelerfahrung, und ich werde das niemals vergessen. Was ich jetzt hier gefühlt habe, war genau wie damals in China.«

»Was hast du getan?« fragte Mary.

»Oh, ich habe gebetet. Ich habe nur gesagt: ›Dämon, verschwinde in Jesu Namen!‹, und er ging weg, einfach so.«

Hank fragte: »Und du meinst, es war ein Dämon?«

»Oh ja. Gott tut etwas, und Satan gefällt das nicht. Ich glaube, daß böse Geister da draußen sind.«

»Aber fühlst du nicht, daß es mehr als gewöhnlich sind? Ich meine, ich war fast mein ganzes Leben ein Christ — und niemals mußte ich gegen solch eine Gewalt ankämpfen.«

Ihr Gesicht wurde ernst. »Diese Art weicht nicht, außer durch Gebet und Fasten.‹ Wir müssen beten und wir müssen andere Leute zum Beten bringen. Das ist genau, was die Engel mir ständig sagen.«

Mary war fasziniert. »Die Engel in deinen Träumen?« Oma nickte. »Wie sahen sie aus?«

»Oh, wie Menschen, aber anders als irgend jemand sonst. Sie sind groß, sehr ansehnlich, glänzende Gewänder, große Schwerter an ihrer Seite, sehr große, glänzende Flügel. Einer von ihnen letzte Nacht erinnerte mich an meinen Sohn; er war riesig, blond, er sah skandinavisch aus.« Sie schaute Hank an. »Er sagte mir, daß ich für dich beten solle, und du warst auch in dem Traum. Ich konnte dich auf der Kanzel sehen, wie du gepredigt hast, und er stand hinter dir wie ein großer Baldachin, und er schaute zu mir zurück und sagte: ›Bete für diesen Mann!‹«

»Ich wußte nicht, daß du für mich gebetet hast«, sagte Hank.

»Nun, es ist Zeit, daß auch andere beten. Ich glaube, daß die Flut bald zurückkommt, Hank, und jetzt brauchst du wahre Gläubige, wahre Visionäre, die mit dir aufstehen können, um für diese Stadt zu beten. Wir müssen beten, daß der Herr sie sammelt und hereinbringt.«

Es war nur natürlich, sich jetzt an den Händen zu fassen, den Herrn zu preisen und zu danken für die erste richtige Ermutigung, die nach langer Zeit gekommen war. Hank sprach ein Gebet des Dankes, und er konnte es wegen der Gefühle, die in ihm hochstiegen, kaum aussprechen. Mary war dankbar, nicht nur für die Ermutigung, sondern auch für Hanks neubelebten Geist.

Dann nahm Edith Duster — die schon zuvor in geistlichen Kriegen gekämpft und Siege auf fremden Boden errungen hatte — fest die Hände dieses jungen Paares und betete.

»Herr Gott«, sagte sie, und die Wärme des Heiligen Geistes floß durch sie. »Ich baue nun eine Hecke um dieses junge Paar, und ich binde die Geister in Jesu Namen. Satan, was immer du für Pläne in dieser Stadt hast, ich weise dich zurück in Jesu Namen, und ich binde dich, und ich treibe dich aus!«

KLANNNG!

Rafars Augen zuckten zu dem Geräusch, das seine Rede unterbrochen hatte, und sie sahen die beiden Schwerter, die aus den Händen ihrer Besitzer gefallen waren. Die beiden Dämonen, hervorragende Krieger, waren ratlos. Sie bückten sich beide hastig, um ihre Waffen aufzusammeln, verbeugten sich, entschuldigten sich und baten um Vergebung.

Rafars Fuß trat auf ein Schwert, sein eigenes riesiges Schwert schlug das andere wieder herunter. Die beiden Krieger, verängstigt und verwirrt, wichen zurück.

»Bitte vergib, mein Prinz!« sagte einer.

»Ja, bitte vergib!« sagte der andere. »Dies ist noch nie passiert ...«

Die beiden Krieger bereiteten sich auf eine furchtbare Bestrafung vor; ihre erschreckten gelben Augen starrten unter den zum Schutz umgefalteten Flügeln heraus, als ob es irgendeinen Schutz vor Ba-al Rafars Zorn gäbe.

Aber Rafar hieb nicht auf sie ein. Noch nicht. Er schien mehr an den gefallenen Schwertern interessiert zu sein; er starrte sie mit gerunzelter Stirne an, und seine großen gelben Augen verengten sich. Er ging langsam um die Schwerter herum, eigenartig beunruhigt, in einer Art, wie es die Krieger nie zuvor gesehen hatten.

»Uhnnnnnnnhhh ...« Ein dunkles, gurgelndes Grollen kam tief aus seiner Kehle, wobei seine Nüstern gelben Dampf ausstießen.

Er ging langsam auf die Knie und nahm ein Schwert in die Hand. In seiner riesigen Faust sah es wie ein Spielzeug aus. Er schaute das Schwert an, schaute den Dämon an, der es fallen gelassen hatte, dann blickte er in den Raum, wobei auf seinem knorrigen Gesicht ein brennender Haß zu erkennen war, der langsam von tief innen heraufstieg.

»Tal«, flüsterte er.

Dann erhob er sich wie ein langsam aufwallender Vulkan, der Ärger wuchs, bis er plötzlich mit einem Brüllen, das den Raum erschütterte und die Anwesenden vor Angst lähmte, explodierte, und er schleuderte das Schwert durch die Grundmauern, durch die Erde um Stewart Hall, durch die Luft, durch mehrere andere Gebäude auf dem College-Gelände und hinauf in den Himmel, wo es in einem langen Bogen von mehreren Meilen herumwirbelte.

Nachdem die erste Explosion vorbei war, packte er den Besitzer des Schwertes mit dem Befehl »Flieg hinterher!« und schleuderte ihn wie einen Speer entlang derselben Flugbahn.

Er packte das andere Schwert und schleuderte es auf den anderen Dämon, der gerade noch ausweichen konnte, um sich selbst zu retten. Dann ging auch dieser Dämon auf eine Flugreise, seinem Schwert hinterher.

Für einige im Raum bedeutete das Wort »Tal« nichts, aber sie konnten an den Gesichtern und den ernüchterten Haltungen der anderen sehen, daß es etwas Furchtbares bedeuten mußte.

Rafar begann, im Raum umherzustürmen, wobei er nicht wahrnehmbare Ausdrücke vor sich hin knurrte und sein Schwert gegen unsichtbare Feinde schwang. Die anderen gaben ihm Zeit, sich abzukühlen, bevor sie es wagten, irgendwelche Fragen zu stellen. Lucius trat schließlich nach vorne und verbeugte sich tief, obwohl er dies haßte.

»Wir stehen dir zu Diensten, Ba-al Rafar. Kannst du uns erzählen, wer dieser Tal ist?«

Rafar wirbelte wütend herum, seine Flügel entfalteten sich wie ein Donnerschlag, und seine Augen sahen wie glühende Kohlen aus.

»Wer ist dieser Tal?« schrie er, und jeder anwesende Dämon fiel auf sein Gesicht. »Wer ist dieser Tal, dieser Krieger, dieser Hauptmann der Himmlischen Heerscharen, dieser hinterlistige, leisetreterische Erzrivale? Wer ist dieser Tal?«

Selbstgefälligkeit war zufällig in Reichweite. Mit einer riesigen Faust um Selbstgefälligkeits schmierigen Nacken riß Rafar ihn hoch wie ein schwaches, kleines Tier und hielt ihn empor.

»Du«, knurrte Rafar mit einer Wolke von Schwefel und Dampf, »du hast wegen diesem Tal versagt!« Selbstgefälligkeit konnte nur zittern, sprachlos vor Angst. »Hogan wurde zu einem Jagdhund, der schnüffelnd und bellend auf unserer Fährte ist, und ich habe die Nase voll von euren winselnden Entschuldigungen!«

Das riesige Schwert blitzte auf in einem weiten karmesinroten Bogen und es hieb einen Spalt in den Raum, der zu einem bodenlosen Abgrund wurde, in dem das Licht wie Wasser auszutrocknen schien.

Selbstgefälligkeits Augen weiteten sich in starker Angst, und er schrie seinen letzten Schrei auf dieser Erde. »Nein, Ba-al, neeeein!«

Mit einer mächtigen Bewegung seines Armes schleuderte Rafar Selbstgefälligkeit kopfüber in den Abgrund. Der kleine Dämon taumelte, fiel, und fiel weiter, seine Schreie wurden schwächer, bis sie nicht mehr zu hören waren. Rafar verschloß den Riß im Raum mit der flachen Seite seines Schwertes, und der Raum war genauso wie vorher.

In diesem Moment kehrten die beiden Krieger mit ihren Schwertern zurück. Er packte sie beide an ihren Flügeln und stellte sie vor sich hin.

»Auf die Beine, und zwar alle!« brüllte er. Sie gehorchten sofort. Nun hielt er die beiden Dämonen als ein Beispiel hoch. »Wer ist dieser Tal? Er ist ein schlauer Fuchs, der Krieger dazu bringen kann, daß sie ihre Schwerter fallen lassen!« Mit diesen Worten schleuderte er die beiden in die Gruppe, wobei mehrere andere mit zu Boden gingen. Sie rappelten sich so schnell sie konnten wieder auf. »Wer ist dieser Tal? Er ist ein ausgefuchster Krieger, der seine Grenzen kennt, er tritt niemals in eine Schlacht ein, die er nicht gewinnen kann, der nur zu gut die Macht der Heiligen Gottes kennt, eine Lektion, die ihr alle noch lernen müßt!«

Rafar hielt sein Schwert in einer Faust, die vor Wut zitterte, und wedelte damit herum, um seinen Worten Nachdruck zu verleihen.

»Ich wußte nur zu gut, daß ich ihn zu erwarten habe. Michael würde niemals einen Geringeren schicken, um gegen mich ins Feld zu ziehen. Nun ist Hogan aufgewacht, und es ist klar, warum er nach Ashton gebracht wurde; nun ist Henry Busche immer noch im Dienst, und die Ashton-Community-Gemeinde ist nicht gefallen, sondern steht als eine Festung gegen uns; nun lassen die Krieger ihre Schwerter wie unbeholfene Narren fallen!

Und alles wegen diesem ... Tal! Dies ist Tals Art. Seine Stärke ist nicht in seinem Schwert, sondern in den Heiligen Gottes. Irgendwo betet irgend jemand!«

Diese Worte brachten ein Frösteln über die Gruppe.

Rafar raste weiter im Raum umher, dachte nach und knurrte. »Ja, ja, Busche und Hogan waren handverlesen; Tals Plan muß sich um sie drehen. Wenn sie fallen, dann fällt Tals Plan. Es gibt nicht mehr viel Zeit.«

Rafar wählte einen schleimig aussehenden Dämon aus und fragte: »Hast du eine Falle für Busche gestellt?«

»Oh, ja, Ba-al Rafar«, sagte der Dämon, und er konnte sich ein entzücktes Lachen ob seiner eigenen Schlauheit nicht verkneifen.

»Sei dir sicher, daß es intelligent ist. Denke daran, kein frontaler Angriff wird gelingen.«

»Überlasse es mir.«

»Und was wurde unternommen, um Marshall Hogan zu zerstören?« Streit trat nach vorne. »Wir versuchen, seine Familie zu zerstören. Er erhält viel Unterstützung von seiner Frau. Wenn diese Hilfe weggerissen wäre ...«

»Mache es, egal wie.«

»Ja, mein Prinz.«

»Und laßt uns andere Wege nicht vernachlässigen. Hogan könnte todbringend sein, und Krueger auch, aber sie könnten auch manipuliert werden, um sich gegenseitig lahmzulegen ...«

Rafar wies ein paar Dämonen an, in dieser Richtung zu suchen. »Und was ist mit Hogans Tochter?«

Irreführung trat nach vorne. »Sie ist bereits in unseren Händen.«

12

Die Blätter waren grün, dieses frische, neugewachsene Grün, das sie in den ersten Sommermonaten zu tragen pflegen. Von ihrem kleinen Tisch auf dem roten Backsteinplatz aus sahen Sandy und Shawn hinauf und beobachteten die glänzenden Blätter, die durch das Sonnenlicht hervorgehoben wurden, und die Vögel, die in den Zweigen umherflatterten. Dieser Fleck auf dem College-Gelände war Sandys Lieblingsplatz. Es war so friedlich hier, fast eine Welt für sich, weit weg jedenfalls von dem Streit, den Fragen und den Auseinandersetzungen zu Hause.

Shawn genoß es, die braunen Spatzen zu beobachten, wie sie piepsten und sich um jeden Brotkrumen balgten, den er auf die Backsteine warf.

»Ich liebe die Art, wie im Universum alles zusammenpaßt«, sagte er. »Die Bäume wachsen hier, um uns Schatten zu geben, wir sitzen hier, essen und füttern die Vögel, die in den Bäumen leben. Es arbeitet alles harmonisch zusammen.«

Sandy war fasziniert von diesem Konzept. An der Oberfläche schien es sehr einfach zu sein, fast kitschig, aber ein Teil von ihr war so durstig nach dieser Art von Frieden.

»Was passiert, wenn das Universum nicht zusammenpaßt?« fragte sie.

Shawn lächelte. »Das Universum paßt immer zusammen. Das Problem entsteht nur, wenn Menschen das nicht wahrnehmen.«

»Und wie erklärst du dir die Probleme, die ich mit meinen Eltern habe?«

»Keiner von euren Gedanken steht im Einklang mit denen der anderen. Es ist wie ein Sender in deinem Radio. Wenn der Empfang verschwommen ist und die Stimmen pfeifen und zischen, dann gib nicht der Radiostation die Schuld — sondern stell dein Radio richtig ein. Sandy, das Universum ist perfekt. Es ist eins, es ist harmonisch. Der Friede, die Einheit, die Ganzheit sind wirklich da, und wir alle sind ein Teil des Universums; wir sind aus demselben Stoff gemacht, deshalb gibt es keinen Grund, warum wir nicht in den Gesamtplan der Dinge passen sollten. Wenn es nicht so ist, haben wir irgendwo eine falsche Einstellung. Wir sind nicht mehr in Berührung mit der wahren Realität.«

»Junge, ich schätze, so ist es«, murmelte Sandy. »Aber das ist es, was mich nervt! Meine Leute und ich sollten Christen sein und einander lieben und nahe bei Gott sein, und alles andere, aber alles, was wir tun, ist, uns darüber zu streiten, wer recht hat und wer falsch liegt.«

Shawn lachte und nickte mit dem Kopf. »Ja, ja, ich kenn' das alles. Ich war da auch mal drin.«

»Okay, und wie hast du das gelöst?«

»Ich konnte es nur für mich selbst lösen. Ich kann das Denken anderer Leute nicht verändern, nur mein eigenes. Es ist schwer zu erklären, aber wenn du mit dem Universum im Einklang bist, dann werden ein paar kleine Eigenarten, die nicht im Einklang mit ihm stehen, dich nicht mehr so sehr beunruhigen. Dies ist sowieso nur eine Einbildung des Gehirns. Wenn du einmal aufhörst, den Lügen zu lauschen, die dir dein Verstand erzählt, dann wirst du sehr klar sehen, daß Gott groß genug für jeden ist und *in* jedem. Niemand kann ihn in ein Glas sperren und ihn für sich selbst behalten gemäß seinen eigenen Launen und Ideen.«

»Ich wünsche nur, ich könnte ihn finden, und zwar wirklich.«

Shawn schaute sie mitfühlend an und berührte ihre Hand. »Hey, er ist nicht schwer zu finden. Wir sind alle ein Teil von ihm.«

»Wie meinst du das?«

»Nun, es ist, wie ich sagte — das ganze Universum paßt zusammen; es ist aus demselben Grundstoff, demselben Geist, derselben ... Energie gemacht. Richtig?« Sandy zuckte mit den Achseln und nickte. »Nun, was immer unsere individuelle Auffassung von Gott sein mag, wir wissen alle, es gibt da etwas: eine Macht, ein Prinzip, eine Energie, die alles zusammenhält. Wenn diese Macht ein Teil des Universums ist, dann muß sie ein Teil von uns sein.«

Sandy verstand das nicht. »Dies ist ganz schön fremd für mich. Ich komme von der alten jüdisch-christlichen Schule des Denkens, weißt du.«

»Und alles, was du je gelernt hast, ist Religion, richtig?«

Sie dachte einen Moment nach und stimmte dann zu. »Richtig.«

»Nun, siehst du, das Problem mit der Religion — jeder Religion — ist, daß sie grundsätzlich eine begrenzte Sichtweise darstellt, nur einen Ausschnitt der ganzen Wahrheit.«

»Nun klingst du wie Langstrat.«

»Oh, sie sieht das richtig, denke ich. Wenn du lange genug darüber nachdenkst, macht es eine Menge Sinn. Es ist genau wie die alte Geschichte von den beiden blinden Männern, die einen Elefanten betasteten.«

»Ja, ja, ich habe sie auch diese Geschichte erzählen hören.«

»Nun, siehst du? Der Eindruck eines jeden Mannes von dem Elefanten war begrenzt auf den Teil, den er betastet hatte, und da sie alle verschiedene Teile betastet hatten, konnten sie nicht übereinstimmen, wie der Elefant wirklich aussah. Sie gerieten darüber in Streit, genau wie es alle Religionsanhänger die ganze Geschichte über getan haben, und alles, was sie erkennen mußten, war, daß der Elefant nur ein Elefant war. Es war nicht der Fehler des Elefanten, daß sie nicht miteinander übereinstimmen konnten. Sie waren nicht aufeinander und nicht auf den ganzen Elefanten eingestimmt.«

»Und wir alle sind wie diese blinden Männer ...«

Shawn nickte Zustimmung. »Wir sind wie ein Haufen Käfer, die am Boden herumkrabbeln und nie hinaufschauen. Wenn eine Ameise zu sprechen in der Lage wäre, könntest du sie fragen, was ein Baum ist, und wenn sie noch nie aus dem Gras herausgekommen ist und noch nie auf einen Baum gestiegen ist, dann würde sie wahrscheinlich mit dir streiten und behaupten, daß es Bäume überhaupt nicht gibt. Aber wer liegt hier falsch? Wer ist wirklich blind? Wir sind genauso. Wir haben uns selbst erlaubt, von unserer eigenen begrenzten Wahrnehmung genarrt zu werden. Bist du schon bei Plato?«

Sandy lachte ein wenig und schüttelte den Kopf. »Ich habe das letzte Semester Plato gelesen, und ich denke, ich habe nichts verstanden.«

»Hey, er hatte dieselbe Erleuchtung. Er bekam heraus, daß es eine höhere Realität geben müßte, ein Ideal, ein vollkommenes Sein, dem gegenüber alles eine Kopie ist. Genauso ist das, was wir mit unseren begrenzten Sinnen sehen, so begrenzt, so unvollständig, so bruchstückhaft, daß wir das wahre Sein des Universums nicht wahrnehmen können, alles vollkommen, sanft schwingend, alles paßt zusammen, alles derselbe Grundstoff. Du kannst sogar sagen, daß die Wirklichkeit, wie wir sie kennen, nur eine Einbildung ist, ein Trick unseres Ego, unserer Gedanken, unserer selbstsüchtigen Wünsche.«

»Dies alles klingt für mich sehr weit weg.«

»Oh, aber es ist großartig, wenn du einmal wirklich da drin bist. Es beantwortet eine Menge Fragen und löst eine Menge Probleme.«

»Ja, wenn man da jemals hineinkommen könnte.«

Shawn beugte sich vor. »*Du* kommst nicht in *es* hinein, Sandy. *Es* ist bereits in *dir*. Denke darüber einen Moment nach.«

»Ich fühle nichts in mir ...«

»Und warum nicht? Rate mal!«

Sie drehte mit ihren Fingern an einem unsichtbaren Radioknopf. »Ich bin nicht darauf eingestellt?«

Shawn lachte entzückt. »Richtig! Richtig! Hör zu. Das Universum ändert sich nicht, aber wir können uns ändern; wenn wir mit ihm nicht auf einer Linie sind, sind wir diejenigen, die blind sind, die in einer Einbildung leben. Schau, wenn dein Leben ein Schlamassel ist, dann hängt wirklich alles davon ab, wie du die Dinge siehst.«

Sandy spottete: »Jetzt komm. Du wirst mir doch nicht erzählen wollen, daß dies alles nur in meinem Kopf ist!«

Shawn hob abwehrend seine Hände hoch. »Hey, verwirf es nicht, bevor du es nicht versucht hast.« Er schaute wieder auf den Sonnenschein, die grünen Blätter, die geschäftigen Vögel. »Hör nur einen Augenblick mal hin.«

»Auf was?«

»Der leichte Wind. Die Vögel. Beobachte die Blätter, wie sie sich da oben im Wind bewegen.«

Für einen Augenblick war sie still.

Shawn sprach ruhig, fast flüsternd. »Nun sei ehrlich. Hast du schon mal eine Art von ... Verwandtschaft mit den Bäumen und mit den Vögeln, eben mit allem, gefühlt? Würdest du es nicht vermissen, wenn es nicht mehr da wäre? Hast du je mit einer Zimmerpflanze gesprochen?«

Sandy nickte.

»Nun weise das nicht zurück, denn was du da erfährst, ist nur ein winziger Teil des ganzen Universums; du fühlst die Einheit von allen Dingen. Alles paßt zusammen, zusammengewebt, verknüpft. Nun, hast du das schon mal zuvor gefühlt oder nicht?«

Sie nickte.

»Und das ist es, was ich dir zu zeigen versuche; die Wahrheit ist bereits in dir. Du bist ein Teil davon. Du bist ein Teil von Gott. Du hast es nur nie gewußt. Du hast es einfach nicht wahrhaben wollen.«

Sandy konnte die Vögel klar hören, und der Wind schien fast melodisch zu sein, als er in wechselnder Intensität durch die Wipfel und Äste der Bäume strich. Plötzlich bekam sie den starken Eindruck, daß sie an diesem Ort schon einmal gewesen war, daß sie diese Bäume und Vögel zuvor kennengelernt hatte.

Dann bemerkte sie, daß sie zum ersten Mal seit vielen Monaten Frieden in sich verspürte. Ihr Herz war zur Ruhe gekommen. Es war kein alles durchdringender Friede, und sie wußte nicht, ob er anhalten würde, aber sie konnte ihn fühlen, und sie wußte, sie wollte mehr.

»Ich denke, daß ich mich gerade ein wenig einstimme«, sagte sie.

Shawn lächelte und drückte ermutigend ihre Hand.

Die ganze Zeit stand Irreführung hinter Sandy, streichelte ihr rotes Haar mit sehr feinfühligen Bewegungen seiner Krallen und sprach tröstende Worte in ihren Sinn.

Tal und seine Truppen versammelten sich noch einmal in der kleinen Kirche, und die Stimmung war diesmal besser. Sie hatten die Anfänge der Schlacht geschmeckt, ein Sieg, wenn auch ein kleiner, war letzte Nacht errungen worden. Vor allem aber waren nun mehr Kämpfer da. Die ursprünglichen dreiundzwanzig waren auf siebenundvierzig angewachsen, nachdem sich weitere mächtige Krieger versammelt hatten, hereingerufen durch die Gebete von ...

»Der Überrest!« sagte Tal mit spürbarer Vorfreude, als er sich die vorläufige Liste, die man ihm überreicht hatte, durchsah.

Scion, ein rothaariger, sommersprossiger Kämpfer von den Britischen Inseln, erklärte den Fortschritt der Suche. »Sie sind da draußen, Hauptmann, und es gibt viele von ihnen, aber diese werden wir sicher hereinbringen.«

Tal las die Namen. »John und Patricia Coleman ...«

Scion erklärte: »Sie waren gestern abend hier und sind für den Prediger eingetreten. Nun sind sie noch mehr für ihn, und sie sind auf ihre Knie gefallen, so leicht wie ein Hut, den man zieht. Wir haben sie zum Arbeiten gebracht.«

»Andy und June Forsythe.«

»Verlorene Schafe, könnte man sagen. Haben die United Christian Church hier in Ashton aus schierem Hunger verlassen. Wir werden sie morgen in die Gemeinde bringen. Sie haben einen Sohn, Ron, der nach dem Herrn sucht. Ein bißchen widerspenstig zur Zeit, aber er wird seine Erfüllung auf seinem Weg finden.«

»Und ich sehe eine Menge mehr«, sagte Tal lächelnd. Er übergab die Liste an Guilo. »Füge einige von unseren Neuankömmlingen der Liste hinzu. Bringt diese Leute herein. Ich will sie betend.«

Guilo nahm die Liste und besprach sich mit mehreren Kriegern.

»Und was ist mit Verwandten und Freunden dieser Beter, die anderswo leben?« fragte Tal Scion.

»Viele von ihnen sind Christen und bereit zu beten. Soll ich Boten ausschicken, um ihnen eine Last aufs Herz zu legen?«

Tal schüttelte den Kopf. »Ich kann keinen einzigen Krieger so lange entbehren. Schicke Boten, die den Wächtern über den Städten und Dörfern, in denen diese Menschen leben, ein Wort bringen, und veranlasse diese Wächter, dafür zu sorgen, daß diese Leute eine Gebetslast für ihre Lieben hier bekommen.«

»Wird gemacht.«

Scion ging sofort an die Arbeit, indem er Boten bestimmte, die umgehend zu ihren Einsatzorten hin verschwanden.

Guilo hatte seine Krieger ebenfalls ausgesandt, und er war begeistert, daß die Sache lief. »Ich mag dieses Gefühl, Hauptmann.«

»Es ist ein guter Anfang«, sagte Tal.

»Und was ist mit Rafar? Vermutest du, daß er um deine Anwesenheit hier weiß?«

»Wir beide kennen uns nur allzugut.«

»Dann wird er einen Kampf erwarten — und zwar bald.«

»Deswegen werden wir nicht kämpfen, noch nicht. So lange nicht, bis die Gebetsdeckung ausreichend ist, und bis wir wissen, warum Rafar hier ist. Er ist kein Prinz von kleinen Städten, sondern von Königreichen, und er würde nicht für irgendeine Aufgabe, die unter seiner Würde ist, hier sein. Was wir bisher gesehen haben, ist weit weniger, als der Feind geplant hat. Wie geht es Mr. Hogan?«

»Ich habe gehört, daß der kleine Geist Selbstgefälligkeit wegen seines Versagens verbannt wurde und daß der Ba-al vor Wut kocht.«

Tal gluckste. »Hogan ist wie ein schlafender Riese zum Leben erwacht. Nathan, Armoth!« Sie waren sofort da. »Ihr habt jetzt zusätzliche Krieger. Nehmt, so viele ihr braucht, um Marshall Hogan rundum zu beschützen. Eine größere Anzahl kann vielleicht einschüchtern, wo Schwerter dies nicht vermögen.«

Guilo war sichtlich ungehalten und schaute sehnsüchtig auf sein Schwert in der Scheide.

Tal mahnte: »Noch nicht, tapferer Guilo. Noch nicht.«

Gleich nach Marshalls Anruf bei Harmel sprang Bernice' Telefon fast von der Wand. Marshall fragte sie nicht, er gebot ihr: »Sei heute abend um 7.00 Uhr im Büro, wir haben viel zu tun.«

Nun, um 19.10 Uhr war der Rest des *Clarion*-Büros verlassen und dunkel. Marshall und Bernice waren im hinteren Raum und gruben alte Ausgaben des *Clarion* aus dem Archiv aus. Ted Harmel war recht pedantisch gewesen; die meisten der vergangenen Ausgaben waren fein säuberlich in riesigen Gebinden aufbewahrt.

»Und wann wurde Harmel aus der Stadt vertrieben?« fragte Marshall, als er durch mehrere Seiten einer zurückliegenden Ausgabe blätterte.

»Ungefähr vor einem Jahr«, anwortete Bernice und brachte weitere Gebinde zum großen Arbeitstisch. »Die Zeitung arbeitete mehrere Monate lang mit einer Notmannschaft, bevor du sie gekauft hast. Edie, Tom, ich und einige der Journalistikstudenten des College hielten sie am Laufen. Einige der Ausgaben waren okay, andere waren wie Studentenzeitungen.«

»Wie diese hier?«

Bernice schaute auf die alte Ausgabe vom vergangenen August. »Mir wäre es lieber, du würdest nicht so genau hinschauen.«

Marshall blätterte die Seiten zurück. »Ich möchte die Ausgaben ab dem Zeitpunkt, wo Harmel ging.«

»Okay. Ted ging Ende Juli. Hier ist Juni ... Mai ... April. Nach was suchst du eigentlich?«

»Warum er gehen mußte.«

»Du kennst doch die Geschichte.«

»Brummel sagt, er habe ein Mädchen unsittlich belästigt.«

»Ja, Brummel erzählt viele Sachen.«

»Nun, tat er es oder nicht?«

»Das Mädchen sagte, er tat es. Sie war ungefähr zwölf, ich glaube, eine Tochter eines der College-Vorstandsmitglieder.«

»Welches Vorstandsmitglied?«

Bernice strengte ihr Gehirn an, und schließlich kam die Erinnerung. »Jarred. Adam Jarred. Ich glaube, er ist noch da.«

»Ist er auf der Liste von Darr?«

»Nein. Vielleicht sollte er da drauf sein. Ted kannte Jarred sehr gut. Sie gingen oft zusammen fischen. Er kannte die Tochter, hatte sie häufig besucht, und das wurde gegen ihn verwendet.«

»Und warum wurde er nicht bestraft?«

»Ich denke, daß es nie so weit kam. Er wurde beschuldigt, bevor der Distriktrichter ...«

»Baker?«

»Ja, der auf der Liste. Der Fall ging in die Amtszimmer des Richters, und offensichtlich hat man irgendeine Abmachung getroffen. Nur einige Tage später war Ted weg.«

Marshall schlug ärgerlich auf den Schreibtisch. »Junge, ich wünschte, ich hätte diesen Burschen nicht gehen lassen. Du hast mir nicht erzählt, daß ich meine Hand in ein Wespennest gesteckt habe.«

»Ich habe auch nicht so viel darüber gewußt.«

Marshall überflog weiter die Seiten vor ihm; Bernice ging durch den Vormonat.

»Du sagtest, dies alles ging im Juli los?«

»Mitte oder Ende Juli.«

»Die Zeitung schweigt sich darüber aus.«

»Oh, sicher. Ted wollte natürlich nichts gegen sich selbst drucken. Außerdem war sein Ansehen auf jeden Fall zerstört. Unsere Umsätze sanken bedrohlich. Mehrere Wochen vergingen ohne eingehende Zahlungen.«

»Oh, oh. Was ist das?« Die beiden konzentrierten sich auf einen Leserbrief in einer Freitagsausgabe von Anfang August.

Marshall überflog ihn und murmelte, während er las: »Ich muß meine Empörung zum Ausdruck bringen über die unfaire Behandlung, die der College-Vorstand von der örtlichen Presse erfahren hat ... Die jüngsten Artikel, die im *Ashton Clarion* veröffentlicht wurden, stellen nichts weniger als eine marktschreierische journalistische Verleumdung dar, und wir hoffen, daß unser örtlicher Redaktionsleiter professionell genug ist, die Tatsachen von nun an zu prüfen, bevor er weitere haltlose Unterstellungen druckt ...«

»Ja!« Bernice glänzte mit ihrem Gedächtnis. »Dies war ein Brief von Eugene Baylor.« Und dann klatschte sie sich mit beiden Händen ins Gesicht und rief aus: »Oh ...! *Diese* Artikel!« Bernice blätterte hastig durch das Juni-Gebinde. »Ja, hier ist einer.«

Die Schlagzeile lautete: »STRACHAN FORDERT RECHNUNGSPRÜFUNG.« Marshall las den Leitartikel: »›Trotz der andauernden Opposition des Whitmore-College-Vorstandes forderte der Dekan Eldon Strachan heute eine Prüfung aller Rechnungen und Investitionen des Whitmore College, wobei er auch seine Besorgnis über jüngste Behauptungen äußerte, daß Gelder der Stiftung schlecht verwaltet würden.‹«

Bernice' Augen verdrehten sich gen Himmel, als sie sagte: »Huh — Junge, dies ist vielleicht mehr als nur ein Wespennest!«

Marshall las ein bißchen weiter: »›Strachan behauptete, daß es mehr als ausreichende Beweise gibt, solch eine Rechnungsprüfung zu rechtfertigen, auch wenn sie teuer und übereilt sein sollte, wie der Vorstand weiterhin erklärte.‹«

Bernice meinte: »Du siehst, ich habe dem Ganzen nicht viel Aufmerksamkeit geschenkt, während es lief. Ted war ein recht aggressiver Journalist, und er war zuvor schon den Leuten auf die Schliche gekommen, und dies klang wie eine weitere politische Sache. Ich war nur eine Reporterin für harmlosen Alltagskram ... was ging mich das an?«

»Und«, sagte Marshall, »der Dekan hat sich wirklich in eine heiße Schlacht mit dem Vorstand begeben. Klingt wie eine richtige Fehde.«

»Ted war ein guter Freund von Eldon Strachan. Er ergriff Partei, und der Vorstand mochte dies nicht. Hier ist ein weiterer Artikel, nur eine Woche später.«

Marshall las: »VORSTAND MASSREGELT STRACHAN. Whitmore-College-Vorstandsmitglied Eugene Baylor, der Hauptschatzmeister, warf heute Dekan Eldon Strachan ›üble politische Meinungsmache‹ vor, wobei er behauptete, Strachan gebrauche ›erbärmliche und unwürdige Methoden‹, um seine eigene Herrschaft in der Verwaltung des College auszubauen.‹ Heh. Nicht gerade eine harmlose kleine Meinungsverschiedenheit zwischen Freunden.«

»Oh, ich bekam mit, daß es bitter wurde, richtig bitter. Und Ted steckte seine Nase wahrscheinlich zu tief in die Sache. Er geriet mächtig ins Kreuzfeuer.«

»Daher Eugene Baylors ärgerlicher Brief.«

»Zusammen mit politischem Druck, da bin ich ganz sicher. Strachan und Ted hatten viele Treffen, und Ted fand eine Menge heraus, vielleicht zu viel.«

»Aber du hast keine Einzelheiten ...«

Bernice warf nur ihre Hände hoch und schüttelte den Kopf. »Wir haben diese Artikel und Teds Telefonnummer und die Liste.«

»Ja«, grübelte Marshall, »die Liste. Eine Menge Vorstandsmitglieder darauf.«

»Plus dem Polizeichef und dem Distriktrichter, der Ted fertigmachte.«

»Und was wurde aus Strachan?«

»Gefeuert.«

Bernice blätterte durch einige weitere alte *Clarions*. Eine lose Seite flatterte heraus und fiel zu Boden. Marshall hob sie auf. Etwas auf der Seite erregte seine Aufmerksamkeit, und er las es durch, bis Bernice gefunden hatte, was sie suchte, einen Artikel vom letzten Juni.

»Ja, hier ist die Überschrift«, sagte sie. »›STRACHAN GEFEUERT. Indem sie Interessenkonflikte und berufliche Unzulänglichkeit als Gründe angaben, forderten die Vorstandsmitglieder des Whitmore College heute einstimmig den Rücktritt von Dekan Eldon Strachan.‹«

»Kein sehr langer Artikel«, merkte Marshall an.

»Ted brachte ihn, weil er mußte, aber es ist offensichtlich, daß er alle nachteiligen Einzelheiten zurückhielt. Er war fest davon überzeugt, daß Strachan im Recht war.«

Marshall blätterte weiter durch die Seiten. »Hey, was ist das hier? ›STRACHAN SAGT: WHITMORE KÖNNTE IN MILLIONENHÖHE VERSCHULDET SEIN!‹« Marshall las das sorfältig. »Warte einen Moment, er sagt, daß das College in großen Schwierigkeiten sein könnte, aber er sagt nicht, woher er das weiß.«

»Es kam in kleinen Häppchen und Bruchstücken. Wir haben niemals alles von ihnen bekommen, bevor Strachan und Ted zum Schweigen gebracht wurden.«

»Aber Millionen ... ihr redet von echtem Geld hier.«

»Aber siehst du die Zusammenhänge?«

»Ja. Die Vorstandsmitglieder, der Richter, der Polizeichef, Young, der Rechnungsprüfer und was weiß ich, wer noch alles, und alle mit Langstrat verbunden und sehr verschwiegen darüber.«

»Und vergiß Ted Harmel nicht.«

»Ja, auch er schweigt darüber. Ich meine, er schweigt *wirklich*. Der Bursche ist zu Tode erschrocken. Aber er war kein sehr ergebenes Mitglied der Gruppe, als er für Strachan gegen den Vorstand Partei ergriff.«

»Und so haben sie ihn sozusagen ausradiert, zusammen mit Strachan.«

»Vielleicht. Soweit haben wir nur eine Theorie, und es ist neblig.«

»Aber wir haben eine Theorie, und mein Gefängnisaufenthalt bestätigt das Ganze.«

»Zu schön, um wahr zu sein«, dachte Marshall laut. »Wir müssen uns darüber klar sein, was wir hier sagen. Wir sprechen über politische Bestechung, Prozeßmißbrauch, Erpressung, wer weiß was noch alles. Wir sollten uns besser ganz sicher sein.«

»Was war mit der Seite, die da rausgefallen ist?«

»Huh?«

»Die du aufgehoben hast.«

»Mmm. Es war etwas aus der Reihe. Es datierte auf Januar zurück.«

Bernice griff nach dem passenden Gebinde auf dem Archivregal. »Ich möchte nicht, daß das Archiv ganz durcheinanderkommt — hey, wozu hast du es zusammengefaltet?«

Marshall zuckte ein wenig mit den Achseln, warf ihr einen sehr sanften Blick zu und faltete die Seite auf.

»Es ist ein Artikel über deine Schwester«, sagte er.

Sie nahm ihm die Seite ab und schaute auf die Nachricht. Die Schlagzeile war »KRUEGERS TOD WAR SELBSTMORD«. Sie legte die Seite schnell weg.

»Ich dachte, daß du nicht daran erinnert werden willst«, sagte er.

»Ich habe es schon gesehen«, sagte sie abrupt. »Ich habe eine Kopie zu Hause.«

»Ich las den Artikel erst jetzt.«

»Ich weiß.«

Sie zog ein weiteres Gebinde heraus und öffnete es auf dem Arbeitstisch.

»Marshall«, sagte sie, »du kannst genausogut alles darüber wissen.

Es würde sowieso wieder hochkommen. Der Fall ist in mir noch nicht abgeschlossen, und es ist ein sehr schwerer Kampf für mich gewesen.«

Marshall seufzte nur und sagte: »Du hast damit angefangen, denke daran.«

Bernice preßte ihre Lippen zusammen und hielt ihren Körper gerade. Sie versuchte, sachlich wie eine Maschine zu sein.

Sie zeigte auf die erste Geschichte von Mitte Januar: »BRUTALER TOD AUF DEM COLLEGE-GELÄNDE.«

Marshall las schweigend. Er war nicht auf die schrecklichen Einzelheiten vorbereitet.

»Die Geschichte ist nicht ganz exakt«, bemerkte Bernice mit sehr gefaßter Stimme. »Sie fanden Pat nicht in ihrem eigenen Schlafraum; sie war in der Halle unten in einem nicht belegten Raum. Ich vermute, einige der Mädchen benutzten diesen Raum, um zu lernen, wenn es auf den Stockwerken zu laut wurde. Niemand wußte, wo sie war, bis jemand bemerkte, daß Blut unter der Tür herausrann ...« Ihre Stimme brach, und sie schloß fest ihren Mund.

Patricia Elisabeth Krueger, Alter neunzehn, wurde in einem Schlafraum gefunden, nackt und tot, mit durchschnittener Kehle. Es gab keine Anzeichen eines Kampfes, das ganze College war in einem Schockzustand, es gab keine Zeugen.

Bernice blätterte weiter und fand eine andere Schlagzeile: »KEINE ANHALTSPUNKTE IM FALL KRUEGER.« Marshall las es schnell, er fühlte immer mehr, daß er hier in ein sehr sensibles Gebiet eingedrungen war, das ihn nichts anging. Der Artikel stellte fest, daß sich kein Zeuge gemeldet hatte, es hatte niemand etwas gehört oder gesehen, es gab keinen Anhaltspunkt dafür, wer der Mörder sein könnte.

»Und du hast den letzten Artikel gelesen«, sagte Bernice. »Sie beschlossen schließlich, daß es Selbstmord war. Sie beschlossen, daß meine Schwester sich selbst ausgezogen und ihre Kehle durchschnitten habe.«

Marshall konnte es nicht glauben. »Und das war's?«

»Das war's.«

Marshall schloß schweigend das Gebinde. Er hatte Bernice noch nie so verletzbar gesehen. Die feixende kleine Reporterin, die sich in einer Zelle voller Prostituierten durchschlagen konnte, hatte eine Seite an sich, die schutzlos und heillos verwundet war. Er legte sanft seine Hände auf ihre Schultern.

»Es tut mir leid«, sagte er.

»Deshalb kam ich hierher, weißt du.« Sie wischte mit ihren Fingern über ihre Augen und griff nach einem Taschentuch, um zu schneuzen. »Ich ... ich konnte das nicht so stehenlassen. Ich kannte

Pat. Ich kannte sie besser als irgend jemand. Sie war nicht der Typ, um so etwas zu tun. Sie war glücklich, gut drauf, sie mochte das College. Sie klang nur fröhlich in ihren Briefen.«

»Warum ... warum machen wir nicht Schluß für heute?«

Bernice nahm seinen Vorschlag nicht wahr. »Ich überprüfte den Raum, wo sie starb, die Namensliste von jedem Mädchen, das in dem Gebäude wohnte; ich sprach mit allen. Ich überprüfte die Polizeiberichte, den Bericht des Untersuchungsbeamten, ich ging Pats gesamte persönliche Sachen durch. Ich versuchte, Pats Zimmergenossin ausfindig zu machen, aber sie war weggezogen. Ich kann mich immer noch nicht an ihren Namen erinnern. Ich habe sie nur einmal getroffen, als ich auf Besuch hier war.

Schließlich beschloß ich, einfach in der Nähe zu bleiben, eine Arbeit zu bekommen, zu warten und zu sehen. Ich hatte einige Zeitungserfahrung, der Job hier war leicht zu kriegen.«

Marshall legte seinen Arm um ihre Schultern. »Nun, hör zu. Ich werde dir weiterhelfen, so gut ich kann. Du brauchst diese ganze Sache nicht selbst zu tragen.«

Sie entspannte sich ein bißchen und lehnte sich an ihn, gerade genug, um seine Umarmung anzuerkennen. »Ich will dich nicht belästigen ...«

»Du belästigst mich nicht. Hör zu, sobald wir fertig sind, können wir der Sache nachgehen, alles noch mal überprüfen. Vielleicht gibt es irgendwo irgendwelche Hinweise.«

Bernice schüttelte ihre beiden Fäuste und jammerte: »Wenn ich dabei nur objektiver sein könnte!«

Marshall lächelte ihr sanft und tröstend zu und drückte sie freundlich. »Nun, vielleicht kann ich mit dem Ende der Sache umgehen. Du hast gute Arbeit geleistet, Bernice. Mach einfach weiter so.«

Sie war ein nettes Kind, dachte Marshall, und soweit er sich erinnern konnte, war es das erste Mal, daß er sie je berührt hatte.

13

Aus naheliegenden Gründen waren an diesem Sonntagmorgen weniger Leute als sonst im Gottesdienst der Ashton-Community-Gemeinde, aber Hank mußte zugeben, daß die ganze Atmosphäre friedlicher war. Als er hinter der alten Kanzel stand, um den Gottesdienst zu eröffnen, konnte er die lächelnden Gesichter seiner

Getreuen über die ganze Menge verstreut sehen: Ja, da waren die Colemans, die auf ihrem gewohnten Platz saßen. Oma Duster war auch da, in einem viel besseren Zustand — preist den Herrn —, und da waren die Coopers, die Harris und Ben Squires, der Briefträger. Alf Brummel hatte es nicht geschafft, aber Gordon Mayer und seine Frau waren da, und auch Sam und Helen Turner. Einige der nicht so Eifrigen waren zu ihrem üblichen Einmal-im-Monat-Besuch gekommen, und Hank warf ihnen besondere Blicke und ein Lächeln zu, um sie wissen zu lassen, daß sie bemerkt worden waren.

Als Mary auf dem Piano »Preist die Kraft des Namens Jesu« anstimmte und Hank das Singen leitete, kam ein weiteres Paar zur Hintertür herein und nahm einen Platz im Hintergrund ein, wie das Neulinge normalerweise tun. Hank bemerkte sie nicht einmal.

Scion blieb in der Nähe der Hintertür und beobachtete, wie Andy und June Forsythe Platz nahmen. Dann schaute er zum Altarraum hoch und gab Krioni und Triskal einen freundlichen Gruß. Sie lächelten und grüßten zurück. Ein paar Dämonen waren mit den Menschen hereingekommen, und sie waren nicht glücklich, daß dieser neue himmlische Fremde herumschlich und neue Leute in die Gemeinde brachte. Aber Scion ging — ohne eine bedrohende Geste — wieder zur Tür hinaus.

Hank konnte nicht erklären, warum er sich so freute, wie er es an diesem Morgen tat. Vielleicht weil Oma Duster da war und die Colemans und das neue Paar. Und dann war da dieser andere neue Kamerad, der große blonde Kerl, der in der hinteren Reihe saß. Er mußte ein Footballspieler oder so was sein.

Hank erinnerte sich daran, was Oma ihm gesagt hatte: »Wir müssen beten, daß der Herr sie hereinbringt ...«

Er kam zur Predigt und öffnete seine Bibel, Jesaja 55.

»Sucht den Herrn, während er sich finden läßt. Ruft ihn an, während er nahe ist. Der Gottlose verlasse seinen Weg und der Mann der Bosheit seine Gedanken! Und er kehre um zu dem Herrn, so wird er sich über ihn erbarmen, und zu unserem Gott, denn er ist reich an Vergebung! Denn meine Gedanken sind nicht eure Gedanken, und eure Wege sind nicht meine Wege, spricht der Herr. Denn so viel der Himmel höher ist als die Erde, so sind meine Wege höher als eure Wege und meine Gedanken höher als eure Gedanken. Denn wie der Regen fällt und vom Himmel der Schnee und nicht dahin zurückkehrt, sondern die Erde tränkt, sie befruchtet und sie sprießen läßt, daß sie dem Sämann Samen gibt und Brot dem Essenden, so wird mein Wort sein, das aus meinem Mund hervorgeht. Es wird nicht leer zu mir zurückkehren, sondern es wird bewirken, was mir gefällt, und ausführen, wozu ich es gesandt habe. Denn in Freuden werdet ihr ausziehen und in Frieden geleitet werden. Die Berge und die Hügel werden vor euch in Jubel ausbrechen, und alle Bäume des Feldes werden in die Hände klatschen.«

Hank liebte diese Stelle, und er konnte ein Lächeln nicht unterdrücken, als er begann, sie zu erklären. Einige Leute starrten ihn einfach an und hörten aus reinem Pflichtgefühl zu. Aber andere lehnten sich sogar in ihren Sitzen nach vorne und hingen an jedem Wort. Das neue Paar, das im Hintergrund saß, nickte ständig mit großem Nachdruck. Der große blonde Mann lächelte, nickte mit dem Kopf und rief sogar laut ein »Amen!«.

Die Worte flossen nur so in Hanks Herz und Sinn. Es mußte die Salbung des Herrn sein. Er blieb von Zeit zu Zeit am Pult stehen, um in seine Notizen zu schauen, aber die meiste Zeit ging er im Altarraum umher, fühlte sich, als ob er irgendwo zwischen Himmel und Erde sei, und predigte das Wort Gottes.

Die wenigen kleinen Dämonen, die herumlungerten, konnten sich nur ducken und höhnen. Einige schafften es, die Ohren der Leute, zu denen sie gehörten, zu verstopfen, aber der Angriff an diesem Morgen war besonders schwer und schmerzhaft. Auf sie wirkte Hanks Predigt so wohltuend wie eine Kreissäge.

Auf dem Kirchendach weigerten sich Signa und seine Krieger, sich zu beugen oder klein beizugeben. Lucius war mit einer ansehnlichen Schar von Dämonen angerauscht, pünktlich zum Gottesdienst, aber Signa wollte nicht zur Seite gehen.

»Du solltest dich besser nicht mit mir anlegen!« drohte Lucius.

Signa war widerlich höflich. »Es tut mir leid, wir können nicht erlauben, daß an diesem Morgen noch weitere Dämonen in die Kirche kommen.«

Lucius mußte etwas Besseres zu tun gehabt haben, als sich einen Weg durch eine Mauer eigensinniger Engel zu hacken. Er ließ ein paar ausgewählte Beleidigungen los — und dann rauschte die ganze Bande ab, unterwegs zu irgendeinem anderen Unheil.

Als der Gottesdienst zu Ende war, gingen einige Leute schnurstracks zur Tür. Andere gingen schnurstracks zu Hank.

»Pastor, mein Name ist Andy Forsythe, und dies ist meine Frau June.«

»Hallo, hallo«, sagte Hank, und er konnte fühlen, daß ein breites Lachen sein Gesicht auseinanderzog.

»Das war großartig«, sagte Andy, schüttelte verwundert den Kopf und schüttelte immer noch Hanks Hand. »Es war ... Junge, es war wirklich großartig!«

Sie unterhielten sich ein paar Minuten lang, um etwas mehr voneinander zu erfahren. Andy besaß und leitete den Holzhandel am Stadtrand. June war Sekretärin bei einem Rechtsanwalt. Sie hatten einen Sohn, Ron, der Drogenprobleme hatte und den Herrn brauchte.

»Nun«, sagte Andy, »wir sind noch nicht so lange Christen. Wir gingen zur Ashton United Christian ...« Seine Stimme brach ab.

June war weniger gehemmt. »Wir hungerten dort. Wir konnten es nicht abwarten, da raus zu kommen.«

Andy griff wieder ein: »Ja, das ist richtig. Wir hörten von dieser Gemeinde, nun, tatsächlich haben wir von Ihnen gehört; wir hörten, daß Sie etwas in Schwierigkeiten seien, weil Sie so ein Eiferer für das Wort Gottes sind, und wir dachten uns, wir sollten diesen Burschen prüfen. Nun bin ich froh, daß wir es getan haben.«

»Pastor«, fuhr er fort, »ich will, daß Sie wissen, es gibt eine Menge hungriger Leute da draußen. Wir haben einige Freunde, die den Herrn lieben und die nirgends hingehen können. Es ist die letzten paar Jahre wirklich eigenartig gewesen. Eine Gemeinde nach der anderen ist hier gestorben. Oh, sie sind immer noch da, okay, und sie haben die Menschen und das Geld, aber ... Sie wissen, was ich meine.«

Hank war sich nicht sicher. »Was meinen Sie?«

Andy schüttelte den Kopf. »Satan spielt wirklich mit dieser Stadt, vermute ich. In Ashton gab es noch nie so viele verrückte Sachen, wie sie jetzt passieren. Sie werden es kaum glauben, aber wir haben Freunde, die aus drei, nein, *vier* verschiedenen Gemeinden rausgegangen sind.«

June suchte Blickkontakt mit Andy, dann ging sie eine Liste mit Namen durch. »Greg und Eva Smith, die Bartons, die Jennings, Clint Neal ...«

»Ja, richtig, richtig«, sagte Andy. »Wie ich sagte, es gibt viele hungrige Leute da draußen, Schafe ohne einen Hirten. Die Gemeinden hier bringen es nicht. Sie predigen nicht das Evangelium.«

Gerade da kam Mary herauf, alle lächelten. Hank freute sich, sie vorzustellen.

Dann sagte Mary: »Ich möchte dir gerne jemanden vorstellen ...« und sie drehte sich zu dem leeren Raum hin um. Wer immer dort sein sollte, er war nicht mehr da. »Nun ... er ist weg!«

»Wer war es?« fragte Hank.

»Oh, erinnerst du dich an den großen Typ, der in der hinteren Reihe saß?«

»Der große blonde Bursche?«

»Ja. Ich konnte mit ihm sprechen. Er sagte mir, ich soll dir sagen, daß ...« — Mary versuchte, mit tiefer Stimme zu sprechen, um ihn nachzuahmen — »... der Herr mit dir ist, bete weiter und höre weiter.«

»Nun, das war schön. Hast du seinen Namen?«

»Uh ... nein, ich glaube nicht, daß er ihn erwähnt hat.«

Andy fragte: »Wer war das?«

»Oh«, sagte Hank, »Sie erinnern sich, dieser große Bursche in der hinteren Reihe. Er saß genau neben Ihnen.«

Andy schaute June an, und ihre Augen wurden weit. Andy fing an zu lächeln, dann fing er an zu lachen, und dann fing er an, in die Hände zu klatschen und zu tanzen. »Preist den Herrn!« rief er aus, und Hank hatte seit langem keine solche Begeisterung mehr gesehen. »Preist den Herrn, es war niemand neben uns. Pastor, wir haben nicht eine Seele gesehen!«

Marys Mund stand offen, und sie bedeckte ihn mit ihren Fingern.

Oliver Young war ein wirklicher Schauspieler; er konnte seine Zuhörer zum Weinen oder zum Lachen bringen, genau wie er wollte, und er konnte es so genau dosieren, daß sie wie Marionetten wurden, an deren Fäden er zog. Er konnte mit unglaublicher Würde und sicherem Auftreten hinter der Kanzel stehen, und seine Worte waren so gut gewählt, daß alles, was er sagte, richtig sein mußte. Der weitaus größere Teil der Gemeinde dachte sicher so; der Raum war vollgestopft. Viele von ihnen hatten angesehene Berufe: Doktoren, Lehrer, Rechtsanwälte, selbsternannte Philosophen und Poeten; sehr viele von ihnen waren entweder vom College oder irgendwie mit dem College verbunden. Sie machten gelehrte Bemerkungen über Youngs Botschaft, als ob es eine Vorlesung wäre.

Marshall hatte bereits zuvor eine Menge von diesem Zeug gehört, und deshalb grübelte er an diesem besonderen Sonntag über die Fragen, mit denen er Young nach dem Gottesdienst anspringen wollte; er konnte es kaum bis zum Schluß abwarten.

Young fuhr fort. »Sagte Gott nicht: ›Laßt uns Menschen nach unserem Bild, nach dem Bild Gottes machen‹? Wir sind in der Dunkelheit von Tradition und Unwissenheit geblieben — und sehen es jetzt in uns offenbart. Wir entdecken — nein, wir entdecken *wieder* — das Wissen, das wir immer besessen haben: Wir sind in unserem tiefsten Wesen von Natur aus göttlich, und in uns haben wir die Fähigkeit zum Guten und die Fähigkeit, Götter zu werden, genauso, wie wir als das vollkommene Ebenbild Gottes geschaffen wurden, und die letztendliche Quelle des Ganzen ist ...«

Marshall schaute verstohlen zur Seite. Da saß Kate und da saß Sandy, die wie verrückt mitschrieb, und neben ihr saß Shawn Ormsby. Sandy und Shawn kamen glänzend miteinander aus, und er hatte einen positiven Einfluß auf ihr Leben. Heute zum Beispiel hatte er mit Sandy einen Vertrag gemacht: Er würde mit ihr zum Gottesdienst gehen, wenn sie mit ihren Leuten mitgehen würde. Nun, es funktionierte.

Marshall mußte zugeben, wenn auch ein wenig widerstrebend, daß Shawn sich mit Sandy in einer Weise unterhalten konnte, wie er es niemals schaffte. Es hatte mehrere Gelegenheiten gegeben, wo Shawn sehr gut als Verbindungsmann oder Übersetzer zwischen Sandy und Marshall gedient hatte, und das hatte Möglichkeiten der Kommunikation eröffnet, von denen keiner von ihnen je gedacht hatte, sie anzuwenden. Schließlich wurden die Dinge friedlicher im Haus. Shawn schien jemand von der sanften Sorte zu sein, mit einer echten Gabe, zwischen zwei Seiten zu vermitteln.

Und was mache ich jetzt? wunderte sich Marshall. Zum ersten Mal seit wer weiß wie langer Zeit sitzt meine ganze Familie zusammen in der Kirche, und das ist nichts als ein Wunder, ein wirkliches Wunder. Aber wir haben sicher keine gute Gemeinde erwischt, um dort zusammen zu sitzen, und was diesen Prediger da betrifft ...

Es würde so bequem und so nett sein, alles so zu lassen, aber er war ein Reporter, und dieser Young hatte etwas zu verbergen. Mist! Ein schöner Interessenkonflikt!

Und während Pastor Oliver Young da oben versuchte, durch seine Ideen von dem »unbegrenzten göttlichen Potential in einem scheinbar begrenzten Menschen« durchzukommen, hatte Marshall seine eigenen, nagenden Themen, über die er nachdachte.

Der Gottesdienst endete pünktlich um 12.00 Uhr, und das Glockenspiel im Turm schaltete sich ein und begann, eine sehr traditionelle, sehr christlich klingende Begleitmusik zu dem ganzen Händeschütteln, Segnen und Hinausmarschieren zu spielen.

Marshall und seine Familie reihten sich in den Verkehrsfluß ein, der dem Vorraum zustrebte. Oliver Young stand vor der Eingangstür an seinem üblichen Platz, grüßte alle seine Gemeindemitglieder, schüttelte Hände, knuddelte die Babys und wirkte sehr pastoral. Bald waren Marshall, Kate, Sandy und Shawn an der Reihe.

»Nun, Marshall, gut Sie zu sehen«, schwärmte Young und schüttelte Marshalls Hand.

»Kennen Sie Sandy?« fragte Marshall und stellte Young seine Tochter vor. Young war sehr herzlich. »Sandy, ich bin sehr froh, dich zu sehen.«

Sandy tat zumindest so, als wäre sie froh, hier zu sein.

»Und Shawn!« rief Young aus. »Shawn Ormsby!« Die beiden schüttelten sich die Hand.

»Oh, ihr kennt euch?« fragte Marshall.

»Oh, ich kenne Shawn, seit er ein kleiner Grünschnabel war. Shawn, mach dich nicht so rar, in Ordnung?«

»In Ordnung«, antwortete Shawn mit einem scheuen Lächeln.

Die anderen gingen weiter, aber Marshall blieb zurück und ging auf die andere Seite, um mit Young zu sprechen.

Er wartete, bis Young mit dem Begrüßen einer kleinen Gruppe von Leuten fertig war, und dann nutzte er die Pause: »Hey, ich dachte mir, Sie würden gerne wissen, daß es jetzt besser wird mit Sandy und mir.«

Young lächelte, schüttelte ein paar Hände, dann sagte er von der Seite zu Marshall: »Wunderbar! Das ist wirklich wunderbar, Marshall.« Er bot seine Hand jemand anderem an: »Schön, dich heute hier zu sehen.«

In einer weiteren Pause, nach aufgeregten Grüßen, begann Marshall von neuem: »Ja, sie hat an diesem Morgen wirklich Ihre Predigt genossen. Sie sagte, es war sehr herausfordernd.«

»Nun, danke, daß Sie mir das mitteilen. Ja, Mr. Beaumont, wie geht es?«

»Wissen Sie, es scheint auf derselben Linie zu liegen wie das, was Sandy auf dem College hört, in Juleen Langstrats Seminaren.«

Young gab keine Antwort darauf, statt dessen konzentrierte er seine ganze Aufmerksamkeit auf ein junges Paar mit einem Baby. »Oh, meine Güte, sie ist so groß geworden.«

Marshall fuhr fort: »Sie sollten Professor Langstrat einmal treffen. Es gibt da eine sehr interessante Parallele zwischen dem, was sie lehrt, und dem, was Sie predigen.« Von Young kam keine Antwort. »Ich habe herausgefunden, daß Langstrat tatsächlich ganz schön tief in Okkultismus und östlichen Mystizismus verwickelt ist ...«

»Nun«, antwortete Young schließlich, »ich würde darüber nichts wissen, Marshall.«

»Und Sie kennen diese Professorin Langstrat wirklich nicht?«

»Nein, ich habe Ihnen das schon gesagt.«

»Hatten Sie nicht verschiedene private Sitzungen mit ihr in regelmäßigen Abständen — und nicht nur Sie, sondern auch Alf Brummel, Ted Harmel, Delores Pinckston, Eugene Baylor und sogar Richter Baker?«

Young wurde jetzt ein bißchen rot, machte eine Pause, dann tat er so, als ob sein Erinnerungsvermögen wiederkehrte.

»Oh, du meine Güte!« lachte er. »Wo, um alles in der Welt, war mein Gedächtnis geblieben? Wissen Sie, die ganze Zeit habe ich an jemand anderen gedacht!«

»Und kennen Sie sie?«

»Nun ja, natürlich. Viele von uns kennen sie.«

Young drehte sich weg, um noch ein paar weitere Leute zu begrüßen. Als diese gegangen waren, stand Marshall immer noch da.

Marshall machte Druck: »Und was ist mit diesen privaten Sitzungen? Hat sie wirklich eine Kundschaft, die aus Politikern, ausgewählten Beamten und Vorstandsmitgliedern des College besteht?«

Young schaute Marshall direkt ins Gesicht, und seine Augen waren kalt. »Marshall, was ist eigentlich der Zweck Ihrer Fragen?«

»Ich tue nur meine Arbeit. Was immer es ist, es scheint etwas zu sein, was die Leute von Ashton wissen sollten, besonders, da so viele einflußreiche Leute, die diese Stadt gestalten, darin verwickelt sind.«

»Nun, wenn Sie darüber beunruhigt sind, dann bin ich nicht der richtige Ansprechpartner. Sie sollten zu Professor Langstrat gehen und sie selbst fragen.«

»Oh, das habe ich vor. Ich wollte Ihnen nur Gelegenheit geben, mir einige ehrliche Antworten zu geben, etwas, was Sie offensichtlich nicht so ganz tun.«

Youngs Stimme wurde ein wenig gereizt. »Marshall, wenn ich ausweichend erscheine, dann ist es deswegen, weil das, worin Sie herumschnüffeln wollen, unter die Schweigepflicht fällt. Es ist vertrauliche Information. Ich hatte einfach gehofft, daß Sie es merken würden, ohne daß ich es Ihnen extra sagen muß.«

Kate rief vom Bürgersteig her: »Marshall, wir warten alle auf dich.«

Marshall stieg aus der Unterhaltung aus, und das war gut so. Es wäre von diesem Punkt an nur noch heißer geworden, und es hätte nichts mehr gebracht. Young war kühl, widerstandsfähig und sehr gerissen.

Einige Staaten entfernt schmiegte sich in einem tiefen einsamen und weitverzweigten Tal ein kleiner, aber gut durchkonstruierter Haufen von Gebäuden an den Boden. Das Tal war von hohen Bergen umgeben, der Boden war mit dichtem grünen Gras bedeckt, moosbewachsene Felsbrocken lagen herum, und man konnte es nur über eine rauhe, sich windende Schotterstraße erreichen.

Diese kleine Gebäudeansammlung, einst eine schäbige und heruntergekommene Ranch, war zu einem Komplex von Ziegelgebäuden ausgebaut worden, die jetzt ein kleines Wohnheim, einen Bürotrakt, eine Eßhalle, eine Wartungshalle, einen Seminarraum und verschiedene private Wohnräume beherbergten. Es gab jedoch keine Hinweise, nirgendwo Schilder, nichts, woran man erkennen konnte, wo was war.

Ein bösartiges schwarzes Objekt, das einen kohlschwarzen Streifen über den Himmel zog, flog über die Bergspitzen und begann, in das Tal hinabzusinken, wobei es durch die hauchdünne Nebelschicht, die in der Luft hing, hindurchbrach. Umhüllt von bedrückender geistiger Finsternis und leise, wie eine schwarze Wolke, schwebte Ba-al Rafar, der Prinz von Babylon, dahin. Er hielt sich nahe zu den Berghängen. Dunkelheit folgte ihm wie ein Schatten, wie ein kleiner Ausschnitt der Nacht auf der Landschaft; ein matter Streifen von rotem und gelbem Dampf kam aus seinen Nasenlöchern und hing hinter ihm in der Luft wie ein langes, langsam zu Boden sinkendes Band.

Die Ranch unten sah aus wie ein riesiger Haufen häßlicher schwarzer Insekten. Mehrere Schichten von unbarmherzigen Kriegern schwebten fast feststehend in einer gewaltigen Kuppel der Verteidigung über dem Komplex, mit gezogenen Schwertern und gelben Augen, die über das Tal spähten. Tief drinnen in dieser Masse huschten Dämonen in allen Formen, Größen und Stärken umher in einem kochenden Brei von Aktivität. Während Rafar herbeischwebte, bemerkte er eine Ansammlung von schwarzen Geistern um ein großes, vielstöckiges Steinhaus am Rande des Haufens. Strongman ist da, dachte er, und er neigte sich sanft zur Seite und änderte seine Richtung zu diesem Gebäude hin.

Die äußeren Wächter sahen ihn herankommen und gaben ein schauriges, sirenenähnliches Signal. Plötzlich schwärmten die Verteidiger aus Rafars Flugbahn aus und öffneten einen Kanal durch die Schutzschicht. Rafar glitt geschickt durch den Kanal, während Dämonen ihn von allen Seiten mit erhobenen Schwertern begrüßten, wobei ihre Augen wie Tausende von gelben Sternenpaaren auf schwarzem Samt glühten. Er beachtete sie nicht und schwebte schnell hindurch. Der Kanal schloß sich wieder hinter ihm wie ein lebendiges Tor.

Er schwebte langsam hinunter durch das Dach des Hauses, durch das Dachgeschoß, durch die Bohlen, Wände, den Verputz, durch ein Schlafzimmer, durch ein dickes, balkenverstärktes Erdgeschoß und hinunter in einen geräumigen Wohnraum.

Das Böse in dem Raum war dick und beengend, die Finsternis wie schwarze Flüssigkeit, die mit jeder Bewegung der Glieder herumwirbelte. Der Raum war überfüllt.

»Ba-al Rafar, der Prinz von Babylon«, verkündete ein Dämon von irgendwoher, und monströse Dämonen überall im Raum verbeugten sich respektvoll.

Rafar faltete seine Flügel in königlicher Art wie eine Schleppe und stellte sich mit einschüchternder Königswürde auf, während seine Juwelen beeindruckend glitzerten. Seine großen gelben Augen inspizierten sorgfältig die ordentlichen Reihen der Dämonen um ihn herum. Eine schreckenerregende Versammlung. Dies waren Geister aus der Fürstenetage, selber Prinzen ihrer eigenen Nationen, Völker, Stämme. Einige waren aus Afrika, einige waren aus dem Orient, mehrere waren aus Europa. Alle waren unüberwindlich. Rafar bemerkte ihre gewaltige Größe und ihre furchterregende Erscheinung; sie alle kamen ihm an Größe und Grausamkeit gleich, und er bezweifelte, ob er es jemals wagen würde, einen von ihnen herauszufordern. Eine Verbeugung von ihnen zu empfangen war eine große Ehre, ein Kompliment.

»Heil, Rafar«, sagte eine gurgelnde Stimme vom Ende des Raumes. Strongman. Es war verboten, seinen eigentlichen Namen auszusprechen. Er war einer der wenigen Majestäten, die eng vertraut mit Lucifer selbst waren — ein bösartiger Welttyrann, der über die Jahrhunderte dafür verantwortlich war, daß den Plänen des lebendigen Gottes widerstanden und daß Lucifers Reich auf der Erde errichtet wurde. Rafar und seinesgleichen kontrollierten Nationen; solche wie Strongman kontrollierten Rafar und seinesgleichen.

Strongman erhob sich von seinem Platz, und seine riesige Gestalt füllte einen Teil des Raumes. Das Böse, das von ihm ausströmte, konnte man überall fühlen, fast wie eine Erweiterung seines Körpers. Er war grotesk, klotzig, seine schwarze Haut hing wie Säcke und Vorhänge von seinen Gliedern und seinem Rumpf, sein Gesicht war eine makabre Landschaft von knochigen Vorsprüngen und tiefen, faltigen Furchen. Seine Juwelen funkelten hell von seinem Hals, seiner Brust, seinen Armen; seine großen schwarzen Flügel umhüllten seinen Körper wie eine königliche Robe und breiteten sich über den Boden aus.

Rafar beugte sich tief in Huldigung, und er fühlte die Gegenwart des Strongman im Raum. »Heil, mein Herr.«

Strongman verschwendete nie Worte. »Sollen wir wieder aufgehalten werden?«

»Die Fehler von Prinz Lucius sind bereinigt. Der neue Widerstand hat keinen Erfolg, mein Herr. Bald wird die Stadt bereit sein.«

»Und was ist mit den Heerscharen des Himmels?«

»Ihre Kraft ist begrenzt.«

Strongman mochte Rafars Antwort nicht — Rafar konnte dies deutlich fühlen.

Er sprach langsam. »Wir haben erfahren, daß ein starker Hauptmann der Heerscharen nach Ashton gesandt wurde. Ich glaube, du kennst ihn.«

»Ich habe Grund zu glauben, daß Tal geschickt wurde, aber ich habe ihn erwartet.«

Die großen, schwarz unterlegten Augen brannten in wildem Zorn. »Ist das nicht dieser Tal, der dich beim Fall von Babylon bezwungen hat?«

Rafar wußte, daß er antworten mußte — und zwar schnell. »Es ist dieser Tal.«

»Dann haben uns die Verzögerungen unsere Überlegenheit gekostet. Du hast es nun mit einer ebenbürtigen Stärke zu tun.«

»Mein Herr, du wirst sehen, was dein Diener tun kann.«

»Kühne Worte, Rafar, aber eure Stärke kann nur erfolgreich sein, wenn ihr unverzüglich handelt; die Kräfte des Feindes wachsen mit der Zeit.«

»Alles wird bereit sein.«

»Und was ist mit dem Mann Gottes und dem Zeitungsmann?«

»Widmet mein Herr ihnen seine Aufmerksamkeit?«

»Dein Herr wünscht, daß du ihnen die deine widmest!«

»Sie sind machtlos, mein Herr, und werden bald entfernt sein.«

»Aber nur, wenn Tal entfernt ist«, sagte Strongman höhnisch. »Laß mich sehen, daß es auch wirklich geschieht, bevor du mich mit Prahlerei darüber nervst. Bis dahin bleiben wir hier. Rafar, ich werde nicht lange warten!«

»Du brauchst es auch nicht zu tun.«

Strongman grinste nur. »Du hast deine Anweisungen. Geh!«

Rafar beugte sich tief, und mit ausgebreiteten Flügeln erhob er sich ruhig durch das Haus, bis er draußen war.

Dann, mit einem wilden Wutausbruch, stieß er nach oben und schickte überraschte Dämonen taumelnd aus dem Weg. Er nahm an Geschwindigkeit zu, seine Flügel rauschten, und die Verteidiger konnten gerade noch einen Kanal aufmachen, bevor er durchbrach und einen heißen Strom von schwefeligem Atem hinter sich herzog. Sie schlossen den Kanal wieder und warfen sich verständnislose Blicke zu, während sie beobachteten, wie er wegflog.

Rafar brauste wie eine Rakete die Berghänge entlang und dann über die schroffen Bergspitzen hinweg — zurück zu der kleinen Stadt Ashton. In seiner Wut kümmerte er sich nicht darum, wer ihn sah, er kümmerte sich nicht um Heimlichkeit oder Anstandsformen. Sollte die ganze Welt ihn sehen und sollte sie zittern. Er war Rafar, der Prinz von Babylon! Sollte die ganze Welt sich vor ihm beugen oder von der Schärfe seines Schwertes ausgerottet werden!

Tal! Nur der Name alleine war schon Bitterkeit auf seiner Zunge. Die Herren von Lucifer würden ihn nie diese Niederlage vergessen lassen, die er vor so langer Zeit erlitten hatte. Niemals — bis zu dem Tag, an dem Rafar seine Ehre würde wiederherstellen können.

Und das würde er nun. Rafar konnte sehen, wie sein Schwert Tal in Stücke schnitt und über den ganzen Himmel verstreute; er konnte die Gewalt in seinen Armen fühlen, er konnte das prächtige Geräusch davon hören. Es war nur eine Frage der Zeit.

Zwischen den zerklüfteten Felsen einer Bergkuppe kam ein silberhaariger Mann aus seinem Versteck heraus, um zu beobachten, wie Rafar schnell in der Entfernung kleiner wurde, wobei er eine lange schwarze Spur über den Himmel ätzte, bis er am Horizont verschwand. Der Mann warf einen weiteren Blick auf die Gebäudeansammlung in dem Tal mit dem Dämonenschwarm darüber, schaute wieder zum Horizont und verschwand dann die andere Seite des Berges hinunter in einem Strahl von Licht und einem Flügelwirbel.

14

Nun, dachte Marshall, früher oder später muß ich mich damit befassen. Am Donnerstagnachmittag, als alles ruhig war, schloß er sich selbst in sein Büro ein und machte einige Telefonanrufe, wobei er versuchte, Professor Juleen Langstrat zu erreichen. Er rief das College an, bekam die Nummer der Psychologieabteilung und gelangte über zwei Empfangsdamen in zwei verschiedene Büros, bevor er schließlich herausfand, daß Langstrat heute nicht da war, und daß sie eine Geheimnummer besaß. Dann dachte Marshall an den hilfsbereiten Albert Darr und rief dessen Büro an. Professor Darr gab gerade Unterricht, aber er würde zurückrufen, wenn man ihm eine Nachricht hinterlassen würde. Marshall hinterließ eine Nachricht. Zwei Stunden später rief Darr zurück, und er hatte die Geheimnummer von Juleen Langstrats Apartment.
Marshall wählte die Nummer.
Sie war besetzt.

Das Wohnzimmer von Juleen Langstrats Apartment war spärlich erleuchtet von einer kleinen Lampe auf dem Kaminsims. Der Raum war ruhig, warm und komfortabel. Die Rolläden waren heruntergelassen, um Ablenkungen, helles Licht und irgendwelche anderen Störungen draußen zu halten. Das Telefon war ausgehängt.
Juleen Langstrat saß in ihrem Stuhl und sprach ruhig zu ihrer Klientin, die ihr gegenübersaß.
»Du hörst nur den Klang meiner Stimme ...«, sagte sie, dann wiederholte sie den Satz mehrere Male ruhig und klar. »Du hörst nur den Klang meiner Stimme ...«
Dies ging einige Minuten lang so weiter, bis sich ihr Gegenüber in einer tiefen, hypnotischen Trance befand.
»Du steigst jetzt hinunter ... steigst jetzt tief in dich selbst hinunter ...«
Langstrat beobachtete das Gesicht ihres Gegenübers sorgfältig. Dann streckte sie ihre Handflächen aus, die Finger waren gespreizt,

und sie begann, ihre Hand nur ein paar Zentimeter vom Körper der Person entfernt auf und ab zu bewegen, als ob sie nach etwas fühlte.

»Setze dein wahres Selbst frei ... laß es los ... es ist unbegrenzt ... es ist mit allem Leben in Einheit ... Ja! Ich kann es fühlen. Kannst du meine Energie spüren, wie sie zu dir zurückkehrt?«

Die Person murmelte: »Ja ...«

»Du bist jetzt von deinem Körper frei ... dein Körper ist eine Illusion ... du fühlst, wie die Fesseln deines Körpers abfallen ...«

Langstrat lehnte sich nach vorne, wobei sie immer noch ihre Hände bewegte.

»Du bist jetzt frei ...«

»Ja ... ja, ich bin frei ...«

»Ich kann fühlen, daß sich deine Lebenskraft ausbreitet.«

»Ja, ich kann es fühlen.«

»Das ist genug. Du kannst jetzt aufhören.« Langstrat war aufmerksam, sie beobachtete alles genauestens. »Geh zurück ... geh zurück ... ja, ich kann fühlen, daß du zurückgehst. Gleich wirst du fühlen, daß ich mich von dir löse; sei nicht beunruhigt, ich bin noch hier.«

In den nächsten paar Minuten brachte sie ihre Versuchsperson langsam wieder aus der Trance zurück, Schritt für Schritt, Einflüsterung um Einflüsterung.

Schließlich sagte sie: »In Ordnung, wenn ich bis drei zähle, wirst du erwachen. Eins, zwei, drei.«

Sandy Hogan öffnete ihre Augen, rollte sie benommen herum, dann atmete sie tief und kam wieder ganz zu sich.

»Mann!« sagte sie.

Alle drei lachten.

»Das war doch was?« meinte Shawn, der neben Langstrat saß.

»Mann!« war alles, was Sandy sagen konnte.

Dies war ein tolles Erlebnis für sie. Es war Shawns Idee gewesen, und obwohl sie zuerst gezögert hatte, war sie sehr froh, daß sie sich darauf eingelassen hatte.

Die Rolläden wurden hochgezogen, und Sandy und Shawn waren bereit, in ihre Nachmittagsseminare zu gehen.

»Nun, danke, daß du gekommen bist«, sagte die Professorin an der Tür.

»Ich danke *Ihnen*«, piepste Sandy.

»Und ich danke dir, daß du sie hergebracht hast«, sagte Langstrat zu Shawn. Dann sagte sie zu beiden: »Nun denkt daran, es ist nicht ratsam, mit jedem darüber zu reden. Es ist eine sehr persönliche und intime Erfahrung, die wir alle respektieren sollten.«

»Ja, richtig, richtig«, sagte Sandy.

Shawn fuhr sie zum College-Gelände zurück.

Es war wieder Freitag, Hank saß zu Hause in seiner kleinen Büroecke und schaute ängstlich auf die Uhr. Mary war gewöhnlich sehr zuverlässig. Sie hatte gesagt, daß sie zurück sein wollte, bevor Carmen zu ihrem Seelsorgetermin kam. Hank hatte keine Ahnung, ob es irgendwelche Spione gab, die sein Haus beobachteten, aber er konnte nie sicher sein. Dies hätte ihm gerade noch gefehlt, daß jemand sehen würde, wie er Carmen ins Haus ließ, während Mary beim Einkaufen war! Hanks ängstliche Seite konnte sich alle möglichen Anschläge vorstellen, die seine Feinde gegen ihn unternahmen, so wie dies: Sie schickten eine fremde, verführerische Frau, um ihn in eine verfängliche Situation zu bringen und ihn zu ruinieren.

Nun, er wußte eines: Wenn Carmen nicht auf die Seelsorge ansprang, indem sie selbst mitmachte, und wenn sich keine wirklichen Lösungen für ein wirkliches Problem zeigten, dann war dies das Ende der Sache — jedenfalls, soweit es ihn betraf.

Oh, oh. Die Türglocke läutete. Er blickte aus dem Fenster. Carmens roter Fiat war vor dem Haus geparkt. Ja, sie stand an der Tür, im hellen Tageslicht, voll im Blickfeld von zehn oder fünfzehn Häusern. So wie sie heute angezogen war, schien es Hank besser, sie schnell hereinzulassen, nur um sie außer Sicht zu bringen.

Wo, oh, wo war Mary?

Mary war sich nicht sicher, ob sie die neuen Besitzer von Joes Geschäft mochte. Oh, es war nicht ihre Bedienung oder die Art, wie sie den Laden führten, oder ob sie freundlich waren oder nicht; im großen und ganzen waren sie schon in Ordnung, und Mary überlegte sich auch, daß es Zeit brauchen würde, bis sie jeden kennen würden und umgekehrt. Was Mary nicht gefiel, war, daß sie jedesmal sichtlich verschlossen reagierten, wenn sie nach dem Verbleib von Joe Carlucci und seiner Familie fragte. Soweit Mary herausfinden konnte, waren Joe, Angelina und ihre Kinder plötzlich weggezogen und hatten niemandem davon erzählt, so daß kein Mensch zu finden war, der wußte, wohin sie gegangen waren.

O gut. Sie eilte aus dem Laden zu ihrem Auto, während ein Lehrjunge den Einkaufswagen hinter ihr her schob. Sie öffnete den Kofferraum und beobachtete, wie der Junge die Sachen einlud.

Und dann fühlte sie es, plötzlich, ohne irgendeinen sichtbaren Grund: einen unerklärlichen Gefühlsanflug, eine eigenartige Mischung aus Angst und Depression. Sie fühlte sich kalt, nervös, zitterte ein wenig und konnte an nichts anderes denken, als diesen Ort zu verlassen und nach Hause zu eilen.

Triskal hatte sie begleitet, bewachte sie, und er fühlte es auch. So fort war sein Schwert mit einem metallischen Klingen und einem Lichtblitz in seiner Hand.

Zu spät! Von irgendwo hinter ihm kam ein wuchtiger Schlag in seinen Nacken. Er stürzte nach vorne. Seine Flügel schossen heraus, um ihn zu stützen, aber ein unglaubliches Gewicht fiel wie ein Rammbock auf seinen Rücken herab und nagelte ihn am Boden fest.

Er konnte ihre Füße sehen wie die Klauen von häßlichen Reptilien und das rote Aufzucken ihrer Schwertklingen; er konnte das Zischen ihres schwefeligen Atems hören. Er schaute hoch. Mindestens ein Dutzend dämonischer Krieger umringte ihn. Sie waren riesig, wild, mit glühenden gelben Augen und tropfenden Fangzähnen, und sie grinsten höhnisch und lachten gurgelnd.

Triskal schaute nach Mary, ob sie in Ordnung war. Er wußte, daß ihre Sicherheit bald bedroht wäre, wenn er nichts unternahm. Aber was konnte er tun?

Was war das? Plötzlich fühlte er, wie eine riesige Welle von Bosheit über ihn rollte.

»Hebt ihn auf«, sagte eine Donnerstimme.

Eine Hand wie ein Schraubstock packte seinen Nacken und riß ihn hoch, als ob er ein Spielzeug wäre. Jetzt schaute er Auge in Auge auf all diese Geister. Sie waren Neulinge in Ashton. Er hatte noch nie so eine Größe, Stärke und Brutalität gesehen. Ihre Körper waren mit dicken eisenähnlichen Schuppen bedeckt, ihre Arme waren muskelbepackt, ihre Gesichter höhnten, ihr schwefeliger Atem würgte ihn.

Sie drehten ihn um und hielten ihn fest, und er fand sich — von Angesicht zu Angesicht — einer Vision reinen Grauens gegenübergestellt.

Flankiert von nicht weniger als zehn weiteren riesigen dämonischen Kriegern stand da ein gigantischer Geist mit einem S-förmigen Schwert in seiner monströsen schwarzen Hand.

Rafar! Der Gedanke ging durch Triskals Sinn wie ein Todesurteil; jeder Zentimeter seines Seins straffte sich in der Erwartung von Schlägen, Angriffen, unerträglichen Schmerzen.

Der große Mund mit den Fangzähnen verzog sich zu einem spöttischen, höhnischen Grinsen; bernsteinfarbener Speichel tropfte von den Fangzähnen, und Schwefel wurde in widerlichen Wolken ausgestoßen, als der riesige Kriegsherr höhnisch in sich hineinlachte.

»Bist du so überrascht?« fragte Rafar. »Du solltest dich privilegiert fühlen. Du, kleiner Engel, bist der erste, der mich sehen darf.«

»Und wie geht es heute?« fragte Hank, während er Carmen zu einem bequemen Stuhl in seiner Büroecke führte.

Sie sank mit einem Gurren und Seufzen in den Stuhl, und Hank überlegte sich, wo er seinen Kassettenrecorder gelassen hatte. Er wußte, daß er sich ihr gegenüber nichts zuschulden kommen ließ, aber ein kleiner Beweis wäre nicht schlecht.

»Mir geht es viel besser«, antwortete sie, und ihre Stimme war angenehm und klar. »Wissen Sie, vielleicht können Sie mir sagen warum, aber ich habe die ganze Woche lang keine Stimmen mehr gehört.«

»Oh ... äh ... ja«, sagte Hank und brachte seine seelsorgerlichen Gedanken auf die Reihe. »Darüber haben wir uns unterhalten, nicht wahr?«

Triskal schaute zu Mary. Sie dankte dem Lehrjungen und schloß den Kofferraum.

Rafar beobachtete Triskal amüsiert. »Oh, ich sehe. Du bist hier, um sie zu beschützen. Vor was? Hast du erwartet, nur ein paar Fliegen zu erschlagen?« Triskal hatte keine Antwort. Rafars Ton wurde grausam und schneidend. »Nein, du bist im Irrtum, kleiner Engel. Es ist eine viel größere Macht, mit der du es zu tun hast.«

Rafar berührte den Boden mit seinem Schwert, und sofort fühlte Triskal, wie die Eisenhände zweier Dämonen seine Arme von hinten her umklammerten. Er schaute zu Mary. Sie suchte nach dem Autoschlüssel. Sie stieg in das Auto. Ein Dämon streckte sein Schwert aus und durchstach die Motorhaube. Mary versuchte, den Motor zu starten. Nichts geschah.

Rafar schaute zu dem nahen Waschautomaten herüber, der dem Parkplatz gegenüberlag. Ein junger, schmierig aussehender Typ stand davor, er lehnte sich an einen Pfosten. Triskal konnte erkennen, daß der Mann von einem der Handlanger Rafars besessen war — tatsächlich sogar von mehreren. Auf Rafars Nicken hin traten die Dämonen in Aktion, und der Mann begann, auf Marys Auto zuzugehen.

Mary überprüfte ihre Scheinwerfer. Nein, sie hatte sie nicht brennen lassen. Sie drehte den Zündschlüssel um und schaltete das Radio ein. Es spielte. Die Hupe ging. Was, um alles in der Welt, war los? Sie sah den jungen Typen von der Waschanlage zu ihr herüberkommen. Oh, großartig.

Während Triskal hilflos zuschaute, führten die Dämonen den Mann zum Autofenster.

»Hey, Süße«, sagte er, »hast du Probleme hier?«

Mary schaute ihn an. Er war dürr, schmutzig und in schwarzes Leder mit verchromten Ketten gekleidet.

Sie rief durch das Fenster: »Uh ... nein danke. Es ist alles in Ordnung.«

Er grinste nur schmierig, und während er sie von oben bis unten musterte, sagte er: »Warum machst du nicht auf und läßt mich sehen, was ich tun kann?«

Hank fühlte sich nicht wohl in seiner Haut. Wo war Mary? Zumindest wirkte Carmen diesmal etwas vernünftiger. Sie schien sich mit ihren Problemen sinnvoll auseinanderzusetzen, mit dem eigenständigen Wunsch, die Dinge zu ändern. Vielleicht würde es dieses Mal anders sein, aber Hank wollte sich nicht darauf verlassen.

»So«, fragte er, »was glauben Sie, daß aus diesen amourösen Stimmen in der Nacht wurde?«

»Ich höre ihnen nicht mehr zu«, antwortete sie. »Sie haben mir geholfen, eine Sache zu erkennen — und zwar einfach dadurch, daß Sie darüber geredet haben. Diese Stimmen sind nicht real. Ich habe mir nur selbst etwas vorgemacht.«

Hank war sehr sanft, als er zustimmte: »Ja, ich denke, Sie haben recht.«

Sie tat einen tiefen Seufzer und schaute ihn mit diesen großen blauen Augen an. »Ich habe versucht, mit meiner Einsamkeit fertig zu werden, das ist alles. Ich denke, das war es. Pastor, Sie sind so stark. Ich wünschte, ich könnte auch so sein.«

»Nun, die Bibel sagt: ›Ich kann alles tun durch Christus, der mich stark macht.‹«

»Uh, huh. Wo ist Ihre Frau?«

»Beim Einkaufen. Sie sollte jeden Moment zurück sein.«

»Nun ...« Carmen lehnte sich nach vorne und lächelte ach so süß. »Ich empfange wirklich Kraft durch Ihre Gegenwart. Ich will, daß Sie das wissen.«

Mary konnte ihr Herz pochen hören. Was würde dieser Bursche als nächstes tun?

Der Mann lehnte sich gegen das Fenster, und sein Atem ließ die Scheibe beschlagen, als er sagte: »Sag mal, mein Herzblatt, warum sagst du mir nicht deinen Namen?«

Rafar packte Triskal bei den Haaren und riß seinen Kopf herum. Triskal dachte, sein Schädel würde zerbrechen.

Rafar atmete den Schwefel genau in Triskals Gesicht und sagte: »Und jetzt, kleiner Engel, will ich mit dir ein paar Worte reden.« Die Spitze des langen Schwertes kam herauf zu Triskals Kehle. »Wo ist dein Hauptmann?«

Triskal gab keine Antwort.

Rafar drehte Triskals Kopf brutal herum und ließ ihn zu Mary schauen.

Der Mann versuchte, Marys Tür zu öffnen. Sie war zu Tode erschrocken. Sie griff nach allen Verriegelungsknöpfen im Auto und drückte sie herunter, kurz bevor der Mann den Türöffner fassen konnte. Er versuchte es an allen Türen, ein gehässiges Grinsen auf seinem Gesicht. Mary drückte wieder die Hupe. Ein Dämon hatte sich bereits darum gekümmert – sie ging nicht. Rafar drehte Triskals Kopf wieder zurück, und die kalte Klinge preßte sich gegen Triskals Gesicht.

»Ich will dich noch einmal fragen: Wo ist dein Hauptmann?«

Carmen erzählte Hank immer noch, wie gut ihr diese Seelsorge tat, wie er sie an ihren früheren Gatten erinnerte, und wie sie sich nach einem Mann mit seinen Qualitäten sehnte. Hank mußte diesem Spiel ein Ende machen.

»Nun«, unterbrach er sie schließlich, »haben Sie irgendwelche anderen Leute in ihrem Leben, die für Sie genauso wichtig und stark sind? Haben Sie Unterstützung, Freundschaften oder so etwas?«

Sie schaute ihn ein bißchen traurig an. »Schon. Ich habe Freunde, die in Kneipen herumhängen. Aber nichts von Dauer.« Sie ließ ihre Gedanken einen Moment lang brüten, dann fragte sie: »Glauben Sie, daß ich hübsch bin?«

Der Mann im schwarzen Leder lehnte nahe an Marys Fenster und bedrohte sie mit furchtbaren Obszönitäten, dann fing er an, mit einem großen Schraubenschlüssel gegen das Glas zu hämmern.

Rafar nickte einem Krieger zu, dessen Hand durch Marys Fenster stieß und den Verriegelungsknopf packte, bereit, ihn auf Rafars Befehl zu ziehen. Die Dämonen in dem jungen Mann waren in Aufregung und bereit. Seine Hand war auf dem Türgriff.

Rafar stellte sicher, daß Triskal alles sehen konnte, und sagte dann: »Deine Antwort?«

Schließlich sprach Triskal, stöhnend: »Die Bremse...«

Rafar hielt ihn fester, beugte sich über ihn. »Ich habe dich nicht gehört.«

Triskal wiederholte es. »Die Bremse.«

Mary hatte einen Gedankenblitz. Das Auto war auf einer Anhöhe geparkt. Es war nicht viel, aber vielleicht genug, um es zum Rollen zu bringen. Sie ließ die Handbremse los – und das Auto fing an zu rollen. Der Fiesling hatte nicht damit gerechnet; er schlug gegen die Scheibe, versuchte, nach vorne zu kommen, um das Auto zu stoppen, aber es begann mit sich beschleunigendem Tempo zu rollen, und er bemerkte bald, daß seine Anstrengungen, es anzuhalten, für die anderen Kunden etwas zu offensichtlich wurden.

Ein stämmiger Lieferant, der an seinem großen Lastwagen stand, sah schließlich, was da vor sich ging, und rief: »Hey, Schleicher, was machst du da?«

Rafar beobachtete, wie es passierte, und sein aufsteigender Ärger drückte sich dadurch aus, daß er Triskal mit seiner großen Eisenfaust mehr und mehr zusammenpreßte. Triskal dachte, daß sein Genick jeden Moment brechen würde.

Aber dann schien Rafar aufzugeben.

»Hört auf!« befahl er den Dämonen. Sie wichen zurück; der Mann gab die Verfolgung auf und versuchte unbeteiligt wegzuschlendern. Der große Lastwagenfahrer lief ihm nach, und er floh.

Das Auto rollte weiter. Es gab einen Ausgang vom Parkplatz, der in eine Hinterstraße führte, mit einer ziemlich starken Neigung. Mary lenkte darauf zu und hoffte, daß keine anderen Autos oder Fußgänger ihren Weg kreuzten.

Triskal sah, daß sie es schaffen würde.

Rafar auch. Der kalte Stahl seiner Klinge preßte sich gegen Triskals Kehle. »Gut gemacht, kleiner Engel. Du bekommst noch mal einen Aufschub bis zu einer besseren Gelegenheit. Ich werde dich heute nur mit einer Botschaft entlassen. Paß gut auf.«

Damit übergab Rafar Triskal in die Hände seiner Handlanger. Ein riesiger warziger Dämon hämmerte seine Eisenfaust in Triskals Unterleib, so daß er sich in der Luft überschlug, während ein anderer Dämon ihm einen Schwerthieb verpaßte, der ihm eine tiefe Wunde im Rücken beibrachte. Triskal flatterte und taumelte betäubt zu Boden, hinein in die Klauen von zwei weiteren Dämonen, die seinen geschwächten Körper mit eisernen Fäusten traktierten und mit Krallenfüßen auf ihm herumtrampelten. Einige furchtbare Minuten lang betrieben die Dämonen einen grausamen Sport mit ihm, während Rafar kalt zuschaute. Schließlich gab der große Ba-al einen knurrenden Befehl, und die Krieger ließen Triskal los. Er sank zu Boden, und Rafars großer Klauenfuß stampfte auf seinen Nacken. Das riesige Schwert schwang nach unten und wedelte in kleinen Kreisen vor Triskals Augen, während der Dämonenmeister sprach.

»Du wirst deinem Hauptmann erzählen, daß Rafar, der Prinz von Babylon, nach ihm sucht.« Der große Fuß verstärkte den Druck. »Du wirst es ihm *erzählen*!«

Plötzlich war Triskal alleine, ein schwaches, verunstaltetes Wrack. Er stolperte auf seine Beine. Alles, was er jetzt denken konnte, war Mary.

Hank nahm sanft die Hand von Carmen, nahm sie von seiner eigenen weg und legte sie höflich in ihren Schoß. Er hielt sie dort für einen Moment und schaute ihr mit Mitgefühl, doch auch mit Festigkeit in die Augen. Er ließ sie los und lehnte sich dann in sicherer Entfernung in seinem Stuhl zurück.

»Carmen«, sagte er mit sanfter und verständnisvoller Stimme. »Ich bin sehr geschmeichelt, daß Sie so von meinen männlichen Eigenschaften beeindruckt sind ... und wirklich, ich habe keinen Zweifel, daß eine Frau mit Ihren Qualitäten keine Probleme haben wird, einen guten Mann zu finden, der mit ihr eine dauernde und tiefe Beziehung aufbaut. Aber hören Sie mir zu — ich will nicht unhöflich sein, aber ich muß eine Sache gerade hier und jetzt betonen: Ich bin nicht dieser Mann. Ich bin ein Pastor und Seelsorger, und wir müssen diese Beziehung als eine zwischen Seelsorger und Klient streng begrenzen.«

Carmen schien sehr verwirrt und beleidigt zu sein. »Was wollen Sie mir damit sagen?«

»Ich sage, daß wir diese Treffen nicht mehr fortsetzen können. Das Ganze bringt Sie nur in emotionale Konflikte. Ich denke, Sie schauen sich besser nach jemand anderem um.«

Hank konnte nicht sagen warum, aber in dem Moment, als er dies gesagt hatte, fühlte er, daß er irgendeine Schlacht gewonnen hatte. Aus dem eisigen Blick in Carmens Augen schloß er, daß sie verloren hatte.

Mary weinte, wischte die Tränen mit ihrem Ärmel vom Gesicht und betete eine Meile pro Minute. »Vater Gott, lieber Jesus, rette mich, rette mich, rette mich!« Der Hügel hörte allmählich auf; das Auto wurde langsamer, fünfzehn, zehn, fünf Meilen pro Stunde. Sie schaute sich um und sah niemanden folgen, aber sie war zu erschrocken, um jetzt beruhigt zu sein. Sie wollte nur nach Hause.

Dann — ungefähr drei Meter über dem Boden — flog Triskal über die Straße, sein Gewand blitzte in weißem Licht, und seine Flügel rauschten. Seine Flugbahn war uneben und der Rhythmus seiner Flügel war unregelmäßig, aber er war trotzdem entschlossen. In sein Gesicht war die tiefe Besorgnis um ihr Wohlbefinden eingegraben. Er breitete seine zerfetzten, flatternden Flügel wie einen großen Baldachin aus und bremste mit ihnen, als er sich auf dem Autodach niederließ. Jetzt rollte der Wagen kaum noch, und Mary weinte weiter und wehklagte, wobei sie ihren Körper ruckweise bewegte, um das Auto am Laufen zu halten.

Triskal faßte durch das Dach hinunter und legte sanft seine Hand auf Marys Schulter. »Pssst ... sei ruhig, es ist jetzt alles in Ordnung. Du bist in Sicherheit.«

Sie schaute hinter sich und begann sich etwas zu beruhigen.

Triskal sprach zu ihrem Herzen. »Der Herr hat dich gerettet. Er wird dich nicht verlassen. Du bist in Ordnung.«

Das Auto stand jetzt fast still. Mary lenkte es an die Straßenseite und parkte es, solange sie noch die Kraft dazu hatte. Sie zog die Handbremse an, und dann saß sie einige Minuten lang da, nur um sich zu sammeln.

»Das ist es«, sagte Triskal und tröstete sie in ihrem Geist. »Ruhe im Herrn. Er ist da.«

Triskal glitt vom Dach herunter und streckte seinen Arm durch die Motorhaube, wobei er herumsuchte. Was immer es war, wonach er suchte, er fand es.

»Mary«, sagte er, »warum versuchst du es nicht noch einmal?«

Mary saß im Auto und dachte darüber nach, daß dieses dumme Ding niemals anspringen würde, und was das für ein schreckliches Timing war, ausgerechnet in solch einer Klemme abzusterben und sie im Stich zu lassen.

»Komm«, drängte Triskal. »Mach einen Glaubensschritt. Vertraue Gott. Du weißt nie, was er tun kann.«

Mary entschloß sich, noch einmal zu versuchen, das Auto zu starten, obwohl sie wenig Glauben hatte, daß irgend etwas passieren würde. Sie drehte den Zündschlüssel. Die Maschine stotterte, dann startete sie. Sie jagte den Motor mehrmals hoch, um sicherzugehen, daß er weiterlief. Dann fuhr sie wieder auf die Straße hinaus, immer noch in großer Eile, nach Hause zu kommen, in Hanks tröstende Arme. Sie raste nach Hause, während Triskal oben auf dem Dach ritt.

Hank war sehr erleichtert, als er von draußen die Autotür hörte. »Oh, das muß Mary sein!«

Carmen stand auf. »Ich schätze, ich gehe besser.«

Nun, da Mary da war, sagte Hank: »Hören Sie, Sie müssen nicht gehen. Sie können noch ein wenig bleiben.«

»Nein, nein, ich werde jetzt gehen. Vielleicht sollte ich sogar zur Hintertür hinausgehen.«

»Nein, das wäre töricht. Hier. Ich bringe Sie zur Tür. Ich muß sowieso Mary beim Auspacken helfen.«

Aber Mary hatte die Einkäufe vergessen und wollte nur ins Haus hinein. Triskal rannte neben ihr her. Er war übel zugerichtet und humpelte, sein Gewand war zerrissen, und er konnte immer noch die brennende Wunde in seinem Rücken fühlen.

Hank öffnete die Türe. »Hallo, Liebling. Junge, ich habe mir Sorgen um dich gemacht.« Dann sah er ihre Augen voller Tränen. »Hey, was ...«

Carmen schrie. Es war ein plötzlicher, herzzerreißender Schrei, der jeden Gedanken stoppte und alle Worte abwürgte. Hank drehte sich um, ohne zu wissen, was da sein könnte.

»NEEEIIIIN!« kreischte Carmen und bedeckte ihr Gesicht mit den Armen. »Bist du verrückt? Geh weg von mir, hörst du? Geh weg!«

Während Hank und Mary sie beide voller Schrecken anstarrten, wich Carmen zurück in den Raum und wedelte mit ihren Armen, als versuchte sie, sich vor einem unsichtbaren Angreifer zu schützen; sie stolperte im Raum umher, sie fiel über die Möbel, sie fluchte und spuckte furchtbare Obszönitäten aus. Sie war geängstigt und wütend zur selben Zeit, ihre Augen waren weit und glasig, ihr Gesicht war verzerrt.

Krioni versuchte, Triskal zu packen und ihn zurückzuhalten. Triskal war verklärt und glänzend weiß; seine zerfetzten Flügel füllten den Raum und glitzerten wie tausend Regenbogen. Er hielt ein gleißendes Schwert in seiner Hand, und das Schwert blitzte und sang in blendenden Lichtbögen, während er sich in einem wilden Gefecht mit Lust befand, einem häßlichen Dämon mit schwarzer Haut, einem schleimigen Körper wie eine Kröte und einer roten Zunge, die wild über sein Gesicht peitschte wie der Schwanz einer Schlange. Lust verteidigte sich zuerst, dann schlug er mit seinem glühenden roten Schwert zurück, wobei die halbmondförmige Klinge karmesinrote Lichtbögen durch die Luft schnitt. Die Schwerter krachten mit Explosionen von Feuer und Licht aufeinander.

»Laß mich in Ruhe, sage ich dir!« schrie Lust, wobei ihn seine Flügel wie eine aufgescheuchte Hornisse im Raum herumwirbelten.

»Laß ihn in Ruhe!« schrie Krioni, und er versuchte, Triskal zurückzuhalten, während er vermied, dieser unheimlich scharfen Klinge in den Weg zu geraten. »Hörst du meinen Befehl? Laß ihn in Ruhe!«

Schließlich drehte Triskal sich weg, aber er hielt sein Schwert fest und hoch, wobei das Licht von der Klinge sein erregtes Gesicht und seine brennenden Augen beleuchtete.

Carmen beruhigte sich, rieb sich die Augen und schaute mit einem Ausdruck des Schreckens im Zimmer umher. Hank und Mary gingen sofort zu ihr hin und versuchten, sie zu trösten.

»Was ist los, Carmen?« fragte Mary mit weiten Augen und besorgt. »Ich bin's nur, Mary. Habe ich etwas getan? Ich wollte Sie nicht erschrecken.«

»Nein ... nein ...« stöhnte Carmen. »Es waren nicht Sie. Es war etwas anderes ...«

»Wer? Was?«

Lust wich zurück, sein Schwert hielt er immer noch hoch.

Krioni sagte ihm: »Wir werden dich heute nicht mehr länger hier dulden. Verschwinde und komm nicht wieder zurück!«

Lust faltete seine Flügel zusammen und ging vorsichtig um die beiden himmlischen Krieger herum Richtung Tür.

»Ich wäre sowieso gegangen«, zischte der Dämon.

»Ich wäre sowieso gegangen«, sagte Carmen und sammelte sich. »Es ist ... es ist schlechte Energie an diesem Ort. Auf Wiedersehen.«

Sie lief zur Tür hinaus. Mary versuchte, ihr hinterherzurufen, aber Hank berührte Marys Arm und gab ihr zu verstehen, daß Schweigen im Moment das beste sein würde.

Krioni hielt Triskal fest, bis das Licht um ihn verblaßt war und er sein Schwert in die Scheide gesteckt hatte. Triskal zitterte.

»Triskal«, schimpfte Krioni, »du kennst Tals Anweisungen! Ich war die ganze Zeit bei Hank; es war alles in Ordnung. Es gab keinen Grund ...« Dann sah Krioni Triskals viele Verletzungen und die tiefe Wunde an seinem Rücken. »Triskal, was ist passiert?«

»Ich ... ich konnte mich nicht durch noch einen anderen angreifen lassen«, keuchte Triskal. »Krioni, sie sind mehr als ebenbürtig.«

Mary erinnerte sich schließlich, daß sie kurz vorm Weinen war. Sie machte da weiter, wo sie unterbrochen wurde.

»Mary, was um alles in der Welt ist hier los?« fragte Hank und legte seine Arme um sie.

»Bitte mach die Tür zu, Liebling!« weinte sie. »Mach nur die Tür zu und halte mich fest. Bitte!«

15

Kate griff nach einem Küchentuch und trocknete sich die Hände ab, so daß sie das Telefon aufnehmen konnte.

»Hallo?«

»Hallo.« Es war Marshall.

Kate wußte, was kommen würde; es war in den vergangenen zwei Wochen oft passiert. »Marshall, ich koche gerade das Abendessen, und ich koche genug für uns vier ...«

»Ja, gut ...« Marshall hatte die Art von Stimme, die er immer benutzte, wenn er sich aus etwas herauswinden wollte.

»Marshall!« Dann drehte Kate dem Wohnzimmer den Rücken zu, wo Sandy und Shawn lernten und redeten, aber meistens redeten; sie wollte nicht, daß sie den Ärger in ihrem Gesicht sahen. Sie senkte ihre Stimme. »Ich will dich zum Abendessen zu Hause haben. Du warst die ganze Woche bis spät in der Nacht weg, du bist so beschäftigt und beansprucht gewesen, ich habe fast keinen Gatten mehr ...«

»Kate!« Marshall unterbrach. »Es wird nicht so schlimm werden, wie du dachtest: Ich rufe nur an, um zu sagen, ich werde ein wenig später kommen, nicht, daß ich gar nicht kommen werde.«

»Wieviel später?«

»Oh ...« Marshall war sich nicht sicher. »Wie ist es mit einer Stunde?«

Kate wußte nicht, was sie sagen sollte. Sie seufzte nur widerwillig und ärgerlich.

Marshall versuchte, sie zu beschwichtigen. »Hör zu, ich werde dasein, sobald ich kann.«

Kate beschloß, es über das Telefon zu sagen; vielleicht würde sie zu einem anderen Zeitpunkt nicht mehr die Gelegenheit bekommen. »Marshall, ich mache mir Sorgen wegen Sandy.«

»Was ist jetzt schon wieder mit ihr los?«

Oh, sie könnte ihn schlagen für diesen Ton in seiner Stimme! »Marshall, wenn du nur einmal eine Zeitlang hier wärest, so würdest du es wissen! Sie ist ... ich weiß nicht. Sie ist einfach nicht mehr die alte Sandy. Es macht mir Angst, was Shawn mit ihr macht.«

»Was *Shawn* mit ihr macht?«

»Ich kann darüber nicht am Telefon reden.«

Nun seufzte Marshall. »In Ordnung, in Ordnung. Wir werden darüber sprechen.«

»Wann, Marshall?«

»Oh, heute abend, wenn ich nach Hause komme.«

»Wir können nicht in ihrer Anwesenheit darüber reden ...«

»Ich meine ... oh, du weißt, was ich meine!« Marshall hatte diese Art von Unterhaltung satt.

»Gut, komm einfach nur nach Hause, Marshall, *bitte!*«

»In Ordnung, in Ordnung!«

Marshall hängte sehr unsanft den Hörer ein. Einen Sekundenbruchteil lang tat ihm dies leid, und er dachte darüber nach, wie sich Kate fühlen mußte, aber dann zwang er seine Gedanken zu dem nächsten, dringenden Vorhaben: Er wollte Professor Juleen Langstrat sprechen.

Freitagabend. Sie müßte jetzt zu Hause sein. Er wählte die Nummer, und dieses Mal klingelte es. Und klingelte. Und klingelte noch einmal.

Klick. »Hallo?«

»Hallo, hier ist Marshall Hogan, Redaktionsleiter des *Ashton Clarion*. Spreche ich mit Professor Juleen Langstrat?«

»Ja, das tun Sie. Was kann ich für Sie tun, Mr. Hogan?«

»Meine Tochter Sandy ist in einigen Ihrer Seminare gewesen.«
Sie schien sich darüber zu freuen. »Oh, sehr gut!«
»Auf jeden Fall, was spricht dagegen, einen Termin für ein Gespräch auszumachen?«
»Nun, Sie müssen mit einem meiner Assistenten reden. Sie sind für die Probleme und den Fortschritt der Studenten zuständig. Die Seminare sind groß, verstehen Sie.«
»Oh, gut, nein, das ist nicht das, was ich meine. Ich habe daran gedacht, *Sie* zu sprechen.«
»Im Blick auf Ihre Tochter? Ich fürchte, ich kenne sie nicht. Ich könnte Ihnen nicht viel erzählen ...«
»Nun, wir könnten natürlich ein wenig über das Seminar reden, aber ich bin vor allem an den anderen Sachen interessiert, denen Sie nachgehen, an den besonderen Kursen, die Sie abends unterrichten ...«
»Oohh«, sagte sie mit einer Betonung, die nicht sehr verheißungsvoll klang. »Nun, das ist Teil einer experimentellen College-Idee, die wir ausprobieren. Wenn Sie mehr darüber erfahren wollen, der Archivar wird einige alte Handzettel verfügbar haben. Aber ich sollte Sie darüber informieren, daß ich mich bei der Vorstellung, der Presse irgendwelche Interviews zu geben, sehr unwohl fühle, und ich kann das auch wirklich nicht machen.«
»Sie sind also nicht bereit, über die sehr einflußreichen Leute, die zum Kreis Ihrer Freunde zählen, zu sprechen?«
»Ich verstehe die Frage nicht«, und es klang, als gefiele sie ihr auch nicht.
»Alf Brummel, Chef der Polizei, Reverend Oliver Young, Delores Pinckston, Dwight Brandon, Eugene Baylor, Richter John Baker ...«
»Dazu habe ich keinen Kommentar«, sagte sie scharf, »und ich habe wirklich viel zu erledigen. Kann ich Ihnen sonst noch helfen?«
»Nun ...« Marshall dachte, er sollte offensiv werden und es versuchen. »Ich schätze, das einzige, was ich Sie sonst noch fragen könnte, ist, warum Sie mich neulich aus Ihrer Vorlesung geworfen haben.«
Nun wurde sie ungehalten. »Ich weiß nicht, wovon Sie reden.«
»Ihre Vorlesung am Montagnachmittag vor zwei Wochen. ›Die Psychologie des Selbst‹ war es, glaube ich. Ich bin der große Bursche, dem Sie gesagt haben, er solle gehen.«
Sie begann ungläubig zu lachen. »Ich habe nicht die leiseste Ahnung, wovon Sie reden! Sie müssen die falsche Person meinen.«
»Sie können sich nicht erinnern, daß Sie mir gesagt haben, ich solle draußen warten?«
»Ich bin überzeugt, Sie haben mich mit jemand anderem verwechselt.«
»Nun, haben Sie lange blonde Haare?«

Sie sagte einfach: »Gute Nacht, Mr. Hogan«, und legte auf.

Marshall saß einen Augenblick lang da, dann fragte er sich: »Komm, Hogan, was hast du anderes erwartet?«

Er legte den Hörer auf die Gabel und ging hinaus in das vordere Büro, wo sofort eine Frage von Bernice seine Aufmerksamkeit beanspruchte.

»Ich würde gerne wissen, wie du es schließlich schaffen wirst, Langstrat in die Enge zu treiben«, witzelte sie, während sie einige Schriftstücke auf ihrem Schreibtisch überflog.

Marshall fühlte, daß sein Gesicht ganz schön rot sein mußte.

»Junge, du bist ganz schön rot im Gesicht«, bestätigte Bernice.

»Ich habe mit zu vielen temperamentvollen Frauen an einem Abend gesprochen«, erklärte er. »Langstrat war eine davon. Junge, ich dachte, Harmel war schlecht!«

Bernice drehte sich aufgeregt um. »Du hast Langstrat am Telefon gehabt?«

»Für ganze zweiunddreißig Sekunden. Sie hatte mir absolut nichts zu sagen, und sie erinnerte sich nicht daran, mich aus ihrer Vorlesung geworfen zu haben.«

Bernice machte ein komisches Gesicht. »Ist es nicht lustig, daß sich niemand daran erinnern kann, eine Begegnung mit uns gehabt zu haben? Marshall, wir müssen unsichtbar sein!«

»Wie wäre es mit sehr unerwünscht oder sehr störend?«

»Nun«, sagte Bernice und ging wieder an ihre Arbeit, »Professor Langstrat war wahrscheinlich sehr beschäftigt, zu beschäftigt, um mit neugierigen Reportern zu reden ...«

Ein Papierknäuel prallte gegen ihren Kopf. Sie drehte sich um und sah Marshall über einige Listen gebeugt. Er sah so aus, als ob er unmöglich dieses kleine Wurfgeschoß geschleudert haben könnte.

Er sagte: »Junge, ich möchte gerne wissen, ob ich Harmel noch mal anrufen soll. Aber er wird auch nicht reden wollen.«

Dasselbe Papierknäuel prallte an sein Ohr. Er schaute zu Bernice hinüber und sie war todernst, ganz beschäftigt.

»Nun, es ist offensichtlich, daß er zuviel wußte. Es ist meine Vermutung, daß beide, er und der ehemalige Dekan Strachan, auf der richtigen Fährte waren und eingeschüchtert wurden.«

»Ja.« Eine Erinnerung kam an die Oberfläche. »Harmel redete so ähnlich, er warnte mich. Er sagte so was wie ... ich würde genauso wie jeder andere auf die Nase fallen.«

»Und wer ist jeder andere?«

»Ja, wen kennen wir noch, der entfernt worden sein könnte?«

Bernice schaute in ihren Notizen nach. »Nun, weißt du, jetzt, wo ich diese Liste anschaue ... alle diese Leute sind erst seit relativ kurzer Zeit in ihrer Position.«

Das Papierknäuel prallte wieder von ihrem Kopf ab und kugelte über ihren Schreibtisch.

»So, wessen Platz haben sie eingenommen?« fragte Marshall.

Bernice hob feierlich das Papierknäuel auf, wobei sie sagte: »Wir können das herausfinden. Inzwischen ist das naheliegendste, Strachan anzurufen und zu hören, was —«, sie schleuderte das Knäuel auf Marshall, »— er zu sagen hat!«

Marshall fing das Knäuel im Flug, zerknüllte schnell ein weiteres und fügte es seinem Waffenlager bei, dann sandte er sie beide in Bernice' Richtung. Bernice begann, einen ebenbürtigen Gegenangriff vorzubereiten.

»In Ordnung«, sagte Marshall und brach in Lachen aus, »ich werde ihn anrufen.« Er war plötzlich mitten in einem Hagel von Papierknäueln. »Aber ich denke, es ist besser, wir machen Schluß hier, meine Frau wartet.«

Bernice war mit dem Krieg noch nicht fertig, und so beendete sie ihn. Dann mußten sie aufräumen, bevor sie gehen konnten.

Rafar raste in dem dunklen Kellerraum hin und her, dabei stieß er heißen Atem aus, der ihn wie eine Wolkenschicht von den Schultern aufwärts verdunkelte. Er schlug seine Fäuste zusammen, er zerriß unsichtbare Feinde mit seinen ausgefahrenen Krallen, er fluchte und rauchte.

Lucius stand mit den anderen Kriegern da und wartete, daß sich Rafar beruhigte und ihnen den Grund für dieses Treffen nannte. Er schien die Szene, die sich vor ihm abspielte, sehr zu genießen. Offensichtlich war Rafar, der große Prahler, in seinem Treffen mit Strongman ordentlich zurechtgestutzt worden! Lucius hatte Mühe, ein schmieriges Grinsen zu unterdrücken.

»Hat dieser kleine Engel dir nicht gesagt, wo du diesen ... was war noch sein Name, finden kannst?« fragte Lucius, wobei er ganz genau Tals Namen kannte.

»TAL!« brüllte Rafar, und Lucius konnte schon aus dem Klang des Namens heraushören, wie gedemütigt Rafar war.

»Der kleine Engel, der hilflose kleine Engel, hat dir nichts gesagt?«

Rafars sofortige Antwort war eine monströse schwarze Faust, mit der er Lucius bei der Kehle packte. »Willst du mich verspotten, kleiner Kobold?«

Lucius hatte den richtigen Ton gelernt, um diesen Tyrannen zu besänftigen. »Oh, fühle dich nicht angegriffen, großer Meister. Ich suche nur dein Wohlgefallen.«

»Dann suche diesen Tal!« knurrte Rafar. Er ließ Lucius los und wandte sich an all die anderen anwesenden Dämonen. »Ihr alle, sucht diesen Tal! Ich will ihn in meinen Händen haben, um ihn zu meinem Vergnügen zu zerschnipseln. Diese Schlacht könnte leicht zwischen uns beiden ausgetragen werden. Findet ihn! Und gebt mir Meldung!«

Lucius versuchte seine Worte hinter einem wimmernden Tonfall zu verstecken, aber sie waren sorgfältig für einen anderen Zweck ausgewählt. »Das sollen wir tatsächlich tun, großer Meister? Sicher muß dieser Tal ein schrecklicher Gegner sein, da er dich beim Fall von Babylon so geschlagen hat! Was willst du denn machen, sollten wir ihn finden? Wirst du es wagen, ihn wieder anzugreifen?«

Rafar grinste, seine Fangzähne leuchteten. »Du wirst sehen, was dein Ba-al tun kann!«

»Und werden wir nicht sehen, was dieser Tal tun kann?«

Rafar ging nahe zu Lucius hin und starrte mit wilden gelben Augen auf ihn hinunter. »Wenn ich diesen Tal vernichtet und seine Einzelstücke als mein Siegesbanner über den Himmel verteilt habe, werde ich dir ganz sicher Gelegenheit geben, mich besser kennenzulernen. Ich werde jeden Augenblick davon genießen.«

Rafar drehte sich weg, und für einen kurzen Augenblick war der ganze Raum von seinen schwarzen Flügeln erfüllt, bevor er durch das Gebäude aufwärts in den Himmel schoß.

Stundenlang flog der Ba-al langsam über der Stadt wie ein bösartiger Geier, sein Schwert war sichtbar und herausfordernd, während Engel überall in Ashton ihn aus ihren Verstecken heraus beobachteten. Hinauf und hinunter, rückwärts und vorwärts flog er, segelte zwischen den Gebäuden der Innenstadt und schraubte sich dann in majestätischen Bögen hoch über die Stadt.

Tief unten beobachtete Scion durch die Fenster einer dunklen Lagerhalle, wie Rafar oben vorbeiflog. Er wandte sich an seinen Hauptmann, der in der Nähe mit Guilo, Triskal und Mota auf ein paar Lattenkisten saß. Triskal wurde mit Hilfe der anderen aufgepäppelt und wieder zusammengeflickt.

»Ich verstehe nicht«, sagte Scion. »Was tut er eigentlich?«

Tal schaute von Triskals Wunden auf und sagte, den Tatsachen entsprechend: »Er versucht, mich herauszulocken.«

Mota fügte hinzu: »Er will den Hauptmann. Offensichtlich hat er jedem Dämon große Ehren verheißen, wenn er Hauptmann Tal und sein Versteck ausfindig machen kann.«

Guilo sagte barsch: »Die Teufel kriechen mit keinem anderen Ziel überall in der Kirche herum. Es war der erste Platz, an dem sie nachschauten.«

Tal nahm Scions nächste Frage vorweg und beantwortete sie. »Signa und die anderen sind immer noch in der Kirche. Wir haben uns bemüht, daß unsere Wache dort wie gewöhnlich aussieht.«

Scion beobachtete Rafar, wie er über dem anderen Ende der Stadt kreiste, und stellte fest: »Ich hätte Probleme, wenn ich von einem wie *ihm* herausgefordert würde!«

Tal sprach die Wahrheit, ohne Scham. »Wenn ich ihm jetzt begegnete, würde ich ganz sicher verlieren, und er weiß das. Unsere Gebetsdeckung ist unzureichend — während er alle Rückendeckung hat, die er braucht.«

Sie konnten alle das Rauschen von Rafars riesigen, lederartigen Flügeln hören, und sie konnten sehen, wie sein Schatten einen Augenblick lang auf das Gebäude fiel, während er darüberflog.

»Wir müssen sehr, sehr vorsichtig sein.«

Hank ging wieder durch die Stadt, die Straßen und Ladenfronten auf und ab, er war vom Herrn getrieben, und er betete bei jedem Schritt, den er tat. Er hatte den Eindruck, daß Gott einen bestimmten Zweck mit diesem kleinen Ausflug verfolgte, aber er konnte sich nicht vorstellen, was es war.

Krioni und Triskal gingen an seiner Seite; sie hatten Krieger zur Verstärkung bekommen, die beim Haus geblieben waren und auf Mary aufpaßten. Sie waren wachsam und auf der Hut, und Triskal, der sich noch von seiner Begegnung mit Rafar erholte, wurde immer nervöser, als er sah, wo Hank hingeführt wurde.

Hank schlug einen Weg ein, den er noch nie zuvor gegangen war, eine Straße hinunter, die er noch nie gesehen hatte, und er hielt schließlich vor einem Gebäude an, über das er nur schlimme Geschichten gehört hatte, das er jedoch nie finden konnte. Er stand vor der Tür draußen und starrte erstaunt auf die große Anzahl von Jugendlichen, die da wie Bienen ein und aus gingen. Schließlich trat er ein.

Krioni und Triskal taten ihr Bestes, um lammfromm und ungefährlich auszusehen, während sie ihm folgten.

Der Name Höhle war passend: Die Energie, die es brauchte, um die unzähligen Reihen von flackernden, pfeifenden Videospielen zu betreiben, wurde durch die totale Abwesenheit von irgendwelchen anderen Lichtern wettgemacht, außer ein paar kleinen blauen Kugeln hier und da in der schwarzen Decke, durch die gelegentlich ein Watt huschte. Es gab mehr Lärm als Licht; Heavy-Metal-Rock-Musik hämmerte aus den Lautsprechern, die überall im Raum verstreut waren, und sie krachte schmerzvoll mit den Myriaden von elektronischen Geräuschen zusammen, die aus den Maschinen herausquäkten und -pfiffen. Ein einsamer Geschäftsinhaber saß hinter seiner kleinen Registrierkasse und las in einem Pornomagazin, wenn er nicht gerade für die Spieler Geld wechselte. Hank hatte noch nie so viele Vierteldollarstücke auf einmal gesehen.

Hier waren Kinder und Jugendliche jeden Alters, es gab wenig andere Plätze, wo man hingehen konnte, um sich nach der Schule und am Wochenende zu treffen, herumzuhängen, Spiele zu spielen, anzubandeln, davonzuziehen, Drogen zu nehmen, Sex zu haben oder was auch immer. Hank wußte, dieser Ort war ein Höllenloch; es waren nicht die Maschinen oder die Einrichtung oder das Zwielicht — es war der beißende geistige Gestank der Dämonen, die ihre helle Freude hier hatten. Er fühlte sich unwohl in der Magengegend.

Krioni und Triskal konnten Hunderte von gelben Augen sehen, die sich verengten und sie von den Ecken und den dunklen Verstecken im Raum anstarrten. Sie hatten auch schon mehrere metallische Geräusche vernommen, als Klingen gezogen und bereitgehalten wurden.

»Sehe ich harmlos genug aus?« fragte Triskal ruhig.

»Sie denken nicht, daß du harmlos bist«, sagte Krioni trocken.

Die beiden schauten umher in all die Augen, die auf sie gerichtet waren. Sie lächelten, als wollten sie einen Waffenstillstand signalisieren, und erhoben ihre leeren Hände, um zu zeigen, daß sie keine feindseligen Absichten hatten. Die Dämonen reagierten nicht, aber man konnte mehrere Schwerter in der Dunkelheit leuchten sehen.

»Und wo ist Seth?« fragte Triskal.

»Auf dem Weg, da bin ich ganz sicher.«

Triskal straffte sich. Krioni folgte seinem Blick und sah einen mürrischen Dämon, der sich ihnen näherte. Die Hand des Dämons war auf dessen Schwert gelegt; er hatte es nicht gezogen, aber eine Menge anderer Schwerter hinter ihm waren gezogen.

Der schwarze Geist schaute die beiden Engel von oben bis unten an und zischte: »Ihr seid hier nicht willkommen! Was ist eure Aufgabe?«

Krioni antwortete schnell und höflich: »Wir bewachen diesen Mann Gottes.«

Der Dämon warf einen Blick auf Hank und verlor einen Teil seiner Großspurigkeit. »Busche!« rief er nervös aus, während die Geister hinter ihm zurückwichen. »Was macht er hier?«

»Darüber wollen wir nicht diskutieren«, sagte Triskal.

Der Dämon grinste nur höhnisch. »Bist du Triskal?«

»Der bin ich.«

Der Dämon lachte und hustete rote und gelbe Wolken heraus. »Du kämpfst gerne, nicht wahr?« Mehrere andere Dämonen stimmten in das Gelächter mit ein.

Triskal hatte nicht die Absicht zu antworten. Der Dämon hatte keine Zeit, eine Antwort zu fordern. Plötzlich wurden all die spottenden Geister angespannt und aufgeregt. Ihre Augen huschten herum, und dann flogen sie wie eine Schar ängstlicher Vögel weg und kauerten sich in den Ecken zusammen. Zur gleichen Zeit konnten Krioni und Triskal fühlen, wie eine neue Stärke sie durchströmte. Sie schauten auf Hank hinunter.

Er betete.

»Lieber Herr«, sagte er leise, »hilf uns, diese Kinder zu erreichen; hilf uns, ihr Leben anzurühren.«

Hank betete zu einer sehr guten Zeit, wenn man den Aufruhr betrachtete, der gerade an der Hintertür entstand. Während Dämonen vom Eingang wegschlichen, kamen drei ihrer Kameraden in das Gebäude, jammernd, zischend und fluchend, ihre Arme und Flügel über ihren Köpfen. Sie wurden vorwärts getrieben und gestoßen von einem sehr großen und ziemlich unerschütterlichen Engelkrieger.

»Nun«, sagte Triskal, »Seth hat uns Ron Forsythe und noch ein paar andere mitgebracht!«

»Das habe ich befürchtet«, sagte Krioni.

Triskal bezog sich auf einen jungen Mann, der kaum sichtbar war unter den drei Dämonen, ein sehr verwirrtes und verstörtes Opfer ihres zerstörerischen Einflusses. Sie hingen an ihm wie Blutegel, und sie bewirkten, daß er hin und her schwankte, während sie kämpften, um der anstachelnden Spitze des Schwertes aus dem Weg zu gehen, das der große Krieger trug. Seth hatte sie jedoch völlig unter Kontrolle, und er trieb sie genau auf Hank Busche zu.

»Hey, Ron«, sagten einige Burschen an einem Kriegsspiel.

»Hey ...« war alles, was Ron antwortete, wobei er langsam und schwerfällig mit seiner Hand winkte. Er sah nicht sehr glücklich aus.

Hank hörte den Namen und sah Ron Forsythe kommen — und einen Augenblick lang wußte er nicht, ob er wirklich bleiben sollte, wo er war —, oder ob er dem Ärger nicht lieber aus dem Weg gehen sollte. Ron war ein großer, spindeldürrer Jugendlicher mit langen, ungekämmten Haaren, einem schmutzigen T-Shirt und Jeans und mit Augen, die in ein anderes Universum zu blicken schienen. Er stolperte auf Hank zu, schaute über seine Schulter, als ob eine Schar Vögel ihn verfolgte, und dann nach vorne, als ob er nur einen Schritt von einer Klippe entfernt wäre. Hank, der beobachtete, wie Ron näher kam, beschloß, genau da zu bleiben, wo er war. Wenn der Herr wollte, daß sie sich beide trafen, gut, es war kurz davor.

Dann blieb Ron stehen und lehnte sich gegen ein Rennwagenspiel. Dieser Mann, der vor ihm stand, kam ihm bekannt vor.

Die Dämonen, die an Ron hingen, zitterten und winselten und schauten ängstlich zu Seth hinter ihnen und Krioni und Triskal vor ihnen. Sie waren scharf auf einen Kampf, wie die anderen Dämonen im Raum. Ihre gelben Augen huschten umher, und ihre roten Schwerter rasselten, aber etwas hielt sie zurück — dieser betende Mann.

»Hallo«, sagte Hank zu dem jungen Mann. »Ich bin Hank Busche.«

Rons glasige Augen weiteten sich. Er starrte Hank an und sagte mit undeutlicher Aussprache: »Ich habe dich mal gesehen. Du bist der Prediger, von dem meine Leute dauernd erzählen.«

Hank war sich sicher genug, um zu vermuten. »Ron? Ron Forsythe?«

Ron schaute sich um und wand sich, als ob er gerade bei einer krummen Sache erwischt worden wäre. »Äh ... Jaaah ...«

Hank streckte seine Hand aus. »Schön, Gott segne dich, Ron. Ich freue mich, dich zu treffen.«

Die drei Dämonen gerieten daraufhin völlig durcheinander, aber die drei Krieger verlagerten nur ihr Gewicht etwas nach vorne und hielten sie unter Kontrolle.

»Wahrsagung«, sagte Triskal und identifizierte einen der Dämonen.

Wahrsagung klammerte sich mit seinen nadelscharfen Krallen an Ron und zischte: »Und was wollt ihr von uns?«

»Den Jungen«, sagte Krioni.

»Ihr habt uns überhaupt nichts zu sagen!« plärrte ein anderer Dämon, seine Fäuste waren fest zusammengeballt.

»Rebellion?« fragte Krioni.

Der Dämon leugnete es nicht. »Er gehört uns.«

Die Geister im Raum wurden mutiger, kamen näher heran.

»Laßt ihn uns hier heraus bringen«, sagte Krioni.

Hank berührte Ron an der Schulter und sagte: »Können wir hinausgehen, um uns einen Moment zu unterhalten?«

Wahrsagung und Rebellion sagten gemeinsam: »Wozu?«

Ron protestierte: »Wozu?«

Hank führte ihn sanft: »Komm«, und sie gingen durch die Hintertür. Triskal blieb am Ausgang stehen, seine Hand hielt das Schwert.

Nur die Dämonen, die an Ron hingen, durften nach draußen, und sie wurden ständig von Seth und Krioni in Schach gehalten.

Ron sank auf eine nahestehende Bank wie eine Stoffpuppe in Zeitlupe.

Hank legte seine Hand auf Rons Schulter, schaute in diese trüben Augen und war sich nicht sicher, wo er anfangen sollte.

»Wie geht es dir?« fragte Hank schließlich.

Der dritte Dämon umklammerte mit seinen bulligen glitschigen Armen Rons Kopf.

Der Kopf des Jungen sank auf seine Brust, und er nickte fast ein, er schien Hank nicht gehört zu haben.

Die Spitze von Seths Schwert nahm die Aufmerksamkeit des Dämons gefangen.

»Was?« kreischte er.

»Zauberei?«

Der Geist lachte betrunken. »Die ganze Zeit, mehr und mehr. Er wird es niemals aufgeben!«

Ron fing an zu glucksen, er fühlte sich high und dumm.

Aber Hank konnte etwas in seinem Geist wahrnehmen, dieselbe schreckliche Gegenwart, die er in jener furchtbaren Nacht gespürt hatte. Böse Geister? In solch einem jungen Menschen? *Herr, was kann ich tun? Was kann ich sagen?*

Der Herr antwortete, und Hank wußte, was er tun mußte. »Ron«, sagte er, ob Ron ihn hörte oder nicht, »kann ich für dich beten?«

Ron hob nur seine Augen, um Hank anzuschauen, und er sagte tatsächlich: »Ja. Bete für mich, Prediger.«

Aber die Dämonen waren damit nicht einverstanden. Sie alle schrien mit einer Stimme in Rons Gehirn: »Nein, nein, nein! Du brauchst das nicht!«

Ron wurde plötzlich unruhig, sein Kopf ging vor und zurück, und er murmelte: »Nein, nein ... bete nicht ... ich mag das nicht.«

Nun wunderte sich Hank, was Ron wirklich wollte. War das eigentlich Ron, der da sprach?

»Ich würde gerne für dich beten, okay?« sagte Hank, um zu prüfen.

»Nein, tue es nicht«, sagte Ron und bat dann: »Bitte bete, komm, los ...«

»Mach es!« drängte Krioni. »Bete!«

»Nein!« schrien die Dämonen. »Du kannst uns nicht dazu bringen, ihn zu verlassen!«

»Bete!« sagte Krioni.

Hank wußte, daß er jetzt an der Reihe war und für diesen Jungen beten mußte. Schon hatte er seine Hand auf Ron gelegt und begann, sehr sanft zu beten. »Herr Jesus, ich bete für Ron; bitte berühre ihn, Herr, und sprich zu ihm, und befreie ihn von diesen Geistern, die an ihm hängen.«

Die Geister klammerten sich an Ron wie ungehorsame, verzogene Kinder, und sie winselten auf Hanks Gebet hin. Ron stöhnte und schüttelte noch mehr den Kopf. Er versuchte aufzustehen, dann setzte er sich wieder hin und hielt Hanks Arm.

Der Herr sprach wieder zu Hank, und Hank hatte einen Namen. »Zauberei, laß ihn los — im Namen Jesu.«

Ron krümmte sich auf der Bank und schrie auf, als ob er von einem Messer gestochen worden wäre. Hank dachte, Ron würde seinen Arm abdrücken.

Aber Zauberei gehorchte. Er winselte und brüllte und spuckte, aber er gehorchte, flatterte weg und setzte sich auf einen Baum in der Nähe.

Ron tat einen angstvollen Seufzer und schaute Hank mit Augen voller Schmerz und Verzweiflung an. »Komm, los, komm, du schaffst es!«

Hank war erstaunt. Er nahm Rons Hand, um ihn zu stärken, und schaute weiter in diese Augen. Sie waren jetzt klarer. Hank konnte eine ernsthafte, bittende Seele erkennen, die ihn anschaute. *Was kommt nun?* fragte er den Herrn.

Der Herr antwortete, und Hank hatte einen weiteren Namen. »Wahrsagung ...«

Ron schaute Hank direkt an, seine Augen waren wild, und seine Stimme war heiser. »Nein, nicht mich, niemals!«

Aber Hank hörte nicht auf; er schaute direkt in Rons Augen und sagte: »Wahrsagung, in Jesu Namen, verschwinde.«

»Nein!« protestierte Ron, aber dann sagte er genauso schnell: »Los, Wahrsagung, komm raus! Ich will dich nicht mehr bei mir haben!«

Wahrsagung gehorchte knurrend. Dank diesem betenden Mann machte es keinen Spaß mehr, Ron Forsythe zu quälen.

Ron beruhigte sich wieder und zog einige Tränen durch die Nase hoch.

Seth stieß den letzten kleinen Dämon an. »Was ist mit dir, Rebellion?«

Rebellion hatte Schwierigkeiten, sich zu äußern.

Ron konnte es fühlen. »Geist, geh weg. Ich habe es satt mit dir!«

Hank wiederholte die gleichen Worte. »Geist, geh weg. Im Namen Jesu, verlasse Ron.«

Rebellion schaute auf Rons Worte, schaute Seths Schwert an, schaute auf den betenden Mann — und ging schließlich.

Ron verdrehte sich, als hätte er furchtbare Krämpfe, aber dann sagte er: »Ja, ja, er ist draußen.«

Seth scheuchte die drei Dämonen weg, und sie flatterten in die Höhle zurück, wo sie willkommen und von niemandem bedroht waren.

Hank hielt weiter Rons Hand fest und wartete, er beobachtete und betete, bis er wußte, was noch zu tun war. Dies war alles so unglaublich, so erschreckend, so faszinierend und so notwendig. Dies mußte die zweite Lektion des Herrn in geistlicher Kampfführung gewesen sein; Hank wußte, daß er gerade etwas lernte, was er unbedingt wissen mußte, um die Schlacht zu gewinnen.

Ron veränderte sich direkt vor Hanks Augen, entspannte sich, atmete ruhiger, und seine Augen bekamen einen normalen, irdischen Ausdruck.

Schließlich sagte Hank sehr sanft »Amen« und fragte: »Bist du okay, Ron?«

Ron antwortete sofort: »Ja, ich fühle mich besser. Danke.« Er schaute Hank an und zeigte ein schwaches, fast entschuldigendes Lächeln. »Es ist eigenartig. Nein, es ist schön. Genau heute habe ich mir gedacht, ich brauche jemanden, der für mich betet. Ich konnte einfach nicht mehr weitermachen mit dem ganzen Zeug, wo ich drin steckte.«

Hank wußte, was passiert war. »Es war der Herr, der es vorbereitet hat.«

»Für mich hat noch nie jemand gebetet.«

»Ich weiß, daß deine Leute ständig für dich beten.«

»Gut, ja, *sie* beten für mich.«

»Und der Rest von uns in der Gemeinde auch. Wir sind für dich eingetreten.«

Ron warf den ersten klaren Blick auf Hank. »Dann bist du der Pastor meiner Leute, huh? Ich dachte, daß du älter wärst.«

»Nicht viel älter«, witzelte Hank.

»Sind die anderen Leute in der Kirche wie du?«

Hank lächelte. »Wir sind alle nur Menschen; wir haben unsere guten und unsere schlechten Seiten, aber wir haben alle Jesus, und er gibt uns eine besondere Liebe füreinander.«

Sie unterhielten sich. Sie sprachen über die Schule, die Stadt, Rons Eltern, Drogen im allgemeinen und im besonderen, Hanks Gemeinde, die Christen in der Gegend und über Jesus. Ron begann zu bemerken, daß Hank — egal, um was es ging — immer irgendwie Jesus mit ins Spiel brachte. Ron hatte nichts dagegen. Dies war nicht wie irgendein religiöses Gerede; Hank Busche glaubte wirklich, daß Jesus die Antwort auf alles war.

Und nachdem Hank mit Ron über alles mögliche gesprochen und immer wieder Jesus mit ins Spiel gebracht hatte, ließ Ron Hank jetzt über Jesus reden, nur über Jesus. Es war nicht langweilig. Hank konnte wirklich begeistert über ihn reden.

16

Nathan und Armoth flogen hoch über der prächtigen Sommerlandschaft. Sie folgten dem braunen Wagen. Hier draußen, weg von dem umkämpften Ashton, war es ruhiger. Trotzdem fühlte sich keiner von beiden so ganz wohl beim Anblick der beiden Insassen in dem Auto unten; die himmlischen Wächter waren sich zwar nicht sicher, aber sie hatten doch das unbestimmte Gefühl, daß von seiten Rafars und seiner Untergrundkämpfer ein heimlicher Anschlag geplant sein könnte. Marshall und seine gutaussehende junge Reporterin waren eine zu gefährliche Kombination, über die diese Teufel nicht hinwegsehen konnten.

Der ehemalige College-Dekan Eldon Strachan lebte auf einer malerischen kleinen Farm, eine Stunde von Ashton entfernt. Er bewirtschaftete die Farm nicht, er wohnte nur dort, und nachdem Marshall und Bernice den langen Schotterweg hinaufgefahren waren, konnten sie sehen, daß seine gärtnerischen Interessen sich auf den unmittelbaren Hof um das weiße Farmgebäude beschränkten. Der Rasen war kurz und gepflegt, die Obstbäume waren beschnitten und trugen Frucht, auf den Blumenbeeten lag frischer Torf. Einige Hühner streunten umher; sie pickten und kratzten im Boden. Ein Collie begrüßte die Ankommenden mit wildem Gebell.

»Mann, endlich einmal ein normales menschliches Wesen zum Interviewen«, sagte Marshall.

»Deswegen sind wir von Ashton weggefahren«, sagte Bernice.

Strachan trat auf seine Veranda, während der Collie neben ihm herrannte und bellte.

»Hallo!« rief er Marshall und Bernice zu, als sie aus dem Auto stiegen. »Sei jetzt ruhig, Lady«, sagte er zu dem Collie. Lady gehorchte niemals solchen Befehlen.

Strachan war ein gesunder, weißhaariger Bursche, der an diesem Ort viel zu tun hatte, und er zeigte es auch. Er trug Arbeitskleidung und hatte immer noch ein Paar Gartenhandschuhe in der Hand.

Marshall streckte seine Hand zu einem guten, starken Händedruck aus. Ebenso Bernice. Sie wechselten einleitende Worte, und dann führte sie Strachan um die bellende Lady herum ins Haus.

»Doris«, rief Strachan, »Mr. Hogan und Miss Krueger sind hier.«

Innerhalb von Minuten hatte Doris, eine süße und rundliche Oma, den Kaffeetisch gedeckt mit Tee, Kaffee und Plätzchen, und sie führten eine angenehme Unterhaltung über die Farm, die Landschaft, das Wetter, die umherwandernde Kuh des Nachbarn. Sie wußten, daß solche Konversation einfach dazugehörte — und außerdem war es wirklich angenehm, sich mit den Strachans zu unterhalten.

Schließlich fing Eldon Strachan mit der Überleitung an: »Ja, ich vermute, es läuft nicht so gut in Ashton.«

Bernice zog ihren Notizblock heraus, während Marshall sagte: »Ja, und irgendwie hasse ich es, daß wir das alles mit hierher bringen mußten.«

Strachan lächelte und sagte philosophisch: »Du kannst fortlaufen, aber du kannst dich nicht verstecken.« Er schaute aus dem Fenster auf die Bäume, die vor einem endlos blauen Himmel standen, und sagte: »Ich habe mich immer gefragt, ob es das richtige war, alles zu verlassen. Aber was hätte ich sonst tun können?«

Marshall blickte auf seine Notizen. »Lassen Sie mich sehen. Sie haben mir am Telefon gesagt, wann Sie gegangen sind ...«

»Im späten Juni, ungefähr vor einem Jahr.«

»Und Ralph Kuklinski hat Ihren Posten übernommen.«

»Und er ist immer noch da, soweit ich weiß.«

»Ja, er ist noch da. War er in diesem — diesem inneren Zirkel? Ich weiß nicht, wie ich es sonst nennen soll.«

Strachan dachte einen Moment lang nach. »Ich weiß es nicht sicher, aber es würde mich nicht überraschen, wenn er dabeigewesen wäre. Er mußte wirklich einer von der Gruppe gewesen sein, um als Dekan eingesetzt werden zu können.«

»Es gibt also wirklich so etwas wie eine ›innere Gruppe‹?«

»Absolut. Das wurde nach einer Weile ziemlich offensichtlich. Alle wurden sich langsam, aber sicher so ähnlich wie Erbsen in einer Schote. Sie taten dasselbe, sprachen dasselbe ...«

»Außer Ihnen?«

Strachan lächelte. »Ich vermute, ich habe nicht sehr gut zu diesem Club gepaßt. Tatsächlich wurde ich ein richtiger Außenseiter, sogar ein Feind, und ich glaube, deswegen haben sie mich gefeuert.«

»Ich vermute, Sie sprechen über den Aufruhr wegen der Finanzen des College?«

»Genau.« Strachan mußte sein Gedächtnis überprüfen. »Ich schöpfte keinen Verdacht, bis wir einige unerklärliche Zahlungsschwierigkeiten bekamen. Unsere Rechnungen wurden spät bezahlt, unsere Gehaltszahlungen kamen nicht rechtzeitig. Es war eigentlich gar nicht meine Aufgabe, solchen Sachen nachzuspüren, aber nachdem ich ein paar Beschwerden hintenherum mitbekam — Sie wissen ja, man hört andere darüber reden —, fragte ich Baylor, was das Problem war. Er beantwortete nie direkt meine Fragen — oder zumindest gefiel mir die Art seiner Antworten nicht. Da habe ich dann einen unabhängigen Bilanzprüfer, den Freund eines

Freundes, gebeten, es sich anzuschauen und einmal kurz zu überprüfen, was die Buchhaltung da so machte. Ich weiß nicht einmal, wie er an die Informationen herankam, aber er war auf Zack und fand einen Weg.«

Bernie schaltete sich mit einer Frage ein. »Können wir seinen Namen haben?«

Strachan antwortete mit einem Achselzucken. »Johnson. Ernie Johnson.«

»Wie können wir ihn erreichen?«

»Tut mir leid, er ist tot.«

Das war eine Enttäuschung. Marshall griff nach einem Strohhalm. »Hat er irgendwelche Berichte hinterlassen, irgend etwas Schriftliches?«

Strachan schüttelte nur den Kopf. »Wenn er es getan hätte, wären diese Berichte wertlos. Warum, glauben Sie, daß ich hier draußen so schweigsam bin? Hören Sie, ich kenne sogar Norm Mattily, den Generalstaatsanwalt dieses Staates, sehr gut, und ich habe mir überlegt, ob ich nicht zu ihm gehen sollte, um ihm zu erzählen, was ich erlebt habe. Aber wir müssen doch realistisch sein: Diese großen Leute da oben werden erst dann tätig, wenn man einige wirklich sichere Beweise hat. Es ist schwer, die Behörden zum Handeln zu bewegen. Sie wollen einfach nichts tun.«

»Okay ... und was war es, das Ernie Johnson gefunden hat?«

»Er kam erschrocken zurück. Er hatte entdeckt, daß Gelder von Schenkungen und privaten Unterrichtsstunden in alarmierender Höhe wieder angelegt wurden, aber offensichtlich gab es keine Dividenden oder Rückzahlungen irgendwelcher Art, was auch immer die Anlageformen waren — als ob das Geld irgendwo in einen Brunnen ohne Boden geschüttet worden wäre. Die Zahlen wurden manipuliert, um es zu vertuschen; um fällige Rechnungen zu bezahlen, wurden Scheinbuchungen gemacht ... es war ein furchtbares Durcheinander.«

»Ein Durcheinander in Millionenhöhe?«

»Mindestens. Die Gelder des College flossen über Jahre in großer Höhe hinaus, ohne Hinweise darauf, wohin sie gingen. Irgendwo da draußen gab es ein geldhungriges Monster, das all das College-Vermögen gierig auffraß.«

»Und da haben Sie sich an den Vorstand gewandt?«

»Und Eugene Baylor sprang an die Decke. Die ganze Sache verwandelte sich von einer beruflichen in eine persönliche Angelegenheit, und wir wurden auf einen Schlag bittere Feinde. Und das überzeugte mich nur noch mehr, daß das College in großen Schwierigkeiten war und daß Baylor eine Menge damit zu tun hatte. Aber natürlich gibt es nichts, was Baylor tut, worüber die anderen nicht

Bescheid wüßten. Ich bin mir sicher, ihnen war das Problem bewußt, und es ist mein Eindruck, daß ihre feindselige Abstimmung über meine Entlassung eine gemeinsame Verschwörung war.«

»Aber zu welchem Zweck?« fragte Bernice. »Warum sollten sie die finanzielle Basis des College untergraben wollen?«

Strachan konnte nur den Kopf schütteln. »Ich weiß nicht, *was* sie beabsichtigen, aber eins ist sicher: Dieses College steuert auf den Bankrott zu. Kuklinski muß das wissen. Soweit ich weiß, hat er der Finanzpolitik und meiner Entlassung zugestimmt.«

Marshall ging zu einigen anderen Notizen über. »Und wie paßt unsere gute Frau Professor Langstrat in das Ganze?«

Strachan mußte grinsen. »Ah, die liebe Professorin ...« Er dachte einen Moment über die Frage nach. »Sie hatte immer einen starken Einfluß, das ist sicher, aber ... ich glaube nicht, daß sie die eigentliche Quelle ist. Mir scheint, daß sie damit beschäftigt ist, die Gruppe zu kontrollieren, während irgend jemand über ihr damit beschäftigt ist, sie zu kontrollieren. Ich denke — ich denke, sie reagiert auf jemanden, auf irgendeine unsichtbare Autorität.«

»Aber haben Sie eine Ahnung, wer das ist?«

Strachan schüttelte den Kopf.

»Und was wissen Sie noch über sie?«

Strachan durchforstete sein Gedächtnis. »Eine Hochschulabsolventin von UCLA ... sie lehrte an anderen Universitäten, bevor sie nach Whitmore kam. Sie ist seit mindestens sechs Jahren an der Fakultät. Ich erinnere mich, daß sie immer ein starkes Interesse an östlichen Philosophien und Okkultismus hatte. Sie war einmal in irgend so eine neuheidnische religiöse Gruppe in Kalifornien verwickelt. Aber wissen Sie, mir ist das nie aufgefallen, bis sie vor drei Jahren in ihren Seminaren offen ihre Ansichten erklärte, und ich war sehr überrascht zu sehen, daß ihre Lehren ein so großes Interesse fanden. Ihre Ansichten und Praktiken verbreiteten sich nicht nur unter den Studenten, sondern auch in der ganzen Fakultät.«

»Bei wem in der Fakultät?« fragte Marshall.

Strachan schüttelte angewidert den Kopf. »Es fing schon Jahre früher in der Psychologieabteilung an, unter Langstrats Kollegen — aber ich wurde erst später darauf aufmerksam. Margaret Islander — Sie kennen sie vielleicht ...«

»Ich glaube, daß meine Freundin Ruth Williams sie kennt«, sagte Bernice.

»Ich glaube, sie war die erste, die in Langstrats Gruppe eingeführt wurde, aber sie hatte schon immer ein Interesse an Parapsychologie wie Edgar Cayce, deshalb war es bei ihr nicht verwunderlich.«

»Noch jemand?« drängte Marshall.

Strachan zog eine eilig zusammengeschriebene Liste heraus und ließ Marshall einen Blick darauf werfen. »Ich bin die Sache immer wieder durchgegangen in den Monaten, seit ich wegging. Hier. Dies ist eine Liste von den meisten aus der Psychologieabteilung ...« Er zeigte auf ein paar Namen. »Trevor Corcoran kam dieses Jahr neu in die Mannschaft. Er hat sogar in Indien studiert, bevor er hierher zum Unterrichten kam. Juanita Janke ersetzte Kevin Ford ... nun, tatsächlich wurden eine Menge Leute in den letzten Jahren ausgetauscht. Wir hatten eine große Fluktuation.«

Marshall schaute sich die Liste genauer an. »Und wer sind diese Leute hier?«

»Diese hier kommen aus der Humanwissenschaftlichen Abteilung, diese gehören zur Philosophischen Abteilung, und diese hier unten gehören zur Biologie und zu medizinischen Forschungsprogrammen. Eine Menge von ihnen sind neu. Wir hatten eine große Fluktuation.«

»Das ist das zweite Mal, daß Sie das erwähnen«, stellte Bernice fest.

Bernice nahm die Liste Marshall aus der Hand und legte sie wieder vor Strachan hin. »Gut, sagen Sie uns jetzt: wie viele dieser Leute sind während der letzten sechs Jahre gekommen — während der Zeit, in der Langstrat in Whitmore lehrt?«

Strachan warf einen zweiten, aufmerksameren Blick auf die Liste. »Jones ... Conrad ... Witherspoon ... Epps ...« Ein überwältigender Prozentsatz der Namen bestand aus neuen Fakultätsmitgliedern, die ehemalige Mitarbeiter ersetzt hatten, welche gekündigt hatten oder deren Verträge einfach nicht verlängert wurden. »Nun, ist das nicht seltsam?«

»Ich würde sagen, daß es seltsam ist«, pflichtete Bernice bei.

Strachan war sichtlich erschüttert. »Die ständige Fluktuation ... ich war sehr besorgt darüber, aber ich habe niemals bemerkt ... Das erklärt eine Menge. Ich wußte, es gab da so eine Art gemeinsames Interesse, das sich unter diesen Leuten ausbreitete; sie schienen alle eine einzigartige und geheimnisvolle Beziehung zueinander zu haben — ihre eigene Sprache, ihre eigenen Geheimnisse, ihre eigenen Vorstellungen von der Realität —, und es schien so, als könnte keiner etwas tun, ohne daß alle anderen davon wußten. Ich dachte, es wäre nur so eine Modeerscheinung, eine soziologische Phase ...« Er schaute von der Liste mit einer neuen Wachheit in seinen Augen auf. »Es war also mehr als das. Unser College wurde okkupiert, und die Belegschaft der Fakultät wurde ausgetauscht gegen einen — einen Wahnsinn!«

Marshall hatte einen Gedankenblitz, eine schnelle, flüchtige Erinnerung an seine Tochter Sandy, die gesagt hatte: »Die Leute hier fangen an, verrückt zu handeln. Ich denke, wir werden von Außerirdischen besetzt.« Dieser Erinnerung folgte sofort Kates Stimme am Telefon: »Ich mache mir Sorgen über Sandy ... sie ist nicht mehr diesselbe alte Sandy ...«

Marshall klinkte sich aus diesen Gedanken aus und begann in seinen Unterlagen zu blättern. Schließlich fand er die alte Liste, die Bernice von Albert Darr erhalten hatte. »Okay, was ist mit diesen Seminaren, die Langstrat unterrichtet: ›Einführung in Gott und göttliches Bewußtsein ... Das Heilige Medizinrad ... Flüche und Rituale ... Pfade zum inneren Licht ... Begegne deinen eigenen geistlichen Führern‹?«

Strachan nickte bestätigend. »Es begann alles als Teil eines alternativen Lehrprogrammes, eine rein freiwillige Sache für interessierte Studenten, durch besondere Mittel finanziert. Ich habe gedacht, es wäre ein Seminar über Folklore, Mythen, Traditionen ...«

»Aber ich schätze, sie haben dieses Zeug ganz schön ernst genommen.«

»Ähh, so scheint es, und jetzt ist ein großer Prozentsatz der Belegschaft und der Studenten ... verhext.«

»Einschließlich der Vorstandsmitglieder?«

Strachan dachte neu nach. »Jetzt hören Sie gut zu. Ich glaube, daß dieselbe Umwälzung auch im Vorstand stattfand. Es gibt insgesamt zwölf Vorstandsmitglieder, und fünf, glaube ich, sind während der letzten anderthalb Jahre urplötzlich entfernt worden. Wie sonst hätte die Abstimmung über meine Entlassung so ausgehen können? Ich hatte einige sehr treue Freunde in diesem Vorstand.«

»Wie heißen sie, und wohin sind sie gegangen?«

Bernice schrieb die Namen auf, nachdem Strachan sie aufgezählt hatte, und auch all die anderen Informationen, die er ihnen über jede einzelne Person geben konnte. Jake Abernathy war gestorben, Morris James war geschäftlich bankrott gegangen und hatte eine andere Arbeit angenommen, Fred Ainsworth, George Olson und Rita Jacobson hatten alle Ashton verlassen, ohne ein Wort darüber verlauten zu lassen, wohin sie gezogen waren.

»Und das«, sagte Strachan, »trifft auf fast alle zu. Es ist keiner mehr übrig — außer den Eingeweihten in dieser seltsamen mystischen Gruppe.«

»Einschließlich Kuklinski, dem neuen Dekan«, fügte Bernice hinzu.

»Und Dwight Brandon, dem Besitzer des Grundstücks.«

»Und was ist mit Ted Harmel?« fragte Marshall.

Strachan preßte seine Lippen zusammen, schaute auf den Boden und seufzte. »Ja. Er versuchte auszusteigen, aber zu diesem Zeitpunkt hatten sie bereits zu viele Informationen über ihn. Als sie herausgefunden hatten, daß sie ihn nicht mehr kontrollieren konnten — was nicht zuletzt mit mir und unserer Freundschaft zu tun hatte —, da vereinbarten sie, ihn fertigzumachen und ihn mit diesem lächerlichen Skandal aus der Stadt zu vertreiben.«

»Hmmmm«, sagte Bernice. »Ein Interessenkonflikt.«

»Natürlich. Er erzählte mir ständig, daß es eine faszinierende neue Art des Denkens sei, und er behauptete, er sei nur hinter einer Story her, aber er wurde einfach mehr und mehr darin verwickelt, und sie lockten ihn, da bin ich ganz sicher. Ich hörte ihn sagen, daß sie ihm großen Erfolg mit seiner Zeitung versprochen hätten, weil er sich mit ihnen zusammengetan hatte ...«

Marshall hatte einen weiteren Gedankenblitz: Er sah Brummel, wie er ihn mit diesen einschläfernden grauen Augen anschaute, und wie er süß sagte: »Marshall, wir würden gerne wissen, ob du zu uns stehen wirst ...«

Strachan redete immer noch.

Marshall wachte auf und sagte: »Oh, entschuldigen Sie, was war das noch?«

»Oh«, sagte Strachan, »ich habe gesagt, daß Ted zwischen zwei Verpflichtungen hin- und hergerissen wurde: Zuerst und vor allem war er der Wahrheit und seinen Freunden verpflichtet, und das schloß mich mit ein. Seine andere Verpflichtung war die der Langstrat-Gruppe gegenüber und ihren Philosophien und Praktiken. Ich schätze, er dachte, daß die Wahrheit unantastbar war, und daß die Presse immer frei sein würde — aber, was immer der Grund war, er begann Geschichten über die finanziellen Probleme zu drucken. Und damit überschritt er sicher die Grenze.«

»Ja«, erinnerte sich Bernice. »Jetzt fällt mir wieder ein, daß er sagte, sie versuchten, ihn zu kontrollieren und zu bestimmen, was er druckte. Er war richtig sauer darüber.«

»Natürlich«, sagte Strachan, »wenn es ums Prinzip ging — egal für welche sogenannte Lehre oder Philosophie er sich interessiert haben mag —, war Ted immer noch ein Zeitungsmann und ließ sich nicht einschüchtern.« Strachan seufzte und schaute auf den Boden. »Ich befürchte, er geriet in das Kreuzfeuer des Gefechtes, das ich mit dem Vorstand des College austrug. Folglich verloren wir beide unseren Posten, unser gutes Ansehen in der Stadt, alles. Man kann sagen, ich war schon zufrieden, daß ich das alles hinter mir lassen konnte. Es war unmöglich, es zu bekämpfen.«

Marshall gefiel diese Art des Redens nicht. »Sind sie — ist diese Sache — wirklich so stark?«

Strachan war todernst. »Ich glaube nicht, daß ich jemals wirklich gemerkt habe, wie verheerend und stark es tatsächlich ist, und ich vermute, ich bin noch dabei, es herauszufinden. Mr. Hogan, ich habe keine Ahnung, was das Endziel dieser Leute ist, aber ich kann langsam sehen, daß sie alles, was ihnen im Weg steht, niederstampfen und auslöschen. Sogar jetzt, während wir hier sitzen, kann ich die Jahre zurückschauen, und ich bin schockiert zu erkennen, wie viele Leute um Ashton herum einfach verschwunden sind.«

Joe, der Supermarktbesitzer, dachte Marshall. Und was ist mit Edie?

Strachan sah jetzt ein wenig blaß aus, und er fragte mit hörbarer Besorgnis in seiner Stimme: »Was wollen Sie mit dieser Information anfangen?«

Marshall mußte ehrlich sein. »Ich weiß noch nicht. Es gibt zu viele fehlende Teile, zu viele Vermutungen. Ich habe nichts, was ich drucken kann.«

»Erinnern Sie sich an Ted? Vergessen Sie das nicht!«

Marshall wollte nicht darüber nachdenken. Er wollte etwas anderes herausfinden. »Ted wollte nicht mit mir darüber reden.«

»Er hat Angst.«

»Angst vor was?«

»Vor *ihnen*, vor dem System, das ihn zerstört hat. Er weiß mehr von ihren verrückten Unternehmungen als ich; er weiß genug, um mehr Angst zu haben als ich, und ich glaube, seine Ängste sind berechtigt. Ich glaube, es handelt sich um eine echte Gefahr.«

»Nun, hat er jemals mit Ihnen darüber gesprochen?«

»Sicher, über alles, außer über das, wohinter Sie her sind.«

»Aber haben Sie beide noch Kontakt miteinander?«

»Ja. Wir fischen, wir jagen, wir treffen uns zum Essen. Er wohnt nicht weit weg von hier.«

»Könnten Sie ihn anrufen?«

»Sie meinen, anrufen und ein Treffen für Sie vereinbaren?«

»Das ist genau das, was ich meine.«

Strachan antwortete vorsichtig: »Hey, er wird vielleicht nicht reden wollen, und ich kann ihn nicht zwingen.«

»Aber würden Sie ihn einfach nur anrufen, um zu sehen, ob er noch einmal mit mir reden will?«

»Ich werde ... ich werde darüber nachdenken, aber das ist alles, was ich Ihnen versprechen kann.«

»Schon dafür bin ich Ihnen dankbar.«

»Aber, Mr. Hogan ...« Strachan packte Marshalls Arm. Er schaute beide, Marshall und Bernice, an und sagte sehr ruhig: »Passen Sie auf sich auf. Sie sind nicht unbesiegbar. Keiner von uns war es, und ich glaube, daß es möglich ist, alles zu verlieren, wenn Sie nur eine falsche Bewegung machen oder einen falschen Schritt tun. Bitte, *bitte*, seien Sie sich in jedem Moment sicher, daß Sie genau das Richtige tun.«

Im *Clarion* war Tom, der Montierer, gerade dabei, die Seiten der Dienstagsausgabe zusammenzustellen, als die Glocke über der Eingangstür bimmelte. Er hatte Besseres zu tun, als sich mit Kunden zu beschäftigen, aber da Hogan und Bernice sich auf ihrer geheimnisvollen Forschungsreise befanden, war er der einzige, der in der Redaktion die Stellung hielt. Junge, er wünschte sich, daß Edie hier wäre. Die Redaktion wurde mit jedem Tag ein größeres Schlachtfeld, und egal, auf welcher Wildentenjagd Hogan und Bernice auch waren, es zog ihre Aufmerksamkeit von den vielen Aufgaben ab, die sich überall auftürmten.

»Hallo?« rief eine süße Frauenstimme.

Tom griff zu einem Stück Papier, um sich die Hände abzuwischen, und schrie zurück: »Moment, ich komme gleich.«

Er hastete durch den engen Durchgang ins Eingangsbüro und sah eine sehr attraktive und hübsch angezogene junge Frau, die an der Schaltertheke stand. Sie lächelte, als sie ihn sah. Ah ja, dachte Tom, wenn ich nur wieder jung wäre.

»Hallo«, sagte er und wischte seine Hände immer noch am Papier ab. »Was kann ich für Sie tun?«

Die junge Dame sagte: »Ich habe Ihre Anzeige für eine Sekretärin und Bürokraft gelesen. Ich will mich darum bewerben.«

Das muß ein Engel sein, dachte Tom. »Wenn Sie dafür geeignet sind ... ich kann Ihnen sagen, es gibt sicher Arbeit hier!«

»Nun, ich bin bereit anzufangen«, sagte sie mit einem strahlenden Lächeln.

Tom stellte sicher, daß seine Hand sauber genug war, dann streckte er sie aus. »Tom McBride, Montierer und Mädchen für alles.«

Sie schüttelte fest seine Hand und sagte ihren Namen. »Carmen.«

»Angenehm, Sie kennenzulernen, Carmen. Äh ... Carmen wer?«

Sie lachte über ihre Nachlässigkeit und sagte: »Oh, Carmen Fraser. Ich werde gewöhnlich nur mit meinem Vornamen angeredet.«

Tom schwang die kleine Tür am Ende der Schaltertheke auf, und Carmen folgte ihm in den Bürobereich.

»Lassen Sie mich Ihnen zeigen, was in diesem Haus hier los ist«, sagte er.

17

In dem weit entfernten, abgelegenen Tal, in dem kleinen Haufen von nicht gekennzeichneten Gebäuden, die hinter felsigen Berghängen verborgen lagen, war eine hektische Umstellung im Gange.

In dem Bürokomplex waren über zweihundert Leute jeden Alters und unterschiedlichster Herkunft. Sie saßen an Schreibtischen, hasteten die Gänge hinauf und hinunter, stürmten durch Türen hinein und aus Türen heraus, rannten die Treppen hinauf und hinunter, sie tippten Briefe, erstellten Listen, überprüften Berichte, führten Buchungen aus und schnatterten an den Telefonen in verschiedenen Sprachen. Männer in blauen Arbeitsanzügen brachten große Stapel von Kisten auf Handkarren herein, und die Büroangestellten begannen, die Kisten peinlich genau mit den Inhalten der Karteischränke zu füllen, mit allen Büro-Utensilien, die nicht unmittelbar benötigt wurden, mit Büchern und Berichten.

Draußen wurden Lastwagen mit den Kisten beladen, während Arbeiter, die kleine Traktoren lenkten, um den Komplex herumfuhren, verschiedene Anbauten stilllegten und alle Gebäude, die nicht länger belegt waren, mit Brettern vernagelten.

Ganz in der Nähe, auf der Veranda des großen Steinhauses an der Ecke des Grundstücks, stand eine Frau und beobachtete das Treiben. Sie war hochgewachsen und schlank, hatte lange, pechschwarze Haare; sie trug schwarze, locker sitzende Kleidung, und sie drückte mit blassen, zitternden Händen ihre Handtasche an sich. Sie schaute hierhin und dorthin und versuchte offensichtlich, sich zu entspannen. Sie machte ein paar tiefe Atemzüge. Sie griff in ihre Tasche und holte eine Sonnenbrille heraus, die sie sich aufsetzte. Dann trat sie von der Veranda herunter und ging über den Platz hin zu dem Bürogebäude.

Sie schritt fest und besonnen, ihre Augen waren nach vorne gerichtet. Einige Büroangestellte gingen an ihr vorbei und grüßten sie, indem sie ihre Handflächen vor dem Kinn zusammendrückten und sich leicht verbeugten. Sie nickte ihnen zu und ging weiter.

Als sie eintrat, grüßte sie die Büromannschaft in derselben Weise, und sie lächelte ihnen zu, ohne ein Wort zu reden. Nachdem sie ihr Lächeln empfangen hatten, wandten sie sich wieder ihrer fieberhaften Tätigkeit zu. Die Büroleiterin, eine gut angezogene Frau mit streng gescheitelten Haaren, ging auf sie zu, verbeugte sich leicht und sagte: »Guten Morgen. Was wünscht die Dame?«

Die Dame lächelte und sagte: »Ich möchte gerne ein paar Kopien machen.«

»Das kann ich sofort für Sie tun.«

»Danke. Ich möchte dies gerne selbst erledigen.«

»Sicher. Ich schalte gleich das Gerät für Sie ein.«

Die Frau eilte in einen kleinen Seitenraum, und die Dame folgte. Verschiedene Buchhalter und Hilfskräfte, einige orientalischer Herkunft, einige aus Ostindien, ein paar Europäer, verbeugten sich, als sie an ihnen vorbeiging, und wandten sich dann wieder ihrer Arbeit zu.

Die Büroleiterin hatte den Kopierer in weniger als einer Minute bereit.

»Danke, Sie können jetzt gehen«, sagte die Dame.

»In Ordnung«, antwortete die Frau. »Ich stehe zu Ihrer Verfügung, wenn Sie irgendwelche Probleme oder Fragen haben.«

»Danke.«

Die Büroleiterin ging, und die Dame schloß die Tür hinter ihr, und damit schloß sie den Rest des Büros und jede Einmischung aus. Dann griff sie schnell in ihre Tasche und holte ein kleines Buch heraus. Sie blätterte es durch und überflog die handgeschriebenen Seiten, bis sie gefunden hatte, wonach sie suchte. Sie legte das Buch geöffnet auf den Kopierer und kopierte Seite für Seite.

Vierzig Seiten später schaltete sie das Gerät aus, faltete die Kopien und steckte sie zusammen mit dem kleinen Buch in ihre Tasche. Sie verließ das Büro und ging zu dem großen Steinhaus zurück.

Das Haus war majestätisch in seiner Größe und seiner Ausstattung, mit einem großen offenen Steinkamin, hohen Räumen und Decken mit rohen Holzbalken. Die Dame eilte die mit dicken Teppichen belegte Treppe hinauf in ihr Schlafzimmer und schloß die Tür hinter sich ab.

Nachdem sie das kleine Buch auf ihrem stattlichen antiken Schminktisch abgelegt hatte, öffnete sie eine Schublade und holte braunes Packpapier und Bindfaden heraus. Auf dem Packpapier stand bereits ein Name, der Empfänger: Alexander M. Kaseph. Der Absender lautete auf den Namen J. Langstraat. Sie wickelte das Buch schnell wieder ein, so als wäre es nie ausgepackt worden, und dann verschnürte sie es mit dem Bindfaden.

An einer anderen Stelle des Hauses, in einem sehr geräumigen Büro, saß ein Mann in mittlerem Alter, etwas rundlich, mit einer weiten Hose und einem Umhang bekleidet nach indischer Art, auf einem großen Kissen. Seine Augen waren geschlossen, und er atmete tief. Die kostbaren Möbel eines Menschen von hohem Ansehen und großer Macht umgaben ihn: Souvenirs aus aller Welt, wie Schwerter, Keulen, afrikanische Kunstgegenstände, religiöse Reliquien und mehrere ziemlich groteske Götzenfiguren aus dem Osten; ein riesiger Schreibtisch mit eingebauter Computerkonsole, einer Telefonanlage mit vielen Leitungen und einem Sprechfunkgerät; eine lange, dick gepolsterte Couch mit dazu passenden handgeschnitzten Eichenstühlen und einem Kaffeetisch; Jagdtrophäen von Bär, Elch, Büffel und Löwe.

Ohne daß ein Klopfen zu hören war, sprach der Mann mit erhabener Stimme. »Komm herein, Susan.«

Die große Eichentür öffnete sich leise, und die Dame trat mit dem braunen Päckchen ein.

Ohne die Augen zu öffnen, sagte der Mann: »Lege es auf meinen Schreibtisch.«

Die Dame tat das, und der Mann begann aus seiner regungslosen Haltung aufzuwachen, er öffnete seine Augen und streckte seine Arme, so als ob er aus dem Schlaf erwacht wäre.

»Also hast du es endlich gefunden«, sagte er mit einem neckischen Lächeln.

»Es war die ganze Zeit da. Bei all dem Packen und Umräumen war es in einer Ecke verschüttgegangen.«

Der Mann erhob sich von seinem Kissen, streckte seine Beine und ging im Büro umher. »Ich weiß wirklich nicht, was es ist«, sagte er, als würde er eine Frage beantworten.

»Ich habe nicht danach gefragt ...«, sagte die Dame.

Er lächelte herablassend und sagte: »Oh, vielleicht nicht, aber es fühlte sich so an, als ob du es tätest.« Er trat hinter sie, legte seine Hände auf ihre Schulter und sprach in ihr Ohr. »Manchmal kann ich dich so gut lesen, und manchmal gleitest du weg. Du warst in letzter Zeit so besorgt. Warum?«

»Oh, der ganze Umzug, vermute ich, der Umbruch.«

Er legte seine Arme um ihre Taille und zog sie nahe heran, wobei er sagte: »Laß dich nicht davon beeindrucken. Wir werden an einen weit besseren Ort ziehen. Ich habe ein Haus ausgesucht. Du wirst es sehr mögen.«

»Ich bin in dieser Stadt aufgewachsen, das weißt du.«

»Nein. Nein, nicht wirklich. Es wird nicht mehr dieselbe Stadt sein, nicht die, welche du in Erinnerung hast. Es wird besser sein. Aber du glaubst das nicht, oder?«

»Wie ich sagte, ich bin in Ashton aufgewachsen ...«

»Und alles, was du wolltest, war, da rauszukommen!«

»Also kannst du verstehen, daß meine Gefühle durchaus gemischt sind.«

Er drehte sie herum und lachte spielerisch, wobei er in ihre Augen schaute. »Ja, ich weiß! Auf der einen Seite hast du überhaupt keine Sehnsucht nach der Stadt, und auf der anderen Seite haust du ab, um das Volksfest zu besuchen.«

Sie errötete ein bißchen und schaute zu Boden. »Ich habe nach etwas aus meiner Vergangenheit gesucht, etwas, woraus ich meine Zukunft ersehen kann.«

Er hielt ihre Hand und sagte: »Es gibt keine Vergangenheit. Du hättest bei mir bleiben sollen. Ich habe jetzt die Antworten für dich.«

»Ja, jetzt weiß ich das. Ich konnte es vorher nicht wissen.«

Er lachte und ging hinter seinen Schreibtisch. »Nun, gut, gut. Wir brauchen uns nicht mehr an versteckten Orten bei einem lärmenden Volksfest zu treffen. Du hättest sehen sollen, wie peinlich es unseren Freunden war, daß wir uns dort treffen mußten.«

»Aber warum mußtest du kommen, um nach mir zu suchen? Warum mußtest du sie mitbringen?«

Er saß an dem Schreibtisch und begann, an einem gefährlich aussehenden Ritualdolch mit einem goldenen Handgriff und einer rasiermesserscharfen Klinge zu spielen.

Er schaute sie über die Klinge hinweg an und sagte: »Weil ich dir nicht traue, meine liebe Freundin. Ich liebe dich, ich bin eine Einheit mit dir, aber...« Er hielt den Dolch in Augenhöhe und starrte am Rand der Klinge entlang auf sie, wobei seine Augen so scharf wie der Dolch waren. »Ich vertraue dir nicht. Du bist eine Frau mit zu vielen widersprüchlichen Leidenschaften.«

»Ich kann dem Plan nicht schaden. Ich bin nur eine einzelne Person unter Milliarden.«

Er erhob sich und ging um den Schreibtisch herum auf die Seite, wo weitere Dolche in dem geschnitzten Kopf eines heidnischen Götzen steckten.

»Du, liebe Susan, teilst mein Leben, meine Geheimnisse, meine Ziele. Ich muß meine Interessen schützen.«

Dann ließ er den Dolch mit der Spitze zuerst fallen, und er blieb im Kopf des Götzen stecken.

Sie lächelte ergeben, machte sich an ihn heran und gab ihm einen gewinnenden Kuß. »Ich bin und werde immer dir gehören«, sagte sie.

Er lächelte sie verschlagen an, und der schneidende Blick wich nicht aus seinen Augen, als er antwortete: »Ja. Natürlich wirst du das.«

Hoch über dem Tal verbargen sich inmitten der Felsen zwei Gestalten. Die eine Gestalt, der silberhaarige Mann, der schon einmal hier gewesen war, beobachtete ständig die Aktivitäten dort unten. Er war stattlich und mächtig, seine scharfen Augen strahlten Weisheit aus.

Der andere war Tal, der Hauptmann der Heerscharen.

»Hier ist es, wonach du suchst«, sagte der silberhaarige Mann. »Rafar war vor wenigen Tagen hier.«

Sie schauten in das Tal hinunter. Die Schwärme der Dämonen waren zu zahlreich, um sie auch nur zu schätzen.

»Strongman?« fragte er.

»Zweifellos, mit einer Wolke von Wachen und Kriegern, die ständig um ihn herum sind. Es war noch nicht möglich für uns, da durchzukommen.«

»Und sie ist genau in der Mitte des Ganzen!«

»Der Geist hat ihr immer mehr die Augen geöffnet und sie gerufen. Sie ist nahe bei Strongman, gefährlich nahe. Die Gebete des Überrestes haben eine Blindheit und Taubheit auf die dämonischen Heerscharen um sie herum gelegt. Zum gegenwärtigen Zeitpunkt bringt es dir einen Zeitgewinn, aber nicht viel mehr.«

Tal grinste. »Mein General, es wird mehr als eine Taubheit nötig sein, um zu ihr durchzubrechen. Wo wir kaum in der Lage sind, die Stadt Ashton zu halten, können wir unmöglich Strongman direkt angreifen.«

»Und du kannst nur erwarten, daß sich die Situation verschlimmert. Ihre Zahl verzehnfacht sich jeden Tag.«

»Ja, sie bereiten sich vor, das ist sicher.«

»Aber in der gleichen Zeit wird sie in immer größere Konflikte geraten. Bald wird sie nicht mehr fähig sein, ihre wahren Gefühle und Absichten vor ihrem Herrn da unten zu verbergen. Tal, sie hat von dem Selbstmord gelernt.«

Tal schaute dem General direkt ins Gesicht. »Ich verstehe, sie und Patricia waren sehr eng befreundet.«

Der General nickte. »Es hat sie aufgerüttelt und empfänglicher gemacht. Aber die Zeit ihrer Sicherheit ist begrenzt. Hier ist euer nächster Schritt. Die Gesellschaft für Universelles Bewußtsein gibt ein spezielles Wohltätigkeitsessen für ihre vielen Anhänger und Mitläufer in den Vereinten Nationen. Kaseph kann wegen seiner gegenwärtigen Aktivitäten nicht daran teilnehmen. Er wird jedoch Susan schicken, um ihn zu vertreten. Sie wird scharf bewacht werden, aber dies wird die einzige Zeit sein, während der sie außerhalb des dämonischen Schutzes von Strongman ist. Der Geist weiß, daß sie eine Flucht plant und daß sie Kontakt mit dem einzigen Freund, den sie draußen noch hat, aufnehmen will. Dieser Freund kann sich wiederum mit dem Zeitungsmann in Verbindung setzen. Sie wird diese Chance nutzen, Tal. Du mußt dafür sorgen, daß es ihr gelingt.«

Tals erste Antwort war: »Gibt es Gebetsdeckung in New York?«

»Du wirst sie haben.«

Tal schaute auf die Schwärme da unten. »Und sie dürfen nichts erfahren ...«

»Nein. Sie dürfen keinerlei Verdacht schöpfen, bevor du nicht Susan sicher herausgebracht hast. Sie würden sie vernichten, wenn sie es wüßten.«

»Und wer ist der Freund?«

»Sein Name ist Kevin Weed, ein ehemaliger Studienkollege und Jugendfreund.«

»Dann also an die Arbeit. Ich muß noch mehr Beter sammeln.«

»Dann viel Erfolg, lieber Hauptmann!«

Tal kletterte zum Schutz hinter einen riesigen Felsen, bevor er seine Flügel entfaltete. Dann segelte er mit der Lautlosigkeit und der Grazie einer dahingleitenden Wolke aufwärts und über die Bergspitze hinweg. Nachdem er den Gipfel überflogen hatte und ihn die Dämonen aus dem Schwarm im Tal nicht mehr sehen konnten, wirbelten seine Flügel mit rasender Geschwindigkeit, und er schoß wie eine Pistolenkugel davon.

Über den Himmel und den Horizont zog sich ein glänzender Bogen aus Licht.

Marshall und Bernice fuhren in dem großen braunen Wagen durch die bewaldete Landschaft, sprachen über sich selbst, über ihre Vergangenheit, ihre Familien und alles, was ihnen in den Sinn kam. Sie hatten es satt, nur über Geschäftliches zu reden, und sie genossen es, einander besser kennenzulernen.

»Ich wurde als Presbyterianer erzogen«, sagte Marshall. »Jetzt weiß ich nicht, was ich bin.«

»Meine Leute waren Episkopale«, sagte Bernice. »Ich glaube nicht, daß ich jemals irgend etwas war. Sie schleppten mich jeden Sonntag zur Kirche, und ich konnte es nicht erwarten, da rauszukommen.«

»Mir hat das nicht viel ausgemacht. Ich hatte einen guten Sonntagsschullehrer.«

»Ja, vielleicht habe ich da was verpaßt. Ich ging niemals zur Sonntagsschule.«

»Ah, ich denke, ein Kind muß etwas über Gott wissen.«

»Was ist, wenn Gott nicht existiert?«

»Siehst du, was ich meine? Du bist nie in eine Sonntagsschule gegangen!«

Der Wagen kam an eine Kreuzung, und ein Hinweisschild zeigte an, daß der Weg nach Ashton links abging. Marshall bog links ab.

Bernice antwortete auf eine von Marshalls Fragen. »Nein, meine Eltern leben nicht mehr. Mein Vater starb 1976, und Mutter starb ... Moment, vor zwei Jahren.«

»Das tut mir leid.«

»Und dann verlor ich meine einzige Schwester, Patricia.«

»Ist das wahr! Das ist wirklich tragisch.«

»Manchmal ist es einsam in dieser Welt da draußen ...«

»Ja, ich kann mir das vorstellen ... und ich frage mich, wen du in Ashton noch kennenlernen kannst?«

Sie schaute ihn nur an und sagte: »Ich bin nicht auf der Jagd nach jemandem, Marshall.«

Ungefähr eine Meile vor ihnen lag eine kleine Stadt mit Namen Baker, die auf der Karte durch den kleinstmöglichen Punkt gekennzeichnet war. Es war eine dieser typischen Ansiedlungen neben der Straße, wo Fernfahrer Pause machten, um einen Kaffee zu trinken und kalte Eier zu essen. Wenn man einmal mit den Augen blinzelt, ist man schon dran vorbei.

Oberhalb des Wagens fegten Nathan und Armoth über den Baumwipfeln dahin und warfen ein wachsames Auge auf das Auto. Ihre Flügel schlugen im Gleichtakt, und ihre Körper zogen zwei diamantene Lichtspuren hinter sich her.

»Also hier ist es, wo alles beginnt«, sagte Nathan in einem spielerischen Tonfall.

»Und du bist auserwählt worden, den Schlag auszuführen«, antwortete Armoth.

Nathan lächelte. »Kinderspiel.«

Armoth neckte ihn ein wenig. »Ich bin sicher, Tal kann jemand anderen finden, der die Ehre haben will ...«

Nathan zog sein Schwert, und es leuchtete wie ein Blitzstrahl. »O nein, lieber Armoth! Ich habe lange genug gewartet.«

Nathan flog von Armoth weg, ließ sich über die Straße, die sich durch die hohen Bäume hindurchwand, hinuntersinken und begann, sein Tempo dem des Autos anzupassen, wobei er ungefähr in zehn Meter Höhe mitflog. Er hielt sein Auge auf die kleine Stadt Baker gerichtet, der sie sich nun näherten, dann schätzte er schnell die Entfernung ab, die das Auto noch fahren mußte, und dann, im richtigen Moment, schleuderte er sein Schwert wie einen feurigen Speer hinunter. Das Schwert glitt auf einer perfekten Flugbahn dahin und schoß durch die Motorhaube des Autos.

Der Motor ging aus.

»Mist!« sagte Marshall und lenkte schnell auf den Seitenstreifen.

»Was ist passiert?« fragte Bernice.

»Irgend etwas ist kaputtgegangen.«

Marshall versuchte, den Motor wieder zu starten, während das Auto weiter rollte. Keine Reaktion.

»Wahrscheinlich ein Problem mit der Elektrik ...«, murmelte er.

»Laß es uns besser in der Tankstelle dort drüben überprüfen.«

»Ja, ich weiß, ich weiß.«

Der Wagen rollte bis zu der kleinen Tankstelle in Baker und kam genau vor der Eingangstür zum Stehen. Marshall öffnete die Motorhaube.

»Ich werde mich mal kurz entschuldigen«, sagte Bernice.

»Geh für mich auch mit, ja?« sagte Marshall, während er im Motorraum herumschaute.

Bernice ging zu dem nächsten kleinen Gebäude, die Evergreen Taverne. Das Alter und die Witterung hatten es bereits arg mitgenommen, die Farbe an der Eingangstür blätterte ab. Die Neon-Bierreklame im Fenster funktionierte aber noch, und die Musikbox drinnen näselte einen Countryhit.

Bernice stieß die Tür auf — da sie am Boden schleifte, war ein Bogen in das Linoleum gekratzt — und ging hinein, wobei sie ihre Nase etwas verzog wegen des blauen Zigarettenqualms, der die Luft ersetzte. Nur ein paar Männer saßen herum, wahrscheinlich die erste Schicht der Holzarbeiter, die von der Arbeit kam. Sie sprachen laut, erzählten sich Geschichten und machten schmutzige Bemerkungen. Bernice schaute zum anderen Ende des Raumes und versuchte, das Hinweisschild zu den Toiletten zu finden.

Einer der Männer am Tisch sagte: »Hallo, Baby, wie geht's?«

Bernice warf ihm nur einen passenden bösen Blick zu. Ein wenig zu *viel* der heimatlichen Atmosphäre, mußte sie denken.

Sie verlangsamte ihre Schritte. Ihre Augen richteten sich auf ihn. Er blickte sie mit einem besoffenen, müden Lächeln auf seinem bärtigen Gesicht an.

Ein anderer Mann sagte: »Sieht so aus, als ob du ihr gefällst, Kumpel.«

Bernice schaute ihn weiter an. Sie ging zu dem Tisch und schaute ihn sich noch näher an. Die Haare waren lang, ungepflegt und mit einem Gummiband zu einem Pferdeschwanz zusammengebunden. Die Augen waren glasig und dunkel umrandet. Aber sie kannte diesen Mann.

Der Freund des Mannes sagte: »Guten Abend, werte Dame. Lassen Sie sich von ihm nicht stören, er hat einfach nur eine gute Zeit hier, nicht wahr, Weed?«

»Weed?« fragte Bernice. »Kevin Weed?«

Kevin Weed schaute sie an, freute sich an dem Anblick und sagte wenig. Schließlich meinte er: »Darf ich Ihnen ein Bier ausgeben?«

Bernice ging näher zu ihm hin und sorgte dafür, daß er ihr Gesicht deutlich sehen konnte. »Erinnerst du dich an mich? Bernice Krueger?« Weed schaute nur verwirrt. »Erinnerst du dich an Pat Krueger?«

Nun begann es langsam in Weeds Gesicht zu dämmern. »Pat Krueger ...? Wer sind Sie?«

»Ich bin Bernice. Pats Schwester. Erinnerst du dich an mich? Wir haben uns ein paarmal getroffen. Du und Pats Zimmernachbarin sind zusammen gegangen.«

Weed strahlte und lächelte, und dann fluchte er und entschuldigte sich. »Bernice Krueger! Pats Schwester!« Er fluchte wieder und entschuldigte sich erneut. »Was machst du an diesem Ort?«

»Ich bin auf der Durchreise. Und ich werde eine kleine Cola nehmen, danke.«

Weed lächelte und schaute zu seinen Freunden. Ihre Augen und Münder waren weit aufgerissen, und sie fingen an zu lachen.

Weed sagte mit einem anzüglichen Grinsen: »Ich denke, es ist Zeit für euch Jungs, sich einen anderen Tisch zu suchen ...«

Sie nahmen ihre Helme und Verpflegungsboxen und lachten. »Jaah, du hast Glück, Weed.«

»Dan«, schrie Weed, »eine kleine Cola für die Dame hier.«

Dan mußte einen Moment lang auf das hübsche Mädchen starren, das in ein Lokal wie seines gekommen war. Er holte die Cola und brachte sie ihr.

»Was hast du bis jetzt gemacht?« fragte Weed sie.

Bernice hatte ihren Bleistift und ihr Notizbuch ausgepackt. Sie erzählte ihm ein bißchen von dem, was sie getan hatte und was sie jetzt tat. Dann sagte sie: »Ich habe dich seit kurz vor Pats Tod nicht gesehen.«

»Hey, das tut mir wirklich leid.«

»Kevin, kannst du mir irgend etwas darüber erzählen? Was weißt du?« »Nicht viel ... nicht mehr, als ich in der Zeitung gelesen habe.«

»Was ist mit Pats Zimmernachbarin? Hast du von ihr irgend etwas gehört?« Bernice bemerkte, daß sich Weeds Augen weiteten und sein Mund aufging, als sie das Mädchen erwähnte.

»Mann, diese Welt wird immer kleiner!« sagte er.

»Du hast sie gesehen?« Bernice konnte ihr Glück nicht fassen.

»Nun, ja, so kann man's nennen.«

»Wann?« beharrte Bernice.

»Erst vor kurzem.«

»Wo? Wann?« Bernice hatte Schwierigkeiten, sich zurückzuhalten.

»Ich sah sie auf dem Volksfest.«

»In Ashton?«

»Ja, ja, in Ashton. Sie rief meinen Namen, ich drehte mich um, und da war sie.«

»Was sagte sie? Sagte sie, wo sie jetzt lebt?«

Weed wurde etwas unruhig. »Mann, ich weiß nicht. Es ist mir wirklich egal. Sie ließ mich fallen, weißt du, sie rannte mit diesem Schläger weg. Sie war sogar in dieser Nacht mit ihm da.«

»Wie war noch ihr Name?«

»Susan. Susan Jacobson. Sie ist eine echte Herzensbrecherin, ja, das ist sie.«

»Hast du irgendeine Ahnung — gab sie dir irgendeinen Hinweis, wo ich sie finden kann? Ich muß mit ihr über Pat sprechen. Sie weiß vielleicht etwas.«

»Mann, ich weiß nicht. Sie hat nicht lange mit mir gesprochen. Sie war in Eile, mußte ihren neuen Freund treffen oder so was. Sie wollte meine Telefonnummer, das war alles.«

Bernice konnte ihre Hoffnung noch nicht fahrenlassen. Noch nicht. »Bist du sicher, daß sie dir nicht irgendeinen Hinweis gegeben hat, wo sie jetzt lebt, oder wie man mit ihr in Kontakt kommen kann?« Weed zuckte betrunken seine Achseln. »Kevin, ich versuche seit einer Ewigkeit, sie zu finden! Ich muß mit ihr reden!«

Weed war verbittert. »Rede mit ihrem Freund, diesem fetten kleinen Opa mit dem vielen Geld!«

Nein, nein, das war wirklich kein begründeter Verdacht, der da durch Bernice' Gedanken schoß. Oder doch?

»Kevin«, sagte sie, »wie hat Susan in dieser Nacht ausgesehen?«

Er starrte in den leeren Raum wie ein betrunkener und sitzengelassener Liebhaber. »Irre«, sagte er. »Lange, schwarze Haare, schwarzes Kleid, sexy Sonnenbrille.«

Bernice fühlte, wie sich ihr Magen zu einem Knoten zusammenzog, als sie sagte: »Und was war mit ihrem Freund? Hast du ihn gesehen?«

»Ja, später. Susan tat so, als würde sie mich nicht kennen, als er auf der Bildfläche auftauchte.«

»Okay, wie hat er ausgesehen?«

»Wie so ein Schleimer aus Oberschweinebach. Es mußte sein Geld gewesen sein, warum sich Susan an ihn gehängt hat.«

Bernice nahm ihren Bleistift mit zitternder Hand. »Was ist ihre Telefonnummer?«

Er gab sie ihr.

»Adresse?«

Er murmelte auch das heraus.

»Nun, du sagtest, sie hat dich nach deiner Telefonnummer gefragt?«

»Ja, ich weiß nicht warum. Vielleicht läuft es mit dem Liebhaber nicht so gut.«

»Hast du ihr die Nummer gegeben?«

»Ja. Vielleicht bin ich ein Einfaltspinsel, aber ja, ich tat es.«

»Also wird sie vielleicht anrufen.«

Er zuckte mit den Achseln.

»Kevin ...« Bernice gab ihm eine ihrer Visitenkarten. »Hör gut zu. Hörst du zu?«

Er schaute sie an und sagte ja.

»Wenn sie anruft, wenn du irgendwie etwas von ihr hörst, bitte gib ihr meine Telefonnummer und meinen Namen, und sag ihr, daß ich mit ihr reden will. Sieh zu, daß du *ihre* Nummer herausbekommst, so daß ich *sie* anrufen kann. Wirst du das machen?«

Er nahm die Karte und nickte. »Ja, sicher.«

Sie trank ihre Cola aus und wollte aufbrechen. Er schaute sie mit seinen trüben, glasigen Augen an.

»Hey, habst du heute abend schon was vor?«

»Wenn du von Susan hörst, ruf mich an. Wir haben dann viel zu besprechen.«

Er schaute wieder auf ihre Karte. »Ja, sicher.«

Ein paar Augenblicke später war Bernice wieder zurück an der Tankstelle, gerade rechtzeitig, um zu sehen, wie Marshall das Auto startete. Der alte, buckelige Tankstellenbesitzer schaute auf den Motor und schüttelte den Kopf.

»Hey, das war es!« rief Marshall hinter dem Lenkrad hervor.

»Zum Teufel, ich habe nichts gemacht«, sagte der alte Mann.

Hoch über der Tankstelle segelte Nathan himmelwärts, um Armoth zu treffen, sein Schwert hatte er sich wiedergeholt. »Erledigt«, sagte er.

»Und jetzt werden wir sehen, wie erfolgreich der Hauptmann und Guilo in New York waren.«

Der Wagen fuhr wieder auf die Straße, und Nathan und Armoth folgten hinter und über ihm wie zwei Papierdrachen an der Schnur.

18

Hank begann den Sonntagsgottesdienst mit einem bewährten mitreißenden Lied, das Mary auf dem Piano besonders gut spielen konnte. Beide waren im Geist erfrischt und in der Seele ermutigt; trotz des nahekommenden Schlachtlärms spürten sie, daß Gott in seiner unbegrenzten Weisheit einen mächtigen und wirksamen Plan ausarbeitete, um sein Reich in der Stadt Ashton wiederaufzurichten. Große und kleine Siege wurden errungen, und Hank wußte, daß es die Hand Gottes war.

Auf jeden Fall würde er an diesem Morgen zu einer fast vollständig neuen Gemeinde sprechen; zumindest sah es so aus. Viele der Andersdenkenden hatten die Gemeinde verlassen und hatten ihre

Bitterkeit mit sich genommen, und die ganze Atmosphäre in der Kirche war aufgrund ihrer Abwesenheit um Klassen besser. Sicher, Alf Brummel, Gordon Mayer und Sam Turner hingen immer noch herum und grübelten gemeinsam über ihre Niederlage nach, aber keiner von ihnen war an diesem Morgen im Gottesdienst, dafür waren eine Menge neuer, frischer Gesichter zu sehen. Dem Beispiel der Forsythes waren viele ihrer Freunde und Verwandten gefolgt, einige verheiratete Paare, einige Alleinstehende und einige Studenten. Oma Duster war da, so stark und gesund wie selten und bereit zu einem geistlichen Kampf; John und Patty Coleman waren hinten, und John konnte sich in seiner Freude und Aufregung ein Grinsen nicht verkneifen.

Vom Rest war Hank nur einem zuvor begegnet. In der Nähe von Andy und June saß Ron Forsythe zusammen mit seiner Freundin, eine kleine, sehr aufgedonnerte College-Studentin; Ron schaute etwas belämmert drein. Hank hatte seine Gefühle unterdrücken müssen, als er die Forsythes in Begleitung ihres Sohnes hereinkommen sah: Es war ein Wunder, eine echte Gnadentat des lebendigen Gottes. Er hätte gerne laut Halleluja gerufen, aber er wollte den jungen Mann nicht erschrecken; für Ron war dies alles einfach noch zu ungewohnt.

Nach dem ersten Lied dachte Hank, daß es am besten wäre, die Situation vor ihm direkt anzusprechen.

»Nun«, sagte er formlos, »ich weiß nicht, ob ich euch Besucher oder Flüchtlinge oder was nennen soll.«

Sie alle lachten und schauten sich an.

Hank fuhr fort: »Warum nehmen wir uns nicht ein paar Minuten Zeit, um uns vorzustellen? Ich vermute, ihr wißt wahrscheinlich, wer ich bin; ich bin Hank Busche, der Pastor, und diese Blume, die da am Piano sitzt, ist meine Frau Mary.« Mary stand schnell auf, lächelte sanft und setzte sich dann wieder hin. »Warum gehen wir jetzt nicht die Bänke durch und erzählen den anderen, wer wir sind ...«

Und der erste Appell des Überrests fand statt, während die Engel und Dämonen zuschauten: Krioni und Triskal standen auf ihren Posten, genau neben Hank und Mary, während Signa und seine Abteilung — sie zählte jetzt zehn — eine Schutzhecke um das Gebäude bildeten.

Wieder hatte Lucius ein bitteres Wortgefecht mit Signa, als er versuchte hineinzukommen. Aber er wußte, daß er die Sache nicht auf die Spitze treiben durfte — Hank Busche war übel genug, aber jetzt hatte er eine ganze Kirche voll von betenden Heiligen. Die himmlischen Krieger freuten sich an ihrer ersten wirklichen Überlegenheit. Lucius befahl schließlich seinen Dämonen, draußen zu bleiben und zu hören, was sie hören konnten.

Die einzigen Dämonen, die es geschafft hatten, einzutreten, waren mit ihren menschlichen Gastgebern gekommen, und nun saßen sie hier und dort in der Versammlung und brüteten über diese schreckliche Entwicklung. Scion stand in der Nähe der Hintertür wie eine Henne, die über ihrer Brut wachte, und Seth blieb in der Nähe der Forsythes.

Es war Kraft an diesem Ort, und jeder konnte spüren, wie sie zunahm, als die neuen Leute aufstanden, um sich vorzustellen. Hank kam es vor, als sammle sich hier eine Spezialtruppe.

»Ralph Metzer, Student in Whitmore ...«

»Judy Kemp, Studentin in Whitmore ...«

»Greg und Eva Smith, Freunde der Forsythes.«

»Bill und Betty Jones. Wir haben das Geschäft an der 8. Straße ...«

»Mike Stewart. Ich wohne bei Bill und Betty, und ich arbeite in der Mühle.«

»Cal und Ginger Barton. Wir sind noch neu in der Stadt.«

»Cecil und Miriam Cooper, und wir sind echt froh, euch alle hier zu sehen ...«

»Ben Squires. Ich bin der Bursche, der euch die Post bringt, wenn ihr im Westen wohnt ...«

»Tom Harris, und das ist meine Frau Mabel. Wir heißen euch alle willkommen, und preist den Herrn!«

»Clint Neal — ich arbeite an der Tankstelle.«

»Greg und Nancy Jenning. Ich bin Lehrer, und sie ist Sekretärin.«

»Andy Forsythe, und preist den Herrn!«

»June Forsythe, und Amen dazu.«

Ron stand auf, steckte seine Hände in die Hosentaschen und schaute auf den Boden, während er sagte: »Ich bin — ich bin Ron Forsythe, und das hier ist Cynthia, und ... ich traf den Pastor in der Höhle, und ...« Er konnte wegen seiner Gefühle nicht mehr weiterreden. »Ich möchte euch für eure Gebete und euer Engagement danken.« Er stand einen Moment lang da, schaute auf den Boden, während Tränen in seine Augen traten.

June stand neben ihm und wandte sich für ihn an die Gruppe. »Ron will, daß ihr alle wißt, daß er und Cynthia gestern abend ihre Herzen Jesus gegeben haben.«

Jeder lächelte freudig und murmelte etwas Ermutigendes, und das machte Ron frei genug, zu sagen: »Ja, und wir haben unsere ganzen Drogen die Toilette hinuntergespült!«

Das brachte die Halle fast zum Einsturz.

Mit noch mehr Freude und Feuer wurde der Appell fortgesetzt.

Draußen hörten die Dämonen mit großer Aufregung zu und zischten abstoßende Flüche.

»Rafar muß das wissen!« sagte einer.

Lucius, der seine Flügel halb entfaltet hatte, nur um seine aufgeregte Mannschaft davon abzuhalten, ihm auf die Nerven zu gehen, stand schweigend da und grübelte.

Ein kleiner Dämon schwebte über seinem Kopf und schrie: »Was sollen wir tun, Meister Lucius? Sollen wir Rafar suchen?«

»Zurück auf deinen Posten!« zischte er. »Überlaß es *mir*, Ba-al Rafar zu informieren!«

Sie versammelten sich um ihn und wollten seine nächsten Befehle hören. Es schien, daß er schon lange nicht mehr so wenig gesprochen hatte.

»Was starrt ihr mich alle an?« kreischte er. »Haut ab und stiftet Unheil! Laßt diese spießigen kleinen Heiligen meine Sorge sein!«

Sie flatterten in alle Richtungen weg, und Lucius stand auf seinem Platz vor dem Kirchenfenster.

Er würde es Rafar tatsächlich erzählen. Doch Rafar soll sich ruhig so weit demütigen, selbst zu fragen. Lucius würde nicht sein Lakai sein.

In diesem Teil von New York war alles auf die oberen Zehntausend ausgerichtet; die Läden, Boutiquen und Restaurants waren exklusiv, die Hotels waren fürstlich. Sorgfältig gepflegte blühende Bäume wuchsen in stuckverzierten Pflanzkübeln entlang dem Gehsteig, und Arbeiter hielten die Straßen und Gehwege sauber.

Zwischen den hastigen Einkäufern und Schaufensterbummlern, die dieses Viertel bevölkerten, waren zwei sehr große Männer in Arbeitsanzügen, die den Gehweg entlangschlenderten und da und dort hinschauten.

»Das Gibson-Hotel«, las Tal am Eingang eines würdigen alten Steingebäudes, das sich dreißig Stockwerke über ihnen auftürmte.

»Ich sehe noch keine Aktivitäten«, sagte Guilo.

»Es ist noch früh. Sie werden hier sein. Laß uns schnell machen.«

Die beiden schlüpften durch die große Eingangstür in die Hotelhalle hinein. An allen Seiten gingen Menschen an ihnen vorbei, und einige gingen genau durch sie hindurch, aber das war natürlich ohne Folgen. Wenige Augenblicke später hatten sie den Terminplan auf dem Schreibtisch überprüft und festgestellt, daß der Große Ballsaal an diesem Abend für die Gesellschaft für Universelles Bewußtsein reserviert war.

»Die Information des Generals war richtig«, bemerkte Tal mit Vergnügen.

Sie eilten einen langen Gang hinunter, der mit dicken Teppichen ausgelegt war, vorbei an einem Friseurladen, einem Schönheitssalon, einem Schuhputzautomaten, einem Geschenkartikelgeschäft, und sie kamen zu zwei großen Eichentüren mit üppig gearbeiteten Messinggriffen. Sie gingen durch und befanden sich im Großen Ballsaal, der jetzt mit Eßtischen gefüllt war, die mit Kristallgedecken und weißen leinenen Tafeltüchern geschmückt waren. Eine einsame, langstielige Rose in einer Vase stand auf jedem Tisch. Die Hotelangestellten erledigten hastig letzte Vorbereitungen und verteilten die kunstvoll gefalteten Servietten und die Weingläser. Tal überprüfte die Platzkarten am Haupttisch. Auf einer am Ende des Tisches stand: »Kaseph, Omni Corporation«.

Sie gingen durch einen nahe gelegenen Ausgang und schauten nach rechts und links. Links unten in der Halle war die Damentoilette. Sie gingen hinein, vorbei an ein paar Frauen, die sich an den Spiegeln schminkten, und fanden, was sie suchten: die hinterste Kabine, die für Behinderte reserviert war. Sie war an die Außenmauer des Hotels gebaut und hatte ein Fenster, das für einen gelenkigen Menschen groß genug war, um hindurchzukriechen. Tal brach das Schloß auf und prüfte das Fenster, um sicherzustellen, daß es sich leicht öffnen und schließen ließ. Guilo ging schnell durch die Mauer in den Hinterhof, wo er einen großen Müllcontainer fand, und diesen verschob er mit unglaublicher Leichtigkeit um zwei Meter, so daß er genau unter dem Fenster stand. Dann ordnete er einige Kisten und Mülltonnen so an, daß sie eine bequeme Treppe von dem Container herab bildeten.

Tal folgte ihm, und sie gingen durch den Hinterhof auf die Straße hinaus. An der Ecke war eine Telefonzelle. Tal nahm den Hörer ab und stellte sicher, daß alles funktionierte.

»Hier kommen sie!« warnte Guilo, und sie schlüpften durch die Wand eines Kaufhauses und lugten aus dem Fenster, als eine lange schwarze Limousine und dann noch eine, und dann noch eine in einer unheilverkündenden Parade die Straße zum Hotel hinunterfuhren. In den Limousinen saßen Würdenträger und andere VIPs aus vielen verschiedenen Nationen, und innen und auf den Dächern saßen Dämonen, riesig, schwarz, warzig und wild, ihre gelben Augen starrten wachsam in alle Richtungen.

Tal und Guilo beobachteten gespannt. Im Himmel über ihnen begannen andere Dämonen, sich wie Schwalben zu sammeln, ihre schwarz geflügelten Umrisse zeichneten sich scharf gegen den roten Abendhimmel ab.

»Eine bedeutende Versammlung, Hauptmann«, sagte Guilo.

Tal nickte und beobachtete weiter. Inmitten der Limousinen waren viele Taxen, die ebenfalls Menschen aus allen Völkern und Nationen transportierten: Orientalen, Afrikaner, Europäer, Amerikaner, Araber — Leute mit großer Macht und Würde, von überall aus der ganzen Welt.

»Wie in der Schrift geschrieben steht, die Könige der Erde«, sagte Tal, »betrunken vom Wein der Unzucht der großen Hure.«

»Babylon die Große«, sagte Guilo. »Die Große Hure, die sich in der letzten Zeit erhebt.«

»Ja, Universelles Bewußtsein. Die Weltreligion, die Lehren von Dämonen, die sich unter allen Völkern ausbreiten. Babylon lebt genau am Ende der Zeit noch einmal auf.«

»Deshalb die Rückkehr des Prinzen von Babylon, Rafar.«

»Natürlich. Und das erklärt, warum *wir* gerufen wurden. Wir sind die letzten, die sich mit ihm auseinanderzusetzen haben.«

Daraufhin zuckte Guilo zusammen. »Mein Hauptmann, unsere letzte Schlacht mit Rafar ist keine angenehme Erinnerung.«

»Und auch keine angenehme Aussicht.«

»Erwartest du ihn hier?«

»Nein. Dieses Treffen ist nur eine Party vor der wirklichen Schlacht, und die wirkliche Schlacht ist für die Stadt Ashton vorherbestimmt.«

Tal und Guilo blieben, wo sie waren, und beobachteten die sich sammelnden Kräfte der Menschheit und des Satanischen, welche sich dem Gibson-Hotel näherten. Sie hielten nach der einen Schlüsselperson Ausschau: Susan Jacobson, Alexander Kasephs »Hausdame«.

Schließlich entdeckten sie sie in einem sehr ausgefallenen Lincoln Continental, wahrscheinlich Kasephs Privatfahrzeug, der von einem gemieteten Chauffeur gesteuert wurde. Sie wurde von zwei Wächtern begleitet, die auf beiden Seiten von ihr saßen.

»Sie wird scharf bewacht werden«, sagte Tal. »Komm, wir brauchen einen besseren Aussichtspunkt.«

Sie schritten schnell durch das Kaufhaus, durch Wände, Lager und Leute, dann tauchten sie unter der Straße durch und kamen in einem Restaurant heraus, das genau gegenüber dem Hoteleingang lag. Um sie herum saßen gut gekleidete Leute an ruhigen Tischen bei Kerzenlicht und aßen teure französische Spezialitäten. Sie eilten zum Vorderfenster genau neben einem älteren Paar, das sich an Fisch und Wein erfreute, während der Lincoln mit Susan vor dem Hotel anhielt.

Susans Tür wurde von einem Portier in roter Uniform geöffnet. Ein Wächter stieg aus und reichte ihr zum Aussteigen die Hand; sie trat heraus, und sofort war der andere Wächter bei ihr. Die beiden Wächter im Smoking waren sehr zuvorkommend, aber auch sehr einschüchternd. Sie blieben ganz nahe bei ihr. Susan trug ein locker sitzendes Abendkleid, das bis auf ihre Füße herabfiel und ihren Körper toll zur Geltung brachte.

Guilo mußte fragen: »Hat sie dieselben Pläne wie wir?«

Tal antwortete bestimmt: »Der General hat sich noch nicht geirrt.«

Guilo konnte dem nur zustimmen.

»In den Hinterhof«, sagte Tal.

Sie bewegten sich unter dem Kopfsteinpflaster des Hinterhofes entlang und kamen an einem versteckten Platz hinter einer Feuerleiter an die Oberfläche. Die Nacht war hereingebrochen, und es war in dem Hinterhof sehr dunkel. Von ihrer günstigen Position aus konnten sie zwanzig wendige gelbe Augenpaare zählen, die gleichmäßig im Hinterhof und an der Hotelmauer entlang verteilt waren.

»Ungefähr hundert Wächter sind um diesen Platz herum aufgestellt«, sagte Tal.

»Unter besseren Umständen nur eine Handvoll«, grollte Guilo.

»Du brauchst dich nur um diese zwanzig zu kümmern.«

Guilo nahm sein Schwert in die Hand. Er konnte die Gebete der örtlichen Heiligen fühlen.

»Es wird schwierig sein«, sagte er. »Die Gebetsdeckung ist begrenzt.«

»Du brauchst sie nicht zu besiegen«, antwortete Tal. »Bringe sie nur dazu, daß sie hinter dir her jagen. Wir brauchen nur für ein paar Augenblicke reine Luft hier im Hinterhof.«

Sie warteten. Die Luft im Hinterhof war ruhig und feuchtkalt. Die Dämonen bewegten sich wenig, blieben auf ihren Posten, murmelten in verschiedenen Sprachen, wobei ihr schwefeliger Atem ein fremdartiges, sich windendes Band von gelbem Dampf formte, das in dem Hinterhof wie ein fauliger Fluß mitten in der Luft hing. Tal und Guilo fühlten, wie ihre Spannung wuchs. Das Festessen mußte jetzt schon begonnen haben. Jeden Moment könnte sich Susan vom Tisch entschuldigen.

Einige Zeit verging. Plötzlich fühlten Tal und Guilo beide die Bewegung des Geistes. Tal schaute zu Guilo, und Guilo nickte. Sie war auf dem Weg. Sie beobachteten das Fenster. Das Licht aus der Damentoilette schien hell durch; sie konnten schwach das Öffnen und Schließen der Tür hören, wenn Gäste kamen und gingen.

Die Tür öffnete sich. Hohe Absätze klapperten auf den Fliesen, bewegten sich zum Fenster. Die Dämonen wurden etwas unruhig, schimpften unter sich. Die Tür zu der letzten Kabine schwang auf. Guilos Hand griff nach seinem Schwert. Er begann tief zu atmen, sein großer Oberkörper hob und senkte sich, und die Kraft Gottes durchströmte ihn. Seine Augen waren auf das Fenster gerichtet. Die Dämonen wurden wachsamer, ihre gelben Augen waren weit offen und huschten hin und her. Sie redeten lauter.

Der Schatten eines Frauenkopfes erschien plötzlich am Fenster. Eine Frauenhand griff nach dem Fensterriegel.

Tal berührte Guilo an der Schulter, und Guilo versank sofort im Boden. Nur ein Bruchteil einer Sekunde war vergangen.

»JAHAAAAA!« kam der plötzliche, ohrenbetäubende Kriegsschrei aus Guilos mächtigen Lungen, und der ganze Hinterhof explodierte sofort in einem blendenden weißen Lichtblitz, als Guilo aus dem Boden schoß, sein Schwert blitzte und funkelte und zeichnete leuchtende Bögen in die Luft. Die Dämonen sprangen, schrien und kreischten vor Schreck, aber erholten sich sofort wieder und zogen ihre Schwerter. Der Hinterhof hallte von dem metallischen Rasseln wider, und das rote Funkeln ihrer Klingen tanzte über den hohen Ziegelmauern.

Guilo stand groß und stark da, und er bellte ein Lachen hinaus, das den Boden erzittern ließ. »Nun werde ich euren Mut testen, ihr schwarzen Eidechsen!«

Ein großer Geist am Ende kreischte einen Befehl, und alle zwanzig Dämonen stürzten sich auf Guilo wie hungrige Raubvögel, ihre Schwerter blitzten und ihre Fangzähne waren entblößt. Guilo schoß kerzengerade nach oben, wie ein schlüpfriges Stück Seife, wobei er überall Licht in farbigen Spiralen verstreute. Die Dämonen entfalteten ihre Flügel und schossen aufwärts, ihm nach. Während Tal beobachtete, machte Guilo Loopings und Korkenzieherschrauben wie ein loser Luftballon über den ganzen Himmel, wobei er lachte, spottete, hänselte — und sich so eben aus ihrer Reichweite hielt. Die Dämonen waren jetzt in blinder Wut.

Der Hinterhof war leer. Das Fenster öffnete sich. Tal war im nächsten Augenblick neben dem Fenster, unverklärt und in der Dunkelheit versteckt. Er packte Susan in dem Moment, als ihre Hand durch das Fenster kam, und zog so heftig, daß sie praktisch allein durch seine Kraft aus dem Fenster schoß. Sie war mit einer einfachen Bluse und Jeans bekleidet und hatte Turnschuhe an. Vom Nacken an aufwärts war sie noch prachtvoll gekleidet, vom Nacken an abwärts war sie bereit, durch dunkle Hinterhöfe zu rennen.

Tal half ihr, von dem Müllcontainer herunterzufinden, dann zog er sie durch den Hinterhof auf die Straße hinaus, wo sie zögerte, hierhin und dahin schaute, und dann erblickte sie die Telefonzelle. Sie rannte wie der Wind, in einer schrecklichen und verzweifelten Hast. Tal folgte ihr, wobei er versuchte, so unauffällig wie möglich zu bleiben. Er schaute über seine Schultern zurück; Guilos Ablenkungsmanöver hatte funktioniert.

Zur Zeit war Guilo das Hauptproblem für die Dämonen, und ihre Aufmerksamkeit war weit weg von dieser wild rennenden Frau.

Susan stürzte in die Zelle und schlug die Tür hinter sich zu. Sie nahm eine Handvoll Münzen aus ihrer Jeanstasche, wählte die Vermittlung und ließ sich ein Ferngespräch durchstellen.

Irgendwo zwischen Ashton und der kleinen Ortschaft Baker, in einem heruntergekommenen ehemaligen Kaufhaus, das man in billige Apartments umgebaut hatte, wurde Kevin Weed durch das Läuten des Telefons aus seinem unruhigen Schlaf aufgeweckt. Er rollte sich von seiner Matratze herunter und hob den Hörer ab.

»Ja, wer ist da?« fragte er.

»Ist da Kevin?« kam die verzweifelte Stimme am anderen Ende.

Kevin richtete sich etwas auf. Es war eine Frauenstimme. »Ja, ich bin es. Wer ist da?«

In der Telefonzelle schaute Susan ängstlich die Straße hinauf und hinunter und sagte: »Kevin, hier ist Susan, Susan Jacobson.«

Kevin fing an, sich über dies alles zu wundern. »Hey, was willst du noch von mir?«

»Ich brauche deine Hilfe, Kevin. Ich habe nicht viel Zeit. Es *gibt nicht* viel Zeit.«

»Zeit für was?« fragte er verständnislos.

»Bitte höre zu. Schreibe mit, wenn es nötig ist.«

»Ich habe kein Schreibzeug.«

»Dann höre einfach zu. Du kennst den *Ashton Clarion*? Die Zeitung in Ashton?«

»Ja, ja, kenne ich.«

»Bernice Krueger arbeitet da. Sie ist die Schwester meiner ehemaligen Zimmernachbarin, Pat. Du weißt, das Mädchen, das Selbstmord begangen hat.«

»Oh, Mann ... was läuft hier eigentlich?«

»Kevin, willst du für mich etwas tun? Wirst du dich mit Krueger im *Clarion* in Verbindung setzen und ... Kevin?«

»Ja, ich höre.«

»Kevin, ich bin in Schwierigkeiten. Ich brauche deine Hilfe.«

»Und wo ist dein Liebhaber?«

»Vor ihm fürchte ich mich. Du kennst ihn. Erzähle Bernice alles über Kaseph, alles, was du weißt.«

Kevin war etwas verwirrt. »Und was weiß ich?«

»Erzähle ihr, was passiert ist, du weißt, zwischen uns, mit Kaseph, die ganze Sache. Erzähle ihr, was Kaseph vorhat.«

»Ich komme da nicht mit.«

»Ich habe keine Zeit, es zu erklären. Erzähle ihr nur — erzähle ihr, daß Kaseph dabei ist, die ganze Stadt zu übernehmen ... und lasse sie wissen, daß ich einige sehr wichtige Informationen über ihre Schwester Pat habe. Ich werde versuchen, sie zu erreichen, aber ich befürchte, daß das Telefon des *Clarion* abgehört wird. Kevin, ich brauche dich, um den Anruf zu machen, um ...« Susan war frustriert, voller wilder Emotionen, unfähig, die richtigen Worte zu wählen. Sie mußte zu viel in zu kurzer Zeit sagen.

»Deine Worte machen nicht viel Sinn«, murrte Kevin. »Bist du auf irgendeinem Trip?«

»Mach es einfach, Kevin, bitte! Ich werde dich wieder anrufen, sobald ich kann, oder ich werde schreiben oder irgend etwas machen, aber bitte rufe Krueger an und erzähle ihr alles, was du über Kaseph und mich weißt. Erzähle ihr, daß ich es war, die sie auf dem Volksfest gesehen hat.«

»Wie soll ich mir das ganze Zeug merken?«

»Bitte mach es. Sag mir, daß du es tust!«

»Ja, okay, ich werde es tun.«

»Ich muß gehen! Mach's gut!«

Susan hängte den Hörer ein und stürmte aus der Zelle. Tal folgte ihr, wobei er sich, so gut er konnte, im Schatten der Gebäude hielt.

Er erreichte den Hinterhof ein paar Augenblicke vor ihr, um ihn zu überprüfen. Probleme! Vier weitere Wächter waren gekommen, um den Platz der ursprünglichen zwanzig einzunehmen, und sie waren sehr aufmerksam. Er hatte keine Ahnung, wo Guilo und die zwanzig sein könnten. Tal schaute hinter sich. Susan rannte mit Höchstgeschwindigkeit in den Hinterhof.

Tal tauchte kopfüber durch das Pflaster tief unter die Stadt ein, nahm an Geschwindigkeit zu und zog sein großes silbernes Schwert. Die Kraft Gottes war jetzt stärker; irgendwo mußten die Heiligen beten. Er konnte es fühlen. Er hatte nur Sekunden, und er wußte es. Er überprüfte die Richtung, machte einen weiten unterirdischen Bogen weg vom Hotel, und dann drehte er in einer Meile Entfernung um, wurde schneller, noch schneller, glänzte immer heller, nahm an Kraft zu, schneller, schneller, schneller, sein Schwert war ein blendender Lichtblitz, seine Augen wie Feuer, die Erde um ihn war ein huschender Schatten, das Geräusch der vorbeirauschenden Erdmassen, Felsen, Rohre und Steine war wie das Donnern eines Güterzugs. Er hielt das Schwert vor sich, die gleißende Spitze war bereit für diesen einen winzigen Augenblick.

Schneller als ein Gedanke, wie die Explosion einer Rakete, brach ein Lichtstreifen aus dem Boden über die Straße, und er schien den Raum in zwei Hälften zu zerteilen, als er durch den Hinterhof und genau vor den Augen der vier Dämonen vorbeischoß. Die Dämonen fielen betäubt und geblendet zu Boden, stolperten herum und versuchten, sich wieder zurechtzufinden. Der Lichtstreifen verschwand genauso schnell wie er gekommen war wieder im Boden.

Susan kam um die Ecke in den Hinterhof und hastete zum Fenster.

Tal stellte seine Flügel auf und bremste sich ab. Er mußte zurück sein, um ihr durch das Fenster zu helfen, bevor irgendein Dämon sich erholen und Alarm schlagen konnte. Mit rasendem Flügelschlag kehrte er um und sauste zurück.

Susan kletterte auf die Kisten und Tonnen und auf den Container. Die Dämonen konnten langsam wieder sehen, sie rieben sich gerade die Augen. Tal tauchte hinter der Feuerleiter auf und versuchte, die verbleibende Zeit abzuschätzen.

Gut! Guilo kam zurück und fiel wie ein Falke in den Hinterhof ein, packte Susan und schob sie durch das Fenster, wobei er sie stützte, damit sie nicht auf den Boden fiel. Guilo selbst schloß das Fenster.

Tal flog hinaus, um Guilo zu treffen. »Noch einmal«, rief er.

Mehr mußte nicht gesagt werden. Die vier Wächter hatten sich erholt und stürmten auf sie los, und die anderen zwanzig waren zurückgekehrt, heiß auf Guilos Fährte. Tal und Guilo schossen in die Luft und zischten ab, verfolgt von einer Herde Dämonen, die vor Wut schäumten. Die Engel flogen einen Kurs hoch über der Stadt und hielten ihre Geschwindigkeit gerade langsam genug, um die Dämonen zu ermutigen. Sie flogen westwärts, hinaus in den dunklen Nachthimmel, wobei sie leuchtende weiße Streifen hinter sich herzogen. Die Dämonen verfolgten sie hartnäckig über Hunderte von Meilen, aber schließlich schaute Tal zurück und merkte, daß sie die Verfolgung aufgegeben hatten und zur Stadt zurückgekehrt waren. Tal und Guilo beschleunigten und flogen in Richtung Ashton.

In der Damentoilette rollte Susan hastig die Beine ihrer Jeans hoch, nahm ihr Abendkleid vom Haken in der Kabine und stellte schnell wieder das geeignete Aussehen für das Festessen her. Sie zog ihre Turnschuhe aus und steckte sie in ihre Handtasche, schlüpfte in ihre Stöckelschuhe, dann öffnete sie die Kabinentür und trat heraus.

Eine Männerstimme rief von draußen: »Susan, sie warten auf dich!«

Sie prüfte ihr Aussehen im Spiegel, kämmte ihre Haare und versuchte, ihre Atmung zu beruhigen. »Hastig, hastig«, rief sie frotzelnd.

Mit damenhafter Würde trat sie schließlich in den Gang hinaus und nahm den Arm des Wächters. Er führte sie in den Großen Ballsaal zurück, der jetzt mit Menschen und Dämonen gefüllt war, dann zeigte er ihr ihren Platz am Haupttisch und nickte dem anderen Wächter beruhigend zu.

19

Das *Clarion*-Büro hatte schließlich wieder die alte, gewohnte Effizienz erlangt, die Marshall zu sehen wünschte, und das neue Mädchen, Carmen, hatte sehr viel damit zu tun. In weniger als einer Woche hatte sie den Stier bei den Hörnern gepackt, hatte das Vakuum, das durch den Weggang von Edie entstanden war, mehr als ausgefüllt und eine straffe Büroordnung wiederhergestellt.

Es war erst Mittwoch, und schon war die Zeitung im vollen Schwung, um die Freitagsausgabe vorzubereiten. Marshall hielt auf seinem Weg zur Kaffeemaschine bei Carmens Schreibtisch an.

Sie überreichte ihm ein frisch getipptes Manuskript und sagte: »Das ist ein Teil von Toms Artikel.«

Marshall nickte. »Ja, die Sache mit der Feuerwehr ...«

»Ich habe die Geschichte in drei Abschnitte aufgeteilt — Mitarbeiter, Geschichte und Ziele —, und ich denke, wir können es in drei Folgen bringen. Tom hat es bereits für die nächsten beiden Ausgaben untergebracht und denkt, daß er es für die dritte auch noch aufpäppeln kann.«

Marshall war zufrieden. »Ja, mach es so, mir gefällt es. Ich bin froh, daß du Toms Schrift lesen kannst.«

Carmen hatte bereits den Großteil des Freitagsmaterials überprüft und war schon halb damit durch, die Manuskripte für George, den Setzer, vorzubereiten. Sie war die Bücher durchgegangen und hatte alle Rechnungen beglichen. Sie plante, Tom morgen bei der Montage zu helfen.

Marshall schüttelte mit glücklichem Erstaunen den Kopf. »Ich bin froh, dich an Bord zu haben.«

Carmen lächelte. »Danke, Sir.«

Marshall ging zur Kaffeemaschine und ließ zwei Tassen Kaffee raus. Dann dämmerte es ihm: Carmen hatte das Kabel für diese dämliche Maschine gefunden!

Er trug die beiden Tassen in sein Büro und warf ihr ein Lächeln der Anerkennung zu, als er an ihrem Schreibtisch vorüberging. Der Standplatz ihres Schreibtisches war ihr einziger Wunsch für die Arbeit gewesen. Sie hatte darum gebeten, daß er genau neben Marshalls Bürotür aufgestellt werden sollte, und Marshall kam dieser Bitte gerne nach. Nun mußte er sich nur noch umdrehen und rufen, und sie würde auf sein Geheiß in Aktion treten.

Marshall ging in sein Büro, stellte seine Kaffeetasse auf den Schreibtisch und bot die andere Tasse dem langhaarigen, leicht weggetretenen Mann an, der in der Ecke saß. Bernice saß mit ihrer eigenen Kaffeetasse auf einem Stuhl, den sie sich hereingebracht hatte.

»Nun, wo waren wir stehengeblieben?« fragte Marshall, während er sich an seinen Schreibtisch setzte.

Kevin rieb sein Gesicht, nahm einen Schluck Kaffee und versuchte, seine Gedanken wieder zu sammeln, wobei er auf den Boden schaute, als hätte er sie irgendwo da unten verstreut.

Marshall gab das Stichwort: »Okay, lassen Sie mich sichergehen, daß ich das richtig verstanden habe: Sie waren also ... der Bekannte dieser Susan, und sie war die Zimmernachbarin von Pat Krueger, Bernice' Schwester. Ist das richtig?«

Weed nickte: »Ja, ja, das ist richtig.«

»Und was hat Susan auf dem Volksfest gemacht?«

»Wie ich sagte, sie tauchte einfach hinter mir auf und sagte hallo, und ich habe sie nicht einmal angeschaut. Ich konnte nicht glauben, daß sie es war, wissen Sie?«

»Aber sie bekam Ihre Telefonnummer, und dann hat sie Sie letzte Nacht angerufen ...«

»Ja, ganz ausgeflippt, durcheinander. Es war wild. Ihre Worte machten nicht viel Sinn.«

Marshall schaute auf beide, Weed und Bernice, und er fragte Bernice: »Und das ist dieselbe gespenstisch aussehende Frau, die du in jener Nacht fotografiert hast?«

Bernice war überzeugt. »Die Beschreibung, die Kevin mir gab, trifft genau auf die Frau zu, die ich sah, und auch auf diesen einen älteren Mann, der bei ihr war.«

»Ja, Kaseph.« Kevin sprach den Namen in einer Weise aus, als ob er schlecht schmecken würde.

»In Ordnung«, sagte Marshall und machte in seinen Gedanken eine Liste. »Also laßt uns zuerst über diesen Kaseph reden, dann werden wir über Susan sprechen, und dann über Pat.«

Bernice hatte ihr Notizbuch bereit. »Hast du eine Ahnung, wie Kasephs voller Name lautet?«

Weed strengte sein Gehirn an. »Alex — Alan — Alexander ... irgendwie so.«

»Aber er beginnt mit A.«

»Ja, richtig.«

Marshall fragte: »Was ist er?«

Weed antwortete: »Susans neuer Freund, der Bursche, den sie mir vorzog.«

»Und was macht er? Wo arbeitet er?«

Weed schüttelte den Kopf. »Ich weiß nicht. Aber er hat Kohle. Er ist ein ausgekochter Typ, echt. Als ich das erste Mal von ihm hörte, hing er in Ashton und im College herum und sprach davon, Grundstücke und so Zeug zu kaufen. Mann, der Typ war schwer reich und wollte, daß das jeder wußte.« Dann erinnerte er sich: »Oh, und Susan sagte, er versucht, die Stadt zu übernehmen ...«

»Welche Stadt. Diese hier?«

»Ich vermute.«

Bernice fragte: »Und wo kommt er her?«

»Aus dem Osten, vielleicht New York. Ich denke, er ist so ein Großstadtthai.«

Marshall sagte zu Bernice: »Mache dir eine Notiz, daß ich Al Lemley von der *Times* anrufe. Er ist wahrscheinlich in der Lage, diesen Burschen zu enttarnen, wenn er aus New York ist.« Bernice machte eine Notiz. Marshall fragte Weed: »Was wissen Sie noch über ihn?«

»Er ist verrückt, Mann. Er macht verrücktes Zeug.«

Marshall wurde ungeduldig. »Los, strengen Sie sich an.«

Weed wurde aufgeregt und rutschte auf seinem Stuhl hin und her, wobei er versuchte, sich damit anzufreunden, reden zu müssen. »Nun, wissen Sie, er war so ein Guru oder ein Medizinmann, so ein abgehobener Ooga-Booga-Mann, und er hat Susan in dieses ganze Zeug hineingezogen.«

Bernice spornte ihn an: »Redest du über fernöstliche Mystik?«

»Ja.«

»Heidnische Religionen, Meditation?«

»Ja, ja, das ganze Zeug. Er war da drin, er und diese Professorin, wie ist noch ihr Name ...«

Marshall konnte den Namen nicht mehr hören. »Langstrat.«

Weed strahlte. »Ja, so heißt sie.«

»Waren Kaseph und Langstrat zusammen? Waren sie Freunde?«

»Ja, sicher. Sie haben zusammen einige Abendkurse unterrichtet, ich denke diejenigen, in die Susan ging. Kaseph war ein spezieller Gaststar oder sowas. Er hatte wirklich alle beeindruckt. Ich glaube, er war gespenstisch.«

»In Ordnung, also Susan besuchte die Kurse ...«

»Und sie wurde verrückt, und ich meine *verrückt*. Mann, mit Meskalin wäre sie auch nicht stärker auf den Trip gekommen. Ich konnte nicht mehr mit ihr reden. Sie war immer irgendwo im Weltraum.«

Weed sprach weiter, er begann ein bißchen von sich zu erzählen. »Das hat mich wirklich fertiggemacht, wie sie und der Rest der Bande anfingen, Geheimnisse zu haben, verschlüsselt zu reden, und mich nicht einweihten, worüber sie sprachen. Susan sagte ständig, ich sei nicht erleuchtet und würde es nicht verstehen. Mann, sie übergab alles an diesen Kaseph, und er nahm sie, ich meine, er nahm sie wirklich. Er besitzt sie jetzt. Sie ist weg. Sie ist hinüber.«

»Und war Langstrat in das Ganze verwickelt?«

»Oh, ja, aber Kaseph ist der eigentliche Boß. Er war der Guru, wissen Sie. Langstrat war seine Marionette.«

Bernice sagte: »Und jetzt hat Susan deine Telefonnummer und ruft dich nach all dem an.«

»Und sie hatte große Angst«, sagte Weed. »Sie ist in Schwierigkeiten. Sie sagte, ich sollte mit euch Kontakt aufnehmen und erzählen, was ich weiß, und sie sagte, sie habe einige Informationen über Pat.«

Bernice war hungrig danach, es zu erfahren: »Sagte sie, welche Informationen?«

»Nein, nichts. Aber sie will sich an dich wenden.«

»Gut, warum ruft sie nicht einfach an?«

Diese Frage half Weed, sich an etwas zu erinnern. »Oh, ja, sie denkt, daß euer Telefon vielleicht abgehört wird.«

Marshall und Bernice waren einen Moment lang still. Dies war eine Bemerkung, von der sie nicht wußten, wie ernst sie zu nehmen war.

Weed fügte an: »Ich schätze, sie hat mich angerufen, um als Mittelsmann zu dienen.«

Marshall wagte eine Frage: »Könnte es sein, daß Sie der einzige sind, dem sie noch vertrauen kann?«

Weed zuckte nur mit den Achseln.

Bernice fragte: »Nun, was weißt du über Pat? Hat Susan dir je etwas erzählt, als du noch mit ihr zusammen warst?«

Eine der schmerzhaftesten Unternehmungen für Weed war es, sich an etwas zu erinnern. »Äh ... sie und Pat waren gute Freundinnen, auf jeden Fall eine Zeitlang. Aber, weißt du, Susan ließ uns alle im Regen stehen, als sie begann, dieser Kasephbande zu folgen. Sie hat mich einfach fallenlassen und Pat ebenso. Sie kamen danach nicht mehr sehr gut miteinander aus, und Susan sagte ständig, daß Pat ... äh ... wie ich war, daß sie versuchte, sie zu behindern, daß sie nicht erleuchtet war und ihr im Weg stand.«

Marshall kam eine Frage in den Sinn, und er wartete nicht, bis Bernice sie stellte. »Würden Sie also sagen, daß diese Kasephbande Pat als einen Feind betrachtet hat?«

»Mann ...« Weed erinnerte sich an mehr. »Sie hat ihren Hals zu weit herausgestreckt, ich meine, sie kam ihnen in den Weg. Sie und Susan hatten einmal eine heftige Auseinandersetzung über das Zeug, in dem Susan drinsteckte. Pat vertraute Kaseph nicht und sagte Susan ständig, daß das reinste Gehirnwäsche sei, was Kaseph da mit ihr machte.«

Weeds Augen leuchteten. »Ja, ich habe einmal mit Pat geredet. Wir saßen bei einem Spiel, und wir sprachen darüber, in was Susan eigentlich hineingeraten war und wie Kaseph sie kontrollierte, und

Pat war wirklich entsetzt, genauso wie ich. Ich vermute, Pat und Susan hatten etliche Auseinandersetzungen darüber, bis Susan schließlich auszog und mit Kaseph abhaute. Junge, sie hat ihre Seminare und alles sausenlassen.«

»Und hat sich Pat Feinde gemacht, ich meine *wirkliche* Feinde?«

Weed grub weiter neue Sachen aus, die unter den Jahren und dem Alkohol begraben waren. »Äh, ja, vielleicht hat sie das. Es war, nachdem Susan mit diesem Kasephtypen abgehauen war. Pat sagte mir, daß sie die ganze Sache ein für allemal aufdecken wollte, und ich denke, sie hat diese Langstrat-Professorin ein paarmal getroffen. Eine Weile danach begegnete ich ihr wieder. Sie saß in einer Cafeteria auf dem College-Gelände, und sie sah aus, als ob sie seit Tagen nicht geschlafen hätte, und ich fragte sie, wie es ihr geht, und sie wollte nicht mit mir reden. Ich fragte sie, was mit ihren Nachforschungen war, Sie wissen, sie wollte alles über Kaseph und Langstrat und das Zeug herausbringen, und sie sagte, sie hätte es aufgegeben, sagte, daß es wirklich nicht so wichtig wäre. Ich dachte, daß dies ein bißchen verrückt war, sie hatte sich vorher so darüber aufgeregt. Ich fragte sie: ›Hey, sind sie jetzt hinter dir her?‹, und sie wollte nicht darüber reden. Sie sagte, ich würde das nicht verstehen. Dann sagte sie etwas über einen Beistand, jemand, der ihr da raushalf und daß es ihr gutgehe, und ich verstand, daß sie nicht wollte, daß ich mich da einmische, und ich ließ es sein.«

»Ist dir ihr Verhalten sonderbar vorgekommen?« fragte Bernice. »Wirkte sie noch wie sie selbst?«

»Auf keinen Fall. Hey, wenn sie nicht so gegen diese ganze Kasephbande gewesen wäre, hätte ich gedacht, sie ist eine von ihnen; sie hatte denselben bedödelten, weltraumverlorenen Blick.«

»Wann? Wann war das, als du sie so gesehen hast?«

Weed wußte es, aber er haßte es, es zu sagen. »Kurz bevor man sie tot aufgefunden hat.«

»Schien sie verängstigt zu sein? Gab sie dir irgendeinen Hinweis auf Feinde, irgend so was?«

Weed verzog das Gesicht, während er sich zu erinnern versuchte. »Sie wollte nicht mit mir sprechen. Aber danach sah ich sie noch einmal, und ich versuchte, sie etwas über Susan zu fragen, und sie benahm sich, als wäre ich eine Art Straßenräuber oder so etwas ... Sie schrie: ›Laß mich in Ruhe, laß mich in Ruhe!‹ und versuchte abzuhauen, und dann sah sie, daß ich es war, und sie schaute sich um, als ob sie jemand verfolgen würde ...«

»Wer? Sagte sie wer?«

Weed schaute an die Decke. »Oh ... wie war der Name des Burschen?«

Bernice lehnte sich nach vorne, hing an seinen Lippen. »Da *war* jemand?«

›Thomas. Ein Kerl namens Thomas.«

›Thomas. Hat sie seinen Nachnamen erwähnt?«

»Ich kann mich an keinen Nachnamen erinnern. Ich traf den Burschen nie, ich sah ihn nie, aber er muß sie geradezu besessen haben. Sie benahm sich, als würde er ihr auf Schritt und Tritt folgen, vielleicht bedrohte er sie, ich weiß nicht. Sie schien ganz schön Angst vor ihm gehabt zu haben.«

›Thomas«, flüsterte Bernice. Sie sagte zu Weed: »Gibt es da sonst noch was über diesen Thomas. Irgend etwas?«

»Ich sah ihn nie ... sie sagte nicht, wer er war oder wo sie ihn treffen würde. Aber es war sehr eigenartig. In einem Moment redete sie, als wäre er das größte Ereignis, das ihr jemals begegnet sei — und schon im nächsten Moment versteckte sie sich und sagte, er verfolge sie.«

Bernice stand auf und eilte zur Tür. »Ich denke, wir haben hier irgendwo ein College-Verzeichnis.« Sie begann, in den Schreibtischen und den Schränken des vorderen Büros herumzuwühlen.

Weed sagte nichts mehr. Er sah müde aus.

Marshall versicherte ihm: »Das war echt gut, Kevin. Hey, es ist eine Weile her.«

»Uh ... ich weiß nicht, ob das wichtig ist ...«

»Betrachten Sie alles als wichtig.«

»Nun, dieses Zeug von Pat mit diesem neuen Beistand oder Führer ... ich denke, einige von der Kasephbande, vielleicht war es Susan, sie hatten solche Führer.«

»Aber ich dachte, Pat wollte nichts mit dieser Gruppe zu tun haben.«

»Ja, ja, das ist richtig.«

Marshall wechselte das Thema. »Und wie kommen Sie mit all diesen Ereignissen zurecht, ganz abgesehen von Ihrer Beziehung zu Susan?«

»Hey, überhaupt nicht. Ich will mit dem ganzen Zeug nichts zu tun haben, Mann.«

»Gingen Sie noch auf das College?«

»Ja, um zu kündigen. Mann, als dies alles nach unten ging und dann Pat sich umgebracht hat, hey, ich habe mich schnell aus dem Staub gemacht. Ich wollte nicht der nächste sein, wissen Sie?« Er schaute auf den Boden. »Mein Leben ist seitdem zur Hölle geworden.«

»Arbeiten Sie?«

»Ja, Holzarbeitertruppe für Gorst Brothers oben in Baker.« Er schüttelte den Kopf. »Ich dachte nicht, daß ich Susan je wiedersehen würde.«

Marshall drehte sich zu seinem Schreibtisch um und suchte nach Papier. »Gut, wir müssen in Verbindung bleiben. Geben Sie mir

Ihre Telefonnummer und Adresse, von der Arbeit und von zu Hause.«

Weed gab Marshall die Information. »Und wenn ich nicht da bin, können Sie mich wahrscheinlich in der Evergreen Taverne in Baker finden.«

»Okay, hören Sie, wenn Sie irgendwas von Susan erfahren, lassen Sie es uns wissen, Tag und Nacht.« Er gab Weed seine Visitenkarte mit seiner Telefonnummer, auch die von zu Hause.

Bernice kam mit dem Verzeichnis.

»Marshall, ein Anruf für dich. Ich glaube, es ist dringend«, sagte sie. Dann wandte sie sich an Weed. »Kevin, laß uns hinausgehen und diese Liste durchgehen. Vielleicht finden wir den vollen Namen dieses Burschen.«

Weed ging mit Bernice hinaus, und Marshall nahm den Hörer ab.

»Hogan«, sagte er.

»Hogan, hier ist Ted Harmel.«

Marshall kramte nach einem Bleistift. »Hallo, Ted. Danke, daß Sie anrufen.«

»Sie haben mit Eldon gesprochen ...«

»Und Eldon hat mit Ihnen gesprochen?«

Harmel seufzte und sagte: »Sie sind in Schwierigkeiten, Hogan. Ich bin bereit, mit Ihnen zu reden. Haben Sie einen Bleistift zur Hand?«

»Ich bin bereit. Schießen Sie los.«

Bernice verabschiedete gerade Weed und brachte ihn zur Tür, als Marshall mit einem vollgeschriebenen Stück Papier in der Hand aus seinem Büro herausstürzte.

»Glück gehabt?« fragte er.

»Null. Es gibt keine Thomasse, weder als Vor- noch als Nachname.«

»Es ist trotzdem ein Fingerzeig.«

»Wer war das am Telefon?«

Marshall zeigte das Papierstück. »Gott sei Dank für kleine Erfolge. Das war Ted Harmel.« Bernice strahlte sichtlich, während er erklärte: »Er will mich morgen sehen, und hier ist die Wegbeschreibung. Es muß in der finstersten Provinz sein. Der Bursche ist immer noch paranoid; es wundert mich, daß er nicht verlangt hat, daß ich mich verkleide oder so was.«

»Er wollte überhaupt nichts darüber sagen?«

»Nein, nicht am Telefon. Nur privat zwischen uns beiden.«

Marshall lehnte sich ein wenig nach vorne und sagte: »Auch er glaubt, daß unser Telefon abgehört wird.«

»Und wie stellen wir fest, daß dem nicht so ist?«

»Mach das zu einer deiner Aufgaben. Und hier ist das weitere, was du zu tun hast.« Bernice holte sich ihr Notizbuch von ihrem Schreibtisch und machte ihre Liste, während Marshall sprach. »Überprüfe das Telefonbuch von New York ...«

»Bereits getan. Kein A. Kaseph eingetragen.«

»Streiche das. Als nächstes: Überprüfe die örtlichen Grundstücksmakler. Wenn Weed recht hat, daß er hier nach Grundstücken sucht, dann wissen vielleicht einige dieser Leute etwas davon.«

»Mm — hmm.«

»Und wenn du schon dabei bist, finde alles über die Person, die Joes Supermarkt besitzt, heraus.«

»Es ist nicht Joe?«

»Nein. Das Geschäft gehörte einmal Joe und Angelina Carlucci, C-a-r-l-u-c-c-i. Ich will wissen, wo sie hingezogen sind und wem der Laden jetzt gehört. Sieh zu, daß du ein paar klare Antworten bekommst.«

»Und du erledigst das mit deinem Freund bei der *Times* ...«

»Ja. Lemley.« Marshall machte eine Notiz auf seinem Zettel.

»Das wär's?«

»Das wär's für den Augenblick. In der Zwischenzeit wollen wir uns ein bißchen um unsere Zeitung kümmern.«

Während der ganzen Zeit saß Carmen an ihrem Schreibtisch, eifrig arbeitend, und sie tat so, als hätte sie kein Wort gehört.

Der Morgen war hektisch gewesen, der Redaktionsschluß für die nächste Ausgabe galoppierte auf das *Clarion*-Team zu, aber am Nachmittag war die Zeitung fertig für den Drucker, und das Büro hatte die Gelegenheit, zu seinem normalen Arbeitstempo zurückzukehren.

Marshall schob einen Anruf an Lemley dazwischen, seinem alten Kameraden bei der *New York Times*. Lemley erhielt alle Informationen, die Marshall über diesen eigenartigen Kaseph hatte, und er sagte, er würde sich sofort darum kümmern. Marshall hängte mit einer Hand das Telefon ein, während er mit der anderen Hand nach seiner Jacke griff; seine nächste Station war sein Nachmittagstreffen mit dem einsiedlerischen Ted Harmel.

Bernice fuhr los zu ihren Terminen. Sie parkte ihren roten Toyota auf dem Parkplatz, der einmal zu Joes Supermarkt gehörte und der jetzt Ashton-Kaufmarkt hieß, und ging in den Laden. Nach ungefähr einer halben Stunde kehrte sie wieder zu ihrem Auto zurück und fuhr weg. Diese Fahrt war vergebens gewesen: Niemand wußte irgend etwas, sie arbeiteten nur da, der Geschäftsführer war nicht da, und sie hatten keine Ahnung, wann er zurück sein würde. Einige hatten noch nie etwas von Joe Carlucci gehört, einige schon, aber sie wußten nicht, was mit ihm passiert war. Der stellvertretende Geschäftsführer bat sie schließlich, die Angestellten nicht während der Arbeitszeit zu belästigen. Soviel zu klaren Antworten.

Nun ging es zu den Maklerbüros.

Johnson-Smythe-Immobilien war ein altes Haus am Ende des Geschäftsviertels der Stadt, das in ein Büro umgebaut worden war; das Haus hatte noch einen sehr hübschen Vorgarten, in dessen Mitte ein hoher Rotholzbaum stand, und an der Tür war ein altmodischer Holzbriefkasten angebracht. Drinnen war es warm und gemütlich — und ruhig. Die beiden Schreibtische standen in dem ehemaligen Wohnzimmer; beide waren zur Zeit leer. An den Wänden hingen Anschlagtafeln mit Fotos von einem Haus nach dem anderen, mit Karten unter jeder Fotografie, die das Gebäude beschrieben, das Grundstück, die Aussicht, die Nähe zu den Geschäften und so weiter, und — last, but not least — den Preis. Junge, was die Leute heutzutage für ein Haus bezahlten!

An einem dritten Schreibtisch, der in dem ehemaligen Eßzimmer war, stand eine junge Dame und lächelte Bernice an.

»Hallo, kann ich Ihnen helfen?« fragte sie.

Bernice lächelte zurück, stellte sich vor und fragte: »Ich muß eine Frage stellen, die vielleicht etwas komisch klingt, aber hier ist sie. Sind Sie bereit?«

»Bereit.«

»Haben Sie im letzten Jahr oder so mit irgend jemandem, der A. Kaseph heißt, irgendein Geschäft gemacht?«

»Wie buchstabiert man das?«

Bernice buchstabierte es, dann erklärte sie. »Sehen Sie, ich versuche, in Kontakt mit ihm zu kommen. Es ist eine rein persönliche Angelegenheit. Ich hoffe, daß Sie eine Telefonnummer oder eine Adresse oder so etwas haben.«

Die junge Dame schaute auf den Namen, den sie gerade auf ein Stück Papier geschrieben hatte, und sagte: »Nun, ich bin neu, deshalb weiß ich es nicht sicher, aber ich werde Rosemary fragen.«

»Darf ich mir in der Zwischenzeit Ihr Microfiche-Gerät anschauen?«

»Sicher. Sie wissen, wie man es bedient?«

»Ja.«

Die Dame ging in den hinteren Teil des Hauses, wo Rosemary — offensichtlich die Chefin — ihr Büro hatte. Bernice konnte Rosemary am Telefon reden hören. Es konnte eine Weile dauern, bis sie von ihr eine Antwort bekäme.

Sie ging zu dem Microfiche-Gerät. Wo anfangen? Sie schaute auf eine Karte von Ashton und Umgebung und den Standort von Joes Supermarkt. Die Hunderte von kleinen Zelluloidkarten waren nach

Regionen, Stadtteilen und Straßennummern geordnet. Bernice mußte viel vor und zurück schauen, um all die Nummern durchzugehen. Schließlich glaubte sie, daß sie den richtigen Mikrofiche gefunden hatte und legte ihn in den Leser.

»Entschuldigen Sie«, kam eine Stimme. Es war Rosemary, die mit einem grimmigen Ausdruck auf ihrem Gesicht die Halle heruntermarschierte. »Ms. Krueger, es tut mir leid, das Microfiche-Gerät ist nur für unsere Belegschaft gedacht. Gibt es etwas, was ich für Sie finden kann ...«

Bernice blieb gelassen. »Sicher. Es tut mir leid. Ich versuchte, den neuen Besitzer von Joes Supermarkt herauszufinden.«

»Ich würde ihn nicht kennen.«

»Nun, ich dachte, es wäre vielleicht irgendwo auf diesem Gerät.«

»Nein, das glaube ich nicht. Es ist eine Zeitlang her, seit die Listen überarbeitet wurden.«

»Nun, könnten wir trotzdem schauen?«

Rosemary ignorierte die Frage total. »Gibt es sonst noch etwas, das Sie gerne wissen würden?«

Bernice blieb stark und unerschütterlich. »Nun, meine ursprüngliche Frage. Haben Sie mit irgend jemandem innerhalb des letzten Jahres oder so ein Geschäft gemacht, dessen Name Kaseph ist?«

»Nein, ich habe niemals diesen Namen gehört.«

»Nun, vielleicht jemand anders aus Ihrer Belegschaft ...«

»Sie haben ihn auch nie gehört.« Bernice wollte nachfragen, aber Rosemary unterbrach sie: »Ich würde das wissen. Ich kenne alle Kunden.«

Bernice dachte an etwas anderes. »Sie haben keine — keine Liste mit Querverweisen, oder ...«

»Nein, haben wir nicht«, antwortete Rosemary sehr abrupt. »Nun, gibt es sonst noch etwas?«

Bernice war es satt, freundlich zu sein. »Nun, Rosemary, selbst wenn es sonst noch etwas gäbe, bin ich sicher, daß Sie weder in der Lage noch willens wären, mir zu helfen. Ich gehe jetzt, also atmen Sie wieder frei.«

Sie ging eilig, wobei sie sich ziemlich angelogen fühlte.

20

Marshall fing an, sich über seine Stoßdämpfer Sorgen zu machen. Diese alte Holzfäller-Straße hatte mehr Schlaglöcher als Straßendecke; offensichtlich wurde sie nicht mehr viel von den Holzarbeitern benutzt, sondern sie war den Jägern und Wanderern überlassen, welche die Gegend gut genug kannten, um sich nicht zu verirren. Marshall kannte sich hier nicht aus. Er schaute wieder auf seine Notizen und dann auf den Kilometerzähler. Junge, man kam langsam vorwärts auf solch einer Straße!

Marshall holperte mit seinem Wagen um eine Geröllecke und sah schließlich ein Fahrzeug vor sich, das neben der Straße geparkt war. Ja, ein Valiant. Es war Harmel. Marshall fuhr hinter den Valiant und stieg aus. Ted Harmel kam aus seinem Auto heraus, er hatte warme Kleidung angezogen: Wolljacke, ausgewaschene Jeans, Arbeitsstiefel, eine Wollmütze. Er sah so aus, wie er sich am Telefon angehört hatte: erschöpft, und die Angst sprang ihm aus dem Gesicht.

»Hogan?« fragte er.

»Ja«, sagte Marshall und streckte seine Hand aus.

Harmel schüttelte sie und drehte sich dann abrupt um. »Kommen Sie mit mir.«

Marshall folgte Harmel auf einem Pfad abseits der Straße, und sie wanderten zwischen den hohen Bäumen bergaufwärts. Sie bahnten sich ihren Weg durch die Bäume, die Felsen und das Unterholz. Marshall trug einen Anzug, und seine Schuhe waren sicher nicht für diesen Boden geeignet, aber er beklagte sich nicht — endlich hatte er diesen großen Fisch, der abgehauen war, wieder gefangen.

Schließlich schien Harmel mit ihrem Versteck zufrieden zu sein. Er ging zu einem riesigen umgefallenen Stamm, der von den Jahren ausgewaschen und ausgebleicht war, und er setzte sich darauf. Marshall gesellte sich zu ihm.

»Ich möchte Ihnen danken, daß Sie mich angerufen haben«, sagte Marshall als Einleitung.

»Wir haben dieses Treffen niemals gehabt«, sagte Harmel frei heraus. »Stimmen Sie damit überein?«

»In Ordnung.«

»Nun, was wissen Sie von mir?«

»Nicht viel. Sie waren der Redaktionsleiter des *Clarion*, Eugene Baylor und die anderen Vorstandsmitglieder waren in Ihre Sache verwickelt, Sie und Eldon Strachan sind Freunde ...« Marshall überflog schnell alles, was er gelernt hatte, das meiste davon hatten Bernice und er aus alten *Clarion*-Artikeln.

Harmel nickte. »Ja, das ist alles wahr. Eldon und ich sind immer noch Freunde. Wir gingen durch dieselbe Sache, und das verbindet miteinander. Was die unsittliche Belästigung von Marla Jarred, Adam Jarreds Tochter, angeht — dies war ein unglaublicher Betrug. Ich weiß nicht, wer sie beeinflußt hat oder wie, aber irgend jemand brachte das Mädchen soweit, daß sie all die richtigen Worte bei der Polizei sagte. Ich finde es bezeichnend, daß die ganze Sache so ruhig beigelegt wurde. Was ich begangen haben sollte, ist ein Schwerverbrechen; man legt so etwas nicht einfach so ruhig zu den Akten.«

»Warum ist es passiert, Ted? Was haben Sie getan, daß man das mit Ihnen machte?«

»Ich geriet zu tief hinein. Sie haben recht im Blick auf Juleen und all die anderen. Es ist eine geheime Gesellschaft, ein Club, ein ganzes Netzwerk von Leuten. Niemand hat vor den anderen ein Geheimnis. Die Augen der Gruppe sind überall; sie beobachten, was man tut, was man sagt, was man denkt, wie man fühlt. Sie arbeiten auf das hin, was sie ein Universelles Bewußtsein nennen, ein Konzept, das früher oder später alle Bewohner dieser Erde in ihrer Entwicklung entscheidend nach vorne bringen soll, und das sie in ein welteinheitliches Gehirn zusammenschmelzen soll, ein alles überragendes Bewußtsein.« Harmel machte eine Pause, schaute auf Marshall. «Ich rede, wie es mir gerade in den Sinn kommt. Verstehen Sie, was ich meine?«

Marshall mußte dies mit all dem, was er bereits wußte, vergleichen. »Jede Person, die sich diesem exklusiven Netzwerk anschließt, verschreibt sich völlig diesen Ideen?«

»Ja. Die ganze Sache ist um okkulte Ideen, fernöstliche Mystik und kosmisches Bewußtsein gebaut. Deshalb meditieren sie, halten mentale Lesungen und versuchen, ihre Gedanken miteinander zu verschmelzen ...«

»Und das tun sie in Langstrats Therapiesitzungen?«

»Ja, genau. Jede Person, die sich dem Netzwerk anschließt, geht durch einen bestimmten Einweihungsprozeß. Sie treffen sich mit Juleen Langstrat und lernen, wie man höhere Bewußtseinszustände erreicht, mentale Kräfte, außerkörperliche Erfahrungen. An den Sitzungen kann eine Person oder es können mehrere teilnehmen, aber Juleen hat immer die Fäden in der Hand wie so ein Guru, und wir sind alle ihre Schüler. Wir alle wurden wie einer, wir wurden zu einem einzigen Organismus, und wir versuchten, mit dem Universellen Bewußtsein eins zu werden.«

»Sie sagten etwas über ... ihre Gedanken miteinander verschmelzen?«

»Außersinnliche Wahrnehmungen, Gedankenübertragung, was immer. Deine Gedanken gehören nicht dir und auch nicht dein Leben. Du bist nur ein Teil des Ganzen. Juleen ist total fit in solchen Sachen. Sie — sie wußte meine innersten Gedanken. Sie besaß mich ...« Es wurde für Harmel immer schwieriger, über diese Dinge zu reden. Er wurde nervös, und seine Stimme wurde schwächer. »Vielleicht tut sie das immer noch. Manchmal höre ich sie immer noch, wie sie mich ruft ... wie sie sich durch mein Gehirn bewegt.«

»Besitzt sie die anderen auch?«

Harmel nickte. »Ja, jeder besitzt jeden, und sie werden nicht aufhören, bis sie die ganze Stadt besitzen. Ich kann es kommen sehen. Jeder, der ihnen im Weg steht, verschwindet plötzlich. Deshalb mache ich mir immer noch Sorgen um Edie. Seit diese ganze Sache passiert ist, bin ich argwöhnisch, wann immer ich höre, daß plötzlich jemand von der Bildfläche verschwunden ist ...«

»Was würde Edie für eine Gefahr für sie bedeuten?«

»Vielleicht ist Edie nur ein weiterer Schritt, um schließlich Sie herauszuziehen. Ich wäre nicht überrascht. Sie zogen Eldon aus dem Verkehr, sie zogen mich heraus, sie zogen Jefferson heraus ...«

»Wer ist Jefferson?«

»Der Bezirksrichter. Ich weiß nicht, wie sie es machten, aber plötzlich beschloß er, nicht mehr für die Wiederwahl zu kandidieren. Er verkaufte sein Haus, verließ die Stadt, und niemand hat seitdem etwas von ihm gehört.« »Und jetzt ist Baker drin ...«

»Er ist ein Teil des Netzwerks. Er gehört ihnen.«

»Und wußten Sie das, als Ihr kleines Verbrechen so ruhig beigelegt wurde?«

Harmel nickte. »Er erzählte mir, daß er es wirklich schwer für mich machen könne, er würde mich dem Oberstaatsanwalt übergeben, und dann würde es aus seinen Händen sein. Er wußte ganz genau, daß es ein abgekartetes Spiel war! Er hatte mich schachmatt gesetzt, und so ging ich darauf ein. Ich verließ die Stadt.«

Marshall zog einen Notizblock und einen Bleistift heraus. »Wen kennen Sie noch, der zu dieser Bande gehört?«

Harmel schaute weg. »Wenn ich Ihnen zuviel erzähle, werden sie wissen, daß es von mir kam. Alles, was ich tun kann, ist, Sie in die richtige Richtung zu lenken. Überprüfen Sie das Bürgermeisterbüro und den Stadtrat; finden Sie heraus, wer neu da ist und wen sie entfernt haben. Es hat eine große Fluktuation gegeben in der letzten Zeit.« Marshall machte eine Notiz. »Sie haben Brummel?«

»Ja, Brummel, Young, Baker.«

»Überprüfen Sie den Bezirkslandvermesser und den Präsidenten der Independent-Bank, und ...« Harmel forschte weiter in seinem Gedächtnis. »... den Bezirksrechnungsprüfer.«

»Ich habe ihn auf der Liste.«

»Die Vorstandsmitglieder des Colleges?«

»Ja. Sagen Sie, war es nicht die kleine Meinungsverschiedenheit mit ihnen, wegen der Sie die Stadt verlassen mußten?«

»Das war nur ein Teil davon. Ich war nicht mehr kontrollierbar. Ich stand im Weg. Das Netzwerk hat mich unschädlich gemacht, bevor ich ihnen schaden konnte. Aber ich kann es mit nichts beweisen. Es ist auch völlig egal. Die ganze Sache ist zu groß; es ist wie ein riesiger Organismus, ein Krebsgeschwür, das sich ständig ausbreitet. Man kann sich nicht einfach einen Teil davon, wie zum Beispiel die Vorstandsmitglieder, vornehmen und erwarten, daß man das ganze Ding erledigt. Es ist überall, auf jeder Ebene. Sind Sie religiös?«

»In einem begrenzten Sinne, würde ich sagen.«

»Nun, Sie brauchen *irgend etwas*, um es zu bekämpfen. Es ist geistlich, Hogan. Es hört nicht auf Vernunft oder auf das Gesetz oder auf irgendwelche moralischen Regeln — es hat seine eigenen. Sie glauben an keinen Gott — *sie* sind Gott.« Harmel machte eine Pause, um sich zu beruhigen, und sprach dann einen anderen Gesichtspunkt an. »Zuerst wurde ich mit Juleen verwickelt, als ich eine Story über einige ihrer sogenannten Forschungen bringen wollte. Ich wurde von dem Ganzen beeinflußt — der Parapsychologie, den eigenartigen Erscheinungen, die sie dokumentierte. Ich fing an, selbst diese ›Therapiesitzungen‹ mit ihr zu haben. Ich ließ sie meine Aura lesen und mein Energiefeld. Ich ließ sie mein Denken untersuchen und unsere Gedanken verschmelzen. Ich ging tatsächlich wegen einer Zeitungsstory da rein, aber ich wurde gefangen. Ich konnte mich nicht mehr davon lösen. Nach einer Weile begann ich mit denselben Sachen, in denen sie tief drinsteckte: Ich verließ meinen Körper, hinaus in den Weltraum, ich sprach mit meinen Geistführern ...« Harmel unterbrach sich selbst. »O Mann, das ist richtig: Sie werden niemals etwas davon glauben!«

Marshall war stark — und vielleicht glaubte er es. »Erzählen Sie mir es auf jeden Fall.«

Harmel biß seine Zähne zusammen und schaute himmelwärts. Er stammelte, er stotterte, sein Gesicht wurde blaß. »Ich weiß nicht. Ich glaube nicht, daß ich es Ihnen erzählen kann. Sie werden es herausfinden.«

»Wer wird es herausfinden?«

»Das Netzwerk.«

»Wir sind hier mitten im Nirgendwo, Ted!«

»Das spielt keine Rolle ...«

»Sie haben das Wort *Geistführer* benutzt. Wer sind sie?«

Harmel saß nur da, zitternd, die Angst stand ihm im Gesicht.

»Hogan«, sagte er schließlich, »man kann ihnen nicht entkommen. Ich kann es Ihnen nicht erklären. Sie werden es erfahren!«

»Aber wer sind sie? Können Sie mir zumindest das sagen?«

»Ich weiß nicht einmal, ob es sie wirklich gibt«, murmelte Harmel. »Sie sind einfach da ... das ist alles. Innere Lehrer, geistige Führer, Meister von oben ... sie sind alles mögliche. Aber jeder, der Juleens Lehren lange folgt, kommt unweigerlich mit ihnen in Berührung. Sie kommen von nirgendwo, sie reden mit dir, manchmal erscheinen sie dir, wenn du meditierst. Manchmal sieht man sie einfach so, aber dann führen sie ein eigenständiges Leben und haben eine Persönlichkeit ... es ist nicht mehr einfach deine Einbildungskraft.«

»Aber was sind sie?«

»Wesen ... Mächte. Manchmal sind sie wie wirkliche Menschen, manchmal hörst du nur eine Stimme, manchmal fühlst du sie — wie Geister, vermute ich. Juleen arbeitet für sie, oder vielleicht arbeiten sie für sie, ich weiß nicht, wie es funktioniert. Aber man kann sich nicht vor ihnen verstecken, man kann nicht davonrennen. Sie sind ein Teil des Netzwerks, und das Netzwerk weiß alles, kontrolliert alles. Juleen kontrollierte mich. Sie trat sogar zwischen mich und Gail. Ich verlor meine Frau über diese ganze Sache. Ich fing an, alles zu tun, was mir Juleen befahl ... sie rief mich mitten in der Nacht an und befahl mir zu kommen — und ich kam. Sie befahl mir, eine bestimmte Geschichte nicht zu drucken — und ich druckte sie nicht. Sie sagte mir, welche Nachrichten ich bringen sollte — und ich druckte sie, genau wie sie es mir gebot.

Sie hat über mich total verfügt, Hogan. Wenn sie mir gesagt hätte, daß ich ein Gewehr nehmen sollte, um mich zu erschießen, hätte ich es vermutlich getan. Sie müssen sie kennen, um zu verstehen, was ich sage.«

Marshall erinnerte sich, wie er auf einmal in der Halle außerhalb von Langstrats Vorlesung stand und sich wunderte, wie er da hingekommen war. »Ich glaube, daß ich es verstehe.«

»Aber Eldon hat das mit den Finanzen des College entdeckt, und wir beide überprüften es, und er hatte recht. Das College ging auf den Ruin zu, und ich glaube, es ist immer noch so. Eldon versuchte, es aufzuhalten, er wollte den ganzen Schlamassel aufdecken. Ich versuchte, ihm dabei zu helfen. Juleen war sofort hinter mir her und bedrohte mich auf alle möglichen Arten. Ich ging schließlich in zwei Richtungen, hielt zwei verschiedenen Herren die Treue. Es war, als wäre ich innerlich auseinandergerissen. Vielleicht war es das, was mich herausbrachte; ich traf die Entscheidung, daß ich nicht mehr kontrolliert werden wollte, weder vom Netzwerk noch von irgend jemandem. Ich war ein Zeitungsmann; ich mußte die Dinge so drucken, wie ich sie sah.«

»Und das Netzwerk hat sich um Sie gekümmert.«

»Und es kam total überraschend. Gut, vielleicht nicht total. Als die Polizei in die Redaktion kam, um mich zu verhaften, wußte ich fast, was es war. Es war etwas, das ich aus der Art, wie Juleen und die anderen mich bedrohten, herauslesen konnte. Sie hatten solche Sachen schon vorher getan.«

»Zum Beispiel?«

»Ich denke dabei an die Maklerbüros, die Grundbucheintragungen. Jede Information, die Sie über die Grundstücke um die Stadt herum kriegen können, mag etwas bringen. Ich konnte es nicht verfolgen, als ich noch da war, aber die ganzen letzten Immobiliengeschäfte schienen mir nicht in Ordnung zu sein.«

Das Immobiliengeschäft schien auch für Bernice nicht ganz in Ordnung zu sein. Gerade als sie bei Tyler and Sons Realty vorfuhr, sah sie den Besitzer, Albert Tyler, wie er das Büro abschloß und sich fertig machte zu gehen.

Sie kurbelte ihr Autofenster herunter und fragte ihn: »Sagen Sie, haben Sie nicht bis 17.00 Uhr geöffnet?«

Tyler lächelte nur und zuckte mit den Achseln. »Nicht am Donnerstag.«

Bernice konnte die Öffnungszeiten an der Eingangstür lesen. »Aber hier steht: Montag bis Freitag, 10.00 bis 17.00 Uhr.«

Tyler wurde ein wenig unwirsch. »Nicht am Donnerstag, sagte ich!«

Bernice bemerkte, wie Tylers Sohn Calvin seinen Volkswagen hinter dem Gebäude herausfuhr. Sie stieg aus dem Auto aus und winkte ihm zu. Er hielt unwillig an und kurbelte sein Fenster herunter.

»Ja?« sagte er.

»Haben Sie normalerweise am Donnerstag bis 17.00 Uhr geöffnet?«

Calvin zuckte nur mit den Achseln und verzog sein Gesicht. »Was weiß ich? Wenn der alte Herr sagt, geht nach Hause, dann gehen wir alle nach Hause.«

Er fuhr weg. Der »alte Herr« Tyler stieg gerade in seinen Plymouth. Bernice rannte zu seinem Auto und winkte, um seine Aufmerksamkeit zu erlangen.

Er war jetzt echt sauer. Er kurbelte sein Fenster herunter und sagte knurrend: »Junge Dame, wir haben jetzt geschlossen, und ich muß nach Hause!«

»Ich will nur schnell in Ihr Microfiche-Gerät schauen. Ich brauche ein paar Informationen über ein Grundstück.«

Er schüttelte den Kopf. »Hey, ich kann Ihnen auf keinen Fall helfen. Unser Microfiche-Gerät ist kaputt.«

»Wa ...?«

Aber Tyler kurbelte sein Fenster hoch und fuhr mit leicht quietschenden Reifen davon.

Bernice schrie ärgerlich hinter ihm her: »Hat Rosemary Sie aufgehetzt?«

Sie hastete zu ihrem Auto. Es gab noch ein weiteres Immobilien-Geschäft: Top of the Town Realty. Sie wußte, daß der Inhaber regelmäßig am Donnerstagnachmittag beim Jugend-Baseball aushalf. Vielleicht wußte das Mädchen, das dort arbeitete, nicht, wer sie war.

Harmel sah verbissen und gequält aus, als er sagte: »Sie werden Sie ausschalten, Hogan. Sie haben die Macht und die Verbindungen, um es zu tun. Schauen Sie mich an: Ich verlor alles, was ich besaß, ich verlor meine Frau und meine Familie ... sie haben mich abserviert. Sie werden dasselbe mit Ihnen machen.«

Marshall wollte Antworten, keine Unglücksprophezeiungen. »Was wissen Sie über einen Burschen namens Kaseph?«

Harmel verzog vor Ekel sein Gesicht. »Gehen Sie dem nach. Er ist wahrscheinlich die Quelle des ganzen Ärgers. Juleen betete diesen Burschen an. Jedermann befolgte Juleens Befehle, aber sie befolgte seine.«

»Wissen Sie, ob er nach Grundstücken um Ashton herum suchte?«

»Er war hinter dem College her, das weiß ich.«

Marshall war verblüfft. »Dem College? Reden Sie weiter.«

»Ich hatte nie die Möglichkeit, genau nachzuforschen, aber es muß so gewesen sein. Im Netzwerk sagten sie, daß das College von einigen Personen an der Spitze übernommen würde, und Eugene Baylor schien eine Menge Zeit mit Kaseph zu verbringen, in der sie über Geld redeten.«

»Kaseph versuchte, das College zu kaufen?«

»Er hatte es noch nicht. Aber er hatte bereits alles andere rund um die Stadt aufgekauft.«

»Zum Beispiel?«

»Eine Menge Häuser, soweit ich weiß, aber ich konnte nicht sehr viel herausfinden. Wie ich bereits sagte, überprüfen Sie die Grundbucheintragungen oder die Immobilienbüros, um zu sehen, was er bereits aufgekauft hat. Ich weiß, daß er die Kohle hatte, um dies zu tun.« Harmel zog einen verknitterten Umschlag unter seiner Jacke hervor. »Und nehmen Sie dies von mir.«

Marshall nahm den Umschlag. »Was ist das?«

»Ein Fluch, das ist es. Irgend etwas passiert jedem, der es hat. Eldons Buchprüferfreund, Ernie Johnson, gab es mir, und ich hoffe, Eldon hat Ihnen erzählt, was mit ihm passiert ist!«

»Er hat es mir erzählt.«

»Es sind Johnsons Funde aus der Überprüfung der College-Buchführung.«

Marshall konnte sein Glück nicht fassen. »Sie machen Witze! Wußte Eldon davon?«

»Nein, ich entdeckte diese Berichte selbst, aber fangen Sie noch nicht zu tanzen an. Sie wenden sich besser an einen Freund, der etwas von Buchhaltung versteht, der dies alles entschlüsseln kann. Ich werde daraus nicht schlau ... ich denke, daß es noch eine zweite Hälfte geben muß, die fehlt.«

»Es ist ein Anfang. Danke.«

»Wenn Sie eine Theorie durchspielen wollen, versuchen Sie folgende: Kaseph kommt nach Ashton, und er will alles kaufen, worauf er seine Hände legen kann. Das College denkt nicht ans Verkaufen. Als nächstes wissen wir, dank Baylor, daß das College in solch tiefe finanzielle Schwierigkeiten gerät, daß Verkaufen als die einzige Lösung erscheint. Plötzlich ist Kasephs Angebot nicht mehr so weit hergeholt, und jetzt ist auch der Vorstand mit Jasagern bestückt.«

Marshall öffnet den Umschlag und blätterte durch die vielen Seiten von Fotokopien und Zahlenreihen. »Und Sie konnten keine Hinweise in all dem finden?«

»Hinweise, die man nicht gebrauchen kann, nicht als Beweis. Was Sie wirklich finden müssen, ist, wer sich am anderen Ende all dieser Transaktionen befindet.«

»Kasephs Konten vielleicht?«

»Bei all den Freunden und Vertrauten, die er an diesem College hat, würde es mich nicht überraschen, wenn Kaseph zurückkommen würde, um das College mit College-Geld zu kaufen!«

»Das ist eine Theorie. Aber was würde ein Mann wie er mit einer kleinen Stadt wollen oder mit einem ganzen College?«

»Hogan, ein Bursche mit der Macht und der Kohle, die dieser Mann zu haben scheint, könnte eine Stadt wie Ashton nehmen und alles mit ihr machen, was er will. Ich denke, er tut es bereits in starkem Maße.«

»Woher wissen Sie das?«

»Finden Sie es einfach heraus.«

21

Bernice war in Eile. Sie war im Hinterraum des Immobilien-Büros Top of the Town Realty, und sie durchstöberte deren Microfiche-Listen. Carla, das Mädchen draußen, war noch neu in dieser Arbeit und in der Stadt, so daß sie Bernice' kleine Erzählung, sie sei eine Historikerin aus dem College auf der Suche nach Ashtons Geschichte, abkaufte. Carla brauchte nicht lange, um Bernice einen Überblick über die Listen zu geben und eine kleine Einweisung, wie sie das Lesegerät bedienen mußte. Als Carla sie allein gelassen hatte, ging Bernice direkt zum Inhaltsverzeichnis. Dies war sicherlich ein wunderbarer Glücksfall: Die anderen Maklerbüros hatten Listen, die einem sagten, wer wieviel Land besaß, wenn man wußte, wo das Grundstück war; diese Listen sagten einem, was die verschiedenen Leute besaßen, wenn man den Namen der Leute wußte.

Kaseph. Bernice blätterte den Microfiche-Ständer bis zum Buchstaben K durch. Sie legte das Zelluloid in das Lesegerät und begann, rauf und runter zu fahren, kreuz und quer, im Zickzack, Tausende mikroskopischer Buchstaben streiften in einem Nebel über den Bildschirm, während sie nach der richtigen Spalte suchte. Da. Kw ... Kh ... Ke ... Ka ... über die nächste Spalte. Beeile dich, Bernice!

Sie fand keinen Eintrag unter Kaseph.

»Wie kommen Sie voran?« fragte Carla von vorne.

»Oh, ganz gut«, antwortete Bernice. »Ich finde noch nicht viel, aber ich weiß, wo ich nachschauen muß.«

Gut, da war noch Joes Supermarkt. Sie ging zu der normalen Liste zurück und zog den Microfiche für den entsprechenden Stadtteil heraus. Das Zelluloid ging in den Leser, und wieder raste Bernice durch Tausende von Einträgen, wobei sie nach Joe suchte. Da! Die Beschreibung von Joes Supermarkt, jetzt der Ashton-Kaufmarkt. Er war mit 105 900 Dollar angegeben, und der Besitzer war Omni Corporation. Das war alles.

Bernice ging zurück zum Namensverzeichnis. Sie steckte das Ok-Om-Zelluloid in das Lesegerät. Hinauf, hinunter, hinüber. Olson ... Omer ... Omni. Omni. Omni. Omni. Omni. Die Einträge unter Omni gingen die Spalte hinunter, hinunter, hinunter; es waren wahrscheinlich über hundert. Bernice zog ihren Notizblock und ihren Bleistift heraus und schrieb wie wild. Die vielen Adressen und Beschreibungen sagten ihr nichts; viele waren noch nicht einmal entzifferbar, aber sie kritzelte so schnell sie konnte, und hoffte dabei, daß sie ihr eigenes Geschreibsel lesen konnte, wenn sie es später anschaute. Sie kürzte ab — und füllte Seite um Seite in ihrem Notizblock aus.

Draußen klingelte das Telefon; Carlas Unterhaltung klang nicht allzu fröhlich. Ihre Stimme war besänftigend und ernst, und sie klang sehr entschuldigend. Das Spiel war wahrscheinlich aus, Kind, schreibe weiter!

Im nächsten Augenblick erschien Carla. »Sind Sie Bernice Krueger, vom *Clarion*?« fragte sie direkt.

»Wer fragt danach?« sagte Bernice. Das war dumm, aber sie wollte noch nicht mit der Wahrheit herausrücken.

Carla sah sehr verstört aus. »Hören Sie zu, Sie müssen sofort gehen«, sagte sie.

»Das war Ihr Boß am Telefon, richtig?«

»Ja, er war es, und ich wäre Ihnen dankbar, wenn Sie ihm nicht erzählen würden, daß ich Sie hier hereingelassen habe. Ich weiß nicht, was dies alles zu bedeuten hat, und ich weiß nicht, warum Sie mich angelogen haben, aber würden Sie bitte sofort gehen? Er kommt hierher, um das Büro abzuschließen, und ich habe ihm erzählt, Sie wären nicht dagewesen ...«

»Sie sind ein Schatz!«

»Gut, ich habe für Sie gelogen, jetzt lügen Sie bitte für mich.«

Bernice stand mit all ihren Notizen auf und tat die Microfiche-Folien wieder zurück. »Ich war niemals hier.«

»Ich bin Ihnen dankbar«, sagte Carla, während Bernice aus der Tür rannte. »Sie hätten mich fast meinen Job gekostet.«

Andy und June Forsythe hatten ein sehr schönes Haus, ein modernes Holzhaus am Stadtrand, nicht weit vom Forsythe-Holzplatz entfernt. Heute abend hatten sich Hank und Mary bei ihnen zum Abendessen versammelt, gemeinsam mit vielen anderen des Überrestes, während Krioni, Triskal, Seth, Chimon und Mota in den Dachsparren saßen und zuschauten. Die Engel konnten die stetig wachsende Kraft dieser kleinen Gruppe von betenden Leuten fühlen. Die Jones waren da, die Colemans, die Coopers, die Harris, einige der College-Studenten; Ron Forsythe war da mit seiner Freundin Cynthia. Ein paar ganz neue Christen waren mit ihm da, sie wurden gerade dem Rest der Gruppe vorgestellt. Ständig tröpfelten weitere Nachzügler herein.

Nach dem Abendessen versammelten sich die Leute und setzten sich um den großen Steinkamin im Wohnzimmer, während Hank seinen Platz am Kamin mit Mary neben sich einnahm. Jeder begann, etwas über seinen Hintergrund zu erzählen.

Bill und Betty Jones waren ihr ganzes Leben lang Kirchgänger gewesen, aber sie hatten ihr Leben erst vor einem Jahr wirklich Jesus Christus hingegeben. Der Herr hatte zu ihren Herzen gesprochen, und sie hatten ihn gesucht und gefunden.

John und Patty Coleman waren in einer anderen Gemeinde der Stadt gewesen, aber sie wußten nie viel über die Bibel oder über Jesus, bis sie in diese Kirche gekommen waren.

Cecil und Miriam Cooper hatten den Herrn immer gekannt, und sie waren froh zu sehen, wie sich eine neue Herde sammelte, um die alte zu ersetzen. »Es ist fast so, als ob man einen platten Reifen auswechselt«, witzelte Cecil.

Als die anderen erzählten, wurden ihre verschiedenen Hintergründe sichtbar; es gab verschiedene Traditionen und verschiedene Lehren, aber die Unterschiede waren im Moment nicht so wichtig. Alle hatten eine Hauptsorge: die Stadt Ashton.

»Oh, es ist ein Krieg«, sagte Andy Forsythe. »Man kann auf die Straße hinausgehen und es fühlen. Manchmal fühle ich mich, als ob ich durch einen Hagel von Pfeilen laufen würde.«

Ein neues Paar, Freunde der Coopers, Dan und Jean Corsi, ergriff das Wort.

Jean sagte: »Ich glaube wirklich, daß Satan da draußen ist, genau wie die Bibel sagt, wie ein brüllender Löwe, der versucht, jeden zu verschlingen.«

Dan merkte an: »Das Problem ist, daß wir alle herumgesessen haben und es geschehen ließen. Es ist Zeit, daß wir ernsthaft und betroffen auf unsere Knie gehen, um zu beten, daß der Herr etwas tut.«

Jean fügte hinzu: »Einige von euch wissen, daß unser Sohn gerade jetzt einige echte Probleme hat. Wir möchten, daß ihr für ihn betet.«

»Wie heißt er?« fragte jemand.

»Bobby«, antwortete Jean. Sie schluckte und fuhr fort: »Er hat sich dieses Jahr ins College eingeschrieben, und irgend etwas ist mit ihm passiert ...« Sie mußte aufhören, überwältigt von ihren Gefühlen.

Dan machte weiter, und sein Ton war bitter. »Es scheint so, daß mit jedem Kind, das auf dieses College geht, etwas passiert. Ich wußte nie, was für verrücktes Zeug hier tatsächlich unterrichtet wird. Der Rest von euch sollte das herausfinden und sicherstellen, daß eure Kinder nicht da hineingeraten.«

Ron Forsythe, bis zu diesem Zeitpunkt still, schaltete sich ein: »Ich weiß, wovon du redest, Mann. Auf dem Gymnasium ist es das gleiche. Die Kinder beschäftigen sich mit satanischem Zeug, daß ihr es nicht glauben werdet. Wir sind mit Drogen ausgestiegen; jetzt sind es Dämonen.«

Jean äußerte sich durch ihre Tränen: »Ich weiß, dies klingt schrecklich, aber es würde mich nicht wundern, wenn Bobby besessen wäre.«

»Ich war es«, sagte Ron. »Ich weiß, daß ich es war. Mann, ich hörte Stimmen, die zu mir sprachen, die mir erzählten, ich solle mir Drogen besorgen oder etwas stehlen — alle möglichen furchtbaren Dinge. Ich ließ meine Leute nie wissen, wo ich war, ich kam nie nach Hause, am Schluß habe ich an den unmöglichsten Orten geschlafen ... und mit den verrücktesten Leuten.«

Dan murmelte: »Ja, das ist Bobby. Wir haben ihn seit einer Woche nicht mehr gesehen.«

Jean wollte wissen: »Aber wie hast du mit solchen Sachen angefangen?«

Ron zuckte mit den Achseln. »Hey, ich war bereits auf dem falschen Weg. Ich bin nicht sicher, ob ich mich davon schon ganz erholt habe. Aber ich will euch sagen, wie ich denke, daß ich in dieses satanische Zeug geraten bin: Es war, als man mir meine Zukunft voraussagte. Hey, da hat's mich erwischt, ohne Zweifel.« Jemand fragte, ob die Wahrsagerin eine bestimmte Frau gewesen sei. »Nein, es war jemand anders. Es war auf dem Volksfest vor drei Jahren.«

»Ah, sie waren überall auf dem Platz«, stöhnte jemand.

»Nun, das zeigt nur, wie weit es mit dieser Stadt schon gekommen ist!« Cecil Cooper meinte: »Es gibt mehr Hexen und Wahrsager als Sonntagsschullehrer!«

»Nun, wir werden sehen, was wir dagegen unternehmen können!« sagte John Coleman.

Ron schaltete sich wieder ein. »Das ist alles starker Stoff, Mann. Ich meine, ich habe ganz schön verrückte Dinge erlebt, als ich da drinsteckte: Ich habe Gegenstände herumschweben sehen, ich konnte die Gedanken von anderen lesen, ich habe sogar einmal meinen Körper verlassen und bin in der Stadt herumgeschwebt. Ihr solltet wirklich bereit sein, richtig zu beten!«

Jean Corsi begann zu weinen. »Bobby ist besessen ... ich wußte es!«

Hank merkte, daß es Zeit war, die Leitung zu übernehmen. »Okay, Leute, nun habe ich eine wirkliche Last, für diese Stadt zu beten, und ich weiß, ihr auch, und so denke ich, das ist die einzige Antwort, die wir geben können. Dies ist das erste, was wir tun müssen.«

Sie waren alle bereit. Viele fühlten sich etwas beklommen, zum ersten Mal laut zu beten; einige wußten, wie man laut und zuversichtlich betet; einige beteten in Ausdrücken, die sie in bestimmten Gottesdiensten gelernt hatten; alle beteten ernsthaft, egal, wie sie sich ausdrückten. Die Begeisterung begann langsam zu wachsen;

die Gebete wurden ernster und ernster. Jemand begann ein einfaches Anbetungslied zu singen, und die es kannten, sangen mit, während diejenigen, die es nicht kannten, es lernten.

In den Dachsparren sangen die Engel mit, ihre Stimmen waren weich und fließend, wie Cellos und Bässe in einer Symphonie. Triskal schaute Krioni an, lächelte breit und ließ seine Muskeln spielen. Krioni lächelte und muskelte zurück. Chimon nahm sein Schwert und ließ es um sein Handgelenk tanzen, wobei die Klinge schimmernde Lichtstreifen und Bögen in die Luft zeichnete und mit einem wunderschönen Widerhall tönte. Mota schaute einfach zum Himmel empor, seine seidenen Flügel breiteten sich aus, seine Arme waren erhoben, hingerissen von dem Lied.

Kate saß still an ihrem Küchentisch mit einem Teller, einer Tasse und einer Untertasse. An diesem Abend aß sie alleine, und sie war kaum fähig, etwas hinunterzubekommen, da ihre Gefühle ihr die Kehle zuschnürten und ihren Magen zusammenzogen. O gut, es waren Nachwirkungen — Nachwirkungen von diesen vielen anderen Mahlzeiten, zu denen Marshall sich nie hatte sehen lassen. Es war wieder einmal so. Vielleicht hatte der Ort gar nichts damit zu tun, wie beschäftigt ein Zeitungsmann sein konnte. Wahrscheinlich hätte Marshall, auch wenn er in eine noch kleinere, unbedeutende Stadt gezogen wäre, immer noch diese verfluchte Nase für Neuigkeiten, die ihn die ganzen Nachtstunden in seine wilden Jagden zog, um eine Story zu machen, wo vorher keine war. Möglich, daß dies seine erste Liebe war, mehr als seine Frau, mehr als seine Tochter.

Sandy. Wo war sie heute abend? Waren sie nicht auch ihretwegen umgezogen? Nun war sie von ihnen weiter entfernt denn je, obwohl sie immer noch im selben Haus wohnte. Shawn war in ihr Leben wie ein Krebsgeschwür hineingewachsen, nicht wie ein Freund, und Kate und Marshall hatten nie wirklich darüber geredet, wie er es versprochen hatte. Seine Gedanken waren völlig beschlagnahmt. Er war mit seiner Zeitung verheiratet, vielleicht hatte er eine Affäre mit dieser jungen, hübschen Reporterin.

Kate schob ihren Teller weg und versuchte, nicht zu weinen. Sie konnte jetzt keine Tränen gebrauchen, nicht, wenn sie klar denken mußte. Ohne Zweifel mußte eine Entscheidung getroffen werden, und sie mußte sie alleine treffen.

Außerhalb von Ashton, nahe beim Güterbahnhof, traf sich Tal mit seinen Kriegern in einem alten, leerstehenden Wasserturm.

Nathan ging auf und ab, seine Stimme hallte von den Wänden des riesigen Tanks zurück. »Ich habe es kommen sehen, Hauptmann! Der Feind zieht Hogan in eine Falle. Es hat eine gefährliche Verschiebung in seiner Zuneigung zu Krueger gegeben. Seine Familie ist in ernster Gefahr.«

Tal nickte und blieb in tiefen Gedanken. »Genau, wie man erwarten konnte. Rafar weiß, daß ein offener Angriff nicht funktionieren wird; er versucht sein übles Spiel mit einem feinen moralischen Kompromiß.«

»Und erfolgreich, sage ich dir!«

»Ja, da stimme ich zu.«

»Aber was können wir tun? Wenn Hogan seine Familie verliert, wird er zerstört sein!«

»Nein. Nicht zerstört. Zu Boden geschlagen vielleicht. Stark geschwächt vielleicht. Aber daran ist der Abfall seiner eigenen Seele schuld, wovon ihn der Geist Gottes noch überführen muß. Wir können nichts tun, als warten und die Dinge laufen lassen.«

Nathan konnte nur frustriert den Kopf schütteln. Guilo stand in der Nähe und unterstützte Tals Worte. Natürlich war das wahr, was Tal sagte. Menschen werden sündigen, wenn sie wollen.

»Hauptmann«, sagte Guilo, »was ist, wenn Hogan fällt?«

Tal lehnte sich gegen die naßkalte Metallwand und sagte: »Wir können uns nicht darum kümmern, *ob* er fällt. Die Frage, mit der wir uns beschäftigen müssen, ist, *wann* er fällt. Hogan und Busche legen jetzt die Grundlage, die wir für diese Schlacht brauchen. Wenn dies geschehen ist, *müssen* Hogan und Busche fallen. Nur ihre klare Niederlage wird Strongman aus seinem Versteck herauslocken.«

Guilo und Nathan schauten beide verstört auf Tal.

»Du — du würdest diese Männer *opfern?*« fragte Nathan.

»Nur für eine begrenzte Zeit«, antwortete Tal.

Marshall zog Ernie Johnsons großes Paket heimlich angefertigter Berichte über die Buchhaltung des Whitmore College heraus und reichte sie über die *Clarion*-Empfangstheke an Harvey Cole. Marshall kannte Cole gut genug, um ihm zu vertrauen.

»Ich weiß nicht, was du damit anfangen kannst«, sagte Marshall, »aber sieh zu, ob du herausfinden kannst, auf was Johnson gestoßen ist, und schau, ob es krumme Geschäfte sind.«

»Mann!« sagte Harvey. »Das wird dich einiges kosten!«

»Ich werde ein paar kostenlose Anzeigen für dich drucken. Wie wär's damit?«

Harvey lächelte. »Klingt gut. Okay, ich werde es durcharbeiten und dir wiederbringen.«

»So schnell wie möglich.«

Harvey ging zur Tür hinaus, und Marshall kehrte in sein Büro zurück und leistete Bernice bei ihrer Feierabendbeschäftigung Gesellschaft.

Sie arbeiteten sich durch eine Flut von Notizen, Papieren, Telefonbüchern und allen möglichen öffentlichen Verzeichnissen, deren sie habhaft werden konnten. In der Mitte des Ganzen entstand Stück für Stück eine fundierte Liste mit Namen, Adressen, Berufen und Grundstückspreisen.

Marshall schaute seine Notizen aus dem Gespräch mit Harmel durch. »Okay, was ist mit dem Richter, wie ist sein Name, Jefferson?«

»Anthony C.«, antwortete Bernice, und blätterte im Telefonbuch des letzten Jahres. »Ja, Anthony C. Jefferson, 221 Alder Street.« Sie ging sofort zu ihren gekritzelten Notizen von Top of the Town Realty. »221 Alder ...« Ihre Augen überflogen eine Seite in ihrem Notizblock, dann eine weitere, bis schließlich ... »Hier!«

»Noch einer!«

»Ist das richtig: Jefferson wurde vom Netzwerk entfernt — und Omni kam herein und kaufte sein Haus?«

Marshall machte sich auf einem gelben Briefpapier zur Erinnerung einige Notizen. »Ich würde gerne wissen, warum Jefferson ging und für wieviel er sein Haus verkauft hat. Ich möchte auch gerne wissen, wer jetzt da wohnt.«

Bernice zuckte mit den Achseln. »Wir müssen einfach nur die Liste durchgehen und die Adressen dieser ganzen Netzwerkleute überprüfen. Ich wette, es ist einer von ihnen.«

»Was ist mit Baker, dem Richter, der den Posten von Jefferson übernommen hat?«

Bernice schaute auf eine andere Liste. »Nein, Baker wohnt in dem Haus, das dem Direktor des Gymnasiums, äh, Waller, George Waller, gehörte.«

»O ja, er ist einer, der sein Haus ebenfalls verkauft hat.«

»Es gibt noch eine Menge mehr, und ich bin ganz sicher, wir werden weitere finden, wenn wir an der richtigen Stelle nachschauen.«

»Wir sollten etwas im Grundsteueramt herumschnüffeln. Irgendwie, auf irgendwelchen Wegen, sind die Grundsteuern dieser Leute nie dahin gelangt, wo sie hin sollten. Ich glaube, alle diese Leute haben Steuerbetrug begangen.«

»Jemand hat die Gelder umgeleitet, so daß die Steuern nie bezahlt wurden. Es ist schmutzig, Hogan, einfach schmutzig.«

»Es war nicht Lew Gregory, der alte Rechnungsprüfer. Da, schau her. Er mußte seinen Hut nehmen wegen irgendeiner Anklage der Selbstbereicherung. Nun ist Irving Pierce drin, und er ist Omnihörig, richtig?«

»Du hast es erfaßt.«

»Und was war das mit Bürgermeister Steen?«

Bernice befragte ihren Notizblock, schüttelte aber den Kopf. »Er hat erst vor kurzem sein Haus gekauft; der Kauf sieht ganz in Ordnung aus, wenn man einmal davon absieht, daß der vorherige Besitzer der ehemalige Polizeichef war, der die Stadt ohne ersichtlichen Grund verließ. Es kann etwas bedeuten, vielleicht aber auch nicht. Was mich wundert, ist, was mit all den anderen Leuten passiert ist.«

»Ja, und warum keiner von ihnen sich jemals beschwert oder Lärm geschlagen hat. Hey, ich würde nicht einfach irgend jemanden hereinlassen, der mir mein Haus unter meinem Hintern weg versteigert, ohne wenigstens ein paar Fragen zu stellen. Es muß da etwas geben, was wir noch nicht wissen.«

»Nun, schau dir die Carluccis an. Hast du gewußt, daß sie ihr Haus für 5000 Dollar an Omni verkauft haben? Das ist lächerlich!«

»Und die Carluccis haben sich in Luft aufgelöst! Weg, einfach so!«

»Ich möchte gerne wissen, wer jetzt in ihrem Haus wohnt.«

»Vielleicht der neue Direktor des Gymnasium oder der neue Feuerwehrchef, oder ein neuer Stadtrat, oder ein neuer dies oder das!«

»Einer der neuen Vorstandsmitglieder des College.«

Marshall kramte in den Papieren. »Junge, was für eine Schweinerei!« Schließlich fand er die Liste, nach der er suchte. »Laßt uns mal diese Vorstandsmitglieder anschauen und sehen, was dabei herauskommt.«

Bernice überflog ein paar Seiten in ihrem Notizblock. »Ich weiß sicher, daß Pinckstones Haus Omni gehört. Irgendeine Art von Gesellschaftsvertrag.«

»Was ist mit Eugene Baylor?«

»Hast du das nicht irgendwo?«

»Einer von uns hat es, aber ich kann mich nicht erinnern, wer.«

Sie wühlten beide in ihren Notizen, Papieren, Listen. Marshall fand es schließlich unter seinen losen Blättern.

»Hier ist es. Eugene Baylor, 1024 SW 147.«

»Oh, ich denke, ich habe das hier irgendwo gesehen.« Bernice prüfte ihre Notizen. »Ja, das gehört auch zu Omni.«

»Mann! Es muß eine Voraussetzung für die Mitgliedschaft sein, daß man alles Omni überschreibt.«

»Nun, das macht Young und Brummel zu Mitgliedern par excellence. Es macht auch Sinn. Wenn sie in ein Universelles Gehirn verschmelzen wollen, müssen sie alle Individualität beiseite legen, und das bedeutet: kein Privateigentum.«

Marshall las von der Liste der College-Vorstandsmitglieder einen Namen nach dem anderen vor, und Bernice suchte ihre Adressen heraus. Von den zwölf Vorstandsmitgliedern wohnten acht in Häusern, die Omni gehörten. Die anderen hatten Apartments gemietet; eines der Apartmenthäuser gehörte Omni. Bernice hatte über die anderen Apartmenthäuser keine Informationen.

»Ich denke, wir können ausschließen, daß es sich um einen Zufall handelt«, sagte Marshall.

»Und jetzt kann ich es gar nicht erwarten, was dein Freund Lemley zu sagen hat.«

»Kaseph und die Omni Corporation gehören zusammen. Das ist offensichtlich.« Marshall überlegte einen Moment. »Aber weißt du, was mich wirklich ängstigt? Soweit ist alles, was wir hier sehen, legal. Ich bin sicher, sie haben irgendwo betrogen, um dahin zu kommen, wo sie sind. Aber du kannst sehen, daß sie innerhalb des Systems arbeiten, oder sie schaffen es zumindest sehr gut, daß es so aussieht.«

»Aber komm, Marshall! Er ist dabei, die ganze Stadt zu übernehmen, um es deutlich auszudrücken!«

»Und er macht es auf legale Weise. Vergiß das nicht.«

»Aber er muß irgendwo Spuren hinterlassen haben. Wir sind fähig gewesen, ihm soweit auf die Schliche zu kommen.«

Marshall holte tief Luft und seufzte sie dann heraus. »Nun, wir können versuchen, jede Person ausfindig zu machen, die ihr Haus verkauft hat und die Stadt verließ, und herauszufinden, warum es geschah. Wir können nachprüfen, welche Positionen sie innehatten und wer diese Positionen jetzt hat. Wir können jeden überprüfen, der jetzt in diesen Positionen ist, was für eine Beziehung er oder sie zu Omni oder zu dieser Universellen Bewußtseinsgruppe hat. Wir können sie alle einzeln befragen, was sie über diesen ominösen Mr. Kaseph wissen. Wir können weitere Nachforschungen über die Omni Corporation selbst anstellen und herausfinden, wo ihr Hauptsitz ist, womit sie Geschäfte machen, was sie noch besitzen. Wir haben eine klare Aufgabenstellung. Und dann schätze ich, wird es Zeit, direkt mit dem, was wir wissen, zu unseren Freunden zu gehen, um eine Antwort von ihnen zu bekommen.«

Bernice konnte an Marshalls Benehmen erkennen, daß etwas im Busch war. »Was beunruhigt dich, Marshall?«

Marshall warf seine Notizen auf den Schreibtisch und lehnte sich in seinem Stuhl zurück, um nachzudenken. »Bernie, wir wären Narren, zu glauben, wir sind immun gegen das alles.«

Bernice nickte bedrückt. »Ja, ich habe darüber schon nachgegrübelt, darüber, was sie wohl unternehmen werden.«

»Ich denke, sie haben bereits meine Tochter.« Es war eine schlichte Feststellung. Marshall selbst war erschrocken darüber.

»Du weißt das nicht sicher.«

»Wenn ich das nicht weiß, dann weiß ich überhaupt nichts.«

»Aber welche Art von wirklicher Macht können sie ausüben, außer wirtschaftlicher und politischer? Ich halte nichts von diesem kosmischen, spirituellen Zeug; es ist nichts anderes als ein Gehirntrip.«

»Das kannst du leicht sagen, du bist nicht religiös.«

»Du würdest es so auch viel einfacher finden.«

»Und was ist, wenn wir wie — wie Harmel enden, keine Familie mehr, wir verstecken uns im Unterholz und reden über ... Gespenster?«

»Mir würde es nichts ausmachen, wie Strachan zu enden. Er scheint sich dabei wohl zu fühlen, einfach aus der ganzen Sache heraus zu sein.«

»Gut, Bernie, wie dem auch sei, wir sollten uns nur im klaren sein, was auf uns zukommt, bevor es losgeht.« Er packte ganz fest ihre Hand und sagte zu ihr: »Ich hoffe, wir wissen beide, worauf wir uns da eingelassen haben. Vielleicht stecken wir schon zu tief drin. Ich vermute, wir könnten noch aussteigen ...«

»Du weißt, daß wir das nicht können.«

»Ich weiß, daß *ich* es nicht kann. Ich stelle an dich keine Forderungen. Du kannst jetzt hinausgehen, irgendwo anders hingehen, du kannst für irgendeine Frauenzeitschrift arbeiten oder so was. Ich wäre dir nicht böse.«

Sie lächelte ihn an und hielt seine Hand fest. »Zusammen sterben, glücklich sterben.«

Marshall schüttelte nur den Kopf und lächelte zurück.

22

In einem anderen Staat, im Arbeiterviertel einer anderen Stadt, fuhr ein kleiner Lieferwagen eine Straße hinunter, die mit Kindern bevölkert war. All die kleinen Zweifamilienhäuser sahen, außer den verschiedenen Farbanstrichen, genau gleich aus. Als der Lieferwagen am Ende eines alternden Asphaltsträßchens anhielt, konnte man an seiner Seite »Princess-Reinigung« lesen.

Die Fahrerin, eine junge Dame in einem blauen Arbeitsanzug — ihre Haare waren unter ein rotes Kopftuch gesteckt — stieg aus. Sie öffnete die Seitentür und zog ein großes Wäschebündel und einige auf Bügel gehängte Kleider, die in Plastiksäcke eingepackt waren, heraus. Nachdem sie die Adresse überprüft hatte, ging sie zu einer bestimmten Tür und läutete.

Zuerst wurde der Vorhang am Vorderfenster kurz zur Seite gezogen, und dann hörte man Schritte. Die Tür wurde geöffnet.

»Hallo, ich habe etwas von der Reinigung«, sagte die junge Dame.

»Oh, ja ...« sagte der Mann, der die Tür geöffnet hatte. »Bringen Sie es einfach herein.«

Er machte die Tür ganz auf, so daß sie in das Haus eintreten konnte, während drei Kinder trotz ihrer großen Neugierde versuchten, ihr nicht in den Weg zu laufen.

Der Mann rief seiner Frau zu: »Liebling, die Reinigungsdame ist hier.«

Sie kam aus der kleinen Küche gelaufen und wirkte angespannt und nervös. »Ihr Kinder, geht jetzt raus zum Spielen«, befahl sie.

Sie nörgelten ein bißchen, aber sie trieb sie schließlich zur Tür hinaus, verschloß sie, und dann machte sie das Fenster zu, das noch offen war.

»Wo haben Sie diese ganze Wäsche her?« fragte der Mann.

»Sie war in dem Lieferwagen. Ich weiß nicht, wem sie gehört.«

Der Mann, ein untersetzter Italiener mit langsam ergrauenden Locken, streckte seine Hand aus. »Joe Carlucci.«

Die junge Dame legte die Wäsche ab und schüttelte ihm die Hand. »Bernice Krueger vom *Clarion*.«

Er schob ihr einen Stuhl hin und sagte dann: »Sie sagten mir, ich sollte nie mit Ihnen oder Mr. Hogan reden ...«

»Zum Wohle unserer Kinder, sagten sie«, fügte Mrs. Carlucci hinzu.

»Das ist Angelina. Es war wegen ihr, wegen der Kinder, daß wir — daß wir weggezogen sind, wir verließen alles, wir sagten nichts.«

»Können Sie uns helfen?« fragte Angelina.

Bernice machte ihren Notizblock bereit. »Okay, wir haben Zeit. Wir werden von vorne anfangen.«

Marshall fuhr seinen Wagen auf den Parkplatz eines kleinen Versicherungsbüros in Taylor; dies war, was Al Lemley »auf halbem Weg« zwischen Ashton und New York nannte, eine kleine Stadt am Kreuzungspunkt zweier größerer Schnellstraßen, und dies war der einzig wirkliche Grund, warum die Stadt da war. Er trat in das kleine Büro und wurde sofort von der Dame hinter dem Schreibtisch erkannt.

»Mr. Hogan?« fragte sie.

»Ja, guten Morgen.«

»Mr. Lemley ist bereits hier. Er wartet auf Sie.«

Sie führte ihn zu einer anderen Tür, durch die sie in ein hinteres Büro gingen, das zur Zeit niemand benutzte. »Kaffee gibt es hier an der Theke, und die Toilette befindet sich geradeaus und dann rechts.«

»Vielen Dank.«

»Bitte schön.«

Marshall schloß die Tür, und erst dann stand Al Lemley auf und gab ihm einen herzhaften Händedruck.

»Marshall«, sagte er, »es ist großartig, dich zu sehen. Einfach großartig!«

Er war ein kleinerer Mann, kahlköpfig, mit einer Hakennase und scharfen blauen Augen. Er hatte Mut und Schwung, und er war für Marshall immer ein unbezahlbarer Gefährte gewesen, ein Freund, der stets für einen da war.

Al saß hinter dem Schreibtisch, und Marshall stellte einen Stuhl neben ihn, so daß sie beide das Material, das Al mitgebracht hatte, durchschauen konnten. Eine Weile sprachen sie über alte Zeiten. Al füllte ganz ordentlich den Leerraum aus, den Marshall in der *Times*-Redaktion hinterlassen hatte, und er fing an, die Fähigkeit Marshalls, die Arbeit anzupacken, schätzenzulernen.

»Aber ich denke nicht, daß ich mit dir tauschen möchte, Kumpel!« sagte er. »Ich dachte, du bist nach Ashton gezogen, um von dem Ganzen wegzukommen!«

»Ich schätze, es hat mich verfolgt und eingeholt«, sagte er.

»Äh ... in ein paar Wochen kann New York um einiges sicherer sein.«

»Was hast du herausgefunden?«

Al zog ein 8 x 10-Hochglanzfoto aus einem Umschlag und ließ es über den Schreibtisch unter Marshalls Nase gleiten. »Ist das dein Knabe?«

Marshall schaute auf das Bild. Er hatte Alexander M. Kaseph nie zuvor gesehen, aber von den Beschreibungen wußte er: »Das muß er sein.«

»Oh, er ist es. Er ist bekannt, und dann ist er wieder nicht bekannt, wenn du verstehst, was ich meine. Die große Allgemeinheit hat nie von diesem Burschen gehört, aber wenn man anfängt, Kapitalanleger an der Wall Street zu fragen oder Regierungsleute, oder ausländische Diplomaten, oder irgend jemand anders, der in internationalen Geschäften oder in der Politik mitmischt, dann wird man eine Antwort bekommen. Er ist der Präsident der Omni Corporation, ja, sie sind ganz sicher miteinander verbunden.«

»Was für eine Überraschung. Und was weißt du über die Omni Corporation?«

Al schob einen Stapel Material zu Marshall, einen Stapel, der mehrere Zentimeter dick war. »Gott sei Dank gibt es Computer.

Omni mußte auf etwas unübliche Art aufgespürt werden. Sie haben kein zentrales Hauptquartier, keine Hauptadresse; sie sind in örtliche Büros über die ganze Welt verteilt, und sie zeigen sich sehr wenig in der Öffentlichkeit. Soweit ich das verstehe, hat Kaseph ständig seine eigene Mannschaft mit sich, und er ist gerne so unsichtbar wie möglich, während er das ganze Unternehmen von wer weiß wo aus leitet. Es ist ganz seltsam unterirdisch. Sie sind nicht an der New Yorker oder der Amerikanischen Börse, zumindest nicht unter ihrem Namen. Die Aktien sind überall verteilt, oh, vielleicht auf hundert verschiedene Gesellschaften. Omni ist der Besitzer und Kontrolleur von Ladenketten, Banken, Pfandbriefanstalten, Schnellrestaurants, Getränkeabfüllbetrieben, was immer du willst.«

Al fuhr fort zu reden, während er den Materialstapel durchblätterte. »Einige meiner Mitarbeiter haben sich in diesen Stoff hineingewühlt. Omni veröffentlicht nichts und druckt nichts über sich. Zuerst muß man herausfinden, was die Untergesellschaft ist, dann muß man ein wenig am Hintereingang herumschnüffeln, um zu sehen, was für Interessen die Muttergesellschaft hat. Nimm diese eine hier ...« Al breitete den Jahresbericht einer Minengesellschaft aus Idaho aus. »Man weiß nicht, was das eigentlich bedeuten soll, bis man hier ans Ende kommt ... siehst du? ›Ein Zweigunternehmen von Omni International‹.«

»International ...«

»*Sehr* international. Du würdest es nicht glauben, wie einflußreich sie beim arabischen Öl, im Europäischen Markt, in der Weltbank, im internationalen Terrorismus sind, und ...«

»*Was?*«

»Erwarte nicht, daß du einen Aktionärsbericht über die letzte Autobombe oder den letzten Massenmord findest, aber auf jeden dokumentierten Bericht hier kommen ein paar hundert Gerüchte, die niemand beweisen kann, die aber jeder zu kennen scheint.«

»So ist das Leben.«

»Und so ist dein Mann Kaseph. Ich will dir sagen, Marshall, er weiß, wie er Blut vergießen kann, wenn er muß, und manchmal auch, wenn er nicht muß. Ich würde sagen, dieser Bursche ist eine Kreuzung aus dem letzten Guru und Adolf Hitler, und er läßt Al Capone wie einen Pfadfinder aussehen. Es geht das Gerücht um, daß sogar die Mafia ihn fürchtet!«

Angelina Carlucci neigte dazu, ihre Worte mehr aus ihren Gefühlen als aus einer objektiven Erinnerung zu beziehen, und so wurde ihre Geschichte sehr unzusammenhängend und schwer verständlich. Bernice mußte laufend Zwischenfragen stellen, um die Dinge zu klären.

»Zurück zu Ihrem Sohn Carl ...«

»Sie haben seine Hände gebrochen!« weinte sie.

»*Wer* brach seine Hände?«

Joe griff ein, um seiner Frau zu helfen. »Es war, nachdem wir gesagt hatten, wir würden den Laden nicht verkaufen. Sie hatten uns gefragt ... nun, sie fragten nicht, sie sagten uns, wir sollten besser ... aber sie sprachen mehrere Male mit uns, und wir wollten nicht verkaufen ...«

»Und dann haben sie angefangen, Sie zu bedrohen?«

»Sie drohten *niemals*!« sagte Angelina ärgerlich. »Sie sagen, sie haben uns *niemals* bedroht!«

Joe versuchte zu erklären. »Sie — bedrohen dich, ohne daß es so klingt. Es ist schwer zu erklären. Aber sie besprechen das Geschäft mit dir, und sie lassen dich wissen, wie ratsam es wäre, mit dem Geschäft einverstanden zu sein, und du weißt, daß du einfach ja sagen sollst — wenn du nicht willst, daß irgend etwas Schlimmes passiert.«

»Und wer hat mit Ihnen geredet?«

»Zwei Herren, die — nun, sie sagten, sie seien Freunde von den neuen Leuten, die jetzt den Laden besitzen. Ich dachte zuerst, daß sie Makler oder so was seien. Ich hatte keine Ahnung ...«

Bernice schaute wieder in ihre Notizen. »Okay, und nachdem Sie zum dritten Mal abgelehnt hatten, wurden die Hände von Carl gebrochen?«

»Ja, in der Schule.«

»Nun, wer tat es?«

Angelina und Joe schauten sich gegenseitig an. Angelina antwortete: »Niemand sah es. Es war während der Pause, und niemand sah es!«

»Carl muß es gesehen haben.«

Joe schüttelte nur den Kopf und winkte mit seiner Hand ab. »Sie können Carl nicht darüber befragen. Er wird immer noch davon gequält, er hat Alpträume.«

Angelina lehnte sich nach vorne und flüsterte: »Böse Geister, Miss Krueger! Carl glaubt, es waren böse Geister!«

Bernice wartete, daß diese beiden Erwachsenen die seltsamen Wahrnehmungen ihres Sohnes erklären würden. Sie hatte Schwierigkeiten, eine Frage zu formulieren. »Nun, was hat — warum — was haben Sie ... Nun, sicher wissen Sie, was tatsächlich passiert ist, oder Sie haben wenigstens eine Ahnung.« Die beiden schauten sich nur weiter an, sie fanden keine Worte. »Gab es keine Lehrer auf dem Gelände, die ihm beistanden, als es geschah?«

Joe versuchte zu erklären. »Er spielte gerade Baseball mit ein paar anderen Jungen. Der Ball rollte in die Büsche, und Carl kroch hinein. Als er zurückkam, war er — er war verrückt, er schrie, er hatte sich eingenäßt ... seine Hände waren gebrochen.«

»Und er hatte nie erzählt, wer es getan hat?«

In Joe Carluccis Augen war nackte Angst. Er flüsterte: »Große schwarze Dinger ...«

»Männer?«

»*Dinger.* Carl sagte, es waren Geister, Monster.«

Verpatze es nicht, redete Bernice auf sich selbst ein. Es war klar, daß diese armen enttäuschten Leute wirklich glaubten, daß irgend etwas dieser Art sie angriff. Sie waren sehr hingegebene Katholiken, aber auch sehr abergläubisch. Vielleicht erklärte das die vielen Kreuze über jeder Tür, die Bilder von Jesus und die Statuen der Jungfrau Maria überall, auf jedem Tisch, über jedem Durchgang, in jedem Fenster.

Marshall hatte das Material über die Omni Corporation sorgfältig durchgelesen. Über eine Sache aber hatte er noch nichts gelesen.

»Was ist mit irgendwelchen religiösen Hintergründen?«

»Ja«, sagte Al und griff nach einem anderen Umschlag. »Du hast recht damit. Omni ist nur eine der vielen Zeichnungsberechtigten der Gesellschaft für Universelles Bewußtsein, und das ist eine weitere Zusammenballung finanzieller und politischer Kräfte, und vielleicht ist das die Hauptmotivation hinter der Gesellschaft, sogar stärker als Geld. Omni besitzt oder unterstützt — o Bruder, es muß Hunderte davon geben — gesellschaftseigene Geschäfte, von kleinen Läden an aufwärts bis zu Banken, Supermarktketten, Schulen, Colleges ...«

»Colleges?«

»Ja, und Rechtsanwaltskanzleien ebenfalls, gemäß diesen Zeitungsausschnitten. Sie haben einen sehr großen Einfluß in Washington, sie bringen regelmäßig ihre eigenen Gesetzesanträge ein ... es ist gewöhnlich antijüdisch und antichristlich, wenn das für dich von irgendeiner Bedeutung ist.«

»Wie ist es mit Städten? Kauft diese Gesellschaft gerne Städte?«

»Ich weiß, daß Kaseph es getan hat — oder zumindest Sachen, die dem ähnlich sind. Hör zu, ich habe mich mit Chuck Anderson, einem unserer Auslandskorrespondenten, in Verbindung gesetzt, und er hört allerlei interessante Sachen — ganz abgesehen von dem, was er selbst gesehen hat. Es scheint, daß diese Leute des Universellen Bewußtseins ein weltweiter Club sind. Wir haben Gesellschaftsniederlassungen in 23 verschiedenen Ländern entdeckt. Sie scheinen einfach überall aus dem Boden zu schießen, und ja, sie haben volle Kontrolle über Städte, Dörfer, Krankenhäuser, einige Schiffe, einige Großunternehmen erreicht. Manchmal kaufen sie sich ein, manchmal wählen sie sich hinein, manchmal drängen sie sich einfach hinein.«

»Wie eine Invasion ohne Gewehre.«

»Ja, gewöhnlich sehr legal, aber das ist wahrscheinlich aus bloßer Cleverneß, nicht aus Integrität, und vergiß nicht, daß du es hier mit einer ungeheuren Macht zu tun hast. Du stehst dem Großen Meister genau im Weg, und so wie ich das sehe, verringert er sein Tempo nicht, bremst nicht und weicht auch nicht aus.«

»Mist ...«

»Ich würde ... nun, ich würde es abgeben, Kumpel. Wende dich an die Regierung, laß größere Leute sich damit auseinandersetzen, wenn sie wollen. Du hast immer noch eine Stelle frei bei der *Times*, wenn du es je willst. Zumindest behandle diese Geschichte mit mehr Distanz. Du bist ein erstklassiger Reporter, aber du bist zu nahe dran, du hast zu viel zu verlieren.«

Alles, was Marshall denken konnte, war: Warum ich?

Bernice war zu weit in eine heikle Sache eingedrungen. Je mehr sie die Carluccis fragte, um so aufgeregter und verschreckter wurden sie.

»Vielleicht war das keine gute Idee«, sagte Joe schließlich. »Falls sie jemals herausfinden, daß wir mit Ihnen gesprochen haben ...«

Bernice würde schreien, wenn sie dieses Wort noch einmal hören würde. »Joe, wen meinen Sie mit ›sie‹? Sie sagen ständig *sie* und *ihnen*, aber Sie sagen nie, wer das ist.«

»Ich — ich kann es Ihnen nicht sagen«, sagte er mit großer Anstrengung.

»Nun, lassen Sie mich wenigstens so viel klarstellen: Sind sie Menschen, ich meine echte Menschen?«

Er und Angelina dachten einen Moment lang nach, dann antwortete er: »Ja, sie sind echte Menschen.«

»Also sie sind echt, Menschen aus Fleisch und Blut?«

»Und vielleicht auch Geister.«

»Ich rede jetzt über wirkliche Menschen«, beharrte Bernice. »Waren es wirkliche Menschen, die Ihre Steuern prüften?«

Sie nickten widerwillig.

»Und es war ein echter Mann aus Fleisch und Blut, der die Versteigerungsnotiz an Ihrer Tür anbrachte?«

»Wir haben ihn nicht gesehen«, sagte Angelina.

»Aber es war ein wirkliches Stück Papier, oder?«

»Aber niemand hat uns etwas davon gesagt!« protestierte Joe. »Wir haben immer unsere Steuern bezahlt, ich hatte die Scheckabbuchungen, um es zu beweisen! Die Leute im Steueramt wollten uns nicht anhören!«

Angelina war jetzt ärgerlich. »Wir hatten kein Geld, um die Steuern zu bezahlen, die sie verlangten. Wir hatten sie bereits bezahlt, wir konnten sie nicht noch einmal bezahlen.«

»Sie sagten, sie würden unseren Laden nehmen, unser ganzes Inventar, und das Geschäft ging schlecht, sehr schlecht. Die Hälfte unserer Kunden verließ uns und wollte nicht mehr kommen.«

»Und ich weiß, was sie fernhielt!« sagte Angelina herausfordernd. »Wir konnten es alle fühlen. Ich sage Ihnen, Fenster zersplittern nicht von selbst, und Waren fliegen nicht von selbst aus den Regalen. Der Teufel persönlich war in dem Laden!«

Bernice mußte ihnen versichern: »In Ordnung, ich streite das nicht ab. Sie haben gesehen, was Sie gesehen haben, ich bezweifle das nicht ...«

»Aber sehen Sie nicht, Miss Krueger?« fragte Joe mit Tränen in den Augen. »Wir wußten, daß wir nicht bleiben konnten. Was würden sie als nächstes machen? Unser Geschäft lief nicht mehr, unser Haus wurde uns wegversteigert, unsere Kinder wurden von üblen Leuten — Geistern, was auch immer — gequält. Wir wußten, es würde das beste sein, nicht zu kämpfen. Es war Gottes Wille. Wir verkauften das Geschäft. Sie gaben uns einen guten Preis ...«

Bernice wußte, daß dies nicht so war. »Sie haben nicht einmal die Hälfte von dem, was der Laden wert war, bekommen.«

Joe brach zusammen und weinte, als er sagte: »Aber wir sind frei ... wir sind frei!«

Bernice wunderte sich.

Dann kam der Angriff, ein Zusammen-sterben-glücklich-sterben-Vorstoß nach Informationen, begleitet von gemischten Gefühlen der Entschlossenheit und von bösen Vorahnungen, von Konflikten zwischen spontanen Entschlüssen und reiflichen Überlegungen. Zwei Wochen lang erschien der *Ashton Clarion* zwar immer noch bei den Zeitschriftenhändlern und in den Briefkästen der Abonnenten, aber sein Redaktionsleiter und dessen Chefreporterin waren schwer erreichbar, meistens sah man sie gar nicht. Marshalls Anrufbeantworter blieb unbeantwortet, Bernice war einfach nie zu Hause; es gab mehrere Nächte, in denen Marshall überhaupt nicht nach Hause ging, sondern hier und da schlief, bisweilen im Büro, wobei er auf spezielle Anrufe wartete oder selbst Anrufe machte; nebenbei ging er ständig durch Kontaktlisten, Steuerberichte, Geschäftsberichte, Interviews und kümmerte sich zusätzlich um die Leitartikel der Zeitung.

Die Leute, die ihre Positionen — und gewöhnlich auch Ashton — verlassen hatten, und die Leute, die sie ersetzt hatten, waren zwei ganz verschiedene Gruppen mit sehr unterschiedlichen Überzeugungen; nach einer Weile konnten Marshall und Bernice ziemlich genau voraussagen, welche Antworten sie bekommen würden.

Bernice rief Adam Jarred an, das College-Vorstandsmitglied, dessen Tochter angeblich von Ted Harmel unsittlich belästigt worden war.

»Nein«, sagte Jarred, »ich weiß wirklich nichts über irgendeine spezielle ... wie haben Sie das genannt?«

»Eine Gesellschaft. Die Gesellschaft für Universelles Bewußtsein.«

»Nein, ich fürchte, ich weiß nichts.«

Marshall sprach mit Eugene Baylor.

»Nein«, antwortete Baylor irgendwie ungeduldig, »ich habe den Namen Kaseph zuvor noch nicht einmal gehört, und ich verstehe wirklich nicht, worauf Sie hinauswollen.«

»Ich versuche herauszubekommen, ob die Behauptung wahr ist, daß das College von Alexander Kaseph und der Omni Corporation aufgekauft wird.«

Baylor lachte und sagte: »Sie müssen ein anderes College meinen. Hier passiert nichts dergleichen.«

»Und was ist mit unseren Informationen, daß das College in großen finanziellen Schwierigkeiten steckt?«

Baylor mochte diese Frage überhaupt nicht. »Hören Sie, der letzte Redaktionsleiter des *Clarion* hat das auch probiert, und es war das Dümmste, was er jemals tat. Warum kümmern Sie sich nicht einfach um Ihre Zeitung und überlassen es uns, das College zu leiten?«

Die ehemaligen Vorstandsmitglieder sangen ein ganz anderes Lied.

Morris James, jetzt ein Finanzberater in Chicago, hatte nichts außer schlechte Erinnerungen an seine letzten Jahre im College.

»Sie haben mir wirklich gezeigt, was es bedeuten muß, ein Aussätziger zu sein«, erzählte er Bernice. »Ich fühlte, ich könnte eine gute Stimme im Vorstand sein, wissen Sie, ein stabilisierender Faktor, aber sie wollten einfach keine abweichende Meinung dulden. Ich dachte, es war sehr unprofessionell.«

Bernice fragte ihn: »Und was ist damit, wie Eugene Baylor die Finanzen des College handhabte?«

»Nun, ich ging, bevor irgendwelche dieser wirklich ernsthaften Probleme aufkamen, dieser Probleme, die Sie mir beschrieben haben, aber ich konnte es vorhersehen. Ich versuchte einige Entscheidungen zu blockieren, die der Vorstand machte hinsichtlich gewisser Vollmachten und Privilegien für Baylor. Ich dachte, daß dies zu viel ungerechtfertigte Kontrolle eines einzelnen Mannes war, ohne die Überwachung durch die anderen Vorstandsmitglieder. Ich brauche Ihnen nicht zu erzählen, daß meine Meinung sehr unpopulär war.«

Bernice stellte eine sehr gezielte Frage. »Mr. James, was gab schließlich den Ausschlag für Ihre Kündigung und Ihren Wegzug von Ashton?«

»Nun ... das ist eine heikle Frage«, begann er widerwillig. Seine Antwort dauerte ungefähr fünfzehn Minuten, aber der Kern war folgender: »Mein ganzes Geschäft wurde so gestört und sabotiert von ... unsichtbaren Gangstern, so möchte ich es nennen ... daß das Risiko zu groß wurde. Ich konnte meine Aufträge nicht erfüllen, Kunden liefen mir weg, und ich konnte mich einfach nicht mehr über Wasser halten. Das Geschäft brach zusammen, ich verstand den Wink, und ich stieg aus. Seitdem geht es mir gut. Man kann einen guten Mann nicht lange unten halten, wissen Sie.«

Marshall schaffte es, Rita Jacobson, die jetzt in New Orleans wohnte, ausfindig zu machen. Sie war nicht sehr erbaut, von jemandem aus Ashton zu hören.

»Soll der Teufel diese Stadt haben!« sagte sie verbittert. »Wenn er sie so dringend braucht, laßt sie ihn haben.«

Marshall fragte sie nach Juleen Langstrat.

»Sie ist eine Hexe. Ich meine, eine wirkliche, lebendige Hexe!«

Er fragte sie nach Alexander Kaseph.

»Ein Zauberer und Gangster in einem. Gehen Sie ihm aus dem Weg. Er wird Sie begraben, bevor Sie es auch nur merken.«

Er versuchte, ihr noch einige andere Fragen zu stellen, aber sie sagte nur: »Bitte rufen Sie nie wieder diese Nummer an«, und hängte ein.

Marshall spürte so viele ehemalige Mitglieder des Stadtrates über das Telefon auf, wie er nur konnte, und er fand heraus, daß einer von ihnen ganz einfach in Pension gegangen war — aber all die anderen waren wegen irgendwelcher Schwierigkeiten ausgeschieden: Alan Bates war an Krebs erkrankt, Shirley Davidson ließ sich scheiden und machte sich mit einem neuen Liebhaber aus dem Staub, Carl Frohm wurde mit einer gefälschten Steuerforderung »kaltgestellt«, wie er es nannte, das Geschäft von Jules Bennington wurde durch eine Gangsterbande, über die er sich nicht weiter äußern wollte, lahmgelegt. Nachdem Marshall dies nachgeprüft hatte, fand er heraus, daß in jedem einzelnen Fall der entsprechende Stadtrat durch eine neue Person ersetzt worden war, die in irgendeiner Weise mit der Gesellschaft für Universelles Bewußtsein oder der Omni Corporation oder mit beiden verbunden war; und in jedem einzelnen Fall dachte die ausgeschiedene Person, daß sie die einzige sei, die gehen mußte. Jetzt — aus Angst, aus Egoismus, aus dieser typischen Unwilligkeit heraus, irgendwo hineingezogen zu werden — blieben alle weit weg, außer Reichweite, und sie sagten nichts. Einige beantworteten Marshalls Fragen, aber die meisten fühlten sich bedroht. Trotzdem bekam Marshall — alles in allem —, was er wollte.

Von denjenigen, die eigene Geschäfte besaßen, die jetzt von dieser geheimnisvollen Corporation übernommen worden waren, hatten sehr wenige geplant, zu verkaufen, umzuziehen, ihr friedliches Leben in Ashton oder ihre erfolgreichen Geschäfte aufzugeben. Aber die Gründe für den Wegzug waren immer dieselben: Steuer-Pfuscherei, Schikanen, Boykotte, persönliche Probleme, Ehescheidungen, manchmal eine Krankheit oder ein Nervenzusammenbruch, mit einer gelegentlich makabren Reihe von seltsamen, vielleicht übernatürlichen Ereignissen.

Die Geschichte des ehemaligen Bezirksrichters von Ashton, Anthony C. Jefferson, war typisch. »Gerüchte zirkulierten im Gerichtsgebäude und in der Rechtsabteilung, daß ich Bestechungsgelder bekäme, damit ich niedrige Strafen festsetze und Leute freispreche. Ich wurde sogar mit einigen falschen Zeugen konfrontiert, und man klagte mich an, aber dies waren alles Lügen — ich schwöre es mit allem, was in mir ist!«

»Können Sie mir die Wahrheit sagen, warum Sie Ashton verließen?« Marshall fragte, obwohl er wußte, welche Antwort zu erwarten war.

»Persönliche und berufliche Gründe. Einige dieser Gründe dauern jetzt noch an und sind immer noch so lebendig, daß ich Ihnen darüber nichts mitteilen kann. Ich kann jedoch sagen, daß meine Frau und ich einen Neuanfang brauchten. Wir haben beide den Druck gefühlt, sie mehr als ich. Meine Gesundheit litt. Wir dachten, daß es auf lange Sicht besser wäre, Ashton zu verlassen.«

»Darf ich fragen, Sir, ob es irgendwelche ... ungünstigen äußeren Einflüsse gab ... die dieser Entscheidung Nachdruck verliehen?«

Er dachte einen Moment lang nach, und dann sagte er, mit einiger Bitterkeit in seiner Stimme: »Ich kann nicht sagen, was es war — ich habe meine Gründe —, aber ich kann sagen, ja, es gab einige in sehr hohem Maße ungünstige Einflüsse.«

Marshalls letzte Frage war: »Und Sie können mir wirklich keinen Hinweis geben, welcher Art sie waren?«

Jefferson lachte eigenartig und sagte: »Gehen Sie einfach auf dem Weg weiter, auf dem Sie jetzt sind, und Sie werden es bald selbst herausfinden.«

Jeffersons Worte fingen an, Marshall und Bernice zu verfolgen; sie hatten viele ähnliche Warnungen im Laufe ihrer Nachforschungen gehört, und beiden wurde immer mehr bewußt, daß da etwas um sie war, das wuchs, das näher kam und an Bösartigkeit ständig zunahm. Bernice versuchte, es abzuschütteln, Marshall ertappte sich dabei, daß er mehr und mehr zu kleinen Stoßgebeten Zuflucht nahm; aber das Gefühl war noch da, dieser beunruhigende Eindruck, daß du nichts als eine Sandburg am Strand bist, und eine zehn Meter hohe Welle donnert gerade heran.

Außerdem mußte sich Marshall wundern, wie Kate dies alles durchhielt, und wie er die Dinge jemals wieder zusammenflicken könnte, wenn endlich alles vorbei war. Sie redete davon, daß sie wieder eine Witwe sei, eine Zeitungswitwe, und sie hatte sogar einige sehr beschämende Verdächtigungen im Blick auf Bernice von sich gegeben. Mann, wenn diese Sache nur bald vorbei wäre; noch etwas mehr davon, und er könnte seine Ehe vergessen.

Und dann war da natürlich Sandy, die Marshall seit Wochen nicht gesehen hatte. Aber wenn dies alles vorbei wäre, wenn es wirklich endlich vorbei wäre, dann würde alles anders sein.

Einstweilen waren die Nachforschungen, die er und Bernice betrieben, unglaublich dringend, hatten erste Priorität — etwas, das immer bedrohlicher wurde, mit jedem neuen Stein, den sie umdrehten.

23

Als die Dinge im Büro in ihrem gewöhnlichen, ruhigen, Nach-Dienstags-Stadium waren, ließ Marshall Carmen eine genügend große Schachtel und einige Aktenordner heraussuchen, und er begann, die Papierstapel zu ordnen, die Berichte, die Dokumente, die verstreuten Notizen und andere Informationen, die er und Bernice im Laufe ihrer Nachforschungen gesammelt hatten. Als er dies alles durchging, stellte er sich auf einem Stück Löschpapier, das auf seinem Schreibtisch lag, eine Liste von Fragen zusammen. Diese Fragen beabsichtigte er in seinem Interview mit dem ersten der wirklich wichtigen Hauptdarsteller in diesem Schmierentheater zu benutzen: Alf Brummel.

An diesem Nachmittag rief Marshall in Alf Brummels Büro an, nachdem Carmen zu einem Zahnarzttermin gegangen war.

»Polizeiabteilung«, sagte Saras Stimme.

»Hallo, Sara, hier ist Marshall Hogan. Kann ich Alf sprechen?«

»Er ist gerade nicht im Büro ...« Sara ließ einen langen Seufzer heraus und fügte dann in einem sehr eigenartigen, sehr ruhigen Ton hinzu: »Marshall — Alf Brummel will nicht mit dir reden.«

Marshall mußte einen Moment nachdenken, bevor er sagte: »Sara, sitzt du zwischen zwei Stühlen?«

Sara klang verstimmt. »Vielleicht, ich weiß es nicht, aber Alf sagte mir unmißverständlich, daß ich dich nicht durchstellen solle, und daß ich ihn wissen lassen solle, was immer deine Absichten sind.«

»Huh ...«

»Schau, ich weiß nicht, wo Freundschaft endet und berufliche Pflicht anfängt, aber ich wüßte gerne, was hier eigentlich los ist.«

»Was *ist* los bei euch?«

»Was gibst du mir dafür?«

Marshall wußte, dies war eine Chance. »Ich denke, ich kann etwas Gleichwertiges finden, wenn ich mich anstrenge.«

Sara zögerte einen Augenblick. »So wie es aussieht, bist du sein schlimmster Feind geworden. Immer wieder mal höre ich deinen Namen durch seine Bürotür hindurch, und niemals sagt er ihn freundlich.«

»Mit wem spricht er, wenn er meinen Namen erwähnt?«

»Uh, uh. Das finde selbst heraus.«

»In Ordnung. Nun, wir reden ebenfalls über ihn. Wir reden eine Menge über ihn, und wenn alles, was wir entdeckt haben, sich als wahr herausstellt, ja dann muß ich sein schlimmster Feind sein. Nun, mit wem spricht er?«

»Einige davon habe ich zuvor schon einmal gesehen, einige noch nie. Er telefoniert viel mit Juleen Langstrat, seiner Was-immer-sie-ist.«

»Sonst noch jemand?«

»Richter Baker war einer und mehrere Mitglieder des Stadtrates ...«

»Malone?«

»Ja.«

»Everett?«

»Ja.«

»Äh ... Preston?«

»Nein.«

»Goldtree?«

»Ja, und einige andere VIPs von auswärts, und dann Spence Nelson von der Polizei in Windsor, dieselbe Abteilung, die unsere Verstärkung für das Sommerfest gestellt hatte. Ich meine, er hat mit einer Menge Leute gesprochen, weit mehr als gewöhnlich. Irgendwas ist los. Was ist es?«

Marshall mußte vorsichtig sein. »Es kann mich und den *Clarion* betreffen, vielleicht aber auch nicht.«

»Ich weiß nicht, ob ich das akzeptieren werde oder nicht.«

»Ich weiß nicht, ob ich dir vertrauen kann oder nicht. Auf wessen Seite stehst du?«

»Das hängt davon ab, wer der Böse ist. Ich weiß, daß Alf zwielichtig ist. Bist du es?«

Marshall mußte lächeln, sie hatte Mumm. »Ich werde dich selbst urteilen lassen. Ich versuche, eine ehrliche Zeitung zu machen, und wir haben einige sehr intensive Nachforschungen angestellt, nicht nur über deinen Boss, sondern über jedes andere hohe Tier in dieser Stadt ...«

»Er weiß das. Sie wissen es alle.«

»Nun, ich habe mit nahezu allen geredet. Alf war der nächste auf meiner Liste.«

»Ich denke, er wußte das auch. Er hat mir gerade heute morgen gesagt, daß er nicht mit dir reden will. Aber er führt sicher brandheiße Gespräche mit jedem anderen, und er ist hier gerade rausgegangen mit einem Stapel von Papieren unter seinem Arm, auf dem Weg zu einer weiteren Geheimbesprechung mit irgend jemandem.«

»Hast du eine Ahnung, was sie mit mir vorhaben?«

»Oh, du kannst sicher sein, daß sie etwas mit dir vorhaben, und ich habe das Gefühl, sie halten Kriegsrat ab. Betrachte dich als gewarnt.«

»Und ich rate dir, sei der süße, nichtsahnende Engel, der nichts weiß und nichts sagt. Die Sache könnte sehr heikel werden.«

»Wenn es das wird, kann ich dann zu dir kommen, um Antworten zu kriegen — oder zumindest eine Fahrkarte aus der Stadt heraus?«

»Wir können darüber reden.«

»Ich werde dir alles geben, was ich finden kann, wenn du für meine Sicherheit garantierst.«

Marshall spürte es aus ihrer Stimme heraus: dieses Mädchen war verängstigt. »Hey, Sara, erinnere dich, ich habe dich nicht darum gebeten, dich einzumischen.«

»Ich habe auch nicht danach gefragt. Ich bin schon mitten drin. Ich kenne Alf Brummel. Ich suche mir besser dich als Freund aus.«

»Ich werde dich auf dem laufenden halten. Jetzt lege auf und benimm dich normal.«

Sie tat es.

Alf Brummel war in Juleen Langstrats Büro, und die beiden schauten sich einen dicken Ordner mit Informationen an, die Brummel mitgebracht hatte.

»Hogan hat jetzt genug, um eine Titelseite zu füllen!« sagte Brummel sehr unglücklich. »Du hast mich ausgeschimpft, weil ich mich nicht richtig um Busche gekümmert habe, aber soweit ich das sehen kann, hast du Hogan von Anfang an nichts in den Weg gelegt.«

»Beruhige dich, Alf«, sagte Langstrat besänftigend. »Beruhige dich einfach.«

»Er wird jetzt jeden Tag wegen eines Interviews hinter mir her sein, genau wie bei den anderen. Was soll ich ihm bloß sagen?«

Langstrat war über seine Dummheit etwas geschockt. »Sage überhaupt nichts!«

Brummel ging aufgeregt im Zimmer umher. »Das bringt doch nichts, Juleen! So wie es aussieht, spielt es keine Rolle mehr, ob ich nichts sage oder was ich sage. Er hat bereits alles, was er braucht: Er weiß über die Grundstückskäufe Bescheid, er hat sehr gute Informationen über die ganzen Steuergeschichten, er weiß alles über die Corporation und die Gesellschaft, er kennt die Veruntreuungen im College ... er hat sogar mehr als genug, um mich wegen der falschen Verhaftung anzuklagen!«

Langstrat lächelte vergnügt. »Deine Spionin hat sehr gut gearbeitet.«

»Sie brachte mir heute eine Menge von diesem Material. Er hat jetzt alles hübsch geordnet in einer Kartei. Er steht kurz davor, etwas zu unternehmen, würde ich vermuten.«

Langstrat legte das ganze Material fein säuberlich zusammen und steckte es wieder in den Ordner, dann lehnte sie sich in ihrem Stuhl zurück. »Ich liebe es.«

Brummel schaute sie nur erstaunt an und schüttelte den Kopf. »Du könntest heute das ganze Spiel verlieren, und du weißt das. Wir könnten *alle* verlieren!«

»Ich liebe eine Herausforderung«, rief sie aus. »Ich liebe einen starken Gegner. Je stärker der Gegner, um so schöner der Sieg! Am meisten liebe ich es, zu gewinnen.« Sie lächelte ihn an, sie war wirklich vergnügt. »Alf, ich hatte meine Zweifel im Blick auf dich, aber ich denke, du hast dich bis jetzt ganz gut gehalten. Ich glaube, du solltest dabeisein, wenn Hogan in die Falle tappt.«

»Ich glaube es erst, wenn ich es sehe.«

»Oh, du wirst es sehen. Du wirst es sehen.«

Es gab eine kurze Flaute, und es wurde eigenartig ruhig um die Stadt Ashton. Es gab keine Feindberührungen. Es wurde nicht mehr viel geredet.

Während des Tages ordneten Marshall und Bernice ihre Unterlagen und blieben im Büro. Marshall führte Kate einen Abend zum Essen aus. Bernice saß zu Hause und versuchte, einen Roman zu lesen.

Alf Brummel tat seine gewöhnliche Arbeit, aber er redete nicht viel, weder mit Sara noch mit sonst jemandem. Langstrat wurde krank, so sagte man jedenfalls in ihrem Büro, und ihre Seminare fielen für ein paar Tage aus.

Hank und Mary dachten, daß ihr Telefon nicht mehr funktionierte, das Ding blieb so merkwürdig schweigsam. Die Colemans besuchten Verwandte außerhalb der Stadt. Die Forsythes nahmen die Gelegenheit wahr und machten eine Inventur. Der ganze Überrest ging seinen normalen Verpflichtungen nach.

Es gab überall eine eigenartige Stille. Der Himmel war diesig, die Sonne war ein verschwommener Lichtball, die Luft war warm und stickig. Es war ruhig.

Aber niemand konnte sich entspannen.

Hoch auf einem Hügel über der Stadt saß Rafar, der Prinz von Babylon, wie ein riesiger schwarzer Geier in einem alten Baum auf einem grauen, abgestorbenen Ast. Andere Dämonen leisteten ihm Gesellschaft und warteten auf seine nächsten Befehle, aber Rafar schwieg. Stunde um Stunde, mit einem angespannten finsteren Gesichtsausdruck, saß er da und starrte mit seinen gelben Augen, die langsam hin und her wanderten, auf die Stadt hinunter.

Auf einem anderen Hügel, direkt gegenüber Rafars großem toten Baum, versammelten sich Tal und seine Krieger in einem Wald. Sie beobachteten ebenfalls die Stadt von hier oben, und sie konnten die Flaute fühlen, die Stille, die unheilschwangere Bewegungslosigkeit der Luft.

Guilo stand an der Seite seines Hauptmanns, und er kannte dieses Gefühl. Durch all die Jahrhunderte hindurch war es immer dasselbe gewesen.

»Es kann nun jeden Augenblick sein. Sind wir bereit?« fragte er Tal.

»Nein«, sagte Tal ganz einfach, wobei er intensiv über die Stadt schaute. »Es ist noch nicht der ganze Überrest gesammelt. Die schon zusammen sind, beten nicht, nicht genug. Wir haben noch nicht die notwendige Stärke.«

»Und die schwarze Wolke der Geister über Strongman wächst jeden Tag hundertfach.«

Tal schaute in den Himmel über Ashton hinauf. »Sie werden den Himmel von Horizont zu Horizont ausfüllen.«

Von ihrem Versteck aus konnten sie mehrere Meilen über das Tal schauen, und sie konnten ihren häßlichen Gegner in dem großen toten Baum sitzen sehen.

»Seine Stärke hat nicht abgenommen«, sagte Guilo.

»Er ist mehr als bereit, die Schlacht zu beginnen«, sagte Tal, »und er kann sich seine eigene Zeit auswählen, seinen eigenen Platz und die besten seiner Krieger. Er könnte an hundert verschiedenen Fronten zugleich angreifen.«

Guilo schüttelte nur den Kopf. »Du weißt, daß wir mit so vielen nicht fertig würden.«

Gerade in diesem Augenblick kam ein Bote an.

»Hauptmann«, sagte er, »ich habe Nachrichten aus dem Lager des Strongman. Da tut sich was. Die Dämonen werden immer unruhiger.«

»Es fängt an«, sagte Tal, und dieses Wort lief durch die Reihen. »Guilo!«

Guilo trat nach vorne. »Hauptmann!«

Tal nahm Guilo beiseite. »Ich habe einen Plan. Ich will, daß du eine kleine Truppe mit dir nimmst, um dieses Tal zu bewachen ...«

Guilo war nicht jemand, der die Befehle seines Hauptmanns in Frage stellte, aber: »Eine *kleine* Truppe? Um Strongman zu überwachen?«

Die beiden fuhren mit ihrer Unterredung fort, Tal legte seine Anweisungen dar, Guilo schüttelte nur den Kopf. Nach einer Weile kam Guilo zu der Gruppe zurück, wählte sich seine Krieger aus und sagte: »Auf geht's!«

Mit einem Flügelrauschen glitten die zwei Dutzend im Zickzackflug durch den Wald, bis sie weit genug entfernt waren, um sich in den offenen Himmel zu erheben.

Tal beauftragte einen starken Krieger. »Löse Signa in der Kirche ab und sage ihm, daß er zu mir kommen soll.«

Dann beauftragte er andere Boten. »Sagt Krioni und Triskal, daß sie Hank aufrütteln und ihn und den ganzen Überrest zum Beten bringen.«

In wenigen Augenblicken war Signa da.

»Komm mit mir«, sagte Tal. »Wir müssen miteinander reden.«

Es war ein ruhiger Nachmittag für Hank und Mary gewesen. Mary verbrachte die meiste Zeit in dem kleinen Garten hinter dem Haus, während Hank ein Loch im Zaun reparierte, das Kinder aufgerissen hatten. Während Mary Unkraut in ihrem Gemüsebeet jätete, bemerkte sie, daß Hanks Hämmern immer sporadischer wurde, bis es schließlich ganz aufhörte. Sie schaute zu ihm hin, und sie sah ihn da sitzen, den Hammer noch in seiner Hand, und er betete.

Er schien sehr aufgewühlt zu sein, deshalb fragte sie: »Geht es dir gut?«

Hank öffnete seine Augen, und ohne aufzuschauen schüttelte er den Kopf. »Mir geht es soweit ganz gut.«

Sie ging zu ihm hinüber. »Was ist es?«

Hank wußte, woher das Gefühl kam. »Der Herr, vermute ich. Ich fühle einfach, daß etwas wirklich nicht in Ordnung ist. Irgend etwas Furchtbares hängt in der Luft. Ich werde die Forsythes anrufen.«

Gerade da klingelte das Telefon im Haus. Hank ging hinein und hob ab. Es war Andy Forsythe.

»Entschuldige, daß ich dich störe, Pastor, aber ich wollte nur wissen, ob du gerade jetzt eine echte Gebetslast fühlst. Ich fühle nämlich eine.«

»Komm zu uns herüber«, sagte Hank.

Der Zaun mußte warten.

Die Engelheerscharen warteten, während Hank, die Forsythes und mehrere andere beteten. Rafar blieb weiterhin auf seinem toten Baum sitzen, seine Augen begannen in der ständig zunehmenden Dunkelheit zu leuchten. Seine Krallenfinger trommelten unaufhörlich auf seinen Knien; seine Stirn war gerunzelt, und sein Gesichtsausdruck blieb finster. Hinter ihm begann sich ein Heer von Dämonen zu sammeln, voller Erwartung und Aufmerksamkeit, bereit, Rafars Befehle entgegenzunehmen.

Die Sonne tauchte hinter den Hügeln im Westen unter; der Himmel war in rotem Feuer gebadet.

Rafar saß und wartete. Die dämonischen Heerscharen warteten.

Juleen Langstrat saß in ihrem Schlafzimmer auf dem Bett, ihre Beine hatte sie in der Lotusposition der Fernöstlichen Meditation gekreuzt, ihre Augen waren geschlossen, ihr Kopf war erhoben, ihr Körper war völlig bewegungslos. Außer einer einzigen Kerze war der Raum dunkel. Dort, im Schutze der Dunkelheit, hatte sie ein Treffen mit den herabgestiegenen Meistern, den Geistführern aus den höheren Ebenen. Tief in ihrem Bewußtsein, ganz tief in ihrer Seele, sprach sie mit einem Boten.

Den inneren Augen von Langstrats Seele erschien der Bote als eine junge Dame, ganz in Weiß, mit herabfallenden blonden Haaren, die bis fast auf den Boden reichten und sich ständig durch einen leichten Windhauch bewegten.

»Wo ist mein Meister?« fragte Langstrat den Boten.

»Er wartet über der Stadt und wacht über sie«, kam die Antwort des Mädchens. »Seine Armeen sind bereit für deinen Befehl.«

»Es ist alles bereit. Er mag auf mein Signal warten.«

»Ja, meine Dame.«

Der Bote entfernte sich mit anmutigen Sprüngen, wie eine schöne Gazelle.

Der Bote entfernte sich, ein scheußlicher schwarzer Alptraum von einem Geschöpf, getragen von häutigen Flügeln; er entfernte sich, um Rafar zu benachrichtigen, der immer noch wartete.

Die Dunkelheit verdichtete sich über Ashton; die Kerze in Langstrats Zimmer war nur noch eine kleine, langsam verlöschende Flamme in einem Teich von Wachs, und die tintige Schwärze überdeckte das schwache orangefarbene Licht. Langstrat wachte auf, öffnete ihre glasigen Augen und erhob sich vom Bett. Mit einem sehr schwachen Atemstoß löschte sie die Kerze aus und ging dann — noch halb benommen — in das Wohnzimmer, wo eine andere Kerze auf dem Kaffeetisch brannte, wobei das Wachs herabfloß und makabre Finger bildete, die sich über der Fotografie von Ted Harmel, auf der die Kerze stand, ausstreckten.

Langstrat sank neben dem Kaffeetisch auf ihre Knie, hielt ihren Kopf hoch, ihre Augen halb geschlossen, ihre Bewegungen waren langsam und fließend. Als ob sie im Raum schwebte, erhoben sich ihre Arme über der Kerze, breiteten einen unsichtbaren Baldachin über der Flamme aus, und dann begann sich der Name eines uralten Gottes wie von selbst auf ihren Lippen zu formen, wieder und wieder. Der Name, ein kehliger, harter Klang, wurde von ihr ausgespuckt wie Hunderte von unsichtbaren Kieselsteinen, und mit jeder Nennung des Namens vertiefte sich ihre Trance. Ständig, ständig stammelte sie den Namen, lauter und schneller, und Langstrats Augen weiteten sich und blieben ohne Lidschlag und starr. Ihr Körper begann zu beben und zu zittern; ihre Stimme bekam einen gespenstischen, sirenenähnlichen Klang.

Von da aus, wo Rafar saß und wartete, konnte er das alles hören. Sein eigener Atem wurde tiefer und kam aus seinen Nasenlöchern wie fauliger gelber Dampf heraus. Seine Augen verengten sich, seine Krallen waren ausgefahren.

Langstrat schwankte und bebte, sie rief den Namen aus, rief den Namen aus, ihre Augen waren auf die Flamme fixiert, und sie rief den Namen aus.

Und dann wurde sie völlig starr.

Rafar schaute auf, sehr still, sehr aufmerksam, er lauschte.

Die Zeit stand still. Langstrat blieb bewegungslos, ihre Arme waren über der Kerze ausgestreckt.

Rafar lauschte.

Langsam begann Luft in Langstrats Mund und Nase zu strömen, ihre Lungen begannen sich zu füllen, und dann, mit einem plötzlichen Schrei von tief innen, brachte sie ihre Hände nach unten, klatschte auf den Docht und erstickte die Flamme.

»Los!« schrie Rafar, und Hunderte von Dämonen schossen in den Himmel wie eine donnernde Wolke von Fledermäusen und sausten auf einer geraden Flugbahn Richtung Norden.

»Schaut«, sagte ein Engelkrieger, und Tal und seine Heerscharen sahen am Nachthimmel einen schwarzen Schwarm, einen spitz zulaufenden Schwall von Rauch.

»Sie fliegen nach Norden«, stellte Tal fest. »Weg von Ashton.«

Rafar beobachtete, wie sich die Horde mit großer Geschwindigkeit entfernte, und er entblößte mit einem hämischen Grinsen seine

Fangzähne. »Ich werde dich etwas rätseln lassen, Hauptmann der Heerscharen!«

Tal rief seine Befehle aus. »Beschützt Hogan und Busche! Weckt den Überrest auf!«

Hundert Engel brausten hinunter in die Stadt.

Tal konnte Rafar immer noch in dem großen toten Baum sitzen sehen.

»Was sind bloß deine Pläne, Prinz von Babylon?« murmelte er.

Das Telefon riß Marshall aus einem unruhigen Schlaf. Die Uhr zeigte 3.48 Uhr. Kate stöhnte, weil sie aufgeweckt wurde. Er griff nach dem Hörer und murmelte: »Hallo.«

Einen Augenblick lang hatte er nicht die leiseste Idee, wer am anderen Ende war, oder was er sagte. Die Stimme war wild, hysterisch, überdreht.

»Hey, reg dich ab und beruhige dich oder ich hänge ein!« bellte Marshall heiser. Plötzlich erkannte er die Stimme. »Ted? Ist da Ted?«

»Hogan ...« kam Harmels Stimme, »sie kommen zu mir! Sie sind überall hier!«

Marshall war jetzt wach. Er preßte den Hörer an sein Ohr und versuchte zu verstehen, was Ted ins Telefon heulte. »Ich kann Sie nicht hören! Was haben Sie gesagt?«

»Sie haben herausgefunden, daß ich geredet habe! Sie sind überall hier!«

»Wer ist es?«

Ted fing an, unverständlich zu schreien und zu brüllen, und der Klang davon genügte, daß sich Marshall umdrehte. Er tastete sich um das Bett herum und suchte nach seinem Bleistift und Notizbuch.

»Ted!« schrie er in das Telefon, und Kate fuhr hoch, drehte sich um und schaute zu ihm hinüber. »Wo sind Sie? Sind Sie zu Hause?«

Kate konnte die Schreie und das Jammern aus dem Telefonhörer vernehmen, und es nervte sie. »Marshall, wer ist es?« verlangte sie.

Marshall konnte ihr nicht antworten; er war zu sehr damit beschäftigt, eine klare Antwort von Ted Harmel zu bekommen. »Ted, hören Sie, sagen Sie mir, wo Sie sind.« Pause. Einige weitere Schreie. »Wie komme ich da hin? Ich sagte, wie komme ich da hin?« Marshall begann, hastig zu schreiben. »Versuchen Sie, da rauszukommen, wenn Sie können ...«

Kate hörte zu, aber verstand nicht, was die Person am anderen Ende der Leitung sagte.

Marshall sagte ihr, wer immer es war: »Hören Sie, ich brauche mindestens eine halbe Stunde, um da hinzukommen, und auch nur dann, wenn ich eine offene Tankstelle finden kann, um etwas Benzin zu bekommen. Nein, ich werde kommen, halten Sie durch. In Ordnung, Ted? In Ordnung?«

»Wer ist Ted?«

»In Ordnung«, sagte Marshall in das Telefon. »Geben Sie mir Zeit, ich werde rauskommen. Keine Panik. Bis dann.«

Er hängte ein und polterte aus dem Bett.

»Wer um alles in der Welt war das?« mußte Kate wissen.

Marshall packte seine Kleidung und begann, sich hastig anzuziehen. »Ted Harmel, erinnere dich, ich habe dir von ihm erzählt ...«

»Du wirst doch jetzt nicht in der Nacht zu ihm fahren, oder?«

»Der Bursche dreht gerade durch oder so was, ich weiß es nicht.«

»Du kommst sofort wieder zurück ins Bett!«

»Kate, ich muß gehen! Ich kann es mir nicht leisten, diesen Kontakt zu verlieren.«

»Nein! Ich glaube es einfach nicht! Das kann nicht dein Ernst sein!«

Es *war* Marshalls Ernst. Er küßte Kate kurz, bevor sie überhaupt begriff, daß er tatsächlich ging, und dann war er weg. Sie saß ein paar Augenblicke im Bett wie betäubt, dann warf sie sich ärgerlich auf den Rücken und starrte an die Decke, während sie hörte, wie das Auto die Straße hinunterfuhr und in die Nacht hinausraste.

24

Marshall fuhr ungefähr dreißig Meilen nordwärts, durch die Stadt Windsor und noch etwas weiter. Er war überrascht, herauszufinden, wie nahe Ted Harmel immer noch bei Ashton wohnte, besonders nachdem sie sich neulich in den Bergen getroffen hatten, über hundert Meilen von Ashton entfernt. Dieser Bursche muß verrückt sein, dachte Marshall, und vielleicht bin ich auch verrückt, weil ich bei dieser ganzen Sache mitspiele. Der Kerl ist paranoid, ein schwieriger Fall.

Aber er hatte sich am Telefon durchaus überzeugend angehört. Außerdem war es eine Möglichkeit, die Unterhaltung mit ihm — nach diesem einmaligen Gespräch — fortzusetzen.

Marshall mußte ein paarmal hin und her fahren in dem Gewirr der unbeschilderten Nebenstraßen; es kostete ihn Mühe, Harmels Richtungsangaben zu entschlüsseln. Als er schließlich das kleine abseits gelegene Haus am Ende einer langen Schotterstraße ausfindig gemacht hatte, konnte man schon einen Streifen rosaroten Lichtes am Horizont sehen. Er hatte eineinhalb Stunden gebraucht, um hierher zu kommen. Ja, da war der alte Valiant, der in der Einfahrt geparkt war. Marshall fuhr dahinter und stieg aus dem Auto.

Die Eingangstür war offen. Das Vorderfenster war zerbrochen. Marshall duckte sich etwas hinter seinem Auto, er mußte kurz die Lage prüfen. Er mochte die Gefühle, die er jetzt bekam, überhaupt nicht; sein Inneres hatte diesen Tanz schon einmal mitgemacht, jene Nacht, als Sandy weggelaufen war, und wieder schien es keinen ersichtlichen, klaren Grund hierfür zu geben. Er haßte es, es zuzugeben, aber er fürchtete sich, einen weiteren Schritt zu tun.

»Ted?« rief er, nicht zu laut.

Es kam keine Antwort.

Es sah überhaupt nicht gut aus. Marshall zwang sich, um das Auto herumzugehen, den Weg hinauf, und sehr langsam auf die Veranda, sehr vorsichtig. Er lauschte, beobachtete, fühlte. Da war kein Geräusch, außer seinem pochenden Herzen. Seine Schuhe knirschten ein wenig, als er auf die Scherben der zerbrochenen Fensterscheibe trat. Trotzdem klang das Geräusch ohrenbetäubend.

Komm, Hogan, geh durch. »Ted?« rief er durch die offene Tür. »Ted Harmel? Hier ist Marshall Hogan.«

Keine Antwort, aber dies war Teds Haus. Seine Jacke hing an einem Haken; an der Wand in der Küche war eine eingerahmte Titelseite des *Clarion*.

Er wagte sich hinein.

Der Ort war ein einziges Chaos. Das Geschirr aus dem Eckschrank war über den ganzen Fußboden verstreut. Im Wohnzimmer lag ein zerbrochener Stuhl am Boden, genau unter einem großen Loch in der Gipswand. Die Glühbirnen waren aus ihren Fassungen in der Decke gerissen. Bücher von den Regalen lagen überall herum. Das Seitenfenster war auch herausgebrochen.

Und Marshall konnte es fühlen, genauso stark wie zuvor: diese wilde Furcht, welche die Eingeweide verdrehte, die er in der besagten Nacht ebenfalls gefühlt hatte. Er versuchte, es abzuschütteln, versuchte, es zu ignorieren, aber es war da. Seine Handflächen waren naß vom Schweiß; er fühlte sich schwach. Er schaute sich nach einer Waffe um und ergriff einen Feuerhaken. Halte deinen Rücken an der Wand, Hogan, bleibe ruhig, passe auf tote Winkel auf. Es war dunkel hier drinnen, die Schatten waren tiefschwarz. Er versuchte, Zeit zu gewinnen, versuchte, seine Augen an die Dunkelheit zu gewöhnen. Er tastete nach einem Lichtschalter irgendwo, irgendwie.

Hinter und über ihm wurden schwarze, lederartige Flügel ruhig zusammengefaltet. Stechende gelbe Augen beobachteten jede seiner

Bewegungen. Hier, dort, darüber, überall im Raum, in den Ecken, an der Decke, auf den Möbeln waren Dämonen, sie hingen wie Insekten an den Wänden, einige von ihnen kicherten leise, von einigen tropfte Blut.

Marshall schlich zu dem Schreibtisch in der Ecke, und er zog die Vorhänge auf, wobei er ein Taschentuch benutzte, um Fingerabdrücke zu vermeiden. Er bewegte sich weiter durch das Haus — und hielt den Feuerhaken bereit.

Das Bad sah aus wie ein Schlachtfeld. Der Spiegel war zerschmettert; die Scherben lagen im Abfluß und überall auf dem Boden.

Er ging den Flur hinunter, dabei blieb er dicht an der Wand.

Hunderte gelber Augenpaare beobachteten jede Bewegung. Gelegentlich kam ein Zischen aus der Kehle eines Dämons, ein kurzer Ausstoß von gelbem Dampf aus seinem tropfenden Mund.

Im Schlafzimmer erwarteten ihn die scheußlichsten Geister. Sie beobachteten die Schlafzimmertür von ihren Positionen an der Decke, an den Wänden, in jeder Ecke, und ihr Atem klang so, als wenn man Ketten durch Schlamm, der mit Schotter gemischt ist, zieht.

Von seinem Standpunkt aus konnte Marshall nur die Ecke des Bettes durch die Schlafzimmertür sehen. Er näherte sich vorsichtig, wobei er ständig hinter und sogar über sich schaute.

Als er die Schlafzimmertür erreichte, wurde ein einzelnes Bild wie eine Fotografie in sein Gehirn eingegraben. Eine Sekunde schien wie eine Ewigkeit, während seine Augen über die blutbespritzte Bettdecke zu dem von einer Kugel zerschmetterten Schädel von Ted Harmel und zu dem großen Revolver schweiften, der immer noch von Harmels lebloser Hand herunterhing.

Schreie! Donner! Entblößte Fangzähne! Die Dämonen explodierten von den Wänden, aus den Ecken, aus jedem Winkel des Zimmers und schossen wie Pfeile auf Marshalls Herz zu.

Ein blendender Lichtblitz! Dann noch einer, dann noch einer! Das weißeste Licht hinterließ glänzende Feuerbögen, und eine alles versengende Klinge schnitt durch die Horde der bösen Geister wie eine Sense. Einzelteile von Dämonen taumelten ins Nichts; andere Dämonen zerriß es und sie verschwanden in plötzlichen Schwaden von rotem Rauch. Noch fielen Wellen von Geistern auf diesen einen einsamen Mann, der da in grundloser, wahnsinniger Furcht stand, aber plötzlich war dieser Mann von vier himmlischen Kriegern umgeben, die in gleißendes Licht gekleidet waren, ihre kristallenen Flügel hatten sie wie einen Baldachin über ihren Schützling gebreitet, und ihre Schwerter schwirrten in rasenden, glänzenden Bögen durch die Luft, so schnell, daß sie mit bloßen Augen nicht mehr erkennbar waren.

Die Luft war erfüllt von den ohrenbetäubenden Schreien der häßlichen Geister, während die Klingen ihre Flanken trafen, ihre Nacken, ihre Körper — und Dämon nach Dämon wurde in Stücken, die sich sofort verflüchtigten und wie Rauch verschwanden, zur Seite geschleudert. Nathan, Armoth und die beiden anderen Engel, Senter und Cree, schlugen zu, duckten sich, wirbelten herum; hauten einen Geist weg und schlitzten einen anderen auf, wobei sie ihre Klingen in tausend Richtungen bewegten. Das Blitzen ihrer Schwerter brach sich an den Wänden in allen Farben.

Nathan zerteilte einen Dämon und schleuderte die beiden Teile durch das Dach. Sie hinterließen eine rote Rauchspur, bevor sie verschwanden. Mit seinem Schwert zerschnitt er sie; mit seiner freien Hand sammelte er Dämonen, die er an den Fersen packte.

Armoth und Senter wirbelten in einem energiegegeladenen Schleier herum, und sie bewegten sich durch die Dämonen wie durch Gras. Cree warf sich selbst gegen Marshall und hielt seine Flügel ausgebreitet, um den geschockten Mann zu beschützen.

»Schlagt sie zurück!« schrie Nathan, und er begann, seine Faust voll mit Dämonen über seinem Kopf zu wirbeln, wobei er den Schock ihrer Körper fühlte, wenn sie auf andere Dämonen trafen.

Die Dämonen begannen zurückzuweichen; die Hälfte ihrer Anzahl war schon weg, ebenso die Hälfte ihrer Begeisterung. Nathan, Armoth und Senter fingen an, in engen Spiralen um Marshall herumzufliegen, wobei ihre Schwerter weiterhin durch die kleiner werdenden Reihen der Dämonen hackten.

Ein Dämon schoß mit ängstlichem Jammern geradewegs in den Himmel. Senter flog ihm sofort hinterher und putzte ihn wie einen Spielzeugvogel weg. Er blieb eine Weile über dem Haus, wo er mit allen fliehenden Geistern kurzen Prozeß machte, indem er sie wie schnell servierte Tennisbälle aus der Existenz schlug.

Und dann, fast so plötzlich, wie es begonnen hatte, war es vorbei. Kein Dämon war übriggeblieben; keiner war entkommen.

Nathan war im Flur, seine Flügel waren gefaltet, und das Licht um ihn verblaßte langsam. »Wie geht es unserem Mann?«

Cree sagte erleichtert: »Er ist noch sehr erschüttert, aber er ist in Ordnung. Er hat immer noch den Willen zu kämpfen.«

Armoth kam herein und überprüfte sofort Ted Harmels mitleiderregendes Aussehen. Senter sank durch die Decke herab und gesellte sich zu ihm.

Armoth schüttelte den Kopf und seufzte. »Wie Hauptmann Tal sagte, Rafar kann sich jede Front zu jeder Zeit auswählen.«

»Sie haben ihn eine lange Zeit besessen und gequält«, fügte Senter hinzu.

»Wird Kevin Weed bewacht?« fragte Nathan.

Armoth antwortete mit etwas Befremden: »Tal schickte Signa, um Weed zu bewachen.«

»Signa? Sollte er nicht die Kirche bewachen?«

»Tal muß seine Pläne geändert haben.«

Nathan kam zu ihrer unmittelbaren Aufgabe zurück. »Wir kümmern uns am besten jetzt um Marshall Hogan.«

Marshall hatte sich wieder selbst im Griff. Einen Augenblick lang dachte er, daß er in Panik ausbrechen würde, und dies wäre das erste Mal in seinem Leben gewesen. Mist, ich muß nicht in diese Sache hineingezogen werden, nicht jetzt, dachte er. Er nahm sich ein paar Minuten Zeit, um sich zu erholen und das Ganze zu durchdenken. Harmel war Geschichte. Aber was ist mit den anderen?

Er ging in das Eßzimmer und fand das Telefon. Er benutzte wieder sein Taschentuch und einen Bleistift, um zu wählen, dann rief er die Vermittlung an, die ihn mit der Polizeistation von Windsor verband, da diese Stadt — glücklicherweise — näher als Ashton war. Irgend etwas sagte Marshall, daß Brummel und seine Polizisten bestimmt nicht diejenigen waren, die man wegen dieser Sache anrufen sollte.

»Dies ist ein anonymer Anruf«, sagte er. »Hier hat jemand Selbstmord begangen ...« Er sagte dem Polizeibeamten, der den Anruf entgegennahm, wie man hierher kam, dann hängte er ein.

Dann ging er schnell hinaus.

Mehrere Meilen entfernt in nördlicher Richtung fuhr er an eine Tankstelle und ging in eine Telefonzelle. Er wählte zuerst Eldon Strachans Nummer. Keine Antwort.

Er ließ sich mit dem *Clarion* verbinden. Bernice müßte jetzt dasein. Komm, Mädchen, geh ans Telefon!

»*Ashton Clarion.*« Es war Carmen.

»Carmen, hier ist Marshall. Verbinde mich bitte mit Bernice.«

»Kein Problem.«

Bernice nahm sofort den Hörer ab. »Hogan, meldest du dich krank?«

»Benimm dich normal, Bernie«, sagte Marshall. »Ich muß dir einige schlimme Sachen mitteilen.«

»Nun, nimm eine Aspirin oder so was.«

»Braves Mädchen. Stärke dich am besten selbst damit. Ich komme gerade von Ted Harmels Haus. Er hat sich sein Gehirn hinausgeblasen. Ich habe heute frühmorgens einen Anruf von ihm bekommen, und er redete total verrücktes Zeug, er sprach davon, daß sie hinter ihm her wären, und so fuhr ich zu ihm raus, und gerade habe ich ihn gefunden. Es sah so aus, als ob er einen Kampf auf Leben und Tod mit *irgend etwas* geführt hat. Der Ort war ein einziges Chaos.«

»Und wie fühlst du dich wirklich?« fragte Bernice.

»Ich bin geschockt, aber in Ordnung. Ich habe die Polizei von Windsor angerufen, aber ich habe mich entschieden, selber zu verschwinden. Momentan bin ich in der Nähe von Windsor auf dem Highway 38. Ich werde weiter nach Norden fahren und bei Strachan vorbeischauen, um zu überprüfen, was bei ihm los ist. Ich möchte, daß du dich sofort um Weed kümmerst. Ich will nicht, daß noch mehr von meinen Informanten sterben.«

»Denkst du — denkst du, daß es jetzt ernst wird?«

»Ich weiß noch nicht. Harmel war etwas verrückt; vielleicht war es ein einmaliger Unglücksfall. Ich weiß, daß ich mit Strachan darüber reden muß, und ich will nicht, daß du mit Weed wartest.«

»Okay. Ich werde es heute erledigen.«

»Wahrscheinlich bin ich heute nachmittag zurück. Sei vorsichtig.«

»Sei selber vorsichtig.«

Marshall ging in sein Auto zurück und suchte auf der Landkarte nach dem besten Weg zu Eldon Strachans Haus. Es dauerte eine weitere Stunde, aber dann fuhr er denselben alten Zufahrtsweg zu dem kleinen Farmhaus hinauf.

Er trat auf die Bremse, und sein Wagen kam zum Stehen, wobei er auf dem Schotter rutschte. Er öffnete die Autotür und schaute noch einmal genauer hin. Er hatte sich nicht getäuscht.

Auch in diesem Haus waren die Fensterscheiben zerbrochen. Er dachte daran, daß jetzt eigentlich die Colliehündin bellen müßte, aber der Ort war totenstill.

Marshall stieg aus dem Auto und ging ruhig auf das Haus zu. Keine Geräusche. Die Fenster an der Seite des Hauses waren ebenfalls zerbrochen. Er bemerkte, daß diesesmal das Glas von außen eingeschlagen war, während es bei Harmel von innen zerschlagen wurde. Er ging an der Seite des Hauses entlang und überprüfte den Parkplatz. Keine Autos. Er begann zu beten, daß Eldon und Doris weg waren, weit weg von dem, was immer hier passiert war.

Er ging um die andere Seite des Hauses, wobei er das ganze Haus einmal umkreiste, dann trat er auf die Veranda und probierte die Eingangstür. Sie war verschlossen. Er schaute durch das vordere Fenster — das Glas war fast völlig herausgebrochen —, und er sah das totale Chaos drinnen: das Haus war verwüstet.

Er stieg vorsichtig durch das Fenster in das einstmals gemütliche Wohnzimmer, jetzt ein jämmerliches Trümmerfeld. Die Möbel waren überall hingeworfen worden, die Polster auf dem Sofa waren aufgeschlitzt, der Kaffeetisch war in mehrere Stücke zerhackt, einige Stehlampen waren umgeworfen und zerbrochen, nichts war an seinem Platz, alles lag verstreut herum.

»Eldon!« rief Marshall. »Doris! Ist irgendwer zu Hause?«

Als ob ich eine Antwort erwartet hätte, dachte er. Aber was war das auf dem Spiegel über dem Kamin? Er schaute es sich näher an. Irgendwer hatte rote Farbe genommen ... oder war es Blut? Marshall ging näher heran. Mit großer Erleichterung roch er den unverwechselbaren Geruch frischer Farbe. Aber jemand hatte eine obszöne Botschaft des Hasses auf den Spiegel geschmiert, eine sehr klare Drohung.

Er wußte, daß er jeden Raum im Haus überprüfen mußte, und genau in diesem Moment wunderte er sich, warum er nicht dieselbe Furcht wie in Harmels Haus fühlte. Vielleicht machte dieser Tag ihn gefühllos. Vielleicht glaubte er einfach nichts mehr davon.

Er überprüfte das ganze Haus, von oben bis unten und sogar den Keller, aber es gab keine furchtbaren Entdeckungen, und er war sehr froh darüber. Jedoch machte ihn das nicht weniger besorgt, nervös oder verständnislos. Für einen Zufall war dies zu viel, trotz der grundlegenden Unterschiede. Während er sich im Wohnzimmer umsah, versuchte er eine Verbindung herzustellen. Offensichtlich waren beide, Harmel und Strachan, Quellen für Marshalls Nachforschungen, und sie könnten zu Zielen von Einschüchterungen geworden sein. Aber Harmel könnte die Zerstörungen in seinem Haus in seiner wahnsinnigen Angst selbst angerichtet haben, als er etwas bekämpfte, was immer das auch war, während dies hier sicher ein Fall von Vandalismus war, dies hatten bösartige Menschen angerichtet, um Strachan zu ängstigen. Das war eine Verbindung: Angst. Beide, Harmel und Strachan, sollten verängstigt werden, in was für einer Form auch immer. Aber warum würde ...

»Achtung! Keine Bewegung! Polizei!«

Marshall stand still, aber er schaute durch das zerbrochene Fenster hinaus. Da, auf der Veranda, war ein Polizist, der mit einem Revolver auf ihn zielte.

»Keine Panik«, sagte Marshall sehr sanft, ohne sich zu bewegen.

»Heben Sie beide Hände hoch, und zwar gut sichtbar!« befahl der Polizist.

Marshall gehorchte. »Mein Name ist Marshall Hogan, Redaktionsleiter des *Ashton Clarion*. Ich bin ein Freund der Strachans.«

»Bleiben Sie stehen. Ich muß mir Ihren Ausweis ansehen, Mr. Hogan.«

Marshall erklärte alles, was er tat, während er es tat. »Ich werde jetzt in meine hintere Hosentasche fassen. Hier, sehen Sie? Hier ist meine Brieftasche. Jetzt werde ich sie durch das Fenster werfen.«

Mittlerweile war der Kollege des Polizisten ebenfalls auf die Veranda gestiegen und richtete seinen Revolver auf Marshall. Marshall warf seine Brieftasche durch das Fenster, und der erste Polizist hob sie auf.

Er prüfte Marshalls Ausweis. »Was machen Sie hier, Mr. Hogan?«
»Ich versuche herauszufinden, was zum Teufel mit Eldons Haus passiert ist. Und ich möchte auch gerne wissen, was mit Eldon und seiner Frau Doris passiert ist.«

Der Polizist schien mit Marshalls Antwort zufrieden zu sein und beruhigte sich ein wenig, aber sein Kollege hielt weiterhin seinen Revolver auf Marshall gerichtet.

Der Polizist probierte die Eingangstür aus und fragte dann: »Wie sind Sie da hineingekommen?«

»Durch dieses Fenster«, antwortete Marshall.

»Okay, Mr. Hogan, ich werde Sie jetzt auffordern, sehr vorsichtig durch das Fenster zurückzusteigen, und machen Sie es sehr langsam. Bitte halten Sie beide Hände gut sichtbar hoch.«

Marshall gehorchte. Sobald er auf der Veranda war, drehte ihn der Polizist um, seine Hände gegen die Wand, und er klopfte ihn ab.

Marshall fragte: »Sind Sie aus Windsor?«

»Polizeibezirk Windsor«, kam die knappe Antwort, und dann packte der Polizist Marshalls Handgelenke und schloß Handschellen um sie. »Wir müssen Sie verhaften. Sie haben das Recht, die Aussage zu verweigern ...«

Marshall dachte an alle möglichen Fragen, die er stellen könnte, um die beiden auseinanderzunehmen, aber er war klug genug, besser kein Wort zu sagen.

25

Bernice rief Kevin Weed sofort nach ihrem Gespräch mit Marshall an, aber niemand nahm den Hörer ab. Wahrscheinlich arbeitete er heute mit der Holzarbeitertruppe. Bernice ging durch ihre Kartei und fand die Telefonnummer von Weeds Arbeitsstelle: Gorst Brothers Timber.

Sie sagten ihr, daß Kevin heute nicht aufgetaucht sei, und wenn sie ihn sehen würde, sollte sie ihm dringend ausrichten, daß er sofort erscheinen solle — oder er könne seinen Job vergessen.

»Danke, Mr. Gorst.«

Sie wählte die Evergreen Taverne in Baker. Dan, der Besitzer, war am anderen Ende der Leitung.

»Richtig«, sagte er, »Weed war heute morgen hier, wie immer. Er war total schlecht drauf. Es gab eine Schlägerei mit einem seiner Kumpane, und ich mußte sie beide hinauswerfen.«

Bernice hinterließ Dan die Nummer vom *Clarion*, falls Weed noch einmal auftauchte. Dann hängte sie ein und dachte einen Moment lang nach. Es war nicht ganz abwegig, nach Baker hinauszufahren — und außerdem: Befehl war Befehl. Sie überprüfte ihren Terminkalender und machte alles klar für die Fahrt.

»Carmen«, sagte sie und nahm ihre Jacke und Handtasche, »ich werde heute den ganzen Tag weg sein, denke ich. Wenn Marshall anruft, sage ihm, daß ich eine Quelle überprüfe. Er wird wissen, was ich meine.«

»Klaro«, sagte Carmen.

Baker war ungefähr siebzehn Meilen entfernt; die Apartments, wo Weed wohnte, lagen etwa zwei Meilen näher bei Ashton. Bernice fand sie ohne allzu große Mühe, ein trauriger Haufen verkommener Buden, die wabenartig in ein sonnengebleichtes altes Warenhaus gebaut waren. Bernice' Nase sagte ihr, daß das Sanitärsystem nicht funktionierte.

Sie ging die blanken Stufen auf die Verladerampe hinauf, die jetzt als Veranda und Eingang diente. Drinnen war sie entsetzt, wie dunkel das Gebäude war. Sie schaute einen langen Gang hinunter und bemerkte viele dicht aneinanderliegende Türen; dies waren keine Apartments, das waren Schließfächer.

Sie hatte Schritte gehört, die jetzt hinter ihr die Treppe herunterkamen. Sie drehte ihren Kopf gerade so weit, daß sie einen unangenehm aussehenden Typen herunterkommen sah, ein dünner, pickeliger Kerl in schwarzem Leder. Sie beschloß sofort, daß sie eine sehr wichtige Verabredung am anderen Ende des Ganges hatte, und sie ging in diese Richtung los.

»Hallo«, rief der Mann ihr nach. »Suchen Sie irgend jemanden?«

Mache es schnell, Bernice. »Einen Freund, danke.«

»Angenehmen Besuch«, sagte er, und dann schaute er sie von oben bis unten an, als ob sie ein Steak wäre.

Sie ging schnell den Gang hinunter und hoffte, daß es keine Sackgasse sei, und obwohl sie nicht zurückschaute, konnte sie spüren, daß er sie immer noch beobachtete. Hogan, das werde ich dir heimzahlen.

Sie war froh, daß es eine weitere Treppe gab, die nach oben führte. Weeds Apartment hatte eine Zweihunderter-Nummer, und so ging sie nach oben. Die Treppe bestand aus verwitterten Holzplanken, und eine nackte Glühbirne, die sehr hoch an einem Dachsparren hing, spendete spärliches Licht. Ungefähr vor dreißig Jahren hatte jemand versucht, die Wände zu streichen. Sie stieg hinauf, wobei sie die widerlichen Wandschmiereien nicht beachtete, ihre Schuhe machten einen dumpfen Lärm auf den ausgetretenen Planken.

Sie erreichte den oberen Korridor und schritt ihn ab, wobei sie den aufsteigenden Nummern auf den Türen folgte. Hinter einigen Türen waren die Geräusche von Seifenopern, Rockmusik und Ehestreitigkeiten zu hören.

Schließlich fand sie Weeds Tür und klopfte an; es gab keine Antwort. Aber ihr Klopfen stieß die Tür auf, und langsam öffnete sie sich ganz. Sie half ein wenig nach.

Der Ort war ein einziges Chaos. Bernice hatte schon Wohnungen von chaotischen Leuten gesehen, aber wie schaffte es Weed, in solch einem wüsten Durcheinander zu leben?

»Kevin?« rief sie.

Keine Antwort. Sie ging hinein und schloß die Tür.

Es mußte Vandalismus gewesen sein; Weed besaß nicht viel, aber was er besessen hatte, war verstreut, zerbrochen, ausgeschüttet und zertrümmert. Überall lagen Papiere herum, das kleine Feldbett in der Ecke war umgeworfen, Weeds Gitarre lag mit den Saiten nach unten auf dem Boden, der Klangkörper war eingetreten, die Glühbirnen waren aus ihren Fassungen gerissen, der kleine Eßtisch lag in Bruchstücken auf dem Boden. Dann sah sie die Worte, die über eine ganze Wand gesprüht waren, eine unglaublich obszöne Drohung.

Längere Zeit bewegte sie sich nicht. Sie hatte Angst. Die Vorzeichen waren klar genug — wie lange würde es noch dauern, bis Marshall oder sie selbst an der Reihe waren? Sie fragte sich, was Marshall bei Strachan finden würde, sie fragte sich, wie ihr eigenes Heim aussehen würde, und ihr wurde klar, daß es keine Polizei zum Anrufen gab; die Polizei gehörte zu *ihnen*.

Schließlich schlüpfte sie wieder ruhig hinaus, schrieb eine kurze Nachricht für Weed auf, falls er je wieder zurückkommen würde, und schob den Zettel in den Spalt genau über dem Türgriff. Sie schaute nach links und nach rechts, und dann ging sie den Korridor entlang und wieder die Treppe hinunter.

Etwas unterhalb des ersten Stocks bildete eine Wand eine blinde Ecke. Bernice dachte gerade darüber nach, wie wenig sie blinde Ecken an einem Ort wie diesen mochte, und wie armselig doch die Beleuchtung war ...

Eine schwarze Gestalt sprang auf sie zu. Ihr Körper wurde gegen die Wand geschleudert, und ihre Zähne schlugen aufeinander.

Der Mann in Leder! Eine rauhe, schmutzige Hand packte sie an der Bluse. Ein schmerzhafter Schlag in die Seite. Stoff zerriß, ihr Körper taumelte. Ein Schlag wie eine Explosion gegen ihr linkes Ohr. Ein verschwommenes, haßerfülltes Gesicht.

Sie fiel hin. Ihre Arme streckten sich aus, um sich an der Ecke abzustützen, aber sie waren schwach, sie gaben nach, und sie glitt an der Wand entlang zu Boden. Ein schwarzer Stiefel verdunkelte ihr Blickfeld, ihre Brille wurde in ihr Gesicht geschlagen, ihr Schädel donnerte gegen die Wand. Sie wurde bewußtlos. Ihr Körper zuckte weiter — er trat immer noch auf sie ein.

Schritt, Schritt, Schritt, Schritt, Schritt, Schritt, Schritt — er war weg.

Sie träumte, sie fühlte sich schwindlig, es war Blut auf dem Boden und zerbrochenes Glas. Sie sackte gegen die Wand, wobei sie immer noch die Faust in ihrem Ohr und den Stiefel in ihrem Gesicht fühlte, und sie hörte, wie Blut aus ihrem Mund und ihrer Nase tropfte. Der Boden zog sie wie ein Magnet hinunter, bis ihr Kopf schließlich auf den Planken aufschlug.

Sie wimmerte, ein gurgelndes Geräusch, da Blut und Speichel über ihre Zunge blubberten. Sie spuckte alles aus, erhob ihren Kopf und schrie, es klang halb wie ein Schrei, halb wie ein Stöhnen.

Irgendwo über ihr waren eilige Schritte zu hören, die Holzplanken polterten und klapperten. Sie hörte Leute schreien, fluchen und die Treppen hinunterdonnern. Sie konnte sich nicht bewegen; sie blieb in einem Dämmerzustand, Licht und Geräusche drangen zu ihr, waren da, waren nicht da. Hände hielten sie, bewegten sie, zogen sie hoch. Ein Tuch wischte über ihren Mund. Sie fühlte die Wärme einer Decke. Ein Handtuch tupfte ihr Gesicht ab. Sie gurgelte wieder, spuckte wieder. Sie hörte wieder jemanden fluchen.

Marshall gab immer noch keine Antworten, obwohl der Kommissar auf der Polizeistation in Windsor sein Bestes versuchte.

»Wir sprechen hier von Mord, lieber Freund!« sagte der Kommissar. »Wir wissen aus zuverlässiger Quelle, daß Sie heute morgen in Harmels Haus waren, und zwar genau zum Zeitpunkt des Todes. Haben Sie irgend etwas dazu zu sagen?«

Dieser Speichellecker war von gestern, dachte Marshall. Sicher, Blödmann, ich werde dir alles erzählen, damit du mich hängen kannst! Von wegen Mord.

Aber was Marshall wirklich beunruhigte, war, wer diese »zuverlässige Quelle« war, und daß diese zuverlässige Quelle nicht nur wußte, daß er bei Harmel gewesen war, sondern auch, daß die Polizisten ihn bei Strachan finden konnten. Er arbeitete immer noch an der Lösung dieses Rätsels.

Der Kommissar fragte: »Sie wollen also immer noch nichts sagen?«

Marshall wollte noch nicht einmal nicken oder seinen Kopf schütteln.

»Gut«, sagte der Kommissar mit einem halben Achselzucken, »geben Sie mir wenigstens den Namen Ihres Anwaltes. Sie werden einen Rechtsbeistand brauchen.«

Marshall hatte ihm keinen Namen zu geben, und er wußte auch gar keinen. Es wurde ein Geduldsspiel.

»Spence«, sagte ein Kollege, »ein Anruf aus Ashton für dich.«

Der Kommissar griff zum Telefon auf seinem Schreibtisch. »Nelson. Oh, hallo, Alf. Was gibt's?«

Alf Brummel?

»Ja«, sagte der Kommissar, »er ist gerade hier. Willst du mit ihm reden? Mit *uns* will er sicher nicht reden.« Er reichte Marshall den Hörer. »Alf Brummel.«

Marshall nahm den Hörer. »Ja, hier ist Hogan.«

Alf Brummel gab sich schockiert und entsetzt. »Marshall, was ist eigentlich hier los?«

»Ich kann nichts sagen.«

»Sie haben mir erzählt, daß Ted Harmel umgebracht wurde, und daß man dich verdächtigt. Ist das wahr?«

»Ich kann nichts sagen.«

Alf kapierte langsam. »Marshall... hör zu, ich rufe an, um zu sehen, ob ich dir helfen kann. Ich bin sicher, da ist etwas schiefgelaufen, und ich bin sicher, wir können das bereinigen. Was wolltest du in Harmels Haus?«

»Ich kann nichts sagen.«

Das nervte ihn. »Marshall, es ist zum Heulen, kannst du nicht vergessen, daß ich ein Polizist bin? Ich bin auch dein Freund. Ich will dir helfen!«

»Dann tu es.«

»Ich will es. Ich will es wirklich. Hör zu, laß mich noch mal mit Kommissar Nelson reden. Vielleicht können wir was machen.«

Marshall gab den Hörer wieder zurück an Nelson. Nelson und Brummel redeten eine Zeitlang, und es klang so, als ob sie sich sehr gut kannten.

»Nun, du kannst vielleicht mehr mit ihm anfangen als ich«, sagte Nelson sehr freundlich. »Sicher, warum nicht? Was? Ja, okay.« Nelson schaute zu Marshall. »Er spricht jetzt auf einer anderen Leitung. Ich vermute, er wird sich für Sie verbürgen, und ich denke, er kann Ihren Fall übernehmen, wenn es ein Fall sein sollte.«

Marshall nickte, er wußte nur allzugut Bescheid. Nun würde Brummel Marshall genau da haben, wo er ihn haben wollte. Wenn es ein Fall sein sollte! Wenn es keiner ist, würde Brummel einen draus machen. Ein Vorschlag wäre: Harmel und Hogan betrieben einen Verbrecherring, der Kinder mißbraucht und bezahlte Killer beschäftigt.

Brummel war wieder auf der Leitung. »Ja, hallo. Ja, sicher.« Nelson gab Marshall noch einmal den Hörer.

Brummel war sehr aufgeregt, oder zumindest klang er so. »Marshall, der Notarzt hat gerade angerufen. Sie haben einen Einsatz in Baker. Es ist Bernice, sie wurde zusammengeschlagen.«

Marshall hatte nie gedacht, er könnte jemals hoffen, Brummel würde lügen. »Erzähl mir mehr.«

»Ich weiß selbst noch nicht mehr. Es wird jedoch nicht lange dauern, sie wollten mir sofort Bescheid geben. Hör zu, sie werden dich freilassen, und ich habe mich dafür verbürgt. Du solltest sofort nach Ashton zurückkommen. Kannst du um — sagen wir — 15.00 Uhr in meinem Büro sein?«

Marshall spürte, daß er gleich einen Anfall bekommen würde, wenn er weiter all die Fluchworte, die ihm auf den Lippen lagen, hinunterschlucken mußte. »Ich werde dasein, Alf. Nichts kann mich davon abhalten.«

»Gut, wir sehen uns dann.«

Marshall reichte den Hörer an Nelson zurück.

Nelson lächelte und sagte: »Wir werden Sie zu Ihrem Auto zurückbringen.«

Der Mann in schwarzem Leder war nach Ashton zurückgekehrt, er rannte wie ein Besessener durch die Sraßen, er schaute ständig hinter sich, keuchte und schrie vor Angst.

Fünf grauenerregende Geister ritten auf seinem Rücken, drangen in seinen Körper ein und kamen wieder heraus. Sie hingen an ihm wie riesige Blutegel, ihre Klauen waren tief in sein Fleisch gekrallt. Aber sie hatten keine Kontrolle. Auch sie waren voller Angst.

Genau über den fünf Dämonen und ihrem umherrennenden Opfer flogen sechs Engelkrieger mit gezogenen Schwertern, die sich hierhin und dorthin bewegten, nach rechts, nach links und was immer notwendig war, um die Dämonen in die richtige Richtung zu treiben.

Die Dämonen zischten und fluchten und machten mit ihren sehnigen Händen scheuchende Bewegungen.

Der junge Mann rannte, wobei er ständig nach unsichtbaren Bienen schlug.

Der junge Mann und seine Dämonen kamen an eine Ecke. Sie versuchten, nach links abzubiegen. Die Engel versperrten den Weg und trieben sie mit ihren Schwertern nach rechts. Schreiend und mit einem schaurigen Geheul flohen die Dämonen nach rechts.

Die Dämonen begannen um Gnade zu schreien. »Nein! Laßt uns in Ruhe!« baten sie. »Ihr habt kein Recht!«

Genau in dieser Straße gingen Hank Busche und Andy Forsythe gemeinsam spazieren, sie hatten sich ein wenig Zeit genommen, um sich über ihre Last für Ashton zu unterhalten und zu beten.

Genau neben ihnen gingen Triskal, Krioni, Seth und Scion. Die vier Krieger sahen, was ihre Kameraden da herbeitrieben, und sie waren mehr als bereit.

»Es wird Zeit, daß der Mann Gottes eine neue Lektion lernt«, sagte Krioni.

Triskal winkte den Dämonen nur mit seinem Finger und sagte: »Kommt, kommt!«

Andy schaute die Straße hinunter und sah als erster den Mann. »Nun ...!«

»Was?« fragte Hank, denn er sah den verblüfften Ausdruck auf Andys Gesicht.

»Mach dich bereit. Hier kommt Bobby Corsi!«

Hank schaute hin und zuckte zusammen, als er sah, wie ein wild aussehender Mensch auf sie zu rannte, mit Augen voller Angst, seine Arme schlugen in die Luft, während er unsichtbare Feinde bekämpfte.

Andy warnte: »Sei vorsichtig. Er kann gewalttätig werden.«

Sie blieben stehen und warteten, um zu sehen, was Bobby tun würde.

Bobby sah sie und schrie in höchster Angst: »Nein, nein! Laßt uns in Ruhe!«

Himmlische Krieger waren schon schlimm genug, aber mit Busche und Forsythe wollten die fünf Dämonen absolut nichts zu tun haben. Sie rissen Bobby herum und versuchten wegzurennen, aber sie wurden sofort von sechs Engeln gestoppt.

Bobby blieb bewegungslos stehen. Er starrte ins Nichts, dann schaute er Hank und Andy an, dann schaute er wieder zu seinen unsichtbaren Feinden. Er schrie, wobei er jedoch stehen blieb, wo er war, seine Hände waren wie Klauen verkrampft und zitterten, die Augen traten fast aus den Höhlen, sein Blick war glasig.

Hank und Andy bewegten sich sehr langsam vorwärts.

»Ruhig, Bobby«, sagte Andy besänftigend. »Sei jetzt ganz ruhig.«

»Nein!« schrie Bobby. »Laßt uns in Ruhe! Wir wollen mit euch nichts zu tun haben!«

Ein Engel stieß einen der Dämonen mit der Spitze seines Schwertes an.

»Aaahhh!« Bobby schrie vor Schmerz und sank auf seine Knie. »Laßt uns in Ruhe, laßt uns in Ruhe!«

Hank trat schnell nach vorne und sagte mit fester Stimme: »Sei still, im Namen Jesu!« Bobby ließ keinen Schrei mehr heraus. »Sei still!«

Bobby wurde still und begann zu weinen, während er auf dem Gehsteig kniete.

»Bobby«, sagte Hank, beugte sich hinunter und sprach ganz sanft: »Bobby, kannst du mich hören?«

Ein Dämon hielt seine Hände über Bobbys Ohren. Bobby hörte Hanks Frage nicht.

Hank, der hörte, wie der Geist Gottes zu ihm sprach, wußte, was der Dämon tat. »Dämon, im Namen Jesu, gib seine Ohren frei.«

Der Dämon riß seine Hände weg, auf seinem Gesicht war ein erstaunter Ausdruck.

Hank fragte wieder: »Bobby?«

Diesmal antwortete Bobby: »Ja, Prediger, ich höre dich.«

»Willst du von diesen Geistern frei sein?«

Sofort antwortete ein Dämon: »Nein, du willst nicht! Er gehört uns«, und Bobby spuckte die Worte in Hanks Gesicht: »Nein, du willst nicht! Er gehört uns!«

»Geist, sei still. Ich rede mit Bobby.«

Der Dämon sagte nichts mehr und wich grollend zurück.

Bobby murmelte: »Ich habe gerade etwas Furchtbares getan ...« Er begann zu weinen. »Ihr müßt mir helfen ... ich kann damit nicht aufhören ...«

Hank sprach leise mit Andy. »Laß ihn uns irgendwo mit hinnehmen, wo wir uns in Ruhe um ihn kümmern können, wo er eine Szene machen kann, wenn es notwendig ist.«

»Die Kirche?«

»Komm mit, Bobby.«

Sie nahmen ihn bei den Armen und halfen ihm auf, und die drei und die fünf und die sechs und die vier gingen die Straße hinauf.

Marshall raste durch Baker und machte dann einen kurzen Abstecher zum Apartment-Gebäude, wo Weed wohnte. Da schien nichts los zu sein, und so fuhr er nach Ashton. Als er das Krankenhaus erreichte, war der Notarztwagen außen geparkt.

Ein Sanitäter, der die Bahre zurück ins Auto brachte, wies Marshall ein. »Sie ist im Notarztzimmer, zwei Türen weiter.«

Marshall brach durch die Haupttüren und gelangte sofort zum richtigen Raum. Er hörte einen Schmerzensschrei von Bernice, als er die Tür erreichte.

Sie lag auf einem Tisch, ein Arzt und zwei Krankenschwestern waren bei ihr. Sie wuschen ihr Gesicht und behandelten ihre Wunden. Bei ihrem Anblick konnte sich Marshall nicht länger beherrschen; all der Ärger und die Frustration und der Schrecken dieses ganzen Tages explodierten aus seinen Lungen mit einem einzigen gewaltigen Kraftausdruck.

Bernice antwortete durch geschwollene und blutende Lippen: »Ich schätze, dies trifft es ungefähr.«

Er eilte an die Seite des Tisches, nachdem der Arzt und die beiden Krankenschwestern ihm Platz gemacht hatten. Er nahm ihre Hand in seine beiden Hände und konnte nicht glauben, was mit ihr passiert war. Ihr Angreifer war gnadenlos gewesen.

»Wer war das?« verlangte er zu wissen, wobei sein Blut kochte.

»Wir haben volle fünfzehn Runden gekämpft, Boß.«

»Mach jetzt keine Scherze mit mir, Bernie. Hast du gesehen, wer es war?«

Der Arzt beschwichtigte ihn: »Bitte, warten Sie, erst müssen wir uns um sie kümmern ...«

Bernice flüsterte etwas. Marshall konnte es nicht verstehen. Er beugte sich weiter vor, und sie flüsterte es noch einmal, wobei ihr geschwollener Mund ihre Worte verzerrte. »Er hat mich nicht vergewaltigt.«

»Gott sei Dank«, sagte Marshall und richtete sich wieder auf.

Sie war mit seiner Antwort nicht zufrieden. Sie bewegte sich wieder in seine Richtung hin, damit er sich nach vorne beugte und zuhörte. »Er hat mich nur zusammengeschlagen. Das war alles, was er tat.«

»Bist du nicht zufrieden damit?« flüsterte Marshall ziemlich laut.

Man reichte ihr ein Glas mit Wasser, um ihren Mund auszuspülen. Sie schwenkte das Wasser in ihrem Mund und spuckte es in eine Schüssel.

»War das Haus von Strachan nett und ordentlich?« fragte sie.

Marshall hielt seine Antwort zurück. Er fragte den Arzt: »Wann kann ich allein mit ihr reden?«

Der Arzt dachte darüber nach. »Nun, sie wird in ein paar Minuten geröntgt ...«

»Geben Sie mir dreißig Sekunden«, bat Bernice, »nur dreißig Sekunden.«

»Es kann nicht warten?«

»Nein. Bitte.«

Der Arzt und die Krankenschwestern gingen aus dem Zimmer.

Marshall sprach sanft. »Strachans Haus war ein Chaos; jemand hat da gewütet. Er ist weg; ich weiß nicht, wo er ist und wie es ihm geht.«

Bernice berichtete: »Weeds Zimmer war genauso, und es war eine Drohung an die Wand gesprüht. Er ist heute nicht bei der Arbeit gewesen, und Dan in der Evergreen Taverne sagte, daß er über irgend etwas aufgebracht war. Er ist auch weg. Ich fand ihn nicht.«

»Und jetzt haben sie mir Ted Harmels Tod angedreht. Sie haben herausgefunden, daß ich an diesem Morgen da war. Sie denken, ich war es.«

»Marshall, Susan Jacobson hatte recht: Unser Telefon muß abgehört werden. Erinnerst du dich? Du hast mich im *Clarion* angerufen und mir erzählt, daß du bei Ted warst und wohin du als nächstes fährst.«

»Ja, ja, so war es. Aber das bedeutet, daß die Polizei in Windsor auch mit drinsteckt. Sie wußten genau, wo und wann sie mich bei Strachan finden konnten.«

»Brummel und Kommissar Nelson sind *so*, Marshall«, sagte Bernice und hielt zwei Finger zusammen.

»Sie müssen überall ihre Ohren haben.«

»Sie wußten, daß ich bei Weed alleine bin ... und wann ...« sagte Bernice, und etwas dämmerte ihr. »Carmen wußte es auch.«

Diese Offenbarung traf Marshall fast wie ein Todesurteil. »Carmen weiß eine Menge.«

»Wir wurden getroffen, Marshall. Ich denke, sie versuchten, uns eine Botschaft zu vermitteln.«

Er richtete sich auf. »Warte, bis ich Brummel gesprochen habe!«

Sie packte seine Hand. »Sei vorsichtig. Ich meine, *wirklich* vorsichtig!«

Er küßte sie auf die Stirn. »Fröhliche Röntgenstrahlen.«

Er stürmte aus dem Raum wie ein wütender Bulle, und niemand wagte es, in seine Nähe zu kommen.

26

Marshall sah rot, und er war so ärgerlich, daß er sein Auto auf dem Gerichtsparkplatz quer über zwei Parkplätze parkte. Er hoffte, daß die Luft ihn ein wenig abkühlen würde, wenn er nur schnell genug über den Parkplatz zur Eingangstür der Polizeistation ginge, aber so war es nicht. Er riß die Tür auf und ging in die Empfangshalle. Sara war nicht an ihrem Schreibtisch. Brummel war nicht in seinem Büro. Marshall schaute auf die Uhr. Es war genau 15.00 Uhr.

Eine Frau kam um die Ecke. Er hatte sie noch nie gesehen.

»Hallo«, sagte er, und dann fügte er sehr abrupt hinzu: »Wer sind Sie?«

Sie war sehr zurückhaltend und antwortete unsicher: »Nun, ich bin ... ich bin Barbara, die Empfangsdame.«

»Die Empfangsdame? Was ist mit Sara passiert?«

Sie wirkte eingeschüchtert und etwas ungehalten. »Ich — ich weiß von keiner Sara, aber kann *ich* Ihnen helfen?«

»Wo ist Alf Brummel?«

»Sind Sie Mr. Hogan?«

»Der bin ich.«

»Mr. Brummel wartet im Konferenzraum auf Sie, geradewegs am Ende der Halle.«

Sie hatte ihren Satz noch nicht beendet, da war Marshall schon auf dem Weg. Wenn die Türklinke auch nur den leisesten Widerstand geleistet hätte, dann hätte sie Marshalls Eintreten nicht überlebt. Er platzte in den Raum, bereit, den nächsten Hals, den er in seine Hände kriegen konnte, umzudrehen.

Es gab viele Hälse zur Auswahl. Der Raum war voller Menschen, die Marshall nicht erwartet hatte, aber als er sich die Gesichter anschaute, war ihm der Zweck der Versammlung ziemlich klar. Brummel hatte Freunde um sich geschart. Große Tiere. Lügner. Intriganten.

Alf Brummel saß am Konferenztisch, umgeben von seinen Kumpanen, und er hatte sein zähnebleckendes Grinsen aufgesetzt. »Hallo, Marshall. Bitte schließe die Tür.«

Marshall schlug die Tür mit seinem Fuß zu, ohne daß er den Blick von all diesen Leuten abwandte, die ohne Zweifel etwas mit ihm vorhatten. Oliver Young war da, Richter Baker, der Chef des Grundbuchamtes Irving Pierce, der Feuerwehrchef Frank Brady, Kommissar Spence Nelson aus Windsor, ein paar andere Männer, die Marshall nicht kannte, und schließlich der Bürgermeister von Ashton, David Steen.

»Hallo, Bürgermeister Steen«, sagte Marshall kühl. »Wie interessant, Sie hier zu sehen.«

Der Bürgermeister lächelte nur dumm, wie eine Marionette, für die ihn Marshall schon immer gehalten hatte.

»Nimm Platz«, sagte Brummel und winkte mit seiner Hand zu einem leeren Stuhl.

Marshall bewegte sich nicht. »Alf, ist das das Treffen, das du und ich haben sollten?«

»Das ist das Treffen«, sagte Brummel. »Ich glaube nicht, daß du jeden hier im Raum kennst ...« Mit übertriebener Höflichkeit stellte Brummel die neuen oder wahrscheinlich neuen Gesichter vor. »Es freut mich, dich mit Rechtsanwalt Tony Sulsky bekannt zu machen, und ich glaube, du hattest schon mit Ned Wesley, dem Präsidenten der Independent-Bank, zu tun. Soviel ich weiß, hast du wenigstens schon einmal mit Eugene Baylor, dem Vorsitzenden des College-Vorstandes, gesprochen. Und natürlich erinnerst du dich an Jimmy Clairborne von Commercial Printers.« Brummel grinste breit und abstoßend. »Marshall, bitte nimm Platz.«

Fluchworte gingen durch Marshalls Gedanken, während er direkt sagte: »Nicht, solange ich in der Minderheit bin.«

Als Antwort darauf legte Oliver Young los. »Marshall, ich kann Ihnen versichern, daß dies ein ordentliches und herzliches Treffen sein wird.«

»Und wer von euch hat aus meiner Reporterin das Augenlicht herausgeschlagen?« Marshall hatte keine herzlichen Gefühle.

Brummel antwortete: »Marshall, solche Sachen geschehen mit Leuten, die nicht vorsichtig genug sind.«

Marshall kochte vor Wut über Brummels schleimige Bemerkung, und er sagte ihm: »Brummel, dies geschieht nicht einfach. Dies war geplant. Sie wurde überfallen und verletzt, und deine Polizisten haben keinen Finger gerührt, und wir alle wissen warum!« Er starrte sie an. »Ihr steckt alle in dieser Sache drin, und eure Tricks sind wirklich schmutzig. Ihr verwüstet Wohnungen, ihr bedroht Menschen, ihr vertreibt die Leute aus der Stadt, ihr benehmt euch wie ein Mafia-Kindergarten!« Er zeigte anklagend mit seinem Finger auf Brummel. »Und du, lieber Freund, bist eine Schande für deinen Beruf. Du hast deine ganze dir anvertraute Macht benutzt, um Leute zum Schweigen zu bringen und zu verängstigen, und um deine eigene dreckige Arbeit zu tarnen!«

Young versuchte, etwas zu sagen. »Marshall ...«

»Und Sie nennen sich ein Mann Gottes, ein Pastor, ein frommes Vorbild für das, was ein guter Christ sein sollte. Sie haben mich die ganze Zeit angelogen, Young, wobei Sie sich hinter Ihrer sogenannten Berufsethik versteckt haben, während Sie vollgefressen sind mit diesem mystischen Bockmist dieser Langstrat-Hexe, und Sie benehmen sich so, als wüßten Sie von allem nichts. Wie viele Menschen, die Ihnen vertrauen, haben Sie bereits an eine Lüge verkauft?«

Die Männer im Raum saßen still da. Marshall fuhr fort, sich zu entladen. »Wenn ihr Burschen öffentliche Diener seid, dann war Hitler ein großer Wohltäter! Ihr habt euch euren Weg in diese Stadt erlogen und mit Gewalt gebahnt wie Gangster, und ihr habt jeden, der aufmuckte oder euch in den Weg kam, mundtot gemacht. Ihr werdet davon in der Zeitung lesen, liebe Freunde! Wenn ihr irgendwelche Kommentare oder Widerrufe abgeben wollt, so werde ich sie mir gerne anhören, ich werde sie sogar drucken, aber jetzt hat für euch alle die Stunde der Presse begonnen, ob euch das gefällt oder nicht!«

Young erhob seine Hand, um etwas sagen zu können. »Marshall, alles, was ich sagen kann, ist dies: Seien Sie sich Ihrer Beweise ganz sicher.«

»Sorgen Sie sich nicht darum. Ich habe meine Beweise. Ich habe unschuldige Leute wie die Carluccis, die Wrights, die Andersons, die Dombrowskis, über hundert von ihnen, die aus ihren Häusern und Geschäften durch Einschüchterung und ungerechtfertigte Steuerforderungen vertrieben wurden.«

Young legte los: »*Einschüchterung?* Marshall, es steht wohl kaum in unserer Macht, Angst, dummen Aberglauben und Familienzusammenbrüche zu verhindern. Was wollen Sie eigentlich drucken? Zum Beispiel, daß die Carluccis überzeugt waren, in ihrem Laden hätte es gespukt und böse Geister hätten die Hände ihres kleinen Sohnes gebrochen?«

Marshall zeigte direkt auf Young. »Hey, Young, das ist Ihre Spezialität. Ich werde drucken, daß Sie und Ihre Bande ihre Ängste und ihren Aberglauben benutzt und hochgeschaukelt haben, und ich werde alles über die wilden Praktiken und Philosophien bringen, aus denen ihr das genährt habt. Ich weiß alles über Langstrat und ihren hirnrissigen Hokuspokus, und ich weiß, daß jeder von euch da drinsteckt.

Ich werde drucken, daß ihr Leute mit falschen Anklagen beschuldigt habt, nur um sie von ihren Posten und aus ihren Büros zu entfernen, so daß eure eigenen Leute hineinkommen konnten: Ihr habt Lew Gregory, den ehemaligen Rechnungsprüfer, abgesägt; ihr habt auf diese große Vereinnahmung des Whitmore-Vorstandes hingearbeitet, nachdem Eldon Strachan entdeckt hatte, daß Eugene Baylor« — Marshall schaute direkt zu Baylor hin, während er es sagte — »die Bücher fälschte! Ihr habt Ted Harmel mit dieser abstrusen Anklage der unsittlichen Belästigung eines Kindes aus der Stadt hinausbefördert, und ich finde es sehr interessant, daß die arme kleine mißbrauchte Tochter von Adam Jarred jetzt eine besondere Geldsumme für ihre College-Ausbildung erhalten hat. Wenn ich der Sache nachgehe, werde ich wahrscheinlich herausfinden, daß das Geld aus eurer Tasche kam!

Ich werde drucken, daß meine Reporterin von Brummels Handlangern zu Unrecht eingesperrt wurde, weil sie ein Foto machte, das sie nicht machen sollte, ein Bild von Brummel, Young, Langstrat mit keinem Geringeren als Alexander M. Kaseph selbst, dem Kopf dieser ganzen Verschwörung, die von euch allen — einer Bande von machthungrigen, pseudogeistlichen Neofaschisten — unterstützt und gefördert wird!«

Young lächelte mild. »Was bedeutet, daß Sie vorhaben, über die Omni Corporation zu schreiben.«

Marshall konnte nicht glauben, dies ausgerechnet aus Youngs Mund zu hören. »Ist jetzt die Stunde der Wahrheit?«

Young fuhr fort, sehr ruhig, voller Vertrauen. »Nun, Sie haben alles herausbekommen, was Omni gekauft hat und was sie besitzt, das ist doch richtig, oder?«

»Das ist richtig.«

Young lachte ein wenig, als er fragte: »Und wie viele Häuser sind Ihrer Meinung nach wegen Steuerschulden an Omni gefallen?«

Marshall weigerte sich, bei diesem Spiel mitzuspielen. »Sagen Sie es mir.«

Young wandte sich einfach an Irving Pierce, den Rechnungsprüfer. Pierce blätterte in seinen Papieren. »Mr. Hogan, Ihre Berichte zeigen, daß 123 Häuser von Omni wegen unbeglichener Steuerschulden ersteigert wurden ...«

Er wußte es. Na, so was? »Dazu stehe ich.«

»Sie haben sich geirrt.«

Komm heraus mit der Lüge, Pierce.

»Die richtige Anzahl ist 163. Alle ordnungsgemäß und rechtmäßig über die letzten fünf Jahre erworben.«

Marshall haßte es, aber jetzt waren die anderen mit dem Reden an der Reihe.

Young sprach weiter. »Sie haben recht damit, daß Omni diese ganzen Immobilien besitzt, plus vielen anderen zusätzlichen Läden und Geschäften. Aber Sie sollten auch erkennen, wie sehr sich der Zustand dieser Besitztümer unter ihren neuen Eigentümern verbessert hat. Ich möchte sagen: Ashton ist durch diese Entwicklung sicherlich eine bessere Stadt geworden.«

Marshall fühlte, wie der Dampf in seinem Inneren zunahm. »Diese Leute zahlten ihre Steuern. Ich habe mit über hundert von ihnen gesprochen!«

Pierce blieb ungerührt. »Wir haben sichere Beweise, daß sie es nicht taten.«

»Zum Teufel damit!«

»Und was das College betrifft ...« Young schaute zu Eugene Baylor — jetzt war er dran.

Baylor stand zum Reden auf. »Ich habe wirklich genug von diesen Verleumdungen und diesem Geschwätz über das College und seine angeblichen finanziellen Schwierigkeiten. Das College steht ausgezeichnet da, dank euch allen, und diese — diese Schmierkampagne, die Eldon Strachan begonnen hatte, muß aufhören, oder wir werden gerichtlich dagegen vorgehen! Mr. Sulski wurde genau zu diesem Zweck verpflichtet.«

»Ich habe Berichte, ich habe Beweise, Baylor, daß Sie das Whitmore College um Millionen betrogen haben.«

Brummel platzte dazwischen: »Du hast keine Beweise, Marshall. Du hast keine Berichte.«

Marshall mußte lächeln. »Oh, ihr solltet sehen, was ich alles habe.«

Young sagte nur: »Wir haben es gesehen. Alles.«

Marshall hatte tief in sich das Gefühl, daß er eben über den Rand einer Klippe getreten war.

Young fuhr mit zunehmender Kälte in seiner Stimme fort. »Wir haben Ihre fruchtlosen Bemühungen von Anfang an verfolgt. Wir wissen, daß Sie mit Ted Harmel geredet haben, wir wissen, daß Sie Eldon Strachan, Joe Carlucci, Lew Gregory und hundert andere Schwätzer, Schwindler und Unheilsverkünder interviewt haben. Wir wissen, daß Sie unsere Leute und unser Geschäft stören. Wir wissen, daß Sie ständig in unseren persönlichen Angelegenheiten herumschnüffeln.« Young machte eine theatralische Pause und sagte dann: »Das alles wird jetzt aufhören, Marshall.«

»Deshalb diese Versammlung!« sagte Marshall sarkastisch. »Was habt ihr noch für mich auf Lager, Young? Wie wär's zum Beispiel damit, Brummel: Wollt ihr mir nicht vielleicht ein hübsches Sittlichkeitsverbrechen anhängen? Werdet ihr jemanden schicken, der mein Haus auf den Kopf stellt?«

Young stand auf. »Marshall, wahrscheinlich werden Sie niemals unsere wahren Motive verstehen, aber geben Sie mir wenigstens die Gelegenheit, die ganze Sache zu erklären. Es gibt unter uns keinen Machthunger, wie Sie wahrscheinlich glauben. Wir streben nicht nach Macht.«

»Nein, ihr seid durch einen reinen Zufall dahin gekommen, wo ihr heute seid«, sagte Marshall schneidend.

»Macht, Marshall, ist für uns nur ein notwendiges Mittel für unser wahres Ziel, und das ist nichts anderes als weltweiter Friede und Wohlstand für die Menschheit.«

»Wer ist ›wir‹ und ›uns‹?«

»Oh, Sie wissen das bereits nur allzu gut. Die Gesellschaft, Marshall, die Gesellschaft, die Sie die ganze Zeit verfolgt haben, als wäre sie irgendein geheimnisvoller Dieb.«

»Die Gesellschaft für Universelles Bewußtsein. Und wir haben unsere eigene kleine Abteilung hier in Ashton, unseren eigenen kleinen Welteroberungs-Club.«

Young lächelte ach so tolerant. »Mehr als ein Club, Marshall. Tatsächlich ist es eine lang ersehnte Kraft zu einer globalen Änderung, eine weltweite Stimme, die letztlich die Menschheit vereinen wird.«

»Ja, und so eine wundervolle, wohltätige Bewegung, daß man sie tarnen und verbergen muß ...«

»Nur vor den Vertretern der alten Ordnung, Marshall, vor den alten Vorurteilen religiöser Heuchelei und Intoleranz. Wir leben in einer sich verändernden und wachsenden Welt, die Menschheit entwickelt sich ständig weiter, wird immer reifer. Viele hinken in dem Reifeprozeß hinterher, und sie können das, was ihnen zum Besten dienen würde, nicht tolerieren. Marshall, zu viele von uns wissen gar nicht, was das Beste ist. Eines Tages — und wir hoffen, daß es bald sein wird — wird jeder es verstehen, es wird keine Religion mehr geben, und dann wird es auch keine Geheimnisse mehr geben.«

»In der Zwischenzeit tut ihr euer Bestes, um Leute einzuschüchtern und sie aus ihren Häusern und Geschäften zu vertreiben ...«

»Nur dann, wirklich *nur* dann, wenn sie in ihren Ansichten begrenzt sind und der Wahrheit widerstehen; nur wenn sie dem im Wege stehen, was wahrhaft richtig und gut ist.«

Marshall wurde vor Wut übel. »Wahrhaft richtig und gut? Was? Plötzlich seid ihr Burschen die neuen Autoritäten im Blick auf das, was richtig und gut ist? Kommen Sie, Young, wo ist Ihre Theologie geblieben? Wie paßt Gott in das alles?«

Young zuckte nur mit den Achseln und sagte: »*Wir* sind Gott.«

Marshall sank schließlich doch in einen Stuhl. »Entweder ihr seid verrückt, oder ich bin es.«

»Ich weiß, daß das alles weit über das hinausgeht, was Sie jemals zuvor gedacht haben. Zugegeben, unsere Ideale sind sehr hoch und erhaben, aber was wir erreichen wollen, ist für alle Menschen unausweichlich. Es ist nichts weniger als die letztendliche Vollendung der menschlichen Entwicklung: Erleuchtung, Selbstverwirklichung. Eines Tages müssen alle Menschen — auch Sie — ihr eigenes unbegrenztes Potential erkennen, ihre eigene Göttlichkeit, und dann werden sie vereint in ein universelles Denken, ein universelles Bewußtsein. Die Alternative heißt: zugrunde gehen.«

Marshall hatte genug gehört. »Young, das ist purer, dreckiger Pferdemist, und Sie haben nicht mehr alle Tassen im Schrank!«

Young schaute auf die anderen, und er sah fast traurig aus. »Wir alle hofften, Sie würden es verstehen, aber ehrlich gesagt, wir haben erwartet, daß Sie so reagieren würden. Sie haben noch einen weiten Weg vor sich, Marshall, einen sehr, sehr weiten Weg ...«

Marshall schaute sie alle eingehend an. »Ihr plant also, die Stadt zu übernehmen, nicht wahr? Das College aufkaufen? Ihr wollt so eine Art Zentrum für eure kosmische, hirnrissige Gesellschaft daraus machen?«

Young schaute ihn mit einem sehr rührseligen Gesicht an und sagte: »Es ist nur zum Besten, Marshall. Es muß so sein.«

Marshall stand auf und ging zur Tür. »Ich werde euch in der Zeitung wiedersehen.«

»Sie haben keine Zeitung, Marshall«, sagte Young abrupt.

Marshall drehte sich um und schüttelte den Kopf. »Ihr könnt mich mal.«

Ned Wesley, der Präsident der Independent-Bank, begann auf einen Wink von Young hin zu sprechen. »Marshall, wir mußten Ihnen Ihr Bankkonto sperren und Ihren Kredit kündigen.«

Marshall glaubte nicht, was er da hörte.

Wesley öffnete seinen Ordner mit den Unterlagen von Marshalls Geschäftskredit für den *Clarion*. »Sie sind jetzt acht Monate mit Ihren Zahlungen im Rückstand, und wir haben auf unsere vielen Mahnungen keine Antwort erhalten. Wir haben wirklich keine andere Wahl, als das Konto zu sperren und den Kredit zu kündigen.«

Marshall war bereit, Wesley seine gefälschten Unterlagen verspeisen zu lassen, aber er kam nicht dazu, denn Irving Pierce, der Rechnungsprüfer des Grundsteueramtes, meldete sich zu Wort.

»Was Ihre Steuern betrifft, Marshall, so muß ich Ihnen leider sagen, daß Sie auch damit sehr im Rückstand sind. Ich weiß nur nicht, was Sie sich dabei gedacht haben, daß Sie geglaubt haben, Sie könnten in diesem Haus wohnen, ohne Ihre Steuern zu zahlen.«

Marshall wußte, daß er in diesem Moment zum Mörder werden konnte. Es wäre das Einfachste der Welt, wenn nicht diese beiden Polizisten im Raum wären und ein Richter, der ihn deswegen liebend gerne einlochen würde.

»Ihr seid alle verrückt«, sagte er langsam. »Ihr werdet damit niemals durchkommen.«

Jetzt brachte Jimmy Clairborne von der Druckerei Commercial Printers seinen Beitrag ein. »Marshall, ich fürchte, daß auch wir mit Ihnen einige Schwierigkeiten haben. Meine Unterlagen hier sagen mir, daß die Zahlungen für die letzten sechs Druckläufe des *Clarion* noch nicht bei uns eingegangen sind. Es gibt keine Möglichkeit, die Zeitung weiterhin zu drucken, bevor diese Schulden nicht beglichen sind.«

Kommissar Nelson fügte hinzu: »Dies sind sehr ernste Angelegenheiten, Marshall. Und was unsere Nachforschungen wegen der Ermordung Ted Harmels betrifft, so sieht die Sache nicht gerade günstig für Sie aus.«

»Und was die Gerichte anbelangt«, sagte Richter Baker, »was immer für eine Entscheidung wir schließlich treffen, das wird von Ihrem Verhalten von jetzt an abhängen.«

»Besonders im Lichte der Beschuldigung sexueller Verfehlungen, die wir eben erhalten haben«, fügte Brummel hinzu. »Deine Tochter muß ein sehr verängstigtes Mädchen gewesen sein, daß sie so lange geschwiegen hat.«

Er fühlte sich, als ob er von Kugeln durchlöchert würde. Er konnte spüren, daß er starb, er war sich dessen sicher.

Die fünf Dämonen klammerten sich krampfhaft an Bobby Corsi fest und zischten ihre schwefeligen Verwünschungen und Flüche, während sie alle vorne in dem kleinen Altarraum der Ashton-Community-Kirche versammelt waren. Triskal, Krioni, Seth und Scion waren da, gemeinsam mit sechs anderen Kriegern, ihre Schwerter waren gezogen, und sie hatten sich um die kleine Gebetsgruppe gestellt. Hank hatte seine Bibel in der Hand, und er hatte schon einige Stellen aus den Evangelien gelesen, um zu erfahren, wie es weitergehen sollte. Er und Andy hielten Bobby mit sanfter Gewalt fest, während Bobby vor der Kanzel auf dem Boden saß. John Coleman war sofort herübergekommen, um zu helfen, und Ron Forsythe wollte es auch nicht verpassen.

»Ja«, stellte Ron fest, »ihn haben sie ganz schön erwischt. Hey, Bobby. Erinnerst du dich an mich, Ron Forsythe?«

Bobby starrte Ron mit glasigen Augen an. »Ja, ich erinnere mich an dich ...«

Aber die Dämonen erinnerten sich auch an Ron Forsythe — und an die Rechte, die ihre Kameraden einmal an seinem Leben besessen hatten. »Verräter! Verräter!«

Bobby fing an, anzuschreien: »Verräter! Verräter!«, wobei er versuchte, sich von Hank und Andy loszureißen. John half mit, Bobby festzuhalten.

Hank befahl den Dämonen: »Schluß damit! Sofort Schluß damit!«

Die Dämonen sprachen durch Bobby, während er sich umdrehte und Hank verfluchte. »Wir brauchen dir nicht zu gehorchen, betender Mann! Du wirst uns niemals besiegen! Du wirst sterben, bevor du uns besiegst!« Bobby starrte auf die vier Männer und schrie: »Ihr werdet alle sterben!«

Hank betete laut, so daß jeder, einschließlich Bobby, es hören konnte. »Herr Gott, wir gehen jetzt gegen diese Geister an im Namen Jesu, und wir binden sie!«

Die fünf Dämonen steckten ihre Köpfe unter ihre Flügel, als wären sie mit Steinen beworfen worden, und schrien und jammerten.

»Nein ... nein ...« sagte Bobby.

Hank fuhr fort: »Und ich bete jetzt, daß du deine Engel schickst, um uns zu helfen ...«

Die zehn Krieger waren bereit und warteten.

Hank wandte sich an die Geister: »Ich will wissen, wie viele ihr seid. Redet!«

Ein Dämon, ein kleinerer, schlüpfte in Bobbys Rücken und schrie: »Neiiin!«

Der Schrei brach aus Bobbys Kehle heraus.

»Wie heißt du?« fragte Hank.

»Ich werde dir nichts sagen! Du kannst mich nicht dazu bringen!«

»Im Namen Jesu ...«

Der Dämon antwortete sofort: »Wahrsagerei!«

Hank fragte: »Wahrsagerei, wie viele seid ihr?«

»Millionen!« Triskal stieß Wahrsagerei leicht mit dem Schwert in die Seite. »Aaahh! Zehn! Zehn!« Ein weiterer Stoß. »Aaahh! Nein, wir sind fünf, nur fünf!«

Bobby begann sich zu winden und zu zittern, während die Dämonen in ein Handgemenge gerieten. Wahrsagerei mußte einige sehr harte Schläge einstecken.

»Nein! Nein!« schrie der Dämon aus Bobby. »Nun sieh, was du gemacht hast! Die anderen schlagen mich!«

»Im Namen Jesu, verschwinde«, sagte Hank.

Wahrsagerei ließ Bobby los und flatterte über die Gruppe. Krioni packte ihn.

»Verschwinde aus diesem Gebiet!« befahl er.

Wahrsagerei gehorchte sofort und segelte aus der Kirche hinaus, ohne sich umzudrehen.

Ein großer, haariger Dämon schrie hinter dem davonfliegenden Geist her, und Bobby starrte an die Decke und rief: »Verräter! Verräter! Wir werden dir das heimzahlen!«

»Und wer bist du?« fragte Hank.

Der Dämon schloß seinen Mund, genau wie Bobby, und starrte mit feurigen Augen voller Haß auf die Männer.

»Geist, wer bist du?« forderte Andy.

Bobby blieb still, sein ganzer Körper verspannte sich, seine Lippen waren fest zusammengepreßt, seine Augen traten fast aus den Höhlen. Sein Gesicht war purpurrot.

»Geist«, sagte Andy, »ich befehle dir im Namen Jesu zu sagen, wer du bist!«

»Erwähne diesen Namen nicht!« zischte der Geist, dann fluchte er.

»Ich werde diesen Namen wieder und wieder erwähnen«, sagte Hank. »Du weißt, daß dieser Name dich besiegt hat.«

»Nein ... nein!«

»Wer bist du?«

»Verwirrung, Wahnsinn, Haß ... Ha! Ich mache das alles!«

»Im Namen Jesu binde ich dich und befehle dir, herauszukommen!«

Alle Dämonen rauschten plötzlich mit ihren Flügeln, rissen und zerrten an Bobby, wobei sie versuchten, zu fliehen.

Bobby kämpfte, um von den Männern, die ihn festhielten, freizukommen, und alles, was sie tun konnten, war, ihn untenzuhalten. Sie waren mindestens viermal so schwer wie er, und doch warf er sie beinahe um.

»Komm heraus!« befahlen alle vier.

Der zweite Geist verlor seinen Halt an Bobby und schoß aufwärts, während Bobby sich sofort beruhigte. Der Geist sah sich plötzlich in den Händen von zwei Kriegern.

»Verschwinde aus diesem Gebiet!« befahlen sie ihm.

Er starrte auf Bobby hinunter und auf seine drei verbleibenden Kumpane, dann schoß er aus der Kirche hinaus und flog davon.

Der dritte Dämon fing zu reden an, er sprach durch Bobbys Stimme. »Ihr werdet mich niemals herauskriegen! Ich war die meiste Zeit seines Lebens hier!«

»Wer bist du?«

»Zauberei! Viel Zauberei!«

»Es ist Zeit für dich, zu verschwinden«, sagte Hank.

»Niemals! Wir sind nicht alleine, weißt du! Es gibt viele von uns!«

»Nur drei nach meiner Zählung.«

»Ja, in ihm, ja. Aber du wirst niemals mit uns allen fertig. Treibe uns hier aus, und es sind immer noch Millionen in der Stadt. Millionen!« Der Dämon lachte schallend.

Andy wagte eine Frage. »Und was macht ihr hier?«

»Das ist unsere Stadt! Sie gehört uns! Wir werden hier für immer bleiben!«

»Wir werden euch austreiben!« sagte Hank.

Zauberei lachte nur und sagte: »Los, versuche es!«

»Komm heraus, in Jesu Namen!«

Der Dämon klammerte sich verzweifelt an Bobby fest. Bobbys ganzer Körper verspannte sich wieder.

Hank befahl noch einmal: »Zauberei, im Namen Jesu, komm heraus!«

Der Dämon sprach durch Bobby, während dieser mit wilden, hervorquellenden Augen auf Hank und Andy starrte und jede Sehne in seinem Nacken sich wie eine Klaviersaite anspannte. »Ich werde es nicht! Ich werde es nicht! Er gehört mir!«

Hank, Andy, John und Ron begannen zu beten, ihre Gebete hämmerten auf Zauberei ein. Der Dämon schlüpfte in Bobby hinein und versuchte, seinen Kopf unter seinen Flügeln zu verbergen; er litt Höllenqualen, und er schrie bei jeder Erwähnung des Namens Jesu auf. Das Gebet hielt an. Zauberei begann, nach Luft zu japsen. Er schrie.

»Rafar«, schrie Bobby. »Ba-al Rafar!«

»Sag das noch einmal!«

Der Dämon schrie weiter durch Bobby: »Rafar ... Rafar ...«
»Wer ist Rafar?« fragte Hank.
»Rafar ... ist Rafar ... ist Rafar ... ist Rafar ...« Bobbys Körper verdrehte sich, und er sprach wie eine zerkratzte Schallplatte.
»Und wer ist Rafar?« fragte Andy.
»Rafar herrscht. Er regiert. Rafar ist Rafar. Er ist Herr.«
»Jesus ist Herr«, erinnerte John den Dämon.
»Satan ist Herr!« behauptete der Dämon.
»Du hast gesagt, Rafar sei Herr«, sagte Hank.
»Satan ist der Herr von Rafar.«
»Über was ist Rafar Herr?«
»Rafar ist Herr von Ashton. Er regiert Ashton.«
Andy hatte einen Verdacht. »Ist er der Prinz von Ashton?«
»Rafar ist Prinz. Prinz von Ashton.«
»Nun, wir weisen auch ihn zurück!« sagte Ron.

In der Nähe des großen Baumes schnellte Rafar plötzlich herum, als ob ihn jemand gestochen hätte, und er beäugte argwöhnisch mehrere seiner Dämonen.

Der Dämon fuhr fort, seine Prahlereien herauszuspeien, indem er durch Bobby sprach, dessen Gesicht sich zu einem nahezu vollkommenen Spiegelbild des Gesichtsausdruckes des Dämons zusammengezogen hatte.
»Wir sind viele, viele, viele!« prahlte der Dämon.
»Und Ashton ist eure Stadt?« fragte Hank.
»Außer dir, betender Mann!«
»Dann ist es Zeit zu beten«, sagte Andy, und sie taten es.
Der Dämon verzog sein Gesicht unter schrecklichen Schmerzen, versteckte verzweifelt seinen Kopf unter seinen Flügeln, und er klammerte sich mit all seiner schnell schwindenden Kraft an Bobby.
»Nein ... nein ... nein!« wimmerte er.
»Laß los, Zauberei«, sagte Hank, »und komm heraus aus ihm.«
»Bitte laß mich bleiben. Ich werde ihn nicht verletzen, ich verspreche es!«
Ein sicheres Zeichen. Hank und Andy strahlten sich an. Das Ding war dabei zu gehen.
Hank schaute direkt in Bobbys Augen und befahl: »Geist, komme heraus, in Jesu Namen! Und zwar jetzt!«
Der Dämon kreischte, als seine Krallen sich von Bobby lösten. Langsam, Zentimeter um Zentimeter, zogen sie sich zurück, trotz der äußersten Angstrengung des Dämons, sich an Bobby zu klam-

mern. Er schrie und fluchte, und die Töne kamen aus Bobbys Kehle, als die allerletzte Kralle sich löste und der Dämon aufwärtsflatterte. Die Engel waren sofort da, um ihm zu befehlen, das Gebiet zu verlassen, aber er war bereits auf dem Weg.

»Ich gehe schon, ich gehe schon!« zischte er und flog weg.

Bobby entspannte sich, während die vier Männer sich um ihn kümmerten.

»Okay, Bobby?« fragte Andy.

Bobby — der wirkliche Bobby — antwortete: »Ja ... da sind immer noch welche drin, ich kann sie fühlen.«

»Wir werden einen Moment Pause machen, und dann werden wir sie hinauswerfen«, sagte Hank.

»Ja«, sagte Bobby. »Laßt uns das machen.«

Ron tätschelte Bobbys Knie. »Du machst das wirklich gut, Mann!«

In diesem Moment kam Mary in den Altarraum, um zu sehen, ob sie irgendwie helfen konnte. Sie hatte gehört, daß sie sich hier um irgend jemanden kümmern würden, und sie fühlte sich zu Hause nicht wohl.

Aber dann sah sie Bobby. Der Mann! Der Mann in Leder! Sie blieb wie angewurzelt stehen.

Bobby schaute auf und erblickte sie.

Und auch einer der Geister in ihm. Plötzlich änderte sich Bobbys Gesichtsausdruck: Aus einem erschöpften und geängstigten jungen Mann wurde ein schmieriger, lustvoller, gewalttätiger Charakter.

»Hey du«, sagte der Geist durch Bobby, und dann wandte er sich mit dreckigen, obszönen Ausdrücken an Mary.

Hank und die anderen waren schockiert, aber sie wußten, wer da redete. Hank schaute zu Mary und sah, daß sie erschrocken zurückgewichen war.

»Er — er ist derjenige, der mich auf dem Parkplatz bedroht hatte!« schrie sie.

Der Dämon spuckte noch mehr Obszönitäten aus.

Hank schritt sofort ein. »Geist, sei still!«

Der Geist verfluchte ihn. »Das ist deine Frau, was?«

»Ich binde dich in Jesu Namen.«

Bobby drehte und krümmte sich; der Dämon bekam ihre Gebete zu spüren.

»Haut ab!« schrie er. »Ich will — ich will ...« Dann fing er an, in widerlichen Details eine Vergewaltigung zu beschreiben.

Mary zuckte zusammen, aber dann sammelte sie sich wieder und sagte: »Was fällt dir ein! Ich bin ein Kind Gottes, und ich muß mir das nicht anhören. Du bist still und kommst aus ihm heraus!«

Bobby wand sich wie ein Bandwurm und röchelte.

»Laß ihn los, Vergewaltigung!« befahl Andy.

»Laß ihn los!« sagte Hank.

Mary trat näher und sagte mit fester Stimme: »Ich weise dich zurück, Dämon! In Jesu Namen weise ich dich zurück!«

Der Dämon fiel von Bobby ab, als hätte ihn ein Hammer getroffen, und er flatterte über den Boden. Krioni riß ihn hoch und schleuderte ihn aus der Kirche hinaus.

Der eine verbliebene Dämon war eingeschüchtert, aber auch verstockt. »Ich habe heute eine Frau zusammengeschlagen!«

»Wir wollen davon nichts hören«, sagte John. »Sieh bloß zu, daß du aus ihm herauskommst!«

»Ich schlug sie, und ich trat sie, und ich habe sie zusammengeschlagen ...«

»Sei still und komm heraus!« befahl Hank.

Der Dämon fluchte laut und ging, Krioni half ihm etwas dabei.

Bobby sank erschöpft zu Boden, aber ein sanftes Lächeln huschte über sein Gesicht, und er fing an, glücklich zu lachen. »Sie sind weg! Gott sei Dank, sie sind weg!«

Hank, Andy, John und Ron richteten ihn auf. Mary hielt sich zurück, sie war sich immer noch nicht sicher im Blick auf diesen heruntergekommenen Typen.

Andy redete sehr direkt. »Bobby, du brauchst den Heiligen Geist in deinem Leben. Du brauchst Jesus, wenn du von solchen Sachen frei bleiben willst.«

»Ich bin bereit, Mann, ich bin bereit!« sagte Bobby.

Wenige Momente später wurde Bobby Corsi eine neue Kreatur. Und seine ersten Worte als Christ waren: »Jungs, diese Stadt ist in Schwierigkeiten. Wartet nur, bis ihr gehört habt, was mit mir los war und für wen ich gearbeitet habe!«

27

Es fand immer in Juleen Langstrats Apartment statt, in dem verdunkelten Wohnzimmer. Man saß auf dem warmen, bequemen Sofa, und eine einsame Kerze auf dem Kaffeetisch spendete spärliches Licht. Langstrat war immer der Lehrer und Führer, indem sie mit ihrer ruhigen, klaren Stimme Anweisungen gab. Shawn war immer als moralische Stütze und guter Freund mit dabei. Sandy war nie alleine.

Sie trafen sich jetzt regelmäßig, und jedesmal war es ein ganz neues Abenteuer. Die ruhigen, entspannenden Ausflüge in andere

Bewußtseinsebenen waren wie das Öffnen einer Tür zu einer höheren Wirklichkeit, der Welt der mentalen Kräfte und Erfahrungen. Sandy war total begeistert.

Das Metronom auf dem Kaffeetisch tickte einen langsamen, entspannenden, beständigen Rhythmus, Einatmen, Ausatmen, Entspannen, Entspannen, Entspannen.

Sandy wurde von Mal zu Mal geschickter in dem Bemühen, aus den oberen Bewußtseinsebenen hinabzusinken — diese Ebenen, in denen sich die Menschen normalerweise bewegen, aber in denen es auch die meisten Ablenkungen und Störungen durch äußere Reize gab. Irgendwo darunter waren die tieferen Ebenen, wo wahre mentale Fähigkeiten und Erfahrungen gefunden werden konnten. Um diese Ebenen zu erreichen, waren sorgfältige, methodische Entspannung, Meditation und Konzentration erforderlich. Langstrat hatte ihr alle Schritte beigebracht.

Während Sandy bewegungslos auf der Couch saß und Shawn aufmerksam zusah, zählte Langstrat langsam rückwärts, gleichmäßig, im Einklang mit dem Metronom.

»Fünfundzwanzig, vierundzwanzig, dreiundzwanzig...«

In Gedanken fuhr Sandy mit einem Aufzug, der sie in die tieferen Ebenen ihres Bewußtseins transportierte. Sie entspannte sich und brachte ihre normale Gehirntätigkeit zur Ruhe, während sie sich durch die tieferen Bereiche bewegte.

»Drei, zwei, eins, Alpha-Ebene«, sagte Langstrat. »Jetzt öffne die Tür.«

Sandy sah sich selbst, wie sie die Aufzugtür öffnete und auf eine wunderschöne grüne Wiese hinaustrat, die von Bäumen eingesäumt und von roten und weißen Blumen übersät war. Die Luft war warm, und eine leichte Brise wehte wie ein sanfter Hauch über die Wiese. Sandy schaute sich um.

»Siehst du sie?« fragte Langstrat sanft.

»Ich schaue noch«, antwortete Sandy. Dann strahlte ihr Gesicht. »Oh, hier kommt sie! Sie ist schön!«

Sandy konnte sehen, wie das Mädchen auf sie zukam, eine wunderschöne junge Dame mit langen blonden Haaren, ganz in glänzendem weißen Leinen gekleidet. Ihr Gesicht glühte vor Glück. Sie streckte ihre Hände zum Gruß aus.

»Hallo!« rief Sandy glücklich.

»Hallo«, sagte das Mädchen mit der schönsten und wohlklingendsten Stimme, die sie je gehört hatte.

»Bist du gekommen, mich zu leiten?«

Das blonde Mädchen nahm Sandys Hände in ihre eigenen und schaute ihr mit überwältigender Sanftheit und großem Mitgefühl in die Augen. »Ja, mein Name ist Madeline. Ich werde dich lehren.«

Sandy schaute mit Erstaunen zu Madeline. »Du siehst so jung aus! Hast du schon einmal gelebt?«

»Ja. Hunderte Male. Aber jedes Leben war einfach ein weiterer Schritt nach oben. Ich werde dir den Weg zeigen.«

Sandy war überaus begeistert. »Oh, ich will lernen. Ich will mit dir gehen.«

Madeline nahm Sandy bei der Hand und führte sie über die Wiese auf einen goldenen Weg.

Während Sandy auf dem Sofa in Langstrats Apartment saß, ihr Gesicht voller Freude und Entzücken, drangen funkelnde Krallen in ihren Schädel ein — und die schwarzen, knorrigen Hände eines häßlichen Dämons hielten ihren Kopf in einem Griff wie ein Schraubstock. Der Geist lehnte sich über sie und flüsterte die Worte in ihre Seele: »Dann komm. Komm mit mir. Ich werde dich mit anderen bekannt machen, die sogar schon vor mir aufgestiegen sind.«

»Oh, gerne, gerne!« antwortete Sandy.

Langstrat und Shawn lächelten einander zu.

Tom McBride, der Montierer, hörte die kleine Glocke über der Eingangstür und konnte nur stöhnen. Dieser Tag war der bisher schlimmste von allen gewesen. Er hastete zum Eingang und sah Marshall hereinkommen und geradewegs auf sein Büro zugehen.

Tom war unter Streß und voller Fragen. »Marshall, wo bist du gewesen, und wo ist Bernice? Die Zeitungen sind nicht vom Drucker gekommen! Ich hatte den ganzen Tag nichts als Anrufe — schließlich mußte ich den Anrufbeantworter einschalten —, und dauernd sind Leute vorbeigekommen, die gefragt haben, wo die heutige Ausgabe geblieben ist.«

»Wo ist Carmen?« fragte Marshall, und Tom bemerkte, daß Marshall sehr, sehr krank aussah.

»Marshall«, fragte Tom sehr besorgt, »was — was ist los? Was läuft hier eigentlich?«

Marshall knurrte, und es klang so, als wollte er Tom den Kopf abbeißen: »Wo ist Carmen?«

»Sie ist nicht da. Sie war da, aber dann verschwand Bernice, und dann verschwand sie, und ich war den ganzen Tag über alleine hier!«

Marshall riß die Tür zu seinem Büro auf und ging hinein. Er ging direkt zu einer Schublade und zog sie auf. Sie war leer. Tom stand in sicherer Entfernung und beobachtete. Marshall griff unter seinen Schreibtisch und zog eine Schachtel hervor. Die Schachtel ließ sich ganz leicht herausziehen. Er sah, daß sie ebenfalls leer war, und schleuderte sie mit einem lauten Fluch auf den Boden.

»Kann ... kann ich irgendwie helfen?« fragte Tom.

Marshall sank in seinen Stuhl, sein Gesicht weiß wie Kalk, seine Haare zerzaust. Einen Augenblick lang saß er einfach nur da, seinen Kopf auf eine Hand gestützt, atmete tief, versuchte zu denken, versuchte, sich zu beruhigen.

»Ruf das Krankenhaus an«, sagte er schließlich mit schwacher Stimme, die überhaupt nicht wie Marshall Hogan klang.

»Das — das Krankenhaus?« Tom gefiel das alles gar nicht.

»Frage sie, wie es Bernice geht.«

Tom blieb der Mund offenstehen. »Bernice! Ist sie im Krankenhaus? Was ist passiert?«

Marshall explodierte: »Mach es einfach, Tom!«

Tom eilte zu einem Telefon. Marshall stand auf und ging zur Tür. »Tom ...«

Tom schaute auf, aber er wählte weiter.

Marshall lehnte am Türpfosten. Er fühlte sich so schwach, so hilflos. »Tom, es tut mir leid. Danke für den Anruf. Laß mich wissen, was sie sagen.«

Und damit drehte sich Marshall um und ging in sein Büro zurück, wo er in den Stuhl sank und bewegungslos sitzen blieb.

Tom kam mit seinem Bericht zurück. »Ähh ... Bernice hat eine gebrochene Rippe ... aber keine anderen ernsthaften Verletzungen. Jemand hat ihr Auto von Baker zurückgebracht, und sie haben sie entlassen, und sie ist nach Hause gefahren. Dort ist sie jetzt.«

»Ja ... ich werde auch nach Hause fahren ...«

»Was ist mit ihr passiert?«

»Sie wurde zusammengeschlagen. Jemand sprang auf sie, verprügelte sie.«

»Marshall ...« Tom war so erschrocken, daß er fast keine Worte fand. »Das ist ... nun ... das ist wirklich furchtbar.«

Marshall arbeitete sich aus seinem Stuhl heraus und lehnte sich gegen den Schreibtisch.

Tom war immer noch beunruhigt. »Marshall, wird es eine Freitagsausgabe geben? Wir haben die fertige Montage zum Drucken gegeben ... ich verstehe das nicht.«

»Sie drucken es nicht mehr«, antwortete Marshall frei heraus.

»Was? Warum nicht?«

Marshall ließ seinen Kopf nach vorne fallen, und er schüttelte ihn ein wenig. Er stieß einen Seufzer aus, dann schaute er wieder zu Tom. »Tom, nimm dir diesen Tag — oder was noch davon übrig ist — frei. Laß mich hier alleine klarkommen, dann werde ich dich anrufen, okay?«

»Nun ... okay.«

Tom ging nach hinten, um seine Tasche und seine Jacke zu holen.

Das Telefon klingelte, eine andere Leitung, eine Nummer, die Marshall für besondere Anrufe reserviert hatte. Marshall hob den Hörer ab.

»*Clarion*«, sagte er.

»Marshall?«

»Ja ...«

»Marshall, hier ist Eldon Strachan.«

Oh, danke Gott, er ist am Leben! Marshall fühlte, wie sich seine Kehle zusammenzog. Er dachte, er würde gleich weinen. »Eldon, geht es Ihnen gut?«

»Nun, nein. Wir sind gerade von einer Reise zurückgekommen. Marshall, jemand hat mein Haus verwüstet. Es ist ein einziges Chaos hier!«

»Ist Doris in Ordnung?«

»Nun, sie ist sehr aufgebracht. Ich bin auch aufgebracht.«

»Wir wurden alle getroffen, Eldon. Sie sind hinter uns her.«

»Was ist passiert?«

Marshall erzählte ihm alles. Der schwierigste Teil davon war, Eldon Strachan zu sagen, daß sein Freund und Mitvertriebener, Ted Harmel, tot war.

Strachan konnte eine Zeitlang nichts sagen. Mehrere Minuten wurden in einer schrecklichen, schmerzhaften Stille verbracht, die nur ein paarmal dadurch unterbrochen wurde, daß jeder den anderen fragte, ob er auch noch am Apparat sei.

»Marshall«, sagte Strachan schließlich, »wir hauen lieber ab. Wir verschwinden besser von hier und kommen nicht wieder zurück.«

»Wohin verschwinden?« fragte Marshall. »Sie sind schon einmal davongerannt, erinnern Sie sich? So lange wie Sie leben, werden Sie mit dieser Sache leben.«

»Aber was können wir tun?«

»Sie haben Freunde! Was ist mit dem Generalstaatsanwalt?«

»Ich habe Ihnen schon gesagt, ich kann nicht zu Norm Mattily gehen, wenn ich nichts außer meinem Wort habe; ich brauche mehr als nur unsere Freundschaft. Ich brauche Beweise, irgendwelche Unterlagen.«

Marshall schaute zu der leeren Schachtel hinunter. »Ich werde Ihnen etwas besorgen, Eldon. Auf die eine oder andere Art werde ich Ihnen etwas beschaffen, das Sie jedem, der zuhört, zeigen können.«

Eldon seufzte. »Ich weiß nur nicht, wie lange dies alles noch gehen soll ...«

»Solange wir es zulassen, Eldon.«

Er dachte einen Moment nach und sagte dann: »Ja, ja, Sie haben recht. Sie besorgen mir etwas Handfestes, und ich werde sehen, was ich tun kann.«

»Wir haben keine Wahl. Unsere Nacken liegen bereits auf dem Schafott; wir müssen uns jetzt selbst retten!«

»Nun, ich habe vor, das zu tun. Doris und ich werden untertauchen, und zwar schnell, und ich rate Ihnen, dasselbe zu tun. Wir können nicht länger hier bleiben.«

»Und wo kann ich Sie erreichen?«

»Ich will Ihnen das nicht über das Telefon sagen. Warten Sie, bis Sie von Norm Mattilys Büro etwas hören. Ich werde mich mit ihm in Verbindung setzen, und dies ist die einzige Art, wie ich Ihnen jetzt überhaupt noch helfen kann.«

»Wenn ich nicht mehr hier bin, wenn ich aus der Stadt vertrieben wurde oder tot bin, dann soll er sich mit Al Lemley von der *New York Times* in Verbindung setzen. Ich werde ihn informieren.«

»Wir werden uns irgendwann mal wiedersehen.«

»Laßt uns dafür beten.«

»Oh, ich habe in den letzten Tagen wieder angefangen, viel zu beten.«

Marshall hängte ein, verschloß alle Türen und fuhr nach Hause.

Bernice lag auf ihrer Couch, mit einem Eisbeutel auf ihrem Gesicht und einem unbequemen Verband um ihren Brustkorb, und sie wollte unbedingt telefonieren. Sie hatte sich bereits einmal aufgerichtet, ihr Kopf hämmerte, und sie fühlte sich hundeelend, aber sie wollte telefonieren. Was passierte da draußen? Sie versuchte, den *Clarion* anzurufen, aber niemand antwortete. Sie rief bei Marshall zu Hause an, aber auch da ging niemand ans Telefon.

Nun, was weißt du schon! Das Telefon klingelte. Sie nahm den Hörer ab wie eine Eule, die eine Maus packt.

»Hallo?«

»Bernice Krueger?«

»Kevin?«

»Jaaa, Mann ...« Er klang sehr nervös und überdreht. »Hey, ich sterbe, Mann, ich meine, ich habe wirklich Angst!«

»Wo bist du, Kevin?«

»Ich bin zu Hause. Hey, jemand war hier und hat alles auf den Kopf gestellt!«

»Ist deine Tür verschlossen?«

»Jaaa, ich habe abgesperrt. Ich habe Angst, Mann. Sie müssen ein Kopfgeld auf mich ausgesetzt haben.«

»Sei sehr vorsichtig, was du sagst, Kevin. Wahrscheinlich werden unsere Telefone abgehört. Vielleicht haben sie auch dein Telefon angezapft.«

Weed sagte einen Moment lang gar nichts mehr, dann fluchte er aus purer Angst. »O Mann, ich habe gerade einen Anruf bekommen, du weißt von wem! du glaubst, sie haben das mitgehört?«

»Ich weiß nicht. Wir müssen einfach vorsichtig sein.«

»Was soll ich tun? Es geht alles schief, Mann. Susan sagte, sie hat die Nase voll, und es geht alles schief! Sie wird diesen Ort auffliegen lassen ...«

Bernice fiel ihm ins Wort. »Kevin, kein Wort mehr. Sag es mir persönlich. Wir sollten uns irgendwo treffen.«

»Aber werden sie nicht wissen, daß wir uns treffen?«

»Hey, wenn sie es wissen, dann wissen sie es eben, aber zumindest können wir besser kontrollieren, was sie hören.«

»Gut, dann aber schnell, und ich meine wirklich *schnell*!«

»Wie ist es mit der Brücke, fünf Meilen nördlich von Baker, die über den Judd River?«

»Die große grüne?«

»Ja, genau die. Da ist am Nordende eine Wendestelle. Ich kann um ...« — Bernice schaute auf ihre Wanduhr — »... laßt uns sagen 19.00 Uhr, da werde ich dort sein.«

»Ich werde auch da sein.«

»Okay. Bis dann.«

Bernice rief sofort im *Clarion* an. Keine Antwort. Sie rief bei Marshall zu Hause an.

Das Telefon in Hogans Küche klingelte und klingelte, aber Marshall und Kate ließen es klingeln, bis es schließlich aufhörte.

Kate, deren Hände etwas zitterten, atmete sehr kontrolliert und schaute mit Tränen in den Augen zu ihrem Mann.

»Das Telefon hat die Eigenart, ständig schlechte Nachrichten zu bringen«, witzelte sie und wischte über ihre Augen.

Zur Zeit hatte Marshall soviel innere Kraft wie ein leerer Mülleimer, und es war eine der wenigen seltenen Situationen in seinem Leben, daß er keine Worte mehr fand.

»Wann hast du diesen Anruf erhalten?« fragte er schließlich.

»Heute morgen.«

»Aber du weißt nicht, wer es war?«

Kate atmete tief und versuchte, ihre Gefühle in den Griff zu kriegen. »Wer immer es war, er wußte nahezu alles über dich und mich und sogar über Sandy; es war also nicht einfach so ein Verrückter. Seine ... Informationen waren beeindruckend.«

»Aber er hat gelogen!« sagte Marshall ärgerlich.

»Ich weiß«, antwortete Kate.

»Es ist nur eine weitere schmierige Taktik, Kate. Sie versuchen, mir meine Zeitung zu nehmen, mein Haus zu nehmen — und jetzt versuchen sie, meine Ehe zu zerstören. Da ist nichts und da war niemals etwas zwischen mir und Bernice. Es ist zum Lachen, ich bin alt genug, um ihr Vater zu sein!«

»Ich weiß«, antwortete Kate wieder. Einen Augenblick lang sammelte sie ihre Kräfte und fuhr dann fort. »Marshall, du bist mein Mann, und wenn ich dich je verlieren sollte, dann weiß ich, daß ich sicher keinen besseren finden werde. Ich weiß auch, daß du kein Mann bist, der sich für so etwas hergibt. Mit dir habe ich wirklich das große Los gezogen, und ich werde das nie vergessen.«

Er nahm ihre Hand. »Und du bist die einzige Frau, mit der ich jemals zu tun haben möchte.«

Sie drückte seine Hand, während sie sagte: »Ich vertraue darauf, daß diese Dinge sich niemals ändern werden. Ich vermute, es ist dieses Vertrauen, das mich ausharren und warten ließ ...«

Ihre Stimme brach ab, und es gab einen Moment des Schweigens. Kate mußte ihre Gefühle abwürgen, und Marshall wußte nicht, was er sagen sollte.

»Marshall«, sagte sie schließlich, »es gibt da ein paar andere Dinge, die sich nicht verändert haben, aber diese Dinge hätten sich eigentlich ändern sollen; wir waren uns beide einig darüber. Wir waren uns einig, daß vieles anders werden würde, nachdem wir von New York weggezogen waren, daß du nicht mehr von morgens bis abends arbeiten würdest, daß du mehr Zeit für deine Familie haben würdest, daß wir uns vielleicht alle wieder näherkommen würden, und daß wir viele Dinge wieder in Ordnung bringen könnten.« Die Tränen begannen zu fließen, und es war schwierig für sie zu sprechen, aber sie war entschlossen dazu, und so machte sie weiter. »Ich weiß nicht, was es ist, entweder ziehst du — egal, wo du bist — die großen Sensationen ständig an, oder du fabrizierst selbst eine nach der anderen. Aber wenn ich jemals eifersüchtig oder argwöhnisch war — dies ist deine außereheliche Beziehung. Du *hast* eine andere Liebschaft, Marshall, und ich weiß einfach nicht, ob ich damit konkurrieren kann.«

Marshall wußte, daß er niemals fähig sein würde, die ganze Sache zu erklären. »Kate, du hast keine Ahnung, wie groß das Ganze ist.«

Sie schüttelte den Kopf. Sie wollte es nicht hören. »Darum geht es nicht. Ich bin überzeugt, daß es groß ist, es ist extrem wichtig, und es ist wahrscheinlich die Zeit und Energie, die du hineinsteckst, wert. Aber womit ich mich auseinandersetzen muß, ist der Schaden, den diese ganze Sache bei mir, bei Sandy und bei dieser Familie anrichtet. Marshall, ich kümmere mich nicht um Vergleiche; es spielt keine Rolle, wie hoch Sandy und ich auf deiner Prioritätenliste stehen, wir leiden immer noch, und das ist das Problem, mit dem ich mich befasse. Ich kann mich um nichts anderes kümmern.

»Kate ... genau das wollen sie!«

»Sie haben es«, erwiderte sie schroff. »Aber versuche du bitte nicht, jemand anderem die Schuld dafür zu geben, daß du deine Versprechungen nicht gehalten hast. Niemand anders ist für deine Versprechungen verantwortlich, Marshall, und ich selbst mache dich für das, was du deiner Familie versprochen hast, verantwortlich.«

»Kate, ich habe mich nicht nach diesem ganzen Schlamassel gesehnt, ich habe nicht gewollt, daß dies alles passiert. Wenn alles vorbei ist ...«

»Es ist jetzt vorbei!« Das erwischte ihn kalt. »Und ich habe keine andere Wahl mehr. Ich habe meine Grenzen erreicht, Marshall. Mehr kann ich nicht mehr einstecken. Ich muß gehen.«

Marshall war zu schwach, um auch nur ein Wort zu sagen. Er konnte sich noch nicht einmal irgendwelche passenden Worte *vorstellen*. Alles, was er tun konnte, war, ihr in die Augen zu schauen und sie reden zu lassen, sie tun zu lassen, was immer sie tun mußte.

Kate machte weiter. Sie mußte es alles herausbringen, bevor sie nicht mehr dazu in der Lage sein würde. »Ich habe heute morgen mit meiner Mutter gesprochen. Sie hat uns beiden schon viel geholfen, und sie sieht beide Seiten. Tatsächlich — und du wirst das interessant finden — betet sie für uns, speziell für dich. Sie sagt, daß sie sogar in einer Nacht von dir geträumt hat; sie träumte, daß du in Schwierigkeiten wärst, und daß Gott seine Engel dir zu Hilfe schicken würde, wenn sie betet. Sie nahm die ganze Sache sehr ernst, und seitdem betet sie.«

Marshall lächelte schwach. Er freute sich darüber, doch was nützte es schon?

Kate kam zum Eigentlichen. »Ich werde eine Weile bei ihr wohnen. Ich brauche Zeit zum Nachdenken. Und *du* brauchst Zeit zum Nachdenken. Wir beide müssen sicher wissen, welche deiner Versprechungen du erfüllen willst. Wir müssen dies ein für allemal klarstellen, Marshall, bevor wir weitergehen.

Was Sandy betrifft — ich weiß noch nicht einmal, wo sie jetzt gerade steckt. Wenn ich sie finden kann, werde ich sie fragen, ob sie mit mir kommt, obwohl ich bezweifle, daß sie Shawn und alles, worin sie verwickelt ist, verlassen will.« Sie atmete tief ein, als dieser neue Schmerz sie packte. »Alles, was ich sagen kann, ist dies: Du kennst sie nicht mehr, Marshall. *Ich* kenne sie nicht mehr. Sie ist immer weiter weg geglitten, immer weiter ... und du warst nie da.« Sie konnte nicht mehr weitermachen. Sie vergrub ihr Gesicht in ihren Händen und weinte.

Marshall fragte sich, ob er zu ihr hingehen, sie trösten und seine Arme um sie legen sollte. Würde sie es annehmen? Würde sie glauben, daß er es ernst meinte, daß er sich große Sorgen machte?

Er sorgte sich wirklich. Sein eigenes Herz brach. Er ging zu ihr hin und legte sanft seine Hand auf ihre Schulter.

»Ich will dir keine seichten Antworten geben«, sagte er ruhig. »Du hast recht. Alles, was du gesagt hast, ist richtig. Und ich wage nicht, jetzt irgendwelche zusätzlichen Versprechungen zu machen, die ich vielleicht nicht halten kann.« Die Worte taten weh, doch er sagte sie trotzdem. »Ich muß über alles nachdenken. Ich muß mein Haus wirklich gründlich aufräumen. Warum gehst du nicht los? Geh los und bleibe eine Zeitlang bei deiner Mutter, geh aus diesem Chaos hinaus. Ich werde ... ich werde es dich wissen lassen, wenn alles vorbei ist, wenn ich eine klare Entscheidung getroffen habe. Bis dahin werde ich dich nicht einmal fragen, ob du zurückkommst.«

»Ich liebe dich, Marshall«, sagte sie, während sie weinte.

»Ich liebe dich auch, Kate.«

Sie erhob sich plötzlich, umarmte ihn und gab ihm einen Kuß, an den er sich lange Zeit erinnern würde, wobei sie ihn verzweifelt festhielt, ihr Gesicht von Tränen naß war und ihr Körper vor Schluchzen zitterte. Er hielt sie mit seinen starken Armen, als ob sein Leben davon abhinge, ein unbezahlbarer Schatz, den er vielleicht nie wieder haben würde.

Dann sagte sie: »Ich werde jetzt lieber gehen«, und umarmte ihn ein letztes Mal.

Einen Moment lang hielt er sie, und dann sagte er so sanft, wie er konnte: »Ist schon in Ordnung. Mach's gut.«

Ihre Koffer waren bereits gepackt. Sie nahm nicht viel mit. Nachdem die Eingangstür sich ruhig hinter ihr geschlossen hatte und ihr kleiner Wagen aus der Einfahrt gefahren war, saß Marshall lange Zeit alleine am Küchentisch. Er starrte wie betäubt auf das Muster in der Tischplatte, und tausend Erinnerungen durchfluteten sein Gedächtnis. Minute um Minute verging ohne seine Aufmerksamkeit; die Welt ging ohne ihn weiter.

Zuletzt zerbrach seine Gefühllosigkeit, als alle seine Gedanken und Gefühle bei ihrem Namen verweilten: »Kate ...« — und er weinte und weinte.

28

Guilo biß sich auf die Unterlippe und musterte — zusammen mit seinen zwei Dutzend Kriegern — das Tal dort unten. Von ihrem Aussichtspunkt zwischen den Felsen war das Lager des Strongman ein kochender, summender Kessel von unzähligen schwarzen Geistern, die einen lebendigen Nebel über der Gebäudeansammlung formten. Das Geräusch von ihren Flügeln war ein ununterbrochenes, tiefes Dröhnen, dessen Echo von den felsigen Berghängen widerhallte. Die Dämonen waren gerade jetzt sehr aufgeregt wie ein ärgerlicher Bienenschwarm.

»Sie machen sich für etwas bereit«, beobachtete ein Krieger.

»Und«, sagte Guilo, »irgend etwas stimmt nicht, und ich wage zu behaupten, daß es mit *ihr* zusammenhängt.«

Überall um die Gebäude herum wurden Lieferwagen und Lastwagen mit Büromaterial beladen, und auch Alexander M. Kasephs ausgestopfte Jagdtrophäen lud man ein. Die Angestellten räumten ihre Wohnungen auf, packten ihre persönlichen Habseligkeiten ein und säuberten die Räume. Überall war eine starke Erregung und Erwartung, die Leute standen hier und da in kleinen Gruppen zusammen und schnatterten in ihren Landessprachen.

In dem großen Steingebäude, ein Stück entfernt von der ganzen Aktivität, arbeitete Susan Jacobson hastig in ihrem Privatzimmer, wobei sie einen riesigen Karton mit Berichten, Akten, Dokumenten und Drucksachen vollpackte. Sie versuchte, alles wegzulassen, was nicht absolut notwendig war, aber fast alles schien unentbehrlich zu sein. Das Ganze war zu sperrig für ihren Koffer und zu schwer zum Tragen, selbst wenn es in den Koffer gepaßt hätte.

Mit ein paar hastig gemurmelten Gebeten schaute sie nochmals alles durch und entfernte dann die Hälfte davon. Dann nahm sie das, was übriggeblieben war, und begann, sorgfältig alles in den Koffer zu schichten, ein Aktenordner hier, einige Schriftstücke da, weitere Dokumente, einige Fotografien, ein weiterer Aktenordner, ein Computerausdruck, ein dickes Bündel Fotokopien, einige unentwickelte Filme.

Schritte im Gang. Sie schloß eilig den Koffer, zog das schwere Ding zum Bett hinüber und schob es schnell darunter. Dann warf sie die anderen Unterlagen in den Karton zurück und stellte ihn auf ein Regal hinter einem Vorhang in eine kleine Abstellkammer.

Ohne zu klopfen trat Kaseph in den Raum. Er trug gewöhnliche Kleidung, da er auch beim Packen war und an der allgemeinen Aktivität teilnahm.

Sie ging zu ihm und legte ihre Arme um ihn. »Hallo! Wie sieht's bei dir aus?«

Er erwiderte kurz ihre Umarmung, dann ließ er seine Arme sinken und begann, sich im Zimmer umzusehen.

»Wir haben uns gefragt, wo du steckst«, sagte er. »Wir waren in der Eßhalle versammelt und hofften, du würdest kommen.« Da war etwas Fremdartiges und Bedrohliches in seinem Ton.

»Nun«, sagte sie, etwas verunsichert durch sein Verhalten, »natürlich werde ich kommen. Ich würde es auf keinen Fall versäumen wollen.«

»Gut, gut«, sagte er, wobei er immer noch im Zimmer umhersah. »Susan, darf ich mir deinen Koffer ansehen?«

Sie schaute ihn erstaunt an. »Was?«

Er würde seine Frage nicht ändern oder begründen. »Ich möchte in deinen Koffer schauen.«

»Wozu denn?«

»Bringe ihn her«, sagte er in einem Ton, der keine Widerrede duldete. Sie ging in ihre Abstellkammer, brachte einen großen blauen Koffer voller Kleider heraus und legte ihn auf ihr Bett. Er öffnete die Riemen und die Verschlüsse, dann packte er ihn schnell und sehr unsanft aus, wobei er den Inhalt überall verstreute.

»Hey«, protestierte sie, »was machst du da? Es hat mich Stunden gekostet, das alles da hinein zu bekommen!«

Er entleerte ihn vollständig, öffnete jede Seitentasche und schüttelte alle Hüllen aus. Als er fertig war, war sie sehr ärgerlich.

»Alex, was bedeutet das?«

Mit einem grimmigen Gesichtsausdruck drehte er sich zu ihr um, und dann lächelte er plötzlich. »Ich bin sicher, du kannst deinen Koffer das zweite Mal noch effektiver packen. Aber es war notwendig für mich, alles zu überprüfen. Du siehst, liebe Susan, du warst von dem normalen Betrieb hier und von meiner Gegenwart eine beträchtliche Zeit abwesend.« Er begann, langsam im Zimmer umherzugehen, seine Augen huschten über jeden Winkel und jede Ecke. »Und es scheint so, als fehlten einige sehr wichtige Berichte und Unterlagen, sehr heikle Sachen — Unterlagen, zu denen du, meine Liebe, Zugang hattest.« Er setzte dieses alte bekannte Lächeln auf, das wie ein Messer schnitt. »Natürlich weiß ich, daß dein Herz mit meinem vereint ist, trotz deiner ... Zweifel und Befürchtungen in der letzten Zeit.«

Sie erhob ihren Kopf und schaute ihn direkt an. »Diese Dinge sind nur eine Schwäche meiner menschlichen Natur, aber ich werde sie überwinden.«

»Die Schwäche deiner menschlichen Natur ...« Er dachte einen Moment darüber nach. »Diese gleiche kleine Schwäche, die dich so faszinierend macht, weil sie dich so gefährlich machen könnte.«

»Willst du damit andeuten, daß ich dich hintergehen könnte?«
Er ging zu ihr hin und legte seine Hände auf ihre Schultern. Susan stellte sich vor, wie weit seine Hände sich bewegen müßten, um ihren Hals zu umklammern.

»Es ist möglich«, sagte er, »daß jemand versucht, mich zu hintergehen, sogar jetzt. Ich kann es spüren.« Er schaute sie sehr fest an, seine Augen bohrten sich in ihre. »Ich lese es vielleicht sogar schon in deinen Augen.«

Sie drehte ihre Augen weg und sagte: »Ich würde dich nicht hintergehen.«

Er zog sie näher heran und sagte sehr kalt: »Noch würde dies irgend jemand anders tun ... wenn sie wüßten, was sie erwartete. Es wäre in der Tat eine sehr ernste Angelegenheit.«

Sie fühlte, wie seine Hände ihren Griff verstärkten.

Ein Bote schoß quer über den Himmel, dann geradeaus, zickzack, dann sauste er durch die Wälder über Ashton. Er war auf der Suche nach Tal.

»Hauptmann!« rief er, aber Tal war nicht bei den anderen. »Wo ist der Hauptmann?«

Mota antwortete: »Er kümmert sich um ein weiteres Gebetstreffen, das bei Hank Busche zu Hause stattfindet. Sei vorsichtig, daß du keine Aufmerksamkeit erregst.«

Der Bote segelte den Hügel hinunter und schwebte ruhig in das Gewirr der Straßen hinein.

In Hanks Haus hielt sich Tal sorgfältig in den Wänden versteckt, während einige seiner Krieger seine Befehle ausführten und die Leute, die bereit zum Beten waren, hereinbrachten.

Hank und Andy Forsythe hatten ein besonderes Gebetstreffen einberufen, aber sie hatten nicht erwartet, daß so viele Leute kommen würden. Mehr und mehr Autos kamen an, und mehr und mehr Leute drängten zur Tür herein: die Colemans, Ron Forsythe und Cynthia, der frisch bekehrte Bobby Corsi, seine Eltern Dan und Jean, die Jones', die Coopers, die Smiths, die Bartons, einige College-Studenten und deren Freunde. Hank schaffte herbei, was er an Stühlen fand. Die Leute saßen auf dem Boden. Der Raum wurde langsam stickig; die Fenster wurden geöffnet.

Tal schaute hinaus und sah einen alten Lieferwagen heranfahren. Er lächelte breit. Dies war ein Neuankömmling, über den Hank sich freuen würde.

Als die Türglocke schellte, brüllten mehrere Leute: »Herein«, aber wer immer es war, er kam nicht herein. Hank stieg über mehrere Leute, um zur Tür zu gelangen, und öffnete sie.

Da stand Lou Stanley, zusammen mit seiner Frau Margie. Sie hielten sich an den Händen.

Lou lächelte ängstlich und fragte: »Hallo, Hank. Findet hier das Gebetstreffen statt?«

Hank glaubte wieder an Wunder. Hier war der Mann, der wegen Ehebruchs aus der Gemeinde ausgeschlossen worden war, und er stand jetzt vor ihm, wieder mit seiner Frau vereint, und wollte mit ihnen beten!

»Mann«, sagte Hank, »natürlich findet es hier statt. Kommt herein!«

Lou und Margie betraten das Wohnzimmer, wo sie mit Liebe und großer Annahme begrüßt wurden.

Gerade da klopfte es wieder an der Tür. Hank stand noch da, und so öffnete er die Tür, und er sah einen älteren Mann und seine Frau draußen stehen. Er hatte keinen von beiden jemals zuvor gesehen.

Aber Cecil Cooper wußte, wer sie waren; er rief ihnen von seinem Platz aus zu: »Nun, preist den Herrn! Ich glaube es nicht! James und Diane Farrel!«

Hank schaute zu Cecil und dann auf das Paar, das da stand, und sein Mund stand offen. »Reverend Farrel?«

Reverend James Farrel, der ehemalige Pastor der Ashton-Community-Gemeinde, streckte seine Hand aus. »Pastor Henry Busche?« Hank nickte und nahm seine Hand. »Wir haben gehört, hier sei ein Gebetstreffen heute abend.«

Hank lud sie mit ausgestreckten Armen ein.

Inzwischen kam der Bote an und fand Tal. »Hauptmann, Guilo läßt dir ausrichten, daß die Zeit für Susan sehr knapp ist! Sie steht kurz vor ihrer Entlarvung. Du mußt kommen!«

Tal begutachtete schnell die Gebetsdeckung, die er gesammelt hatte. Es mußte ausreichend sein, um den Plan für heute nacht auszuführen.

Hank eröffnete das Treffen. »Der Herr hat uns heute alle zusammengerufen, weil es notwendig ist, für Ashton zu beten. Wir haben heute nachmittag einiges gelernt, und wir sind sicher, daß Satan diese Stadt einnehmen will. Wir müssen beten, daß Gott diese Dämonen, die versuchen, die Stadt zu erobern, bindet, und wir müssen für den Sieg des Volkes Gottes und der Engel Gottes beten ...«

Gut, gut! dachte Tal. Es wird ausreichen. Aber wenn das wahr war, was der Bote sagte, dann war die Situation im Lager des Strongman so, daß sie den Plan ausführen mußten, ob die Gebetsdeckung ausreichte oder nicht.

Die dämonische Wolke über dem Tal wurde ständig dicker, und von ihrem Standpunkt aus konnten Guilo und seine Krieger das Funkeln von Millionen gelber Augenpaare sehen.

Guilo konnte sich überhaupt nicht entspannen, sondern beobachtete ständig den Himmel, er wartete auf diesen einen Lichtstreifen, der Tals Ankunft signalisieren würde. »Wo ist Tal?« murmelte er. »Wo ist er? Sie wissen Bescheid. Sie *wissen* es!«

In diesem Moment versammelte sich Kasephs gesamte Mannschaft, die maßgebenden Kräfte hinter der Omni Corporation, in der Eßhalle zu einem Abschlußessen und einer letzten Zusammenkunft vor dem großen Umzug, den sie alle vorbereitet hatten. Es war eine zwanglose Stimmung; alles war lässig, man sah keine Abendkleider. Kaseph selbst, der sich normalerweise von seinen Untergebenen absonderte, mischte sich jetzt frei unter sie, und oft wurden Hände zu ihm ausgestreckt, als ob man dadurch einen besonderen Segen erlangen wollte.

Susan blieb ständig an seiner Seite, sie trug ihren üblichen schwarzen Anzug, und viele Hände streckten sich auch nach ihr aus, um sie zu berühren, um von ihr mit einem Blick des Segens angeschaut zu werden. Sie enttäuschte die dankbaren Untergebenen nicht.

Nachdem das Essen begonnen hatte, nahmen Kaseph und Susan an der Stirnseite des Tisches Platz. Sie versuchte, sich normal zu benehmen und ihr Essen zu genießen, aber ihr Meister behielt dieses Lächeln bei, dieses eigenartige, schneidende, bösartige Lächeln, und es nervte sie. Sie fragte sich, wieviel er wirklich wußte.

Gegen Ende des Essens stand Kaseph auf, und wie auf ein Signal hin wurde jeder im Raum plötzlich still.

»Wie wir es in anderen Gegenden gemacht haben, in anderen Teilen unserer sich schnell vereinigenden Welt, so werden wir es auch hier machen«, sagte Kaseph, und der ganze Raum klatschte. »Als ein entscheidendes und mächtiges Werkzeug der Gesellschaft für Universelles Bewußtsein ist die Omni Corporation jetzt im Begriff, eine weitere Festung für die kommende Neue Weltordnung zu errichten, einen weiteren Stützpunkt für den New-Age-Christus. Ich habe Nachricht von unseren Leuten in Ashton erhalten, daß unser neues Unternehmen am Sonntag beendet werden kann, und ich werde euch persönlich vorangehen, um das Geschäft perfekt zu machen. Danach wird die Stadt uns gehören.«

Der Raum brach in Applaus und Jubel aus.

Aber dann, mit einer ziemlich abrupten Stimmungsänderung, ließ Kaseph Sorgenfalten auf seiner Stirn erscheinen und schaute völlig ernst. Alle Anwesenden antworteten mit einer ähnlichen Ernsthaftigkeit. »Natürlich, wir wurden während all unserer massiven Anstrengungen dauernd daran erinnert, wie ernst dieses Geschäft in Wirklichkeit ist, dem wir unser Leben hingegeben haben. Wir haben oft darüber nachgedacht, wie schrecklich die Auswirkungen wären, wenn sich je einer von uns der falschen Seite zuwenden würde und dem Ruf der Gier, der Selbstsucht oder sogar« — er schaute auf Susan — »der menschlichen Schwachheit folgen würde.«

Plötzlich war es totenstill im Raum. Jeder schaute auf Kaseph, während seine Augen langsam über die ganze Gruppe wanderten.

Susan konnte fühlen, wie von tief unten eine Angst in ihr hochstieg, eine Angst, die sie immer unterdrücken, vermeiden und beherrschen wollte. Sie konnte fühlen, daß das, was sie am meisten fürchtete, langsam von ihr Besitz ergriff.

Kaseph fuhr fort: »Nur wenige von euch wissen, daß wir entdeckt haben, daß einige unserer wichtigsten und empfindlichsten Berichte und Unterlagen verschwunden sind. Offensichtlich dachte jemand mit großen Vorrechten und dem Zugang zu diesen Dingen, daß diese Unterlagen ... auf andere Art wertvoll sein könnten.« Die Leute begannen, sich zu räuspern und zu murren. »Oh, keine Aufregung. Diese Geschichte hat ein Happy-End. Die fehlenden Unterlagen wurden wiedergefunden!« Sie waren alle erleichtert und freuten sich. Dies, so dachten sie, war ein weiterer von Kasephs kleinen Scherzen.

Kaseph gab einigen Sicherheitsbeauftragten im Hintergrund des Raumes einen Wink, und einer von ihnen hob etwas auf — was war es? Susan erhob sich ein wenig von ihrem Stuhl, um es zu sehen.

Ein großer Karton. Nein! *Der* Karton? Der, den sie hinter dem Vorhang versteckt hatte? Er brachte ihn nach vorne zur Stirnseite des Tisches.

Sie blieb, wo sie war, aber sie dachte, sie würde ohnmächtig werden. Ihr ganzer Körper zitterte vor Angst. Das Blut wich aus ihrem Gesicht; ihr Magen verkrampfte sich unter furchtbaren Schmerzen. Sie war entdeckt. Es gab keinen Ausweg. Es war ein Alptraum.

Der Sicherheitsbeauftragte hob den schweren Karton auf den Tisch, und Kaseph riß ihn auf. Ja, da war das ganze Material, das sie so mühsam aussortiert und versteckt hatte. Er holte es heraus und hielt es hoch, damit alle es sehen konnten. Die Menge hielt die Luft an.

Kaseph warf die Sachen zurück in den Karton, und die Wache trug ihn weg.

»Dieser Karton«, rief er aus, »wurde in einem Versteck in Susans Zimmer gefunden.«

Alle waren überrascht. Einige waren vor Schreck wie erstarrt. Einige schüttelten ihren Kopf.

Susan Jacobson betete. Sie betete wie wild.

Der Bote kam zurück ins Tal, und Guilo war gierig auf seine Nachricht.

»Ja, rede, los!«

»Er sammelt die Gebetsdeckung für das Unternehmen heute nacht. Er sollte jeden Moment hier sein.«

»Jeden Moment kann es zu spät sein.« Guilo schaute zu dem Gebäude hinunter. »Noch ein Moment — und Susan kann bereits tot sein.«

Tal schaute zu, während die versammelten Leute hingegeben beteten und der Heilige Geist sie leitete und antrieb. Sie beteten besonders für die Vernichtung und Verwirrung der dämonischen Heerscharen. Das dürfte genügen! Im Schutze der Dunkelheit schlüpfte Tal aus dem Haus. Er würde schnell die Stadt durchqueren und dann zum Lager des Strongman fliegen, in der Hoffnung, daß die Zeit ausreichen würde, um Susans Leben zu retten.

Aber sobald er in das enge, ausgefahrene Sträßchen hinter dem Haus hinausgetreten war, fühlte er einen scharfen Schmerz in seinem Bein. Sein Schwert war sofort in seiner Hand, und mit einer schnellen Bewegung enthauptete er einen kleinen Geist, der sich an ihn geklammert hatte. Er löste sich in eine Wolke von blutrotem Rauch auf.

Ein weiterer Geist krallte sich in seinen Rücken. Er wischte ihn weg. Noch einer in seinem Rücken, noch einer an seinem Bein, zwei weitere schlugen auf ihn ein!

»Es ist *Tal*!« hörte er sie kreischen. »Es ist Hauptmann Tal!«

Noch mehr von diesem Geschrei, und Rafar würde es hören! Tal wußte, daß er sie alle erledigen mußte, oder er würde seine Entdeckung riskieren. Die Dämonen schwirrten wie rasend um seinen Kopf. Er hieb mit seinem Schwert von oben über seinen Rücken und verringerte die Zahl der Dämonen um den einen, der da gehangen hatte.

Aber sie schienen sich zu vervielfältigen. Einige von ihnen waren ganz schön groß, und alle waren gierig nach der Belohnung, die Rafar für Tals Entdeckung ausgesetzt hatte.

Ein großer, lachender Geist flog näher, sah sich Tal an und schoß dann geradewegs in den Himmel hoch. Tal folgte ihm in einer Explosion von Licht und Kraft und packte ihn an den Fersen. Der Geist schrie und begann, nach ihm zu hacken. Tal fiel wie ein Stein zur Erde zurück und zog den Geist mit sich herunter, wobei die Flügel des Geistes herumwedelten wie ein kaputter Regenschirm. Einmal unter dem Schutz von Bäumen und Häusern, sandte Tals Schwert den Geist in den ewigen Abgrund.

Aber immer mehr Dämonen stürzten sich von allen Seiten auf ihn. Die Neuigkeit verbreitete sich.

Zwei mächtige und muskulöse Wachen, die gleichen Männer, die einmal ihre Begleiter im Smoking waren, zogen Susan über das Gelände, wobei sie kaum ihre eigenen Füße benutzen konnte. Sie zerrten sie auf die Veranda des großen Steingebäudes, ins Haus hinein, die Treppe hinauf, und von der oberen Halle in ihr eigenes Zimmer hinunter. Kaseph folgte, kalt, gesammelt, vollkommen mitleidslos.

Die Wachen warfen Susan auf einen Stuhl und hielten sie mit ihrem vollen Gewicht fest, so daß sie nicht entkommen konnte. Kaseph warf einen langen, eisigen Blick auf sie.

»Susan«, sagte er, »meine liebe Susan, ich bin nicht wirklich schockiert darüber. Solche Probleme gab es schon zuvor, mit vielen anderen, viele Male. Und jedesmal mußten wir uns damit auseinandersetzen. Wie du weißt, bleiben solche Probleme niemals. Niemals.«

Er kam näher, so nahe, daß seine Worte sie wie kleine Peitschen schlugen. »Ich habe dir nie vertraut, Susan, ich habe dir das gesagt. Deshalb habe ich dich im Auge behalten, und jetzt sehe ich, daß du deine Freundschaft mit meinem ... *Rivalen*, Mr. Weed, wieder hast aufleben lassen.« Er lachte darüber.

»Ich habe überall Augen und Ohren, liebe Susan. Seit dem Moment, wo Mr. Weed zum *Ashton Clarion* ging, haben wir sein Geschäft, jede Einzelheit davon, zu unserem Geschäft gemacht: Wo er hingeht, wen er kennt, wen immer er anruft und was immer er sagt. Und was den eiligen und unvorsichtigen Anruf betrifft, den du heute gemacht hast ...« Er lachte laut. »Susan, hast du wirklich gedacht, wir würden nicht jeden Telefonanruf, der hier hinausgeht, aufzeichnen? Wir wußten, du würdest früher oder später etwas unternehmen. Alles, was wir tun mußten, war, zu warten und bereit zu sein. Ein Unternehmen wie das unsere hat natürlich auch Feinde. Wir wissen das.«

Er beugte sich über sie, seine Augen kalt und schneidend. »Aber wir dulden es nicht. Nein, Susan, wir wissen damit umzugehen, hart und schnell. Ich hatte gedacht, daß eine kleine Einschüchterung Mr. Weed zum Schweigen bringen würde, aber jetzt sehe ich, daß er — dank dir — bereits zu viel weiß. Deshalb wird es das beste sein, wenn wir uns um dich *und* deinen Mr. Weed kümmern.«

Alles, was sie tun konnte, war zittern; ihr fiel nichts zu sagen ein. Sie wußte, daß es sinnlos war, um Gnade zu bitten.

»Du warst noch nie bei einem unserer Blutrituale dabei, oder?« Kaseph begann, es ihr zu erklären, so als würde er eine kleine

Unterrichtsstunde abhalten. »Die alten Verehrer der Isis, des Moloch oder der Astarte waren noch nicht sehr weit mit ihren Praktiken. Sie verstanden aber immerhin, daß das Opfer eines menschlichen Lebens für ihre sogenannten Götter ihnen die Gunst der Götter bringen würde.

Was sie in Unwissenheit vollzogen, setzen wir jetzt mit Erleuchtung fort. Die Lebenskraft, die sich mit uns selbst und dem Universum verflechtet, ist zyklisch, sie endet nie, sie erneuert sich selbst. Die Geburt des Neuen kann nicht ohne den Tod des Alten geschehen. Die Geburt des Guten geht aus dem Tod des Bösen hervor. Das ist Karma, liebe Susan, dein Karma.«

Mit anderen Worten, er würde sie umbringen.

Ein Krieger fragte Guilo: »Was ist das? Was machen sie da?«

Sie lauschten beide. Die Wolke, die immer noch langsam über dem Talboden schwirrte und brodelte, kullerte und murmelte jetzt mit einem eigenartigen Klang, ein seltsames Geräusch, das ständig an Umfang und Lautstärke zunahm. Zuerst klang es wie das Rauschen von weit entfernten Wellen, dann ging es über in das wilde Brüllen einer riesigen Menschenmenge. Und dann stieg es an in das gespenstische Heulen von Millionen Sirenen.

Guilo zog langsam sein Schwert heraus, und das Metall der Klinge klang hell.

»Was machst du?« fragte der Krieger.

»Bereitet euch vor!« befahl Guilo, und der Befehl verbreitete sich in der Gruppe. Ring, ring, ring machten ihre Klingen, als jeder Krieger sein Schwert in die Hand nahm.

»Sie lachen«, sagte Guilo. »Es gibt nichts anderes für uns zu tun, als hineinzugehen.«

Der Krieger war willig, und doch war der Gedanke unvorstellbar. »Hineingehen? Da ... hineingehen?«

Die Dämonen waren stark, brutal, rachgierig ... und jetzt lachten sie über den Geruch des nahenden Todes, der wie Parfüm in ihren Nasen war.

Triskal stürzte sich in das Tal hinab, Schwerter blitzten auf und wurden in tödlichen Lichtbögen geschwungen, und auf allen Seiten verschwanden Dämonen ins Nichts. Andere Krieger schossen in den Himmel wie Leuchtkugeln aus einer Kanone, sie pflückten fliehende Dämonen vom Himmel und brachten sie zum Schweigen.

Tal war in einem echten Zwiespalt: Einerseits hätte er gerne seine ganze Kampfeskraft freigesetzt, andererseits mußte er sie unterdrücken, um nicht noch mehr Aufmerksamkeit zu erregen. So konnte er die Geister, die ihn wie ärgerliche Bienen umschwirrten, nicht mit einem mächtigen Angriff erledigen, er mußte sie vielmehr einen nach dem anderen behandeln, indem er sie mit seinem Schwert zerhieb.

Mota trat in das Handgemenge ein und näherte sich Tal, wobei er sein Schwert schwang und die Dämonen von seinem Hauptmann wie Fledermäuse von der Wand einer Höhle abpflückte. »Da! Und da! Und noch einer!«

Dann kam ein winziger Augenblick, in dem Tal frei von Dämonen war. Mota schlüpfte schnell an seinen Platz, während Tal im Boden verschwand.

Die Geister waren durch das Kämpfen wütend geworden, und sie stürzten sich weiter auf diese Stelle und flogen um sie herum; aber dann bemerkten sie, daß Tal irgendwie entschlüpft war und daß sie von himmlischen Kriegern ohne irgendeinen Grund zerstört wurden.

Ihre Zahl verringerte sich schnell, ihre Schreie verebbten, und bald waren sie alle weg.

Mehrere Meilen außerhalb von Ashton schoß Tal aus dem Boden wie eine Gewehrkugel, und er sauste quer über den Himmel, wobei ihm eine Lichtspur wie ein Kometenschweif folgte. Sein Schwert hielt er geradewegs nach vorne gerichtet. Bauernhöfe, Felder, Wälder und Straßen wurden wie ein Nebel unter ihm; die Wolken rasten an beiden Seiten an ihm vorbei.

Er konnte spüren, daß seine Kraft mit den Gebeten der Heiligen ständig zunahm; sein Schwert begann zu brennen, und es leuchtete wie ein Blitz. Er fühlte fast, daß es ihn durch den Himmel zog.

Schneller und schneller, der Wind schrie, die Entfernung schrumpfte zusammen, seine Flügel waren ein unsichtbarer Donner, so flog er zum Lager des Strongman.

Ein seltsam aussehender, langhaariger kleiner Guru aus irgendeinem dunklen und heidnischen Land, der mit einer schwarzen, perlenbestickten Robe bekleidet war, trat auf Kasephs Geheiß in Susans Zimmer. Er verbeugte sich in Ehrerbietung vor seinem Herrn und Meister, Kaseph.

»Bereite den Altar vor«, sagte Kaseph. »Es wird ein besonderes Opfer für den Erfolg unserer Bemühungen geben.«

Der kleine heidnische Priester ging schnell wieder hinaus. Kaseph wandte Susan erneut seine Aufmerksamkeit zu.

Er schaute sie an und schlug ihr dann mit seinem Handrücken ins Gesicht. »Hör auf damit!« schrie er. »Hör auf mit diesem Beten!«

Die Gewalt des Schlages warf sie fast vom Stuhl, aber eine Wache hielt sie fest. Ihr Kopf sank, und sie begann zu schluchzen, sehr kurze, angstvolle Schluchzer.

Kaseph stand wie ein Eroberer über ihr und verspottete ihr schwaches und zitterndes Aussehen. »Du hast keinen Gott, den du anrufen könntest! Jetzt, wo dein Tod sich naht, fängst du an zu kriechen — du fällst zurück in alte Mythen und religiösen Unsinn!«

Dann sagte er fast freundlich: »Was du nicht erkennst, ist, daß ich dir eine Gunst erweise. Vielleicht ist in deinem nächsten Leben deine Erkenntnis tiefer, und deine Schwachheiten sind von dir gewichen. Diese Opfergabe wird dir ein wundervolles Karma für deine nächsten Leben aufbauen. Du wirst es sehen.«

Dann sprach er zu den Wachen. »Fesselt sie!«

Sie packten ihre Handgelenke und rissen sie nach hinten; sie hörte ein Klicken und fühlte den kalten Stahl der Handschellen. Sie hörte sich selbst schreien.

Kaseph ging zu seinem Büro, das jetzt — abgesehen von ein paar Kisten und Koffern — ein leerer Raum war. Er ging direkt zu einem kleinen Koffer aus feinem alten Leder und nahm ihn unter den Arm.

Dann ging er die große Steintreppe hinab ins Untergeschoß, durch eine schwere Holztür und eine weitere Treppe hinunter in den tiefen Keller unter dem Haus. Er ging durch eine andere Tür und betrat einen dunklen Steinraum, der von Kerzen erleuchtet war. Der sonderbare kleine Priester war bereits da, er zündete Kerzen an und murmelte fremdartige, unverständliche Worte, wieder und wieder. Einige von Kasephs engsten Vertrauten waren anwesend und warteten ruhig. Kaseph gab dem Priester den kleinen Koffer, der ihn neben eine große, grob behauene Steinbank an dem einen Ende des Raumes legte. Der kleine Priester öffnete den Koffer und begann, Messer herauszulegen — Kasephs Messer —, verziert, mit Juwelen besetzt, fein geschmiedet, rasiermesserscharf.

Tal konnte die Berge vor sich sehen. Er würde nahe an den Berghängen bleiben. Er durfte nicht gesehen werden.

Guilo und seine Krieger blieben in der Dunkelheit, sie waren nicht verklärt, stiegen Schritt für Schritt die Abhänge hinunter, wobei sie sich hinter Felsen und alten Baumstümpfen verbargen. Die Wolke der lüsternen, lachenden Geister schwirrte jetzt genau über ihnen, sie kochte, brodelte und türmte sich wie ein gewaltiges Unwetter auf. Guilo fühlte die Gebetsdeckung; sicherlich hätten die Dämonen sie jetzt entdeckt, aber ihre Augen sahen eigenartigerweise nichts.

Ganz unten parkte nahe an dem Hauptgebäude ein großer Lieferwagen. Guilo fand einen Fleck, von dem aus er den Lieferwagen klar sehen konnte, dann schickte er seine Krieger aus, wobei er einen Krieger für besondere Anweisungen bei sich behielt.

»Siehst du das obere Fenster in dem großen Steingebäude?« fragte ihn Guilo.

»Ja.«

»Sie ist da drin. Auf mein Zeichen hin — geh los und hole sie heraus.«

29

In dem sonderbaren dunklen Raum unter dem Haus verharrten Alexander M. Kaseph und sein kleiner Gefolgsmann in tiefer Meditation. Vor ihnen, genau hinter der groben Steinbank, stand Strongman, umgeben von seinen engsten Wachen und Gehilfen. Über sein schiefes Gesicht zog sich ein häßliches, unheilvolles Grinsen, das seine Fangzähne entblößte, während er mit dämonischem Entzücken gluckste.

»Ein Hindernis nach dem anderen fällt«, sagte er. »Ja, ja, euer Opfer wird euch Glück bringen, es wird mir gefallen.« Die großen gelben Augen verengten sich, und er befahl: »Bringt sie her!«

Oben saß Susan Jacobson hilflos zwischen zwei Wachen, ihre Füße und Hände waren mit Handschellen gefesselt, und sie wartete und betete. Mit allem, was in ihr war, schrie sie zu dem einen wahren Gott, dem Gott, den sie nicht kannte, aber den es geben mußte, der sie hören mußte, und der der einzige war, der ihr jetzt noch helfen konnte.

Tal erreichte die Berge und sauste die Steilhänge hinauf, höher und höher, während er seine Geschwindigkeit allmählich verringerte. Er wurde ständig langsamer, näherte sich dem Gipfel, und als er den Scheitel erreicht hatte, stoppte er jede Bewegung und jedes Geräusch, und er ließ sich still und unsichtbar die andere Seite hinuntergleiten. Er stellte mit Besorgnis fest, daß, seit er das letzte Mal hier gewesen war, die Wolke noch mehr gewachsen war. Er konnte nur hoffen, daß die Gebetsdeckung mindestens so stark war, daß diese üblen Kreaturen nichts sahen.

Guilo hatte nach dem Hauptmann Ausschau gehalten, und seine scharfen Augen sahen, daß Tal wie ein lautloser Falke zu ihnen herabkam.

»Mach dich bereit«, sagte Guilo zu dem Krieger an seiner Seite.

Der Krieger war bereit, seine Augen waren auf das obere Fenster gerichtet.

Tal schwebte so tief, daß er fast über den Boden schleifte. Schließlich war er bei Guilo.

»Wir haben den Schutz«, sagte er.

»Geh!« befahl Guilo dem Krieger, und der Krieger bewegte sich — halb fliegend, halb laufend — auf das große Steingebäude zu.

Der kleine Priester ging voller Erwartung die großen Steintreppen hinauf, wobei er ein Mantra vor sich hinbrummte und murmelte.

Kaseph und seine Leute warteten unten in erregtem Schweigen, und Kaseph stand genau neben den Messern.

Susan versuchte, ihre Handschellen abzustreifen, aber sie waren so eng, daß sie ihr auch ohne ihre verzweifelten Versuche ins Fleisch schnitten. Die Wachen lachten nur über sie.

»Lieber Gott«, betete sie, »wenn du wirklich der Herrscher des Universums bist, dann habe bitte Gnade mit jemandem, der es wagte, in deinem Sinn gegen ein furchtbares Übel aufzustehen ...«

Und dann — als ob sie langsam von einem Alptraum erwachen würde — begann die lähmende, herzvergiftende Angst von ihrer Seele zu weichen, wie ein verblassender Gedanke, wie das langsame, stetige Ruhigerwerden eines Sturmes. Ihr Herz war zur Ruhe gekommen. Der Raum schien eigenartig still zu sein. Sie konnte nur mit erstaunten Augen umhersehen. Was war passiert? War sie bereits gestorben? War sie eingeschlafen, oder träumte sie?

Aber sie hatte das schon einmal erlebt. Die Erinnerung an diese eine Nacht in New York kam wieder zurück; sie dachte an dieses fremdartige, hoffnungsvolle Gefühl, das sie hatte, als sie verzweifelt durch das Fenster geklettert war. Es war jemand im Zimmer. Sie konnte es spüren.

»Bist du hier, um mir zu helfen?« fragte sie in ihrem Herzen, und der winzige Hoffnungsfunke tief in ihrem Inneren erwachte zu neuem Leben.

Klink! Plötzlich waren ihre Füße frei und konnten sich ungebunden vom Stuhl schwingen. Die Handschellen lagen auf dem Boden, geöffnet. Sie fühlte, daß etwas um ihre Handgelenke herum zerbrach, und sie konnte die Arme frei bewegen. Die eisernen Fesseln fielen zu Boden, ebenso diejenigen, welche ihre Füße gebunden hatten.

Sie schaute auf die beiden Wachen, aber sie standen da, schauten sie an, grinsten immer noch schmierig, dann blickten sie woanders hin, so als wäre nichts geschehen.

Dann hörte sie ein Klicken, und sie sah gerade noch, wie der Fenstergriff sich drehte und das große Fenster wie von selbst aufschwang. Die kalte Nachtluft begann, in das Zimmer zu strömen.

Ob es nun eine Einbildung war oder Wirklichkeit, sie akzeptierte es. Sie sprang von dem Stuhl auf — die Wachen taten nichts. Sie rannte zu dem offenen Fenster. Dann erinnerte sie sich.

Sie warf ein aufmerksames, ungläubiges Auge auf die Wachen, dann eilte sie zum Bett, faßte darunter und zog den Koffer hervor, den Kaseph und seine Leute nicht gefunden hatten, obwohl dies ein so offensichtlicher Platz für ein Versteck war! Er fühlte sich eigenartig leicht an trotz all der Papiere, die sie in ihn hineingestopft hatte, aber im Moment verstand sie ohnehin vieles nicht, und so akzeptierte sie einfach, wie leicht der Koffer zu tragen war, ging zum Fenster und stellte ihn draußen aufs Dach. Sie schaute sich um. Die Wachen lächelten einen leeren Stuhl an!

Sie kletterte durch das Fenster und auf das Dach, wobei sie das Gefühl hatte, als würde sie jemand hochheben. Eine dicke Weinranke wuchs an der Mauer empor. Dies ergab eine perfekte Fluchtleiter.

Außerhalb des Gebäudes unterhielten sich einige Sicherheitskräfte lautstark über ihren Fall und über ihr schlimmes Schicksal, als sie plötzlich Schritte hörten, die über den Parkplatz liefen.

»Hey, schau da!« schrie jemand.

Die Wachposten schauten — und sahen eine Frau in Schwarz zu einem der Lieferwagen hasten.

»Hey, was machst du da?«

»Es ist Kasephs Freundin!«

Sie rannten hinter ihr her, aber sie hatte bereits den großen Lieferwagen erreicht und kletterte hinein. Der Anlasser brummte, der Motor sprang an, und mit einem Ruck und einem Aufheulen fuhr das Auto los. Guilo erhob sich aus seinem Versteck und brüllte: »JA-HAAA!«, während seine kleine Truppe von 23 Kriegern wie Feuerwerkskörper in die Luft schoß, hinter dem Lieferwagen her. »Paßt gut auf euch auf, Krieger!«

Der kleine Priester erreichte Susans Schlafraum, und seine knochige Hand öffnete die Tür.

»Wir sind fertig«, erklärte er — und plötzlich merkte er, daß er zu zwei sehr pflichtbewußten Wachen sprach, die sicherstellten, daß ein leerer Stuhl nicht entkommen konnte.

Der kleine heidnische Priester bekam einen Tobsuchtsanfall erster Klasse; die Wachen hatten keine Erklärung.

Der Lieferwagen schleuderte die sich gefährlich windende Straße hinauf, die aus dem Tal über die Berge hinweg führte. Vier Engel schwebten hinter ihm her und begannen ihn zu schieben — der Lieferwagen fuhr Höchstgeschwindigkeit! Dies machte ihnen wirklich Spaß, aber wenn sie hinter sich sahen, konnten sie die Legion Dämonen erkennen, deren Fangzähne leuchteten, und das rote Flackern ihrer Schwerter erfüllte den Nachthimmel.

Von hoch oben beobachtete Guilo die Dämonenwolke. Sie blieb, wo sie war, und beschützte Strongman. Nur eine kleine Abteilung war hinter dem fliehenden Lieferwagen hergeschickt worden.

Vier von Kasephs bewaffneten Sicherheitskräften saßen in einem aufgemotzten Jeep und rasten die Bergstraße hinauf. Trotz ihrer vielen PS hatten sie erstaunlich große Mühe, aufzuholen.

»Ich dachte, das Ding sei voll beladen!« sagte einer.

»Das ist es«, sagte der andere. »Ich habe es selbst beladen.«

»Wie viele Pferde hat das Ding eigentlich?«

Zu diesem Zeitpunkt erfuhr Kaseph von Susans Flucht. Er befahl acht weiteren Männern, in zwei anderen Autos die Verfolgung aufzunehmen. Sie sprangen in einen anderen Jeep und in einen Sportwagen, dann brausten sie mit quietschenden Reifen davon.

Dämonen und Engel sammelten sich über dem Lieferwagen, der immer noch die steile Bergstraße mit mehr als sechzig Meilen die Stunde hinaufraste, seine Reifen quietschten und rutschten oft seitwärts weg von der sich windenden Schotterstraße. Die vier Engel schoben weiter von hinten, während die anderen 19 ihr Bestes taten, das Auto zu umkreisen und es vor dämonischen Angriffen zu beschützen. Dämonen schossen von oben herab, ihre roten Schwerter glühten, und sie verwickelten die himmlischen Krieger in wilde Luftkämpfe; die Klingen sangen, dröhnten und krachten mit Funkenregen aufeinander.

Der Lieferwagen erreichte den Gipfel und wurde noch schneller. Während er mehr und mehr an Geschwindigkeit zunahm, wurden die Unebenheiten und Kurven in der Straße zu lauter todbringenden Stößen, und der Wagen holperte und tanzte auf zwei oder drei Rädern die steile Neigung hinunter. Die Straße ging geradeaus, dann kam eine plötzliche Kurve, dann ging sie in die andere Richtung zurück, dann ging es wieder abwärts. Der Wagen kämpfte mit der Straße, und die Felsen und Randbegrenzungen huschten vorbei. Bei jeder scharfen Kurve stöhnte er auf und lehnte sich schwer nach außen, der große Rahmen hob sich fast aus den Sprungfedern, die Reifen quietschten protestierend.

Eine sehr scharfe Linkskurve! Das schwere hintere Ende des Wagens schlug wie ein Fischschwanz mit einem lauten Knirschen und einem feurigen Funkenregen in die Randbegrenzung. Weiter ging es die Straße hinunter, die nächste Unebenheit, die Stoßdämpfer wurden aufs äußerste beansprucht, der Rahmen krachte auf die Achsen, wobei er stöhnte und ächzte.

Die Jeeps und der Sportwagen folgten, sie kamen wesentlich besser mit den engen Kurven zurecht, aber auch sie befanden sich an der Grenze ihrer Belastbarkeit. Zwei Männer im Jeep hatten mächtige Gewehre bereit, aber es war unmöglich, einen gezielten Schuß abzugeben. Sie feuerten trotzdem ein paar Salven ab, nur um Susan zu ängstigen.

Der Lieferwagen schoß auf eine Haarnadelkurve zu, überall waren gelbe Schilder, die davor warnten und die darauf hinwiesen, langsam und vorsichtig zu fahren. Die vier Engel, die den Wagen angeschoben hatten, waren jetzt an seinen Seiten und versuchten, ihn in die Fahrbahn zu drücken. Guilo selbst schoß herab, sein Schwert blitzte, er hackte sich seinen Weg durch dämonische Angreifer, bis er zum Wagen durchgedrungen war. Als Guilo mächtig in seine Seite rammte, befand sich der Wagen nur den Bruchteil einer Sekunde vom Abgrund entfernt. Die vorderen Räder sprangen mit einem scharfen Ruck nach links. Der Wagen machte eine Drehung und rollte weiter. Die Verfolger in den anderen Fahrzeugen mußten bremsen oder die Straßenbegrenzung durchbrechen.

Aber die himmlischen Krieger, die versuchten, den Lieferwagen einzukreisen, wurden immer mehr weggedrängt. Guilo sah, daß ein riesiger Geist mit seinen Krallen auf den Kopf eines Engels einschlug wie ein Falke auf einen Spatzen, er schlug den Engel bewußtlos, so daß er hilflos in die tiefe Schlucht hinunterflatterte. Ein anderer Luftkampf hoch oben und zur Linken endete mit einem Schmerzensschrei eines Engelkriegers, der sich mit einem völlig zerfledderten Flügel um sich selbst drehte und schließlich in der Bergwand verschwand. Das Klingen der Schwerter warf sein Echo von überall zurück. Da war ein Dämon, der in einer roten Rauchwolke verschwand. Ein weiterer Engel stürzte auf den Boden der Schlucht, er hielt noch sein Schwert, aber ohne Kraft, und er war wie betäubt, sein dämonischer Verfolger war genau hinter ihm.

Schließlich brachen die häßlichen Krieger der Hölle durch und erreichten den Lieferwagen. Einer war bei dem Krieger genau hinter Guilo und schlug ihn weg. Guilo hatte keine Zeit, einen anderen Gedanken zu denken, als schon sein Schwert hochging, um den unglaublich mächtigen Schlag eines Geistes abzufangen, der mindestens so stark wie er selbst war. Guilo erwiderte den Schlag, ihre Schwerter stoppten in der Luft, Arm gegen Arm, und dann machte

Guilo guten Gebrauch von seinem Fuß, den er in das Gesicht des Dämons donnerte, und dieser stürzte taumelnd in die Schlucht.

Der Lieferwagen begann wild zu schleudern, die Räder berührten den Rand des Abgrundes. Guilo schob ihn mit seiner ganzen Kraft, um ihn wieder auf die Fahrbahn zu drücken. Der Wagen brach wieder aus, und Guilo merkte, daß eine Gruppe von Dämonen auf der anderen Seite drücken mußte. Er schaute sich nach Hilfe um, und er sah mehr Fangzähne und gelbe Augen als Freunde. Ein weiterer Dämon stieß ihn und schlug ihn weg. Der Lieferwagen drehte sich dem Abgrund zu. Guilo versuchte, ihn zurückzuschieben, parierte einen Schlag, schlug auf einen Dämon ein, trat in ein Gesicht, schob den Lieferwagen, zerhackte einen Dämon, parierte einen Schlag, schob den Lieferwagen zurück ...

Ein Schlag! Er sah ihn nicht kommen und wußte nicht, von wem er kam, aber er betäubte ihn. Er verlor seinen Halt an dem Lieferwagen, sah, wie sich der Talboden weit unten drehte, sah die Erde, den Himmel, die Erde, den Himmel. Er fiel. Er breitete seine Flügel aus und taumelte wie ein fallendes, welkes Blatt abwärts. Von oben hörte er ein blutrünstiges Geheul. Er schaute hinauf. Dies mußte derjenige Dämon sein, der ihn geschlagen hatte, ein sehr großer, glupschäugiger Alptraum mit einer Krokodilhaut und gezackten Flügeln.

»Komm, komm«, murmelte Guilo und wartete, daß das Ding auf ihn zukam.

Es stürzte sich genau auf Guilo, sein Rachen war aufgerissen, seine Fangzähne glitzerten, eine breite, flache Klinge mit einer gezackten Kante blitzte auf. Guilo wartete. Das Ding riß sein Schwert hoch und ließ es herabsausen. Guilo war plötzlich einen Meter von der Stelle entfernt, wo er ursprünglich gewesen war, und die Klinge sauste herab, ohne ihr Ziel zu treffen, der Dämon schlug einen wilden Purzelbaum. Guilo machte mit seinem Schwert einen blendenden Schlag, und der Dämon hatte einen Flügel weniger, dann machte Guilo ihm den Garaus.

Die kochende Wolke von rotem Rauch verzog sich vor Guilos Augen, und er sah gerade noch, wie der Lieferwagen durch die Randbegrenzung brach und über den Abgrund hinaussegelte. Der Fall war so weit, so lang und ausgedehnt, daß es fast eine Ewigkeit schien, bevor der Wagen auf die Felsen unten krachte, sich drehte und überschlug und hüpfte wie ein Knallkörper, während Stühle, Schreibtische und Aktenschränke hinten herausstürzten und Papiere über Papiere wie Schneeflocken durch die Luft flatterten. Ungefähr dreißig Dämonen schwebten hoch oben oder hockten auf dem Rest der Randbegrenzung, um zu beobachten, wie ihr Werk beendet wurde. Nachdem er sich mehrfach überschlagen hatte, kam der Lieferwagen schließlich in einem Haufen Blech und Glas am Fuße des Berges zum Stehen, jedoch war er jetzt nicht mehr als Lieferwagen erkennbar. Die drei verfolgenden Fahrzeuge hielten an, und die zwölf Wachen stiegen aus, um einen zufriedenen Blick auf das zerstörte Fahrzeug zu werfen.

Guilo ruhte sich auf einem Baumstumpf aus, setzte sein Schwert ab und schaute himmelwärts. Hoch oben konnte er winzige Lichtstreifen erkennen, die in verschiedene Richtungen davonzogen, jeder einzelne wurde von zwei oder drei rotschwarzen Streifen verfolgt. Seine Krieger — oder was noch von ihnen übrig war — waren in alle Richtungen verstreut. Guilo dachte, daß es das beste sei zu bleiben, wo er war, bis die Luft wieder rein war. Er, Tal und seine Krieger würden sich bald wieder in Ashton sammeln.

Rafar saß immer noch in seinem großen toten Baum und beobachtete die Stadt Ashton wie ein Schachmeister, der auf sein Spielbrett starrt. Er ergötzte sich daran, wie die vielen kleinen Schachfiguren ihre Züge gegeneinander machten.

Als ein dämonischer Bote die willkommene Nachricht aus dem Lager Strongmans brachte, daß Susan Jacobson, dieses verräterische Weib, ein schlimmes Ende gefunden hatte, und daß die Himmlischen Heerscharen besiegt worden waren, da freute sich Rafar diebisch und lachte. Er hatte die Dame seines Gegenspielers geschlagen!

»Und so wird es auch den übrigen gehen«, sagte Rafar mit teuflischer Fröhlichkeit. »Strongman hat die Vorbereitung der Stadt mir überlassen. Wenn er kommt, wird er sie unbesetzt, sauber und in Ordnung gebracht vorfinden!«

Er rief einige seiner Krieger. »Es ist Zeit, das Haus zu säubern. Während die Heerscharen des Himmels schwach sind und nicht gegen uns ankommen können, sollten wir uns um die letzten Hindernisse kümmern. Ich möchte, daß Hogan und Busche wie besiegte Könige entfernt werden! Gebraucht diese Frau Carmen, und seht zu, daß sie gebunden und hilflos sind, macht sie zum abschreckenden Beispiel und zum Spott! Und was Kevin Weed betrifft ...« Die Augen des dämonischen Kriegsherrn verengten sich vor Abscheu. »Er könnte niemals ein würdiger Preis für jemanden wie mich sein. Seht zu, daß er getötet wird, wie immer ihr wollt; dann bringt mir die Nachricht.« Die Krieger rauschten ab, um seine Befehle auszuführen.

Rafar ließ einen tiefen ironischen Seufzer los. »Ahhh, lieber Hauptmann der Heerscharen, vielleicht werde ich dafür sorgen, daß meine Schlacht mit nichts weiter als einem Fingerschnipsen gewonnen wird, ein kleiner Befehl, das Gift meiner Schlauheit; deine himmelerschütternde Schlachttrompete wird durch ein schmachvolles Winseln ersetzt werden, und mein Sieg wird errungen werden, ohne daß ich dein Gesicht gesehen habe oder dein Schwert.«

Er schaute über die Stadt, brach in ein boshaftes Grinsen aus und schlug seine Klauen gegeneinander.

»Aber sei dir sicher: Wir werden uns treffen, Tal. Denke nicht, daß du dich hinter deinen betenden Heiligen verstecken kannst. Wir beide können sehen, daß sie dich im Stich gelassen haben. Du und ich, wir werden uns treffen!«

Bernice wußte, daß es schwierig, ja sogar gefährlich sein würde, ohne ihre Brille zu fahren, aber Marshall ging nicht ans Telefon, und so war das Treffen mit Kevin Weed ganz ihre Sache und sicherlich das Risiko wert. Als sie den Highway 27 hinauffuhr, war das Tageslicht ausreichend, um den Mittelstreifen und die entgegenkommenden Fahrzeuge zu erkennen, und so fuhr sie zu der grünen Brücke nördlich von Baker.

Kevin Weed dachte ebenfalls an diese Brücke, während er in der Evergreen Taverne saß, seine Hände um ein Bierglas gelegt, seine Augen auf die große Wanduhr gerichtet. Irgendwie fühlte er sich hier sicherer als bei sich zu Hause. Er hatte seine Kumpane um sich, viele Geräusche, das Baseballspiel am Fernseher, das Kartenspiel, dessen Lärm zu ihm herüberdrang. Trotzdem zitterten seine Hände jedesmal, wenn er das Bierglas losließ; deshalb hielt er sich die meiste Zeit daran fest und versuchte, sich normal zu verhalten. Die Eingangstür kratzte über das Linoleum, während weitere Leute hereinkamen.

Die Kneipe füllte sich langsam, und das war ganz gut so. Je mehr, desto besser. Mehrere Holzarbeiter tranken Bier und hatten Geschichten zu erzählen. Beim Kartenspiel liefen ein paar Wetten — heute abend würde ein für allemal geklärt werden, wer hier der Kartenkönig ist. Kevin lächelte, grüßte seine Freunde und hielt einen kleinen Schwatz mit ihnen. Das half ihm, sich etwas aufzulockern.

Zwei Holzarbeiter kamen herein. Sie waren, wie er feststellte, neu; er hatte sie nie zuvor gesehen. Aber sie paßten gut zum Rest der Bande, sie erzählten jedem, wo sie gearbeitet hatten und wie lange und ob das Wetter gut, schlecht oder dazwischen gewesen war.

Sie setzten sich sogar neben ihn an die Bar.

»Hey«, sagte der eine und streckte seine Hand aus, »Mark Hansen.«

»Kevin Weed«, sagte er und schüttelte Marks Hand.

Mark stellte Kevin dem anderen Burschen, Steve Drake, vor. Sie trafen den richtigen Ton, sprachen über die Holzarbeit, Baseball, Hirschjagd und das Saufen, und Kevins Hände hörten auf zu zittern. Er trank sein Bier aus.

»Noch ein Bier?« fragte Mark.

»Ja, gerne, danke.«

Dan brachte die gefüllten Gläser, und die Unterhaltung ging weiter.

Ein lauter Jubelruf kam von der Kartenspieler-Weltmeisterschaft, die drei drehten sich um und sahen, wie sich Sieger und Verlierer die Hände schüttelten.

Mark war schnell. Als niemand hinschaute, leerte er ein kleines Fläschchen in Kevins Bierglas.

Die Kartenspielerschar begann, sich an der Bar zu versammeln. Kevin schaute auf die Uhr. Es war sowieso Zeit zu gehen. In dem ganzen Lärm und Gedränge schaffte er es, sich von seinen beiden neuen Bekannten zu verabschieden, dann schüttete er sein Bier hinunter und ging zur Tür. Mark und Steve winkten ihm freundlich nach.

Kevin kletterte in seinen alten Wagen und fuhr los. Er stellte fest, daß er sogar etwas früher an der Brücke sein würde. Wenn er nur daran dachte, zitterte er bereits wieder.

Mark und Steve verschwendeten keine Zeit. Kevin war eben erst in den Highway eingebogen, da saßen sie schon in ihrem eigenen kleinen Lieferwagen und folgten ihm in einiger Entfernung. Steve schaute auf die Uhr.

»Es wird nicht mehr lange dauern«, sagte er.

»Und wohin lassen wir ihn verschwinden?«

»Wie wäre es mit dem Fluß? Er fährt sowieso in diese Richtung.«

Es mußte dieses letzte Bier gewesen sein, dachte Kevin. Er mußte es zu schnell hinuntergespült haben oder so was; sein Magen sagte ihm dies. Er spürte, daß er sich gleich übergeben müßte. Er spürte, daß er sehr schläfrig wurde. Er verbrachte ein paar Meilen damit, zu überlegen, was er tun sollte, aber dann entschloß er sich, anzuhalten, bevor er das Gleichgewicht verlieren würde.

Eine grell bemalte, ziemlich heruntergekommene Hamburger-Bude mit einem niedrigen Vordach war gerade vor ihm. Er bog von der Straße ab und schaffte es, seinen Wagen sicher neben dem Gebäude zum Stehen zu bringen.

Er bemerkte den Lieferwagen nicht, der ebenfalls von der Straße herunterfuhr und dann einige hundert Meter hinter ihm wartete.

»Mist!« sagte Mark ärgerlich. »Was wird er jetzt machen? Genau vor dieser Bude umkippen? Ich dachte, daß dieser Stoff schnell und hart zuschlägt!«

Steve schüttelte den Kopf. »Vielleicht muß er nur auf die Toilette. Wir werden warten und sehen.«

Es sah so aus, als hätte Steve recht. Kevin stolperte und torkelte zu den Toiletten hinter dem Gebäude. Etwa eine Minute lang starrten sie auf die Toilettentür. Steve schaute wieder auf seine Uhr. Die Zeit wurde knapp.

»Wenn er herauskommt und weiterfährt, sollte der Stoff wirken, bevor er die Brücke erreicht.«

»Wenn er je wieder herauskommt«, murmelte Mark. »Was ist, wenn wir ihn da herausziehen müssen?«

Nein. Er kam aus der Toilettentür heraus, er sah etwas besser aus. Während die beiden Männer ihn beobachteten, kletterte er wieder in seinen Wagen und fuhr zurück auf den Highway. Sie folgten ihm und warteten, daß etwas passiert.

Es passierte. Der Lieferwagen begann zu schlingern, erst nach links, dann wieder nach rechts.

»Da, jetzt geht es los!« sagte Steve.

Vor ihnen war die Judd-River-Brücke, eine Stahlkonstruktion über eine sehr tiefe Schlucht, die der Fluß gegraben hatte. Der Wagen benahm sich weiter wie verrückt, einmal zog er hinüber auf die linke Spur, dann wieder herüber auf die rechte Spur, und dann fuhr er auf dem rechten Seitenstreifen.

»Er kämpft dagegen an, er versucht, wach zu bleiben«, beobachtete Steve.

»Wahrscheinlich wurde es durch zu viel Bier verwässert.«

Der Wagen fuhr weiter auf dem Seitenstreifen, und die Räder begannen zu eiern und sich in den lockeren Schotter einzugraben. Die Hinterräder überdrehten und schleuderten Steine nach allen Seiten, und der Wagen wackelte mehrere Meter wie ein Fischschwanz, wobei er weiterhin auf die Brücke zuraste, aber jetzt hatte der Fahrer keine Kontrolle mehr, und er schien eingeschlafen zu sein — mit seinem Fuß auf dem Gaspedal. Der Motor röhrte und beschleunigte, dann schoß das Fahrzeug quer über die Straße und brauste über den breiten Wendestreifen genau vor der Brücke, es holperte über eine Randaufschüttung mit Erlensetzlingen, sauste über den felsigen Rand und stürzte in die Schlucht hinunter.

Mark und Steve hielten kurz auf der Brücke und sahen gerade noch, wie der Wagen mit den Rädern nach oben im Fluß versank.

»Ein Punkt mehr für Kaseph«, sagte Steve.

Ein anderer Fahrer in einem entgegenkommenden Auto bremste mit quietschenden Reifen und sprang heraus. Bald hatten weitere Autos angehalten.

Die Brücke füllte sich langsam mit aufgeregten Leuten. Mark und Steve fuhren los, weg von der Brücke.

»Wir werden den Rettungsdienst anrufen!« schrie Mark aus dem Fenster.

Und weg waren sie, niemand sah sie je wieder oder hörte von ihnen.

30

Kate. Sandy. Das Netzwerk. Bernice. Langstrat. Das Netzwerk. Omni. Kaseph. Kate. Sandy. Bernice.

Marshalls Gedanken drehten sich im Kreis, während er an der gläsernen Schiebetüre, die aus der Küche in den Hinterhof führte, stand und beobachtete, wie das Tageslicht langsam verblaßte und wie aus dem wunderschönen Orange des Sonnenuntergangs das traurige, immer dunkler werdende Grau der Nacht wurde.

Vielleicht war dies die längste Zeit seines ganzen Lebens gewesen, die er jemals an einem Fleck verbracht hatte, aber vielleicht war dies hier und jetzt das Ende seines Lebens, und er hatte es immer gewußt. Sicher, er hatte mehrmals versucht, das Ganze nicht wahrhaben zu wollen, er hatte versucht, sich selbst zu beweisen, daß diese abgehobenen Verschwörer, diese kosmischen Typen nichts als Wind waren, aber er mußte nun den harten Tatsachen ins Auge sehen. Harmel hatte recht. Marshall lag nun auf der Nase — wie all die anderen. Glaube es, Hogan. Hey, es ist passiert, ob du es glaubst oder nicht!

Er war weg vom Fenster, genau wie Harmel, genau wie Strachan, genau wie Edie, genau wie Jefferson, Gregory, die Carluccis, Waller, James, Jacobson ...

Marshall rieb sich mit der Hand über die Stirn und unterbrach den Fluß der Namen und Fakten, die durch sein Gehirn fuhren. Solche Gedanken fingen an zu schmerzen; jeder einzelne schien ihn in den Magen zu schlagen.

Aber wie machten sie das? Wie konnten sie so mächtig sein, daß sie tatsächlich das Leben der Menschen von Grund auf zerstörten? War das nur Zufall? Marshall konnte diese Frage nicht beiseite schieben. Er steckte zu tief da drin, er hatte seine Familie verloren, und das Netzwerk und er selbst waren daran schuld. Es würde leicht sein, die Verschwörung zu beschuldigen, daß sie seine Familie zerstört hatte, daß sie seine Frau und Tochter gegen ihn aufgehetzt hatte, und ohne Zweifel hatte sie das versucht. Aber wo fing seine eigene Verantwortung an?

Er wußte nur, daß seine Familie weg war, daß er ausgeschaltet war wie die anderen auch.

Warte! Da war ein Geräusch an der Eingangstür. Könnte das Kate sein? Er ging zur Küchentür und schaute in den Flur.

Wer immer es war, die Person huschte, sobald er sein Gesicht zeigte, um die Ecke.

»Sandy?« rief er.

Einen Augenblick lang bekam er keine Antwort, aber dann hörte er Sandy mit einer sehr fremdartigen, kalten Stimme: »Ja, Daddy, ich bin es.«

Er fing fast zu rennen an, aber er zwang sich zur Ruhe und ging langsam zu ihrem Zimmer. Er schaute hinein und sah, wie sie ziemlich hastig und nervös ihren Wandschrank durchwühlte, und sie zeigte sehr deutlich, daß es ihr gar nicht gefiel, von ihm beobachtet zu werden.

»Wo ist Mama?« fragte sie.

»Nun ...« sagte er, wobei er nach einer Antwort suchte. »Sie ist für eine Weile zu ihrer Mutter gegangen.«

»Mit anderen Worten: Sie hat dich verlassen«, antwortete sie sehr direkt.

Marshall war auch direkt. »Ja, ja, das ist richtig.« Er beobachtete sie eine Weile; sie raffte Kleidungsstücke und Habseligkeiten zusammen und warf sie in einen Koffer und in ein paar Einkaufstüten. »Sieht so aus, als ob du auch gehst.«

»Das ist richtig«, sagte sie, ohne ihr Tempo zu verringern oder auch nur aufzublicken. »Ich sah es kommen. Ich wußte, was Mama dachte, und ich glaube, sie hatte recht. Du kommst so gut mit dir selbst aus, dies können wir ihr ganz gut so belassen.«

»Wo willst du hingehen?«

Sandy schaute ihn zum ersten Mal an, und Marshall war erschrocken, ja es wurde ihm geradezu übel bei dem Blick in ihre Augen, ein fremder, glasiger, irrer Ausdruck, den er noch nie zuvor gesehen hatte.

»Ich werde dir das niemals erzählen!« sagte sie, und Marshall konnte die Art, wie sie es sagte, nicht glauben. Das war nicht mehr Sandy.

»Sandy«, sagte er sanft, bittend, »können wir miteinander reden? Ich werde dich nicht unter Druck setzen oder etwas von dir verlangen. Können wir einfach nur reden?«

Diese sehr fremden Augen starrten ihn wieder an, und diese Person, die eigentlich seine liebende Tochter sein sollte, antwortete: »Ich werde dich in der Hölle wiedersehen!«

Marshall spürte augenblicklich dieses allzu vertraute Gefühl von Angst und Unheil. Irgendein *Ding* war in sein Haus gekommen.

Hank öffnete die Tür und spürte sofort ein bestimmtes Alarmsignal in seinem Geist. Carmen stand ihm gegenüber. Sie war diesmal nett und ordentlich angezogen, und ihr Verhalten war wesentlich normaler; und doch hatte Hank seine Bedenken.

»Hallo«, sagte er.

Sie lächelte entwaffnend und sagte: »Hallo, Pastor Busche.«

Er trat zur Seite und bat sie herein. Sie kam hinein und sah Mary gerade aus der Küche kommen.

»Hallo, Mary«, sagte sie.

»Hallo«, sagte Mary. Sie ging auf sie zu und umarmte Carmen liebevoll. »Geht es Ihnen gut?«

»Viel besser, danke.« Sie schaute zu Hank, und ihre Augen waren voller Reue. »Pastor, ich muß mich wirklich entschuldigen für die Art, wie ich mich benommen habe. Das muß sehr schlimm für Sie beide gewesen sein.«

Hank räusperte sich, druckste etwas herum und sagte schließlich: »Nun, wir haben uns etwas Sorgen um Sie gemacht.«

Mary ging zum Wohnzimmer und fragte: »Möchten Sie nicht Platz nehmen? Darf ich Ihnen etwas anbieten?«

»Danke, nein«, sagte Carmen und setzte sich auf das Sofa. »Ich werde nicht lange bleiben.«

Hank saß auf einem Stuhl Carmen gegenüber, schaute Carmen an und betete eine Meile pro Minute. Ja, sie sah anders aus, so als hätte sie die Lösung für etliche ihrer Lebensprobleme gefunden, und doch ... Hank hatte zu viel in den letzten Tagen gesehen, und er hatte den sehr bestimmten Eindruck, daß er gerade jetzt mehr von derselben Sache sah. Da war etwas in ihren Augen ...

Sandy wich etwas zurück, und ihre Augen verengten sich, wie bei einem wilden Stier, der kurz vor dem Angriff steht. »Geh mir aus dem Weg!«

Marshall blieb in der Tür stehen und versperrte sie mit seinem Körper. »Ich will keinen großen Kampf, Sandy. Ich werde dir nicht im Wege stehen. Ich will nur, daß du einen Augenblick lang nachdenkst, okay? Kannst du dich nicht einfach beruhigen und mir ein letztes Mal dein Gehör schenken? Hmm?«

Sie stand unbeweglich da, atmete heftig durch ihre Nase, ihre Lippen waren fest zusammengepreßt, ihr Körper war leicht verkrümmt. Es war einfach unwirklich!

Marshall versuchte, sie mit seiner Stimme zu beruhigen. »Ich werde dich gehen lassen, wo immer du hinwillst. Es ist dein Leben. Aber wir sollten nicht auseinandergehen, ohne zu sagen, was gesagt werden muß. Ich liebe dich, du weißt das.« Sie antwortete nicht darauf. »Ich liebe dich wirklich. Glaubst du — glaubst du das eigentlich?«

»Du — du kennst die Bedeutung dieses Wortes nicht.«

»Ja ... ja, ich kann das verstehen. Ich habe sehr viel falsch gemacht die letzten Jahre. Aber hör zu, wir können das wieder in Ordnung bringen. Warum vergessen wir das nicht alles und fangen ganz von vorne an?«

Sie schaute über ihn hinweg, beobachtete die Art, wie er da in der Tür stand, und sagte: »Daddy, alles, was ich will, ist, hier herauszukommen.«

»Nur einen Moment noch, nur einen Moment.« Marshall versuchte, langsam, vorsichtig, sanft zu reden. »Sandy ... ich weiß nicht, ob ich es dir genau erklären kann, aber erinnerst du dich, was du selbst über diese Stadt an diesem Samstag gesagt hattest — was war es? Außerirdische nehmen diese Stadt ein. Erinnerst du dich daran?«

Sie antwortete nicht, aber sie schien zuzuhören.

»Du weißt nicht, wie recht du hattest, wie wahr das alles ist. Da sind Leute in dieser Stadt, Sandy, gerade jetzt, die die ganze Stadt übernehmen wollen, und die jeden zerstören wollen, der ihnen in den Weg kommt.«

Sandy schüttelte ungläubig den Kopf. Sie kaufte es ihm nicht ab.

»Hör mir zu, Sandy, hör einfach zu! Jetzt ... ich leite die Zeitung, schau, und ich weiß, was sie vorhaben, und sie wissen, daß ich es weiß, und deshalb tun sie, was sie können, um mich zu zerstören, nehmen mein Haus weg, die Zeitung und machen meine Familie kaputt!« Er schaute sie ganz ernst an, aber er hatte keine Ahnung, ob irgend etwas zu ihr durchkam. »Dies alles geschieht jetzt ... das wollen sie! Sie wollen unsere Familie ausradieren!«

»Du bist verrückt!« sagte sie schließlich. »Du bist ein Irrer! Geh mir aus dem Weg!«

»Sandy, hör mir zu. Sie haben sogar dich gegen mich aufgehetzt. Wußtest du, daß die Polizisten in dieser Stadt versuchten, etwas zu finden, um mich auszuschalten? Sie versuchen, mir einen Mord anzuhängen, und es klingt sogar so, als wollten sie mich beschuldigen, daß ich dich mißbraucht habe! So furchtbar ist diese ganze Sache. Du mußt verstehen ...«

»Aber du hast es getan!« schrie Sandy. »Du weißt, daß du es getan hast!«

Marshall war wie betäubt. Er konnte sie nur anstarren. Sie *mußte* verrückt sein. »*Was* habe ich getan, Sandy?«

Sie brach zusammen, und Tränen schossen in ihre Augen, als sie sagte: »Du hast mich vergewaltigt. Du hast mich vergewaltigt!«

Carmen schien große Probleme zu haben, ihnen zu erzählen, warum sie gekommen war. »Ich — ich weiß nicht, wie ich anfangen soll ... es ist einfach so schwierig.«

Hank versicherte ihr: »Oh, Sie sind unter Freunden.«

Carmen schaute zu Mary, die am anderen Ende des Sofas saß, und dann wieder zu Hank, der ihr immer noch gegenübersaß. »Hank, ich kann einfach nicht mehr damit leben.«

Hank sagte: »Warum übergeben Sie es nicht einfach an Jesus? Er ist der Heiler. Er kann Ihre Lasten und Sorgen wegnehmen, glauben Sie mir.«

Sie schaute ihn an und schüttelte ungläubig den Kopf. »Hank, ich bin nicht hier, um Spiele zu spielen. Es ist Zeit, ehrlich zu sein und die Sache ein für allemal zu klären. Wir sind einfach nicht fair gegenüber Mary gewesen.«

Hank wußte nicht, wovon sie redete, und so lehnte er sich einfach nach vorne und nickte — seine Art, ihr zu zeigen, daß er zuhörte.

Sie fuhr fort: »Nun, ich schätze, ich werde es einfach sagen, damit es rauskommt. Es tut mir leid, Hank.« Sie drehte sich zu Mary, ihre Augen füllten sich mit Tränen, und sie sagte: »Mary, die letzten Monate ... seit unserem ersten Seelsorgegespräch ... haben Hank und ich uns regelmäßig getroffen.«

Mary fragte: »Was meinen Sie damit?«

Carmen drehte sich zu Hank und forderte ihn auf: »Hank, solltest nicht *du* derjenige sein, der es ihr erzählt?«

»Ihr was erzählt?« fragte Hank.

Carmen schaute zu Mary, nahm ihre Hand und sagte: »Mary, Hank und ich hatten ein Verhältnis.«

Mary schaute etwas überrascht, aber nicht sehr bestürzt. Sie zog ihre Hand von Carmen weg. Dann schaute sie zu Hank.

»Was denkst du?« fragte sie ihn.

Hank schaute Carmen prüfend an und nickte dann Mary zu. Mary drehte sich direkt zu Carmen hin, und Hank stand von seinem Stuhl auf. Sie blickten beide fest auf Carmen, und sie wandte ihre Augen ab.

»Es ist wahr!« beharrte sie. »Sag es ihr, Hank. Bitte sag es ihr.«

»Geist«, sagte Hank fest, »ich befehle dir in dem Namen Jesu, still zu sein und herauszukommen!«

Es waren 15 Geister, sie waren in Carmens Körper wie krabbelnde, übergroße Maden zusammengepackt, vor Wut schäumend, ein Gewirr von häßlichen Armen, Beinen, Krallen und Köpfen. Sie begannen, sich zu winden. Sie stöhnten und schrien auf, und das tat auch Carmen, wobei ihre Augen glasig wurden und ins Leere starrten.

Von draußen beobachteten Krioni und Triskal das Ganze aus einiger Entfernung.

Triskal dampfte: »Befehle, Befehle, Befehle!«

Krioni erinnerte ihn: »Tal weiß, was er tut.«

Triskal deutete ins Wohnzimmer und schrie: »Hank spielt mit einer Bombe da drinnen. Siehst du diese Dämonen? Sie werden ihn in Stücke reißen!«

»Wir müssen uns heraushalten«, sagte Krioni. »Wir können das Leben von Hank und Mary beschützen, aber wir können die Dämonen nicht davon abhalten, zu tun, was immer sie tun wollen ...«

Krioni hatte selbst Schwierigkeiten damit.

Sandy wurde lauter und lauter. Marshall fühlte, daß er jeden Moment völlig die Kontrolle über sie verlieren würde.

»Du ... du läßt mich hier raus — oder du wirst große Probleme bekommen!« kreischte sie fast.

Marshall konnte nur voller Abscheu und Schrecken dastehen.

»Sandy, ich bin es, Marshall Hogan, dein Vater. *Denke*, Sandy! Du weißt, daß ich dich niemals berührt habe, ich habe dich niemals mißbraucht. Du bist meine Tochter, meine einzige Tochter.«

»Du hast es getan!« schrie sie hysterisch.

»Wann, Sandy?« verlangte er. »Wann habe ich dich je falsch berührt?«

»Es war etwas, das mein Gehirn seit Jahren ausgeblockt hatte, aber Professor Langstrat brachte es heraus!«

»Langstrat!«

»Sie stellte mich unter Hypnose, und ich sah es, als wäre es gestern gewesen. Du hast es getan, und ich hasse dich!«

»Du hast das nicht aus deiner Erinnerung, weil es nie passiert ist. *Denke*, Sandy!«

»Ich hasse dich! Du hast es getan!«

Nathan und Armoth konnten von draußen sehen, wie der häßliche irreführende Geist an Sandys Rücken hing, seine Klauen steckten tief in ihrem Schädel.

Neben ihnen war Tal. Er hatte ihnen gerade seine Befehle gegeben.

»Hauptmann«, sagte Armoth, »wir wissen nicht, was dieses Ding anstellen wird.«

»Beschützt ihr Leben«, sagte Tal, »aber Hogan muß fallen. Was Sandy anbetrifft, seht zu, daß ihr in einiger Entfernung eine besondere Wache folgt. Wenn die Zeit reif ist, werden wir das Notwendige unternehmen.«

Gerade da schwebte Signa auf einer sehr tiefen, unauffälligen Flugbahn heran.

»Hauptmann«, berichtete er, »Kevin Weed ist tot. Es hat geklappt.«
Tal warf Signa einen eigenartigen, wissenden Blick zu und lächelte. »Ausgezeichnet«, sagte er.

Die 15 Geister in Carmen schäumten und spuckten, jammerten und zischten. Hank hielt Carmen sanft unten, eine Hand auf ihrer rechten Hand, eine Hand auf ihrer linken Schulter. Mary stand neben ihm, und weil sie sich selbst fürchtete, hatte sie sich etwas an ihn geklammert. Carmen stöhnte und drehte sich, ihre Augen starrten auf Hank.

»Laß uns los, betender Mann!« warnte Carmens Stimme, und der schwefelige Geruch, der aus ihrem Inneren kam, war stark und ekelhaft.

»Carmen, willst du befreit werden?« fragte Hank.

»Sie kann dich nicht hören«, sagten die Geister. »Laß uns in Ruhe! Sie gehört uns!«

»Seid still und kommt aus ihr heraus!«

»Nein!« schrie Carmen, und Mary war sich sicher, daß sie eine gelbe Dampfwolke aus ihrer Kehle herauskommen sah.

»Kommt heraus — im Namen Jesu!« sagte Hank.

Die Bombe explodierte. Hank wurde zurückgeschleudert. Mary sank zur Seite. Carmen stürzte sich auf Hank, sie kratzte, biß und prügelte auf ihn ein. Ihre Zähne bissen in seinen rechten Arm. Er stieß und schlug mit seinem linken.

»Dämon, laß los!« befahl er.

Die Fangzähne öffneten sich. Hank stieß mit seiner ganzen Kraft — und Carmens Körper fiel nach hinten, wobei sie sich wand und kreischte. Ihre Hände fanden einen Stuhl. Sofort riß sie ihn hoch und donnerte ihn nach unten, aber Hank wälzte sich auf die Seite. Er tauchte nach Carmen und packte sie an den Beinen, während sie nach einem anderen Stuhl griff. Ihr Bein kam hoch wie ein Katapult, schleuderte den Stuhl quer durch das Zimmer, und er knallte gegen die Wand. Ihre Faust war genau hinter ihm. Er wich ihr aus. Sie rammte ein Loch in die Wand. Er schaute in die Augen eines Ungeheuers; er roch den schwefeligen Atem, der durch die entblößten Zähne zischte. Er riß sich los. Scharfe Fingernägel zerrten an seinem Hemd. Einige drangen ihm ins Fleisch. Er konnte hören, wie Mary schrie: »Stopp, in Jesu Namen! Stopp, du übler Geist!«

Carmen fiel nach vorne und hielt ihre Hände über ihre Ohren. Sie schlug mit den Füßen um sich und schrie.

»Sei still, Dämon, und komm aus ihr heraus!« befahl Hank, während er versuchte, auf Distanz zu bleiben.

»Ich will nicht! Ich will nicht!« schrie Carmen, und ihr Körper bewegte sich auf die Eingangstür zu. Sie trat mit voller Kraft dagegen.

Die Tür bekam mit lautem Krachen einen Riß in der Mitte. Hank rannte zur Tür, zog sie auf, und Carmen floh hinaus und rannte auf die Straße. Während Hank und Mary beobachteten, wie sie davonlief, konnten sie nur hoffen, daß die Nachbarn es nicht sehen würden.

»Sandy«, sagte Marshall, »das bist nicht du. Ich weiß, daß du das nicht bist.«

Sie sagte nichts, aber sie schlug nach ihm wie eine wütende Klapperschlange und versuchte, durch die Tür zu gelangen. Er hielt seine Arme hoch, um sich vor ihren fliegenden Fäusten zu schützen.

»Okay, okay!« sagte er zu ihr und trat an die Seite. »Du kannst gehen. Denke daran, ich liebe dich.«

Sie nahm ihren Koffer und eine Einkaufstüte und stürzte zur Eingangstür. Er folgte ihr durch den Flur zum Wohnzimmer.

Er kam um die Ecke. Er wollte sie noch einmal sehen, aber alles, was er sah, war die Lampe, die auf seinen Schädel knallte. Er hörte und fühlte den Schlag in jedem Teil seines Körpers. Die Lampe fiel krachend auf den Boden. Jetzt war er auf seinen Knien und sank gegen die Couch. Seine Hand griff an seinen Kopf. Er schaute auf und sah die Eingangstür immer noch offenstehen. Er blutete.

Sein Kopf war so benebelt, daß er Angst vor dem Aufstehen hatte. Seine Stärke war verschwunden. Mist, da war Blut auf dem Teppich. Was wird Kate sagen?

»Marshall!« kam eine Stimme von oben. Eine Hand ruhte auf seiner Schulter. Es war eine Frau. Kate? Sandy? Nein, Bernice, die ihn durch ihre geschwollenen Augen anblinzelte. »Marshall, was ist passiert? Bist du — bist du noch da?«

»Hilf mir, diesen Schlamassel hier zu beseitigen«, war alles, was er sagen konnte.

Sie hastete in die Küche und fand einige Papiertücher. Sie brachte sie zurück und preßte ein Knäuel davon gegen seinen Kopf. Er stöhnte vor Schmerzen.

Sie fragte ihn: »Kannst du aufstehen?«

»Ich will nicht aufstehen!« antwortete er unwirsch.

»Okay, okay. Ich sah gerade Sandy wegfahren. Hat sie das angerichtet?«

»Ja, sie schmetterte diese Lampe auf mich ...«

»Es muß irgend etwas gewesen sein, das du gesagt hast. Hier, halte still.«

»Sie ist nicht bei Sinnen, sie ist verrückt geworden.«

»Wo ist Kate?«

»Sie hat mich verlassen.«

Bernice setzte sich auf den Boden, ihr grün und blau geschlagenes Gesicht war ein Bild des Schreckens, des Ekels und der Erschöpfung. Keiner von ihnen sagte die nächsten Minuten etwas. Sie starrten sich nur gegenseitig an wie zwei angeschossene Soldaten in einem Schützengraben.

»Mann, dich haben sie ganz schön zugerichtet!« beobachtete Marshall.

»Wenigstens ist die Schwellung zurückgegangen. Sehe ich nicht toll aus?«

»Mehr wie ein Waschbär. Ich dachte, du solltest dich zu Hause ausruhen. Was machst du hier überhaupt?«

»Ich komme gerade von Baker zurück. Und ich habe nichts außer schlechten Nachrichten mitgebracht.«

Er ahnte es. »Weed?«

»Er ist tot. Der Wagen, den er fuhr, stürzte von der Judd-River-Brücke in diese große Schlucht. Wir hätten uns dort treffen sollen. Er hatte einen Anruf von Susan Jacobson bekommen, und es klang sehr wichtig.«

Marshalls Kopf fiel wieder gegen die Couch, und er schloß seine Augen. »Aaahh, großartig ... einfach großartig!« Er wollte sterben.

»Er hat mich heute nachmittag angerufen, und wir vereinbarten das Treffen. Ich vermute, daß entweder mein Telefon oder seines angezapft war. Dieser Unfall war gemacht, da bin ich mir ganz sicher. Ich bin schnell von dort verschwunden!«

Marshall nahm das Papierknäuel von seinem Kopf und schaute auf das Blut. Dann preßte er es wieder auf die klaffende Wunde.

»Mit uns geht es abwärts, Bernie«, sagte er, und dann erzählte er ihr alles über diesen ganzen Nachmittag, sein Treffen mit Brummel und dessen Kumpane, den Verlust seines Hauses, den Verlust seiner Zeitung, den Verlust von Kate, von Sandy, von allem. »Und hast du gewußt, daß es meine Angewohnheit war, meine Tochter zu vergewaltigen und ein Verhältnis mit meiner Reporterin zu haben?«

»Sie zerschneiden dich in kleine Stücke, nicht wahr?« sagte sie sehr ruhig, wobei ihre Kehle sich vor Angst zusammenzog. »Was können wir tun?«

»Wir können die Fliege machen, das können wir tun!«

»Wirst du aufgeben?«

Marshall ließ nur seinen Kopf sinken. Er war müde. »Laß jemand anderen diesen Kampf führen. Wir wurden gewarnt, Bernie, und wir haben nicht gehört. Sie haben mich erwischt. Sie haben alle unsere Aufzeichnungen, jeden Beweis, den wir je hatten. Harmel hat sich sein Gehirn herausgeblasen. Strachan ist gerade dabei, so weit davon wegzukommen, wie er nur kann. Weed haben sie ausradiert.

Im Moment denke ich, daß ich kaum noch am Leben bin — und das ist alles, was übrigblieb.«

»Was ist mit Susan Jacobson?«

Es brauchte einige extra Anstrengungen und Willenskraft, um darüber nachzudenken. »Ich frage mich, ob sie überhaupt existiert, und wenn ja, ob sie noch am Leben ist.«

»Kevin sagte, sie hätte die Unterlagen, und sie machte sich bereit, da herauszukommen, wo immer sie auch war. Das klang für mich wie Überlaufen zum Gegner, und wenn sie die Beweise hat, die wir brauchen, um diese Sache aufzudecken ...«

»Sie haben sich darum gekümmert, Bernice. Erinnerst du dich? Weed war unser letzter Kontakt zu ihr.«

»Willst du eine Theorie durchspielen?«

»Nein.«

»Wenn Kevins Telefon abgehört wurde, wußten sie, was Weed und Susan miteinander besprachen. Sie hörten es alles.«

»Natürlich, und Susan ist so gut wie tot.«

»Wir wissen das nicht. Vielleicht konnte sie da rauskommen. Vielleicht wollte sie Weed irgendwo treffen.«

»Hmmm ...« Marshall hörte einfach zu.

»Womit ich rechne, ist, daß irgendwo diese abgehörten Telefonaufzeichnungen sein müssen.«

»Ja, das ist wahrscheinlich.« Marshall fühlte sich halbtot, aber die andere Hälfte war noch lebendig und dachte nach. »Aber wo können sie sein? Dies ist ein großes Land, Bernie.«

»Nun ... wie ich sagte, es ist eine Theorie zum Durchspielen. Es ist wirklich alles, was wir noch haben.«

»Was sicher nicht viel ist.«

»Ich sterbe dafür, zu erfahren, was Susan zu sagen hatte ...«

»Bitte benutze dieses Wort ›sterben‹ nicht.«

»Gut, denke einen Moment nach, Marshall. Denke an all die Leute, die anscheinend auf einen abgehörten Telefonanruf reagiert haben. Da waren die Polizisten von Windsor, die wußten, daß du bei Strachan warst, nachdem du mir das erzählt hattest ...«

»Es ist nicht wahrscheinlich, daß sie die Abhöranlage haben, sie sind zu weit weg.«

»Dann muß ihnen jemand, der die Abhöranlage hat, einen Tip gegeben haben.«

Marshall hatte eine Idee, und etwas Farbe kam in sein Gesicht zurück. »Ich denke an Brummel.«

Bernice' Augen leuchteten auf. »Sicher! Wie ich sagte, er und die Polizisten in Windsor stecken unter einer Decke.«

»Er hat Sara gefeuert, wußtest du das? Sie war heute nicht da. Sie wurde ausgetauscht.« Neue Ideen begannen sich in Marshalls

Gehirn zu formen. »Jaaa ... sie sprach mit mir am Telefon und lästerte ein wenig über Brummel. Sie sagte, sie würde mir weiterhelfen, wenn ich ihr helfen würde ... wir schlossen einen Pakt ... und Brummel feuerte sie! Er muß dieses Gespräch auch abgehört haben.« Dann traf es ihn. »Jaaaa! Sara! Diese Karteikästen! Brummels Karteikästen!«

»Ja, du kochst, Marshall, mach einfach weiter!«

»Er hatte seine Karteikästen in Saras Bürobereich gestellt, um sich Raum für seine neue Büroausstattung zu schaffen. Ich sehe ihn da, wie er in seinem Büro sitzt, und da kommt ein Draht aus der Wand ... er sagte, es sei für die Kaffeemaschine. Aber ich habe keine Kaffeemaschine gesehen!«

»Ich glaube, daß du auf einer heißen Spur bist!«

»Es war eine Telefonleitung, kein Stromkabel.« Die Aufregung ließ seinen Kopf schmerzen, aber er sagte trotzdem: »Bernice, es war ein Telefonkabel.«

»Wenn wir sicher herausfinden können, daß die Abhöranlage in seinem Büro ist ... wenn wir irgendwelche Kassetten mit Telefongesprächen finden könnten ... nun, das dürfte genug sein, um wenigstens irgendeine Anklage zu haben: Verbotenes Telefonanzapfen und Mitschneiden von Gesprächen ...«

»Mord.«

Dies war ein herausfordernder Gedanke.

»Wir brauchen Sara«, fügte Marshall hinzu. »Wenn sie auf unserer Seite ist, jetzt kann sie es beweisen.«

»Was immer du auch unternimmst, rufe sie nicht an. Ich weiß, wo sie wohnt.«

»Hilf mir auf.«

»*Du* hilfst *mir* auf!«

31

Hank und Mary zitterten immer noch, als er vorsichtig die Eingangstür untersuchte.

Er schüttelte den Kopf und konnte es nicht fassen. »Sie hat die Tür zerbrochen. Schau dir das an! Der Türrahmen hat sich verschoben.«

»Nun, wie wäre es, wenn du dein Hemd wechseln würdest?« fragte Mary, und Hank merkte, daß sein halbes Hemd hinüber war.

»Noch eines für die Lumpenkiste«, sagte er und zog das Hemd aus. Dann stöhnte er ein bißchen. »Oooooh!«

»Was ist los?«

Nachdem das Hemd weg war, hob Hank seinen Arm, um einen Blick darauf zu werfen, und Mary schnaufte. Carmens Zähne hatten beeindruckende Spuren hinterlassen. Die Haut war an einigen Stellen aufgeplatzt.

»Wir sollten etwas Jod darauftun«, sagte Mary und eilte ins Bad. »Komm her!«

Hank ging in das Badezimmer, wobei er immer noch das zerrissene Hemd mit sich trug. Er streckte seinen Arm über das Waschbecken, und Mary tupfte die Wunden ab.

Sie war erstaunt. »Du meine Güte! Hank, sie hat dich an vier verschiedenen Stellen gebissen! Schau dir das an!«

»Junge, ich hoffe, das war ihr letzter Auftritt.«

»Ich wußte, daß diese Frau nichts Gutes im Schilde führte, schon als ich sie zum ersten Mal sah.«

Es klingelte. Hank und Mary schauten sich an. Was jetzt?

»Mach besser du auf«, sagte Hank.

Sie ging ins Wohnzimmer, während Hank weiter seinen Arm verarztete.

»Hank!« rief Mary. »Es ist besser, du kommst hierher!«

Hank ging ins Wohnzimmer hinaus, wobei er immer noch das zerrissene Hemd in seiner Hand hielt, und die Bißwunden waren unübersehbar.

Zwei Polizisten standen in der Tür, ein älterer, größerer und ein junger, eifriger Typ. Ja, die Nachbarn müssen gedacht haben, daß etwas Schreckliches hier passiert. Komm, denk nach, sie haben recht.

»Hallo«, sagte Hank.

»Hank Busche?« fragte der Ältere.

»Ja«, antwortete er. »Das ist Mary, meine Frau. Sie müssen einen Anruf von den Nachbarn bekommen haben, richtig?«

Der große Polizist schaute auf Hanks Arm. »Was ist mit Ihrem Arm passiert?«

»Nun ...« Hank war sich nicht sicher, wie er antworten sollte. Die Wahrheit würde wie ein großes Märchen klingen.

Egal. Sie gaben ihm keine Zeit. Der jüngere Polizist riß das Hemd aus Hanks Hand und faltete es auseinander, wobei er es mit beiden Händen hochhielt. Der Ältere schnappte sich den Rest des Hemdes, das Hank diskret hinter seinem Rücken versteckt hatte. Nun nahm er beide Stücke und verglich das Material.

Der Ältere nickte dem Jüngeren zu, und der Jüngere zog ein Paar Handschellen heraus und drehte Hank ziemlich unsanft um. Marys

Mund blieb offenstehen, und sie piepste: »Was um alles in der Welt tun Sie hier?«

Der Ältere fing an, seinen Spruch aufzusagen. »Mr. Busche, wir müssen Sie festnehmen. Sie haben das Recht, die Aussage zu verweigern, alles, was Sie von nun an sagen, kann gegen Sie verwendet werden ...«

Hank hatte eine Idee, aber er fragte trotzdem: »Ähh ... macht es Ihnen etwas aus, mir zu sagen, wie die Anklage lautet?«

»Sie sollten es wissen«, knurrte der Ältere.

»Versuchte Vergewaltigung«, sagte der Jüngere.

»Was?« rief Mary aus.

Der Jüngere hielt seine Hand warnend hoch. »Halten Sie sich da heraus, meine Dame.«

»Sie machen einen Fehler!« beharrte Mary.

Die beiden Polizisten führten Hank auf den Gehsteig. Es ging so schnell, daß Mary kaum wußte, was sie tun sollte. Sie rannte hinter ihnen her, bettelte und versuchte, mit ihnen zu verhandeln.

»Das ist verrückt! Ich glaube das nicht!« sagte sie.

Der Jüngere sagte nur zu ihr: »Sie müssen aus dem Weg gehen oder mit einer Anklage wegen Justizbehinderung rechnen.«

»Justiz!« schrie sie. »Sie nennen das Justiz? Hank, was soll ich tun?«

»Mache einige Anrufe«, antwortete Hank.

»Ich werde mit dir gehen.«

»Wir können Sie nicht mitnehmen«, sagte der Ältere.

»Mache einige Anrufe, Mary«, wiederholte Hank.

Sie schoben ihn in das Polizeiauto und schlossen die Tür. Die beiden Polizisten stiegen ein und fuhren los, die Straße hinunter, um die Ecke und außer Sichtweite, und Mary blieb alleine auf dem Bürgersteig, ohne ihren Gatten, einfach so.

Tal und seine Krieger und Kuriere wußten, wo sie hin mußten und was zu tun war; und so hörten sie die Telefone über die ganze Stadt verstreut klingeln, sie sahen viele Leute, die sich von ihren Fernsehern erhoben oder durch einen Anruf aus dem Schlaf geweckt wurden. Der ganze Überrest war in heller Aufregung über Hanks Verhaftung. Das Beten begann.

»Busche ist gefallen«, sagte Tal. »Nur Hogan ist noch übrig.« Er drehte sich zu Chimon und Mota um. »Hat Sara die Schlüssel?«

Chimon antwortete: »Sie hatte sich mehrere Schlüssel nachmachen lassen, bevor sie die Polizeistation verließ.«

Mota schaute über die Stadt und sagte: »Sie müßten sich genau jetzt mit ihr treffen.«

Sara, Bernice und Marshall saßen dichtgedrängt in der Mitte von Saras winziger Küche zusammen. Außer einer Lampe draußen im Flur waren keine Lichter im Haus an. Sara war noch auf, voll angezogen. Sie packte, um zu verschwinden.

»Ich werde mitnehmen, was immer ich in mein Auto stopfen kann, aber ich werde hier nicht bis morgen bleiben, besonders nach dem heutigen Abend«, sagte sie fast flüsternd.

»Hast du genügend Geld?« fragte Marshall.

»Ich habe genug Benzingeld, um aus dem Staat herauszukommen, aber danach weiß ich nicht weiter. Brummel hat mir keine Abfindung gezahlt.«

»Er hat dich einfach abserviert?«

»Er hat es nicht so genannt, aber ich habe keine Zweifel, daß er die Unterhaltung mit dir mitgehört hat. Danach ging es sehr schnell.«

Marshall gab ihr hundert Dollar. »Du wirst mehr bekommen, wenn ich es habe.«

»Das ist in Ordnung. Ich habe gesagt, wir machen einen Pakt.« Sara gab ihm einen Satz Schlüssel. »Nun höre mir gut zu. Dieser hier ist für die Eingangstür, aber zuerst mußt du den Alarm ausschalten. Das ist dieser kleine Schlüssel hier. Der Kasten ist hinten, genau über den Mülltonnen. Du machst einfach den Deckel auf und knipst den Schalter aus. Dieser Schlüssel hier, mit dem runden Kopf, ist für Brummels Büro. Ich weiß nicht, ob die Anlage abgeschlossen ist oder nicht, aber ich habe keinen Schlüssel dafür. Du mußt das Risiko eingehen. Die Nachtwache befindet sich in der Feuerwehrstation, so daß niemand da sein sollte.«

»Was hältst du von unserer Theorie?« fragte Bernice.

»Ich weiß, daß Brummel sehr geheimnisvoll mit dieser neuen Anlage da drinnen getan hat — seit sie eingebaut wurde. Ich durfte nicht mehr in sein Büro kommen, und er hielt die Tür stets verschlossen. Hier würde ich als erstes nachschauen.«

»Wir sollten nun gehen«, sagte Marshall zu Bernice.

Bernice umarmte Sara. »Viel Glück.«

»Für euch auch viel Glück«, sagte Sara. »Seid bitte leise beim Hinausgehen.«

Sie stahlen sich in die Dunkelheit davon.

Später in der Nacht holte Marshall Bernice von ihrem Apartment ab, und sie fuhren gemeinsam in die Innenstadt.

Marshall fand einen guten Ort, um seinen Wagen nur ein paar Häuserblocks vom Gerichtsgebäude entfernt zu verstecken, ein hübscher leerer Platz mit vielen Büschen und überhängenden

Bäumen. Er ließ das Auto in den Dschungel rollen und schaltete den Motor aus. Einen Moment lang saßen er und Bernice einfach da und überlegten, was der nächste Schritt sein sollte. Sie dachten, daß sie bereit waren. Sie hatten sich sogar dunkle Kleidung angezogen, und sie hatten Taschenlampen und Gummihandschuhe dabei.

»Mann!« sagte Marshall. »Das letzte Mal, daß ich so was tat, war, als wir Kinder vom Nachbarn Korn stahlen.«

»Wie ging das aus?«

»Wir wurden erwischt, und Junge, wir haben unsere Abreibung bekommen!«

»Was sagt deine Uhr?«

Marshall prüfte seine Uhr mit der Taschenlampe. »1.25 Uhr.«

Bernice war sichtlich nervös. »Ich frage mich, ob wirkliche Einbrecher auch so arbeiten. Ich fühle mich, als ob ich in irgendeinem Horrorfilm wäre.«

»Wie wäre es mit etwas Ruß für dein Gesicht?«

»Es ist schwarz genug, danke.«

Sie saßen beide ein paar Augenblicke da und versuchten, ihre Nerven zu beruhigen.

Schließlich sagte Bernice: »Nun, machen wir es oder nicht?«

»Zusammen sterben, glücklich sterben«, meinte Marshall und öffnete die Fahrertür.

Sie schlichen eine Allee hoch und durch ein paar Hinterhöfe, bis sie die Rückseite der Polizeistation erreichten. Glücklicherweise hatte die Stadt noch nicht die Mittel für eine Beleuchtung des Parkplatzes aufgebracht, und so war die Dunkelheit sehr vorteilhaft.

Bernice fühlte sich vor Angst wie erstarrt; mit äußerster Willensanstrengung machte sie weiter. Marshall war nervös, aber aus irgendeinem Grund fühlte er eine seltsame Heiterkeit dabei, so etwas Heimliches und Schmutziges gegen seine Feinde zu unternehmen. Sobald sie den Parkplatz überquert hatten, tauchten sie in einen Schatten und preßten sich an die Mauer. Dort war es so nett und dunkel, daß Bernice gar nicht mehr weg wollte.

Ungefähr sechs Meter weiter vorne waren die Mülltonnen, und über ihnen befand sich ein kleiner grauer Kasten. Marshall schlich schnell dorthin, fand den richtigen Schlüssel, öffnete die kleine Tür und fand den Schalter. Er gab Bernice ein Zeichen, und sie folgte ihm. Sie gingen schnell zum Vordergebäude, und nun standen sie im Freien, vor sich den großen Parkplatz zwischen der Polizeistation und der Stadthalle. Marshall hatte den Schlüssel bereit, und sie gelangten ohne Verzögerung in das Gebäude. Marshall schloß schnell die Tür hinter ihnen ab.

Sie warteten eine Minute und lauschten. Der Ort war verlassen und totenstill. Sie hörten keine Alarmsirenen. Marshall fand den nächsten Schlüssel und ging zu Brummels Bürotür. Soweit war Sara ihr Geld wert gewesen. Brummels Tür ließ sich ebenfalls öffnen. Sie schlüpften beide hinein.

Und da stand der Schrank, der die geheimnisvolle Anlage beherbergte — wenn sie wirklich da war. Marshall knipste seine Taschenlampe an und deckte den Strahl mit seiner Hand zu, so daß er nicht über die Wände huschen oder aus dem Fenster scheinen konnte. Dann öffnete er die untere linke Schranktür. Drinnen fand er einige Regalbretter auf Rollen. Er zog das untere heraus ...

Und da war das Aufnahmegerät mit einem guten Vorrat an Bändern. »Hurra!« flüsterte Bernice.

»Wird wahrscheinlich durch Signale eingeschaltet ... es geht automatisch an, wann immer ein Anruf hereinkommt.«

Bernice knipste ihre Taschenlampe an und überprüfte die andere Tür unten rechts. Hier fand sie einige Karteien und Aktenordner.

»Es sieht wie ein Katalog aus!« sagte sie. »Schau — Namen, Daten, Gespräche, und auf welchem Band sie sich befinden.«

»Diese Handschrift sieht vertraut aus.«

Sie waren beide erstaunt, wie viele Namen auf der Liste standen, wie viele Leute überwacht wurden.

»Sogar Netzwerkleute«, stellte Marshall fest. Dann zeigte er auf eine bestimmte Liste. »Da sind *wir*.«

Er hatte recht. Das *Clarion*-Telefon war aufgeführt, die Unterhaltung zwischen Marshall und Ted Harmel war auf Band 5-A aufgezeichnet.

»Wer in der Welt hat nur die Zeit, all dieses Zeug aufzulisten?« wunderte sich Bernice.

Marshall schüttelte nur den Kopf. Dann fragte er: »Wann war diese Unterhaltung zwischen Susan und Weed?«

Bernice dachte einen Moment lang nach. »Wir werden alle Bänder von heute und gestern überprüfen ... wer weiß? Weed hat nichts Genaues gesagt.«

»Vielleicht ist dieser Anruf heute hereingekommen. Es ist keine Aufzeichnung darüber da.«

»Es muß noch auf dem Bandgerät sein. Diese Gespräche sind noch nicht aufgelistet.«

Marshall ließ das Band zurücklaufen, schaltete das Gerät ein und drehte den Lautstärkepegel leise.

Gespräche begannen abzuspulen, viel Alltagskram, uninteressantes Zeug. Brummels Stimme war oft zu hören, er redete über alles mögliche. Marshall ließ das Band einige Male schnell vorwärts laufen, übersprang einige Gespräche. Plötzlich erkannte er eine Stimme. Seine eigene.

Es war das Gespräch mit Eldon Strachan, und es war unheimlich, seine eigenen Worte aus der Maschine kommen zu hören, Worte, die dem Netzwerk alles mitteilten, was sie brauchten.

Marshall spulte das Band weiter vor.

»Mann, diese ganze Sache ist verrückt«, kam eine Stimme.

Bernice strahlte. »Das ist er! Das ist Weed!«

Marshall spulte das Band zurück und drückte wieder die Starttaste. Es gab eine kurze Pause, dann der abrupte Beginn eines Gesprächs.

»Ja, hallo?« sagte Weed.

»Kevin, hier ist Susan.«

Bernice und Marshall lauschten gespannt.

Weed antwortete: »Ja, ich höre, Mann. Was kann ich tun?«

Susans Stimme war angespannt, und ihre Worte waren hastig. »Kevin, ich werde abhauen, so oder so, und ich mache es diese Nacht. Kannst du mich in der Evergreen Taverne morgen abend treffen?«

»Jaa ... jaaa.«

»Sieh zu, daß du Bernice Krueger mitbringen kannst. Ich habe Material für sie, alles, was sie wissen will.«

»Mann, diese ganze Sache ist verrückt. Du solltest meine Wohnung sehen. Jemand kam her und hat alles verwüstet. Du solltest vorsichtig sein!«

»Wir sind *alle* in großer Gefahr, Kevin. Kaseph kommt nach Ashton, um alles zu übernehmen. Aber ich kann jetzt nicht reden. Treffe mich in der Evergreen Taverne um 20.00 Uhr. Ich werde versuchen, irgendwie dahin zu kommen. Wenn nicht, werde ich dich anrufen.«

»Okay, okay.«

»Ich muß Schluß machen. Bis bald, und danke.«

Klick. Das Gespräch war beendet.

»Ja«, sagte Bernice, »er hat angerufen, um mir davon zu erzählen.«

»Es war nicht viel«, sagte Marshall. »Aber es war genug. Nun ist die einzige Frage: Schaffte sie es, abzuhauen?«

Ein Schlüssel klapperte in der Eingangstür. Bernice und Marshall hatten sich noch nie so schnell bewegt. Sie steckte alle Ordner in den Schrank, und Marshall schob die Maschine zurück. Sie machten die Schranktüren zu.

Die Eingangstür ging auf. Die Lichter in der Eingangshalle gingen an.

Sie duckten sich hinter Brummels großem Schreibtisch. Bernice' Augen signalisierten nur eine einzige Frage: Was machen wir jetzt? Marshall deutete ihr an, ruhig zu bleiben, dann machte er Fäuste, um ihr zu zeigen, daß sie sich möglicherweise ihren Weg hinauskämpfen mußten.

Ein weiterer Schlüssel fummelte an Brummels Bürotür herum, dann ging sie auf. Plötzlich war der Raum mit Licht überflutet. Sie hörten, wie jemand zu dem Schrank ging, die Türen öffnete und die Maschine herauszog. Marshall vermutete, daß die Person mit dem Rücken zu ihnen stehen mußte. Er hob seinen Kopf, um einen schnellen Blick zu riskieren.

Es war Carmen. Sie ließ das Band zum Anfang zurücklaufen, und fing an, weitere Eintragungen in die Unterlagen zu machen.

Bernice schaute auch, und beide fühlten denselben Zorn.

»Schläfst du eigentlich niemals?« fragte Marshall Carmen mit lauter Stimme. Das überraschte Bernice, und sie sprang ein wenig zur Seite. Es überraschte Carmen ebenfalls, und sie sprang sehr viel, ließ ihre Papiere fallen und gab einen kurzen Schrei von sich. Sie wirbelte herum.

»Was!« keuchte sie. »Was macht ihr hier?«

Marshall und Bernice standen beide auf. Ihr mißhandeltes und dunkel gekleidetes Aussehen machte nicht den Eindruck eines normalen, herzlichen Besuches.

»Ich könnte dich dasselbe fragen«, sagte Marshall. »Hast du eigentlich irgendeine Ahnung, wie spät es ist?«

Carmen starrte sie beide an, und sie war sprachlos.

Marshall hatte einiges zu sagen. »Du bist eine Spionin oder nicht? Du warst die Spionin in unserem Büro, du hast unsere Telefone angezapft, und jetzt bist du mit unserem ganzen Untersuchungsmaterial abgehauen.«

»Ich weiß nicht ...«

»... worüber ich rede. Richtig! Und ich vermute, du machst dies jede Nacht, gehst du all die Telefonanrufe durch und trägst sie in Listen ein und hörst überall zu, woran die großen Knaben interessiert sind.«

»Ich war nicht ...«

»Und was ist mit all den *Clarion*-Geschäftsberichten? Laßt uns zuerst diese Sache bereinigen.«

Sie brach plötzlich weinend zusammen und sagte: »Ohhh ... ihr versteht nicht ...« Sie ging in die Vorhalle hinaus.

Marshall folgte ihr auf den Fersen, er ließ sie nicht aus den Augen. Er packte sie am Arm und drehte sie herum.

»Langsam, Mädchen! Wir haben hier einige ernste Dinge zu klären!«

»Oooohhh!« winselte Carmen, und dann warf sie ihre Arme um Marshall, als ob sie ein verschrecktes Kind wäre, und schluchzte an seiner Brust. »Ich dachte, ihr seid Einbrecher. Ich bin froh, daß ihr es seid. Ich brauche Hilfe, Marshall!«

»Und wir wollen Antworten«, knurrte Marshall, von ihren Tränen unberührt. Er setzte sie in Saras alten Stuhl. »Nimm Platz und spare dir deine Tränen für eine Seifenoper.«

Sie schaute zu ihnen hin, ihre Schminke lief ihr die Wangen hinunter. »Versteht ihr nicht? Habt ihr kein Herz? Ich kam hierher, um Hilfe zu suchen! Ich hatte ein schreckliches Erlebnis!« Sie sammelte Kraft, es zu sagen, und dann brach sie in einen Schwall von Tränen aus: »Ich wurde vergewaltigt!«

Sie fiel auf den Boden und schluchzte unkontrolliert.

Marshall schaute zu Bernice, und Bernice schaute zu Marshall.

»Ja«, sagte Marshall kühl, »dies scheint in den letzten Tagen häufig zu passieren, besonders unter den Leuten, die dein Boß aus dem Weg räumen will. Und wer war es diesmal?«

Sie lag nur auf dem Boden und heulte.

In Bernice kochte es. »Wie gefällt dir mein Aussehen heute abend, Carmen? Ich denke, es ist interessant, daß du die einzige warst, die wußte, daß ich Weed treffen wollte. Hast du dem Schläger, der mich fertiggemacht hat, den Tip gegeben?«

Sie lag noch immer auf dem Boden, heulte und sagte kein Wort.

Marshall ging in Brummels Büro und kehrte mit einigen Berichten zurück, einschließlich der Bemerkungen, die Carmen dazu geschrieben hatte.

»Dies ist alles deine Handschrift, Carmen, meine Liebe. Du warst nichts als eine Spionin von Anfang an. Stimmt's oder habe ich recht?«

Sie heulte weiter. Marshall nahm sie an den Armen und hob sie vom Boden auf. »Komm, steh auf!«

Er sah gerade noch, wie sie ihre Hand von dem stillen Alarmknopf nahm, als die Tür aufsprang und er eine Stimme brüllen hörte: »Keine Bewegung! Polizei!«

Carmen heulte nicht mehr. Sie grinste. Marshall hob seine Hände hoch, ebenso Bernice. Carmen rannte hinter die beiden uniformierten Polizisten, die gerade hereingekommen waren. Ihre Revolver waren genau auf die beiden Einbrecher gerichtet.

»Freunde von dir?« fragte Marshall Carmen.

Sie zeigte nur ein böses Lächeln.

Genau da kam Brummel höchstpersönlich in das Gebäude, frisch aus dem Bett und im Bademantel.

»Was ist hier los?« fragte er, und dann sah er Marshall. »Was ...? Gut, gut, wen haben wir denn da?« Dann gluckste er etwas. Er ging zu Marshall, schüttelte den Kopf und zeigte seine großen Zähne. »Ich glaube das nicht! Ich kann es einfach nicht glauben!« Er schaute zu Bernice. »Bernice Krueger! Sind Sie das?«

Bernice hatte nichts zu sagen, und zum Anspucken war Brummel zu weit entfernt.

O nein. Nun hatten sie ein volles Haus. Juleen Langstrat, auch im Bademantel, kam durch die Tür! Sie hängte sich bei Brummel ein, und die beiden standen da und schauten stolz auf Marshall und Bernice, als ob sie Jagdtrophäen wären.

»Entschuldigen Sie bitte die Störung«, sagte Marshall.

Langstrat lächelte ausgiebig und sagte: »Ich wollte dies auf keinen Fall versäumen.«

Brummel grinste weiterhin mit diesen großen Zähnen und sagte den Polizisten: »Teilt ihnen ihre Rechte mit und nehmt sie fest.«

Die Gelegenheit war zu gut, um sie vorübergehen zu lassen. Da standen die beiden Polizisten, die versuchten, ihre Arbeit zu tun, und da waren Brummel und Langstrat, die ein wenig vor ihnen standen. Die Situation war vollkommen, und es hatte sich in Marshall seit einiger Zeit aufgebaut. Urplötzlich, mit seinem ganzen Gewicht, tauchte er in Brummels Magen und schleuderte Brummel und Langstrat rückwärts in die beiden Polizisten.

»Lauf, Bernice, lauf!« schrie er.

Sie lief. Sie überlegte nicht, ob sie den Mut oder den Willen oder auch nur die Kraft dazu hatte, sie rannte einfach um ihr Leben, die lange Eingangshalle hinunter, vorbei an den Büros, geradewegs auf den Ausgang zu. Die Tür hatte einen Querbalken. Sie warf sich dagegen, die Tür ging auf, und sie taumelte in die kalte Nachtluft hinaus.

Marshall befand sich mitten in einem Gewirr von Armen, Händen, Körpern und Schreien, und er klammerte sich an so viele, wie er nur konnte. Er hatte fast Spaß dabei, und er strengte sich nicht an, zu entkommen. Er wollte sie alle beschäftigt halten.

Ein Polizist hatte sich erholt und rannte hinter Bernice her, wobei er durch die Hintertür stürmte. Er war dicht genug auf ihrer Fährte, um das Geräusch von Schritten, die die Allee hocheilten, zu hören, und er nahm diese heiße Spur sofort auf.

Das war eine Gelegenheit für Bernice, herauszufinden, aus welchem Holz sie geschnitzt war, mit einer gebrochenen Rippe und allem anderen. Sie keuchte die Allee hinunter, machte lange Schritte und kämpfte sich durch die nebelige Finsternis; sie sehnte sich nach ihrer Brille oder wenigstens nach etwas mehr Licht. Sie hörte, wie der Polizist hinter ihr her brüllte, sie solle stehen bleiben. Jeden Moment würde er diesen Warnschuß abgeben. Sie bog scharf links ab durch einen Hof, und ein Hund begann zu bellen. Da war ein kleiner Lichtschimmer zwischen zwei tiefhängenden Obstbäumen. Sie rannte darauf zu und stieg über einen Zaun. Zwei Abfalltonnen halfen ihr dabei — mit einem Scheppern, das dem Polizisten sagte, wo sie war.

Bernice stampfte durch einen frisch geharkten Garten, wobei sie verschiedene unsichtbare Bohnenstangen umriß. Sie rannte über eine Wiese, kam wieder auf die Allee, stieß einige weitere Mülltonnen um, kletterte über einen Zaun und rannte weiter. Der Polizist schien etwas zurückzufallen.

Sie wurde unheimlich müde, und sie konnte nur hoffen, daß er es auch war. Viel länger konnte sie das nicht mehr durchhalten. Jeder japsende Atemzug quälte sie mit einem scharfen Schmerz von dieser gebrochenen Rippe. Sie konnte nicht mehr atmen.

Sie keuchte um ein Haus und lief wieder zurück durch einige weitere Gärten, wobei sich ein Tumult von bellenden Hunden erhob, dann überquerte sie eine Straße und tauchte in einen Wald ein. Die Zweige schlugen nach ihr und wickelten sich um sie, aber sie kämpfte sich durch sie durch, bis sie einen anderen Zaun erreichte, der eine Autowerkstatt umgab. Sie rannte den Zaun entlang, fand einen alten Lastwagen genau auf der anderen Seite, ging ein paar Schritte weiter — und dann wurden ihre Augen durch einen Lichtschein angezogen, der durch die Blätter fiel und einen Haufen Abfall beleuchtete, den ein Penner dort hinterlassen hatte. Sie packte das erste Ding, das ihre Hand fand, eine alte Flasche, dann sank sie auf den Boden und versuchte, nicht zu atmen, nicht vor Schmerzen zu schreien.

Der Polizist bewegte sich ziemlich langsam durch den Wald, er tastete sich seinen Weg durch die Finsternis, zerbrach Zweige unter seinen Füßen, schnaufte und pustete. Sie lag da still und wartete, daß er eine Pause machen würde, um zu lauschen. Schließlich hielt er an und wurde still. Er lauschte. Sie schleuderte die Flasche über den Zaun. Sie krachte auf den Lastwagen und zerschellte auf dem Pflaster hinter der Werkstatt. Der Polizist kam durch den Wald gerannt und stieg über den Zaun. Dann stand er still hinter der Werkstatt.

Bernice konnte ihn von da aus, wo sie war, nicht sehen, aber sie lauschte sehr angestrengt. Er auch! Dann hörte sie, wie er langsam an der Rückseite der Werkstatt entlangging und anhielt. Ein Augenblick verstrich, dann ging er in normalem Tempo weg. Er hatte sie verloren.

Bernice blieb, wo sie war, und versuchte, ihr pochendes Herz zu beruhigen und das Rauschen von Blut in ihren Ohren, sie versuchte ihre Nerven zu beruhigen und ihre Panik, und sie wünschte, daß der Schmerz aufhören würde. Alles, was sie wollte, waren große tiefe Atemzüge voll Luft; sie konnte nicht genug davon bekommen.

Oh, Marshall, Marshall, was machen sie mit dir?

32

Marshall lag mit dem Gesicht nach unten auf dem Boden, seine Taschen waren entleert, seine Hände waren auf seinem Rücken mit Handschellen gefesselt. Über ihm stand der Polizist mit gezogener Pistole. Carmen, Brummel und Langstrat waren in Brummels Büro und überprüften das Band, das Marshall und Bernice abgehört hatten.

»Ja«, sagte Carmen, »hier ist mein Vermerk vom Zählerstand. Ich dachte zuerst, daß das Band nicht sehr weit gelaufen sei für so einen langen Überwachungszeitraum. Die Aufzeichnungen gehen nach diesem Stopp weiter. Sie haben das Band zurückgespult.«

Brummel ging aus seinem Büro und stand über Marshall. »Und was haben Bernice und du gehört?«

»Ich glaube, es war Big-Band-Jazz«, antwortete Marshall. Diese Antwort brachte Brummels Schuhabsatz auf seinen Nacken. »Aaaauu!«

Brummel hatte noch eine Frage. »Und wer hat euch die Schlüssel für dieses Haus gegeben? War es Sara?«

»Stell mir keine Fragen, ich werde dir keine Lügen erzählen.«

Brummel murmelte: »Ich werde eine Fahndung nach ihr einleiten!«

»Reg dich nicht auf«, sagte Langstrat vom Büro her. »Sie ist weg, und sie ist nichts. Hol die Probleme nicht wieder zurück, wenn du sie einmal los bist. Konzentriere dich auf Krueger.«

Brummel sagte dem Polizisten, der Marshall bewachte: »Ed, geh raus und sieh zu, ob du John helfen kannst. Wir brauchen Krueger, damit unsere Sammlung komplett ist.«

Aber gerade da kam John durch die Tür zurück — und er hatte Bernice nicht im Schlepptau.

»Nun?« fragte Brummel.

John zuckte nur ängstlich mit den Achseln. »Sie rannte wie ein verschrecktes Kaninchen, und es ist dunkel da draußen!«

»Aaah, toll!« stöhnte Brummel.

Marshall dachte, daß dies wirklich toll war.

Langstrats Stimme kam aus dem Büro. »Alf, komm, hör dir das an.«

Brummel ging in sein Büro, und Marshall konnte noch einmal das Gespräch zwischen Weed und Susan hören.

Langstrat sagte: »Sie haben dieses Gespräch gehört. Wir haben es heute von Susans Apparat aufgenommen.« Das Gespräch zwischen

Susan und Weed kam zum Ende. »Ich müßte mich schon schwer täuschen, wenn Krueger nicht Susan in der Evergreen Taverne treffen will ...« Sie brach in ein Gelächter aus.

»Dann werde ich die Kneipe überwachen lassen«, sagte Brummel.

»Laß auch ihr Apartment überwachen. Sie wird ihr Auto holen wollen.«

»Gute Idee.«

Brummel und Langstrat kamen aus dem Büro und standen über Marshall wie Geier über einem Aas.

»Marshall«, hämte Brummel, »ich fürchte, mit dir geht es ganz schön bergab. Ich habe genug gegen dich, um dich zu erledigen. Du hättest aus dieser Sache aussteigen sollen, als du noch die Gelegenheit dazu hattest.«

Marshall schaute zu diesem dummen, grinsenden Gesicht hoch und sagte: »Du wirst damit niemals durchkommen, Brummel. Dir gehört nicht das ganze Justizsystem. Früher oder später wächst dir diese Sache über den Kopf; es wird größer werden, als du es bist.«

Brummel warf ihm nur ein Lächeln zu, das ihm Marshall gerne aus dem Gesicht geschlagen hätte, und sagte: »Marshall, ein Gerichtsurteil in erster Instanz ist alles, was wir brauchen, und ich bin sicher, wir werden das hinkriegen. Laß es uns realistisch betrachten. Du bist nichts als ein Lügner und ein drittklassiger Einbrecher, nicht zu vergessen ein Kinderschänder und möglicherweise ein Mörder. Wir haben Zeugen, Marshall: unbescholtene, aufrechte Bürger dieser Stadt. Wir werden dir eine sehr faire Verhandlung geben, so daß du keinen Grund zu einer Revision haben wirst. Es könnte sehr hart für dich werden. Der Richter kann dir vielleicht ein mildes Urteil geben, aber ... ich weiß nicht.«

»Du meinst Baker, den ehrenwerten Geschäftemacher?«

»Ich kenne ihn als eine sehr mitfühlende Person ... unter den richtigen Umständen.«

»Erzähle mir nichts. Wirst du Bernice wegen Prostitution anklagen? Vielleicht kannst du diese Nutten noch mal ausgraben, diesen falschen Polizisten und das Ganze noch mal aufziehen.«

Brummel lachte höhnisch. »Das hängt alles von den vorliegenden Beweisen ab, schätze ich. Wir können sie wegen Einbruch belangen, weißt du, und ihr beide habt euch das selbst eingebrockt.«

»Und was ist mit den Gesetzen gegen illegales Telefonabhören?«

Langstrat antwortete darauf. »Wir wissen von keinem Telefonabhören. Wir machen so etwas nicht.« Sie machte eine theatralische Pause, dann fügte sie hinzu: »Und sie würden nichts finden, selbst wenn sie euch glaubten.« Dann fiel ihr etwas ein. »Oh, und ich kann spüren, was Sie denken. Setzen Sie keine Hoffnungen auf Susan Jacobson. Wir haben heute die traurige Nachricht erhalten, daß sie in einem schrecklichen Autounfall ums Leben kam. Die einzigen Leute, die Ms. Krueger in der Evergreen Taverne erwarten kann, werden Polizeibeamte sein.«

Bernice war kraftlos. Ihr Brustkorb fühlte sich an, als wäre er zertrümmert; ihre Quetschungen pochten gnadenlos. Mehr als eine halbe Stunde lang hatte sie weder die Kraft noch die Nerven aufzustehen, und sie lag einfach da in dem Brombeergestrüpp. Sie versuchte zu überlegen, was als nächstes dran sei. Jedes Rascheln des Windes durch die Bäume war für sie ein heranschleichender Polizist; jedes Geräusch brachte neuen Schrecken. Sie schaute auf die Uhr. Es ging auf 3.00 Uhr morgens zu. Bald würde es Tag sein, und es würde kein heimliches Herumschleichen mehr geben. Sie mußte losgehen, und sie wußte es.

Sie kämpfte sich langsam auf die Beine, dann stand sie da, leicht gekrümmt, unter den tief hängenden Zweigen eines Baumes, und sie wartete darauf, daß genug Blut durch ihr Gehirn floß, um auf den Beinen zu bleiben.

Sie machte einen Schritt, dann noch einen. Sie gewann Zutrauen und ging los, wobei sie ihren Weg durch die Bäume und das Unterholz tastete und versuchte, den Zweigen, die ihr ins Gesicht schlugen, auszuweichen.

Zurück auf der Straße war es ruhig und dunkel. Die Hunde bellten nicht mehr. Sie schlug die Richtung zu ihrem Apartment ein, ungefähr eine Meile quer durch die Stadt, wobei sie die Bäume, Büsche und Hecken als Deckungen benutzte. Nur einmal fuhr ein Auto vorbei, aber es war kein Streifenwagen; Bernice versteckte sich hinter einem großen Ahornbaum, bis es vorbei war.

Sie konnte ihre körperlichen Schmerzen und ihre Krankheit nicht von ihrer seelischen Erschöpfung und Verzweiflung unterscheiden. Ein paarmal wurde sie verwirrt, verlor die Orientierung und konnte keine Straßenschilder mehr ausfindig machen, und dann war es so, daß sie fast schrie, wobei sie sich gegen einen Zaun oder eine Wand lehnte.

Aber sie dachte daran, daß sich Marshall für sie in die Rachen dieser Löwen geworfen hatte, und sie konnte ihn nicht im Stich lassen. Sie mußte es schaffen. Sie mußte aus der Stadt herauskommen, freikommen, Susan treffen, Hilfe holen, *irgend etwas* tun.

Ungefähr eine Stunde lang, Häuserblock um Häuserblock, Schritt für Schritt, kämpfte sie sich voran und erreichte schließlich ihr Apartmentgebäude. Sie umkreiste sehr vorsichtig das Gebäude, sie wollte es von allen Seiten überprüfen. Schließlich konnte sie, hinter dem großen Combi-Wagen eines Nachbarn stehend, ein verdächtiges Fahrzeug ausmachen, das am Ende des Häuserblocks geparkt war. Von diesem Platz aus waren die Insassen des Wagens in der Lage, jeden zu sehen, der versuchte, in ein Apartment hineinzugelangen. Das konnte sie also vergessen.

An die Rückseite des Gebäudes konnte man sich viel einfacher heranschleichen; da gab es kleine Parkbuchten entlang einer dunklen, schmalen Allee, die Beleuchtung war spärlich, und die Parkbuchten waren sehr schlecht einsehbar. Was die Sicherheit betrifft, war es kein guter Parkplatz, aber für Bernice war er heute nacht geradezu perfekt.

Einen Block weiter — außerhalb der Sichtweite des Streifenwagens — überquerte sie die Straße, dann schlich sie zurück in die Allee hinein, wobei sie sich dicht an die naßkalte Betonmauer und immer im Schatten der großen Bäume hielt. Sie erreichte ihren Toyota, entfernte den kleinen magnetischen Schlüsselbehälter unter der Stoßstange und benutzte den Reserveschlüssel, um die Tür zu öffnen.

Oh, so nahe dran und doch so weit weg! Es gab keine Möglichkeit, ihr Auto zu starten und ungehört in dieser stillen Nacht wegzufahren. Aber da waren einige Dinge, die sie sehr gut gebrauchen konnte. Sie kletterte so schnell sie konnte hinein und schloß die Tür gerade so, daß die Innenbeleuchtung ausging. Dann öffnete sie den Aschenbecher und entnahm all die Münzen, die darin lagen. Nur ein paar Dollar, aber das würde reichen. Im Handschuhfach fand sie ihre ärztlich verordnete Sonnenbrille; nun konnte sie besser sehen und auch ihre blaugeschlagenen Augen etwas verdecken.

Es gab nichts mehr zu tun, als aus der Stadt herauszukommen, vielleicht irgendwo ein bißchen zu schlafen, irgendwie, und dann, auf dem einen oder anderen Weg, nach Baker zu gelangen und um 20.00 Uhr in die Evergreen Taverne zu gehen. Das war alles, aber es war genug. Sie überlegte fieberhaft, wen sie kannte, den *sie* nicht kannten, irgendeinen Freund, der einer Gesetzesflüchtigen ohne Fragen helfen würde.

Die Liste der Namen war zu kurz und zu zweifelhaft. Sie begann loszumarschieren in Richtung Highway 27, während sie nach anderen Ideen suchte.

Unten im Gerichtsgebäude, allein in einer Zelle am Ende des häßlichen Zellenblocks, lag Hank auf seinem Feldbett und war endlich eingeschlafen.

Dieser Abend war für ihn alles andere als angenehm: Sie hatten ihn ausgezogen, ihn durchsucht, Fingerabdrücke gemacht, ihn fotografiert, und dann steckten sie ihn ohne eine Decke, die ihn hätte wärmen können, in diese Zelle. Er hatte nach einer Bibel gefragt, aber sie hatten ihm nicht erlaubt, eine zu bekommen. Der Betrunkene in der Nachbarzelle hatte sich während der Nacht übergeben, der Scheckfälscher in der Zelle dahinter hatte ein sehr schmutziges Mundwerk, und der Straßenräuber in der nächsten Zelle hatte sich als ein lautstarker, halsstarriger Marxist entpuppt.

O gut, dachte er, Jesus starb für sie, und sie brauchen seine Liebe. Er versuchte, nett zu sein und ihnen etwas von Gottes Liebe zu geben, aber irgend jemand hatte ihnen gesagt, daß er wegen Vergewaltigung hier war, und dies beeinträchtigte irgendwie sein Zeugnis.

Und so hatte er sich hingelegt, wobei er sich mit Paulus und Silas, Petrus und Jakobus und allen anderen Christen identifizierte, die alle, obwohl unschuldig, in einem elenden Gefängnis zu sitzen hatten. Er fragte sich, wie lange sein Dienst noch bestehen würde, jetzt, nachdem sein guter Name so beschmutzt war. Könnte er überhaupt noch sein sowieso wackeliges Pastorat weiterführen? Brummel und seine Kumpane würden sicher guten Gebrauch von dieser ganzen Sache machen. Und er wußte genau, daß sie diejenigen waren, die dies inszeniert hatten. Ah, gut, es war alles in der Hand des Herrn; Gott wußte, was das beste war.

Er betete für Mary und für alle seine neuen, scheckigen Schafe, und er rief sich Bibelstellen ins Gedächtnis — bis er in den Schlaf sank.

In den sehr frühen Morgenstunden wurde Hank von Schritten, die den Zellenblock herunterkamen, und dem Rascheln der Schlüssel des wachhabenden Polizisten geweckt. O nein. Die Wache öffnete seine Zellentür. Nun würde Hank die Zelle mit ... einem Betrunkenen, einem Straßenräuber, einem wirklichen Frauenschänder teilen müssen? Er tat so, als ob er noch schlafen würde, aber ein Auge öffnete er ein ganz klein wenig, um etwas zu sehen. O Bruder! Dieser Rowdy war groß und blickte grimmig drein, und das Pflaster und der Bluterguß am Kopf ließen vermuten, daß er gerade aus einer Schlägerei gekommen war. Er murmelte so etwas wie: »Ausgerechnet mit einem Frauenschänder in einer Zelle!« Hank betete um den Schutz des Herrn. Dieser große Typ war zweimal so schwer wie er, und er sah gewalttätig aus.

Der neue Genosse ließ sich auf das andere Feldbett plumpsen und schnaufte in einer Weise, die an Bären, Drachen und Monster erinnerte.

Herr, bitte befreie mich!

Rafar stolzierte auf seinem Hügel umher, blickte über die Stadt und ließ seine Flügel wie eine königliche Schleppe hinter sich her wehen. Dämonische Boten brachten ihm ständig Berichte, wie die Abschlußvorbereitungen für die Stadt liefen. Bis jetzt waren es nur gute Nachrichten gewesen.

»Lucius«, Rafar rief mit dem Ton, den man benutzt, um ein kleines Kind zu rufen. »Lucius, komm her, komm.«

Lucius trat nach vorne — mit all der Würde, die er aufbringen konnte, wobei er versuchte, seine Flügel so zu falten und wehen zu lassen wie Rafar.

»Ja, Ba-al Rafar?«

Rafar schaute hämisch auf ihn herab, ein schiefes Lächeln auf seinem Gesicht, und er sagte: »Ich traue dir zu, daß du aus dieser Erfahrung gelernt hast. Wie du gesehen hast, habe ich in wenigen Tagen erreicht, was du in Jahren nicht geschafft hast.«

»Vielleicht.« Das war alles, was Lucius ihm zu geben bereit war.

Rafar fand das lustig. »Und du stimmst dem nicht zu?«

»Man könnte denken, Ba-al, daß du nur die Frucht meiner jahrelangen Arbeit geerntet hast.«

»Jahre von nahezu nutzloser Arbeit wegen deiner Stümperhaftigkeit, meinst du das?« gab Rafar zurück. »Du benötigst eine Pause. Werde ich wohl die Stadt, nachdem ich sie für Strongman gewonnen habe, in den Händen von jemandem belassen, der sie zuvor fast verloren hatte?«

Lucius gefiel dies alles gar nicht. »Rafar, seit Jahren gehört diese Stadt zu meinem Herrschaftsbereich. *Ich* bin der rechtmäßige Prinz von Ashton!«

»Du *warst* es. Aber Ehren, Lucius, folgen auf Taten — und im Blick auf Taten hast du einfach nichts vorzuweisen.«

Lucius war sauer, aber er beherrschte sich in der Gegenwart dieser gigantischen Macht. »Du hast meine Taten nicht gesehen, weil du sie nicht sehen wolltest. Du warst von Anfang an gegen mich.«

Lucius hatte zu viel gesagt. Plötzlich wurde er durch Rafars knochige Faust um seine Kehle vom Boden gerissen, und nun hielt ihn Rafar hoch und schaute ihm direkt in die Augen.

»Ich«, sagte Rafar langsam und wutentbrannt, »und nur ich bin der Richter darüber!«

»Laß Strongman richten!« antwortete Lucius sehr frech. »Wo ist dieser Tal, dieser Gegner, den du auslöschen wirst, dessen kleine Stücke du über den Himmel als dein Siegesbanner verstreuen wirst?«

Rafar ließ ein leichtes Lächeln über sein Gesicht huschen, obwohl seine Augen ihre Wut beibehielten. »Busche, der betende Mann, ist besiegt und sein Name besudelt. Hogan, der ehemalige Spürhund, ist jetzt ein wertloses und geschlagenes Wrack. Die verräterische Freundin Kasephs ist vernichtet, und ihr Abschaum von Freund ist ebenfalls ausgelöscht. Alle anderen sind geflohen.«

Rafar wedelte mit seiner Hand über der Stadt. »Schau, Lucius! Siehst du die feurigen Heerscharen des Himmels über der Stadt herniedersteigen? Siehst du ihre blitzenden, hochglanzpolierten Schwerter? Siehst du ihre zahllosen Wächter überall?«

Er höhnte über Lucius und Tal zur selben Zeit. »Dieser Tal, dieser Hauptmann der Heerscharen, befehligt nun eine angeschlagene und erschöpfte Armee, und er hat Angst, sein Gesicht zu zeigen. Wieder und wieder habe ich ihn herausgefordert, mit mir zu kämpfen, und er ist nicht erschienen. Aber mach dir keine Sorgen. Was ich gesagt habe, das werde ich auch tun. Sobald die anderen Dinge erledigt sind, *werde* ich diesen Tal treffen, und du wirst es erleben ... bevor ich *dich* ausradiere!«

Rafar hielt Lucius hoch, während er einem anderen Dämon zurief: »Kurier, berichte Strongman, daß alles bereit ist und daß er kommen kann, wenn er will. Die Hindernisse sind entfernt, Rafar hat seine Aufgabe erledigt, und die Stadt Ashton ist bereit, in seine Hände zu fallen ...« Rafar ließ Lucius zu Boden fallen, während er sagte: »... wie eine reife Pflaume.«

Lucius rappelte sich vom Boden auf und flog gedemütigt davon, während die Dämonen lachten und lachten.

33

Edith Duster hatte eine gewisse Erregung in ihrem Geist gespürt, bevor sie zu Bett gegangen war. Und als sie abrupt von zwei leuchtenden Wesen in ihrem Schlafzimmer geweckt wurde, war sie nicht sonderlich überrascht, jedoch von Ehrfurcht ergriffen.

»Ehre sei Gott!« rief sie aus, ihre Augen waren weit, ihr Gesicht strahlte.

Die beiden großen Männer hatten sehr schöne und ausdrucksstarke Gesichter, aber sie waren auch sehr ernst. Einer war groß und blond, der andere dunkelhaarig und jugendlich. Beide ragten sie bis an die Decke, und der Glanz ihrer weißen Gewänder erfüllte den Raum. Jeder von ihnen trug einen wunderschönen goldenen Gürtel mit einer Schwertscheide daran, und die Handgriffe ihrer Schwerter waren aus reinstem Gold, mit feurigen Juwelen.

»Edith Duster«, sagte der große blonde Mann mit einer tiefen, wohlklingenden Stimme, »wir werden in die Schlacht für die Stadt Ashton ziehen. Der Sieg hängt ab von den Gebeten der Heiligen Gottes. Wenn du den Herrn fürchtest, bete und rufe die anderen zum Gebet. Bete, daß der Feind vernichtet wird und die Gerechten befreit werden.«

Dann sprach der Dunkelhaarige. »Dein Pastor, Henry Busche, wurde ins Gefängnis geworfen. Er wird durch eure Gebete befreit werden. Rufe Mary, seine Frau, an. Sei ein Trost für sie.«

Plötzlich waren sie weg, und der Raum war wieder dunkel. Edith wußte irgendwie, daß sie sie schon zuvor gesehen hatte, vielleicht in Träumen, vielleicht als unauffällige, normale Leute mitten im Alltag. Und sie erkannte die Wichtigkeit dieses Besuches.

Sie stand auf und nahm ihr Kopfkissen, legte es auf den Fußboden, und dann kniete sie darauf neben ihrem Bett nieder. Sie wollte lachen, sie wollte weinen, sie wollte singen; da war eine Last und eine Kraft tief in ihrem Inneren, und sie klatschte ihre zitternden Hände auf dem Bett zusammen, beugte ihren Kopf und begann zu beten. Die Worte flossen aus ihrem tiefsten Seelengrund heraus, ein Aufschrei für Gottes Volk und Gottes Gerechtigkeit, ein Flehen um Kraft und Sieg im Namen Jesu, ein Binden der bösen Mächte, die versuchten, das Leben dieser Stadt zu ersticken. Namen und Gesichter tauchten vor ihren inneren Augen auf, und sie tat Fürbitte für sie, flehte vor dem Thron Gottes um ihre Sicherheit und ihre Rettung. Sie betete. Sie betete. Sie betete.

Von hoch oben sah die Stadt Ashton wie ein unschuldiges Spielzeugdorf auf einem Flickenteppich aus, eine kleine und einfache Gemeinde, die noch schlief, aber jetzt gewaschen wurde mit dem langsam zunehmenden Grau und Rosa der Dämmerung, die über die Berge im Osten heranwuchs. Die Lichter in den Häusern waren noch nicht an; das Milchauto war noch geparkt.

Von irgendwo am Himmel, oberhalb der rosagefärbten Wolken, erhob sich ein Rauschen. Ein Engelkrieger, der wie eine Möwe dahinsegelte, kreiste schnell und heimlich nach unten, bis er in dem Gewirr der Straßen und Gebäude verschwand. Dann erschien ein anderer, er sank ruhig in die Stadt hinab und versteckte sich irgendwo.

Und Edith Duster betete weiter.

Zwei erschienen, ihre Flügel zurückgelegt, ihre Köpfe scharf nach unten gerichtet, und sie tauchten wie Habichte in die Stadt hinab. Dann kam ein weiterer, der entlang einer flacheren Flugbahn zum äußersten Ende der Stadt glitt. Dann vier, die aus vier verschiedenen Richtungen herabsanken. Dann zwei weitere, dann sieben ...

Mary wurde aus ihrem unruhigen Schlaf auf der Couch durch das Telefon geweckt.

»Hallo?« Ihre Augen strahlten sofort. »Oh, Edith, ich bin so froh, daß du anrufst! Ich habe versucht, dich zu erreichen, ich bin nicht einmal ins Bett gegangen, ich muß deine Nummer falsch aufgeschrieben haben, oder das Telefon hat nicht funktioniert ...« Dann fing sie an zu weinen, und Edith erzählte ihr alles über die Ereignisse der vergangenen Nacht.

»Gut, ruhe dich aus und bleibe ruhig, bis ich da bin«, sagte Edith. »Ich war die ganze Nacht auf meinen Knien, und Gott tut etwas, ja er tut es! Wir werden Hank da herausholen — und noch viel mehr!«

Edith packte ihren Pullover und ihre Schuhe und machte sich auf den Weg zu Mary. Noch nie hatte sie sich jünger gefühlt.

John Coleman wachte früh am Morgen auf, er war so erschüttert durch einen Traum, daß er nicht mehr einschlafen konnte. Patricia kannte dieses Gefühl — ihr war dasselbe passiert.

»Ich sah Engel!« sagte John.

»Ich auch«, sagte Patricia.

»Und ... und ich sah Dämonen. Monster, Patty! Häßliche Dinger! Die Engel und die Dämonen haben gegeneinander gekämpft. Es war ...«

»Schrecklich.«

»Furchtbar. Wirklich furchtbar.«

Sie riefen Hank an. Mary hob ab. Sie erfuhren die Geschichte der letzten Nacht, und sie gingen sofort hinüber.

Andy und June Forsythe konnten die ganze Nacht nicht schlafen. Am Morgen war Andy mürrisch, und June tat ihr Bestes, ihm einfach aus dem Weg zu gehen. Als Andy versuchte, sein Frühstück hinunterzukriegen, war er schließlich in der Lage, darüber zu reden. »Es muß der Herr gewesen sein. Ich weiß nicht, was es sonst sein könnte.«

»Aber warum bist du so mürrisch?« fragte June so sanft sie konnte.

»Weil ich mich noch nie zuvor so gefühlt habe«, sagte Andy, und dann fing seine Stimme zu zittern an. »Ich ... ich fühle, daß ich beten soll, wie ... wie, wenn etwas wirklich Wichtiges erledigt werden muß, und ich werde keine Ruhe mehr haben, bis es erledigt ist.«

»Weißt du«, sagte June, »ich verstehe genau, was du meinst. Ich weiß nicht, wie ich es erklären kann, aber ich fühle, daß wir diese Nacht nicht allein waren. Jemand war hier und hat uns mit diesen Gefühlen erfüllt.«

Andys Augen wurden weit. »Jaaa! Das ist es! Das ist das Gefühl!« Er packte mit großer Freude und Erleichterung ihre Hand. »June, Liebling, ich dachte, ich werde verrückt!«

In diesem Moment klingelte das Telefon. Es war Cecil Cooper. Er hatte einen sehr beunruhigenden Traum gehabt, und so ging es vielen. Irgend etwas war los. Sie warteten nicht, bis alle zum Gebet versammelt waren. Sie begannen gleich da, wo sie waren, zu beten.

Vom Norden, vom Süden, vom Osten und Westen, aus allen Richtungen und ganz unauffällig sanken himmlische Krieger wie Schneeflocken vom Himmel herab in die Stadt, gingen wie gewöhnliche Leute hinein, schlichen sich wie Untergrundkämpfer ein, glitten durch Felder und Obstgärten in die Stadt. Dann versteckten sie sich und warteten.

Hank wachte gegen 7.00 Uhr auf; der Alptraum war noch nicht zu Ende. Er war immer noch in der Zelle. Sein neuer Zellengenosse schnarchte eine Stunde weiter, bis die Wache das Frühstück brachte. Der große Mann sagte nichts, aber nahm das kleine Tablett, das durch die Gitterstäbe hereingereicht wurde. Er schaute nicht sehr begeistert auf den verbrannten Toast und die kalten Eier. Vielleicht war dies die Zeit, das Eis zu brechen.

»Guten Morgen«, sagte Hank.

»Guten Morgen«, antwortete der große Mann sehr halbherzig.

»Mein Name ist Hank Busche.«

Der große Mann schubste sein Tablett unter der Tür durch, damit es die Wache wegbringen konnte. Er hatte das Essen nicht angerührt. Er stand da und starrte wie ein eingesperrtes Tier durch die Gitterstäbe. Er reagierte nicht auf Hanks Vorstellung, noch sagte er Hank seinen Namen. Er war offenbar sehr verletzt; seine Augen schienen so sehnsuchtsvoll und so leer zu sein.

Alles, was Hank tun konnte, war, für ihn zu beten.

Schritt, Schritt, Stolpern, dann wieder ein Schritt. Den ganzen Morgen lang, durch Kornfelder, Kuhfladen, dichte Wälder, schlug sich Bernice durch, auf einem Weg, der mehr oder weniger parallel zum Highway 27 verlief, irgendwo rechts daneben. Das Geräusch von Fahrzeugen, die den Highway entlangbrausten, half ihr, die Richtung einzuhalten.

Sie fing langsam an, über ihre eigenen Füße zu stolpern, ihre Gedanken drehten sich im Kreise. Sie ging an einer endlosen Reihe von Maisstauden entlang, deren große grüne Blätter in einem beständigen, fast einschläfernden Rhythmus an ihr entlangstreiften. Die Erde unter ihren Füßen war gepflügt und staubig. Der Staub drang in ihre Schuhe ein. Er saugte die Kraft aus ihren Schritten.

Nachdem sie das Maisfeld überquert hatte, kam sie zu einem sehr langen und schmalen Hain von Bäumen, der als Windfang zwischen den Feldern gepflanzt war. Sie ging mitten hinein und fand plötzlich einen Fleck, der mit weichem, grünem Gras bedeckt war. Sie schaute auf die Uhr: 8.25 Uhr morgens. Sie mußte ausruhen. Sie würde irgendwie nach Baker kommen ... es war die einzige Hoffnung ... sie hoffte, Marshall war in Ordnung ... sie hoffte, daß sie nicht sterben würde ... sie war eingeschlafen.

Mit der Zeit wurde das Mittagessen hereingebracht, und Hank und sein Zellengenosse waren bereit, etwas mehr zu essen. Die Brötchen waren gar nicht schlecht, und die Gemüsesuppe war recht gut.

Bevor der Wächter wegging, fragte ihn Hank: »Sagen Sie, sind Sie sicher, daß ich nicht irgendwie eine Bibel bekommen kann?«

»Ich habe Ihnen gesagt«, meinte der Wächter unfreundlich, »ich warte auf Anweisungen, und bevor ich die nicht habe, geht nichts!«

Plötzlich explodierte der große schweigende Zellengenosse: »Jimmy, Sie haben einen Stapel von Gideon-Bibeln in Ihrer Schreibtischschublade, und Sie wissen das! Jetzt geben Sie diesem Mann eine Bibel!«

Der Wächter schnauzte nur zurück. »Hey, Sie sind jetzt auf der anderen Seite der Gitterstäbe, Hogan. Und *ich* werde die Show hier leiten!«

Der Wächter verschwand, und der große Mann versuchte, seine Aufmerksamkeit dem Essen zu widmen. Trotzdem schaute er zu Hank und meinte: »Jimmy Dunlop. Er denkt, daß er ein richtiger Mann ist.«

»Danke, daß Sie es versucht haben.«

Der große Mann stieß einen Seufzer aus und sagte dann: »Entschuldigung, daß ich die ganze Zeit so unfreundlich war. Ich brauchte Zeit, um mich von gestern zu erholen, ich brauchte Zeit, um Sie auszuloten, und ich vermute, daß ich Zeit brauchte, um mich daran zu gewöhnen, im Gefängnis zu sein.«

»Damit kann ich mich sicher identifizieren. Ich war auch noch nie zuvor im Gefängnis«, versuchte es Hank wieder. Er streckte seine Hand aus und sagte: »Hank Busche.«

Dieses Mal nahm der Mann seine Hand und schüttelte sie fest. »Marshall Hogan.«

Dann klickte bei beiden etwas. Bevor sie noch ihre Hand sinken ließen, schauten sie sich an, zeigten aufeinander, und beide begannen zu fragen: »Sagen Sie, sind Sie nicht ... ?«

Und dann starrten sie sich einen Augenblick lang an und sagten gar nichts mehr.

Die Engel beobachteten natürlich das Ganze und machten Tal Meldung.

»Gut, gut«, sagte Tal. »Jetzt werden wir die beiden miteinander reden lassen.«

»Sie sind der Pastor dieser kleinen weißen Kirche«, sagte Marshall.

»Und Sie sind der Redaktionsleiter der Zeitung, dem *Clarion*«, rief Hank aus.

»Und was um alles in der Welt machen Sie hier?«

»Ich weiß nicht, ob Sie in der Lage sind, das zu glauben.«

»Junge, Sie werden erstaunt sein — *ich* bin erstaunt —, was ich alles glauben werde!« Marshall senkte seine Stimme und lehnte sich nahe heran, wobei er sagte: »Sie haben mir erzählt, Sie sind wegen Vergewaltigung hier.«

»Das ist richtig.«

»Das paßt genau zu Ihnen, nicht wahr?«

Hank wußte nicht so recht, was er mit dieser Bemerkung anfangen sollte. »Nun, ich habe es nicht getan, wissen Sie.«

»Geht nicht Alf Brummel in Ihre Gemeinde?«

»Ja.«

»Jemals Ärger mit ihm gehabt?«

»Ähh ... nun, ja.«

»So wie ich. Und deswegen bin ich hier, und deswegen sind Sie hier! Erzählen Sie mir, was passiert ist.«

»Wann?«

»Ich meine, was wirklich passiert ist? Kennen Sie überhaupt dieses Mädchen, das Sie vergewaltigt haben sollen?«

»Nun ...«

»Wo haben Sie diese Bißwunden an Ihrem Arm her?«

Hank bekam einige Zweifel. »Hören Sie, ich werde besser nichts sagen.«

»War ihr Name Carmen?«

Hanks Gesicht sagte ein Ja, das fast hörbar war.

»Das war nur so ein Verdacht von mir. Sie ist wirklich ein hinterhältiges Weib. Sie hat für mich gearbeitet, und vergangene Nacht hat sie mir erzählt, daß sie vergewaltigt wurde, und ich wußte sofort, daß es eine Lüge war.«

Hank war vollkommen von den Socken. »Das ist zuviel! Woher wissen Sie das alles?«

Marshall schaute sich in der Zelle um und zuckte mit den Achseln. »Ah, gut, was sollen wir sonst hier machen? Hank, ich habe eine Story für Sie! Es wird ein paar Stunden dauern. Sind Sie bereit dafür?«

»Wenn Sie bereit sind, meine zu hören, bin ich bereit, Ihre zu hören.«

«Hallo? Hallo, liebe Frau!?«

Bernice wurde wach. Da lehnte sich jemand über sie. Es war ein junges Mädchen, vielleicht siebzehn, vielleicht auch älter, mit großen braunen Augen und schwarzen lockigen Haaren, mit einer Latzhose bekleidet, die perfekte Tochter eines Landwirts.

»Oh! Ähhh ... hallo.« Das war alles, was Bernice einfiel.

»Sind Sie in Ordnung, gute Frau?« fragte das Mädchen mit einer langsamen und gedehnten Aussprache.

»Ähh, ja. Ich habe geschlafen. Ich hoffe, das ist in Ordnung. Ich machte einen Spaziergang, wissen Sie, und ...« Sie erinnerte sich an ihr verunstaltetes Gesicht. Oh, großartig! Nun wird dieses Kind denken, ich sei überfallen worden oder so etwas.

»Suchen Sie nach Ihrer Sonnenbrille?« fragte das Mädchen, griff hinunter und hob sie auf. Sie gab Bernice die Brille.

»Ich ... ähhh ... schätze, Sie wundern sich, was mit meinem Gesicht passiert ist.«

Das Mädchen lächelte nur entwaffnend und sagte: »Ach, Sie sollten einmal sehen, wie ich kurz nach dem Aufwachen aussehe.«

»Ist das euer Grundstück? Ich wollte nicht ...«

»Nein, ich bin auch nur durchspaziert wie Sie. Ich sah Sie hier liegen und dachte, ich schau mal nach. Kann ich Sie irgendwohin mitnehmen?«

Bernice wollte schon ein automatisches Nein sagen, aber dann schaute sie auf ihre Uhr. O nein! Es war bereits 16.00 Uhr. »Nun, Sie fahren nicht zufällig Richtung Norden, oder?«

»Ich fahre nach Baker.«

»Oh, das ist phantastisch! Ich kann mit Ihnen mitfahren?«

»Gleich nach dem Essen.«

»Was?«

Das Mädchen ging unter den Bäumen hinweg zum nächsten Maisfeld, und dann bemerkte Bernice ein funkelndes blaues Motorrad, das in der Sonne geparkt war. Das Mädchen griff in eine Seitentasche und holte eine braune Papiertüte heraus. Es kehrte zurück und stellte die Tüte — zusammen mit einem Karton kalter Milch — vor Bernice.

»Sie machen um 16.00 Uhr Mittagspause?« fragte Bernice mit einem verlegenen Lächeln.

»Nein«, antwortete die junge Dame und lächelte ebenfalls, »aber Sie haben einen langen Weg hinter sich, und Sie haben noch einen langen Weg vor sich, und Sie brauchen etwas zum Essen.«

Bernice schaute in diese klaren, lachenden braunen Augen und dann auf die einfache kleine Tüte vor sich, und sie konnte fühlen, wie ihr Gesicht rot wurde und Tränen in ihre Augen stiegen.

»Essen Sie jetzt«, sagte das Mädchen.

Bernice öffnete die Papiertüte und fand ein Sandwich, belegt mit gebratenem Rindfleisch, ein wirkliches Kunstwerk. Das Fleisch war noch heiß, der Salat war frisch und grün. Darunter war ein kühler Becher mit Blaubeerjoghurt, ihr Lieblingsaroma.

Sie versuchte, ihre Gefühle zu unterdrücken, aber sie begann vor Weinen zu beben, und die Tränen liefen ihr die Wangen hinunter. Oh, ich mache mich selbst zum Narren, dachte sie. Aber dies war so ganz anders.

»Es tut mir leid«, sagte sie. »Ich bin einfach ... sehr gerührt von Ihrer Freundlichkeit.«

Das Mädchen berührte ihre Hand. »Nun, ich bin froh, daß ich hier sein kann.«

»Wie heißen Sie?«

»Sie können mich Betsy nennen.«

»Ich bin — nun, Sie können mich Marie nennen.« Es war Bernice' zweiter Vorname.

»Okay. Hören Sie, ich habe auch etwas kaltes Wasser, wenn Sie das wollen.«

Da kam eine weitere Welle von Gefühlen in Bernice auf. »Sie sind eine wundervolle Person. Was machen Sie auf diesem Planeten?«

»Ihnen helfen«, antwortete Betsy und rannte zu ihrem Motorrad, um Wasser zu holen.

Hank saß auf der Kante seines Feldbettes, hingerissen von der Geschichte, die Marshall erzählte.

»Sind Sie sicher?« fragte er plötzlich. »Alf Brummel ist in Hexerei verwickelt? Ein Ältester meiner Gemeinde?«

»Hey, nennen Sie es, wie Sie wollen, Mann, aber ich sage Ihnen, es ist ungeheuerlich! Ich weiß nicht, wie lange er und Langstrat schon Busenfreunde sind, aber von ihrem kosmischen Bewußtseinsdreck ist genug auf ihn übergegangen, um ihn gefährlich zu machen, und ich meine es ganz ernst!«

»Und wer ist noch in dieser Gruppe?«

»Wer *ist nicht* in ihr? Oliver Young ist drin, Richter Baker ist drin, die meisten der örtlichen Polizisten sind drin ...« Marshall fuhr fort, Hank einen kleinen Ausschnitt aus der Liste zu nennen.

Hank war erstaunt. Das mußte der Herr sein. So viele der Fragen, die er schon lange mit sich herumtrug, fanden jetzt ihre Antwort.

Marshall erzählte eine weitere halbe Stunde, und dann fing er an, den Faden zu verlieren. Er war zu dem Teil mit Kate und Sandy gekommen.

»Das ist der Teil, der am meisten weh tut«, sagte er, und dann schaute er durch die Gitterstäbe anstatt in Hanks Augen. »Es ist eine

Geschichte für sich, und Sie brauchen sich das nicht anzuhören. Aber ich habe die ganze Zeit darüber nachgegrübelt. Es ist mein Fehler, Hank. Ich habe es zugelassen.«

Er stieß einen tiefen Seufzer aus und wischte Feuchtigkeit aus seinen Augen. »Ich hätte alles verlieren können; die Zeitung, das Haus, die — die Schlacht. Ich hätte es hingenommen, wenn ich nur sie hätte. Aber ich habe auch sie verloren ...« Dann sagte er die Worte: »Und so bin ich hier gelandet«, und er stoppte. Abrupt.

Hank weinte. Er weinte und lächelte, während er seine Hände zu Gott erhob und seinen Kopf vor Verwunderung schüttelte. Für Marshall sah es so aus, als hätte er irgendeine religiöse Erfahrung.

»Marshall«, sagte Hank aufgeregt, unfähig, sitzen zu bleiben, »das ist von Gott! Wir sind nicht zufällig hier. Unsere Feinde haben es böse gemeint, aber Gott hat es gut gemeint. Er brachte uns beide zusammen, damit wir uns begegnen konnten, damit wir das ganze Puzzle gemeinsam zusammensetzen können. Sie haben meine Geschichte noch nicht gehört, aber raten Sie mal? Es ist dieselbe! Wir sind beide gegen dasselbe Problem aufgestanden, nur von zwei verschiedenen Seiten.«

»Reden Sie, reden Sie, ich will auch weinen!«

Und so begann Hank zu erzählen, wie er sich plötzlich als Pastor einer Gemeinde vorfand, die ihn anscheinend gar nicht haben wollte ...

Betsys Motorrad flog wie der Wind den Highway 27 hinauf, und Bernice hielt sich fest, wobei sie hinter ihr auf dem weichen Ledersitz saß und beobachtete, wie die Landschaft vorbeirauschte. Die ganze Fahrt war erfrischend; sie fühlte sich wieder wie ein Kind, und die Tatsache, daß sie beide Helme mit dunklem Gesichtsschutz trugen, gab Bernice das Gefühl, daß man sie nicht so leicht entdecken konnte.

Aber Baker kam schnell näher und damit auch die Risiken und Gefahren und die große Frage, ob Susan Jacobson da sein würde oder nicht. Ein Teil von Bernice wollte auf dem Motorrad mit diesem süßen, liebenswürdigen Kind bleiben und einfach weiterfahren, egal wohin. Jedes Leben war besser als dieses.

Die Gegend wurde immer vertrauter: das Coca-Cola-Zeichen, und dieser große Platz voll mit Brennholz, das zum Verkauf angeboten wurde. Sie fuhren nach Baker hinein. Betsy nahm das Gas weg und schaltete herunter. Schließlich bog sie vom Highway ab und holperte auf einen Schotterparkplatz vor dem betagten Sunset Motel.

»Reicht das für Sie?« rief Betsy durch ihren Gesichtsschutz.

Bernice konnte die Evergreen Taverne von hier aus sehen. »Oh, ja, das ist genau richtig.«

Sie kletterte von dem Motorrad und kämpfte mit dem Kinnriemen ihres Helmes.

»Lassen Sie ihn noch eine Weile auf«, sagte Betsy.

»Wozu?«

Bernice' Augen gaben ihr sofort einen guten Grund: Ein Streifenwagen aus dem Bezirk Ashton fuhr gerade vorbei und verringerte seine Geschwindigkeit, als er nach Baker hineinfuhr. Bernice beobachtete ihn, wie er nach links blinkte und in den Parkplatz vor der Evergreen Taverne einbog. Die beiden Polizisten stiegen aus und gingen hinein. Sie schaute zu Betsy hinunter. Wußte sie Bescheid?

Sie benahm sich nicht so. Sie zeigte auf einen kleinen Anbau neben dem Motel. »Das ist Rose Allens kleines Café. Es sieht nicht sehr einladend aus, aber sie macht die beste Suppe der Welt und verkauft sie billig. Es wird ein guter Ort sein, um etwas Zeit totzuschlagen.«

Bernice nahm ihren Helm ab und legte ihn auf das Motorrad.

»Betsy«, sagte sie, »ich schulde Ihnen sehr viel. Vielen herzlichen Dank.«

»Gern geschehen.« Sogar durch das Gesichtsschild strahlte das Lächeln hindurch.

Bernice schaute zu dem kleinen Café hinüber. Nein, es sah nicht sehr hübsch aus. »Die beste Suppe der Welt, oder?«

Sie drehte sich zu Betsy zurück und erstarrte. Einen Augenblick lang fühlte sie sich, als würde sie nach vorne stolpern.

Betsy war weg. Das Motorrad war weg.

Es war wie das Erwachen aus einem Traum, und man brauchte Zeit, um seine Sinne dem anzupassen, was real war und was nicht. Aber Bernice wußte, daß es kein Traum gewesen war. Die Spuren des Motorrads waren noch deutlich im Schotter zu sehen, sie führten vom Highway weg bis zu dem Fleck, wo Bernice stand. Dort endeten sie.

Bernice wich zurück wie betäubt und erschüttert. Sie schaute den Highway rauf und runter, aber sie wußte schon, als sie es tat, daß sie das Mädchen nicht auf ihrem Motorrad sehen würde. Tatsächlich wußte Bernice auch, daß sie enttäuscht gewesen wäre, hätte sie sie gesehen. Es wäre das Ende von einem sehr schönen *Etwas* gewesen, das sie noch nie zuvor gefühlt hatte.

Aber sie mußte weg vom Highway, sagte sie sich selbst. Sie fiel hier auf wie ein entflogener Papagei. Sie riß sich von diesem Platz los und eilte in Rose Allens Café.

Das Abendessen kam um 18.00 Uhr durch die Gitterstäbe. Marshall war bereit, das gebratene Hähnchen und die gekochten Karotten zu essen, aber Hank war so sehr in seine Geschichte vertieft, daß Marshall ihn zum Essen antreiben mußte.

»Ich komme erst noch zum guten Teil!« protestierte Hank, und dann fragte er: »Wie kommen Sie bis jetzt klar damit?«

»Viel davon ist neu«, gab Marshall zu.

»Was sind Sie gleich wieder. Presbyterianer?«

»Hey, geben Sie nicht ihnen die Schuld. Es ist meine eigene, und ich habe immer gedacht, diesen Spuk gibt es nur im Kino.«

»Nun, Sie wollten immer eine Erklärung für Langstrats eigenartige Macht, und wie das Netzwerk all diesen starken Einfluß auf Menschen haben kann, und was wirklich Ted Harmel gequält hat, und wer diese Geistführer sind.«

»Sie — Sie fragen mich, ob ich an böse Geister glaube.«

»Glauben Sie an Gott?«

»Ja, ich glaube, es gibt einen Gott.«

»Glauben Sie an den Teufel?«

Marshall mußte einen Moment lang nachdenken. Er merkte, daß sich im Laufe der Ereignisse seine Ansichten verändert hatten. »Ich ... nun, ja, ich schätze schon.«

»An Engel und Dämonen zu glauben, ist nur der nächste Schritt. Es ist nur logisch.«

Marshall zuckte mit den Achseln und nahm eine Hähnchenkeule. »Machen Sie einfach weiter. Lassen Sie mich das Ganze hören.«

34

Bernice schlug noch eineinhalb Stunden in Rose Allens Café tot. Sie hatte sich eine Schüssel Suppe gekauft — Betsy hatte recht, sie war gut — und aß sie sehr langsam. Sie hielt die ganze Zeit ihre Augen auf Rose gerichtet. Junge, wenn diese Frau auch nur die kleinste Bewegung hin zu diesem Telefon machte, Bernice wäre sofort draußen! Aber Rose sah nicht so aus, als wäre für sie eine verprügelte Frau in ihrem Café etwas Ungewöhnliches, und nichts passierte.

Als es langsam auf 19.30 Uhr zuging, wußte Bernice, daß sie auf die eine oder andere Art zu diesem Treffen gelangen mußte. Sie zahlte die Suppe von den Münzen in ihrer Tasche und ging hinaus.

Es sah so aus, als wäre das Polizeiauto, das an der Evergreen Taverne angehalten hatte, wieder abgefahren, aber es war schon dunkel geworden, und die Taverne war zu weit weg, um es mit Sicherheit festzustellen.

Bernice ging vorsichtig los, ihre Augen spähten in alle Richtungen nach Polizisten, Absperrungen, verdächtigen Fahrzeugen, irgend etwas. Der Parkplatz der Evergreen Taverne war überfüllt, und das war wahrscheinlich typisch für einen Samstagabend. Sie behielt ihre Sonnenbrille auf, aber abgesehen davon sah sie genauso aus wie jene Bernice Krueger, nach der die Polizei suchte. Was könnte sie noch tun?

Während sie sich der Taverne näherte, schaute sie sich nach irgendwelchen Fluchtwegen um. Sie bemerkte einen Weg, der in den Wald führte, aber sie wußte nicht, wie weit er ging oder wo er endete. Alles in allem — anscheinend gab es nicht allzu viele Möglichkeiten zum Weglaufen oder Verstecken.

Die Rückseite der Evergreen Taverne war der Teil des Gebäudes, um den sich offenbar überhaupt niemand kümmerte; die drei alten Autos, die vergessenen Kühlschränke, die verbeulten Bierfässer, die Haufen kaputter Tische und rostiger, durchgebrochener Stühle waren so verteilt, daß gerade noch ein schmaler Weg zur Hintertür offenblieb.

Diese Tür hatte einen Bogen in das Linoleum gekratzt. Die Musik aus der Musikbox traf Bernice wie eine Welle, ebenso der Zigarettenqualm und der widerlich süße Geruch von Bier. Sie schloß die Tür hinter sich und war in einer dunklen Taverne voller Silhouetten. Sie schaute vorsichtig umher, unter und über ihre Sonnenbrille, wobei sie versuchte zu sehen, wo sie war, und wo all die anderen waren, ohne daß sie ihre Sonnenbrille abnehmen mußte.

Es mußte einen Sitzplatz irgendwo geben. Die meisten der Plätze waren mit Holzarbeitern und ihren Freundinnen besetzt. Da war ein Stuhl in der Ecke. Sie nahm ihn und setzte sich, um den Raum in Ruhe zu beobachten.

Von diesem Fleck aus konnte sie die Eingangstür ausmachen und die Leute hereinkommen sehen, aber sie konnte nicht ihre Gesichter unterscheiden. Sie erkannte Dan hinter der Bar; er war mit dem Bierzapfen beschäftigt und versuchte, die Dinge im Griff zu behalten. Ihre Ohren nahmen wahr, daß das Kartenspiel im vollen Gange war, und zwei Videospiele irgendwo an der Wand piepsten und quäkten durch den übrigen Lärm.

Es war 19.50 Uhr. Nun, nur hier herumsitzen würde nicht funktionieren; sie war zu auffällig, und sie konnte einfach nichts sehen. Sie stand von dem Stuhl auf und versuchte, sich unter die Menge zu mischen, wobei sie sich nahe bei der Wand hielt.

Sie schaute wieder zu Dan. Er war jetzt etwas näher und er könnte zu ihr zurückgeschaut haben, aber sie war sich nicht sicher. Er benahm sich nicht so, als hätte er sie erkannt oder als würde er sich um sie kümmern, falls er es tat. Bernice versuchte einen unauffälligen Platz zu finden, von dem aus sie die Leute an den vorderen Tischen beobachten konnte. Sie gesellte sich zu einer kleinen Gruppe, die sich mit einem Videospiel beschäftigte. Diese Leute vor ihr waren immer noch Silhouetten, aber keiner von ihnen konnte Susan sein.

Da war Dan wieder, er lehnte sich über einen der Tische und zog das Vorderfenster halb herunter. Einige Leute beschwerten sich, aber er gab ihnen irgendeine Erklärung und ließ es so.

Sie beschloß, zu ihrem Stuhl zurückzugehen und zu warten. Sie arbeitete sich wieder zu den Kartenspielern zurück und ging dann langsam hinter die Menge zur Rückseite des Raumes.

Dann schoß ihr ein Gedanke durch den Kopf. Sie hatte diesen Trick — das Fenster halb herunterziehen — in irgendeinem Film gesehen. Ein Signal? Sie drehte ihren Kopf zum Eingang, und genau in diesem Moment ging die Tür auf. Zwei Männer in Uniform kamen herein. Polizei! Einer zeigte genau auf sie. Sie bewegte sich so schnell sie konnte zur Hintertür. Vor ihr war nichts als Dunkelheit. Wie um alles in der Welt sollte sie diese Tür finden?

Sie konnte durch den Lärm der Menge einen Ruf hören. »Hey! Haltet diese Frau auf! Polizei! Haltet sie!«

Die Leute um sie herum begannen zu murmeln: »Wer? Welche Frau? *Diese* Frau?« Eine andere Stimme sagte aus dem Dunkeln heraus zu ihr: »Hey, junge Frau, ich glaube, er meint dich!«

Sie schaute nicht zurück, aber sie konnte das Rücken von Stühlen und das Geräusch von Schritten hören. Sie waren hinter ihr her!

Dann sah sie das grüne Ausgang-Zeichen über der Hintertür. Vergiß es, unauffällig zu sein! Sie rannte auf das Licht zu.

Leute brüllten überall, sie kamen, um ihr zu helfen und zu sehen was los war. Sie standen den Polizisten im Weg, und diese fingen zu brüllen an: »An die Seite, bitte! Aus dem Weg! Haltet sie!«

Sie konnte den Griff oder den Knopf — oder was immer diese Tür hatte — nicht sehen. In der Hoffnung, daß da ein Prellbalken sei, warf sie ihren Körper gegen die Tür. Da war kein Prellbalken, aber sie konnte hören, daß etwas zerbrach — und die Tür ging auf.

Draußen war es heller als drinnen. Sie konnte den Pfad durch all den Müll erkennen, und sie rannte los, sie rannte mit allem, was in ihr war, während sie die Hintertür erneut aufkrachen hörte. Dann kam das Geräusch von Schritten. Würde sie außer Sichtweite sein, bevor die anderen sich in all dem Müll zurechtfanden?

Sie riß ihre Sonnenbrille herunter, gerade rechtzeitig, um den Weg in den Wald zu erkennen auf der anderen Seite des Zaunes.

Es ist erstaunlich, zu was man alles in der Lage ist, wenn man nur genug Angst hat. Sie packte die Zaunlatten, schwang ihren Körper hoch und über den Zaun hinüber, dann fiel sie in das Gebüsch auf der anderen Seite. Ohne sich damit aufzuhalten, sich selbst zu beglückwünschen, rappelte sie sich hoch und rannte wie ein verschrecktes Kaninchen den Weg in den Wald hinein, wobei sie sich duckte, um den herabhängenden Zweigen, die sie sehen konnte, aus dem Weg zu gehen, während sie von denen, die sie nicht sah, ins Gesicht gepeitscht wurde.

Der Pfad war weich und eben, und er machte ihre Schritte ruhig und gedämpft. Es war dunkler im Wald, und manchmal mußte sie abrupt stehenbleiben, um zu erkennen, wie es weiterging. Während dieser kurzen Pausen lauschte sie auch, ob sie ihre Verfolger hören konnte; weit hinter ihr waren einige Schreie zu hören, aber es schien so, daß niemand an diesen Pfad dachte.

Da war ein Licht vor ihr. Sie kam zu einer Schotterstraße, aber sie wartete lange genug im Wald, um die Straße hinauf und hinunter nach Autos, Polizisten und Verdächtigem auszuforschen. Die Straße war ruhig und leer. Sie trat schnell hinaus und überlegte, welche Richtung sie wählen sollte.

Plötzlich erschien ein Auto etwas unterhalb der Straße. Das Auto bog in die Straße ein und fuhr auf sie zu. Sie mußten sie entdeckt haben! Sie konnte nichts tun außer weiterzurennen!

Ihre Lungen arbeiteten auf Hochtouren, ihr Herz hämmerte, und es fühlte sich an, als wollte es sich selbst in zwei Teile reißen, ihre Füße waren wie Blei. Sie konnte nicht verhindern, daß sie vor Angst und Furcht mit jedem Ausatmen schrie, während sie über ein Feld auf ein paar Gebäude zurannte. Sie schaute zurück. Eine Figur war hinter ihr, die sehr schnell lief. Nein! Nein! Bitte verfolge mich nicht, laß mich einfach laufen! Ich kann nicht mehr!

Die Gebäude kamen näher. Es sah wie ein verlassener Bauernhof aus. Sie dachte nicht mehr, sie rannte nur noch. Sie konnte nichts sehen; ihre Augen waren jetzt auch noch von Tränen verschleiert. Sie japste nach Luft, ihr Mund war ausgetrocknet, der Schmerz von ihrem Brustkorb schoß den ganzen Körper hinauf und hinunter. Das Gras peitschte gegen ihre Beine, sie stolperte mehr, als daß sie lief. Sie konnte die Schritte ihres Verfolgers durch das Gras kommen hören, nicht weit hinter ihr. Oh, Gott, hilf mir!

Vor ihr lag ein großes, dunkles Gebäude, eine Scheune. Sie würde da hineingehen und sich verstecken. Wenn sie sie fanden, dann fanden sie sie. Sie konnte nicht mehr weiterrennen.

Sie stolperte, torkelte, trat sich selbst auf den Fuß und fand das große Scheunentor halb offen. Sie fiel praktisch durch das Tor.

Drinnen fand sie sich in tiefster Finsternis. Nun waren ihre Augen nutzlos. Sie stolperte mit ausgestreckten Armen vorwärts. Ihre Füße schlurften durch Stroh. Ihre Arme schlugen gegen Bretter. Ein Stall. Sie ging weiter. Noch ein Stall. Sie konnte die Schritte um die Ecke und durch das Tor kommen hören. Sie duckte sich in einen Stall und versuchte, ihr heftiges Keuchen zu dämpfen. Sie war kurz davor, ohnmächtig zu werden.

Die Schritte wurden langsamer. Der Verfolger erfuhr dieselbe Finsternis und versuchte, sich vorwärts zu tasten. Aber er kam näher.

Bernice wich weiter in den Stall zurück und fragte sich, wo es eine Möglichkeit geben könnte, sich zu verstecken. Ihre Hand ertastete eine Art Stiel. Sie fühlte weiter. Eine Mistgabel. Sie nahm sie in die Hände. Konnte sie dieses Ding wirklich kaltblütig benutzen?

Die Schritte tasteten sich systematisch weiter vor; der Verfolger untersuchte jeden Stall und arbeitete sich langsam durch die Scheune. Nun konnte Bernice einen kleinen Lichtstrahl hier und dort herumhuschen sehen.

Sie hielt die Mistgabel hoch, wobei ihre gebrochene Rippe heftig protestierte. Du wirst es sehr bereuen, daß du mich verfolgt hast, dachte sie. Sie handelte jetzt nach den Gesetzen des Dschungels.

Die Schritte waren jetzt sehr nahe. Der kleine Lichtstrahl war genau vor dem Eingang des Stalles. Sie war bereit. Das Licht schien in ihre Augen. Da war ein leises Keuchen. Komm, Bernice! Wirf die Mistgabel! Ihre Arme wollten sich nicht bewegen.

»Bernice Krueger?« fragte eine gedämpfte Frauenstimme.

Bernice bewegte sich immer noch nicht. Sie hielt die Mistgabel hoch, japste nach Luft, und der Lichtstrahl beleuchtete ihre verunstalteten, blaugeschlagenen Augen und ihr vor Angst verzerrtes Gesicht.

Wer immer es war, schritt sofort bei ihrem Anblick zurück und flüsterte: »Bernice, nein! Nicht werfen!«

Das machte Bernice noch williger, das Ding zu werfen. Sie stöhnte und keuchte und versuchte, ihre Arme zu bewegen. Sie wollten nicht.

»Bernice«, kam die Stimme, »ich bin Susan Jacobson! Ich bin alleine!«

Bernice legte die Mistgabel noch nicht aus der Hand. Einen Augenblick lang war sie aus der Wirklichkeit herausgetreten, und Worte bedeuteten nichts.

»Kannst du mich hören?« kam die Stimme. »Bitte, nimm die Mistgabel runter. Ich will dich nicht verletzen. Ich bin nicht die Polizei, ich verspreche es dir.«

»Wer bist du?« fragte Bernice schließlich, ihre Stimme keuchte und zitterte.

»Susan Jacobson, Bernice.« Sie sagte es noch einmal langsam. »Susan Jacobson, die Zimmerkollegin deiner Schwester Pat. Wir hatten eine Verabredung.«

Es war, als ob Bernice plötzlich aus einer Sinnestäuschung oder einem Alptraum mit Schlafwandel erwachte. Der Name drang schließlich in ihr Bewußtsein und weckte sie auf.

»Du ...« japste sie. »Du machst Witze!«

»Nein. Ich bin es.«

Susan leuchtete in ihr eigenes Gesicht. Das schwarze Haar und die blasse Gesichtsfarbe waren unverwechselbar, obwohl die schwarzen Kleider jetzt durch eine Jeans und eine blaue Jacke ersetzt waren.

Bernice senkte die Mistgabel. Dann ließ sie sie fallen, und ein gedämpftes Winseln kam aus ihrem Mund. Sie legte ihre Hand auf den Mund und bemerkte plötzlich, daß sie furchtbare Schmerzen hatte. Sie sank auf ihre Knie in das Stroh und preßte ihre Arme um den Brustkorb.

»Was ist los?« fragte Susan.

»Mach das Licht aus, bevor sie dich sehen«, war alles, was Bernice sagen konnte. Das Licht klickte aus. Bernice konnte fühlen, daß Susans Hand sie berührte.

»Du bist verletzt!« sagte Susan.

»Ich ... ich versuche, alles im richtigen Verhältnis zu sehen«, keuchte Bernice. »Ich bin noch am Leben, ich habe die echte lebendige Susan Jacobson gefunden, ich mußte niemanden töten, die Polizei hat mich nicht gefunden ... und ich habe eine gebrochene Rippe! Oooooooohhh ...«

Susan legte ihren Arm um Bernice, um sie zu trösten.

»Vorsichtig, vorsichtig!« stöhnte Bernice. »Von wo bist du nur hergekommen? Wie hast du mich gefunden?«

»Ich habe die Taverne von der anderen Straßenseite beobachtet, und ich habe gewartet, ob du oder Kevin auftauchen würden. Ich sah die Polizei hineingehen, und du bist hinten herausgerannt, und ich wußte sofort, daß du es warst. Während meiner College-Zeit haben wir hier oft herumgegangen, und so kannte ich den Waldpfad, und ich wußte, wo er in diese Straße münden würde. Ich bin zu der Stelle gefahren, weil ich dachte, ich würde dich treffen und dich ins Auto springen lassen, aber du warst zu weit weg, und du bist weitergerannt.«

Bernice ließ ihren Kopf ein wenig sinken. Sie fühlte wieder diese sonderbaren Gefühle aufsteigen. »Ich hatte gedacht, daß ich nie ein Wunder erleben würde, aber jetzt weiß ich nicht mehr.«

Hank beendete die ganze Geschichte, und, dank Marshalls Drängen, aß er auch das meiste von dem Abendessen. Marshall begann Fragen zu stellen, die Hank aus seiner Kenntnis der Bibel heraus beantwortete.

»So«, fragte Marshall und dachte gleichzeitig darüber nach, »wenn die Evangelien beschreiben, wie Jesus und seine Jünger unreine Geister austreiben, dann deshalb, weil sie es wirklich getan haben?«

»Genau das haben sie getan«, antwortete Hank.

Marshall lehnte sich zurück gegen die Gitterstäbe und dachte weiter nach. »Das würde sicher eine Menge Sachen erklären. Aber was ist mit Sandy? Vermuten Sie, daß sie — sie ...?«

»Ich weiß es nicht sicher, aber es könnte sein.«

»Womit ich gestern gesprochen habe ... das war nicht sie. Sie war einfach verrückt; Sie würden es nicht glauben.« Er korrigierte sich selbst. »Ah, Sie würden es wahrscheinlich schon glauben.«

Hank war aufgeregt. »Aber sehen Sie nicht, was passiert ist? Es ist ein Wunder von Gott, Marshall. Die ganze Zeit schauen Sie in diese dunklen Machenschaften und Intrigen, und Sie wundern sich, wie diese Dinge so leicht und so wirkungsvoll passieren können, besonders im persönlichen Leben von so vielen Leuten. Und jetzt haben Sie mir erzählt, was Sie herausgefunden haben, und ich habe mein ›warum‹. Dauernd bin ich dämonischen Mächten in dieser Stadt begegnet, aber ich wußte nie wirklich, was sie hier wollten. Nun weiß ich es. Es muß der Herr gewesen sein, der uns hier zusammengebracht hat.«

Marshall schaute Hank mit einem schiefen Lächeln an. »Und wie geht es jetzt weiter, Prediger? Sie haben uns eingesperrt, sie haben uns keine Kontakte mit unseren Familien, Freunden, Rechtsanwälten oder irgend jemandem erlaubt. Ich habe den Eindruck, daß unsere verfassungsmäßigen Rechte hier nicht sehr viel gelten.«

Nun lehnte sich Hank an die kalte Betonwand zurück und dachte nach. »Diesen Teil kennt nur Gott. Aber ich habe das sehr starke Gefühl, daß *er* uns da hineingebracht hat, und daß *er* auch einen Plan hat, um uns da wieder herauszuholen.«

»Wo wir gerade über starke Gefühle sprechen«, gab Marshall zurück, »ich habe einige ganz schön starke Gefühle, daß sie uns aus dem Weg räumen wollen, während sie zu Ende führen, was sie angefangen haben. Es wird interessant sein zu sehen, was von der Stadt noch übrig sein wird — und von unseren Berufen, unseren Häusern, unseren Familien und allem anderen —, wenn wir hier herauskommen. *Falls* wir hier herauskommen.«

»Nun, habe Glauben. Gott hat hier die Herrschaft.«

»Jaaa, ich hoffe nur, daß er den Ball nicht fallen gelassen hat.«

Während die beiden Frauen im Stroh saßen, versuchte Bernice, Susan alles zu erklären: ihr verunstaltetes Gesicht, ihre gebrochene Rippe, was sie und Marshall durchgemacht hatten – und den Tod von Kevin Weed.

Susan überdachte alles einen Moment lang, und dann sagte sie: »Es ist Kasephs Art. Es ist die Art dieser Gesellschaft. Ich hätte Kevin nicht mit hineinziehen sollen.«

»Gib – gib nicht dir selbst die Schuld. Wir stecken alle in dieser Sache drin, ob wir wollen oder nicht.«

Susan zwang sich, ihre Gefühle zu unterdrücken und zu überlegen. »Du hast recht ... zumindest für den Augenblick. In ein paar Tagen werde ich mich hinsetzen und wirklich darüber nachdenken, und ich werde über diesen Mann weinen.« Sie stand auf. »Aber jetzt gibt es zu viel zu tun und zu wenig Zeit. Denkst du, daß du gehen kannst?«

»Nein, aber das hat mich bis jetzt auch nicht daran gehindert.«

»Mein Auto ist gemietet, und ich habe zu viele wichtige Unterlagen da drinnen. Komm, los.«

Mit vorsichtigen und sehr langsamen, überlegten Schritten gingen Susan und Bernice zum Scheunentor. Draußen war es sehr ruhig.

»Wirst du es schaffen?« fragte Susan.

»Sicher«, sagte Bernice, »laß uns gehen.«

Sie überquerten wieder das breite Feld zur Straße hin, wo Susan ihr Auto zurückgelassen hatte, wobei sie einen Baum, der sich gegen den Sternenhimmel abhob, als Orientierungshilfe benutzten. Während sie über das Feld gingen, bemerkte Bernice, wieviel kürzer der Weg ihr jetzt erschien, da sie nicht um ihr Leben floh.

Susan führte sie den Weg bis zu dem geparkten Auto. Sie hatte es etwas abseits von der Straße abgestellt, unter einigen Bäumen versteckt. Sie kramte in ihrer Tasche nach den Schlüsseln.

»Susan!« sagte eine Stimme aus dem Wald.

Die beiden erstarrten.

»Susan Jacobson?« kam die Stimme wieder.

Susan flüsterte aufgeregt. »Ich glaube es nicht!«

Bernice antwortete: »Ich glaube es auch nicht!«

»Kevin?«

Einige Büsche begannen sich zu bewegen und zu rascheln, und ein Mann trat aus dem Wald heraus. Es gab keinen Zweifel über diese schlaksige Gestalt und dieses müde Gangwerk.

»Kevin Weed?« mußte Bernice noch einmal fragen.

»Bernice Krueger!« sagte Kevin. »Du hast es geschafft. Ah, das ist wunderbar!«

Nach einem kurzen Moment sprachloser Überraschung kamen die Umarmungen automatisch.

»Wir sollten sehen, daß wir hier wegkommen«, sagte Susan.

Sie stiegen in ihr Auto und entfernten sich einige Meilen von Baker.

»Ich habe ein Motelzimmer in Orting, etwas nördlich von Windsor«, sagte Susan. »Wir können dort hinfahren.«

Bernice und Kevin waren einverstanden.

Bernice sagte sehr glücklich: »Kevin, du hast gerade eine Lügnerin aus mir gemacht! Ich war überzeugt, daß du tot seist.«

»Bis jetzt lebe ich noch«, sagte Kevin, aber er war sich über nichts mehr sicher.

»Aber dein Wagen stürzte in den Fluß!«

»Ja, ich weiß. Irgendein Blödmann hat ihn gestohlen und zu Bruch gefahren. Irgendwer hat versucht, mich umzubringen.«

Er merkte, daß dies nicht viel Sinn ergab, deshalb fing er von vorne an. »Hey, ich war unterwegs, um dich an der Brücke zu treffen, wie wir es ausgemacht hatten. Ich machte eine Zwischenstation in der Kneipe, um ein paar Gläser Bier zu kippen, und ich wette, irgendein Typ hat mir ein Schlafmittel zugesteckt — weißt du, er muß es mir ins Bier geschüttet haben. Ich meine, ich war auf einmal total zu.

Ich fuhr die Straße runter, um dich zu treffen, und ich war am Abheben, und so bin ich zu einer Hamburger-Bude gefahren, um mich zu übergeben oder ein Glas Wasser zu trinken oder auf die Toilette zu gehen oder irgend so was. Ich bin auf der Toilette eingeschlafen, Mann, und ich muß die ganze Nacht da geschlafen haben. Ich wachte am Morgen auf und ging hinaus — und mein Wagen war weg. Ich wußte nicht, was passiert war, bis ich in der Zeitung davon gelesen habe. Sie müssen den Fluß immer noch nach meinem Leichnam absuchen.«

»Es ist offenbar, daß Kaseph und sein Netzwerk uns alle im Visier hatten«, sagte Susan, »aber ... ich denke, jemand paßt auf uns auf. Kevin, etwas ganz Ähnliches ist mit mir passiert: Ich rannte von Kasephs Ranch zu Fuß weg, und der einzige Grund, warum ich entkam, war, daß die Wachposten jemand anderen verfolgten, der versuchte, in einem der großen Umzugslieferwagen zu entkommen. Nun, wer sollte ihrer Meinung nach dies versuchen, und genau in demselben Moment?«

Bernice fügte hinzu: »Und ich habe immer noch nicht herausgefunden, wer diese Betsy war.«

Susan hatte ihre Theorie seit Tagen ausgearbeitet. »Ich denke, wir sollten wirklich anfangen, über Gott nachzudenken.«

»*Gott?*«

»Und Engel«, fügte Susan hinzu. Sie erzählte schnell die Einzelheiten ihrer Flucht und schloß: »Hört zu, jemand kam in diesen Raum. Ich weiß es.«

Kevin rief aus: »Hey, vielleicht war es ein Engel, der meinen Wagen gestohlen hat.«

Und dann erinnerte sich Bernice: »Wißt ihr, da war etwas an Betsy. Es brachte mich zum Weinen. Ich habe nie zuvor so etwas erlebt.«

Susan berührte ihre Hand. »Gut, es sieht so aus, als ob wir alle in *irgendwas* hineinlaufen. Was immer es sein mag, wir sollten gut aufpassen.«

Das Auto fuhr weiter die Nebenstraßen entlang auf einem kleinen Umweg zu dem Zufluchtsort Orting.

Marshall und Hank fingen an, sich zu fühlen, als hätten sie sich schon ihr Leben lang gekannt.

»Ich mag deine Art von Glauben«, sagte Marshall. »Es ist kein Wunder, daß sie versuchten, dich mit allen Mitteln aus dieser Gemeinde herauszubefördern.« Er kicherte ein bißchen. »Junge, du mußt dich fühlen wie David! Du bist das einzige Ding, das zwischen dem Teufel und dem Rest der Stadt steht.«

Hank lächelte schwach. »Ich bin nicht viel, glaube mir. Aber ich bin nicht alleine. Da draußen sind Heilige, Marshall, Leute, die für uns beten. Früher oder später wird etwas brechen. Gott wird Satan diese Stadt nicht so leicht überlassen!«

Marshall zeigte mit seinem Finger auf Hank. »Siehst du? Ich mag diese Art von Glauben. Gut und aufrichtig, genau die richtige Richtung.« Er schüttelte den Kopf. »Mann! Wie lange ist es her, seit ich so etwas gehört habe?«

Hank würzte seine Worte mit Salz, denn er wußte, die Zeit war gekommen, es zu sagen.

»Nun, Marshall, da wir hier so offen reden, genau die richtige Richtung, was hältst du davon, wenn wir über dich sprechen? Es könnte noch einige Gründe geben, warum Gott uns in dieser Zelle zusammengebracht hat.«

Marshall war überhaupt nicht dagegen, und er lächelte und war bereit zu hören.

»Was wirst du jetzt machen, wirst du über das Schicksal meiner ewigen Seele reden?«

Hank lächelte zurück. »Genau darüber werden wir jetzt reden.«

Sie sprachen über Sünde, diese ständig wachsende und zerstörerische Neigung des Menschen, sich von Gott abzuwenden und seinen eigenen Weg zu gehen, immer zu seinem eigenen Schaden. Das brachte sie wieder zu Marshalls Familie zurück, und daß so viele Handlungen das direkte Ergebnis dieser grundlegenden menschlichen Eigenwilligkeit und Rebellion gegen Gott waren.

Marshall schüttelte den Kopf, als er die Dinge in diesem Licht sah. »Hey, unsere Familie hat niemals Gott gekannt. Wir sind einfach so mitgelaufen. Kein Wunder, daß Sandy uns dies nicht abgekauft hat!«

Dann sprach Hank über Jesus, und er zeigte Marshall, daß dieser Mann, dessen Name oft so gedankenlos erwähnt und bisweilen sogar in den Schmutz gezogen wird, mehr ist als nur ein religiöses Symbol, eine erhabene, unberührbare Persönlichkeit in einem Glaskasten. Er war und ist der sehr reale, sehr lebendige, sehr persönliche Sohn Gottes, und er konnte der Herr und Retter von jedem sein, der ihn darum bat.

»Ich hätte mir niemals träumen lassen, daß ich solchen Worten zuhöre«, sagte Marshall plötzlich. »Du triffst mich wirklich da, wo es weh tut, weißt du das?«

»Nun«, sagte Hank, »warum glaubst du, daß das so ist? Woher kommt der Schmerz?«

Marshall atmete tief ein, während er sich Zeit zum Nachdenken ließ. »Ich vermute davon, daß ich weiß, du hast recht, was bedeutet, daß ich lange, lange Zeit unrecht hatte.«

»Jesus liebt dich, egal was war. Er kennt dein Problem, und deswegen ist er für dich gestorben.«

»Jaaa ... richtig!«

35

Das Motel in Orting war hübsch, gemütlich, anheimelnd, genauso wie der Rest dieser Stadt, die sich am Judd River an der Grenze zum Nationalpark angesiedelt hatte. Es war ein Ort für Jäger und Fischer, und entsprechend war die Stadt gebaut und ausgestattet.

Susan wollte keinen Ärger, und so bezahlte sie für zwei weitere Zimmerbenutzer. Sie gingen in das Zimmer und zogen die Vorhänge zu.

Sie alle hatten ein Bad nötig, aber Bernice blieb etwas länger im Badezimmer, wobei sie sorgfältig den Verband um ihre Rippen erneuerte und dann ihr Gesicht wusch. Sie schaute sich im Spiegel an, berührte ihre Blessuren sehr behutsam und stöhnte über den Anblick. Ab jetzt konnte es nur noch besser werden.

In der Zwischenzeit hatte Susan ihren großen Koffer auf das Bett gelegt und ihn geöffnet. Als Bernice aus dem Badezimmer kam, nahm Susan ein kleines Buch aus dem Koffer und übergab es ihr.

»Damit hat es angefangen«, sagte sie. »Es ist das Tagebuch deiner Schwester.«

Bernice wußte nicht, was sie sagen sollte. Sie konnte nur auf das kleine blaue Tagebuch in ihren Händen hinunterblicken, ein letztes Erinnerungsstück an ihre tote Schwester, und sie kämpfte damit, zu glauben, daß es wirklich da war. »Wo ... wie hast du das bekommen?«

»Juleen Langstrat hat sichergestellt, daß es nie jemand sah. Sie hat es aus Pats Zimmer gestohlen, und sie gab es Kaseph, von dem ich es gestohlen habe. Ich wurde Kasephs Freundin, weißt du; seine Dienerin, wie er es nannte. Ich hatte ständigen Zugang zu ihm, und er vertraute mir. Ich fand eines Tages dieses Büchlein, während ich sein Büro aufräumte, und ich erkannte es sofort wieder, weil ich gesehen hatte, wie Pat jeden Abend darin schrieb. Ich blätterte darin, las es, und es weckte mich auf. Ich hatte gedacht, daß Alexander Kaseph der ... nun, der Messias sei, die Antwort für die Menschheit, ein wahrer Prophet des Friedens und der universellen Brüderlichkeit ...«

Susan machte ein Gesicht, als wäre ihr übel. »Oh, er füllte mein Gehirn mit solchen Reden, aber tief in mir hatte ich immer meine Zweifel. Dieses kleine Buch da lehrte mich, auf diese Zweifel und nicht auf ihn zu hören.«

Bernice überflog die Seiten des Tagebuches. Es erstreckte sich über ein paar Jahre, und es schien sehr ausführlich zu sein.

Susan fuhr fort: »Du solltest es vielleicht nicht gerade jetzt lesen. Als ich es las ... nun, es machte mich tagelang krank.«

Bernice wollte das Ende der Geschichte. »Susan, weißt du, wie meine Schwester wirklich starb?«

Susan sagte ärgerlich: »Deine Schwester Pat wurde gezielt und mit voller Absicht von der Gesellschaft für Universelles Bewußtsein ausgeschaltet, oder ich sollte besser sagen: von den Kräften, die dahinterstehen. Sie machte denselben tödlichen Fehler, den so viele gemacht haben: Sie fand zu viel über die Gesellschaft heraus, sie wurde zu einer Feindin Alexander Kasephs. Hör zu, was Kaseph will, das bekommt er, und es ist ihm egal, wen er vernichten, ermorden oder mundtot machen muß.« Sie schüttelte den Kopf. »Ich muß blind gewesen sein, daß ich nicht gesehen habe, wie es mit Pat geschah. Es war wie aus dem Lehrbuch!«

»Und was ist mit einem Mann namens Thomas?«

Susan antwortete direkt: »Ja, es war Thomas. Er ist für ihren Tod verantwortlich.« Dann fügte sie ziemlich geheimnisvoll hinzu: »Aber er war kein Mann.«

Bernice begriff langsam dieses neue Spiel und seine verrückten Regeln. »Und jetzt wirst du mir erzählen, daß er auch keine Frau war.«

»Pat besuchte ein Psychologieseminar, und eine Bedingung war, daß man an psychologischen Experimenten teilnahm — es ist in dem Tagebuch, du wirst es alles lesen. Ein Freund überredete sie, freiwillig an einem Versuch teilzunehmen, der Entspannungstechniken enthielt, und es war während dieses Versuches, daß sie eine mentale Erfahrung machte, sie nannte es jedenfalls so, einige Einsichten in eine höhere Welt, wie sie sagte.

Ich werde es kurz machen; du kannst es später selbst lesen. Sie war extrem angetan von dieser Erfahrung, und sie sah keine Verbindung zwischen diesem ›wissenschaftlichen‹ Versuch und den ›mystischen‹ Praktiken, in denen ich steckte. Sie nahm weiterhin an diesen Versuchen teil, und schließlich nahm sie Kontakt auf mit einem — wie sie es nannte — ›hoch entwickelten, körperlosen menschlichen Wesen‹ aus einer anderen Dimension, ein sehr weises und intelligentes Geschöpf namens Thomas.«

Bernice kämpfte mit dem, was sie da hörte, aber sie wußte, daß sie den Beweis für Susans Geschichte, das Tagebuch ihrer Schwester, in Händen hielt. »Und wer war dieser Thomas wirklich? Nur ein Produkt ihrer Einbildung?«

»Einige Sachen mußt du einfach so akzeptieren«, antwortete Susan mit einem Seufzer. »Wir haben über Gott geredet, wir haben mit der Idee von Engeln gespielt; jetzt laßt es uns mit bösen Engeln versuchen, bösen geistigen Wesen. Den Atheisten mögen sie als Außerirdische erscheinen, die mit dem eigenen Raumschiff gekommen sind; für die Anhänger der Evolutionstheorie mögen sie hoch entwickelte Wesen sein; den Einsamen mögen sie als längst verstorbene Angehörige erscheinen, die von der anderen Seite des Grabes aus zu ihnen reden; Jungsche Psychologen betrachten sie als ›archetypische Bilder‹, die aus dem kollektiven Unbewußten aufsteigen.«

»Was?«

»Hey, hör zu, was immer für eine Beschreibung oder Definition paßt, welche Gestalt, welche Form auch immer notwendig ist, um das Zutrauen einer Person zu gewinnen und seine Sehnsüchte zu befriedigen, diese Form werden sie annehmen. Und sie erzählen den irregeführten Suchern nach Wahrheit, was immer sie hören wollen, bis sie schließlich diese Person unter ihrer völligen Kontrolle haben.«

»Ein abgekartetes Spiel, mit anderen Worten.«

»Es ist ein abgekartetes Spiel: fernöstliche Meditation, Zauberei, Hexerei, Wahrsagerei, Bewußtseinserweiterung, Geistheilung, holistische Erziehung — oh, die Liste ließe sich endlos fortsetzen —, es ist alles dasselbe, nichts als ein Trick, um die Seelen der Menschen, ihren Geist, ja sogar ihre Körper zu fangen.«

Bernice ließ Erinnerung um Erinnerung an sich vorüberziehen, und Susans Erklärungen trafen genau den Punkt.

Susan fuhr fort: »Bernice, wir haben es mit einer Verschwörung geistlicher Mächte zu tun. Ich weiß es. Kaseph hat Verbindung zu ihnen und erhält seine Befehle von ihnen. Sie erledigen für ihn seine schmutzige Arbeit. Wenn ihm jemand in den Weg kommt, dann hat er unzählige Quellen im übernatürlichen Bereich, um das Problem zu beseitigen, wie immer es ihm gerade gelegen erscheint.«

Ted Harmel, dachte Bernice. Die Carluccis. Wie viele andere? »Du bist nicht die erste Person, die versucht, mir das zu erzählen.«

»Ich hoffe, ich bin die letzte, die das tun muß.«

Kevin schaltete sich ein. »Ja, ich erinnere mich daran, wie Pat über Thomas gesprochen hat. Es hörte sich nie so an, als wäre er ein Mensch. Sie tat so, als wäre er mehr so eine Art Gott. Sie mußte ihn sogar fragen, was sie zum Frühstück essen sollte. Ich — ich dachte, sie hätte so einen Kerl ... na, ihr wißt schon, so einen männlichen chauvinistischen Typen.«

Susan kam zum Kern der Geschichte. »Pat hatte ihren Willen an Thomas übergeben. Es hat nicht lange gedauert; es dauert normalerweise nicht lange, wenn sich jemand erst einmal dem Einfluß eines Geistes aussetzt. Ohne Zweifel beherrschte er sie, dann trieb er sie in die Enge, dann überzeugte er sie, daß — nun, die Hindus nennen es Karma; es ist der Wahn, daß dein nächstes Leben besser als dieses sein wird, weil du dir genug Punkte verdient hast. In Pats Fall würde ein Selbstmord nichts anderes sein als ein Ausweg aus dieser bösen niederen Welt, um dann mit Thomas in einer höheren Ebene des Lebens zusammen zu sein.«

Susan blätterte vorsichtig durch die Seiten des Tagebuches, das noch in Bernice' Händen war, und fand den letzten Eintrag. »Da. Das letzte Ding in Pats Tagebuch ist ein Liebesbrief an Thomas. Sie plante, sich bald mit ihm zu vereinen, und sie erwähnt sogar, wie sie es tun wird.«

Bernice empfand Abscheu bei dem Gedanken, solch einen Brief zu lesen, aber sie begann, sich durch die letzten Seiten des Tagebuches ihrer Schwester durchzuarbeiten. Pat schrieb im Stil von jemandem, der sich in einem sehr seltsamen, erhaben klingenden Wahnzustand befindet, aber es war klar, daß sie auch durch eine irrationale Lebensfurcht verwirrt war. Furchtbare Schmerzen und Ängste hatten ihre Seele erfüllt, und sie hatten sie von der fröhlichen Patricia Krueger, mit der Bernice aufgewachsen war, in eine verängstigte, ziellose Geisteskranke verwandelt, die den Bezug zur Realität vollständig verloren hatte.

Bernice versuchte weiterzulesen, aber sie spürte, daß alte Wunden wieder aufbrachen; Gefühle, die auf diesen einen Moment der endgültigen Freisetzung gewartet hatten, brachen aus ihren Verstecken hervor, wie ein Fluß durch ein geöffnetes Schleusentor. Die gekritzelten Worte auf den Seiten verschwammen hinter einem plötzlichen Schwall von Tränen, und ihr ganzer Körper wurde vom Weinen geschüttelt. Alles, was sie wollte, war, die Welt, diese prächtige Frau und diesen armen, ungepflegten Holzarbeiter zu vergessen, sich auf das Bett zu werfen und zu weinen. Und genau das tat sie auch.

Hank schlief friedlich auf seinem Feldbett in der Zelle. Marshall schlief überhaupt nicht. Er saß im Dunkeln, mit seinem Rücken gegen die kalten, harten Gitterstäbe, sein Kopf war gesenkt, und seine Hände machten nervöse kleine Reisen über sein Gesicht.

Er hatte einen Bauchschuß bekommen. So fühlte es sich an. Irgendwo hatte er seinen Panzer verloren, seine Stärke, seine Kraft und seine rauhe Fassade. Er war immer Marshall Hogan gewesen, der Jäger, der Spürhund, der stets bekam, was er wollte, er hatte diese Geh-mir-aus-dem-Weg-Haltung draufgehabt, er war ein Gegner gewesen, mit dem man sich auseinandersetzen mußte, und er konnte immer gut auf sich selbst aufpassen.

Ein Lump — das war es, was er war, und nichts als ein Narr. Dieser Hank Busche hatte recht. Schau dich nur selbst an, Hogan. Du hast es verpatzt, Mann. Du dachtest, du habest alles unter Kontrolle, und wo ist deine Familie jetzt — und wo bist du?

Vielleicht bist du von diesen Dämonen, über die Hank geredet hat, ausgetrickst worden, und dann hast du dich vielleicht selbst überlistet. Komm, Marshall, du weißt, warum deine Familie zu kurz gekommen ist. Du hast dich gedrückt, bist immer wieder ins alte Fahrwasser geraten. Und du hast es genossen, mit dieser gutaussehenden Reporterin zu arbeiten, oder nicht? Sie necken, Papierknäuel auf sie werfen. Wie alt bist du, sechzehn?

Marshall ließ zu, daß seine Gedanken und sein Herz ihm die Wahrheit sagten, und vieles davon fühlte sich so an, als hätte er es irgendwie schon gewußt, er hatte nur noch nie zugehört. Wie lange hatte er sich nun schon selbst angelogen?

»Kate«, flüsterte er dort im Dunkeln, und in seinen Augen glitzerten Tränen. »Kate, was habe ich getan?«

Eine große Hand rüttelte an Hanks Schulter.

Hank wachte auf, öffnete die Augen und sagte ruhig: »Ja, was ist los?«

Marshall weinte, und er sagte sehr ruhig: »Hank, ich bin einfach nicht gut. Ich brauche Gott. Ich brauche Jesus.«

Wie oft in seinem Leben hatte Hank schon diese Worte gesagt? »Laßt uns beten.«

Nachdem einige Minuten vergangen waren, fühlte Bernice, wie die Flut langsam verebbte. Sie setzte sich auf, immer noch schluchzend, aber sie versuchte, sich wieder um die anstehenden Dinge zu kümmern.

»Das hat mich aufgeweckt«, wiederholte Susan. »Ich dachte, diese Wesen seien wohlwollend; ich dachte, Kaseph hätte alle Antworten. Aber als ich las, was sie mit meiner besten Freundin, deiner Schwester, gemacht hatten, sah ich ihr wahres Gesicht.«

Kevin fragte: »Und bist du deswegen auf mich zugekommen und wolltest meine Telefonnummer?«

»Kaseph hatte ein besonderes Treffen in der Stadt mit Langstrat und einigen anderen lebendigen Verschwörern, Oliver Young und Alf Brummel. Ich kam mit Kaseph nach Ashton, und ich bin ihm hinterhergelaufen, wie ich es immer tat, aber als sich die erste Gelegenheit bot, habe ich mich davongeschlichen. Ich mußte die Möglichkeit nutzen, dich vielleicht irgendwo zu treffen. Wahrscheinlich war da Gott wieder im Spiel; es war ein kleines Wunder, daß ich dich auf diesem Volksfest getroffen habe. Ich brauchte einen Freund von außerhalb, jemand, dem ich vertrauen konnte, irgendeinen einfachen Menschen.«

Kevin lächelte. »Ja, das beschreibt mich ganz gut.«

Susan fuhr fort: »Kaseph mochte nie das Gefühl, daß er nicht völlige Kontrolle über mich besaß. Als ich auf dem Volksfest wegschlich, hat er wahrscheinlich den anderen erzählt, daß er mich bereits vorgeschickt habe, und daß sie mich später treffen würden. Nachdem er mich gefunden hatte und mich hinter diese dumme Wurfbude zog, sprach er mit ihnen so, als wäre ich vorausgegangen und hätte diesen Platz ausgesucht.«

Bernice sagte: »Und das war der Augenblick, wo ich dazwischenkam und dieses Foto machte!«

»Und dann gab Brummel diesen beiden Prostituierten Geld, und er besprach sich mit einigen seiner Freunde aus Windsor, und den Rest kennst du.«

Susan ging zu ihrem Koffer. »Aber nun zu den wirklich großen Neuigkeiten. Kaseph schlägt morgen endgültig zu. Es ist ein besonderes Treffen mit dem Vorstand des Whitmore College für 14.00 Uhr angesetzt. Omni Corporation — als Aushängeschild der Gesellschaft für Universelles Bewußtsein — plant, das Whitmore College zu kaufen, und Kaseph wird den Handel abschließen.«

Bernice' Augen weiteten sich vor Schreck. »Dann hatten wir recht! Er *ist* hinter dem College her!«

»Es ist eine bewährte Strategie. Die ganze Stadt Ashton ist praktisch um dieses College gebaut. Wenn sich einmal die Gesellschaft und Kaseph dort in Whitmore niedergelassen haben, werden sie einen überwältigenden Einfluß auf den Rest der Stadt ausüben können. Die Leute der Gesellschaft werden wie ein Heuschreckenschwarm einfallen, und Ashton wird eine weitere ›Heilige Stadt des Universellen Bewußtseins‹ werden. Das gleiche ist schon oft genug passiert, in anderen Städten, in anderen Ländern.«

Bernice schlug verzweifelt auf das Bett. »Susan, wir haben Unterlagen von Eugene Baylors finanziellen Machenschaften, Beweise, die vielleicht zeigen, daß das College unterminiert wurde. Aber wir konnten bisher nichts damit anfangen!«

Susan zog einen kleinen Behälter aus dem Koffer. »Ihr habt tatsächlich nur das halbe Bild. Baylor ist kein Idiot; er weiß, wie er seine Spuren verwischen kann, so daß seine krummen Geschäfte mit Omni nicht nachzuweisen sind. Was ihr braucht, ist die andere Seite der Schiebergeschäfte: Kasephs eigene Unterlagen.« Sie hielt den Behälter hoch. »Ich hatte nicht Platz für das ganze Material. Ich habe es fotografiert, und wenn wir diesen Film entwickeln könnten ...«

»Wir haben eine Dunkelkammer im *Clarion*. Wir könnten sofort Abzüge von diesem Film machen.«

»Laßt uns aufbrechen.«

Sie brachen auf.

Der Überrest betete weiter. Keiner hatte Hank seit seiner Verhaftung gesehen oder auch nur von ihm gehört. Die Polizeistation war mit fremden Polizisten besetzt, die nie zuvor jemand in Ashton gesehen hatte, und keiner dieser Polizeibeamten schien zu wissen, wie man jemanden im Gefängnis besucht oder wie man einen Gefangenen gegen Kaution freilassen konnte, und sie ließen auch niemanden hinein, um es herauszufinden. Es schien so, als wäre Ashton ein Polizeistaat geworden.

Furcht, Ärger und Gebet nahmen zu. Irgend etwas Schreckliches passierte in dieser Stadt, und sie alle wußten es, aber was konnte man machen in einer Stadt mit tauben Autoritäten, in einem Bezirk, dessen Büros am Wochenende geschlossen waren?

Die Telefondrähte summten weiter, in der Stadt und quer über das Land, bei Verwandten und Freunden, und alle gingen auf ihre Knie, um Fürbitte zu tun, und sie riefen ihre eigenen Autoritäten und Gesetzgeber an.

Alf Brummel blieb seinem Büro fern, und er vermied es, sich die Predigten von aufgeregten Christen über die verfassungsmäßigen Rechte ihres Pastors anzuhören oder über die Pflichten eines guten Beamten oder irgend so etwas. Er blieb in Langstrats Apartment, schritt da auf und ab, machte sich Sorgen, schwitzte und wartete auf 14.00 Uhr am Sonntagnachmittag.

Oma Duster blieb im Gebet und versicherte jedem, daß Gott alles unter Kontrolle habe. Sie erinnerte sie daran, was die Engel ihr gesagt hatten, und dann erzählten viele, was sie geträumt hatten, oder was sie in ihrem Geist gehört hatten, während sie beteten, oder was sie in einer Vision gesehen oder in ihrem Geist gespürt hatten. Und sie beteten weiter für die Stadt.

Und von überall her, aus allen Richtungen, kamen neue Besucher in Ashton an, sie waren auf durchfahrenden Heuwagen versteckt, sie trampten wie sommerliche Anhalter, glitten durch die Maisfelder herein und dann durch die Nebenstraßen, brausten als wilde Motorradfahrer in die Stadt, kamen mit Bussen wie Studenten, sie waren in den Kofferräumen und unter den Planen von allen Autos, die auf dem Highway 27 durchfuhren, versteckt.

Und stetig füllten sich die Schlupfwinkel, Abstellkammern, unbenutzten Räume und die zahllosen anderen Verstecke überall in der Stadt mit stillen, schweigenden Gestalten. Deren stämmige Hände ruhten auf ihren Schwertern, ihre goldenen Augen waren durchdringend und wachsam, ihre Ohren waren eingestellt auf einen bestimmten Klang einer bestimmten Trompete.

Über der Stadt, verborgen in den Bäumen, konnte Tal immer noch die weite Ebene überblicken und Rafar in dem großen Baum sehen, wie er die Aktivitäten seiner Dämonen überwachte.

Hauptmann Tal beobachtete weiter und wartete.

In einem entfernten Tal brodelte eine schnell wachsende Wolke von dämonischen Geistern in einem Umkreis von zwei Meilen um die Ranch, und sie ragte so hoch wie die Bergspitzen. Ihre Zahl war nicht mehr feststellbar, ihre Dichte war so stark, daß die Wolke alles in ihr völlig verdunkelte. Die Geister tanzten und kreischten wie betrunkene Raufbolde, wedelten mit ihren Schwertern, sie tobten und schrien, ihre Augen waren wild vor Wahnsinn. Unzählige von ihnen machten paarweise Wettkämpfe, erprobten ihre Kräfte und ihre Geschicklichkeit.

In dem finsteren Zentrum der Wolke, mitten im großen Steingebäude, saß Strongman mit zusammengekniffenen Augen und einem hinterhältigen Grinsen, das die Falten in seinem häßlichen Gesicht vertiefte. In Begleitung seiner Generäle nahm er sich Zeit, sich an den Nachrichten, die er gerade aus Ashton erhalten hatte, zu ergötzen.

»Prinz Rafar hat meine Wünsche befriedigt, er hat seinen Auftrag erfüllt«, sagte Strongman, und dann entblößte er seine elfenbeinfarbenen Fangzähne mit einem schmierigen Lächeln. »Ich werde diese kleine Stadt mögen. In meinen Händen wird sie wie ein Baum wachsen und das Land erfüllen.«

Er kostete den nächsten Gedanken aus: »Ich werde mich wahrscheinlich nie mehr von diesem Platz erheben. Was denkt ihr? Haben wir endlich unsere Heimat gefunden?«

Die großen und abscheulichen Generäle murmelten alle zustimmend. Strongman erhob sich von seinem Sitz, und die anderen nahmen eine steife Hab-acht-Stellung ein.

»Unser Mr. Kaseph ruft mich schon seit einiger Zeit. Bereitet die Schlachtreihen vor. Wir werden unverzüglich aufbrechen.«

Die Generäle schossen durch das Dach des Hauses in die Wolke hinaus, kreischten ihre Befehle und versammelten ihre Truppen.

Strongman entfaltete seine Flügel mit königlicher Würde, dann segelte er wie ein monströser, übermächtiger Geier in den Kellerraum, wo Alexander Kaseph mit gekreuzten Beinen auf einem großen Kissen saß, und wieder und wieder den Namen des Strongman ausrief. Strongman landete genau vor Kaseph und beobachtete ihn einen Augenblick lang, wobei er Kasephs Anbetung und seine geistige Unterwürfigkeit einsaugte. Dann trat Strongman mit einer blitzschnellen Bewegung nach vorne und ließ seine riesige Gestalt in Kasephs Körper sinken, während sich Kaseph auf groteske Art verdrehte und wand. In einem Augenblick war die Besitzergreifung vollständig, und Alexander Kaseph erwachte aus seiner Meditation.

»Die Zeit ist gekommen!« sagte er, mit dem Blick des Strongman in seinen Augen.

36

Susan fuhr das gemietete Auto auf den kleinen Schotterparkplatz hinter dem *Ashton Clarion*. Es war 5.00 Uhr morgens, und es fing gerade an, draußen hell zu werden. Soweit sie wußten, waren sie bislang von keiner Polizei gesehen worden. Die Stadt schien ruhig, und der Tag versprach, angenehm und sonnig zu werden.

Bernice ging zu einem besonderen Versteck hinter den Mülltonnen und fand den Schlüssel zur Hintertür. Wenige Sekunden später waren die drei bereits im Büro.

»Macht kein Licht an, macht keine Geräusche, geht nicht in die Nähe irgendeines Fensters«, ermahnte sie Bernice. »Die Dunkelkammer ist hier. Kommt herein, bevor ich das Licht anmache.«

Alle drei quetschten sich in die kleine Dunkelkammer. Bernice schloß die Tür, und dann fand sie den Lichtschalter.

Sie bereitete die Chemikalien vor, überprüfte den Film, dann machte sie den Entwicklertank bereit. Sie knipste das Licht aus, und sie standen in völliger Dunkelheit.

»Irre«, sagte Kevin.

»Dies wird nur ein paar Minuten dauern. Junge, ich habe nicht die geringste Ahnung, was mit Marshall passiert ist, aber ich wage auch kaum, es herauszufinden.«

»Was ist mit eurem Anrufbeantworter? Da sind vielleicht einige Botschaften drauf.«

»Das ist ein guter Gedanke. Sobald dieser Film hier geladen ist, werde ich das überprüfen. Ich bin fast fertig.« Dann hatte Bernice einen anderen Gedanken. »Ich frage mich auch, was mit Sandy Hogan ist. Sie hat eine Lampe auf ihrem Vater zertrümmert, und dann ist sie aus dem Haus gerannt.«

»Ja, du hast mir davon erzählt.«

»Ich weiß nicht, wo sie hingegangen ist, da sie beschlossen hat, mit diesem Shawn-Typen wegzulaufen.«

»Mit wem?« fragte Susan abrupt. »Was hast du gesagt?«

»Ein Bursche namens Shawn.«

»Shawn Ormsby?« fragte Susan.

»Oh — oh, es klingt so, als ob du ihn kennen würdest.«

»Ich fürchte, daß Sandy Hogan in echten Schwierigkeiten ist! Shawn Ormsby taucht einige Male im Tagebuch deiner Schwester auf. Er ist derjenige, der Pat in diese parapsychologischen Experimente hineingezogen hat. Er ermutigte sie, diese fortzuführen, und er ist derjenige, der sie möglicherweise mit Thomas zusammengebracht hat!«

Die Lampe in der Dunkelkammer ging an. Der Entwicklertank war geladen und bereit, aber alles, was Bernice tun konnte, war, mit blassem Gesicht auf Susan zu starren.

Madeline war kein schöner, goldhaariger, hochentwickelter Supermensch aus einer höheren Dimension. Madeline war ein Dämon, ein häßliches, lederhäutiges Ungeheuer mit scharfen Krallen und einer verschlagenen, verführerischen Natur. Für Madeline war Sandy

Hogan eine leichte, verletzbare Beute. Sandys tiefe Wunden im Blick auf ihren Vater machten sie zu einem idealen Objekt für die Zuckersüße der Scheinliebe, die Madeline ihr vorgaukelte, und es schien so, daß Sandy alles tun würde, was Madeline für ihr Leben gutheißen würde, da sie alles glaubte, was Madeline sagte. Madeline liebte es, wenn sie die Menschen genau an diesem Punkt hatte.

Patricia Krueger jedoch war eine echte Herausforderung gewesen. Denn dieser Dämon hatte — als umgänglicher, wohlwollender Thomas verkleidet — einen ganz schönen Kampf, Patricia dahin zu bekommen, daß sie glaubte, er sei wirklich da; es hatte einiger sehr starker Halluzinationen und wohlabgestimmter Zufälle bedurft, ganz zu schweigen von einigen seiner besten medialen Zeichen und Wunder. Es reichte nicht, nur Schlüssel und Löffel zu verbiegen; er mußte auch einige beeindruckende Materialisierungen ausführen. Schließlich jedoch hatte er Erfolg und erledigte Ba-al Lucius' Befehle. Pat hatte einen rituellen Selbstmord begangen, und sie würde niemals mehr die Liebe Gottes kennenlernen.

Aber was war mit Sandy Hogan? Was würde der neue Ba-al Rafar, mit ihr tun wollen? Der Dämon, der — oder die — sich jetzt Madeline nannte, näherte sich dem großen Prinzen auf seinem toten Baum.

»Mein Herr«, sagte Madeline und verbeugte sich in tiefer Ehrerbietung, »habe ich richtig verstanden, daß Marshall Hogan besiegt und machtlos ist?«

»So ist es«, sagte Rafar.

»Und was wünschst du für Sandy, seine Tochter?«

Rafar wollte gerade antworten, aber dann zögerte er und widmete der Sache ein paar Gedanken. Schließlich sagte er: »Zerstöre sie noch nicht. Unser Widersacher ist so verschlagen wie ich, und ich hätte gerne eine weitere Sicherheit gegen jeglichen Erfolg dieses Marshall Hogan. Strongman kommt heute. Spare sie bis dahin auf.«

Rafar sandte zusammen mit Madeline einen Boten, um Professor Langstrat zu besuchen.

Shawn wurde durch einen frühen morgendlichen Anruf von der Professorin geweckt.

»Shawn«, sagte Langstrat, »ich habe von den Meistern gehört. Sie wollen eine extra Sicherheit, daß Hogan kein Hindernis für das heutige Geschäft darstellt. Ist Sandy noch bei dir?«

Shawn konnte von seinem Schlafzimmer aus in das Wohnzimmer seines kleinen Apartments blicken. Sandy schlief noch auf der Couch.

»Ich habe sie noch.«

»Das Treffen mit dem Vorstand findet im Verwaltungsgebäude, im Konferenzraum des dritten Stocks, statt. Der Raum gegenüber, 326, ist für uns und die anderen Medien reserviert. Bring Sandy mit. Die Meister wollen sie da haben.«

»Wir werden dasein.«

Als Langstrat den Hörer einhängte, konnte sie Alf Brummel in der Küche herumklappern hören.

»Juleen«, rief er, »wo ist der Kaffee?«

»Meinst du nicht, daß du schon nervös genug bist?« fragte sie ihn, wobei sie ihr Schlafzimmer verließ und in die Küche ging.

»Ich versuche nur aufzuwachen«, murmelte er und stellte zitternd einen Wasserkessel auf den Herd.

»Aufwachen! Du hast noch gar nicht geschlafen, Alf!«

»Hast du etwa?« gab er zurück.

»Sehr gut«, sagte sie sanft.

Langstrat, frisch angezogen, war bereit, zum College zu fahren. Brummel war ein Wrack, seine Augen waren eingesunken, seine Haare ungekämmt, er hatte immer noch seinen Bademantel an.

Er sagte: »Ich bin nur froh, wenn dieser Tag vorbei ist und alles ruhiger wird. Ich glaube, daß ich als Polizeichef mittlerweile so ziemlich alle Gesetze in den Gesetzesbüchern gebrochen habe.«

Sie legte ihre Hand auf seine Schulter und sagte tröstend: »Die ganze neue Welt, die um dich herum wächst, wird dein Freund sein, Alf. *Wir* sind jetzt das Gesetz. Du hast geholfen, diese Neue Ordnung hereinzubringen, und diese gute Tat verdient Belohnung.«

»Nun ... wir sollten die Sache wirklich bombensicher machen, das ist alles, was ich zu sagen habe.«

»Du kannst mithelfen, Alf. Mehrere der wichtigsten Leiter werden sich genau gegenüber dem Raum, in dem wir sind, treffen. Mit unseren vereinten mentalen Energien können wir sicherstellen, daß dem völligen Erfolg nichts im Wege steht.«

»Ich weiß nicht, ob ich überhaupt an die Öffentlichkeit gehe. Ich denke, daß die Verhaftung von Busche und Hogan eine Menge Leute aufgebracht hat — *Kirchen*leute, möchte ich betonen! Diese Vergewaltigungsgeschichte hat Busche bei weitem nicht so getroffen, wie es geplant war. Die meisten der Leute in der Gemeinde stehen gegen *mich* auf und fragen, was *ich* eigentlich herbeiführen will!«

»Du wirst dasein«, sagte sie einfach. »Oliver wird dasein, genau wie alle anderen. Und Sandy Hogan wird dasein.«

Er drehte sich herum und schaute sie erschrocken an. »Was? Warum wird Sandy Hogan dasein?«

»Zur Sicherheit.«

Brummels Augen weiteten sich, und seine Stimme zitterte. »Noch jemand? Ihr werdet noch jemanden töten?«

Ihre Augen wurden sehr kalt. »Ich töte niemanden! Ich lasse nur die Meister entscheiden!«

»Und was haben sie entschieden?«

»Du wirst Hogan wissen lassen, daß seine Tochter in unseren Händen ist, und daß er sich hüten soll, uns irgendwelche Schwierigkeiten zu machen.«

»Du willst, daß *ich* ihm das sage?«

»Mr. Brummel!« ihre Stimme war schneidend. Sie trat ganz nahe an ihn heran, während er ein paar Schritte zurückwich. »Marshall Hogan ist zufällig in deinem Gefängnis. Du bist für ihn verantwortlich. Du wirst es ihm erzählen.«

Dann ging sie zur Tür hinaus und fuhr zum College.

Brummel stand einen Augenblick lang da, er war wie vor den Kopf gestoßen, enttäuscht, und er fürchtete sich. Seine Gedanken schwammen herum wie ein Schwarm verschreckter Fische. Er vergaß sogar, warum er eigentlich in der Küche war.

Brummel, da hast du es. Warum glaubst du, daß du nicht genauso austauschbar bist wie jeder andere in der Gesellschaft — wie eine Ware, ein Werkzeug, ein Pfand. Und laß es uns realistisch betrachten, Brummel. Du bist ein Pfand! Juleen benutzt dich für ihre schmutzige Arbeit, und jetzt baut sie dich auf zu einem Werkzeug ihrer Morde. Wenn ich du wäre, würde ich mich jetzt mal um mich selbst kümmern. Dieser ganze Plan wird früher oder später auffliegen, und rate mal, wer dann seinen Kopf hinhalten muß?

Brummel dachte weiter darüber nach, und seine Gedanken hörten auf herumzuschwimmen. Sie begannen, alle in ein und dieselbe Richtung zu fließen. Das war Wahnsinn, äußerster Wahnsinn. Die Meister sagen dies und die Meister sagen das, aber was kann ihnen schon passieren? Sie haben keine Handgelenke, um die man Handschellen legen kann, sie haben keine Arbeit zu verlieren, sie haben keine Gesichter, die sie vielleicht eines Tages nicht mehr in der Stadt zeigen können.

Brummel, warum stoppst du nicht Juleen Langstrat, bevor sie dein Leben total zerstört? Warum stoppst du nicht diesen ganzen Wahnsinn und bist ein einziges Mal ein wirklicher, echter Mann des Gesetzes?

Ja, dachte Brummel. Warum nicht? Wenn ich es nicht tue, werden wir alle mit diesem verrückten Schiff untergehen.

Lucius, der entmachtete Prinz von Ashton, stand in der Küche neben Alf Brummel, dem Chef der Polizei, und hatte eine kleine Diskussion mit ihm. Dieser Alf Brummel war immer ziemlich schwach gewesen; vielleicht könnte Lucius guten Gebrauch von diesem Umstand machen.

Jimmy Dunlop kam am Sonntagmorgen um 7.30 Uhr mit seinem Auto beim Gerichtsgebäude an, bereit, seine Schicht anzutreten. Zu seiner Überraschung war der Parkplatz voller Menschen: junge Paare, ältere Paare, kleine alte Damen; es sah aus wie ein Gemeindepicknick am falschen Ort. Als er einbog, konnte er spüren, wie sich jedes Auge an seine Polizeiuniform heftete. Oh, nein! Nun kamen sie auf ihn zu!

Mary Busche und Edith Duster erkannten Jimmy gleich wieder; er war der junge und unfreundliche Polizist, der sie vergangene Nacht nicht zu Hank ließ. Nun führten sie diese Menge an, und obwohl keiner dieser Leute irgendeine Absicht hatte, etwas Überstürztes oder Verbotenes zu tun, war mit diesen Leuten nicht zu spaßen.

Jimmy mußte aus seinem Auto heraus, ob er wollte oder nicht. Er mußte heute an seinem Arbeitsplatz sein.

»Wachtmeister Dunlop«, sagte Mary sehr bestimmt, »ich glaube, daß Sie mir gestern gesagt haben, Sie würden veranlassen, daß ich heute meinen Mann besuchen kann.«

»Wenn Sie mich bitte entschuldigen«, sagte er und versuchte, an ihnen vorbeizukommen.

»Wachtmeister«, sagte John Coleman respektvoll, »wir sind hier, um Sie zu bitten, Frau Busches Gesuch, ihren Gatten zu sehen, nachzukommen.«

Jimmy war Polizist. Er vertrat das Gesetz. Er hatte eine Menge Autorität. Das einzige Problem war, er hatte keinen Mumm.

»Äähhh . . .« sagte er. »Hören Sie, entweder Sie brechen diese Versammlung ab oder Sie müssen mit einer Verhaftung rechnen!«

Abe Sterling trat nach vorne. Er war ein Rechtsanwalt, Freund eines Freundes von einem Onkel von Andy Forsythe, und er wurde heute nacht aus dem Bett geholt und für diese Sache gewonnen.

»Dies ist eine legale, friedliche Versammlung«, erinnerte er Jimmy, »gemäß der Bestimmung von RCS 14.021.217 und der Entscheidung des Bezirksobergerichtes von Stratford in der Sache *Ames gegen den Bezirk Stratford*.«

»Ja«, sagten mehrere, »das ist richtig. Hören Sie auf diesen Mann.«

Jimmy war durcheinandergebracht. Er schaute zu der Eingangstür des Gerichtsgebäudes. Die beiden Polizisten aus dem Bezirk Windsor bewachten die Burg. Jimmy ging zu ihnen hin und wunderte sich, warum die beiden das Ganze zuließen.

»Hey«, fragte er sie mit gesenkter Stimme, »was soll das hier? Warum schreitet ihr nicht ein?«

»Hey, Jimmy«, sagte einer, »dies ist eure Stadt und euer Spiel. Wir dachten, du hättest die Antworten, und so haben wir ihnen gesagt, sie sollten auf dich warten.«

Jimmy schaute die ganzen Gesichter an, deren Augen auf ihn gerichtet waren. Nein, wenn er dieses Problem einfach ignorierte, würde es nicht verschwinden. Er fragte den Kollegen: »Wie lange sind diese Leute schon hier?«

»Ungefähr seit 6.00 Uhr. Du hättest hier sein sollen. Sie hatten einen regelrechten Gottesdienst gehabt.«

»Und sie dürfen so was machen?«

»Sprich mit ihrem Rechtsanwalt. Sie haben das Recht zu einer friedlichen Demonstration, solange sie nicht den normalen Gang der Geschäfte behindern. Sie haben sich ordentlich benommen.«

»Und was mache ich jetzt?«

Die beiden Polizisten schauten sich nur hilflos an.

Abe Sterling war genau hinter Jimmy. »Wachtmeister Dunlop, nach dem Gesetz dürfen Sie einen Verdächtigen 72 Stunden ohne Anklage festhalten, aber die Frau des Verdächtigen hat das Recht, ihren Gatten zu besuchen. Wir können Sie wegen dieser Sache vor das Bezirksobergericht in Stratford beordern, um den Grund herauszufinden, warum ihr dieses Recht verweigert wurde.«

»Haben Sie das gehört?« rief jemand dazwischen.

»Ich werde ... äähhh ... ich muß mit dem Polizeichef sprechen ...« Heimlich verfluchte er Brummel, der ihn in diesen Schlamassel gebracht hatte.

»Wo ist Alf Brummel überhaupt? Dies ist sein *Pastor*, den er ins Gefängnis geworfen hat«, erklärte Edith Duster.

»Ich — ich weiß davon nichts.«

John Coleman sagte: »Dann bitten wir Sie als Bürger, dies herauszufinden. Und wir würden gerne mit Mr. Brummel sprechen. Können Sie das bitte veranlassen?«

»Ich werde — ich werde sehen, was ich tun kann«, sagte Jimmy und drehte sich zur Tür um.

»Ich wünsche, meinen Mann zu sehen!« sagte Mary ziemlich laut, wobei sie mit fest zusammengebissenen Zähnen nach vorne trat.

»Ich werde sehen, was ich tun kann«, sagte Jimmy wieder und schlüpfte hinein.

Edith Duster drehte sich zu den anderen um und sagte: »Erinnert euch, Brüder und Schwestern, wir kämpfen nicht gegen Fleisch und Blut, sondern gegen die Fürstentümer, gegen die Mächte, gegen die Herren der Welt, die in der Finsternis dieser Welt herrschen, gegen die bösen Geister unter dem Himmel.« Sie bekam mehrere Amen zugerufen, und jemand fing an, ein Anbetungslied zu singen. Sofort nahm der ganze Überrest das Lied auf und sang es laut, betete Gott an und sorgte dafür, daß sein Lobpreis auf diesem Parkplatz gehört wurde.

Rafar konnte von seinem Standort auf dem Hügel über der Stadt den Lobpreis hören, und er blickte finster auf diese Heiligen Gottes. Sollen sie doch über ihren gefallenen Pastor heulen. Ihr Singen würde sehr bald ein Ende finden, wenn Strongman und seine Horden die Stadt erreichten.

Zahllose Geister kamen in der Stadt Ashton an — aber sie waren nicht von der Art, die Rafar sich wünschte. Sie brausten unter dem Boden herein, sie sickerten unter dem Schutz von vereinzelten Wolken herein, sie schlichen sich ein, indem sie ungesehen in Autos, Lastwagen, Lieferwagen und Bussen mitfuhren. Überall in den Verstecken der Stadt gesellte sich ein Krieger zu einem anderen, zu diesen zwei kamen noch zwei, zu diesen vier kamen noch vier. Auch sie konnten das Singen hören. Sie konnten fühlen, wie mit jeder Note Kraft durch sie hindurchströmte. Ihre Schwerter dröhnten vom Widerhall der Anbetung. Es waren die Anbetung und die Gebete dieser Heiligen, die sie vor allem hierher gerufen hatten.

Das entfernte Tal war jetzt ein riesiger Kessel kochender, herumwirbelnder Schwärze, durchsetzt von unzähligen glühenden, gelben Augen. Die Wolke der Dämonen hatte sich so vermehrt, daß sie jetzt das Tal wie ein brodelndes Meer füllte.

Alexander Kaseph, besessen von Strongman, trat aus seinem großen Steingebäude heraus und stieg in seine wartende Limousine. Die Papiere waren bereit zum Unterschreiben; seine Rechtsanwälte würden ihn im Verwaltungsgebäude des Whitmore College treffen. Dies war der Tag, auf den er gewartet und den er lange vorbereitet hatte.

Als die Limousine mit Kaseph — und Strongman — den gewundenen Weg hinauffuhr, setzte sich das Meer der Dämonen in diese Richtung hin in Bewegung wie eine riesige Flutwelle. Das Dröhnen von Milliarden von Flügeln wuchs an Lautstärke und Intensität. Ströme von Dämonen flossen über die Seiten des großen Kessels hinaus, flossen über die Bergspitzen wie heißer, schwefeliger Teer.

In der Dunkelkammer des *Ashton Clarion* standen Bernice und Susan vor dem Vergrößerer und schauten auf die projizierten Bilder der Negative, die Bernice gerade entwickelt hatte.

»Ja!« sagte Susan. »Dies ist die erste Seite des Unterschlagungsberichts. Du wirst bemerken, daß der Name des College nirgendwo auftaucht. Jedoch stimmen die Summen ganz genau mit denen der College-Unterlagen überein.«

»Ja, die Unterlagen, die wir haben oder die unser Buchprüfer hat.«

»Siehst du das? Es ist ein steter Fluß von Geldern. Eugene Baylor hat College-Gelder in verschiedener Höhe überallhin geleitet, in viele Einrichtungen, von denen jede ein Unternehmen von Omni und der Gesellschaft ist.«

»So sind also diese sogenannten Geldanlagen alle in Kasephs Tasche geflossen!«

»Und ich bin sicher, daß sie einen großen Teil der Gelder ausmachen, mit denen Kaseph das College aufkauft.«

Bernice bewegte den Film weiter nach vorne. Mehrere Seiten von finanziellen Aufzeichnungen rollten wie ein Nebel vorbei.

»Warte!« sagte Susan. »Da! Geh ein paar Bilder zurück.« Bernice rollte den Film zurück. »Ja! Da! Ich habe dies aus Kasephs persönlichen Unterlagen. Man kann die Handschrift schwer entziffern, aber schau dir diese Namensliste an.«

Bernice hatte tatsächlich Mühe, die Handschrift zu lesen, aber sie hatte diese Namen selbst schon mehrmals geschrieben.

»Harmel ... Jefferson ...« las sie.

»Du hast das noch nicht gesehen«, sagte Susan, und zeigte auf das Ende der langen Liste.

Da waren in Kasephs Handschrift die Namen Hogan, Krueger und Strachan geschrieben.

»Ich denke, daß dies so eine Art Abschußliste ist?« bemerkte Bernice.

»Genau. Sie enthält Hunderte von Namen. Beachte die Kreuze hinter vielen der Namen.«

»Sie sind bereits erledigt?«

»Vertrieben, vielleicht umgebracht, vielleicht sind ihre Finanzen oder ihr guter Ruf ruiniert — oder beides.«

»Und ich dachte, *unsere* Liste sei lang!«

»Dies ist die Spitze des Eisberges. Ich habe weitere Dokumente, die wir fotokopieren und irgendwo sicher verwahren müssen. Dies könnte man nicht nur gegen Kaseph, sondern gegen die ganze Omni Corporation verwenden — Beweise, die eine lange Geschichte von Telefonabhörung, Erpressung, Schiebung, Terrorismus und Mord belegen. Kasephs Kreativität auf diesen Gebieten kennt keine Grenzen.«

»Der perfekte Gangster.«

»Mit einer internationalen Gangsterbande, was man nicht vergessen sollte, künstlich vereint durch ihre gemeinsame Verbindung mit der Gesellschaft für Universelles Bewußtsein.«

Gerade in diesem Augenblick zischte ihnen Kevin, der Fotokopien der gestohlenen Dokumente anfertigte, zu: »Hey, da ist ein Polizist draußen!«

Susan und Bernice erstarrten.

»Wo?« fragte Bernice. »Was macht er?«

»Er ist auf der anderen Straßenseite. Es ist eine Überwachung, da wette ich drauf!«

Susan und Bernice gingen vorsichtig nach vorne, um nachzusehen. Sie fanden Kevin, der im Durchgang zu dem Kopierraum kauerte. Es war jetzt helles Tageslicht, und das Licht strömte durch die Vorderfenster herein.

Kevin zeigte auf einen unauffälligen alten Ford, der auf der anderen Straßenseite parkte, gerade noch durch das Vorderfenster erkennbar. Ein unauffällig angezogener Mann saß hinter dem Lenkrad, und er war mit nichts Besonderem beschäftigt.

»Kelsey«, sagte Weed. »Ich bin ein paarmal mit ihm zusammengerasselt. Er hat keine Uniform an und fährt einen alten Ford, aber ich würde dieses Gesicht auf eine Meile Entfernung erkennen.«

»Ohne Zweifel eine weitere von Brummels Maßnahmen«, sagte Bernice.

»Und was werden wir jetzt machen?« fragte Susan.

»Runter!« zischte Kevin.

Sie kauerten sich in den Durchgang, als ein weiterer Mann an das Vorderfenster trat und hereinschaute.

»Michaelson«, flüsterte Kevin. »Kelseys Kollege.«

Michaelson rüttelte an der Tür. Sie war verschlossen. Er schaute durch das andere Vorderfenster, dann war er nicht mehr zu sehen.

»Zeit für ein weiteres Wunder, hmmm?« sagte Bernice etwas sarkastisch.

Hank wachte frühmorgens auf und dachte, daß sicherlich Gott groß und wunderbar eingegriffen hatte, oder daß er gerade dabei war, in den Himmel aufzufahren, oder daß die Engel gekommen waren, ihn zu befreien, oder ... oder ... oder er wußte einfach nicht was. Aber als er da so auf seinem Feldbett lag, halb schlafend, noch in diesem halbbewußten Zustand, wo man nicht sicher weiß, was real ist und was nicht, hörte er Anbetungslieder und Choräle, die um seinen Kopf flossen. Er meinte sogar Marys Stimme vernehmen zu können, die unter all den anderen Stimmen sang. Eine lange Zeit lag er einfach da und genoß es, und er wollte nicht aufwachen — aus Furcht, daß es aufhören würde.

Aber Marshall rief aus: »Was zum Kuckuck ist das?«

Er hörte es auch? Hank wachte schließlich auf. Er richtete sich von seinem Feldbett auf und ging zu den Gitterstäben. Die Töne kamen durch das Fenster am Ende des Zellenblocks herein. Marshall gesellte sich zu ihm, und sie lauschten gemeinsam. Sie konnten hören, wie der Name »Jesus« besungen und gelobt wurde.

»Wir haben es geschafft, Hank«, sagte Marshall. »Wir sind im Himmel!«

Hank weinte. Wenn diese Leute da draußen nur wüßten, was das für ein Segen war! Plötzlich wußte er, daß er nicht mehr länger im Gefängnis war, nicht wirklich. Das Evangelium von Jesus Christus war nicht eingesperrt, und er und Marshall waren jetzt zwei der freiesten Menschen auf Erden.

Die beiden lauschten eine Weile, und dann fing Hank auch an zu singen. Das verwunderte Marshall etwas. Es war ein Lied, das Jesus Christus als siegreichen Eroberer und die Gemeinde als seine Armee beschrieb. Hank kannte natürlich alle Verse auswendig, und er schmetterte sie regelrecht hinaus.

Marshall schaute etwas verlegen umher. Die beiden Autodiebe in der Nachbarzelle waren noch so sprachlos, um sich zu beschweren. Der Scheckfälscher schüttelte nur den Kopf und wandte sich wieder seinem Roman zu. Ein anderer Bursche in der letzten Zelle — sein Vergehen war unbekannt — fluchte ein wenig, aber nicht zu laut.

»Komm, Marshall«, forderte Hank seinen Zellengenossen auf. »Stimm mit ein! Wir singen uns jetzt vielleicht aus dieser Zelle hinaus.«

Marshall lächelte nur und schüttelte den Kopf.

Genau in diesem Augenblick sprang die große Tür am Ende des Zellenblocks auf, und Jimmy Dunlop kam hereingeschossen, sein Gesicht war rot und seine Hände zitterten.

»Was ist hier los?« schrie er. »Wissen Sie nicht, daß Sie einen Aufruhr verursachen?«

»Oh, wir genießen nur die Musik«, sagte Hank lächelnd.

Jimmy deutete mit seinem zitternden Finger auf Hank und sagte: »Nun, Sie hören mit diesem religiösen Zeug sofort auf! Dies gehört nicht in ein öffentliches Gefängnis. Wenn Sie singen wollen, können Sie das irgendwo in der Kirche machen, aber nicht hier.«

Jaaa, dachte Marshall, ich denke, daß ich die Worte jetzt gut genug kenne. Er fing an, so laut zu singen, wie er nur konnte, und er sang direkt zu Jimmy Dunlop hin.

Das hatte eine höchst befriedigende Antwort von Jimmy zur Folge. Er drehte sich auf seinen Absätzen um, ging hinaus und schlug die Tür hinter sich zu.

Ein weiteres Lied begann, und Marshall dachte, daß er dies schon einmal gehört hatte, vielleicht in der Sonntagsschule. »Danke, Herr, daß du meine Seele gerettet hast.« Er sang es laut, wobei er sich neben diesen jungen Mann Gottes stellte, und die beiden sangen gegen die Gitterstäbe an.

»Paulus und Silas!« rief Marshall plötzlich aus. »Ja, jetzt erinnere ich mich!«

Von diesem Moment an sang Marshall nicht mehr wegen Jimmy Dunlop.

Tal konnte die Musik in seinem Versteck hören. Sein Gesicht war immer noch ein wenig grimmig, aber er nickte zufrieden mit dem Kopf.

Ein Bote kam mit Neuigkeiten. »Strongman ist unterwegs.«

Ein weiterer Bote informierte ihn: »Wir haben jetzt Gebetsdeckung aus 32 Städten. 14 weitere werden noch dazukommen.«

Tal zog sein Schwert heraus. Er konnte fühlen, daß die Klinge mit der Anbetung der Heiligen mitschwang, und er konnte die Macht von Gottes Gegenwart spüren. Er lächelte und steckte das Schwert zurück. »Bringt unsere Kanonen zum Schießen: Lemley, Strachan, Mattily, Cole und Parker. Macht es sofort. Das Timing wird wichtig sein.«

Mehrere Krieger verschwanden mit ihren Aufträgen.

37

Sandy Hogan schaute in den Spiegel von Shawns Badezimmer, kämmte nervös ihre Haare und überprüfte ihr Make-up. Oh, ich hoffe, daß ich gut aussehe ... was werde ich nur sagen, was soll ich tun? Ich bin noch nie auf einer solchen Versammlung gewesen.

Shawn hatte ihr einige äußerst gute Neuigkeiten mitgeteilt: Professor Langstrat hatte bemerkt, daß Sandy außerordentliche mentale Fähigkeiten besaß, so sehr, daß man nun in Erwägung zog, Sandy als Kandidatin für eine besondere Einweihung in eine Gemeinschaft von Medien auszuwählen, eine exklusive internationale Gemeinschaft! Sandy hatte hier und da schon etwas über irgendeine Universelle Bewußtseinsgruppe gehört, und es hatte immer sehr erhaben, sehr geheimnisvoll, ja sogar heilig geklungen. Sie hätte sich nie träumen lassen, daß sie solch eine außergewöhnliche Gelegenheit bekommen würde, tatsächlich andere Medien zu treffen und ein Teil ihres inneren Zirkels zu werden! Sie konnte sich die neuen Erfahrungen und die höheren Einsichten, die in solch einer Gemeinschaft von begabten Menschen erreicht wurden, lebhaft vorstellen. Alle würden sie ihre mentalen Begabungen und Energien miteinander verbinden in der beständigen Suche nach Erleuchtung!

Madeline, hast du etwas damit zu tun? Warte nur, bis wir uns wieder treffen! Ich möchte dich umarmen und dir vieltausendmal Dank sagen!

Bernice, Susan und Kevin konnten nichts tun, außer zu versuchen, die Beweise zu sichern, die Susan mit einem solch großen Risiko gesammelt hatte. Bernice fertigte von allen Aufnahmen, die Susan gemacht hatte, Abzüge an, dann machte Kevin Fotokopien von den Abzügen, außerdem Kopien von all dem anderen Material. Bernice suchte im Gebäude nach einem guten Versteck für das Material. Susan studierte eine Landkarte, um nach unterschiedlichen Fluchtwegen aus der Stadt zu suchen, und sie überlegten sich, welche Leute sie anrufen konnten, wenn sie einmal draußen waren.

Dann klingelte das Telefon. Sie hoben nicht ab, sondern ließen den Anrufbeantworter seine übliche Ansage machen. Nach dem kleinen Pfeifton sagte eine Stimme: »Hallo, hier ist Harvey Cole, und ich bin mit diesen Buchungsunterlagen von euch durch ...«

»Warte!« sagte Bernice. »Mach es lauter!«

Susan kroch zu dem Schreibtisch, auf dem der Anrufbeantworter stand, und drehte die Lautstärke auf.

Harveys Stimme fuhr fort: »Ich muß sobald wie möglich mit euch reden.«

Bernice hob das Telefon in Marshalls Büro ab. »Hallo? Harvey? Hier ist Bernice!«

Susan und Kevin erstarrten vor Schreck.

»Was machst du da?«

»Die Polizisten werden das hören, Mann!«

Harvey sagte durch das Telefon und auch durch den aufgedrehten Anrufbeantworter: »Oh, du bist *da*! Ich habe gehört, du bist letzte Nacht verhaftet worden. Die Polizei wollte mir nichts sagen. Ich wußte nicht, wo ich anrufen sollte ...«

»Harvey, hör bitte zu. Hast du einen Kugelschreiber oder so was?«

»Einen Moment ... jetzt habe ich einen.«

»Ruf meinen Onkel an. Sein Name ist Jerry Dallas; seine Nummer ist 240-9946. Sag ihm, daß du mich kennst, sag ihm, es ist ein Notfall, und sag ihm, du hast Material, das der Bezirksstaatsanwalt Justin Parker sehen muß.«

»Was? Nicht so schnell.«

Bernice wiederholte alles noch einmal, diesmal langsamer. »Nun, dieses Gespräch wird wahrscheinlich von Alf Brummel oder einem seiner Helfershelfer bei der Polizei mitgeschnitten, deshalb stelle bitte sicher, daß — egal, was mit mir passiert — diese Information zu dem Staatsanwalt gelangt, damit ihm die Augen aufgehen über dem, was in dieser Stadt vor sich geht.«

»Soll ich das auch aufschreiben?«

»Nein. Sieh nur zu, daß du Justin Parker erreichst. Wenn möglich, veranlasse ihn, daß er uns hier anruft.«

»Aber Bernice, ich wollte gerade sagen, es ist ganz klar, daß die Gelder hinausgegangen sind, aber die Berichte zeigen nicht wohin ...«

»Wir haben die Unterlagen, die zeigen, wohin. Wir haben alles. Sag meinem Onkel das.«

»Okay, Bernice. Du steckst wirklich in Schwierigkeiten, was?«

»Die Polizei ist hinter mir her. Sie werden wahrscheinlich herausfinden, daß ich hier bin, weil ich mit dir rede und unser Telefon angezapft ist. Du solltest dich besser beeilen!«

»Jaa, jaaa, okay!«

Harvey hängte schnell ein.

Susan und Kevin schauten sich gegenseitig an, und dann blickten sie auf Bernice.

Sie schaute zu ihnen zurück und konnte nur sagen: »Nennt es ein Spiel.«

Susan zuckte mit den Achseln. »Gut, wir haben keine besseren Ideen.«

Das Telefon klingelte wieder. Bernice zögerte, sie wartete, bis der Anrufbeantworter seine kleine Ansage gemacht hatte.

Dann kam die Stimme. »Marshall, hier ist Al Lemley. Hör zu, ich habe einige ganz schön aufgeregte FBI-Männer hier in New York, die mit dir über deinen Kaseph reden wollen. Sie beobachten ihn schon seit einiger Zeit, und wenn du ihnen irgendwelche Beweise liefern könntest, würden sie sehr interessiert sein ...«

Bernice nahm den Hörer wieder auf. »Al Lemley? Hier ist Bernice Krueger. Ich arbeite für Marshall. Können Sie diese Männer heute nach Ashton bringen?«

»Was? Hallo?« Lemley war etwas verwirrt. »Sind Sie real oder eine Tonbandaufzeichnung?«

»Sehr real, und ich benötige dringend Ihre Hilfe. Marshall ist im Gefängnis und ...«

»Im Gefängnis?«

»Eine falsche Anklage. Es geht auf Kasephs Konto. Er will heute um 14.00 Uhr das Whitmore College übernehmen, er hat Marshall in den Knast gebracht, um ihn aus dem Weg zu räumen, und ich befinde mich die meiste Zeit auf der Flucht. Es ist eine lange Geschichte, aber Ihre Freunde werden sie lieben, und wir haben alle Dokumente gesichert, um jedes Wort davon zu beweisen.«

»Wie war Ihr Name noch einmal?«

Bernice mußte ihren Namen zweimal buchstabieren. »Hören Sie zu, sie haben dieses Telefon angezapft, und wahrscheinlich wissen sie, wo ich jetzt bin, deshalb beeilen Sie sich bitte und bringen Sie all die guten Burschen, die Sie auftreiben können, mit hierher. In dieser Stadt gibt es keine mehr.«

Al Lemley wußte genug. »Okay, Bernice, ich werde alles tun, was mir möglich ist. Und diese Würstchen, die euer Telefon angezapft haben, seien besser gewarnt, daß, falls nicht alles in Butter ist, wenn wir ankommen, sie große Probleme bekommen werden!«

»Sehen Sie zu, daß Sie um oder besser schon vor 14.00 Uhr am Verwaltungsgebäude des Whitmore College sind.«

»Bis dann.«

Nun begannen sich die Mienen von Susan und Kevin etwas aufzuhellen.

»Was wolltest du noch?« fragte Susan. »Ein weiteres Wunder?«

Das Telefon klingelte erneut. Bernice wartete diesmal nicht mehr, sondern hob sofort ab.

Eine Stimme sagte: »Hallo, hier ist Generalstaatsanwalt Norm Mattily, bitte geben Sie mir Marshall Hogan.«

Susan konnte einen kleinen Jubelschrei nicht unterdrücken, Kevin sagte: »In Ordnung, in Ordnung!«

Bernice sprach zu Mattily. »Mr. Mattily, hier ist Bernice Krueger, eine Reporterin des *Clarion*. Ich arbeite für Mr. Hogan.«

»Oh ... äh, ja ...« Mattily schien sich mit jemandem zu besprechen. »Ja, äh, Eldon Strachan steht hier neben mir, und er erzählt mir, daß es da gewisse Probleme in Ashton gibt ...«

»Von der übelsten Sorte. Es kommt heute alles zusammen. Wir haben einige gewichtige Beweise, die wir Ihnen zeigen möchten. Wie schnell können Sie hier sein?«

»Nun, ich hatte eigentlich nicht vor, zu kommen ...«

»Die Stadt Ashton wird heute um 14.00 Uhr von einer internationalen Terroristenorganisation übernommen.«

»Was?«

Bernice konnte die gedämpfte Stimme von Eldon Strachan hören, der wahrscheinlich in Mattilys anderes Ohr sprach. »Ähh ... gut, wo ist Mr. Hogan? Eldon sorgt sich um seine Sicherheit.«

»Mr. Hogan ist überhaupt nicht sicher. Er und ich wurden vergangene Nacht von den örtlichen Gangstern aus dem Hinterhalt überfallen. Marshall hielt sie auf, wobei ich fliehen konnte. Seitdem halte ich mich versteckt, und ich habe keine Ahnung, was mit Mr. Hogan passiert ist.«

»Was um alles in der Welt ... Sind Sie ...« Eldon sprach weiter in Mattilys andere Ohr. »Gut, ich werde Beweise brauchen, etwas, das gerichtlich ...«

»Wir haben alles, aber wir brauchen Ihr direktes und sofortiges Eingreifen. Können Sie kommen und einige *echte* Polizisten mitbringen? Es ist eine Sache auf Leben und Tod.«

»Nun ...«

»Kommen Sie her, bitte, und zwar vor 14.00 Uhr. Sie werden uns am Verwaltungsgebäude des Whitmore College treffen.«

»In Ordnung«, sagte Mattily, seine Stimme klang immer noch etwas zögernd, »ich werde rechtzeitig da sein und sehen, was Sie mir zu zeigen haben.«

Bernice legte auf, und sofort klingelte das Telefon erneut.

»Clarion.«

»Hallo, hier ist Bezirksstaatsanwalt Justin Parker. Mit wem spreche ich?«

Bernice legte ihre Hand über die Sprechmuschel und flüsterte Susan zu: »Es *gibt* einen Gott!«

Alf Brummel konnte es nicht mehr aushalten. Die Dinge glitten ihm langsam aus den Händen — Dinge, die eine Menge mit seiner eigenen Zukunft und Sicherheit zu tun hatten. Er konnte nicht länger von der Polizeistation wegbleiben. Er mußte dort sein, um zu erfahren, was da vor sich ging, um zu verhindern, daß das Chaos noch größer würde, um ... oh, wo waren nur diese Autoschlüssel?

Er stieg in sein Auto und raste durch die Stadt zur Polizeistation.

Als er ankam, sang der Überrest immer noch auf dem Parkplatz, und als er erkannte, wer sie waren und warum sie da waren, war es zu spät, um sich wieder davonzuschleichen. Er mußte hineinfahren und parken.

Sie versammelten sich um sein Auto wie ein gieriger Schwarm Moskitos.

»Wo bist du gewesen?«

»Wann kommt Hank heraus?«

»Mary will ihn besuchen.«

»Was machen Sie eigentlich mit diesem Mann? Er hat niemanden vergewaltigt!«

»Sie sollten sich darauf vorbereiten, Ihrem Beruf auf Wiedersehen zu sagen!«

In die Offensive, Alf, wenn du den Rest von dir noch retten willst. »Ähh, wo ist Mary?«

Mary winkte ihm von den Stufen des Gerichtsgebäudes aus zu. Er versuchte, zu ihr zu gelangen, und nachdem die Leute dies bemerkt hatten, machten sie ihm etwas bereitwilliger Platz.

Sobald er in Hörweite ihrer Rufe gekommen war, fing Mary an, ihm Fragen zu stellen. »Mr. Brummel, ich würde gerne meinen

Mann sehen, und wie wagen Sie es nur, dieses lächerliche Schauspiel zu erlauben!«

Brummel hatte noch nie in seinem Leben die süße, scheinbar verletzbare Mary so angriffslustig erlebt.

Er versuchte, irgend etwas zu sagen. »Es ist ein echtes Irrenhaus hier. Es tut mir leid, aber ich ...«

»Mein Mann ist unschuldig, und Sie wissen es!« sagte sie sehr bestimmt. »Wir wissen nicht, wie Sie damit durchkommen wollen, aber wir sind hier, um sicherzustellen, daß Sie nicht damit durchkommen.«

Mit dieser Bemerkung donnerte eine Flut von zustimmenden Rufen aus der Menge.

Brummel versuchte die Einschüchterungsmethode. »Jetzt hört mir mal zu! Keiner steht über dem Gesetz, egal wer er ist. Pastor Busche wurde eines sexuellen Verbrechens beschuldigt, und ich habe keine andere Wahl, als meine Pflicht auszuüben als ein Beamter des Gesetzes. Es spielt dabei keine Rolle, ob wir Freunde oder Gemeindemitglieder sind, dies ist eine Sache des Gesetzes ...«

»Blödsinn!« ertönte eine tiefe Stimme neben Brummel.

Brummel drehte sich zu der Stimme um, um sie in ihre Schranken zu verweisen, aber dann wurde er bleich, als er das Gesicht von Lou Stanley, seinem alten Kampfgefährten, sah.

Lou stand breitbeinig da, eine Hand an seinem Gürtel, die andere zeigte genau in Brummels Gesicht, wobei er sagte: »Du hast oft darüber geredet, daß du so etwas veranstalten willst, Alf! Ich habe gehört, wie du gesagt hast, alles, was du brauchst, sei die richtige Gelegenheit. Nun, jetzt sage ich, daß du es getan hast. Ich klage dich an, Alf! Falls jemand meine Aussage in irgendeiner Gerichtsverhandlung gegen dich benötigt, er hat sie!«

Ein Bravo und einige Jubelrufe waren zu hören.

Dann erhielt Brummel einen weiteren Schock. Gordon Mayer, der Gemeindeschatzmeister, trat vor die Menge, und er zeigte ebenfalls mit seinem Finger genau in Brummels Gesicht.

»Alf, eine Meinungsverschiedenheit ist eine Sache, aber eine regelrechte Verschwörung ist eine ganz andere. Du solltest dir wirklich sicher sein, was du tust.«

Brummel war an die Wand zurückgewichen. »Gordon ... Gordon, wir müssen das Beste draus machen ... wir ...«

»Nun, mit mir brauchst du nicht mehr zu rechnen!« sagte Mayer. »Ich habe genug für dich getan!«

Brummel drehte sich von seinen beiden ehemaligen Kumpanen weg, nur um einem plötzlich total veränderten Bobby Corsi gegenüberzustehen!

»Hey, Brummel«, sagte Bobby. »Erinnerst du dich an mich? Rate mal, für wen ich jetzt arbeite?«

Brummel war sprachlos. Er ging auf die Eingangstür zu, als ob da drinnen irgendein Schutz vor diesem ganzen Unheil wäre.

Andy Forsythe verstellte ihm nicht den Weg, aber er ging nahe genug zu ihm hin, um ihn zum Stehenbleiben zu veranlassen.

»Mr. Brummel«, sagte Andy, »hier hinten ist eine junge Frau, die immer noch ein bestimmtes Anliegen hat.«

Brummel ging etwas schneller. »Ich werde sehen, was ich tun kann, in Ordnung? Laßt mich den Stand der Dinge überprüfen. Wartet nur. Ich werde gleich wieder hier sein.«

So schnell er konnte, schlüpfte er durch die Tür und verschloß sie sofort hinter sich. Die Menge folgte ihm wie eine Welle, drückte gegen die Tür und blockierte ihn da drinnen.

Seine neue Empfangsdame saß mit großen Augen an ihrem Schreibtisch und schaute durch das Fenster auf all die ärgerlichen Gesichter.

»Soll ... soll ich die Polizei anrufen?« fragte sie.

»Nein«, sagte Brummel. »Sie sind nur Freunde, die mich besuchen wollen.«

Damit verschwand er in sein Büro und verschloß die Tür.

Juleen, Juleen! Das war ihre Schuld! Er hatte sie satt, er hatte diese ganze Sache satt!

Er sah eine Notiz auf seinem Schreibtisch. Sam Turner hatte eine Nachricht hinterlassen. Er wählte seine Nummer, und Sam antwortete.

»Wie sieht's aus, Sam?« fragte Brummel.

»Nicht gut, Alf. Ich telefoniere bereits den ganzen Morgen, und niemand will eine Notversammlung einberufen. Sie haben nicht die Absicht, Hank abzuwählen, und nur ganz wenige kaufen uns diese Vergewaltigungsgeschichte ab. Blick der Sache ins Gesicht, Alf, du hast einen schweren Fehler gemacht.«

»*Ich* habe einen schweren Fehler gemacht?« Brummel explodierte. »*Ich*? War es nicht auch deine Idee?«

»Behaupte das niemals!« kam Turners Antwort sehr drohend. »Behaupte das ja niemals!«

»Du wirst also nicht zu mir stehen?«

»Da gibt es nichts mehr zum Stehen, Alf. Der Plan hat nicht funktioniert. Busche ist ein unschuldiger Pfadfinder, und jeder weiß das, und du wirst ihm diese Geschichte nicht anhängen können.«

»Sam, wir haben das gemeinsam begonnen. Es hat funktioniert!«

»Es funktioniert nicht, Kumpel. Hank wird bleiben, so sehe ich das, und ich sage mich von dieser ganzen Sache los. Du mußt tun, was du tun mußt, aber du solltest dringend etwas tun — oder dein Name wird nicht mehr den Wert eines Kuhfladens haben, wenn dies alles vorbei ist.«

»Nun, vielen Dank, *Kumpel*!« Brummel legte ärgerlich auf.

Er schaute auf die Uhr. Es war kurz vor 12. Das Treffen würde in zwei Stunden beginnen.

Hogan. Er mußte Hogan immer noch die Botschaft wegen Sandy bringen. Oh, Bruder, das war wieder eine von Juleens feinen Aufträgen. Ich habe mich bereits mit dieser blöden Vergewaltigung festgerannt, und jetzt will sie mich als Mordgehilfe — oder was immer sie mit Sandy vorhat — benutzen.

Und was ist mit Krueger? Mit wem hat sie bereits über die ganze Sache geredet? Er stürmte aus seinem Büro und ging zur Funkzentrale.

»Irgendwas Neues über diese Krueger?« fragte er den einsamen Wachhabenden.

Der Wachhabende stopfte einen Bissen von einem Erdnußbutter-Sandwich in seine Backen und sagte: »Nein, es ist hübsch ruhig hier.«

»Nichts vom *Clarion*?«

»Ein fremdes Auto ist hinten geparkt, aber es ist nicht aus diesem Staat, und sie haben die Nummer noch nicht identifiziert.«

»Sie haben nicht ...! Identifiziert diese Nummer! Überprüft das Gebäude! Jemand könnte da drin sein!«

»Sie haben niemanden gesehen ...«

»Überprüft das Gebäude!« explodierte Brummel.

Die Empfangsdame rief aus der Halle: »Mr. Brummel, Bernice Krueger ist am Telefon. Soll ich eine Notiz für Sie hinterlassen?«

»Neiiin!« schrie er und rannte zu seinem Büro zurück. »Ich werde es selbst entgegennehmen!«

Er schlug die Bürotür hinter sich zu und packte den Hörer. »Hallo?« Er drückte den zweiten Knopf an seinem Telefon. »Hallo?«

»Mr. Alf Brummel!« kam eine sehr leutselige Stimme.

»Bernice!«

»Es ist Zeit, daß wir uns unterhalten.«

»In Ordnung. Wo sind Sie?«

»Seien Sie kein absoluter Idiot. Hören Sie. Ich möchte Ihnen ein Ultimatum stellen. Ich habe mit dem Generalstaatsanwalt geredet, dem Bezirksstaatsanwalt und den FBI-Beamten. Ich habe Beweise — und ich meine *wirklich echte Beweise* — die eure Verschwörung aufdecken werden, und die Leute sind bereits unterwegs hierher, um sie sich anzuschauen.«

»Sie bluffen!«

»Sie haben die Gespräche auf dem Band. Spielen Sie das Band einfach zurück.«

Brummel lächelte ein wenig. Sie hatte preisgegeben, wo sie war. »Und was ist Ihr Ultimatum?«

»Lassen Sie Hogan frei. Jetzt. Und blasen Sie die Jagd nach mir ab. In zwei Stunden will ich mein Gesicht in dieser Stadt zeigen, und ich will keinerlei Belästigung, besonders auch deswegen nicht, weil ich einige ganz besondere Gäste dabeihaben werde!«

»Sie sind jetzt gerade im *Clarion*, oder?«

»Ja, natürlich bin ich da. Und ich kann ... was ist sein Name? Kelsey. Ich kann Kelsey da draußen sitzen sehen in dieser alten Rostlaube, er und sein Kollege Michaelson. Ich will, daß Sie diese Burschen abberufen. Wenn nicht, werden all die großen Tiere wissen, was mit mir passiert ist. Wenn Sie es tun, kann es Ihnen nur nützen.«

»Sie sind ... ich behaupte immer noch, daß Sie bluffen!«

»Hören Sie Ihre kleine Bandmaschine ab, Alf. Schauen Sie, ob ich die Wahrheit sage. Ich werde warten und sehen, ob das Auto wegfährt.«

Klick. Sie hatte eingehängt.

Brummel hastete zum Schrank und öffnete die Türen. Er zog das Bandgerät heraus. Er zögerte, überlegte fieberhaft, erstarrte einen Augenblick lang. Er schob das Gerät wieder zurück, schlug die Türen zu und raste zur Funkzentrale.

Der Wachhabende kaute immer noch an seinem Sandwich. Brummel griff über die Theke, packte das Mikrofon und schaltete es ein.

»Einheit zwei und drei, Kelsey, Michaelson, 10-19. Wiederhole: 10-19 sofort.«

Der Wachhabende schaute überrascht auf. »Hey! Was ist passiert? Hat sich Krueger gestellt?«

Alf Brummel war niemals gut gewesen, eine passende Antwort auf dumme oder zum falschen Zeitpunkt gestellte Fragen zu geben. Er raste zum Empfangsschreibtisch und wählte den Zellenbau.

»Gebt mir Dunlop.«

Dunlop hob ab.

»Jimmy, Hogan und Busche werden auf meine Verantwortung entlassen. Laß sie frei.«

Jimmy stellte ihm ein paar weitere dumme Fragen.

»Mach einfach, was ich dir gesagt habe, und überlasse mir den Papierkram! Jetzt los!«

Er knallte den Hörer auf die Gabel und verschwand in sein Büro. Die Empfangsdame schaute weiter durch das Fenster zu all diesen Leuten. Sie fingen wieder zu singen an. Es klang irgendwie nett.

Bernice, Susan und Kevin warteten nervös, daß entweder etwas sehr Gutes oder etwas sehr Schlechtes passieren würde. Entweder Brummel würde mitspielen, oder sie würden in ein paar Minuten den Rauch von Tränengas atmen dürfen. Aber dann hörten sie, wie ein Motor auf der anderen Straßenseite ansprang.

»Hey!« sagte Kevin.

Susan rieb sich immer noch die Hände. Bernice beobachtete nur — sie wollte nicht zu schnell irgend etwas Gutes glauben.

Der alte Ford — mit Kelsey und Michaelson darin — fuhr weg.

Bernice wollte nicht weiter warten. »Laßt uns das ganze Zeug wieder in den Koffer packen und dann zum Gerichtsgebäude hinüberfahren. Marshall wird eine Aufmunterung nötig haben.«

»Das mußt du mir nicht zweimal sagen!« meinte Kevin.

Alles, was Susan sagen konnte, war: »Danke Gott. Danke dir, Gott!«

Alf Brummel hörte sich nur einen kurzen Ausschnitt aus einem der Gespräche an, dem zwischen Bernice und dem Generalstaatsanwalt Norm Mattily. Er kannte Mattilys Stimme, und, ja, es war gar nicht so unwahrscheinlich, daß Eldon Strachan zu Mattily gehen würde, *falls* er wirklich brauchbare Informationen hatte.

Brummel fluchte laut. Brauchbare Informationen! Mattily brauchte doch nur dieses Tonbandgerät hier zu finden mit all den abgehörten Telefonaten!

Die Empfangsdame summte ihn an. Er schaltete das Sprechgerät ein.

»Ja?« sagte er sehr unfreundlich.

»Juleen Langstrat auf Leitung zwei«, sagte sie.

»Machen Sie eine Notiz!« sagte er, und schaltete das Gerät aus.

Er wußte, warum sie anrief. Sie wollte nörgeln und ihn daran erinnern, rechtzeitig zu dem Treffen zu kommen.

Er öffnete die andere Schranktür und zog die Berichte und die bespielten Kassetten heraus. Wo konnte er nur dieses ganze Zeug verstecken? Wie könnte er es zerstören?

Die Empfangsdame summte ihn wieder an.

»Was?«

»Sie besteht darauf, daß Sie mit ihr sprechen.«

Er nahm den Hörer ab, und Langstrats ölige Stimme kam aus der Leitung.

»Alf, bist du für heute bereit?«

»Ja«, antwortete er ungeduldig.

»Dann komm bitte, sobald du kannst. Wir müssen die Energien des Raumes vorbereiten, bevor das Treffen beginnt, und ich will, daß alle Dinge sich im Einklang befinden, wenn Shawn mit Sandy ankommt.«

»Du wirst sie also wirklich da hineinziehen?«

»Nur als zusätzliche Sicherheit natürlich. Marshall Hogan ist aus dem Weg geräumt, aber wir müssen sicher sein, zumindest so lange, bis sich alle unsere Mühen und Visionen sich erfüllt haben und die Stadt Ashton siegreich in das Universelle Bewußtsein eingegangen ist.« Sie machte eine kleine Pause, um den Gedanken zu genießen, und fragte dann ziemlich unbekümmert: »Und hast du irgendwelche Neuigkeiten von unserer entflohenen Einbrecherin?«

Bevor er überhaupt wußte, was er tat, log er. »Nein, noch nichts. Sie ist noch verschwunden.«

»Na, wenn schon. Ich bin sicher, wir werden sie früh genug finden, und nach dem heutigen Tag hat sie sowieso keine Chancen mehr.«

Er sagte nichts darauf. Er war plötzlich völlig in Beschlag genommen von einem Gedanken, der wie eine drei Meter hohe Welle über ihn hereinbrach: *Alf, sie glaubt dir. Sie weiß wirklich nichts!*

»Du wirst unverzüglich kommen, Alf!?« fragte und befahl sie gleichzeitig.

Sie weiß nicht, was passiert ist, war alles, was Brummel denken konnte. *Sie ist verletzbar! Ich weiß etwas, das sie nicht weiß!*

»Ich werde sofort aufbrechen«, sagte er automatisch.

»Bis dann«, sagte sie mit autoritärer Endgültigkeit und legte auf.

Sie weiß nichts! Sie glaubt, daß alles in Ordnung ist und es keinerlei Schwierigkeiten gibt! Sie glaubt, daß alles glattgehen wird!

Brummel ließ seine Gedanken tanzen, während er diese neue Lage betrachtete, sein plötzliches exklusives Wissen und das eigenartige Gefühl von Macht, das es ihm verlieh. Ja, es war alles so gut wie vorbei, und er ging wahrscheinlich mit unter ... aber er hatte die Macht, diese Frau, diese Spinne, diese Hexe mit herunterzuziehen!

Plötzlich hatte er kein Verlangen mehr, die Bänder und Berichte zu zerstören. Sollen die anderen sie doch finden. Sollen sie doch alles finden! Vielleicht würde er es ihnen sogar selbst zeigen.

Und was den Plan anbetrifft — wenn Kaseph und seine Gesellschaft so allwissend und unbesiegbar sind, warum solltest du ihnen irgend etwas erzählen? Sollen sie es doch selbst herausfinden!

»Würde es nicht nett sein, deine liebe Juleen einmal schwitzen zu sehen?« fragte Lucius.

»Es würde nett sein, Juleen einmal schwitzen zu sehen«, murmelte Brummel.

38

Hank und Marshall traten aus der Tür des Untergeschosses der Polizeistation und waren plötzlich allein. Ihre Freunde waren immer noch vor dem Haupteingang versammelt, singend, redend, betend, demonstrierend.

»Preist den Herrn«, war alles, was Hank sagen konnte.

»Oh, ich glaube es, ich glaube es«, antwortete Marshall.

Es war John Coleman, der sie zuerst entdeckte, und er stieß einen Jubelschrei aus. Die anderen drehten ihre Köpfe und waren schockiert und total begeistert. Sie rannten zu Hank und Marshall wie Hühner zum Futter.

Aber sie machten alle Platz für Mary, sie stießen sie sogar liebevoll vorwärts, als sie an ihnen vorbeirannte. Der Herr war so gut! Da war Hanks liebe Mary, sie weinte und umarmte ihn und flüsterte ihm ihre Liebe zu, und er konnte kaum glauben, daß das alles wirklich passierte. Er hatte sich noch nie zuvor so sehr von ihr getrennt gefühlt.

»Bist du in Ordnung?« fragte sie ihn immer wieder, und er sagte ihr jedesmal: »Mir geht es einfach gut, einfach gut.«

»Es ist ein Wunder«, sagten die anderen. »Der Herr hat unsere Gebete erhört. Er hat dich wie Petrus aus dem Gefängnis herausgebracht.«

Marshall verstand, daß sie ihn nicht beachteten. Dies war Hanks Augenblick.

Aber was war da drüben los? Durch das Gewimmel von Köpfen, Schultern und Körpern konnte Marshall erkennen, wie Alf Brummel schnell aus der Tür schlüpfte und in sein Auto stieg. Er brauste davon. Dieser Feigling. Wenn ich er wäre, würde ich mich auch davonmachen.

Und hier kam ... Nein! Nein, das konnte nicht sein! Marshall bahnte sich seinen Weg durch die Menge, und er renkte sich fast den Hals aus, um zu sehen, ob die Fahrgäste in dem ankommenden Auto auch wirklich die waren, die sie zu sein schienen. Ja! Bernice winkte ihm sogar zu! Und da war Weed, lebend! Diese andere Person, die da am Lenkrad saß ... das konnte nicht sein! Aber sie mußte es sein! Susan Jacobson, von den Toten zurückgekehrt!

Marshall kämpfte sich durch Hanks Bewunderer und begann einen schnellen Lauf mit weiten Schritten, hin zu dem Platz, an dem Susan parkte. Mann! Wenn diese Leute beten, erhört sie Gott!

Bernice stürmte aus dem Auto und warf ihre Arme um ihn.

»Marshall, bist du in Ordnung?« sagte sie und weinte fast.

»Bist du in Ordnung?« fragte er zurück.

Eine Stimme sagte hinter ihnen: »Oh, Mrs. Hogan, ich wollte Sie so gerne einmal kennenlernen.«

Es war Hank. Marshall schaute auf den Mann Gottes, der da lächelnd stand, mit seiner kleinen Frau an der Seite und Gottes Volk hinter sich, und er fühlte, wie er die Umarmung langsam lockerte.

Bernice glitt schlaff aus der Umarmung.

»Hank«, sagte Marshall mit einem gebrochenen Ton in der Stimme, den Bernice noch nie von ihm gehört hatte, »dies ist nicht meine Frau. Das ist Bernice Krueger, meine Reporterin.« Dann schaute Marshall zu Bernice und sagte mit großer Liebe und Respekt: »Und eine gute noch dazu!«

Bernice wußte sofort, daß mit Marshall etwas geschehen war. Es überraschte sie nicht; mit ihr war auch etwas geschehen, und sie konnte in Marshalls Gesicht und in seiner Stimme dieselbe innere Zerbrochenheit erkennen, die sie in sich selbst fühlte. Irgendwie wußte sie, daß dieser junge Mann, der neben Marshall stand, etwas mit dem Ganzen zu tun hatte.

»Und wer ist dein Knastkollege da?« fragte sie.

»Bernice Krueger, das ist Hank Busche, Pastor der Ashton Community Gemeinde und ein ganz neuer, sehr guter Freund von mir.«

Sie schüttelte seine Hand und schob alle ihre Gedanken und Gefühle beiseite. Die Zeit wurde knapp.

»Marshall, hör gut zu. Wir haben einen Sechzig-Sekunden-Schnellkurs für dich!«

Hank entschuldigte sich und kehrte zu seiner aufgeregten Herde zurück.

Als Bernice Marshall die lebendige Susan vorstellte, dachte er, daß er seine Hand zu einem Wunder ausstreckte.

»Ich habe gehört, daß Sie getötet wurden — und Kevin auch.«

»Ich werde Ihnen die ganze Geschichte erzählen«, antwortete Susan freundlich, »aber jetzt ist unsere Zeit sehr kurz, und es gibt eine Menge, das Sie wissen müssen.«

Susan öffnete ihren Kofferraum und zeigte Marshall den Inhalt ihres kampfmüden Koffers. Marshall genoß jede Minute. Es war alles da, alles, was er verloren geglaubt hatte an die langfingerige Carmen und an diese Schleicher, diese »Gesellschaft«.

»Kaseph kommt heute nach Ashton, um das Geschäft mit dem Vorstand des College perfekt zu machen. Um 14.00 Uhr sollen die Papiere unterzeichnet werden, und das Whitmore College soll stillschweigend an die Omni Corporation verkauft werden.«

»Die Gesellschaft, meinen Sie«, sagte Marshall.

»Natürlich. Dieser Kauf hat eine Schlüsselfunktion. Wenn das College geht, wird die Stadt auch mitgehen.«

Bernice platzte mit ihren Neuigkeiten über Mattily, Parker, Lemley und Harvey Coles Entwirrung der Baylor-Unterlagen dazwischen.

»Und wann sind sie hier?« fragte Marshall.

»Ich hoffe zum Zeitpunkt der Vorstandssitzung. Ich habe ihnen gesagt, sie sollen uns dort treffen.«

»Ich werde mich selbst auch zu diesem Treffen einladen. Ich weiß, sie werden alle sehr glücklich sein, mich zu sehen.«

Susan berührte Marshalls Arm und sagte: »Aber Sie sollten wissen, daß sie Ihre Tochter Sandy in der Gewalt haben.«

»Als ob ich das nicht wüßte!«

»Wahrscheinlich befindet sie sich gerade jetzt unter ihrem Einfluß; es ist der Stil von Kaseph, glauben Sie mir. Falls Sie etwas gegen ihn unternehmen, könnte es für Sandy gefährlich werden.«

Bernice erzählte Marshall von Pat, über das Tagebuch, über diesen geheimnisvollen Thomas und über diesen verführerischen Anwalt des Teufels, Shawn Ormsby.

Marshall schaute sie einen Moment lang an, dann rief er: »Hank, es gibt Arbeit für dich und deine Leute!«

Ein sommerlicher Sonntag in Ashton ist normalerweise einer der glücklichsten, sorgenfreiesten Tage der Woche. Die Landwirte tauschen Erfahrungen aus; die Verkäufer in den wenigen geöffneten Geschäften genießen ein gemütliches Arbeitstempo; andere Geschäftsinhaber haben ihre Geschäfte ganz geschlossen; Mütter, Väter und Kinder denken an unterhaltsame Spiele und nette Ausflüge. Viele Gartenstühle sind besetzt, die Straßen sind viel ruhiger als sonst, und die Familien sind normalerweise zusammen.

Aber an diesem sonnigen, sommerlichen Sonntag schien für niemanden die Welt in Ordnung zu sein: ein Landwirt entdeckte, daß eine seiner Kühe völlig aufgebläht war; bei einem anderen war der Magnet des Traktors durchgebrannt, und niemand schien einen Ersatz auf Lager zu haben; und obwohl kein Landwirt für die Probleme des anderen verantwortlich war, gerieten sie in einen heftigen Streit darüber. Die Verkäufer und Verkäuferinnen, die heute arbeiteten, bekamen Ärger mit dem Wechselgeld, und es gab sehr unangenehme Diskussionen mit den Kunden. Jeder Geschäftsinhaber hatte keinen anderen Wunsch, als so schnell wie möglich Feierabend zu machen, denn heute schien einfach alles schiefzugehen. Viele Ehefrauen waren nervös, sie wollten wegfahren, irgendwohin, egal wohin, sie wußten nicht wohin; ihre Gatten luden die Kinder in all die Autos, dann wollten die Frauen nicht mehr wegfahren, dann gerieten sich die Kinder im Auto in die Haare, dann gerieten sich die Eltern in die Haare, und dann wollten die Familien nirgendwo mehr hinfahren, und die Autos blieben in den Einfahrten stehen, während Schreie durch deren Fenster drangen und die Hupen lärmten. Die Gartenstühle brachen entweder unter ihren Besitzern zusammen, oder die Stoffbezüge waren unauffindbar; die Straßen waren voller Fahrer, die hektisch ohne ein bestimmtes Ziel umherfuhren; die Hunde, diese stets wachsamen Hunde von Ashton, bellten und heulten und winselten wieder, dieses Mal mit gesträubtem Fell, die Schwänze aufgerichtet und ihre Gesichter nach Osten gewandt.

Gesichter nach Osten? Da gab es viele. Hier ein College-Bediensteter, da ein Postangestellter, da drüben eine Familie von Töpfern und Webern, und da ein Versicherungsmann. Überall in der Stadt standen Menschen, die eine bestimmte Vorahnung hatten und eine gewisse gleichgesinnte geistige Schwingung, still, als ob sie anbeteten, mit ihren Gesichtern nach Osten.

Und es gab eine ziemliche Aufregung um den großen toten Baum. Rafar erhob sich von seinem Ast, seinem Regiestuhl der Macht, und stellte sich auf den Hügel, wobei er mit seinen boshaften gelben Augen über die kleine Stadt Ashton blickte, während die Horden seiner Hilfsgeister um ihn versammelt waren. Seine muskulösen Arme waren in die Seite gestemmt, seine breitgefächerten Flügel waren wie eine königliche Schleppe gefaltet, seine Juwelen glitzerten in der Sonne.

Auch er schaute nach Osten.

Er wartete, bis er es sah. Dann strömte sein Atem mit einem Laut des Erstaunens durch seine Fangzähne hinein, aber dies war kein Erstaunen. Es war die höchste Art von Begeisterung, eine dämonische Heiterkeit, die er nur selten fühlte, eine wertvolle und ausgereifte Frucht, welche man nur nach viel Arbeit und Vorbereitung genießen konnte.

Seine schwarzhaarige Hand packte den goldenen Handgriff seines Schwertes, und er zog die Klinge aus der Scheide und ließ sie singen und dröhnen und mit blutrotem Licht leuchten. Die anwesenden Dämonen keuchten und jubelten alle, während Rafar sein Schwert hochhielt und die ganze Versammlung in unheilvolles rotes Licht tauchte. Plötzlich verschwanden die riesigen Flügel in einem Schleier, und mit einem Rauschen und mit großer Kraft trugen sie ihn hoch in die Luft, hinaus über das weite Tal, hinaus über die kleine Stadt, hinaus ins Freie, wo er von jedem Platz in der Stadt und von jedem Versteck aus gesehen werden konnte.

Er stieg in eine erhabene Höhe auf, dann schwebte er dort, wobei er sein Schwert noch immer in der Hand hielt. Sein Kopf drehte sich hierhin und dorthin, sein Körper drehte sich langsam im Kreis, seine Augen huschten umher.

»Hauptmann der Himmlischen Heerscharen!« bellte er, und das Echo seiner dröhnenden Stimme rollte durch das Tal wie Donner. »Hauptmann Tal, höre mich!«

Tal konnte Rafar genau verstehen. Er wußte, daß Rafar jetzt eine Rede halten würde, und er wußte, was der dämonische Kriegsherr sagen würde. Er beobachtete auch den östlichen Horizont, während er — mit seinen Hauptkriegern an der Seite — versteckt im Wald stand.

Rafar fuhr fort, überall nach einem Zeichen seines Gegners zu suchen. »Ich, der ich dich niemals in dieser Sache gesehen habe, ich zeige dir jetzt mein Gesicht! Merkt es euch, du und deine Krieger! Heute brenne ich dieses Gesicht für immer in euer Gedächtnis als das Gesicht dessen, der euch besiegt hat!«

Tal, Guilo, Triskal, Krioni, Mota, Chimon, Nathan, Armoth, Signa — alle waren sie zusammen, versammelt, um diese lang erwartete Rede zu hören.

Rafar fuhr fort: »Heute werde ich den Namen von Rafar, Prinz von Babylon, für immer in euer Gedächtnis brennen, als den Namen dessen, der kühn bleibt und unbesiegt dasteht!« Rafar machte einige weitere schnelle Drehungen und schaute überall herum nach irgendwelchen Zeichen seines Erzfeindes. »Tal, Hauptmann der Himmlischen Heerscharen, wirst du es wagen, mir dein Gesicht zu zeigen? Vermutlich nicht! Wirst du es sogar wagen, mich anzugreifen? Vermutlich nicht! Werden du und deine schäbige kleine Bande von Landstreichern es wagen, sich in den Weg der Gewaltigen der Lüfte zu stellen?« Rafar lachte höhnisch. »Vermutlich nicht!«

Er machte eine theatralische Pause und erlaubte sich ein ironisches Grinsen. »Ich gebe dir die Gelegenheit, zu verschwinden, lieber Hauptmann Tal, um dir das ängstliche Warten auf meine Hand zu ersparen! Ich schenke dir und deinen Kriegern jetzt die Gnade, euch davonzumachen, denn ich verkünde, daß die Schlacht bereits entschieden ist!« Rafar zeigte dann mit seinem Schwert zum östlichen Horizont und sagte: »Schau nach Osten, Hauptmann Tal! Da siehst du ganz deutlich, wie die Schlacht ausgehen wird!«

Tal und seine führenden Krieger schauten bereits zum östlichen Horizont, ihre Aufmerksamkeit war völlig von dem in Beschlag genommen, was sie da sahen — sogar als ein junger Bote herangerauscht kam mit der Nachricht: »Hogan und Busche sind frei! Sie haben ...« Er stoppte mitten im Satz. Seine Augen folgten den Blicken der anderen, und er sah, was ihr Interesse in Beschlag nahm.

»Oh, nein!« sagte er flüsternd. »Nein, nein!«

Zuerst war die Wolke nur ein entfernter Fingertupfer von Schwärze gewesen; es hätte eine Regenwolke sein können oder Fabrikrauch oder ein entfernter, dunstverhangener Berg, der plötzlich erscheint. Aber dann, als sie näher heranzog, breiteten sich ihre Grenzen aus wie die allmählich auftauchenden Ecken einer stumpfen Pfeilspitze, die sich langsam und sicher über den Horizont wie ein dunkles Leichentuch ausstreckten, wie eine ständig wachsende Flut von Schwärze, die den Himmel verfinsterte. Zuerst konnte man es mit einem Blick erfassen; wenige Minuten später schon mußten die Augen vor und zurück schweifen, von einem Ende des Horizonts zum anderen.

»Wie damals in Babylon«, sagte Guilo ruhig zu Tal.

»Sie waren da«, sagte Tal, »jeder von ihnen, und jetzt sind sie zurück. Schau auf die vorderen Reihen, sie fliegen in mehreren Schichten übereinander, untereinander und dazwischen.«

»Ja«, sagte Guilo, »immer noch dieselbe Kampfformation.«

Eine neue Stimme sagte: »Nun, soweit funktioniert dein Plan sehr gut, Tal. Sie sind alle aus ihrem Versteck herausgekommen — und ihre Menge ist unzählbar.«

Es war der General. Er war erwartet worden.

Tal antwortete: »Und hoffentlich rechnen sie mit einem schnellen Sieg.«

»Zumindest tut das dein alter Rivale, wenn man ihn so prahlen hört.«

Tal lächelte nur und sagte: »Mein General, Rafar prahlt mit und ohne Grund.«

»Was ist mit Strongman?«

»Vom Aussehen der Wolke her würde ich sagen, er ist ihr nur um wenige Meilen voraus.«

»Ist Kaseph von ihm besessen?«

»Das würde ich vermuten, Sir.«

Der General schaute sorgfältig auf die Wolke, jetzt eine tiefe Tintenschwärze und wie ein Baldachin über den Himmel gebreitet. Man konnte bereits das tiefe rollende Dröhnen der Flügel hören.

»Wie weit sind wir?« fragte der General.

Tal antwortete: »Gerüstet.«

Dann, während das Geräusch der Flügel lauter wurde und die Schatten der Wolke über die Felder und Äcker vor Ashton fielen, begann sich ein rötlicher Farbton in der Wolke auszubreiten, als ob sie von innen glühen würde.

»Sie haben ihre Schwerter gezogen«, sagte Guilo.

Warum fürchte ich mich so sehr? wunderte sich Sandy.

Da war sie nun, sie hielt Shawns Hand und ging die Stufen des Verwaltungsgebäudes hinauf, um einige Leute zu treffen, die der wirkliche Schlüssel zu ihrer Bestimmung sein mußten, ihr Durchbruch zu echter geistlicher Erfüllung, zu höherem Bewußtsein, vielleicht sogar zur Selbstverwirklichung, und doch ... all das Reden konnte nicht die nagende Furcht, die sie tief in ihrem Inneren fühlte, verdrängen. Etwas war einfach nicht in Ordnung. Vielleicht war es nur eine normale Nervosität, die man auch vor einer Hochzeit oder irgendeinem anderen wichtigen Ereignis fühlen würde, oder vielleicht war es das letzte Überbleibsel ihres alten, abgelegten christlichen Erbes, das sie immer noch festhielt. Was immer es war, sie versuchte, es zu ignorieren, es mit ihrem Verstand zu überwinden, und sie benutzte sogar Entspannungstechniken, die sie in ihrem Yoga-Seminar am College gelernt hatte.

Komm Sandy ... jetzt ganz ruhig atmen ... Entspannung, Entspannung ... setze deine Energien frei.

Da, jetzt geht's schon besser. Ich möchte nicht, daß Shawn oder Professor Langstrat denken, daß ich nicht bereit bin zur Einweihung.

Die ganze Zeit im Aufzug redete sie und plapperte sie und versuchte zu lachen, und Shawn lachte mit, und so erreichten sie den dritten Stock und die Tür mit der Nummer 326, und sie dachte, sie sei jetzt bereit.

Shawn öffnete die Tür und sagte: »Du wirst das mögen«, und sie gingen hinein.

Sie sah sie nicht. Für Sandy war dies nur der Mitarbeiterraum, ein sehr angenehmes Zimmer mit weichen Teppichen, Ledercouches und massiven Kaffeetischen.

Aber der Raum war besetzt, sehr dicht und auf eine häßliche Art, und die gelben Augen glotzten und starrten von allen Seiten auf sie, von jeder Ecke und jedem Stuhl und von den Wänden. Sie warteten auf sie.

Einer zischte: »Hallo, mein Kind.«

Sandy streckte ihre Hand zu Oliver Young aus. »Pastor Young, was für eine angenehme Überraschung«, sagte sie.

Ein anderer stieß ein langes, heiseres Kichern aus und sagte: »Ich bin sehr froh, daß du es geschafft hast.«

Sandy umarmte Professor Langstrat.

Sie schaute im Raum umher und erkannte viele Leute aus dem College, einige ihrer Professoren, sogar einige Geschäftsleute und Handwerker aus der Stadt. Da in der Ecke stand der neue Inhaber von Joes Supermarkt. Diese dreißig Leute sahen wie eine Auswahl von Ashtons Besten aus.

Die Geister waren alle bereit und warteten. Irreführung zeigte sie wie eine Trophäe herum. Madeline war da, sie lächelte boshaft, und neben ihr — oder ihm — war ein anderer Dämon, der einen Haufen schwerer glänzender Ketten von seinen knochigen Händen herabhängen hatte.

Die Myriaden von Dämonen in der Wolke waren überheblich, wild und betrunken in Erwartung von Sieg, Zerstörung und unbegrenzter Macht und Ehre. Die Stadt Ashton unter ihnen war ein reines Spielzeug, so ein winziges kleines Dörfchen in einer riesigen Landschaft. Schicht um Schicht dröhnten die Dämonen stetig vorwärts, und Myriaden gelber Augen starrten hinunter auf den Preis. Die Stadt war ruhig und unbewacht. Ba-al Rafar hatte seine Arbeit gut gemacht.

Rauhe Schreie kamen von den vorderen Reihen der Dämonen — die Generäle riefen Befehle aus. Sofort gaben die Dämonenkommandeure an den Rändern der Wolke die Anweisungen an die hinteren Schwärme weiter, und nachdem die Kommandeure ausgeschert waren und begannen, hinabzusinken, gefolgt von ihren zahllosen Truppen, fing die Wolke an, aufzureißen und sich über dem Boden auszubreiten.

In dem großen, formell eingerichteten Konferenzraum im dritten Stock begannen sich die Vorstandsmitglieder zu versammeln. Eugene Baylor war da mit einem Stapel von finanziellen Aufzeichnungen und Berichten, er rauchte eine Zigarre und schien vergnügt. Dwight Brandon blickte ein wenig düster drein, aber er bemühte sich, gesprächig zu wirken. Delores Pinckston fühlte sich überhaupt nicht wohl, und sie wollte nur, daß bald alles vorbei sei. Kasephs vier Rechtsanwälte, sehr professionelle, geschniegelte Typen, kamen grinsend herein. Adam Jarred schlenderte herein, und seine Gedanken schienen mehr damit beschäftigt zu sein, hinterher zum Fischen zu gehen, als mit dem bevorstehenden Geschäft. In gewissen Zeitabständen schaute immer wieder mal jemand auf seine Armbanduhr oder auf die Wanduhr. Einige fühlten sich ein wenig nervös.

Die bösen Geister, die mit ihnen in den Raum gekommen waren, fühlten sich auch nervös — sie erkannten, daß sie bald in der Gegenwart des Strongman sein würden. Dies würde das erste Mal für sie sein.

Alexander M. Kasephs lange, schwarze, von einem Chauffeur gesteuerte Limousine erreichte die Stadtgrenze und bog in den College Way ein. Kaseph saß nach königlicher Art auf dem Rücksitz, hielt seine Aktenmappe auf seinem Schoß fest und warf einen lustvollen Blick aus den getönten Fenstern auf die schöne Stadt, die an ihm vorbeiglitt. Er machte Pläne, überdachte Veränderungen, und er setzte fest, was er behalten und was er entfernen würde.

Dasselbe tat auch Strongman, der in ihm saß. Strongman lachte sein tiefes, gurgelndes Lachen, und Kaseph lachte auf dieselbe Art. Strongman konnte sich nicht erinnern, wann er schon einmal so zufrieden und stolz gewesen war.

Die Wolke sank an den Rändern herab, wobei sie sich immer mehr vorwärts bewegte, und Tal und seine Gruppe beobachteten sie weiter von ihrem Versteck aus.

»Sie senken sich jetzt schon herab«, sagte Guilo.

»Ja«, sagte Tal mit Begeisterung. »Gewöhnlich schließen sie die Stadt von allen Seiten ein, bevor sie tatsächlich herabsteigen.«

Während sie beobachteten, sanken die Ränder der Wolke wie schwarze Vorhänge herab, die schrittweise um die Stadt gewickelt wurden; die Dämonen schlüpften an ihre Plätze wie Ziegelsteine in einer Mauer. Jedes Schwert war gezogen, jedes Auge war wachsam.

»Hogan und Busche?« fragte Tal einen Boten.

»Sie sind zusammen mit dem Überrest zum Einsatzort unterwegs«, antwortete der Bote.

Kasephs Limousine war zum College unterwegs, und Kaseph konnte die stattlichen roten Ziegelgebäude durch die Ahornbäume und die Eichen sehen. Er schaute auf seine Uhr. Er würde rechtzeitig da sein.

Als die Limousine an einem Seitenweg vorbeifuhr, bog ein grünes, nicht gekennzeichnetes Polizeiauto in den College Way ein und begann zu folgen. Sein Fahrer war der Chef der Polizei, Alf Brummel. Er sah grimmig und sehr nervös aus. Er wußte, wem er folgte.

Als die Limousine und dann das Polizeiauto an einem weiteren Seitenweg vorbeifuhren, bog ein Strom von Autos rechts in den College Way ein und folgte ihnen nach. Das erste Fahrzeug war ein großer brauner Wagen.

»Gut, gut!« sagte Marshall, während er, Hank, Bernice, Susan und Kevin die beiden Autos erkannten, denen sie folgten.

»Hast du Kaseph erkannt?« fragte Susan Bernice.

»Ja, unser gutes altes Dickerchen persönlich.«

Marshall mußte sich wundern: »Und was soll das hier? Es sieht so aus, als ob das Treffen trotzdem stattfindet.«

Bernice sagte: »Vielleicht hat mir Brummel doch nicht geglaubt.«

»Oh, er hat dir auf jeden Fall geglaubt. Er tat alles, was du ihm gesagt hast.«

»Und warum hat Kaseph die ganze Sache dann nicht abgeblasen? Er tappt genau hinein.«

»Entweder Kaseph glaubt, er sei unberührbar, oder Brummel hat ihm nichts erzählt.«

Hank schaute hinter sich. »Sieht so aus, als ob alle mitgekommen sind.«

Die anderen schauten zurück. Ja, da waren Andy, der seinen VW-Bus gerammelt voll mit Gläubigen hatte, und da kam Cecil Cooper mit seinem vollgepackten Wohnmobil. Der Ranch-Rover von John und Patty Coleman folgte danach, und etwas dahinter war der ehemalige Pastor, James Farrel, der einen großen Combi fuhr, in dem Mary und Oma Duster und viele andere saßen.

Marshall schaute nach vorne und dann nach hinten, und dann folgerte er: »Dies wird eine heiße Versammlung.«

39

All die lächelnden Medien machten es sich — gemeinsam mit Sandy und Shawn — in den Plüschsesseln und den Couches bequem. Die Sitzgelegenheiten waren locker im Kreis angeordnet.

»Dies ist ein ganz besonderer Tag«, sagte Langstrat warm.

»Ja, das kann man wohl sagen!« sagte Young.

Auch die anderen stimmten zu. Sandy lächelte. Sie war sehr beeindruckt von der Ehrerbietung, die sie für diese große Frau, diese große Pionierin, zu haben schienen.

Langstrat nahm in ihrem großen Stuhl eine Lotus-Stellung ein. Mehrere andere, die den Wunsch danach hatten — und die Gelenkigkeit dazu —, machten es ihr nach. Sandy entspannte sich einfach da, wo sie war, ließ sich in die Couch sinken und lehnte ihren Kopf zurück.

»Wir sind hier, um unsere mentalen Energien zu vereinigen und den Erfolg des heutigen Unternehmens sicherzustellen. Unser lang erwartetes Ziel wird bald erreicht sein: Das Whitmore College — und danach die ganze Stadt Ashton — werden ein Teil der Neuen Weltordnung.«

Jeder im Raum begann zu klatschen, Sandy klatschte auch, obwohl sie eigentlich nicht genau wußte, wovon Langstrat sprach. Es klang trotzdem ziemlich vertraut. War es nicht ihr eigener Vater, der etwas von Leuten erzählt hatte, die die ganze Stadt übernehmen wollten? Oh, aber er konnte unmöglich über dieselbe Sache geredet haben!

»Ich habe einen wunderbaren neuen herabgestiegenen Meister, den ich euch vorstellen will«, sagte Langstrat, und die Gesichter aller im Raum strahlten plötzlich vor Begeisterung und Erwartung. »Er hat lange gelebt und ist weit gereist, und er hat die Weisheit zahlloser Jahrhunderte gelernt. Er ist nach Ashton gekommen, um dieses Projekt zu leiten.«

»Wir heißen ihn willkommen«, sagte Young. »Was ist sein Name?«

»Sein Name ist Rafar. Er ist ein Prinz seit vielen, vielen Zeitaltern, und er hat einst im alten Babylon geherrscht. Er hat viele Leben gelebt, und er kehrt jetzt zurück, um uns an seiner Weisheit teilhaben zu lassen.« Langstrat schloß ihre Augen und atmete tief. »Laßt uns ihn rufen, und er wird zu uns sprechen.«

Sandy konnte eine Übelkeit in ihrer Magengrube fühlen. Sie glaubte, daß sie fröstelte. Die Gänsehaut auf ihren Armen war real genug. Aber sie unterdrückte diese Gefühle, schloß ihre Augen und begann mit ihrer eigenen Entspannung, wobei sie intensiv auf den Klang von Langstrats Stimme lauschte.

Die anderen entspannten sich ebenfalls und sanken in Trance. Einen Augenblick lang war der Raum still, außer den tiefen Atemzügen, die jeder Anwesende einzog und ausstieß.

Dann formte sich der Name auf Langstrats Lippen. »Rafar ...«

Sie alle wiederholten: »Rafar ...«

Langstrat rief den Namen wieder, und rief weiter, und die anderen richteten alle ihre Gedanken auf diesen Namen, während sie ihn sanft aussprachen.

Rafar stand bei dem großen toten Baum und beobachtete schadenfroh, wie sich die Wolke über der Stadt ausbreitete. Beim Geräusch des Rufes verengten sich seine Augen mit einem sehr verschlagenen Ausdruck, und sein Mund wurde zu einem Grinsen auseinandergezogen, das seine Fangzähne entblößte.

»Jetzt wird alles vollendet«, sagte er. Er wandte sich an einen Boten. »Irgendeine Nachricht von Prinz Lucius?«

Der Bote war glücklich, berichten zu können: »Prinz Lucius sagt, daß er alle Fronten überprüft hat, und er fand keine Probleme und keinen Widerstand.«

Rafar rief zehn dämonische Monster mit einem Wedeln seines Flügels zu sich, und sie versammelten sich sofort an seiner Seite.

»Kommt«, sagte er, »laßt uns diese Angelegenheit beenden.«

Rafars Flügel klappten nach unten, und er schoß in die Luft, seine zehn Ungeheuer folgten ihm wie eine königliche Ehrenwache. Hoch oben erstreckte sich die Wolke wie ein erdrückendes, lichtblockierendes Leichentuch über den Himmel, und Schatten von Übel und geistlicher Dunkelheit fielen über die Stadt. Während Rafar in einem hohen Bogen über Ashton segelte, konnte er hinaufsehen und die Myriaden gelber Augen und roter Schwerter erkennen, die zum Gruße winkten. Er winkte mit seinem eigenen Schwert zurück, und sie stießen einen Jubelschrei aus, ihre zahllosen Schwerter abwärts gerichtet wie ein sturmzerzaustes, umgekehrtes Feld von karmesinrotem Weizen. Sie erfüllten die Luft mit Schwefel.

Weit unten war das Gelände des Whitmore College, die reifeste aller reifen Früchte. Rafar dämpfte den Wirbel seiner Flügel und begann auf das Verwaltungsgebäude hinunterzusinken.

Während er hinabstieg, sah er, wie die große Limousine, in der Strongman saß, die Zufahrtsstraße heraufkam und genau vor dem Haupteingang des Verwaltungsgebäudes hielt. Dieser Anblick erfüllte ihn mit Heiterkeit. Das war es: *der* Moment! Er und seine Dämoneneskorte verschwanden gerade in dem Moment durch das Dach des Gebäudes, als Strongman und sein menschlicher Gastgeber aus dem Auto stiegen ... und gerade ein wenig zu früh, um einen Strom von Autos nicht weit dahinter zu sehen, die jetzt hier und da und überall Parkplätze fanden.

Alf Brummel sprang hastig aus seinem Auto. Er stand einen Augenblick lang einfach nur da und versuchte, neuen Mut zu fassen, dann ging er mit steifen, zittrigen Schritten auf den Haupteingang zu.

Marshall parkte seinen Wagen, und die fünf stiegen aus. Überall war das Zuschlagen von Autotüren zu hören, nachdem der Überrest Parkplätze gefunden hatte.

»Brummel sah nicht besonders glücklich aus«, stellte Marshall fest.

Sie sahen gerade noch, wie er durch die Eingangstür ging.

»Vielleicht wird er Kaseph warnen«, sagte Bernice.

»Und wo sind alle deine mächtigen Freunde?« fragte Marshall.

»Mach dir deswegen keine Sorgen ... jedenfalls nicht zu viele. Sie sagten, daß sie rechtzeitig hier sein würden.«

Susan meinte: »Ich bin sicher, daß das Treffen in dem Konferenzraum im dritten Stock stattfinden wird. Dort treffen sich die Vorstandsmitglieder gewöhnlich.«

»Und wo finde ich Sandy?« fragte Marshall.

Susan konnte nur mit dem Kopf schütteln. »Das weiß ich nicht.«

Sie eilten zu dem Gebäude, und der Überrest kam aus allen Richtungen an der Eingangstreppe zusammen.

Lucius konnte die Spannung in der Luft fühlen, wie ein riesiges Gummiband, das bis an den Rand seiner Dehnbarkeit gespannt war und kurz vor dem Zerreißen stand. Während er ruhig vom Himmel herabsank und auf dem Dach einer kleineren Halle genau gegenüber dem Verwaltungsgebäude landete, konnte er sehen, wie die Wolke weiter ihre Ränder absenkte, wobei sie einen dicken Vorhang um die ganze Stadt herum zog. Die Atmosphäre wurde dick und stickig von der Gegenwart so vieler unsauberer Geister.

Plötzlich hörte er ein aufgeregtes Flattern hinter sich, und er drehte sich um und sah einen kleinen Wachdämon — ein unbedeutendes Geschöpf, ein Wichtigtuer, der sich aufplusterte, um zu ihm zu sprechen.

»Prinz Lucius, Leute versammeln sich da unten! Sie sind nicht von uns! Sie sind Heilige Gottes!« keuchte das kleine Ding.

Lucius war verärgert. »Ich habe selbst Augen, kleines Insekt!« zischte er. »Schenke ihnen keine Aufmerksamkeit!«

»Aber was ist, wenn sie anfangen zu beten?«

Lucius packte den kleinen Dämon bei einem Flügel, und er flatterte in jämmerlichen kleinen Kreisen am Ende seines Armes. »Sei still!«

»Rafar muß es wissen!«

»Schweig!«

Die kleine Kreatur fiel herunter, und Lucius brachte ihn an den Rand des Daches und verpaßte ihm eine kurze Belehrung.

»Und was ist, wenn sie beten?« Lucius sagte es mit einem väterlichen Ton. »Hat es ihnen bis jetzt geholfen? Hat unser Unternehmen aufgehalten? Und du hast die Kraft und die Macht von Ba-al Rafar gesehen, oder nicht?« Lucius konnte sich den sarkastischen Ton nicht verkneifen, als er hinzufügte: »Du weißt, daß Rafar allmächtig ist und unbesiegbar, und er braucht unsere Hilfe nicht!« Der kleine Dämon lauschte mit weiten Augen. »Wir wollen den großen Ba-al Rafar nicht mit unseren armseligen Sorgen belästigen! Er kann diese Sache ... ganz alleine lösen!«

Tal hielt sich bereit und beobachtete. Guilo wurde immer unruhiger, er ging auf und ab, er schaute von einem Ende der Stadt zum anderen.

»Bald wird der Vorhang ganz geschlossen sein«, sagte er. »Sie werden die ganze Stadt eingehüllt haben, und es wird kein Entkommen geben.«

»Entkommen?« sagte Tal und seine Augenbrauen hoben sich.

»Nur eine taktische Überlegung«, antwortete Guilo mit einem Achselzucken.

»Der Augenblick rückt sehr schnell heran«, sagte Tal und schaute zum College. »In ein paar Minuten werden alle Spieler auf ihren Plätzen sein.«

Die Dämonen in dem Konferenzraum konnten fühlen, wie *er* näher kam, und sie spannten sich an. Die Haare an ihren Armen, Nacken und Rücken stellten sich auf. Eine Finsternis, eine kriechende Wolke von Bösem kam den Gang herunter. Schnell schaute jeder nach, ob alles bei ihm in Ordnung war, damit sein Aussehen untadelig sei.

Die Tür ging auf. Sie erstarrten vor Respekt und Ehrerbietung.

Und da stand er, Strongman, der schrecklichste Alptraum war fast eine Erholung dagegen.

»Guten Tag euch allen«, sagte er.

»Guten Tag, Sir«, antworteten die Vorstandsmitglieder und Rechtsanwälte Alexander Kaseph, als er eintrat und anfing, ihre Hände zu schütteln.

Alf Brummel hatte kein Verlangen, Alexander Kaseph zu treffen. Er wartete sogar, um einen anderen Aufzug zu nehmen. Als der Aufzug im dritten Stock anhielt, schaute er vorsichtig aus der Tür, um sicherzustellen, daß die Luft rein war, bevor er hinaustrat. Erst als er gehört hatte, wie die große Tür des Konferenzraumes am Ende des Ganges geschlossen wurde, ging er selbst ruhig zum Raum 326.

Er stand einen Moment lang vor der Tür und lauschte aufmerksam. Es war ganz schön ruhig da drinnen. Die Sitzung mußte in vollem Gange sein. Langsam drückte er den Türgriff herunter und öffnete die Tür nur einen Spalt, um hineinzusehen. Ja, da war Langstrat mit geschlossenen Augen, in tiefe Meditation versunken. Sie war die einzige, wegen der sich Brummel sorgte, und im Moment jedenfalls sah sie nichts.

Er trat leise in den Raum und fand einen Stuhl, der nicht so nahe bei Langstrat stand. Er schaute umher und schätzte die Situation ein. Ja, sie riefen nach einem bestimmten Geistführer. Er hatte diesen Namen nie zuvor gehört. Dies mußte ein neuer Meister sein, der für die heutige Sache hereingebracht wurde.

O nein. Da war Sandy Hogan, die ebenfalls meditierte. Sie rief auch diesen Namen. Nun, Brummel, was war jetzt zu tun?

Draußen war der Überrest bereit für Anweisungen. Hank und Marshall gaben ihnen eine Kurzeinweisung in die Situation, und dann schloß Hank: »Wir wissen wirklich nicht, was uns da drinnen erwartet, aber wir wissen, daß wir hineingehen sollen, wenigstens, um Sandy zu finden. Es gibt keine Zweifel, daß dies eine geistliche Schlacht ist, und so wißt ihr alle, was ihr zu tun habt.«

Sie wußten es, und sie waren bereit.

Hank fuhr fort: »Andy, ich möchte, daß du gemeinsam mit Edith und Mary die Verantwortung übernimmst und das Gebet und die Anbetung leitest. Ich werde mit Marshall und den anderen hineingehen.«

Marshall vereinbarte mit Bernice: »Bleibe du hier und halte nach unseren Besuchern Ausschau. Der Rest von uns wird hineingehen, und wir werden sehen, ob wir herausfinden, wo dieses Treffen stattfindet.«

Marshall, Hank, Kevin und Susan gingen in das Gebäude. Bernice ging zu einem freien Platz auf der Treppe, und sie setzte sich hin, um zu beobachten und zu warten. Sie konnte sich nicht helfen, sie mußte den Überrest beobachten. Da war etwas um sie herum, das fühlte sich so vertraut an, und sehr ... nun, sehr wunderbar.

Rafar und seine zehn Begleiter waren jetzt schon einige Zeit im Mitarbeiterraum, sie hörten einfach zu und beobachteten. Schließlich trat Rafar hinter Langstrat und senkte seine Klauen tief in ihren Schädel. Sie wand sich und stöhnte einen Moment, und dann nahm ihr Gesichtsausdruck langsam und unverkennbar den häßlichen Ausdruck des Prinzen von Babylon selbst an.

»In der Taaaaaat!« sagte Rafars tiefe, kehlige Stimme aus Langstrats Mund heraus.

Jedermann im Raum schauderte. Mehrere Augen gingen auf, und dann weiteten sie sich beim Anblick von Langstrat, deren Augen fast aus den Höhlen traten, ihre Zähne waren entblößt, und ihr Rücken war gekrümmt wie bei einem geduckten Löwen. Brummel kauerte sich zusammen, und er wünschte, er könnte in seinem Stuhl verschwinden, bevor dieses Ding ihn ansprang. Aber es schaute grinsend auf Sandy.

»In der Tat!« sagte die Stimme wieder. »Seid ihr zusammengekommen, um die Erfüllung eurer Vision zu sehen? So soll es sein!« Die Kreatur, die in dem Stuhl saß, zeigte mit gekrümmtem Finger auf Sandy. »Und wer ist dieser Neuling, diese Sucherin nach der verborgenen Weisheit?«

»S ... Sandy Hogan«, antwortete sie mit geschlossenen Augen. Sie hatte Angst, sie zu öffnen.

»Ich habe erfahren, daß du schon viele Wege mit deiner Lehrerin, Madeline, gegangen bist.«

»Ja, Rafar, das bin ich.«

»Steig hinab in dich selbst, Sandy Hogan, und Madeline wird dir dort begegnen. Wir werden warten.«

Sandy hatte nur den Bruchteil einer Sekunde, um sich zu fragen, wie sie sich so entspannen könne, um überhaupt in der Lage zu sein, in eine andere Bewußtseinsebene einzutreten. Dann packte ein schleimiger, totenähnlicher Geist hinter ihr mit seiner knochigen Hand ihren Kopf, und sie sank sofort weg. Ihre Augen verdrehten sich nach oben, sie krümmte sich auf ihrem Stuhl, und sie fühlte, wie ihr Körper — zusammen mit ihren bewußten Gedanken und ihren bohrenden Ängsten — weggezogen wurde. Alle äußeren Erscheinungsformen verschwanden, und sie versank in reines, verzücktes Nichts. Sie hörte eine Stimme, eine sehr vertraute Stimme.

»Sandy«, rief diese Stimme.

»Madeline«, antwortete sie. »Ich komme!«

Madeline erschien tief in einem endlosen Tunnel, und sie schwebte mit ausgestreckten Armen nach vorne. Sandy bewegte sich auf den Tunnel zu, um sie zu treffen. Madeline kam näher, ihre Augen glänzten, ihr Lächeln war wie warmer Sonnenschein. Ihre Hände trafen sich und hielten sich fest.

»Willkommen!« sagte Madeline.

Alf Brummel sah, wie das alles passierte. Er konnte den weggetretenen, verzückten Ausdruck auf Sandys Gesicht erkennen. Sie waren dabei, sie zu übernehmen! Alles, was er tun konnte, war, da zu sitzen und zu zittern und zu schwitzen.

Lucius sank leise durch das Dach des Verwaltungsgebäudes und landete im dritten Stock, wo er seine Flügel hinter sich zusammenfaltete. Er konnte hören, wie Rafar im Mitarbeiterraum brüllte und prahlte; er konnte hören, wie Strongman im Konferenzraum seine Anweisungen gab. Soweit hatten sie keine Befürchtungen und keinen Verdacht.

Er hörte, wie sich der Aufzug am Ende des Ganges öffnete und dann ... die Schritte mehrerer Leute. Ja, das würden Hogan, dieser Spürhund, und Busche, der betende Mann, sein, und die eine Person, die Strongman am allerwenigsten lebendig sehen wollte: Susan Jacobson.

Plötzlich gab es ein Flügelflattern und ein hektisches Keuchen. Ein Dämon schoß durch den Gang auf ihn zu, seine Flügel rauschten, sein Gesicht war von Panik erfüllt.

»Prinz Lucius!« schrie er. »Verrat! Wir sind überlistet worden! Hogan und Busche sind frei! Susan Jacobson lebt! Weed lebt!«

»Still!« befahl Lucius.

Aber der Dämon schrie einfach weiter. »Die Heiligen haben sich versammelt und beten! Du mußt den Ba-al warnen ...«

Das Geschrei des Dämons endete abrupt in einem erstickten Gurgeln, und er schaute mit Augen voller Entsetzen und Fragen auf Lucius. Er begann zu schrumpfen. Er klammerte sich an Lucius, um aufrecht stehen zu bleiben. Lucius zog sein Schwert aus dem Bauch des Dämons und schwang es in einem feurigen Bogen durch den sich auflösenden Körper. Der Dämon sank in sich zusammen und verschwand in einer roten Rauchwolke.

Draußen auf der Treppe war der Überrest im Gebet, wobei Vorbeigehende die Gruppe anstarrten und dumme Bemerkungen machten.

Sandy konnte sehen, wie andere schöne Wesen aus dem Tunnel hinter Madeline auftauchten.

»Oh ...« fragte sie, »wer sind diese?«

»Neue Freunde«, sagte Madeline. »Neue Geistführer, die dich höher und höher bringen werden.«

Alexander Kaseph begann, wichtige Dokumente und Verträge mit den Vorstandsmitgliedern und den Rechtsanwälten auszutauschen. Sie besprachen all die offenen Detailfragen, die es noch zu klären gab. Das meiste davon war belanglos. Es würde nicht mehr lange dauern.

Die Wolke hatte schließlich einen vollkommenen Vorhang um die Stadt Ashton gelegt. Tal und seine Gruppe waren unter einem dicken, undurchdringlichen Zelt von Dämonen. Die geistliche Finsternis wurde tief und bedrückend. Es war schwierig zu atmen. Das ständige Dröhnen der Flügel schien alles zu durchdringen.

Plötzlich flüsterte Guilo: »Sie steigen herab!«

Sie schauten alle hinauf, und sie konnten sehen, wie die Decke aus Dämonen, diese kochende rot- und gelbgetupfte Mauer von Schwärze, anfing, sich langsam zu senken, und sie kam näher und näher auf die Stadt herunter. Bald würde Ashton begraben sein.

Mehrere Autos bogen gerade in den College Way ein. Im ersten saß der Bezirksstaatsanwalt Justin Parker, im zweiten Eldon Strachan und der Generalstaatsanwalt Norm Mattily, im dritten Al Lemley und drei FBI-Agenten. Als sie an einer Seitenstraße vorbeifuhren, bog ein viertes Auto rechts ein und gesellte sich zu der Prozession. In diesem Auto saß zufällig Harvey Cole, dieser waschechte Buchprüfer, und er hatte einen ansehnlichen Stapel von Papieren neben sich auf dem Sitz.

Tal hatte jetzt eine goldene Trompete in der Hand, die er sehr fest packte. Jeder Muskel und jede Sehne waren angespannt.
»Macht euch bereit!« befahl er.

40

Marshall, Hank, Susan und Kevin gingen ruhig den Gang hinunter, lauschten auf jedes Geräusch und überprüften die Nummern an allen Türen. Susan deutete auf den Konferenzraum, und sie warteten davor. Sie erkannte Kasephs Stimme. Sie nickte den anderen zu.

Marshall legte seine Hand auf den Türgriff. Er gab den anderen ein Zeichen zu warten. Dann öffnete er die Tür und trat hinein. Kaseph saß am Kopf des großen Konferenztisches, die Vorstandsmitglieder und die vier Rechtsanwälte waren um ihn herum plaziert. Die Dämonen in dem Raum zogen sofort ihre Schwerter und wichen an die Wände zurück. Nicht nur, daß plötzlich dieser unerwartete Zeitungsmann vor ihnen stand, sondern er war auch von zwei sehr unfreundlich aussehenden himmlischen Kriegern begleitet, einem riesigen Araber und einem wilden Afrikaner, die mehr als bereit zu einem Kampf aussahen!

Strongman wußte, daß dies Ärger bedeutete, aber ... nicht allzuviel Ärger. Er schaute herausfordernd zu den Eindringlingen, grinste sogar ein wenig und sagte: »Und wer sind Sie?«

»Mein Name ist Marshall Hogan«, sagte Marshall zu Kaseph. »Ich bin der Redaktionsleiter des *Ashton Clarion* — das heißt, sobald ich den richtigen Leuten bewiesen habe, daß ich die Zeitung immer noch rechtmäßig besitze. Aber ich glaube, Sie und ich haben eine Menge miteinander zu tun, und ich denke, es war höchste Zeit, daß wir uns einmal treffen.«

Eugene Baylor gefiel das alles überhaupt nicht, und den anderen ging es ebenso. Sie waren sprachlos, und einige sahen wie verängstigte Mäuse aus, die nicht wußten, wohin sie rennen sollten. Sie alle wußten, wo Hogan eigentlich sein sollte, aber jetzt, plötzlich, war er an dem allerunmöglichsten Ort: hier!

Die Augen des Strongman nahmen einen eisigen Ausdruck an, und die anwesenden Dämonen sogen Kraft aus dem Gedanken, daß Strongman unbesiegbar und teuflisch schlau war. Er würde wissen, was zu tun sei!

»Wie sind Sie *hierher* gekommen?« fragte Kaseph für sie alle.

»Ich nahm den Aufzug!« gab Marshall zurück. »Aber jetzt habe ich eine Frage an Sie. Ich will meine Tochter, und ich will sie unversehrt. Lassen Sie uns verhandeln, Kaseph. Wo ist sie?«

Kaseph und der Strongman lachten nur höhnisch. »Verhandeln, haben Sie gesagt? Sie, ein einzelner Mann, wollen mit mir verhandeln?« Kaseph warf ein paar Seitenblicke auf seine Rechtsanwälte und fügte hinzu: »Hogan, Sie haben keine Ahnung, mit was für einer Macht Sie es zu tun haben.«

Die Dämonen kicherten. Ja, Hogan, mit Strongman kann man nicht spaßen!

Nathan und Armoth lachten nicht.

»Oh, nein«, sagte Marshall. »Da befinden Sie sich im Irrtum. Ich weiß, mit welcher Art von Macht ich es zu tun habe. Ich habe einige gute Lektionen erteilt bekommen und einige hilfreiche Hinweise von meinem Freund hier.«

Marshall öffnete die Tür, und herein kam Hank — und Krioni und Triskal, diesmal ohne Anweisungen, sich zurückzuhalten.

Strongman sprang auf, sein Mund war weit aufgerissen. Die Dämonen in dem Raum fingen zu zittern an und versuchten, sich hinter ihren Schwertern zu verstecken.

»Nur ruhig, nur ruhig!« sagte ein Rechtsanwalt. »Sie sind nichts!«

Aber Strongman konnte die Gegenwart des allmächtigen Gottes spüren, die mit diesem Mann den Raum betreten hatte. Der Dämonenherrscher wußte, wer dies war. »Busche, der betende Mann!«

Und Hank wußte, wem er gegenüberstand. Der Geist schrie es sehr laut in Hanks Herz, und dieses Gesicht ...

»Strongman, vermute ich!« sagte Hank.

Sandy fragte Madeline erneut: »Madeline, wohin gehen wir? Warum zerrst du mich so?«

Madeline gab keine Antwort, sondern zog Sandy tiefer und tiefer in den Tunnel. Madelines Freunde waren alle um Sandy, aber sie schienen überhaupt nicht freundlich oder sanft zu sein. Sie stießen sie weiter, packten sie und rissen sie vorwärts. Ihre Fingernägel waren scharf.

Die Leute um den Konferenztisch waren schockiert und völlig überrascht: Plötzlich fanden sie sich selbst in der Gegenwart eines häßlichen Ungeheuers; sie hatten niemals zuvor solch einen Ausdruck auf Kasephs Gesicht gesehen, und sie hatten noch nie so eine bösartige Stimme gehört. Kaseph erhob sich von seinem Stuhl, sein Atem zischte durch die Zähne, seine Augen traten hervor, sein Rücken war gekrümmt, seine Fäuste waren geballt.

»Du kannst mich nicht besiegen, betender Mann!« brüllte Strongman, und die Dämonen um ihn herum klammerten sich mit verzweifelter Hoffnung an diese Worte. »Du hast keine Macht! *Ich* habe *dich* besiegt!«

Marshall und Hank standen unerschrocken da. Sie hatten bereits mit Dämonen zu tun gehabt. Dies war nichts Neues oder Überraschendes.

Kasephs Rechtsanwälte fiel nichts ein, was sie sagen konnten.

Marshall öffnete die Tür. Mit hocherhobenem Kopf und entschlossenem Gesichtsausdruck kam Susan Jacobson in den Raum, gefolgt von dem sehr ärgerlichen Kevin Weed und vier weiteren riesigen Kriegern, die sie begleiteten. Der Raum wurde langsam voll, und die Spannung stieg.

»Hallo, Alex«, sagte Susan.

Kasephs Augen waren voller Panik und Furcht, aber noch keuchte er und spuckte: »Wer sind Sie? Ich kenne Sie nicht. Ich habe Sie noch nie gesehen.«

»Sage gar nichts, Alex«, riet ihm ein Rechtsanwalt.

Hank trat nach vorne. Die Zeit für den Kampf war gekommen.

»Strongman«, sagte Hank mit fester, lauter Stimme, »im Namen Jesu weise ich dich zurück! Ich weise dich zurück, und ich binde dich!«

Madeline wollte nicht loslassen! Ihre Hände fühlten sich wie eisiger Stahl an, während sie Sandy mit sich zog. Der Tunnel wurde dunkel und kalt.

»Madeline!« schrie Sandy. »Madeline, was machst du? Bitte laß mich los!«

Madeline hielt ihr Gesicht nach vorne gerichtet und schaute nicht zu Sandy zurück. Alles, was Sandy sah, waren lange, wehende blonde Haare. Madelines Hände waren hart und kalt. Sie verletzten Sandys Handgelenke, schnitten sich in sie ein.

Sandy schrie verzweifelt: »Madeline, Madeline, bitte hör auf!«
Plötzlich drängten sich die anderen Geistführer um sie. Sie schlugen auf sie ein, und ihre stählernen Hände taten weh. »Bitte, hörst du mich nicht? Bring sie dazu, aufzuhören!«

Schließlich drehte Madeline ihren Kopf um. Ihre Haut war tiefschwarz und lederartig. Ihre Augen waren riesige gelbe Katzenaugen. Ihre Zähne waren die Zähne eines Löwen, und Speichel tropfte von den Fangzähnen herunter. Ein tiefes, heiseres Knurren kam aus ihrer Kehle.

Sandy schrie. Von irgendwo aus dieser Schwärze, diesem Tunnel, diesem Nichts, diesem veränderten Bewußtseinszustand, dieser Grube des Todes und der Verführung, schrie sie aus der Tiefe ihrer gequälten und sterbenden Seele.

Tal erhob sich von der Erde. Er explodierte mit Flügelrauschen und Licht. Der Boden blieb zurück und die Stadt wurde zu einer Landkarte unter ihm, als er wie ein Komet über Ashton hochschoß, wobei er die geistliche Dunkelheit wie ein feuriger Pfeil durchstieß und das ganze Tal wie ein verlängerter Blitzstrahl erleuchtete. Er stieg hoch, er drehte sich im Kreis; seine Flügel waren ein wirbelnder Schleier von Juwelen.

Er führte die Trompete an seine Lippen, und der Ruf ging hinaus wie eine Schockwelle, die den Himmel erschütterte. Das Echo rollte über das Tal und wieder zurück und wieder zurück, und wieder zurück. Welle um Welle brausten die Klänge über den Boden, betäubten die Dämonen, sausten die Straßen hinunter und rollten durch die Alleen, klangen in jedem Ohr, und die stille, dicke Luft wurde von dem Klang zerschmettert. Tal blies und blies, während er über die Stadt brauste, seine Flügel leuchteten, sein Gewand glänzte.

Der Augenblick war da.

Strongman war plötzlich still. Seine großen Augen rollten vor und zurück.

»Was war das?« zischte er.

Die Dämonen um ihn herum waren erschrocken, und sie erwarteten Antworten von ihm, aber er hatte keine.

Die acht himmlischen Krieger zogen ihre Schwerter. Das war Antwort genug.

Rafar schrie durch Langstrat: »*Ich* rede hier! Laßt euch von nichts ablenken!«

Die Dämonen in dem Raum versuchten wieder aufzupassen, genau wie die Medien, die von ihnen kontrolliert wurden.

Den Bruchteil einer Sekunde ließ Madelines Griff nach. Aber nur einen Augenblick.

Aber sie alle wußten, daß sie etwas gehört hatten.

Die bösen Krieger in der Wolke ließen sich weiter auf die Stadt hinuntersinken; aber nun waren ihre Augen geblendet von der plötzlichen Erscheinung eines einsamen Engels, der strahlende Lichtstreifen über den Himmel unter ihnen zog. Und was sollte diese schreckliche laute Trompete darstellen? Waren nicht die himmlischen Streitkräfte bereits besiegt? Wagten sie vielleicht zu glauben, daß sie diese Stadt verteidigen könnten?

Plötzlich erschienen winzige Lichtexplosionen überall weit unten in der Stadt, Blitze, die nicht verschwanden, sondern blieben und ständig heller wurden. Sie wurden dicker und wuchsen an Zahl und Dichte. Die Stadt brannte; sie verschwand unter Myriaden von winzigen Lichtern, so zahlreich wie Sandkörner. Es war blendend!

Die sirenenähnlichen Schreie begannen im Zentrum der Wolke, und sie drangen in kleinen Wellen durch die vielen Dämonen-Schichten nach außen: »Die Heerscharen des Himmels!«

Donnernde Rufe erhoben sich in dem Moment, als Tal wieder auf seinem Hügel landete und sein brennendes Schwert hoch über seinem Kopf schwang.

»Für die Heiligen Gottes und für das Lamm!«

Tal rief es, Guilo rief es, Myriaden von himmlischen Kriegern riefen es, und die gesamte Landschaft von einem Ende des Tales zum anderen, die gesamte Stadt und sogar die bewaldeten Hügel, die Ashton umgaben, spuckten funkelnde Sterne aus.

Aus den Gebäuden, Straßen, Abwässerkanälen, Seen, Teichen, Fahrzeugen, Zimmern, Abstellkammern, Wandschränken, Schlupfwinkeln, Bäumen, Gebüschen und aus jedem anderen denkbaren Versteck schossen brennende Sterne in den Himmel.

Die Heerscharen des Himmels!

Sandy taumelte und kämpfte. Das Ding, das sich Madeline nannte, hatte ihre beiden Arme gepackt; die anderen Geister hielten ihre Beine, ihren Nacken, ihren Oberkörper. Sie bissen sie. Von irgendwoher sagte die höhnische Stimme des herabgestiegenen Meisters, Rafar: »Nimm sie, Madeline! Wir haben sie! Wir können jetzt nichts mehr falsch machen!«

Sandy versuchte, aus der Trance herauszukommen, aus diesem anderen Bewußtseinszustand, aus diesem Alptraum, aber sie wußte nicht mehr wie. Sie hörte das metallische Rasseln von Ketten. Nein! Neeeeeiiiiiin ...

»Du kannst mich nicht besiegen!« schrie Strongman, und seine Dämonen hofften — oder wünschten zumindest —, daß es wahr sei.
»Sei still und komme aus ihm heraus!« befahl Hank.
Seine Worte warfen die Dämonen gegen die Wände und trafen Strongman wie ein linker Haken.
Kaseph zischte und spuckte Flüche und Obszönitäten gegen den jungen Diener Gottes aus. Die Vorstandsmitglieder um den Tisch herum waren sprachlos; einige duckten sich unter den Tisch. Die Rechtsanwälte versuchten, Kaseph zu beruhigen.
»Ich will meine Tochter!« sagte Marshall. »Wo ist sie?«
»Es ist alles vorbei«, sagte Susan. »Ich habe ihnen die ganzen Dokumente gegeben! Die FBI-Agenten kommen, um dich festzunehmen, und ich werde ihnen alles erzählen!«
Von hinten schrie Kevin: »Kaseph, du denkst, daß du so stark bist, komm, laß uns hinausgehen und die Sache Mann gegen Mann austragen!«

Die herabsteigende Wolke der Dämonen und der aufsteigende Feuerball der Engel begannen im Himmel über Ashton zusammenzuprallen. Donner begann den Himmel aufzureißen — als Antwort auf das furchtbare Aufeinanderkrachen der geistlichen Mächte. Schwerter blitzten auf, und ein Hagel von Schreien und Rufen hallte über den Himmel. Die himmlischen Krieger bewegten sich durch die Reihen der Dämonen wie rasende Sensen. Dämonen fielen wie Meteore vom Himmel, um sich selbst kreiselnd, rauchend, verpuffend.

Tal, Guilo und der General sausten zum College, die Schwerter gezogen, die Stadt huschte wie ein Schleier unter ihnen vorbei. Ein starkes Regiment von Engelkriegern hatte sich durch die dämonischen Angriffsreihen hindurchgekämpft und begann, das College-Gelände freizuräumen. Bald würde ein Engelszelt über dem College sein — innerhalb des dämonischen Zeltes, das die ganze Stadt bedeckte. Die Stärke des Feindes würde hier als erstes gebrochen werden.
»Sie haben Strongman fast schon eingeschlossen!« schrie Guilo durch das Rauschen des Windes und ihrer Flügel.

»Finde Sandy!« befahl Tal. »Wir dürfen keine Zeit verlieren!«

»Ich werde Strongman übernehmen«, sagte der General.

»Und Rafar wird bald seinen Wunsch erfüllt bekommen«, sagte Tal.

Sie schwärmten aus, schossen mit noch stärkerer Geschwindigkeit nach vorne, und sie begannen, ihren Weg durch die Dämonen zu hacken, die immer noch versuchten, das College zu blockieren. Diese Dämonen fielen wie eine Lawine auf sie herab, aber für Guilo war dies guter Sport. Tal und der General konnten — neben den dumpfen Geräuschen seiner Klinge, die durch Dämon um Dämon ging — sein schallendes Gelächter hören.

Tal selbst war sehr beschäftigt, da er doch ein so wertvoller Preis für jeden Dämon war, der das Glück haben würde, ihn zu besiegen. Die schrecklichsten Krieger stürzten sich auf ihn, und es war nicht leicht, sie außer Gefecht zu setzen. Er ließ sich seitwärts weggleiten, erschlug einen Geist mit seinem Schwert, machte ein paar rasende Drehungen und zerteilte den nächsten Krieger mit der Gewalt einer Motorsäge. Zwei weitere tauchten auf ihn herunter; er schoß auf sie zu, durchbohrte den ersten, packte ihn an der Flügelspitze und wirbelte ihn über dem Kopf herum, während er mit seinem Schwert, das wie eine Pistolenkugel durch die Luft schoß, hinter dem anderen her jagte. Sie verpufften in einer roten Rauchwolke. Er entschlüpfte den Klauen von mehreren anderen, dann tauchte er im Zickzack auf das College hinunter, wobei er im Herabstürzen noch einige Dämonen zerteilte. Er konnte Guilo hören, der immer noch irgendwo über seiner linken Schulter brüllte und lachte.

Der Konferenzraum hatte schnell seine ruhige Atmosphäre verloren.

Delores Pinckston war außer sich. »Ich wußte es! Ich wußte es! Ich wußte, daß wir alle zu tief hineingeraten sind!«

»Hogan«, keuchte Eugene Baylor, »Sie bluffen nur. Sie haben nichts.«

»Ich habe *alles*, und Sie wissen es.«

Kaseph sah mittlerweile sehr krank aus. »Raus! Raus hier! Ich werde euch töten, wenn ihr nicht abhaut!«

War dies der wirkliche Kaseph, den Marshall die ganze Zeit verfolgt hatte? War dies der ruchlose okkulte Gangster, der solch ein riesiges internationales Imperium kontrollierte? Hatte er tatsächlich *Angst*?

»Sie sind fertig, Kaseph!« sagte Marshall.

»Du bist besiegt, Strongman!« sagte Hank.

Strongman begann zu zittern. Die Dämonen in dem Raum konnten sich nur zusammenkauern.

»Und jetzt laßt uns verhandeln«, bot Marshall wieder an. »Wo ist meine Tochter?«

Brummel stand kurz vor einem Herzanfall, und er sehnte sich sogar danach. Es war schrecklich! Die anderen saßen im Raum und lauschten gebannt diesem Biest, das durch Langstrat sprach, und sie genossen tatsächlich, was da mit Sandy geschah. Sie zitterte und schüttelte sich auf der Couch, stöhnte, schrie und kämpfte gegen einen unsichtbaren Angreifer.

»Laßt mich los!« schrie sie. »Laßt mich los!«

Ihre Augen standen weit offen, aber sie sah unaussprechliche Schrecken aus einer anderen Welt. Sie japste nach Luft, totenbleich im Gesicht.

Sie wird sterben, Brummel! Sie werden sie töten!

Die häßliche Kreatur mit den hervorquellenden Augen, die in Langstrats Stuhl saß, brüllte mit einer Stimme, die die Eingeweide Brummels zusammenzog. »Du bist verloren, Sandy Hogan! Wir haben dich jetzt! Du gehörst uns, und wir sind die einzige Wirklichkeit, die du kennst!«

»Bitte, Gott«, schrie sie. »Hol mich hier raus, bitte!«

»Bleib bei uns! Deine Mutter ist geflohen, dein Vater ist tot! Er ist weg! Denk nicht mehr an ihn! Du gehörst uns!«

Sandy sank kraftlos in die Couch zurück, als ob sie erschossen worden wäre. Ihr Gesicht war plötzlich wie betäubt von Hoffnungslosigkeit.

Brummel konnte es nicht mehr aushalten. Bevor er wußte, was er tat, sprang er aus seinem Stuhl und rannte zu ihr hin. Er schüttelte sie sanft und versuchte, zu ihr zu reden.

»Sandy!« bat er. »Sandy, hör nicht auf sie! Es ist alles eine Lüge! Hörst du mich?«

Sandy konnte ihn nicht hören.

Aber Rafar konnte. Langstrat sprang aus ihrem Stuhl und schrie auf Brummel mit dieser tiefen, teuflischen Stimme ein: »Sei still, du kleine Eidechse, und geh aus dem Weg! Sie gehört *mir!*«

Brummel ignorierte sie. »Sandy, hör nicht auf dieses lügende Ungeheuer. Ich bin Alf Brummel, der mit dir redet. Dein Vater ist in Sicherheit, es geht ihm gut.«

Rafars Zorn wuchs, so daß Langstrats Körper fast von seiner Gewalt zersprang. »Hogan ist besiegt! Er ist im Gefängnis!«

Brummel schaute genau in Langstrats — und Rafars — wilde Augen und rief: »Marshall Hogan ist frei! Hank Busche ist frei! Ich habe sie selbst freigelassen! Sie sind frei, und sie kommen, um dich zu zerstören!«

Rafar war einen Moment lang aus dem Konzept gebracht. Er konnte einfach das Benehmen dieses schwachen kleinen Mannes nicht glauben — diese unbedeutende kleine Marionette, die noch nie zuvor so mutig aufgetreten war. Aber dann hörte Rafar ein unpassendes Kichern, das hinter dem Rücken von Brummel hervorkam, und er sah ein vertrautes Gesicht, das ihn spöttisch anlachte.

Lucius!

Tal und Guilo sanken in das Verwaltungsgebäude hinab, aber Tal hielt plötzlich an.

»Warte! Was ist das?«

Lucius zog sein Schwert und sagte: »Du bist nicht so mächtig, Rafar! Dein Plan ist fehlgeschlagen, und ich bin der einzige wahre Prinz von Ashton!«

Rafars Schwert fuhr aus seiner Scheide. »Du wagst es, gegen *mich* aufzustehen?«

Rafars Schwert durchschnitt die Luft mit einem Rauschen, aber Lucius stoppte die große Klinge mit seiner eigenen; die Wucht des Schlages warf ihn fast um.

Die vielen Dämonen in dem Raum waren verblüfft und verwirrt. Sie ließen ihre Gastgeber los. Was war *das?*

Kaseph war wütend auf seine Rechtsanwälte und griff sie sogar an. »Schluß jetzt! Ihr werdet mir nicht sagen, was ich zu tun habe! Das ist *meine* Welt! *Ich* habe hier das Sagen! *Ich* bestimme, was läuft und was nicht läuft! Diese Leute sind Narren und Lügner, jeder von ihnen!«

Susan sprach direkt zu Kaseph. »Du, Alexander Kaseph, bist verantwortlich für die Ermordung von Patricia Krueger und den versuchten Mord an mir und Mr. Weed. Ich habe die ganzen Listen, die Listen mit Leuten, die auf Grund deiner Anweisungen getötet wurden.«

»Mord!« rief ein Vorstandsmitglied aus. »Mr. Kaseph, ist das wahr?«

»Geben Sie darauf keine Antwort«, sagte ein Rechtsanwalt.

»Nein!« schrie Kaseph.

Mehrere andere Vorstandsmitglieder schauten sich an. Sie kannten Kaseph mittlerweile ganz gut. Sie glaubten ihm nicht.

»Wie steht es damit, Kaseph?« sagte Marshall grimmig.

Strongman wollte sich mit seinem ganzen bösen Herzen auf diesen unverschämten Spürhund stürzen und ihn fertigmachen, und er hätte es getan — Wachen hin, Wachen her —, wenn nicht dieser schreckliche betende Mann da gewesen wäre, der genau im Weg stand.

Langstrat schritt wie ein Löwe auf Brummel zu, während viele der Medien, die ihre Geistführer verloren hatten, aus ihrer Trance aufwachten, um zu sehen, was eigentlich los war.

»Ich werde dich für diesen Verrat vernichten!« zischte sie.

»Was ist das?« wollte Oliver Young wissen. »Seid ihr beide verrückt geworden?«

Brummel wich nicht zurück und zeigte mit seinem zitternden Finger auf Langstrat. »Du wirst nicht länger über mich herrschen. Dieser Plan wird dir nicht gelingen. Ich werde es nicht zulassen!«

»Sei still, du kleiner Narr!« befahl Langstrat.

»Nein!« rief Brummel, angetrieben von dem wild begeisterten und aufgebrachten Lucius. »Der Plan ist zunichte. Er hat versagt, genau wie ich es vorhersagte.«

»Und *du* bist zunichte, Rafar!« schrie Lucius und trotzte der tödlichen Bedrohung durch Rafars Schwert. »Hörst du die Schlacht da draußen? Die Heerscharen des Himmels sind überall!«

»Verräter!« zischte Rafar. »Du wirst für diesen Verrat bezahlen!«

»Verräter!« schrien einige der Dämonen.

»Nein, Lucius spricht die Wahrheit!« schrien andere zurück.

Sandy zwang sich, in diese bösen gelben Augen zu sehen, und fragte: »Was ist — was ist mit dir passiert, Madeline? Warum hast du dich verändert?«

Madeline kicherte nur und antwortete: »Glaube nicht, was du siehst. Was ist böse? Nichts als eine Illusion. Was ist Schmerz? Nichts als eine Illusion. Was ist Furcht? Nichts als eine Illusion.«

»Aber du hast mich angelogen! Du hast mich getäuscht!«

»Ich war immer der, der ich war. Du hast dich selbst getäuscht.«

»Was wirst du machen?«

»Ich werde dich freilassen.«

Als Madeline diese Worte gesprochen hatte, wurden Sandys Arme mit solch einer Gewalt zusammengepreßt, daß sie fast auf den Boden fiel.

Ketten! Glieder um Glieder von glänzenden, schweren Ketten hingen um ihre Handgelenke und ihre Arme. Verkrümmte Hände wickelten die Ketten um ihren Körper. Die kalten und schmerzenden Kettenglieder schlangen sich um ihre Beine, ihren Bauch, ihren Nacken. Sie konnte nicht länger gegen sie ankämpfen. Sie versuchte zu schreien, aber ihre Stimme war weg.

»Jetzt bist du frei!« sagte Madeline mit einem höhnischen Grinsen.

Brummel fing an, selbst zu reden. »Die Behörden ... der Generalstaatsanwalt ... Justin Parker ... die FBI-Agenten! Sie wissen alles!«

»Was?« schrien einige der Medien und sprangen von ihren Sitzen auf. Sie begannen, Fragen zu stellen und panisch zu werden.

Young versuchte, Ordnung zu halten, aber ohne Erfolg.

Rafar ließ Langstrat los, damit er diesen verräterischen Aufruhr besser in den Griff bekommen konnte.

Langstrat wachte aus ihrer Trance auf und konnte fühlen, wie die mediale Energie in dem Raum zusammenbrach.

»In eure Sitze zurück, jeder von euch!« rief sie. »Wir sind noch nicht fertig!« Sie schloß ihre Augen und rief aus: »Rafar, bitte komme zurück! Schaffe Ordnung!«

Aber Rafar war beschäftigt. Lucius war kleiner, aber er war sehr schnell und sehr entschlossen. Die beiden Schwerter blitzten im Raum wie Feuerwerkskörper umher, brennend und krachend. Lucius schwirrte wie eine wilde Hornisse um Rafars Kopf herum, stechend, schlagend, hackend. Der ganze Raum war erfüllt von Rafars wirbelnden Flügeln und seinem keuchenden Atem, und sein großes Schwert zog feurige rote Streifen durch die Luft.

»Verräter!« schrie Rafar. »Ich werde dich in Stücke schneiden!«

Langstrat ging mit wilden Augen auf Brummel zu. »Verräter! Ich werde dich zerreißen!«

»Nein«, murmelte Brummel mit geweiteten Augen, wobei er seine Hand zu seiner Seite führte. »Nicht dieses Mal ... nie mehr!«

Young schrie sie beide an: »Hört auf! Ihr wißt nicht mehr, was ihr tut!«

Die Dämonen in dem Raum spalteten sich langsam in zwei Lager.

»Prinz Lucius spricht die Wahrheit!« sagten einige. »Rafar hat uns ins Verderben geführt!«

»Nein, es ist Lucius, der vom Feind genarrt wurde!«

»Ihr seid die Narren, aber wir werden uns selbst retten!«

Weitere Schwerter blitzten auf.

Rafar wußte, daß er die Kontrolle verlor.

»Narren!« brüllte er. »Dies ist ein Trick des Feindes! Er versucht, uns zu spalten!«

Es brauchte nur diesen kurzen Moment, als Rafars Augen bei seinen streitenden Dämonen waren und nicht bei Lucius' Schwert.

Es brauchte nur diesen einen Moment des Schreckens, um Brummel über den Rand zu stoßen. Er richtete seinen Polizeirevolver auf die wild dreinblickende Langstrat.

Lucius' Schwert sank durch die Luft und glitt genau etwas unter Rafars parierendem Schwert hindurch. Die Spitze drang tief in Rafars Haut ein und öffnete seine Seite mit einer großen, klaffenden Wunde.

Langstrat machte eine falsche Bewegung, und die Kugel schlug in ihre Brust ein.

Im Konferenzraum hörten sie alle den Schuß. Im nächsten Augenblick war Marshall draußen auf dem Gang.

41

Bernice sprang von ihrem Platz auf der Treppe auf. Es waren Eldon Strachan mit Norm Mattily höchstpersönlich und Justin Parker, und das mußte Al Lemley sein — und diese drei Burschen in ihren netten dreiteiligen Anzügen mußten das FBI sein! Oh, und da war Harvey Cole mit einem Stapel von Papieren unter dem Arm.

Sie rannte zu ihnen hin, ihre blaugeschlagenen Augen waren wild vor Begeisterung. »Hallo! Sie haben es geschafft!«

Norm Mattilys Augen wurden groß. »Was ist passiert? Sind Sie in Ordnung?«

Bernice hatte für diese Verunstaltungen teuer bezahlt; sie würde sie benutzen. »Nein, nein, ich wurde angegriffen! Bitte gehen Sie schnell hinein! Etwas Schreckliches passiert da!«

Die VIPs rannten in das Gebäude — mit ernster Entschlossenheit in den Augen und Pistolen in den Händen.

Tal hatte genug gesehen. Er rief Guilo zu: »Geh hinein!«, und dann sauste er aus dem Gebäude hinaus, um weitere Truppen herbeizurufen.

Rauch und roter Teer kamen aus Rafars Seite, aber seine Wut bedeutete sicheres Verderben für den rebellischen Lucius. Das Licht von Tausenden von Engeln leuchtete durch die Fenster. Sie würden im nächsten Augenblick im Raum sein, aber Rafar brauchte keine Zeit mehr. Er schwang sein übergroßes Schwert in gefährlichen Kreisen über seinem Kopf. Er brachte es Schlag um Schlag auf Lucius herunter, während das kleine Schwert des trotzigen Dämons jeden Schlag mit einem lauten Krachen und einem Funkenregen parierte.

Das Rauschen der Engelflügel draußen wurde lauter und lauter. Die Böden und Wände erzitterten von dem Geräusch.

Rafar stieß einen Schrei aus und brachte die Klinge direkt nach unten. Lucius blockte den Schlag ab, aber er brach unter der Wucht zusammen. Die Klinge schwang in einem flachen Kreis durch die Luft und erwischte Lucius unter dem Arm. Der Arm flog kreiselnd davon, und Lucius schrie auf. Die Klinge kam wieder herunter und fuhr genau durch Lucius' Kopf, seine Schultern und den Oberkörper. Die Luft war von kochendem roten Rauch erfüllt.

Lucius war weg.

»Töte das Mädchen!« rief Rafar zu Madeline.

Madeline zog ein schreckliches, gekrümmtes Messer heraus. Sie legte es sanft in Sandys Hand. »Diese Ketten sind die Ketten des Lebens; sie sind ein Gefängnis des Bösen, des lügenden Verstandes, der Einbildung! Befreie dein wahres Selbst! Folge mir!«

Shawn hatte ein Messer bereit. Er legte es in die Hand der in Trance befindlichen Sandy.

Rafar stolperte gerade in dem Moment durch eine Wand, als das Licht von Millionen Sonnen in dem Raum explodierte, mit einem betäubenden Donner von Flügeln und dem Kriegsschrei der Himmlischen Heerscharen.

Viele Dämonen versuchten zu fliehen, aber sie wurden sofort durch scharfe Schwerter zerteilt. Der ganze Raum war ein riesiger, bombastischer, funkelnder Nebel. Das Flügelrauschen übertönte alle Geräusche, außer den Schreien der fallenden Geister.

Kaseph sprang von seinem Stuhl auf und fiel über den Tisch. Die Vorstandsmitglieder und Rechtsanwälte rutschten weg und drückten sich gegen die Wand. Einige stürzten zum Nebenausgang.

Hank, Susan und Kevin beobachteten alles aus einer sicheren Entfernung. Sie wußten, was passierte.

Kasephs Gesicht schien totenstarr zu sein, und sein Mund stand weit offen, während der allerhäßlichste Schrei aus ihm herauskam.

Strongman stand dem General gegenüber. Seine Dämonen waren verschwunden, weggewaschen von einer überwältigenden Flut von Engeln, die immer noch wie eine Lawine durch den Raum brausten. Das Schwert des Generals bewegte sich schneller, als sich der schwerfällige Strongman auch nur vorstellen konnte. Strongman verteidigte sich, schreiend, schlagend, umherfuchtelnd. Der General drang weiter auf ihn ein.

Marshall war im Gang draußen, und er lauschte auf irgendwelche Geräusche. Er glaubte, eine Unruhe am Ende des Ganges zu vernehmen.

Sandy hielt immer noch dieses Messer, aber jetzt zögerte Madeline und schaute hektisch umher. Die Ketten hielten Sandy immer noch fest wie eiserne Spinnweben.

Guilo konnte die Ketten sehen, die fest um sie gewickelt waren, die schreckliche dämonische Bindung, die sie benutzt hatten, um sie zu fesseln.

»Schluß jetzt!« schrie er.

Er erhob sein Schwert hoch über seinen Kopf und brachte es herunter, wobei er ein weißes Lichtband durch die Luft zog. Die Spitze fuhr durch die vielen Windungen dieser Ketten wie eine Serie von kleinen Explosionen. Die Ketten brachen auf und fielen von ihr ab, sich windend wie zerteilte Schlangen.

Guilo packte die fliehende Madeline mit seiner großen Faust in ihrem gräßlichen Nacken. Er riß sie zurück, drehte sie herum und zerhackte sie in kleine verpuffende Stücke.

Sandy fühlte, wie sie sich drehte, dann sauste sie aufwärts wie eine Rakete in einem Aufzugsschacht. Geräusche drangen an ihr Ohr. Sie konnte ihren physischen Körper wieder fühlen. Licht wurde von ihren Netzhäuten wahrgenommen. Sie öffnete ihre Augen. Ein Messer fiel aus ihren Händen.

Der Raum befand sich im Chaos. Leute schrien, rannten vor und zurück, versuchten, sich gegenseitig zu beruhigen, kämpften, stritten, versuchten, aus dem Raum zu entkommen; mehrere Männer rangen mit Brummel auf dem Boden. Da war ein leichter Schleier von blauem Rauch und ein starker Geruch wie bei einem Feuerwerk.

Professor Langstrat lag auf dem Boden, und mehrere Leute beugten sich über sie. Da war Blut!

Jemand packte Sandy. Nicht noch einmal! Sie sah, wie Shawn ihren Arm hielt. Er versuchte, sie zu trösten, versuchte, sie auf dem Stuhl zu halten.

Das Monster! Der Verführer! Der Lügner!

»Laß mich los!« schrie sie ihn an, aber er wollte nicht loslassen.

Sie schlug ihm ins Gesicht, dann riß sie sich von ihm los; sie sprang auf die Beine und rannte zur Tür, prallte mit mehreren Leuten zusammen und trat auf andere. Er kam hinter ihr her und rief ihren Namen.

Sie brach durch die Tür und stolperte in den Gang. Von irgendwo am Ende des Ganges hörte sie eine vertraute Stimme, die ihren Namen rief. Sie schrie und rannte zu dieser Stimme.

Shawn lief hinter Sandy her. Er mußte diese Frau festhalten, bevor alle Kontrolle verloren war.

Was! Vor ihm stand das schrecklichste Wesen, das er jemals gesehen hatte, es füllte den ganzen Gang mit feurigen Flügeln aus, und es zeigte mit einem furchtbaren Flammenschwert direkt auf sein Herz. Shawn bremste sofort, seine Schuhe rutschten auf dem Fußboden.

Marshall Hogan erschien plötzlich, er rannte genau durch dieses Wesen hindurch. Eine riesige Faust donnerte in Shawns Zähne, und der Fall war erledigt.

»Komm, Sandy«, sagte Marshall, »wir werden die Treppe nehmen!«

Rafar, der irgendwo innerhalb dieses zitternden, bestürmten Gebäudes war, wußte, daß er heraus mußte. Er versuchte seine Flügel zu entfalten. Sie zitterten nur leicht. Er mußte neue Kraft bekommen. Er konnte doch nicht besiegt werden in der Gegenwart dieser unbedeutenden Krieger; er würde nicht in die Hölle gehen!

Er sank auf ein Knie, seine Hand hielt seine tropfende Seite, und die Wut in ihm wuchs. Tal! Das war alles Tal! Nein, schlauer Hauptmann, du wirst nicht auf diese Art den Sieg davontragen!

Die gelben Augen brannten mit neuem Feuer. Er versuchte es wieder. Dieses Mal erhoben sich seine Flügel und begannen zu rauschen. Rafar packte sein Schwert fest und richtete seine Augen himmelwärts. Die Flügel wirbelten mit Macht und begannen, ihn hochzuheben, schneller und schneller, bis er durch das Dach sauste und in den offenen Himmel ... und sah sich selbst Angesicht zu Angesicht diesem nämlichen Hauptmann gegenüber, den er wieder und wieder verhöhnt und herausgefordert hatte.

Um sie herum tobte die Schlacht; Dämonen — und Rafars großer Sieg — fielen wie rauchender, brennender Regen vom Himmel. Aber einen kurzen Moment voller Scheu und Schrecken blieben Tal und Rafar wie erstarrt.

Sie hatten sich endlich getroffen! Und beide konnten sich nicht helfen, denn sie waren wie gelähmt von den Erinnerungen, die einer vom anderen hatte. Keiner erinnerte sich, daß der andere jemals so wild und entschlossen ausgesehen hatte wie jetzt.

Und keiner von ihnen konnte sich so ganz sicher sein, wer als Sieger aus dieser Begegnung hervorgehen würde.

Rafar schoß seitwärts weg, und Tal bereitete sich auf einen Schlag vor, aber — Rafar floh! Er flitzte quer über den Himmel wie ein blutender Vogel, wobei er eine Spur von Teer und Dampf hinter sich herzog.

Tal verfolgte ihn mit rauschenden Flügeln, während er seinen Weg durch fallende Dämonen und kämpfende Engel bahnte, und er schaute weit nach vorne durch das wilde Schlachtgetümmel, das überall tobte und donnerte. Da! Er erblickte den dämonischen Kriegsherrn, wie er sich auf die Stadt hinunterstürzte. Er würde schwer zu finden sein in diesem Gewirr von Gebäuden und Straßen. Tal beschleunigte und verkürzte den Abstand. Rafar mußte ihn gesehen haben; der böse Prinz schoß mit einem überraschenden Geschwindigkeitsausbruch nach vorne und ließ sich dann plötzlich nach unten auf ein Bürogebäude fallen.

Tal sah, wie er durch das Dach des Gebäudes verschwand, und er tauchte selbst hinterher. Das schwarze Teerdach kam näher, es wuchs von der Größe einer Briefmarke, bis es sehr schnell das ganze Gesichtsfeld ausfüllte. Tal stieß hindurch.

Dach, Zimmer, Fußboden, Zimmer, dann nach oben, dann einen Gang hinunter, durch eine Wand, wieder hinauf, zurück, immer diesem Rauch nach, durch ein Büro, an einer Wand entlang, durch einen Fußboden, weiter, weiter, die durchstoßenen Wände klatschten an den Augen vorbei.

Eine rauchende schwarze Rakete, die von einem brennenden Kometen verfolgt wurde, sauste einen Gang hinunter, durch mehrere Fußböden, wieder hinauf, rechts durch ein Büro über all die Schreibtische, hinauf durch die Decken, hinauf durch das Dach und wieder hinaus in den offenen Himmel.

Rafar sauste, tauchte, drehte und flog im Zickzack durch fallende Dämonen, machte einen Looping und stürzte wieder in die Straßen hinunter, aber Tal blieb genau auf seiner Spur und machte alles perfekt nach.

Wie lange konnte dieser blutende Dämon das noch durchhalten?

Die andere Tür des Konferenzraumes brach auf, und der Körper von Alexander Kaseph rollte im Gang über den Fußboden. Er würgte, spuckte und schrie.

Der General schwang sein Schwert wieder und wieder gegen Strongman, er schwächte ihn und traf ihn immer öfter, während Strongman weiter an Kraft verlor.

»Du wirst mich nicht besiegen!« prahlte Strongman immer noch, genau wie Kaseph, aber das Prahlen war leer und nutzlos. Aus Strongman strömten roter Rauch und Teer wie aus einem alten, zerbrochenen Sieb. Seine Augen waren voller Bosheit und Haß, und er schlug mit seinem großen Schwert, aber die Gebete ...! Die Gebete konnten überall gespürt werden, und der General war nicht zu besiegen.

Bernice hatte ihre Gruppe von rechtskundigen Helfern unten in der Empfangshalle versammelt, und sie versuchte herauszufinden, wo sie anfangen sollten, als Marshall und Sandy aus dem Treppenhaus herauskamen.

»Geht nach oben!« rief Marshall, während er seine weinende Tochter festhielt. »Jemand wurde erschossen!«

Lemleys FBI-Männer übernahmen sofort das Kommando. »Ruft die Polizei! Wir werden das Gebäude umstellen!«

Bernice bemerkte: »Ich sehe ein paar Polizisten da draußen...«

Die Polizei war gekommen, weil sich jemand über diese religiösen Fanatiker auf dem College-Gelände beschwert hatte. Sie versuchten, die Versammlung aufzulösen, als Norm Mattily und ein FBI-Mann zu ihnen hinausrannten, sich auswiesen und ihnen befahlen, das Gebäude abzuriegeln.

Brummels Männer waren keine Narren. Sie gehorchten.

Rafar kurvte über den ganzen Himmel, wobei er immer noch eine rote Rauchfahne von seiner Wunde hinter sich herzog. So war es leicht, ihm zu folgen, und Tal tat dies unerbittlich. Rafar sauste auf ein riesiges Warenhaus zu.

Er schoß ungefähr im dritten Stock durch die äußere Wand, und Tal tauchte nach ihm in das Gebäude ein. Dieses Stockwerk war offen, ohne irgendwelche Verstecke; Rafar tauchte sofort durch den Boden, und Tal folgte dieser Rauchspur. Die grauen Betonböden kamen ihnen entgegen.

Tal kam im ersten Stock heraus, und er konnte sehen, wie die Rauchspur seitwärts zog und durch die hintere Wand verschwand. Er schoß hinterher. Die Wand klatschte über ihm zusammen, als er hindurchschoß.

Aufgespießt!

Eine brennende Klinge fuhr durch Tals Seite! Er überschlug sich von der Wucht des Schlages, und sein Schwert flog ihm aus der Hand. Er taumelte auf den Boden, fast betäubt vor Schmerzen.

Da stand Rafar, gebeugt und verwundet, mit seinem Rücken zur Wand, durch die Tal gerade gekommen war. Er hatte im Hinterhalt gelauert. An der Spitze seines Schwertes hing immer noch ein Teil von Tals Gewand.

Keine Zeit zum Überlegen! Keine Zeit für Schmerzen! Tal hechtete nach seinem heruntergefallenen Schwert.

Ein Krachen! Rafars Schwert kam mit einem Funkenregen herab. Tal rollte und flatterte aus dem Weg. Das große rote Schwert sauste wieder durch die Luft, und die gezackte Kante pfiff genau über Tals Kopf. Tal legte seine Flügel an und warf sich zwei Meter auf die Seite.

Wusch! Dieses furchtbare Schwert zerschnitt die Luft mit funkelnden roten Streifen. Rafars Augen färbten sich von Gelb nach Rot, und aus seinem Mund tropfte stinkender Schaum.

Die riesigen Flügel rauschten, und Rafar sprang Tal wie eine Raubkatze an. Sein mächtiger Arm erhob die Klinge zu einem erneuten Schlag.

Tal warf sich nach vorne, tauchte unter Rafars erhobenem Arm hinweg und rammte seinen Kopf in Rafars Brust. Der Schwefel explodierte aus diesen riesigen Lungen, während Tal um Rafars Körper wirbelte und unter der Spitze dieses roten Schwertes hindurch, als es durch die Luft zischte.

Genau das brauchte Tal: er war jetzt zwischen Rafar und seinem heruntergefallenen Schwert. Er hechtete danach, packte es und drehte sich um.

Kläng! Die Klinge der Hölle kam auf Tals Schwert mit einem Aufblitzen von Feuer herunter. Sie standen sich gegenüber, die Schwerter bereit. Rafar grinste.

»Und jetzt, Hauptmann der Heerscharen, sind wir alleine zusammen und sogar ebenbürtig. Ich bin angeschlagen, und du bist angeschlagen. Sollen wir noch einmal 23 Tage kämpfen? Wir werden lange vorher fertig sein, oder?«

Tal sagte nichts. Dies war Rafars Art; schneidende Worte waren Teil seiner Strategie.

Die Schwerter trafen wieder aufeinander und wieder, und wieder. Eine Decke aus Finsternis begann sich im Raum auszubreiten: Rafars kriechende, wachsende Bosheit.

»Wird das Licht schwächer?« höhnte Rafar. »Vielleicht ist es deine Stärke, die dir entfleucht!«

Heilige Gottes, wo sind eure Gebete?

Ein weiterer Schlag! Tals Schulter. Er antwortete mit einem Hieb, der Rafar unter den Rippen erwischte. Die Luft füllte sich mit Finsternis, mit rotem Dampf und Rauch.

Mehrere Male krachten die wilden Klingen wieder aufeinander ... aufgeschlitzte Häute, zerrissene Gewänder, noch mehr Finsternis.

Heilige! Betet! BETET!

Als die Polizeibeamten den dritten Stock erreichten, dachten sie zuerst, Kaseph sei der Erschossene. Sie wurden eines Besseren belehrt, als dieses wilde Tier sie wegwarf, als würden sie nichts wiegen.

»Ihr könnt mich nicht besiegen!«

Die Polizisten richteten ihre Waffen auf ihn. Was würde dieser Irre als nächstes machen?

Hank schrie: »Nein, keine Panik! Es ist nicht er!«

Sie verstanden diese Bemerkung überhaupt nicht.

Hank trat nach vorne und versuchte es noch einmal: »Strongman, ich weiß, daß du mich hörst. Du *bist* besiegt. Das vergossene Blut Jesu hat dich besiegt. Sei still, komm aus ihm heraus und verschwinde aus dieser Gegend!«

Jetzt zielten die Polizisten auf *Hank*!

Aber Strongman konnte keine weiteren Zurechtweisungen dieses betenden Mannes verkraften. Er machte schlapp. Sein Schwert sank herunter. Der General schlug noch einmal mit seiner blitzenden Klinge zu, und das war das Ende von Strongman.

Kaseph fiel auf den Boden und lag da wie tot. Die Rechtsanwälte und Vorstandsmitglieder riefen aus dem Konferenzraum heraus: »Nicht schießen!«, und sie kamen mit erhobenen Händen heraus, obwohl ihnen das keiner befohlen hatte. Die Polizei wußte immer noch nicht, wen sie verhaften sollte.

»Hier herein!« rief jemand aus dem Mitarbeiterraum. Die Polizei rannte hinein und fand das jämmerliche Wrack, zu dem Alf Brummel geworden war, und die gerade verstorbene Juleen Langstrat.

42

Ratsch! Rafars Schwert entfernte eine Ecke von Tals Flügel. Tal bewegte sich blitzschnell, er duckte sich, er drehte sich, und er hieb Rafar in die Schulter und in den Oberschenkel. Die Luft war mit dem Gestank von Schwefel erfüllt; die böse Finsternis war dick wie Rauch.

»Der Herr weise dich zurück!« rief Tal.

Klänng! Ratsch!

»Wo ist der Herr?« spottete Rafar. »Ich sehe ihn nicht!«

Wuschschsch!

Tal schrie vor Schmerzen. Seine linke Hand hing nutzlos herab.

»Herr Gott«, schrie Tal, »sein Name ist Rafar! Sag es ihnen!«

Der Überrest betete jetzt nicht mehr so viel; statt dessen beobachteten sie die ganze Aufregung und die Polizei, die in das Gebäude hinein- und aus ihm herausstürmte.

»Mann!« sagte John Coleman. »Der Herr erhört wirklich unsere Gebete!«

»Preist den Herrn!« sagte Andy. »Das zeigt nur ... Edith! Edith, was ist los?«

Edith Duster war auf ihre Knie gesunken. Sie war blaß. Die Heiligen versammelten sich um sie.

»Sollen wir einen Arzt rufen?« fragte jemand.

»Nein! Nein!« schrie Edith. »Ich kenne dieses Gefühl. Ich habe es schon öfter gehabt. Der Herr versucht, zu mir zu sprechen!«

»Was?« fragte Andy. »Was ist es?«

»Nun, hört auf zu quatschen, laßt mich beten, und ich werde es euch sagen!«

Edith begann zu weinen. »Es ist noch ein böser Geist da draußen«, schrie sie. »Er richtet großes Unheil an. Sein Name ist ... Raphael ... Raser ...«

Bobby Corsi sprach es aus. »Rafar!«

Edith schaute ihn mit weiten Augen an. »Ja! Ja! Das ist der Name, den der Herr mir zeigen will!«

»Rafar!« sagte Bobby. »Er ist der Anführer hier!«

Tal konnte nur zurückweichen vor den furchtbaren Angriffen des dämonischen Prinzen, seine heile Hand hielt noch sein Schwert zur Verteidigung hoch. Rafar schwang weiter sein Schwert und schlug zu, die Funken flogen von den aufeinanderprallenden Klingen. Tals Arm sank mit jedem Schlag tiefer.

»Der Herr ... weise dich zurück!« Tal fand den Atem, es noch einmal zu sagen.

Edith Duster hatte sich erhoben und war bereit, in den Himmel zu schreien. »Rafar, du übler Prinz des Bösen, wir weisen dich im Namen Jesu zurück!«

Rafars Schwert zischte über Tals Kopf hinweg. Er hatte danebengeschlagen.

»Wir binden dich!« rief der Überrest.

Die großen gelben Augen verdrehten sich.

»Wir treiben dich aus!« sagte Andy.

Da war eine Wolke von Schwefel, und Rafar beugte sich nach vorne. Tal sprang auf die Beine.

»Wir weisen dich zurück, Rafar!« rief Edith wieder.

Rafar schrie. Tals Klinge hatte ihn aufgerissen.

Die große rote Klinge kam mit einem Krachen gegen Tals Schwert, aber dieses Engelsschwert sang mit einer neuen Stärke. Es schnitt in feurigen Bögen durch die Luft. Mit seiner einen heilen

Hand schwang Tal weiter, schlug, schnitt, stieß Rafar zurück. Die wilden Augen tropften, der Schaum blubberte aus dem Mund und lief auf die Brust hinunter, der gelbe Atem war karmesinrot geworden.

Dann zischte in einem schrecklichen, wutentbrannten Kraftakt das riesige rote Schwert durch die Luft. Tal taumelte zurück wie eine Spielzeugpuppe. Er fiel betäubt auf den Boden, sein Kopf drehte sich, sein Körper brannte in wildem Schmerz. Er konnte sich nicht bewegen. Seine Stärke war weg.

Wo war Rafar? Wo war diese Klinge? Tal versuchte, seinen Kopf zu drehen. Er strengte sich an, etwas zu sehen. War das sein Feind? War das Rafar?

Durch den Rauch und die Finsternis konnte er sehen, wie Rafars übel zugerichtete Gestalt schwankte wie ein großer Baum im Wind. Der Dämon bewegte sich nicht, er griff nicht an. Das Schwert, das die riesige Hand immer noch hielt, hing schlaff herab, die Spitze berührte den Boden. Die Atemzüge kamen mit langen, langsamen Pfeiftönen. Die Nasenlöcher spuckten tiefrote Wolken aus. Diese Augen — diese haßerfüllten Augen — waren wie riesige, glühende Rubine.

Der tropfende, schäumende Mund ging zitternd auf, und die Worte gurgelten durch den Teer und den Schaum. »Nur ... wegen ... deiner ... betenden Heiligen! Nur wegen deiner Heiligen ...!«

Das große Biest schwankte nach vorne. Er stieß einen letzten zischenden Seufzer heraus und polterte in einer Wolke von Rot auf den Boden.

Und es war ruhig.

Tal konnte nicht atmen. Er konnte sich nicht bewegen. Alles, was er sehen konnte, war roter Dampf, der sich überall um diesen riesigen Körper wie dünner Nebel über dem Boden ausbreitete.

Aber ... ja. Irgendwo beteten die Heiligen. Er konnte es fühlen. Seine Wunden begannen zu heilen.

Was war das? Von irgendwo fand die süße Musik ihren Weg zu ihm. Es tat ihm wohl. Anbetung. Der Name Jesu.

Er erhob seinen Kopf vom Boden und ließ seine Augen den kalten, betonierten Raum erkunden. Rafar, der mächtige, abscheuliche Prinz von Babylon war weg. Nichts war übriggeblieben als eine schrumpfende Wolke von Finsternis. Über dieser Wolke von Finsternis brach das Licht durch, fast wie ein Sonnenaufgang.

Er konnte immer noch die Musik hören. Sie hallte durch die himmlischen Räume, wusch sie sauber und reinigte die Finsternis mit Gottes heiligem Licht.

Und sein Herz sagte ihm: Du hast gesiegt ... für die Heiligen Gottes und für das Lamm.

Du hast gesiegt!

Das Licht wuchs und wuchs, strahlend, es füllte den Raum, und die Finsternis schrumpfte zusammen, verebbte und verblaßte. Jetzt konnte Tal Licht durch die Fenster hereinkommen sehen. Sonnenlicht? Ja.

Die Himmlischen Heerscharen? Ja!

Tal stolperte auf seine Füße und wartete auf mehr Kraft. Sie kam. Er trat nach vorne. Sein Gang wurde fest und stark. Dann, wie sich entfaltende Seide, die aus funkelnden Diamanten gesponnen war, breitete er seine Flügel aus, Falte um Falte, Zentimeter um Zentimeter. Sie erblühten von seinen Schultern und vom Rücken, und er ließ sie stark werden.

Er atmete tief ein, nahm den Griff des Schwertes in beide Hände, hielt es vor sich ausgestreckt und erhob sich in die Luft. Er war draußen, kletterte hoch in den frischen, lichtgewaschenen Himmel, schaute hinauf, und sah keine Dunkelheit, keine Bedrückung, keine Wolken.

Was er sah, war Licht: Licht von den Himmlischen Heerscharen, womit sie den Himmel von einem Ende zum anderen überschwemmten. Die Luft war so frisch, die Gerüche waren so klar.

Er segelte über die kleine Stadt und zurück zum College, gerade rechtzeitig, um die vielen Blaulichter der Streifenwagen und Notarztwagen und die anderen Autos zu sehen, die überall geparkt waren.

Wo war Guilo? Oh, wo war dieser polternde Guilo?

»Hauptmann Tal!« kam der Ruf, und Tal ließ sich auf die Halle gegenüber dem Verwaltungsgebäude hinuntersinken, wo ihn sein stämmiger Freund mit einer fast erdrückenden Bärenumarmung erwartete.

»Sicherlich ist die Schlacht vorbei?« brüllte Guilo glücklich.

»*Ist* sie das?« wollte Tal wissen.

Er schaute überall umher, um sicherzugehen. Ja, in sehr weiter Entfernung konnte er die letzten Horden aus der Wolke, die in alle Richtungen zerschlagen worden war, fliehen sehen, verfolgt von himmlischen Streitkräften. Der Himmel bestand aus einem lieblichen Blau. Unter ihnen sang und jubelte der treue Überrest immer noch. Es sah so aus, als ob die Polizei bereits mit Aufräumarbeiten beschäftigt war.

Norm Mattily, Justin Parker und Al Lemley drängten sich um Bernice und ihre neue Freundin.

»Nun gut«, sagte Bernice, »ich möchte Ihnen gerne Susan Jacobson vorstellen. Sie hat Ihnen eine Menge zu zeigen!«

Norm Mattily nahm Susans Hand und sagte: »Sie sind eine sehr tapfere Frau.«

Susan konnte durch Tränen der Erleichterung nur auf Bernice zeigen und sagte: »Mr. Mattily, schauen Sie hierhin. Sie sehen die personifizierte Tapferkeit.«

Bernice schaute zu der Trage, die von zwei Sanitätern aus dem Gebäude getragen wurde. Juleen Langstrat war vollständig mit einem weißen Tuch bedeckt. Hinter der Trage kam Alf Brummel, in Handschellen und von zwei seiner eigenen Polizisten bewacht.

Hinter Brummel kam der Nummer-eins-Mann persönlich, Alexander M. Kaseph. Susan starrte lange und fest auf ihn, aber er hob nicht einmal seine Augen. Er stieg — ohne auch nur ein Wort zu sagen — mit einem FBI-Agenten in den Streifenwagen.

Hank und Mary umarmten sich und weinten, weil es vorbei war ... und doch fing es erst an! Schau dir alle diese begeisterten Heiligen an! Halleluja — was Gott mit solch einer Bande tun konnte!

Marshall umarmte Sandy, als ob er sie noch nie zuvor umarmt hätte. Beide hatten den Überblick darüber verloren, wie oft sie sich nun schon gesagt hatten, daß es ihnen leid tut. Alles, was sie tun wollten, war, diese lang vermißte Liebe zu genießen.

Und dann ... was war das, irgendein Märchen? Vergiß die Zweifel und die Fragen, Hogan, das ist *Kate*, die da kommt! Ihr Gesicht strahlte, und Junge, sie sah gut aus!

Alle drei umarmten sich, und die Tränen tropften auf jeden von ihnen.

»Marshall«, sagte Kate unter Tränen, »ich konnte unmöglich wegbleiben. Ich hörte, du seist *verhaftet* worden!«

»Ah«, sagte Marshall und drückte sie liebevoll, »wie hätte Gott sonst jemals meine Aufmerksamkeit gewinnen können!«

Kate kuschelte sich eng an ihn und sagte: »Mann, das klingt verheißungsvoll!«

»Warte, wenn ich dir erst davon erzähle.«

Kate schaute auf all die Leute und die Geschäftigkeit. »Ist das das Ende von deinem ... großen Projekt?«

Er lächelte, hielt seine beiden geliebten Mädchen und sagte: »Ja, das ist es. Du kannst dich darauf verlassen!«

Der General berührte Tal an der Schulter. Tal blickte auf und sah diese große, goldene Trompete in der Hand des Generals.

»Nun, Hauptmann«, sagte der silberhaarige Engel, »hier ist eine ehrenvolle Aufgabe. Blase den Sieg!«

Tal nahm die Trompete in seine Hand und stellte fest, daß er durch einen plötzlichen Ausbruch von Tränen nichts sehen konnte.

Er schaute hinunter auf all diese betenden Heiligen und diesen kleinen betenden Pastor.

»Sie ... sie werden nie wissen, was sie getan haben«, sagte er. Dann nahm er einen tiefen Atemzug und drehte sich zu seinem alten Waffenkameraden um. »Guilo, wie wäre es mit dir?« Er reichte dem großen Engel die Trompete.

Guilo zögerte. »Hauptmann Tal, du bist immer derjenige, der den Sieg bläst.«

Tal lächelte und setzte sich auf das Dach. »Lieber Freund ... ich bin einfach zu müde.«

Guilo dachte einen Augenblick lang darüber nach, dann lachte er schallend, haute Tal auf den Rücken und segelte in die Luft.

Die Siegesfanfare ertönte laut und klar, und Guilo baute sogar noch einen zusätzlichen effektvollen Triller mit ein.

»Er liebt so etwas!« sagte Tal.

Der General lachte.

So hatte nun Hank Mary und seine kleine neugeborene Gemeinde; Marshall hatte seine Familie wieder zusammen, bereit, neu zu beginnen; Susan und Kevin würden für eine Weile als Kronzeugen beschäftigt sein; Bernice konnte sich vorstellen, daß Marshall den Abschluß dieser Geschichte ihr übertrug.

Aber als Bernice da stand, verunstaltet und erschöpft, fühlte sie sich sehr einsam, weit weg von dieser glücklichen Menge. Sie freute sich für sie, und nach außen kam sie ganz gut damit zurecht. Aber in ihrem Innern konnte die echte Bernice diese alte Last von tiefer Sorge und großem Schmerz nicht hinweglächeln, die nun schon so lange ihr Begleiter gewesen war.

Und jetzt vermißte sie Pat. Vielleicht war es das Geheimnis ihres Todes gewesen und ihre eigene Leidenschaft, die Antwort darauf zu finden, was Pat so lange in ihrem Herzen lebendig gehalten hatte. Nun konnte sie den letzten Schritt, den sie nie tun wollte, nicht mehr länger hinauszögern: sich verabschieden.

Und da war diese eigenartige Sehnsucht tief in ihrem Herzen, etwas, das sie nie gefühlt hatte, bevor sie dieses seltsame Mädchen, Betsy, getroffen hatte; war sie wirklich irgendwie von Gott angerührt worden? Wenn ja, was sollte sie damit anfangen?

Sie begann zu gehen. Der Himmel war wieder klar, die Luft war warm, das College-Gelände war ruhig. Vielleicht würde ein kleiner Spaziergang auf dem roten Ziegelweg sie beruhigen und ihr helfen, einen Sinn in dem zu sehen, was da um sie und in ihr geschah.

Sie machte unter einer großen Eiche eine Pause, dachte an Pat, dachte an ihr eigenes Leben und was sie damit machen würde, und dann weinte sie. Sie versuchte zu beten. »Lieber Gott«, flüsterte sie, aber dann wußte sie nicht, was sie sagen sollte.

Tal und der General besprachen die Situation miteinander.
»Ich würde sagen, daß diese Sache die Stadt in einem ganz schönen Schlamassel zurückgelassen hat«, sagte der General.
Tal nickte. »Das College wird für lange Zeit nicht mehr dasselbe sein, wenn man nur an die Untersuchungen durch den Staat und die Bundesbehörden denkt, ganz zu schweigen von den ganzen Geldern, die jetzt aufgespürt werden müssen.«
»Haben wir ein gutes Kontingent, um die Stadt wieder in Ordnung zu bringen?«
»Sie werden sich jetzt zu diesem Zweck versammeln. Krioni und Triskal werden bei Busche bleiben; Nathan und Armoth werden bei Hogan bleiben. Hogans Familie wird eine gute Gemeinde haben, wo ihre Wunden ausheilen können, und ...« Tal bemerkte plötzlich eine einsame Gestalt, die da unten auf dem College-Gelände stand. »Moment.« Er rief einen bestimmten Engel zu sich. »Da ist sie. Laß sie nicht weggehen.«

Bernice fiel schließlich etwas ein, das sie beten konnte. »Lieber Gott, ich weiß nicht, was ich tun soll.«
Hank Busche. Dieser Name kam ihr in den Sinn. Sie schaute zum Verwaltungsgebäude zurück. Dieser Pastor und seine Leute waren immer noch da.
Weißt du, sagte eine Stimme in ihr, *es würde nicht schaden, mit diesem Mann zu reden.*
Sie schaute zu Hank Busche und dann zu all diesen Leuten, die so glücklich, so im Frieden schienen.
Du hast zu Gott gerufen. Nun, vielleicht kann dieser Prediger euch beide ein und für alle Male miteinander bekannt machen.
Er hat sicher etwas für Marshall getan, dachte Bernice.
Es gibt da etwas, das du brauchst, Mädchen, und wenn ich du wäre, würde ich es herausfinden.

Der General drängte zum Aufbruch. »Wir werden in Brasilien gebraucht. Die Erweckung läuft gut, aber der Feind spinnt einen Plan dagegen aus. Du wirst diese Art von Herausforderung mögen.«
Tal stand auf und zog sein Schwert. Gerade da kam Guilo mit der Trompete zurück. Tal sagte ihm: »Brasilien.«
Guilo lachte aufgeregt und zog ebenfalls sein Schwert.

»Warte«, sagte Tal und schaute nach unten.

Es war Bernice, die ängstlich auf den jungen Pastor und seine Herde zuging. Tal konnte in ihren Augen sehen, daß sie bereit war. Bald würden sich die Engel mit ihr freuen.

Er winkte dem kleinen kraushaarigen Engel zu, dieser Beschützerin, die auf einem Ast der großen Eiche saß, und sie lächelte und winkte zurück, ihre großen braunen Augen strahlten. Ihr glänzendes weißes Gewand und die goldenen Schuhe paßten viel besser zu ihr als Latzhose und Motorrad.

Der General fragte mit sichtlichem Vergnügen in seiner Stimme: »Sollen wir aufbrechen?«

Tal schaute auf Hank und sagte: »Nur einen Moment. Ich will es noch einmal hören.«

Während sie zuschauten, fand Bernice ihren Weg zu Hank und Mary. Sie begann, offen zu weinen, und sie redete einige ruhige, aber leidenschaftliche Worte zu ihnen. Hank und Mary hörten zu wie auch andere in der Nähe, und während sie zuhörten, begannen sie zu lächeln. Sie legten ihre Arme um sie, sie erzählten ihr von Jesus, und dann begannen sie auch zu weinen. Schließlich, als die Heiligen versammelt waren und Bernice von liebenden Armen umgeben war, sagte Hank die Worte: »Laßt uns beten ...«

Und Tal lächelte besonders lange.

»Laßt uns starten«, sagte er.

Mit einem mächtigen Flügelrauschen und drei Spuren von funkelndem Feuer schossen die Krieger in den Himmel, südwärts gewandt, sie wurden kleiner und kleiner, bis sie schließlich weg waren, während sie die Stadt Ashton in sehr fähigen Händen zurückließen.

Herrlich erfrischend!
Ausgewählte Roman-Bestseller

Deeanne Gist:
Die eigenwillige Jungfer
Roman.

Taschenbuch · 416 Seiten
ISBN 978-3-86591-680-8

Kirsten Winkelmann:
Schwesterherz
Roman.

Taschenbuch · 544 Seiten
ISBN 978-3-86591-684-6

Elisabeth Büchle:
Wohin der Wind uns trägt
Roman.

Taschenbuch · 576 Seiten
ISBN 978-3-86591-681-6

Herrlich erfrischend!

Ausgewählte Roman-Bestseller

Karen Kingsbury:
Tausend Morgen mit dir
Roman.
Taschenbuch · 288 Seiten
ISBN 978-3-86591-683-9

Angela E. Hunt:
Tag des Erwachens
Roman.
Taschenbuch · 384 Seiten
ISBN 978-3-86591-679-2

Frank E. Peretti:
Die Finsternis dieser Welt
Roman.
Taschenbuch · 448 Seiten
ISBN 978-3-86591-682-2